CHANG
GONG
SHAONIANXING

终结篇

上

圆太极

著

YUANTAIJI
WORKS

北京联合出版公司
Beijing United Publishing Co.,Ltd.

一未文化　　非同凡响

北京一未文化传媒有限公司
www.bjyiwei.com
出品

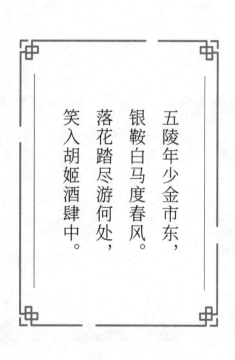

五陵年少金市东，
银鞍白马度春风。
落花踏尽游何处，
笑入胡姬酒肆中。

长弓少年行

官制体系示意图
The Structure of Bureaucratic System

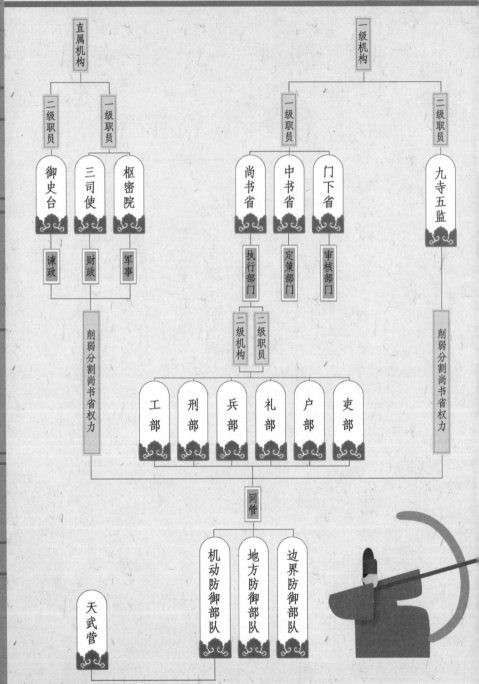

官制体系示意图：

- 直属机构
  - 二级职员：御史台 → 谏政
  - 一级职员：
    - 三司使 → 财政（削弱分割尚书省权力）
    - 枢密院 → 军事
- 一级机构
  - 一级职员：
    - 尚书省 → 执行部门
      - 二级机构 / 二级职员：工部、刑部、兵部、礼部、户部、吏部
        - 同管：机动防御部队、地方防御部队、边界防御部队
    - 中书省 → 定策部门
    - 门下省 → 审核部门
  - 二级职员：九寺五监（削弱分割尚书省权力）

天武营

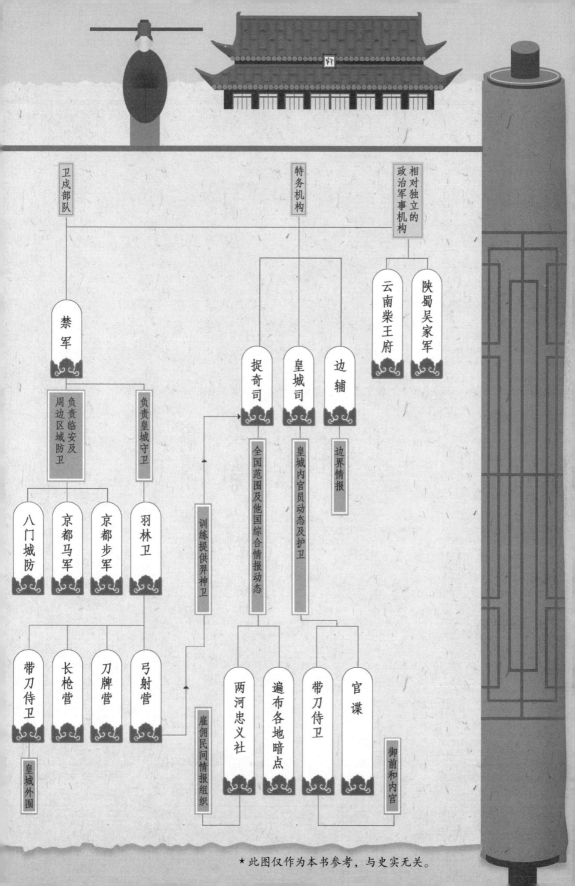

卫戍部队

特务机构

相对独立的政治军事机构

禁军

捉奇司

皇城司

边辅

云南柴王府

陕蜀吴家军

负责临安及周边区域防卫

负责皇城守卫

边界情报

全国范围及他国综合情报动态

皇城内官员动态及护卫

八门城防

京都马军

京都步军

羽林卫

训练提供羿神卫

带刀侍卫

长枪营

刀牌营

弓射营

两河忠义社

遍布各地暗点

带刀侍卫

官谍

皇城外围

雇佣民间情报组织

御前和内官

★此图仅作为本书参考，与史实无关。

目录

楔 子

　　金国境内熙秦道，临洮府往北、原州府以西，是一块最为贫瘠的土地。一路过去，土连着沙，沙连着土，只土山顶上有零星绿色，而沙掩沟壑难见水流。那天空看着无比洁净高远，仿若虚幻的一般。脚下的路无比自由随性，只要心中漫无目的，随便往哪个方向走都可以。

　　不过，漫无目的时确实可以随便往哪个方向走，有所目的时却不一定能走到你想去的地方。

　　这旷野有着很多断崖沟壑，就像一大块晒干的年糕纵横交错了许多裂纹。只不过地方太过辽阔，打眼看不出前方有断崖沟壑挡路。再加上情景相似，缺少参照物，往往会让人找不到正确方向。

　　一个马队溜达而来，走的是平时没人走的路径。马队中的人并不全是骑马的，有个瘦黑的汉子就在步行。他走得跌跌撞撞，速度倒是不比溜达的马匹慢。这也是没有办法，他双手被绳子牢牢地系在马鞍上，如果跟不上马的速度，就会被拖死。

　　"就是这里！东西就是在这里捡的。"瘦黑的汉子突然喘着粗气喊起来，从嗓子沙哑的程度可以听出，他已经很久没有沾过水了。

　　马队停了下来，马上的人往四周看去。以远处的土丘为参照，他们所在之处应该是稍显低凹的地界。不过这片地界颇为平坦，放眼看去，不见土堆石块，全是坚硬的实土，干风吹过，地面上晶莹的细沙混杂着尘土随风流动。若在月夜之中，随风而走的细沙会因为晶莹反光，而被人误以为是水流。本地人和来往的驮队管这叫"月鬼泪"，据说夜间跟着"月鬼泪"的流动走，真的会看到流泪的鬼魂。

看完周围情景，一个穿戴皮盔软甲的刀客跳下马来，抽出腰间的两刃劈风刀，朝着那瘦黑的汉子猛地挥砍过去。刀风又快又急，刀刃寒意直扑那瘦黑汉子的脖颈。就在刃口快触到细瘦脖颈一侧那不停跳动的动脉时，刀却一下停住了。

"你确定是这里？"刀客问。

瘦黑汉子的裤裆瞬间湿了，不过只湿了一小块。许久没有喝水，干渴得已经吓不出几滴尿来。

"是……是这里，我肯定，我能肯定。"

"你能肯定？这周围无山无树无沟无石，你凭什么肯定？"

"驼背山头平天鼓，大洪小青一线牵。"瘦黑汉子小声报出两句图语，他很害怕因为自己嘴巴说话幅度太大而让紧贴住脖子的刀刃陷入肉里。

刀客往西头看看，远处的驼背山山头和更远处的天鼓山山头正好平头等高，再往南边看看，大洪山和小青山最西侧的边缘正好对应在一条线上。

"信你了，你那东西在哪里得的，具体位置还记得吗？"刀客说完撤回了刀。

"就在你脚下。"瘦黑汉子依旧保持刚才沙哑的小声，圆睁着眼睛，抬起被绑的手指向刀客脚下。这声音、这样子，在溜溜刮过的一阵小旋风衬托下诡异且阴悚。

刀客像被火烫着似的往后跳起，退让两步，随即觉自己有些失态，不由得将怒气撒到那瘦黑汉子身上，认为是他在故意吓唬自己。于是横刀在自己坐骑的屁股上一拍，马儿立刻一个纵身撒腿跑了起来。

捆住瘦黑汉子双手的绳子系在马鞍上，被马儿猛地一带，他瘦弱的身体差点整个飘飞起来。随着一声重重的掼落，就听到急促马蹄后面连续的惨叫。

没人理会快跑的马和惨叫的人，马累了自然会停。至于人，就看他能不能熬到马停下来的时候。

所有骑马的人都下了马，他们不全是刀客，其中有很大一部分约莫是工匠劳夫。因为这些人都没带刀，而是带了各种各样的工具。这会子，也不用招呼，这些人立刻各司其职，择定点位破土挖掘。

一个奇怪的声音悠悠飘过，就像一个憋不住而只好慢慢放出的屁。忙碌的人和注意力集中的人都不会在意放屁声，只有那些警觉的马儿听到这声音后鬃毛抖竖，四蹄乱踏。而拖着瘦黑汉子急跑的马则陡然间停住，慌乱地原地打两个旋儿，将身后的绳子都绕在了腿上。

土面很硬实，挖掘的人很努力，连续奋力的劳作扬起了一团渐渐扩大的尘土。又一阵小旋风刮过，远远近近的景象恍惚起来，扭曲起来。硬实的地面竟然也松软起来，波动起来。

所有的马都发出惊恐的嘶叫，然后撒腿就跑。跑是本能，但跑不是所有的本能，当慌乱得让其他本能发挥不出时，就只能相互推挤冲撞不知该往哪个方向跑。而拉着瘦黑汉子的那匹马被绳子绕住了脚，它本能地跑出两步就一个失蹄，站起来改个方向再跑两步又是一个失蹄。

瘦黑的汉子吓得尿意都荡然无存。他用尽全身力气试图挣脱绑住双手的绳子，发现挣脱不了就不顾一切地用牙齿去咬。咬两口后又把绳子反背到背上，约莫是想把前面的马拉着跟自己走。种种反应可以看出，他已经处于近乎疯狂的状态。

那些刀客和挖掘的人这时候也已经发现不对，但是他们没有时间做更多反应，就齐齐地脚下一软，半截身体已经陷在土里。他们随着土面移动，转着圈子朝着中间而去，就像掉入一个旋涡。

土面波动的痕迹真的是个旋涡，螺旋形的，一道道、一圈圈，而且在不断地扩大。随着旋涡的扩大，刀客和挖掘的工匠劳夫不见了，不知该往哪里去的马儿不见了，拖着瘦黑汉子跑了的那匹马也不见了……

整个土面骤然恢复成原来样子，除了一股尘土随风慢慢飘散外，似乎什么都没有发生过。如果不是硬土面上留下一把两刃劈风刀以及瘦黑汉子露出土面的脑袋，很难看出这里刚刚有人马来过。

不过，这刀很快会锈会破，露出土面的脑袋也很快会变成骷髅，化作尘土。最终，这地方会真的就像从来没人来过一样。

第一章

无血杀技

莫名消失了的天武营

身患畏血症的少年袁不彀误被预选入羽林卫，经历了择训院各种艰苦训练和严格考核，并且在终极考核中火烧杀虎蝠、竹打无相狐、闯出螺蛳道、冲过灰皮谷，但在最后仍然因畏血症发作被另行安排在了造器处。不久之后，为了查明自己当年被灭族的疑团，袁不彀主动参与了捉奇司一项特殊任务，结果又是几经生死，也在无意间显露出弓射天赋，最终护着自己人杀出獢貐坟。

在獢貐坟上的搏杀过程中，捉奇司校尉莫鼎力发现围杀他们的黑衣人很像均州城中抢夺神秘铁牌的人马，推断这些人应该是他之前已经怀疑的天武营派出的。于是，才刚刚从獢貐坟浴血杀出，他便立刻马不停蹄地赶往均州城，想赶在黑衣人回去之前查点天武营，拿到他们私出行动、图谋不轨的证据。

莫鼎力一路纵马狂奔，昼夜不歇，只在人困马乏时才随意找个地方吃点东西打个盹。他知道面具人带领那些黑衣人走的是运兵道，这类道路隐秘且便捷。很多需要绕转翻越的道路，运兵道却有捷径可直线到达。也就是说面具人实际要比他少走很多路，而且大部分路径比他的正常道路要好走许多。

不过，一路急赶的莫鼎力仍是觉得自己不会比面具人晚。他单人匹马，没有负累，沿途又可以随时随地用捉奇司的身份找衙门、官驿以及军营更换马匹。就算晚一些，最多也就是在几个时辰之间，他依旧可以抓住天武营人马暗出的蛛丝马迹。当他赶到均州城后，他直接奔进州府衙门找府尹芦威奇。莫鼎力要询问自己之前给芦威奇发暗信让他帮忙查证的事情结果如何，还要芦威奇立刻调动兵马和自己去一趟联防外营的天武营。

早在莫鼎力发现黑衣人是利用运兵道行动之后，他立刻觉得自己犯了个方向性错误，而这个错误也同样发生在芦威奇身上。解法寺黑衣人抢夺十八神射尸身里藏的牌子，他们都认为肯定是均州府里的人。莫鼎力还把范围圈定到军营中的人，这才乔装脱身逃出均州。但是他圈定的军营只局限于均州府中的驻守官兵，却疏忽了城外的天武营。

天武营是联防外营，协助州府守防三关，属于游击机动军队的模式。而设置的运兵道正是为了方便这类军队快速移动。那天莫鼎力让芦威奇去找天武营指挥使左骞借调五十名天武卫协助守防解法寺，据芦威奇说他是亲自去协调的，而左骞的天武卫迟迟未到达，甚至于等到黑衣人撤走后才出现。天武营协助守防就必须进城，所以即便城门已经关闭，他们仍可以用令箭唤开城门，进出均州。左骞在均州城内也设有府宅，事情发生前后那些黑衣人全都可以在他府宅内更换装束。当他们重新换装成官兵之后，解法寺里的那些黑衣人当然就此人间蒸发，再无踪可寻。

想通这些后，莫鼎力发暗信让芦威奇盯住左骞，着重探查他手下将领有没有告假缺卯的。离开军营远途奔波做如此重要的密活儿，左骞派遣的肯定是非常信任且能力极强的手下，甚至很大可能就是他本人。

现在莫鼎力急急赶回均州，就是想让芦威奇立刻带兵去左骞的天武营围营查对名册。他觉得就算面具人在自己之前赶回均州，但在猰貐坟那里死伤了不少黑衣人，这些伤亡短时间内是无法增补的，名册查对肯定可以抓住把柄。

莫鼎力纵马冲入均州城直奔州府衙门，这已经是第二次了。城防官兵和府衙守卫都认出了他，所以并没有强拦。只是安排几个人紧紧跟着，既显示自己尽忠职守，又可防止其他意外情况。

当莫鼎力疲惫不堪却信心满满地见到芦威奇后，芦威奇给他的却是个摊手苦笑的无奈表情："你的信收到了，我也照办了，但什么都没查到。"

"没关系，你现在马上调集人马，我们去天武营围营查对名册。他们派出的人死伤不少，就算领头的赶回，临时补充人员也是来不及的。"其实就算左骞能临时把人补齐，查对名册时，莫鼎力也可以从那些临时补充人员的神情反应看出来的，何况袁不戬最后一箭还在领头的面具人脸上留下了记号。

"无营可围。我之所以什么都查不到，就是因为天武营早就已经是一座空营，只留了十几个年老军卒看守辎重、交接补给。"芦威奇再一个摊手苦笑。

莫鼎力顿时愣住，是的，自己早就该想到的。掩盖自己军营中兵将数量减少的最佳办法不是找理由、不是临时补充，而是整个军营都消失，那么就算少了再多的人都无从查起。黑衣人走的是运兵道，而运兵道有很多关卡需要运兵令书，只有整营行动才可找理由预先往运兵道上各处关卡发出运兵令书。然后天武营的人只需凭营符就能在运兵道上行动自如，分出小部分人往其他方向行动也不会受限制。

也就是说，獡貐坟的面具人并没有回均州，而是去和军营大队人马会合了。獡貐坟失利后马上去和大队人马会合，应该是有着下一步的计划。下一步的计划可能是前面计划失利后的补救措施，也可能是前面计划的后续。解法寺里被他们夺走的那块牌子上有多重信息，獡貐坟只是其中之一。所以他们应该是多管齐下的行动，否则不会整营兵马那么早就不见。

可调动了这么多人会是怎样的行动呢？那一营的官兵现在又在哪里？

獡貐坟一战虽然并未揭开什么重要谜底，但丁天却是少有地扬眉吐气。他带着一群东拼西凑做幌子的人手，竟然可以应对两路实力强大的秘密组织，最终还杀退众多高手脱出死境，这是他无数次冒险厮杀经历中最值得炫耀的。

在此经历中，袁不戬神箭退敌是脱出死境的关键，而袁不戬正是丁天招募来的，不过因畏血症被安排到造器处任用。这次袁不戬很巧地被调入做幌子的队伍，没想到最终竟然是他救了丁天和其他人的性命，这曲折和巧合免不得给丁天最值得炫耀的经历又增添了几分传奇性。

回到临安之后，临时拼凑的冒牌十八神射肯定不会继续留存。别说这些人技艺上都够不上资格，就连人数也只剩下四五个。至于袁不羁，他虽然连冒牌的十八神射都不是，但獚貅坟一战之后直接就被调入了羽林卫弓射营，而且俨然已经是弓射营中羿神卫的成员。只不过，暂时还未发给他正式腰牌，先跟着羿神卫一起训练。

羿神卫是弓射营的特殊组织，袁不羁是这个特殊组织里的特殊成员。他非正常渠道入册，腰牌都没有，按理排不进人射档，但他的训练却是直接从地射档开始，上来就练组合射杀。这其实已经是认可了他带些野路子的弓射技法，把他的实力直接定位在人射档之上。练习组合射必须要有合适的搭档，在袁不羁的要求下，石榴和死鱼也被破例选入羿神卫。

进入羿神卫后，活动便很难自由了。不仅训练，连吃喝拉撒都得按规矩来。但因为袁不羁是特殊成员，他被特许可以自由出入弓射营，就连羿神卫的训练也可以按他的时间和方式进行。这不是丁天帮他争取到的，因为丁天自己都不可能如此自由。这特殊的待遇得感谢舒九儿，舒九儿替铁耙子王的女儿治好过疑难病症，通过这层关系她让铁耙子王给羿神卫的某个人一点特权是很简单的事情。赵仲珥很乐意卖这点面子，他正好可以借此机会回报舒九儿的人情，更何况赵仲珥也听说了袁不羁在獚貅坟的表现。他是个懂得用人的人，知道像这样天赋异禀的人绝不能强加约束，给些自由的空间反能发挥出更大潜能。

丁天外表看着有些玩世不恭，实际行事做人非常严谨甚至刻板。有时候就算哪位大人物指示他给某人照顾，他都不会另眼相看、区别对待。但是对于袁不羁，他倒是也觉得给他些自由是件好事情。因为丁天心中正在筹划着一个法子，要将袁不羁畏血症的不足给弥补了。

袁不毂从小学的木工手艺，持规矩的匠人骨子里亦是中规中矩，所以虽然享有特殊待遇，他也从未随便用过。

舒九儿通过关系让袁不毂可以行动自由，本意是想让他经常出弓射营和自己见见面，聊聊心里话。她可以看出袁不毂的畏血根源，可以看出袁不毂内能奇特，当然也看得出他的心思所牵。自己猣貐坟受伤之后，处理不当导致伤口化脓，人也高烧不退。那些天都是袁不毂抓药熬药，就连自己房内污桶都是他清理的。病愈之后，她认定这是一个诚挚心实之人，便觉得就算不能终生相托，做个知己朋友也是值的。

回到临安之后他们相见的两次都是舒九儿去的弓射营，而且两次都是借着给人看病的机会，其中一次还正好撞到丰飞燕。丰飞燕倒没用任何借口，明说了就是去看望袁不毂的，而且还带了很多点心酒肉。丰飞燕只此一趟，就闹得弓射营中人人都知道她在生死关头已经许诺嫁给袁不毂。

袁不毂充分利用特权是从丁天让他去拜见一个人后开始的。而且从那天之后就一发而不可收，几乎每天都有一半时间私下出营，躲到造器处去做自己的事情。

那天他在弓射营草林场与石榴、死鱼练习"那咤杀"。那咤，是佛教中的守护神，有怪异的形象、毒狠的目光，唐朝佛教大兴时此神形象和神通为人们所了解，后来经修饰演义逐渐变成道教中三头六臂的哪吒。

这个射杀的组合叫作那咤杀而不叫哪吒杀，是因为组合的第一要旨是眼力，然后才是三头六臂般的相互配合。这里的眼力是要组合里的每个人都能成为同伴的眼睛，发现目标并通知同伴，然后杀死目标。这样一来他们自己出手的时机就会慢半拍，让目标抢先射杀的概率要多三成，但及时发现目标并告知同伴却能保住其他两个人，而其他两人的回杀效果是双倍的，所以那咤杀组合中的成员必须要有自我牺牲精神。三个人心意相通且都具备牺牲自我的意识，整个组合的威力就会非常可怕。

当然，除了精神还要有技巧。组合的成员首先必须懂得寻位，三人寻到的位置要能遥相呼应、相互照应，还必须懂瞭信，也就是用隐蔽的手段远距离传递信号。一般是采用简单、清晰、准确的手势信号，有特殊技能的箭手还会用惟妙惟肖的鸟叫虫鸣传递信号。组合的成员也要懂守位和化形。守位，就是在寻到的合适位置上长时间等待、守候，这需要有足够的耐心和忍性。化形，也就是乔装改扮，利用周围环境物体掩盖自己的存在。从这些技巧要求便可知道，那咤杀其实是遁形暗射的一种形式。

三个人的弓射组合杀其实有很多种，比如捏螺丝、三叠泉等，但袁不觳对那咤杀情有独钟。他在猰貐坟见识过"阴府门神"的遁形杀，见过那些杂色的人可与环境融为一体的装束。更重要的是他坠入剑鞘洞无人来救的经历，磨灭了他的火性，锻造了耐性，淡然了孤寂和时间的概念。

"袁不觳，袁不觳，你在哪里？"丁天来找袁不觳，在草林场里足足寻了半个多时辰，竟不见人影。

这草林场虽然模拟了草原树林的景象，实际范围却并不大，只要有一点蛛丝马迹，丁天的眼力都是可以发现的。但是丁天只找出了石榴、死鱼，始终都没能找出袁不觳。而就在丁天来到草林场之后，石榴和死鱼也不知道袁不觳藏哪里去了。

"赶紧出来，带你去办件事情，晚了又得等好几天。"看看东边太阳已经过了树顶，丁天有些急了。

听到这话，丁天几步外的一棵歪脖子树掉落了一根树杈。袁不觳就是那个树杈，弓上搭了箭的树杈，随时可以射杀目标。

袁不觳能够化形树杈，并在近距离内不被发现，是因为他不断地微微颤动，就像风吹着树杈一样。只有这样的状态才能让丁天这样的高手疏忽树杈的真假，只有这样的状态才可以借着颤动缓缓调整弓箭方向对准目标。而对于找寻他的人来说，视线只会偶尔扫过箭尖的一个点，凭此很难发现弓箭的存在，更不要说化形的箭手了。

见到袁不觳后，丁天也不细说什么，挥挥手示意袁不觳跟着他走。袁不觳看出丁天的脸色不好，可能是觉得时间来不及心中着急，也可能是没把自己找出而心中郁闷。所以他再不敢拖沓，边走边把身上的装饰、装备都给卸下，最后连弓和箭壶都扔了。好在有石榴和死鱼跟在后面，一路替袁不觳捡东西。

杀人不见血的眼扎子

丁天将袁不觳带到善福巷，从巷子口的小酒肆里拿出早就预备好的东西塞给袁不觳："你去巷底那一家，白木门，门口堆着不少空酒坛空酒罐……"

白木门并非白色的门，而是没有被油漆过的门。袁不觳木匠出身，当然知道这个。南方人本就富裕，临安城里的人家更是讲究，宅户门面不做漆水的真不多见，所以不用说太多，只这一个特征，袁不觳就不会跑错人家。

"我去干吗？那是谁的家？丁教头，你不会是让我去提亲吧？"袁不觳开始只是感到奇怪，当说到提亲时，他倒是有些害怕了。

"你拎着这么点东西还想提亲？想得美！那里面住着个有本事的老教头，曾经教过我杀法本事。你去求他，求他教你杀人不见血的本事。"

"啊！这样啊，那这点东西岂不是更不够了吗？"

"你只管去，这些东西是我准备的，肯定够。到那里后有啥说啥、问啥答啥，千万不要带半点虚话。"丁天吩咐着。

"那你不陪我一起去？你和那老教头的关系不是更好说话吗？"袁不觳问。

"不可。老头脾气怪，说我没把他本事学好，瞧我不顺眼。你得自己去求他，我要去了他断然不会答应教你的。"丁天不再啰唆，转身走了。

丁天那样好的本事，竟然还没有学好。那这老教头的能耐得多大呀，真不敢相信。

"那我怎么称呼他？"袁不觳朝丁天远去的背影高声问。

"他叫端木磨杵。"

北宋末南宋初，出过三大技击宗师。最有名的是周侗，他擅长弓马枪棒，教出的徒弟有卢俊义、林冲、岳飞等，都是扬名天下的高手。其次是金台，他也是赫赫有名的一代宗师，拳脚功夫天下无敌，曾经三打少林。再有就是这个端木磨杵，他不如前面两个人有名是因为他擅长的技击术都是奇门兵器、诡谲怪招，虽然一击必杀非常厉害，但总让别人觉得不够正统、大气。

端木磨杵的姓应该不会错，名字则可能只是外号的代称。当初他在江湖上闯荡时，人家都叫他"磨杵圣手"，久而久之便直接叫端木磨杵。他退出江湖隐于官家后，便索性用了这个名字。

禁军教头分"首、副、次"三种级别，端木偏偏是在最低的次字级别。他整天酒醉糊里糊涂的，禁军营中也就基本不安排他传授武艺。后来也是亏了他带过的几个徒弟在禁军和大内担当重职，否则像他这样又懒又馋的教头早就被赶出禁军了。

端木家门很好认，真就是个不曾上漆的白木门，门还大敞着。端木磨杵也很好认，进了白木门就一间房，房里只一个横卧榻上的老头，这老头自然非端木磨杵莫属。

袁不觳把拎着的东西放在桌上，抱拳躬身一揖到底："小的袁不觳，行职弓射营所属羿神卫。受丁天丁教头抬爱，推荐我来拜见老师傅，以求指点一二。"

端木磨杵一惊坐起，看到袁不觳后重又颓然靠上榻背，歪着脑袋眯着眼又打起瞌睡来。

袁不毂打量了一下端木磨杵，只见他满脸酒意、表情疲散，衣裤鞋子搭配很乱。鼻子下面一处杂白的胡须特别白，就像挂着一坨鼻涕，让人打眼就觉得这是个非常邋遢的老头。但仔细再看又会发现，他的衣着虽然颜色搭配很乱，其实非常整洁干净，而且应该是他觉得最为舒服的式样。头发虽然没有梳理，却也用一根不太寻常的黑色尖簪插束着，显得很是利落。像他这样的宗师高手再有什么嗜好，细节上都是会注意的。特别是专门研究小巧技击、奇门兵刃的高手，身上任何地方都可能有杀器需要出手，所以必须是舒适利落、无遮无碍。

"是丁蜂儿让你来讨好我的？"端木磨杵的眼睛不知道什么时候睁开了，正盯着袁不毂放在桌上的酒坛和牛肉。

"是。"袁不毂知道丁蜂儿是指蝎尾黄蜂丁天，所以按照丁天所说直截了当地回答，不玩一点虚的。

"想学怎么杀人？"

"对。"

"那这点酒肉不够呀。"

"一次买多了怕酒酸肉馊，细水长流才是真孝敬。"

"这话说得实在，那我现在就教你，你看好了。"

端木磨杵也是一个实在人，实在得让袁不毂都觉得有些莫名其妙。他说教就教，不知是从席下还是枕下摸出根筷子快速挥舞起来。那是一种杂乱无章的攻击招法，单调直接变化少。从刺、又刺、再刺转到割、再割，又转到捅、扎、劈等平常招法。但这种全是进攻的招法竟然没有一点破绽，招招都是最实用的。起落转换间虽然没有华丽圆滑的衔接，却都被个"快"字弥补了。可以肯定，这是真正杀人的人经过多次杀人后，才总结和改良出来的招法。

"都记住了吗？其实只要够快的话，一招也够了。所以你能学多少就多少，只是学过后必须练到极致。这招法可以运用短匕、攮刺、解腕刀，功力练到位了，就算只是拿根筷子也能杀人。"

"都记住了。"袁不觳说的是真话，他真的把刚才端木磨杵教的一套杂乱却简单的招数记了个九成九，"但我要学的不仅是杀人的招儿，还得是杀人不出血的招儿。"

"杀人不出血？"

"是，因为我有畏血症。"

"难怪他们要让你入羿神卫了，定是你有弓射方面的天分，而远射可以不见血，对吧？"

袁不觳一时无法把前因后果说清楚，只好点点头。

"也正是因为这个，丁蜂儿才让你来找我学近杀招数对吧？"

袁不觳又点点头。

"难为你了，有畏血之症还要行职羿神卫，要是没有一些近杀保命的本事还真是不行。"

说着话，端木磨杵很随意地拔下了头上的发簪。其实袁不觳早在进门时第一眼就觉得这根发簪不是一般物件。

"你认识这个东西吗？"

袁不觳摇摇头，虽然端木磨杵拿在手上后他可以看得更加清楚，但看来看去那就是一根乌黑细长的尖锥发簪，之前从未见过，更不知道叫什么。

"这叫眼扎子。叫扎子是因它只是一根扁圆锥，没有血槽，连刺都算不上。伤人的招法只有扎、划、挑、穿，其他招法都不能用。而在"扎子"前加一个"眼"，并非说一扎一个眼，而是扎完之后的伤口会像眼睛一样闭上。这不难理解，眼睛扎进东西了，第一反应肯定是大力闭上。眼扎子没有血槽，快速拔出后伤口闭合，血就暂时封在伤口内并不流出。当然，并非所有人用眼扎子杀人都不流血，这手法是要苦练出来的，达到一定的出手和回手速度才有这种效果。扎完之后，过段时间身体内部压力还是会冲开闭合的伤口喷血而出。这个时间的长短也反映着手法效果的好坏，全由出手和回手的速度来决定。"

"这个眼扎子不是扎哪里都能把人杀死的吧？"

端木磨杵伸出两指，在袁不毂身上点了几处："一扎即杀的要害有很多，天灵、眉心、太阳穴、咽喉，都可一扎即杀。但这种位置太过明显，明杀可以，暗杀不行，下手之后自己必定暴露。如果要杀得不露痕迹，心门是一处，有衣物可以遮挡，别人很难发现。但练成这一扎，必须熟悉人体肋骨分布，下手时从肋骨间扎入才行。另外心门扎杀目标断气会迟缓一些，需一轮血流之后无血入脑才行。这样对手就还有一呼一吸间的挣扎，可出声呼救，甚至还可垂死反击。"

端木磨杵打个哈欠，看看桌上酒肉，然后接着说："再一个位置是软肋肝经，这位置更加隐蔽。肝经连心也是必杀，而且极痛，痛得不能出声不能动。但是断气时间更长，要十四五个呼吸转换后才行。所以人体的必杀之穴不少，但要根据实际状况和目的来选择，并非不见血地杀死目标就是最好结果。"

"如何才能练成？"袁不毂最关心的是这个。

"要想练成眼扎子，必须掌控两种劲。一种劲是寸劲，也叫天下第一狠劲，是将腰、肩、臂、腕的力量连贯在寸长距离内爆发击出。还有一种是控劲，也叫透力，就是要把击出的力量控制在一根线上，力道没有丝毫偏移外泄。这两种劲融会贯通之后，便可以随心所欲地运用眼扎子杀人了。"

"两种劲如何修炼？"袁不毂问。

"寸劲，将带皮生牛腿挂在廊下，用竹针扎刺，等练到针透牛皮针不断，那么这寸劲就练成了。然后再用毛笔笔管扎鸡蛋，笔管扎破鸡蛋时蛋壳不碎、蛋液不出，这控劲也就练成了。这之后自己磨一根眼扎子，可以刺心门、扎肝经不见血流。最好是练到用竹木磨的扎子就能杀人，因为铜铁制成的仍是会被人家提防。"

端木磨杵是个严格的人，所以他传授别人技艺的时候都会把要求提升一个难度。

"那天灵、眉心呢？这些位置应该出血更缓更少，攻击也更直接。"袁不觳也是个对自己要求特别高的人。

"要练成扎天灵、眉心的本事，不仅要快，还要有足够的力。将全身力量集中在扎子头这一点上，那样才能一击扎破头骨。要练到这程度，可取南域特产的圆椰子，单线挂好用眼扎子去扎。椰壳穿孔不裂，椰水堵孔不流，那么你就能扎穿头骨了。"

"也是用竹木磨成的扎子？"

"对，不过要达到这个程度，除了苦练恐怕还得有些造化才成。"

"端木师傅，你可以吧？"袁不觳这句话纯粹出于好奇。

"应该可以吧。"端木磨杵给了个不是非常肯定的回答。

设计引出边辅和忠义社

当知道天武营整营人马不知去向后，莫鼎力立刻运用密目孔子调查这些日子以来三关边界的兵马调动。同时还让芦威奇派人飞马赶赴边界上其他州县，查证最近有无军营在附近驻扎。

各方的信息一一返回，竟然全无一丝天武营的踪迹。这是个非常奇怪的事情，怎么可能明里暗里的调查全都无效，那一营的人马难道人间蒸发了吗？

一个军营失踪几个月，如果是归属三关统编的军队，肯定会在按期点卯和例行巡检中被发现。但天武营属于协助边关防御的机动军营，直接隶属于兵部甚至更高机构，也可能是内地州府调用的精锐。类似点卯程序的公文信件，留守的老兵自会办妥，按时交付到上一级管辖将领那边。

芦威奇这边就算不见了天武营，也无须深查，因为天武营只是配合他防守，并不属于他调配。有些兵部或枢密院直下的军令差遣需要保密，不通过芦威奇反而是为他摆脱干系。所以天武营的失踪在一定程度上是讲得通的。

至于莫鼎力，他这个时候不便将失踪的事情捅到临安。一来会打草惊蛇，让左骞提前准备好掩饰和推脱的由头。二来这事情背后可能牵涉得很深很广，在没有拿到切实证据之前捅开了，也就是扬起一团灰末而已，过后尘埃落尽又无关痛痒了。所以现在最主要的是找到天武营在哪里，并弄清他们到底在偷偷干些什么。

不知不觉就几个月过去了。莫鼎力脚跟不沾地地一顿忙活，却一无所获，心中不由得万分懊恼。一向镇定自如的他嘴角上都生出了成串燎泡，全是内火给逼出来的。

那芦威奇倒是个细心之人，见莫鼎力心中积火，便让人送了些归凤酥梨过去。这归凤酥梨酥脆多汁，去火润肺，是极好的果品。

"哪里搞来这么好的梨？好像是秦州特产吧。"莫鼎力握着一个酥梨，问送梨来的书童。

"莫大人好见识，这酥梨原先确实是秦州特产，如今就算秦州也不是随便能买到的。种这酥梨的归凤沟在秦州东北，原属秦州辖内，现在已经落入金国境内。我们这梨是过路商客带着自己吃的，府里巡卫查检时看到，花高价匀来一些给芦大人尝鲜，芦大人念着莫大人最近辛苦又让小的给您送来一些。"

听了书童的话，莫鼎力手里猛地一用力，那酥梨顿时碎裂开来，汁水四溅。书童吓得六神无主，他不知道自己哪句话得罪了莫鼎力。

"是了，金国境内！捉奇司的密目孔子都查不到去向的一营人马，肯定不在大宋境内，而是在金国境内。"莫鼎力恍然大悟，他终于找到自己未曾想到的方向。

"应该找边辅，边辅是宋金两边全然监控的。如果天武营确实在金国境内，边辅的人肯定会发现边界两边这么多人马的行动。"

边辅是皇上亲自掌控的秘密组织，主要职责是监视边关兵马和官员的动态，以及邻国和江湖群体的异动，以便及时采取应对措施。但是边辅活动范围是在边界以内，没有极其特殊的需要是不会越境的，更不会深入到别人秘密行事的危险区域。所以天武营现在如果真在金国境内，边辅也不一定能够弄清这一营人马到底在干什么，最多是帮忙圈定所在位置。

对了，除了边辅外还可以找两河忠义社。对金国境内淮黄两河区域的消息打探，他们应该是最有办法的。可以先让边辅确定大概位置，然后请两河忠义社打探他们在做什么事情。这样自己赶过去之后才能及时做出判断，采取针对措施。

可是边辅和两河忠义社都和莫鼎力没有什么联系。边辅获取消息后直接向皇上汇报，不会透露给捉奇司的一个轻骑都尉。两河忠义社虽然与莫鼎力在古坝有过一次接洽，实际上连面都没见着，更无后续联络方法。所以现在关键是如何与这两个组织接上头。

当天夜间，均州城城楼挂三球红灯。这是有外敌攻袭和重大叛乱才会挂出的紧急信号。于是头更未过，便已经有人潜入了芦威奇遣兵派将的威武堂。

已经挂出三球红灯的信号，而边辅的人却没有发现一点事件发生的苗头，这可是失职。如果其他途径把信息传回临安，而他们却没有密报递给皇上，耽搁了大事脑袋丢了都有可能。这种情况下边辅肯定是要偷偷寻到当地最高官员，问清楚事件的来龙去脉，再于路上抢时间尽早报送皇上进行补救。

芦威奇在威武堂上呆坐着，看到进来的身影后，他轻轻地嘘了一口气："来得真快！"

来的人几句话之后就走了。因为芦威奇就只几句话要说，来人也只需要听这几句话。

"金国境内有兵马异动，不知是何企图。天武营左骞已带全部人马悄然应对，但许多天不曾有军情传回。似有极大危机逼近三关，所以升三球红灯。但具体是何危机还需细查。"

这话是莫鼎力和芦威奇商量许久定下的。他们不能肯定天武营在做逆叛之事，就算有逆叛迹象也不过是没有抓住证据的臆测。只能假说金国异动，而天武营是应对时失踪，这样不管针对金国还是天武营，边辅都会去查，查出的结果不管和芦威奇所述是否一致，他们都会再来与芦威奇沟通。

莫鼎力这一晚没在州府衙门里，反而跑到均州最热闹的几条街上喝大酒逛妓院去了。酒像是喝多了，不管在酒楼里还是妓院里，拉到个人就说是自己兄弟。然后神情神秘、嗓音悲戚地告诉那些被他拉住的兄弟，子时之后两河忠义社所有兄弟解法寺门口会合，祭奠老坛主推选新坛主。那样子就像是因老坛主死了悲伤过度才醉成这样的。

子时刚到，莫鼎力就已经独自站在解法寺寺门前的石阶上，脊背挺直得就像一根石柱。一双炯炯亮眼盯着远处的夜色，就像要将这黑夜穿透。这与他之前的醉鬼模样迥然不同，而这种变化立刻就能让人看出是有着某种目的。

虽然是半夜了，解法寺门前仍是有两三人走过。但是没有一个理会莫鼎力，只诧异地看他一眼便赶紧离开。

莫鼎力的心中已经开始焦急，是自己的办法不能将两河忠义社的人引出，还是这均州城里根本就没有两河忠义社的人？不会，自己在古坝与两河忠义社的人接头，他们告知的信息都是围绕均州城和均右县的。能查出那么细致的信息，在这里不可能没有暗点和人手。

四更天都过了，解法寺里的僧人已经起来晨修，木鱼声伴随着诵经声从寺内悠扬传来。莫鼎力还挺立在石阶之上，头上、肩上洒了一层露水。到这时候仍无一点动静，他已经准备放弃了。

莫鼎力迈步走下了两级石阶，朦胧晨色中突然有马蹄车轮踏碾石头路面的响声传来，一辆破旧篷车从东边街口缓缓出现。车上没有车夫，拉车的马自己溜达着。但那马的样子非常警觉，随时都可能受惊狂奔。

"有的黄金冠，不是龙王座。"车里有人说话，不知道的还以为在念诗，其实这是江湖黑话。

莫鼎力知道这是两河忠义社的接头方式，上一次在古坝那里就是一条船顺水而过，这一次没河改用马车了。自己必须马上应答，不然车过去事情还没说清就白等了。

"拜的黄金冠，龙王自升天。"莫鼎力赶紧答道。

对方话里的意思是说两河忠义社是有的，但是没有莫鼎力说的什么坛主的事情。莫鼎力回答的是自己是要找两河忠义社，编个坛主的瞎话是为了让忠义社的人现身。

"随干藤蔓同树高，不知根从何处生。"这意思是说能用这种方式找忠义社是有本事的人，请说明来历。

"青河古坝踏水来，却见雾水遮河塘。"莫鼎力把自己之前在青河古坝与两河忠义社已经有过接洽的事情说了，以此证明自己来历对路。同时他提出自己遇到困境，需要更多帮助。

"金木水火土，几两几，方不方，下箸入盘入碗？"对方这是在问是哪一国哪一方面的事情，大概什么位置，做这件事情的酬劳如何算。

"金沙到处扬，风住了给你伞。吃鱼吃肉到临安，九个牙齿咬破山。"莫鼎力回答要找的目标大概在金国内，等自己确定具体位置后再告知对方，让对方帮忙查清那些人到底在干什么。至于酬劳去找铁耙子王，多少都没问题。

车里没有声音了，只听到马蹄车轮的声响。莫鼎力开始着急，他知道对方是在考虑，毕竟这是个非正常途径又没有具体价钱的活儿。但这时候马车已经快到西边拐弯的路口了，只要车子一拐弯这事情就算没戏了。

就在那车子开始转弯的时候，车子远远传来一句话："敖顺葬身地，媚娘插桃伞。"

莫鼎力松了口气，对方总算答应下来。敖顺是北海龙王，媚娘姓武，所以最后一句话的意思是告诉莫鼎力，确定目标位置后把消息放在城北坟场、武姓大坟旁边的桃树上。

虽然动用了边辅，但边辅的效率并不像想象中那么高。莫鼎力心焦上火地等了半个多月，边辅方面才有暗信发来对质。说发现西马口外有人马异动，但并不能确定是天武营，因为其中很多人都是金国骨族的装束。也就是说他们没确切发现天武营的踪迹，而金国异动的人马也只是在他们自己境内。

同一天夜里，莫鼎力便将这信息放在城北一家武姓坟墓附近的桃树上。坟地里一般不长桃树，因为桃木有镇鬼摧魂的功用，谁家都不希望自己祖先被镇住被摧毁，所以这个地方并不难找，而莫鼎力觉得那座武家大坟是假的。

随后莫鼎力立刻赶往西马口。至于两河忠义社查寻的情况，肯定在他到那里之前就有结果，而且自然会有人找到并告诉他。

骤然而至的密杀令

自去过端木磨杆家后，袁不敫每天都会抽出一段时间去距离弓射营不远的造器处。那是个清静的地方，里面又都是些不管别人事情的怪人，所以借这里练习眼扎子是最合适的。

袁不彀是个很勤奋的人。他原来就熟知如何找点、瞄线、运力，所以没多久就练成了寸劲，竹针可以迅疾刺穿牛皮牛肉而不折断。接下来练习的控劲却不容易了，也不知道用了多少个鸡蛋，直到造器处和弓射营三餐都得吃鸡蛋了，他才偶然成功一两次。

有一天，袁不彀碰见鲜果店很难得地在卖圆椰子，虽然控劲未能完全练成，他还是买了两个回去试一下端木磨杵说的两劲融会。才几下他就彻底放弃了，觉得这是完全不可能做成的事，或者说是凭自己能力不足以练成的技法。那单线悬挂的椰子本就不着力，又是圆的，眼扎子尖才一碰就会滑开。即便偶然找准圆心发力扎中，椰子的退让也会卸去很大一部分力量，只能将椰子顺着壳纹扎得绽裂开来，椰水四流。

看到袁不彀沮丧的样子，丁天想劝他再去找端木磨杵讨教讨教，看看是不是还有什么没有领悟的诀窍，但这话还没来得及说，捉奇司就有外活指令到达羿神卫。这外活安排得有些奇怪，竟然指定了由袁不彀去完成，而指定袁不彀的是已经很久没有消息的莫鼎力。

铁耙子王赵仲珥对莫鼎力许久未有消息传回并不感到奇怪。捉奇司放出去寻密探奇的人一般有两种情况会长久没有消息，一种是非常接近目标，暗地里坠住尾儿不敢轻举妄动，因为稍有闪失就会让对方觉察。还有一种情况就是已经被人家给抹了归路。

莫鼎力应该属于第一种情况，这种情况下发回来的信息最为重要，否则不会冒险而为。

不过当拿到莫鼎力通过轮儿转密信道发回的消息后，赵仲珥却感到很是诧异。因为这不是一封报送某个秘密的信件，而是一份刺杀的指令，一个侍卫向王爷发出的指令。

"速遣袁不彀密杀骨族骨鲔圣王，万万急！"

赵仲珥将这份暗信连读三遍，他能体会出其中紧急的意味，却无法理解这样做的目的。

骨族是金国北端的一个部族，属于隋唐时期靺鞨族骨部的延续族群。这个族群善猎善杀，族人生存能力极强，可以在水源食物极度匮乏的荒野存活下来。由于骨族族地是在金国范围内，所以被征调参与了对大宋的战争。也是在参战之后，这一部族的人尝到了甜头。中原地界州城繁华、物产富足，是他们之前难以想象的。在这样的地方肆意烧杀掠夺，更是将他们骨子里的贪欲和嗜血本性全激发了出来。所以骨族族地虽然是在极北之地，被称作"北寒野人"，但在参与对宋征战之后，他们却要求金国给他们部族在邻近南宋的地方安置一块封地。这其实就是想在财物匮乏的时候，可以很方便地往南宋境内掠夺一把。

金国对于这样的要求其实是有顾虑的，他们一方面是想利用这个部族善猎善杀的特性，在以后与南宋无休止的杀伐游戏中当猎犬使用。另一方面也是害怕这个部族在得到封地后快速壮大起来，变成反噬主人的恶狼。权衡再三，金国最终将临洮府北、原州府西的一块地方封赏给了他们。

这是一块极为贫瘠的土地，土连着沙，沙连着土。土山之上只零星绿色，沙掩沟壑难见水流。但是骨族的人并不在意，他们留在此地主要是为了时不时地侵入南宋、杀人掠物，而从这处封地可以直接进入南宋西和州、秦州、金州等区域。至于别人眼里的贫瘠土地，他们却可以生存下来，甚至还能从中找到几处他们认为物产颇为丰盛的地方，比如鲔山连堡。

鲔山连堡前后有十一个围堡遥相呼应，这些堡子是魏晋时期留下的坞堡。魏晋时出现奇异天灾，气温持续大幅度变冷，耕牧业遭受严重影响，导致北方游牧民南移，争食起事，战乱不断。于是很多地方依据宗族或村庄，靠着险峻地势建立起自我防卫的民间武装组织。如果没有险峻地势可以凭借，就联合附近多个组织构成联防形式，这种最基层的组织就叫坞堡。据说陶渊明笔下的桃花源就是一个遗落在深山的坞堡。

鲔山连堡属于后一种，他们所处地域没有险峻可依，所以采取了多个坞堡连堡联防的形式。但不管哪一种形式的坞堡都需要自给自足，所以这里虽然不像南宋州城那么富裕，但至少有水有人有牛羊有野兽。于是骨族便将这里当作长久驻地，他们的首领则自封"骨鲔圣王"。

金国人知道，骨族虽然勇猛善战但族人不多难成气候。骨族人想法简单，只要财物粮食充足便已满足。再则金国给的封地也是无法让他们快速壮大的，所以为了更好地利用他们，索性给骨族首领正式加封骨鲔圣王，且此封号可世袭。

莫鼎力传回的密杀令确实让赵仲珥感觉奇怪，而密杀指令中指定使用袁不毂就更加奇怪了。一个密杀行动，捉奇司很多人可以遣用。如果事情紧急，直接从莫鼎力所在位置的附近也能调用到可胜任的人手，何必一定要从临安调用一个经验并不丰富的弓箭手？

不过赵仲珥向来对自己使用的人充满信任。一件事情费了周折来做，说明是深思熟虑过的，有这样的必要。所以他马上吩咐下去，让袁不毂即刻前来捉奇司令房接活。

令房是个布置任务的地方，也是一个考察接受任务的人是否合格的地方。令房前后三重厅房，最外一厅叫绝音，这里不仅有侍卫看守，外门、内门还挂了厚厚的棉帘。暖春炎夏亦是如此，主要是为了隔音，交代的任务不让更多人听到。二厅叫询疑，前面一厅交代完任务，二厅里会有人询问接任务者对任务的理解程度，有没有把握，过程中的难点和可能出现的意外，而接受任务的人也可以询问一些自己需要更多了解的情况，提出一些要求。最里面的三厅叫衡色，此厅结构封闭、光线黑暗，外面人无法看到里面的人。三厅和二厅之间有小窗，二厅里的人所言所行三厅中都可以看见听见。二厅询疑时，会有对相应任务非常熟悉的人在三厅里观察接受任务者，从接受者的反应、问话来判断他适不适合承担此次任务。

袁不毂走进二厅询疑，三厅衡色里坐着的竟然是赵仲珥和李诚罡。这是极少有的。他们两个亲自来判断能否承担任务的人不超过三个。而当询疑厅里的对话才进行到一半，他们两个就已经认定袁不毂很不适合来做这个活儿，难以理解莫鼎力为何偏偏点名要他。

　　"这可不行啊。我听说了，这个年轻人弓射技艺别有天赋，但若让他去密杀骨鲔圣王恐有不足，估计进到金国境内就会被人家给逮了。"李诚罡一点不掩饰自己的看法。无论原因如何，密杀金国骨鲔圣王都是件大事。要么不做，做就必须成功。

　　"我觉得也是，此子做密活儿的经验太少，放出去就是个收不回的风筝，定是要栽在什么地方的。"赵仲珥和李诚罡的感觉一样，"但莫鼎力也是了解他的，指定要他前去，肯定是有非常意图的。"

　　"如果必须派他去，或可找合适的人一道，左右有个照应。"

　　"你看什么人合适？"

　　"八足水黾李踪可担此任。"李诚罡道。

　　"桃荷棋院的那个李踪？搜神门的高手，江湖上各种门道无所不知，这人倒是合适的。"赵仲珥竟然能随口说出捉奇司一个钉子的情况，可见他心思密匝到何等程度。

　　"他在桃荷棋院里待得久了，见识过各种人，对外邦部族的特点、习惯也都知道一二。要想密杀骨鲔圣王，了解他部族中的情况是很重要的。"李诚罡说的这个理由也是很重要的。

　　"行，那就让李踪陪他去吧。"

　　李踪在捉奇司令房领到活儿后马上又回到桃荷棋院。他是安插在这里的钉子，就算离开也必须找个合理的由头，这在他们搜神门叫作扎辫头。

　　扎辫头不仅是为了以后有需要时还可以回来，更是为了不让任何人对他突然的离开感到疑惑。因为疑惑就会假想，假想就有可能将一些说不清道不明的大事情与他挂搭上。再神鬼叨叨地一宣扬，莫名其妙地就有可能被人盯上眼儿、坠上尾儿。

所以搜神门有四要点说法："取递五分险，来去十分难。"意思就是说，取得线索消息和传递线索消息各占五分危险，但进入可以获取信息的圈子以及离开这个圈子都是十分艰难的。

搜神门传授的本领基本都是围绕这险难四要点展开的，即便是技击杀人的招数，也是为了在遇到险难时使用。

四要点中的"取"最基础，包括坑蒙拐骗吓抢偷杀，只要是将东西拿到手就成。然后是递，递的招数要高明许多。一件东西或一个信息的传递，特别是没有约定的临时传递，要用到多种江湖技法和奇妙器具。最后才是来和去，这来和去不仅要将所学全部淋漓尽致地加以运用，而且要有随机应变的灵性，做啥是啥的秉性，强大自信的心性。

其实从搜神门出道的弟子就是间谍、细作，不过那时候江湖上管他们叫作鹊儿。喜鹊喜欢偷偷叼衔人家家里的东西藏在巢窝里，所以取了这么个名号。但他们训练出的本事却绝不会像鹊儿偷叼东西那么简单，否则的话这搜神门的人也就能替人家寻只鸡找条狗。

李踪前脚回到桃荷棋院，李诚罡后脚也到了，李踪和往常一样把李诚罡请到尾亭落座。这尾亭就是他二人上次设套试张浚，结果试来了范成大的那个尾亭。从这里可以看到棋院各个位置的情况，但别人看这边总是切角断面的不能全部看到。难偷窥，无法偷听，想对这位置上的人采取什么不利的行动都必须有个辗转的过程，而这过程会让成功率降低一半。

李诚罡坐在尾亭往四周扫视一番，然后端茶杯，掀杯盖遮掩住说话的嘴巴："是我推荐你协助袁不谷前往鲔山连堡的，到那里后怎么做你自己把控。这算遂了你的心愿，也是我还你兄长的一份人情。不过，这件事的结果与我无关，我可不想在当初的愧疚之上再添一份不忍。"

"李大人，你能利用此次机会让我摆脱捉奇司和搜神门的约束前往鲔山找寻失踪兄长，小的已经是万分感激了。当年兄长去鲔山是自己情愿，非你诱骗，更非威逼。你只不过是与他做了一笔交易，你为的是利，他为的也是利，你不必愧疚于心。我此行若再有意外，更是与大人没有丝毫关系。"李踪说话时用菜名册挡住脸面，但感激之情却是非常真诚的。

搜神门这样的门派肯定有自己的一套规矩，江湖上也有自己的组织网络。所以没有特殊理由和门中允许是不准改换身份的，以防泄漏门中玄机。捉奇司的规矩更大，不仅行动范围有限制，而且扎稳之后基本不准变动。把一个钉子安插得没有一点破绽需要很长时间和多方努力，随便抽出，前面下的功夫就白费了。所以李踪如果能借着这次机会顺道去找他兄长，还真得好好谢谢李诚罢才对。

"去了之后，无论能否寻到你兄长，但凡有一丝相关线索务必传回。如寻到你兄长或他留下遗物，可由'铃儿线'给我信儿，我立刻派人接应你回来。"李诚罢说的"铃儿线"是北宋时江湖第一大帮"一江三湖十八山"使用的信息传递途径。一江三湖十八山早在宋太祖平定南唐之后便土崩瓦解了，却不知道为何现在还有人在使用他们的信息传递途径，而且还是一个官家要员嘴里说出来的。

"明白，'铃儿线'要是断了，没奈何我就烧雀儿尾，那么你也可以很快得到消息。"搜神门的弟子都称作鹊儿，烧鹊儿尾是指故意显露身份做背叛搜神门的事情，那么这悖逆的讯息很快就会传到所有搜神门的鹊儿那里。而李诚罢能和李踪如此密谈，关系肯定非同一般。鹊儿尾一烧，自会有他安排好的人给李诚罢传递所有有价值的信息。

"如此你便多保重吧。"李诚罢说完站起身将茶杯用力摔在地上，甩人袖在李踪的脸上抽个耳光，踢开椅子扬长而去。

"怎么回事怎么回事？"桃荷棋院的院主和账房都跑了过来。

"我也没说什么，就是讨那客人开心，说了两句笑话。说文人虽然不拿刀枪，但方尺棋盘之上同样纵横，华舫雕床之内也能进退。谁知那客人便恼了。"李踪一脸的委屈。

"认不得人就瞎说话，那可是宝文阁大学士李诚罡李大人，他现下专职替捉奇司出谋划策，是铁耙子王的左膀右臂。他肯定误会你揶揄他才动怒的。"那账房说道。

"捉奇司的红人啊，那你可惹祸了。捉奇司看着风不动水不晃的，其实很多要人命的大事都是他们出手做的。李老二，你得赶紧离开这里，别等那李大人消不了气，回头让人过来再给你一手狠的。"院主看似心地不错，让李踪赶紧避一避，实则他也是怕李踪留在棋院给自己带来麻烦。

于是李踪顺利扎辫头，离开了桃荷棋院。

演神仙戏用的大弓

袁不觳和李踪不同，他不需要扎辫头，接了密活后只管准备东西随时出发。因为与外界多一分接触，将任务泄露出去的危险就多一分。不过袁不觳想了想，最终还是以一个非常合理的借口出了弓射营。

袁不觳出弓射营除了去造器处再没有其他地方可去，而他的借口正是前往造器处选一件适合这次密活儿用的武器。说来也巧，袁不觳刚进造器处，舒九儿也风摇轻柳般地跟着进来了。

舒九儿最近有空就会来造器处，说是看望老弦子，其实是知道袁不觳每天都会来这里练眼扎子。丰飞燕比舒九儿来得更加频繁，她不遮不掩，逢人就说是来看袁不毂的。不过最近一段时间丰飞燕都没来，因为她被皇上派了任务，随使队前往西夏了。

南宋被金国夺了半壁江山，此后两国一直战火不息，小股金兵对南宋边民的烧杀掠夺更是频繁。虽然此前定下的隆兴和议使金国军队收敛许多，但要想长久稳定，除了自身国力军力要加强，还得和周边的其他国家结成牢靠的同盟关系。特别是和金国疆界相交的邻国，其中最为重要的是西夏和蒙古诸部落。

西夏从金国手中得过不少好处，金国曾将从大宋夺取的部分疆域划归给西夏，所以西夏一直臣服于金国。但随着金国和南宋的关系缓和，西夏也与南宋有了来往，这让南宋朝廷觉得是个拉拢西夏的好机会。

这一回丰飞燕随队出使西夏，就是去给西夏皇后补衣服的。西夏皇后有一件世上独一无二的金丝凤羽衣，织造奇人三指婆做成此衣后便心力耗尽呕血而死，所以当此衣被入室偷食的野狸抓破之后，再无人能补。

西夏早就遣人来宋寻找能修补金丝凤羽衣的人，他们觉得宋国盛产绫罗绸缎，修补织造方面肯定有能人。宋国却派不出能修补金丝凤羽衣的人，御绣坊监造使因此事多次被孝宗皇帝责怪。

那天丰飞燕在御绣坊里与人争强，说自己能补西夏皇后的金丝凤羽衣。当听说被捉奇司调用刚回来没多久的丰飞燕能补金丝凤羽衣，御绣坊监造使仿佛抓到根救命稻草，马上跑去向孝宗汇报。孝宗正好也有拉拢西夏的想法，于是下旨派遣了前往西夏的使队，并将丰飞燕一同带上。

丰飞燕过后也是懊恼不已，她听说过西夏来寻人修补金丝凤羽衣，但她以为西夏会把衣服带来临安，自己修补一下也花不了多少精力。却没想到得要自己一路风尘地跑到西夏去修补，而且皇上还亲自把她召入宫中吩咐细节。所以她连装病耍赖的法子都没法用，只能乖乖随使队前往。

不过丰飞燕走后倒也有个好处，就是造器处重新恢复了清静。之前她三天两头地往这儿跑，造器处一些喜欢清静的怪人实在不胜其烦，以至于在私下商量着要把袁不豰赶出造器处，不让他在这里练眼扎子了。

老弦子知道了袁不豰是来和他告别的，心里蓦然生出些生死离别的伤感。一时间连话都说不出来了，只是像没头苍蝇似的东翻西找，也不知道要做些什么。

舒九儿反倒没有老弦子那么难以控制情感。她明眸扑闪，红唇轻抿，想了想掏出个扎了红线的牛角瓶递给袁不豰："这是延命散，有止血麻醉的作用。在外面不管遇到什么状况，一定要留住半口气逃回来，回来了我就有法子救你。"

袁不豰也不推辞，将带有舒九儿体香的温润牛角瓶放在了贴身衣袋内，仿佛有暖流顿时流窜到全身："我一个低卑之人，还身带隐疾，能得到九儿姑娘青眼相待，能得到弦子师傅不吝授技，实在是三生之幸。此番外活如能全身而回，我再报答你们的情分。"

袁不豰这话其实是对舒九儿说的，但怕表露得太明显，搞得大家都尴尬，就把老弦子也带上，权当掩饰。

"不要你报答，好好回来就成。"老弦子不合时宜地搭了话，"你来试试这张弓，看会不会用。要想全身回来，最好的办法就是杀死敌人。"

老弦子那里翻弄了半天，最后拿出了一张模样挺怪的弓。

这是一张大弓，比一般的弓要长，也大一些。握把处特别大，多出个形状怪异的木制包袱。装饰多了些，单云形雀头要比平常弓的雀头高出一寸半。

握把处的木制包袱整个雕成眦眦纹，纹相凶恶，打眼看像个丑陋的瘤子。手从上面的一个洞口插入握住弓把，洞口往后有一块凸出，正好对腕肘有个支撑，这样握弓可以更加稳定。洞口上方有左右滑槽，是专用箭托，搭箭出箭会更加顺畅。

说实话，这张弓的样子看起来有点像戏台上神仙戏用的神弓。虽然功能

第一章　无血杀技

多、外相好，但挟带起来颇显累赘，实际运用也不够自如，用作校场比射可能更加合适。而且按袁不彀现在的弓射技艺来说，他根本不需要那些附加的功能。

"这弓带着做外活恐怕不合适。"袁不彀实话实说。

"你试试，试试再说，做外活重要的是留住半口气回来。"老弦子和舒九儿说了一样的话。

袁不彀接过弓，握把拉弦。从手伸入斜洞口握把的那一刻开始，他脸色就有了细微的变化，弦拉之后还没有松复就已经肯定地说："我就用这弓了。"

老弦子笑了："好弓就像好马，善知才能善用，你是有悟性的孩子。"

这张大弓配了十支削竹钩刃箭，箭的箭杆是用粗竹竹壁削磨而成。箭头尖长，两边刃口内弯成钩。这箭轻巧稳定，射程远，射入肉中不仅伤口大，也难拔难医。除了箭支，另外还配有牛骨决、鹿皮遂。所谓决，就是协助拉弦的指环。一般善射者都会配用指决，材料常为玉、铜、骨。骨质指决制作难度最大，使用时更轻更滑，指感更好。所谓遂，就是护腕。遂主要用来防止弓弦释放时伤了手臂手腕，也是为了箭支在最终离开弓弦时力度和稳定度能够得以保证。

袁不彀只带走了弓和箭。他的弓射技法有几分野路子，是木匠拉锯的姿势演变而来的，这野路子却更好地考虑到了自身防护，所以鹿皮遂根本不需要。牛骨决袁不彀用不习惯，他觉得手指直接接触弓弦和箭尾，掌控上会更加到位。

袁不彀在造器处里没待多久就出来了，此次密活紧急，能出来一会儿已是不易。他是持规矩做方圆的匠人之家出身，知道留伸缩之隙方能恰到好处的道理，万万不能得寸进尺。所以见过舒九儿和老弦子后已是心满意足，遂背了大弓匆匆赶回。

将要进弓射营大门时，他身后追上来一人。弓射营前有宽敞校场，可纵马射靶，无物掩人行踪，却不知此人从何处冒出，悄无声息间就到了袁不榖身后。

袁不榖并没有发现身后的人，也没有发现接近自己的影子。因为那人已经算好过来的角度方向，不可能让他发现自己和自己的影子。

那人可以不让袁不榖发现他正在快速靠近，却没有办法掩住营门口守门兵卒的眼睛。于是，守门兵卒好奇地看着这边两个人，而袁不榖正好看到了守门兵卒异常的眼神。

"察人七尺之动不如察人一尺表情，察人一尺表情不如察人一寸眼神。"通过眼神，可以最先发现异常。而袁不榖能从十几步远的距离看出眼神异动，那也是天赋加修炼才能获得的能力，就好比瞄准树干上那条需要锯开的无形线条一样。

就在背后人的手将要搭到袁不榖肩头的瞬间，袁不榖微蹲，转身，用背上背着的弓背挡开伸向他的那只手，同时左手箭掌护住胸喉面，右手一伸拔下发髻上的眼扎子。就在眼扎子的尖儿刚刚离开发髻的那个瞬间，袁不榖停止了攻击。在这样一种遭遇意外、全力反击的状态下，还能让全身运转起来的力道戛然而止。只有眼犀利、身随意，神凝气平才能做到。

"有长进，竟然懂得借眼，这是很有用的一项本事。人不长后眼，再厉害的目力，所见范围都不会比别人多太多。所以要学会借眼，也就是察情知己，从周围一切细节变化来了解自己的真实处境。你这本事是谁教的，这人是有大能耐的。"来的人是端木磨杵，也不知他怎会这个时候来到弓射营门口的。

袁不榖想了想，自己这下意识的反应可能是在预训院时无意练成的，也可能是从獥貐坟经历中悟出的，还有可能是练习那咤杀过程中学会的，但肯定没人教过："端木师傅呀，不榖给您行礼了。我这个没人教，也不知何时起就会了，可能算不得什么本事，只是下意识反应吧。"

"如果是下意识反应那就更厉害了，说明你天生就有修习技击的潜质。"

端木磨杵大加赞赏。

"师傅此来所为何事？是到营里坐坐，还是找个酒馆让我孝敬您两杯？"

"不要叫我师傅，我不是你师傅，我们是朋友。今天坐也不坐、喝也不喝，就顺路过来问问你，那眼扎子练得怎么样？"

"练到刺蛋再难精进。"袁不觳练眼扎子开始时进展特别快，因为他原先在家里修习木匠手艺时曾练过斧角刻画、手凿镂空，这些技法的行气运力都与运用眼扎子有近似的地方。再要精进就相当于要他在虚空中斧刻凿镂，这要没有极高的悟性肯定不行。

"练到再无进展时，就不是苦练能解决的了。而是要逼，某一最为紧迫的状态下，内在的欲望会逼迫你突破难关。你所带畏血之症也是同样道理，它其实是一种恐惧，不敢正视的恐惧。想要摆脱它，只有把自己放在某个恐惧的极限，挨过那一刻，不知不觉间便释然了。而要成为一个至尊杀者，必须战胜这种恐惧。"

"可现在我该怎么办，如果出去做活，用眼扎子还是会出血，于我非常不利。"

"扎而不拔，自不见血。"端木磨杵说完扬长而去，真是来得稀奇古怪，走得莫名其妙。

"扎而不拔……"袁不觳猛然醒悟。他觉得端木磨杵肯定是知道自己要去做外活，所以专门前来给予点拨。

当晚，袁不觳和李踪换了平民衣裤，再裹条防风沙的灰粗布，就骑快马择道往西北而去。从这一晚开始，袁不觳营房的床头挂上了块乌铁腰牌，牌上铸刻的是"羿神卫"。如果不是出去做密活，这牌子本该带在身上的。

就在袁不觳二人出发两个时辰后，孝宗皇帝将铁耙子王紧急召入宫里。

孝宗刚刚接到边辅密报，之前派去西夏的使队离奇失踪了。他们本应该从西和州往西，借道吐蕃去往西夏的。这样走比借道金国要多绕不少远路，但孝宗却特意要求走这样的路线，尽可能避开金国。

使队出了西和州后，可能是走错了方向，并没有往西进入吐蕃境内。现在推测有可能是他们自作主张借道金国了，也有可能是遭遇了什么意外而不得已逃入金国境内。但不管是哪一种情况，使队进入金国境内都会让孝宗寝食难安。

"边界混乱，蛮匪横行，出使异域本就是风险极大之事。人不见了也算意料之中的，皇兄无须如此着急。"赵仲珥劝慰孝宗，"况且此去西夏是遣户部为使，并未携带贵重之器，丢了也没有什么可惜的。出使的官员也非朝廷重臣，能逃得性命是运气，逃不得的也是天数。千里之距，急也救不得。"

孝宗耷眉皱脸的，赵仲珥的话没能给他带来一丝安慰："皇弟呀，如果只是为了些东西和人也就罢了，可使队还带了一封书信。"

"一封书信？"

"嗯，一封给西夏王的书信。此次使队不以礼部出使，而以户部名义出使，对外只道是要与西夏建立丝绸茶叶生意的商道，此趟使者也叫作丝茶使。这些做法全是为了掩盖，实际目的是要带那封我亲授的密信与西夏王。"

"臣弟请皇兄恕罪。敢问皇兄，可是联盟西夏出兵对抗金国的密信？"

"你如何知道？"

"哦，臣弟妄猜的，没想到当真如此。不过臣弟还有不明白的，请皇兄赐教。想这西夏与金国向来交好，地域分割上多得金国好处。如今虽两国生有嫌隙，但还不曾到翻脸敌对的地步，不知道皇兄……"赵仲珥谨慎地说道。

"我并非直言让其起兵对金，不过是陈述了现下多国关系的微妙。"孝宗皇帝拂袖说道，"西夏以北，蒙古诸部蠢蠢欲动，对金国是有下手之意的。西边的吐蕃忌惮金国继续往南扩张，那样会开启西伐通道，对他们造成极大威胁。而蒙古与吐蕃中间夹着西夏，西夏如为金国所用，将是蒙古与吐蕃之患。

而西夏如被这两国所用，又会是金国之患。"

"所以皇兄是想让西夏联盟蒙古与吐蕃一起对抗金国，然后我大宋从旁获利。"

"确是如此。"

"一石二鸟，皇兄英明。不过时机上有些可惜了。臣弟斗胆直言，要是等到他们中的任何一国与金国之间局势紧张了，这封信件才会大有用处。目前来看那三国都没有任何对付金国的必要。且他们都雄霸一方许久，手下不乏心智高明之人，这封书信反是会让他们对我大宋心生提防。往好处想，西夏王见此信后一笑毁之；往坏处想，他将信件给了金国反而会融洽他们之间的关系。而一旦这信落入金国手中，虽信中未明言联盟之事，但字面之下的意思却是明白的。这势必会成为我大宋暗毁隆兴和议的证据，平白给金国再次发兵攻我边界的理由。"赵仲珥循序渐进地把问题说到最严重的点上。

"眼下我着急的就是这事情。信到西夏王手中，他倒不一定会即刻转给金国，这至少是他日后的一条后路。一旦局势变化时，他们也是需要我们支持的。但这信如果遗失，不管落入金国手中还是其中内容传出，对我大宋都是极为不利的。"孝宗颇为焦灼地道。

"事已至此，倒也并非绝境。皇兄且莫着急，臣弟立刻派遣羿神卫赶往使队失踪地界查找，定将那封信件找寻回来。"

孝宗要的就是赵仲珥这句话。宫里虽然大内高手众多，但皇上身边的人一旦出宫办事，肯定会被各方面的秘密组织盯上，包括金国安插在大宋的钉子。枢密院、兵部、禁军也是一样，没有任何理由的异常动作都会被注意。只有捉奇司出动人手才最为合理，外界人大多只知道他们的活儿是挖坟掘墓寻奇盗宝，也就是弄些钱财玩器而已，一般不会盯上他们。再有他们本身做的就是密活暗活，都有摆脱钉子匿迹潜行的本事。

在袁不毂和李踪出发后不到三个时辰，羿神卫大批人马出发了。不过这次出发的羿神卫不是天字档十八神射，也不是地字档的组合杀高手。赵仲珥安排的全是人字档的射手和一些刚招入羿神卫不久的射手，其中包括石榴、死鱼。

赵仲珥平日处理私事或者一些无关紧要的人，就会派遣些低档的下属或者陌生的面孔。这样一来，少数知道捉奇司真正职责的秘密组织，在查对过羿神卫高手并没有行动后，就会很快放弃对这批派出人马的关注。

捉奇司辖下羿神卫和带符提辖是最容易被外面人关注到的，那些秘密组织查对的其实就是这部分人。类似莫鼎力、李踪那样的高手一般都是秘密调入捉奇司的，有的可能仍是在原来职位但实际是给捉奇司办事。这些捉奇司以外的人那些秘密组织不会想到查对，也无从查对。这样一来也就没人知道这群级别不高的羿神卫中还混有"蝎尾黄蜂"丁天和一些其他什么地方选调来的高手。

冒充骨族人侵袭大宋

莫鼎力是在天武营对西马口以及周边村落进行侵扰的第二天，直接用连站飞信给捉奇司发回密杀指令的。

其实那天莫鼎力刚刚赶到秦州，就在一个打尖的小店里收到两河忠义社的信件。没人知道这个信件谁送来的，莫鼎力进店坐下时，那信已经在桌上。

信中说："点子准的，正磨牙，似要回咬主人。"这意思是说边辅发现的人马确实是天武营，他们正在准备武器和器械，像是要反攻大宋。

西马口是个通商口，原本是大宋往西夏和蒙古诸部的商队集散地。如今大宋疆土被金国侵占了许多，再从这里走要先经过金国国界，然后才能前往西夏和蒙古诸部。对于金国来说，他们也是需要有贸易互通、物资互换的。所以虽然和大宋打了很多年的仗，却从不侵扰西马口及其周围村镇。因为一旦这个商口子断了，他们也很难获取到南方的物产，所以西马口算得三关边界上的一个世外桃源，就算战乱之时，也都不曾有哪一方将此处毁了。

天武营的人马按兵种分作几股，其中一小股很特别，全是兽皮衣帽，和骨族人的装束很像。由此可知边辅之前的信息确实没错。

小股骨族装束的人马分几路去抢掠村镇。东西其实没抢多少，声势造得却挺大，把草垛、破房也烧了个火光冲天。有冲出来拼命的，他们也毫不留情，在现场留下不少骨族特有的狐尾箭、贞叶箭、宽头弧刀和一些兽皮衣帽。

大股的人马直奔西马口，他们趁着夜色用石矛炮对着城内猛轰一通。而这一晚正是西马口县民请夜神驱蝗妖祈求丰收的日子，人们正围着火堆虔诚祭拜呢，这一通猛轰倒真的是死伤了不少人。

石矛炮是骨族特有的武器，从旋风炮变化而来。旋风炮是抛石车的一种，但能称得上旋风炮的抛石车必须是六臂以上，可以连续抛击，威力极大。

石矛炮是将旋风炮进行了改进，并非连续几臂，而是一臂夹一弩的形式。一臂兜住的石头在最大力的角度抛出，其臂余势不尽继续下甩，带动拉绳蓄力弩机。等其臂余势没了，臂头因重量大而返回，正好可以脱开弩机机栝，将弩架上三菱重矛弹射出去。这样的改良变化，是骨族人将自己族里独有的桦木地弩弓射原理融入其中了。

莫鼎力得到两河忠义社的消息时，天武营还在做着最后的准备。而当他赶到西马口时，正好遇上天武营对西马口以及周围村镇的第一次攻袭。

莫鼎力纵马上到一处土丘顶，望着矢石乱飞、火焰乱窜的场面，不由得惊呆在那里："反了！这左骞是反了吗？为何会带队攻击大宋城池和百姓？"

但他马上就又看出蹊跷，否定了自己刚刚的疑问："不对呀，如果真反了，他们不必刻意换装啊，不必和在均州城一样掩盖真实身份。既然不是真的要反，那么就肯定别有目的。或许西马口有他们想要的东西，他们是假借骨族身份要强取那些东西。十八神射拼了全部性命带回的牌子上信息很多，莫非第二条线索是在西马口？"

只用了半盏茶的工夫，莫鼎力就再次否定了自己的分析："好像也不对，如果西马口真有左骞想要的东西，他们应该集中力量攻袭东西所在的地方才对。如今这种四处侵扰只会适得其反，让附近的宋军有时间赶来增援，那样的话不是更加难以得手了吗？另外他们费尽周折采取的行动并没有试图找寻什么，就是毫无目的地在制造惊恐和混乱。"

搞不明白状况的莫鼎力先找个妥当的地方藏了起来，等第二天天亮了，他立即骑马到天武营侵扰过的地方转了一遍。昨天夜里的侵扰持续时间不长，未过两更所有人就撤走了。所以破坏的程度不大，东西也没抢走多少，反倒是留下不少到处可见的箭矢刀矛。莫鼎力查看了下，认出遗留下的那些武器都是金国骨族特有的。

天武营所有的行动未受到任何有效阻挡和反击，整个过程从容自如，完全可以将现场收拾得不留丝毫痕迹，更不应该慌乱地丢下这么些东西。所以这些应该是故意留下的，就为了证明他们是骨族的人马。

"大宋的兵马乔装成骨族对大宋发起攻袭，这个局做得看似莫名其妙，其实应该大有玄妙。可究竟妙在哪一点上呢？"莫鼎力的疑问无人回答，他只能陷入迷茫，苦苦挣扎。

当第二天下午侵袭掠抢再次开始时，莫鼎力突然开了窍："左骞他们并非要在西马口得到些什么，只是为了制造一个骨族攻袭南宋的假象。然后他们就可以恢复天武营的身份，名正言顺地攻入金国，直捣骨族的封地区域。他们想要的东西应该就在那里！"

南宋与金国边界上一直都有小规模的摩擦，但若想要动用大队人马杀入对方境内，却需要枢密院、兵部与皇上商榷定夺才行的。因为这样越境深入的大动作，很有可能引起双方全面开战。而若大宋边界上某一处出现突然的攻袭时，边关州府官尹和几路指挥使却可以自主权衡应对。就近的联防营如果反应及时，也可以参与防御反击，甚至可适当追击至对方境内给予教训。

左骞用骨族特有的石矛炮攻袭西马口，然后在周围村庄侵袭时留下许多有骨族特征的东西，就是给自己一个可以杀入金国径深之处的理由，也给自己一个全身而退的先决条件。

"假借骨族之名要去的地方定然是距离骨族聚居地不远。"莫鼎力很肯定这一点。

骨族虽是金国境内部族，但金国朝廷平时并不约束他们，依旧让他们用部族规矩自主管理。所以冒充骨族是最好的掩饰，否则这么多人马的运转和活动，会马上被人关注到。

"边界发生侵袭，天武营出现在这里变得很合理。而为了反击侵袭攻入金国境内，同样合理。既然合理，大宋便不会追责，反而会给他们后援支持。"莫鼎力能够想象，随后会有大量宋军陆续集结于此，金国方面则完全不清楚发生了什么事情，继而采取静观其变的应对措施。于是天武营进入金国径深之处后暂时不会遭遇金国兵马的围剿，这样他们就有足够时间和空间把自己要做的事情完成。

一个大胆而完美的计划，所有设计和铺垫都在为这个计划服务。但是这做法无论成功与否，带来的后果都将是非常严重的。骨族没有侵袭行为，大宋军队却突入金国腹地。这很有可能会将隆兴和议带来的安定局面彻底打破，百姓又沦入战火之中，生灵涂炭。就算金国及时发现骨族侵袭是天武营伪装并进行拦截，也一样会认为是大宋玩的伎俩，随后也会兴师问罪或采取报复行动。所以最好的解决办法是在金国未曾有所觉察或者觉察了却还未来得及采取行动之前，就让天武营自行终结他们的计划。要做到这一点，就必须拿住他们的什么要害，就像打蛇打七寸。

"或许只有这一个法子。"莫鼎力努力想了一夜，终于冒出个杀羊退狼的法子。把羊杀了，那狼再跑来还有什么意义？要杀的羊，就是骨族首领骨鲔圣王："只要骨鲔圣王一死，就算是假冒的侵袭也会停止，否则就是明告别人自己是假的。而大宋这边，就算认定是骨族侵袭，也会因为骨鲔圣王的死而放弃追究报复，天武营这时再要攻入金国境内就变得没有理由了。而骨鲔圣王死后，大宋边关肯定认为骨族的侵袭会停止，也就没有必要在西马口集结人马。这种情况下天武营如果还要强入金国境内，不仅没了后援接应，金国那边在没有边界威胁的压力下也会放手围剿他们。"

"金国虽然平时不愿多管骨族，骨鲔圣王的死却是不能不管的。否则谁继任骨鲔圣王、族人服不服等情况都可能演化为内乱。而一旦金国朝廷插手骨族的事情，冒充骨族、攻袭骨族、在骨族聚居地附近找寻东西，这些都会被金国发现并重视，不惜动用重兵应对，那么天武营的计划仍是不能成功。"莫鼎力想完这些，终于放松地叹了口气。

杀羊是好办法，但就算好办法也必须考虑周全，不能因此扩大事态。所以正确的杀羊方法就是让袁不毂偷偷赶到鲔山，远距离神不知鬼不觉地射杀骨鲔圣王，不留任何把柄。

"世人都认为宋人不擅弓射，以袁不毂的绝妙箭法射杀骨鲔圣王，不管金国还是骨族都不会认为是大宋派出的弓箭手。袁不毂身带畏血症，就算他在鲔山失手被擒，金国也不会相信大宋派这样一个人来刺杀。再有，他是刚刚从造器处转入羿神卫，连正规的入册文书都没有，这样一来就算是金国谍者也查不出他的来路。而且他是野路子的弓射技法，金国人只会以为是边界上遭骨族祸害过的百姓私下复仇。"

莫鼎力用手掌抹了一把脸上沾附的飞尘，想想不久前猰貐坟上袁不毂刚刚救过自己的命，心中多少有些羞愧和内疚。但当他的手放下之后，却又很决然地嘀咕了一声："就袁不毂了，此活非他不可。"

丘陵连绵黄土飞，地好像特别高，天好像特别低，像一条灰白的带子嵌在黄白中，一直延伸到地的尽头、天的尽头，这便是不多的人踏出的长长的路。

路上有人在唱着歌谣："持得规矩见短长，斧锯破开木方圆。立柱架梁居身所，造得案龛供圣贤。"这种歌谣叫匠曲儿，是不同行当工匠自己编的，有雅有俗，调子有朗朗上口的，也有干巴巴的。从匠曲儿里就能听出唱曲人的身份，而正在唱这支匠曲儿的很明显是木匠。

唱曲儿的是袁不毂，他和李踪以木匠身份做掩饰。袁不毂原就是个木匠，所带长弓羽箭装在一个大包袱里，这包袱和木匠的工具包比较相似，自然不会惹人怀疑。

在进入金国境内之后，他们带着捉奇司的暗令，一路纵马狂奔。要不是袁不毂和李踪平时骑马机会较少，骑术都还不够好，他们本可以更早进入金国界内。

进入金国后，李踪的重要性便完全显现出来了。搜神门的门人本就南北方言都要学、汉蛮习俗都要懂，李踪本事更加厉害。他在桃荷棋院待了多年，那里进出的人繁杂，且都是有学问有见识的，耳边刮过的闲话典故，记下来都不亚于一本百科全书。所以路上不管是择路径、打尖买物、雇车论价全是李踪出面。另外，搜神门弟子虽不能说遍布天下，但只要他们门中那个"拈花收"的标识放出去，总会有一两个回应。从这个途径了解情况、确认消息，可以保证很高的真实度。

两个人在和儒镇雇了一辆驴车继续前往鲔山。李踪雇的不是一般的车夫，而是经常参与拉运私盐私货的车夫。他二人在金国境内要尽快赶到鲔山连堡，官道民道都不能走，狩猎采药的险狭道路又太慢，只有这私货道是最快最安全的。

　　不过，才走一天，李踪便趁驴车主人如厕时把他给甩了，自己驾着车和袁不彀一路快跑。急得那驴车主人拎着裤子在后面跳着脚地骂，就差没把喉咙给骂破了。

　　袁不彀觉得那驴车主人有些可怜，不由得嘟囔道："这驴车是人家养家的依靠，把那车主扔下，他以后可怎么办？"

　　"我是在救他的命。"李踪只回了一句便不再多说什么，他知道这是最有说服力的一个理由。

　　袁不彀也不再作声了，李踪的话说服了他，同时他从这话里体会到前路的危险。

第二章

鲔山连堡

才入第一堡身份便被识破

根据之前得到的所有信息，李踪驾着驴车离开那条私货道，就从西南方的苦峡沟进入了鲔山地区。这是非常稳妥的走法，虽然周围不见人烟，到处土崖耸立，但遇到骨族人的可能也是最小的。不过他们两个最终进入鲔山十一连堡的第一堡甜井堡时，却完全没了原有的稳妥，仓皇而入。

李踪完全没有想到，草图上短短半寸长的一条线，他们却走得望不到头。而这条线上一路见不到人家找不到水，就连冒点绿色的草都很难看见。也难怪这是遇到骨族人可能性最小的路径，这路上遇到个活物的可能性都微乎其微。

驴累瘫了，两个人只能靠双脚继续往前跋涉。不多久，水也喝完了，而身体消耗的大量水分却得不到补充。两人都觉得自己已经像荒野里枯死的树那样干瘪。

好在路线终是没错，他们终于在和枯死的树完全一样前，见到了甜井堡。按照惯常做法，他们应该在堡外停留到夜色降临后，再悄然进入堡中摸清情况。但他们焦渴难耐，在大中午的时候便不顾一切跌撞着跑进堡子。

甜井堡有口深井，堡子里的人都指望这口井才在这里生存下来，所以这井很宝贵，上了盖子、压了杠子、锁了链子。

袁不齑在井边扒弄两下便马上放弃了，因为就算他能把锁链打开，也没力气把大木杠和盖子移开。李踪比他有经验，他直扑离着甜井不太远的马槽。马和人一样是需要喝水的，所以那一排槽子里肯定有水槽。

就在李踪扑到槽子上并沿着槽子一路找寻哪个角落有水的时候，袁不齑也慢慢地退到了马槽边上。

"这帮畜生，把水舔干了，一滴都不留。"李踪在骂那些驴马。

袁不彀倒退着靠上马槽，用手指敲了敲木马槽。

"怎么了？快找水呀！"李踪回过头来，眼前情形让他顿时僵立在了那里。水井边不知道什么时候出现了一大群人，正用各种询问的眼神看着他们。

"惨了，应该留一个人在外面的，现在我们被围住了。"李踪懊悔万分地对袁不彀说。

"杀出去？"袁不彀看看自己丢在井边的包袱。包袱距离自己有些远，拿到手后还要解开扎紧的绳子打开包袱才能拿出弓箭。算下距离和速度，估计不等看到里面的弓箭自己就会被剁成碎肉，所以他同样地懊悔。

李踪面皮僵硬地抖动两下，随即换成一张有些变形的笑脸朝人群走过去，用一口颇为标准的当地话和对方招呼起来。

"你们不是本地人，是南方来的？"人群中领头的白须老者问道。

"不是不是，我们就是本地人，花棒子堡的。卖羊去了西和州，回来时拉车的驴子病死，只好一路走回。"李踪之前做过功课，花棒子堡是鲔山连堡的第八堡，堡子周围长了很多可防风沙的花棒子而得名。花棒子堡也是十一个堡中环境最好、物产最丰的，所以骨族的聚居地就设在花棒子堡不远处的鹰嘴草湾。这样，骨族的人可以很方便地从花棒子堡索取到一定的粮食补给，需要的时候还可以让堡子里的人帮他们把一些牲口拉到南宋边界去换必需品回来。

"你们不是本地人，本地人没有你们这样的皮色，而且你们不像本地人那么耐渴。"那老者一眼就识破了李踪的谎言。

"我们其实吧……其实……"李踪没有想到会这样直接地被揭穿，圆谎的话根本来不及想。

"你们知道这里是骨族的地盘吗？"老者问。

"知道。"

"知道还来，那就肯定不是善弱之辈，来这里恐怕是要做凶杀之事的。"

袁不觳和李踪全不作声，他们完全没有想到，两人才到鲔山十一连堡的第一堡就被人家困住，而且几句话之后对方就把自己此行目的给拆解清楚了。

"我们这里是甜井苦水，井里的水不能直接喝，得滤过煮过才行。那两个婆娘，把水罐子给他们。"很奇怪，老者竟然让人给袁不觳和李踪水喝，而且是处理过的水。

"你们喝完水马上离开。我们这就烧烟信，告知部落有外人侵入，随后就会有人来捕杀你们。没办法，如果我们不报信撇清关系，一旦出了事堡子里的人都会没命。我能帮你们的就是给你们水喝，让你们快逃。至于逃不逃得了就看你们的本事和运气了。"老者说完挥了下手，石窝台的狼烟随即升起了。

袁不觳和李踪放下水罐相互看一眼，嘴里的最后一口水都没来得及咽下就跳起身拿起东西往外跑。两个人本是来密杀骨鲔圣王的，结果才到鲔山最外围的第一堡，就成了被追杀的人。

逃命也是有技巧的，这方面李踪比袁不觳狡猾。一般人在前行道路上遇到危险肯定是往回逃，因为来的路已经走过，情况比较了解。而且来的时候安全，回去时同样安全，可无所顾虑地用最快的速度逃命。李踪却带着袁不觳去了一个别人很难想到的方向，径直奔向鲔山连堡的第二堡夹子堡。

李踪的选择没有错。来路虽然安全，但是路途太长。他们没有马匹代步，骨族的人追来后根本没有逃脱的可能。选择赶往夹子堡却不同，骨族聚居地是鹰嘴草湾，也就是第八堡的附近。一路烟信传过去后他们肯定会派人直扑发现外人的第一堡，而第八堡到第一堡是需要一定时间的。李踪估计自己带着袁不觳凭脚力奔跑，应该可以在骨族派出的人经过夹子堡之前进到夹子堡里。

骨族的人肯定想不到他们还敢沿着十一连堡方向跑，更不会在经过后面其他堡子时还挨个进堡搜查。他们正常的行动轨迹应该是直奔甜井堡，在发现他们已经逃走后就往他们来时的路径去追。所以袁不榖他们只要及时赶到夹子堡，不与赶来的骨族人撞上，短时间内反而会更加安全。

另外，狼烟烟信已经一个堡子接一个堡子地传递过去。夹子堡的人就算发现袁不榖和李踪，他们再发烟信也只会混淆在前面的烟信中，很难确定是新的报警信号。而这种一望无际的旷野里，除了烟信还真没有其他更快更精确的报信方式。一旦烟信不被确认，想要圈定袁不榖他们两个就更难了。

夹子堡之所以起这么个名字，是因为堡子里的人主要以捕猎为生。这堡子的周围一片荒芜，种不了粮食，养不了驴马。好在周围荒丘土坡多有狼狐鼠兔出没，还有沙鸡之类的鸟雀，捕猎后吃肉取皮换粮食倒也能够生存。

不过以这种方式生存下来，得要有傍身的本事。不是下夹子那么简单，而需要对弹子弓箭使得得心应手。所以，留在堡子里的人都有两手绝活儿，否则就只能投靠其他堡子，而若没堡子愿意收留还得远走他乡，另寻活路。

经过了第一堡的教训，二人到夹子堡附近后没有马上进去，而是在不远处的土垛后面观察了好一会儿。

夹子堡明显不如前面的甜井堡，不但人少堡子小，而且非常破落。原来土垒的堡墙倒得差不多了，所以进出堡子的路有很多条。其中一条是正路，其他都是堡墙倒了的豁口被人们踩出的近路。

没倒的几片堡墙被风刮来的浮土掩了半截，显得非常低矮。房子也都埋了一半在土里，这倒不是被风刮的浮土埋了的，而是特意这么设计的。这样半截土下的房子保暖性更好，抗风抗震的效果也更好。

堡子里很安静，一声犬吠没有。有几处房角上站着猎鹰，却似雕塑般纹丝不动。鲔山这地方捕猎鲜少用狗，一来地方太大太荒，没有遮掩，狗容易惊动到猎物；二来狗在这里不一定跑得过猎物，而喂养狗所需的食物却很多，所以猎户都养了鹰。

李踪从东边的一个堡墙豁口进去，先观察了一下里面的动静。没发现异常后朝外打个手势，袁不觳这才从南边一条小道进去。两个人分开一段距离，沿着房角、檐下、背阴处在堡中快速移动，想寻找到一个稳妥的藏身之处。

房子里很昏暗，此时又已经接近傍晚，浑浊的余晖本身就没有太大的光亮，所以越是大而深的房子，越无法看清里面到底什么状况，让人不敢贸然进去。

不过李踪还是很快选定了一个房子，并示意袁不觳躲到里面去。他在那房子外面听到里头兽子的哼唧声，而养兽子的房子一般不住人，所以李踪选择了这里。

从李踪和袁不觳进堡开始，到他们进到那房子里去，站在屋顶上的猎鹰始终像雕塑似的一动不动。猎鹰这样的反应有两个可能，要么是这些鹰认识他们，要么就是他们的一举一动已经被人发现，所以不需要这些鹰再发出警示。很显然，绝不会是第一种可能。

就在袁不觳他们刚刚被那个房子里的黑暗吞没后，一团飞扬的尘土从夹子堡旁边的坡上飞驰而过。这是看到狼烟后从骨族集居地赶往甜井堡的勇士，也是骨族最为凶悍的先锋。扬起的尘土很厚，除了从马蹄声和颜色各异的衣服可以看出骑手存在外，再无法看到更多东西。

屋顶上的猎鹰这个时候才扇翅弓背有了些反应。一些房屋的门页和窗户也出现了些许光线变化，应该是有人好奇外面发生了什么事情，所以走到窗前观望。但不管如何好奇，并没有一个人走出房子来看。

明明在不久之前就有人看到第一堡的狼烟，并将这里的狼烟也点起，现在却全都窝在房子里不再出现，并且在外面出现异常响动时也都暗藏不动，这就和捕猎者放下夹子等待猎物的状态一样。而夹子堡里都是厉害的捕猎者，那他们等待的猎物又会是什么呢？

黑暗的房子有时候也可以成为捕捉猎物的夹子，而专门关猎物的房子成了捕猎的夹子后就更加方便了。抓住了猎物可以直接关在房子里。

袁不毂和李踪的眼睛渐渐适应了房子里的黑暗之后，他们看到许多铁笼子。有大的，有小的，有空的，有关了各种猎物的。其中最大的一个铁笼足有三四张大床那么大，里面关着的猎物竟然是人。这些人满脸泥垢、须发蓬散，活似野人，大概被关在此处很长时间了。

直到这个时候，袁不毂和李踪仍没意识到自己处境的危险。这也难怪，夹子堡里的人平时都是和野兽斗智斗勇的，用对付人的思路是无法搞清他们招数的。

笼子里的兽子看到袁不毂和李踪后发出一阵惊恐的骚动，但在狭窄的笼子里转两个圈后也都只能无奈趴下。大笼子里的十几个人却是一动不动，全都用呆愣的眼神看着进来的两个人。

"你们是谁？怎么会被关在这里？"袁不毂轻声问道。李踪想伸手捂他嘴阻止都没来得及。

"你是湖州口音？！"笼子里的人开始有反应了，"你们是大宋人！"

李踪暗觉不好，自己二人的宋人身份被猜出来，还把范围确定在了离临安很近的湖州。这要传到骨族人那里，不但对完成任务不利，而且就算完成了任务，也很容易让人联想到是大宋派人出手杀了骨鲔圣王。片刻后，李踪眼神中闪过凶光。他在房子里扫视一番，似乎是在想办法让笼子里的人全部合理地死去。

关在兽笼里的带符提辖

"你们也是大宋人，我也听出你的口音了。"袁不毂因为自己的发现而显得有些兴奋。

"对对对，我们也算得是临安官家人。到北地做活儿误走鲔山连堡，被夹子堡的夹子套子拿住了。这堡子里的人也是穷疯了，竟把我们当作猎物关在牢笼中不放，说是必要时拿我们换粮换钱。"笼子里有个年长一点的白壮汉子说道，他有些像这十几个人里领头的。

"如果换不了粮钱就杀了我们吃肉。"旁边一个消瘦的年轻人呆滞地补一句，说完后自己先吓得猛打了个哆嗦。

"杀我们吃肉或许只是恐吓，但把我们关在这难见天日的牢笼之中终究是要身心俱悴的，还望两位壮士看在同是大宋子民的分上救救我们。"白壮汉子苦苦哀求，急切间一张脸显得愈发苍白。

袁不觳没有理会那人的哀求，而是在琢磨他刚才说的几个关键词——"临安""算得官家人""做活"。

"你们是捉奇司的带符提辖？上次做的活儿是在玄武水根穴？"袁不觳突然问道。

"啊……是啊，你怎么知道？"白壮汉子很是惊讶，自己话里并没有透露真实的身份来历呀。

白壮汉子的确没有透露什么，但是铁耙子王赵仲珥却透露了很多。捉奇司出外活之前必须保守秘密，而当一件外活做完之后，不管结果如何，赵仲珥都会把整个外活的经过都泄露出去。这样做是要让全捉奇司的人甚至是外面的人都来审视和判断外活流程，发现其中的不合理和可能存在的其他线索。其实也就是集思广益，发动群众的力量。所以捉奇司中的人都听过很多外活细节，而袁不觳虽然刚刚才加入，最近的几个外活倒也听说了。

听到的不多，记忆才会深刻，对比条件也单一，所以袁不觳很快就将玄武水根穴的事情和那几个关键词关联上了。非常巧的是，这几个人正是开启玄武水根穴后和十八神射分开走的带符提辖。分开后他们本是准备把追兵往背道而驰的方向上引，却没想到一不小心自己被人当猎物给捉了。

"他们是之前不知去向的带符提辖，快想办法把他们救出来。"袁不毂回头对李踪说。

李踪站在原地没动，像是不愿意把人放出来，又像是在怀疑这些人的身份。这也怪不得他，他们两个人此趟是密杀的活儿，被听出是从大宋而来已经非常不妥，之后面临的局面会更加麻烦。原来李踪是打算杀了这些人灭口的，现在却要把这些人救出来，这让他踌躇难定。

"你们说是带符提辖，有证据证明吗？"李踪突然抬头问笼子里的人。

"有的有的，我们的腰牌出外活时没带，但我们带着做活的符。被这里人搜了放在那边桌上的瓦罐里。"

袁不毂转身走到旁边的桌前，从上面的瓦罐里掏出一个个三清封魔龟甲符。龟甲大小格纹颜色不一样，上面刻的符形也有宽窄短长的不同，但他知道这些其实是同一种符形。

"不对，这符不对！"李踪突然说一句。

"怎么不对？"笼子里的白壮汉子一愣。

"数目不对。"李踪打眼之间就看出这龟甲符的数量和笼子里的人数不合。

"哦，对对，那边坐着的两位不是我们一道的。他们两个在我们之前就已经关进来了。"

"他们是什么来路？"

"这两个人又傻又哑，这些日子我们也询问过他们很多回，只听他们断续地说过几个莫名其妙的词。什么'大地流走、狂沙如浪'，完全不知道什么意思。"

李踪听到这话后，表情没有任何变化，脊背的肌肉却是微微一耸。这一耸没能逃过袁不毂的眼睛，他曾听舒九儿说过，心中有惊，不露声色，往往会暗自收腹提胸吸气，而这些状态综合起来的反应就是背肌上耸。也就是说，那些莫名其妙的词对李踪是有极大刺激的，他要么知道这些是什么意思，要么就是与他有着什么重要关系。

"我来放他们出来，等天一暗下来就立刻离开这里。"还没等袁不毂的思绪转回，李踪已经握住笼子上的大锁，然后手指间多出三支形状各异的细长铜片，只几下就把锁给打开了。搜神门的弟子搜得天下各种信息，少不了要偷盗骗抢，这开锁解扣也是他们的基础技能之一。

锁打开了，人却没能出来。随着一记响亮的崩弹声，有硬物破空呼啸而来。硬物正好击中笼门的铁杆，刚刚拉开一点的笼门在这一击之下又重重地合上了。

袁不毂是最早听到呼啸声的。那不是箭矢飞行发出的声响，而是一种远距离的杀伤武器。听到了呼啸声，眼睛也就很自然地顺着飞射的线瞄去，锁定到飞射而来的硬东西。那是一颗浑圆的石珠子，不对，应该是一颗石球才对，因为真的很大。

石球大力地把笼门撞合上，被撞的铁杆顿时凹弯下去。石球自身也崩裂成两块不完整的半圆和许多碎屑，以笼门铁杆为中心飞溅开来。

袁不毂头一偏，躲过其中一块半圆。另外一个半圆翻转着往笼子里飞去，正好撞在略显呆滞的年轻人胸口，直接将其撞倒。

李踪反应比袁不毂稍慢，动作却比袁不毂快。他单手一挥，扫开溅向他面门的石屑，脚下同时运力，侧身飞纵向旁边的矮小风窗，准备从那里逃出去。

才到窗口，李踪就被一支短而细的小箭给逼了回来。是硬木小弓射出的肘指箭！袁不毂在造器处见过各种各样的弓箭，并且反复试射过，所以他几乎熟悉天下所有弓箭的弹射和飞行声响，而这种小弓小箭也在其中。

这小弓通体不到一臂长，配用的是肘指箭。此箭和一般羽箭的箭形没有太大区别，长度大约是普通人肘关节到指尖，所以叫肘指箭。这类小弓小箭很少用于战场，江湖帮派倒是使得较多，再有就是捕猎小型兽子的猎户会用到。

被逼退的李踪没有再采取新的行动。所有出路都已经被堵死了，再采取行动不仅徒劳无功，还会在无效的反复中让自己陷入更大危险。

"这是做好的套儿，故意放我二人进堡进房的！"袁不觳没有动，朝着石球射来的方向说道。

"我们这里不叫套儿，叫夹子。"门口站着的人背对门外光线，无法看清他的面容。保持这个样子可能是想将自己本就高大的身影显得更为高大，从而给夹子里的猎物更大的震慑。

"我明白了。这夹子堡是由这里放夹子捉兽子的猎户而得名，而一般夹子捕猎都会有猎物被夹的提醒设置，比如线铃、碰鼓、空管传音等。夹子堡周围堡墙坍塌却不重修，定是外围远距离已经设下了预警提醒，不等外人靠近就能做好拿住来人的夹子。"造器处里设计奇门器具的高人很多，袁不觳在那里学到的也很多，自然能推断出这些来。

"我们偷入堡子时没有磕绊到任何东西，所以这周围的预警布设是地下空管。只是不知道你们有多少根传音空管，音点又是怎么设的。"袁不觳一半是在猜测，因为空管传音要正好踏在音点上。堡子周边范围很大，要保证获取外人潜入的预警必须有很多音点。

"你懂的已经很多了，再多些的话就只能拿命来堵口了。"门口的黑影只淡淡地回句威胁的话，并不验证袁不觳推断的正确与否。

这话涉及堡子报警和防护的秘密，定是不能多说的，以免被别人瞧出关键所在。不过从对方的态度里，李踪看出点门道，那就是自己目前不会死。对方并没有准备要他二人的命，甚至还没有将他们当作猎物，否则说话间不会如此谨慎，更不会提醒袁不觳知道太多会没命。对方之所以持这种态度对话，很大可能是他们不确定眼前二人的身份。

看出这点后，李踪跨前两步，扬首而言："你是什么人？我们要见此处堡主。这笼子里关的是我们的人，我等此行便是寻他们来的。"

李踪见多识广，在桃荷棋院这么些年，场面上的交道见得太多，所以他虚提起的架势看着颇有气场，让对方不由得微微一愣。

袁不觳了解李踪的底细，知道他这是五分唬加五分诈，实际上连自己性命能不能保住都没有把握。所以趁着对方发愣放松注意力的机会，他悄然从袍衣下摆内侧排套中抽出了一支眼扎子。

端木磨杵教他技法大成之前，运用眼扎子可扎而不拔，所以他一路上没事就在驴车上用枣木棍削眼扎子。削好后用烟煤熏黑了反插在下摆内侧，两排二十几支枣木眼扎子倒也没多大的体积和重量，在厚袍衣内侧基本看不出来。而此刻他的手中还抓着许多龟甲符，正好遮掩了黑黢黢的眼扎子。

堵住门的高大身影往后退了半步，屋外的光线在他半边脸上晕开。虽然有了光，那人的脸仍然黑得看不清楚。而且这张脸上最黑的竟然是牙齿，就像是刚刚啃过煤块一样。

"没有堡主，我是剥头，有什么话就跟我说。"那人像是被李踪唬住了，又像是在打什么主意。

"剥头就是这里做主的人。"笼子里的白壮汉子在背后低声给袁不觳和李踪解释。

夹子堡和其他地方不一样，这里住的都是猎户。猎户的收入主要靠卖猎物毛皮，而好的毛皮是要从猎物身上活剥下来的。堡子里的猎手各有自己独特的捕猎技法，但是剥毛皮的手法却是一致的。必须熟悉猎物身体构造，然后手要稳、心要狠、刀要快，活剥的时候尤见功力。所以在这里谁能当老大并不以捕猎本事来裁定，而是以剥毛皮的本事来裁定。而以这种标准选出来的领头人就叫剥头。

"剥头能做主？那我就跟你说。这几个人误入贵堡有什么冒犯之处我这里先赔个罪，另外再谢过剥主仁慈留了他们性命。不过他们家人惦念、职责未履，今天我来了务必是要把他们带走的。"李踪继续保持自己的气势。

"这几个人在我这里剥不了皮卖不了钱，只浪费粮食了，让你带走也不是不可以。"剥头的口气真的像是被唬住了，"但是……"

袁不觳预料到会有个更为重要的"但是"，这"但是"后面提出的条件才是对方真正的态度。

"但是你们就这么把人带走我不好对堡里人交代呀。费心费力地捕了来，费粮费水地养到现在，怎么都得拿点什么出来让大伙儿顺个心、服口气才是。"

"我们赶路匆忙没有带多少银钱。"袁不觳抢着回道。这是事实，所以要抢先说出来把这条自己眼下无法实现的条件给堵住。

"钱不是最重要的，要有什么稀罕玩意儿其实更好。"剥头在瞄袁不觳背着的大布包。

"要是稀罕玩意儿也没有呢？"李踪问道。

"那就得拿出些稀罕本事来比一比，镇住咱们这堡子，大家都服了你，当然你说什么就是什么。但如果你们的本事镇不住堡子里的老少爷们儿，那你们两个可就得自己进笼子里去，再等下个人来赎你们。"

话说到这里，可以确定剥头根本没有被唬住，他只是很狡猾地在用一个合情合理的夹子捕捉袁不觳和李踪。捕人比捕兽子危险，兽子捕了杀了都没事，人要捕错了搞不好全堡的人都会搭进命去。所以袁不觳他们能够拿钱拿东西把关了这么久都不见收益的人赎走是最好的，如果没钱没东西，那就让他们自己心甘情愿地进牢笼。这样不仅多收两份利息，也不算自己强拿强捕，日后有问题也可以推诿干系。

一场惊心动魄的放碗对决

"比什么本事？"李踪并不想比，只是好奇。

"在我们这种捉兽子剥皮子的人家，最拿手的是玩刀子，但今日就不比刀子了，谁伤了谁都不好收场。不过我们可以比比玩刀子的稳劲和巧劲。"

"不要上当，剥头能活剥兽子皮，最厉害的就是手稳刀巧。这里被关的人都和他比过，没可能胜他的。"笼子里的白壮汉子提醒袁不觳和李踪。他们当初应该也是想采用这种方式脱身的，结果却让他们彻底失去了希望。

"他们是怎么个比法？"袁不觳低头轻声问一句。

"比放碗。"

还没等袁不觳继续问清是怎样个放碗，李踪那边已经回复剥头了："好的，我和你比。"

李踪这么爽快地回复是有缘由的，他本就有指墨套"记阴文"的功底，而"记阴文"首先讲究的也是稳和巧。另外，这么些年他都在桃荷棋院端盘子递碗，说到比放碗他心里更加有底了，所以爽快答应。再说了，眼下这种情形，不答应又能如何？

"出来，去堡亭。"剥头见李踪答应了，转身走了出去。

堡亭在堡子的最中央，属于堡子里一个综合性场所。重要的事情在这里商议发布，无聊时也可以聚在这里聊天说闲话。外来商客进堡收皮子，也都是在这里完成交易。但不是什么堡子都有这样一个堡亭的，一般只有条件艰苦的堡子才会搭这么个简陋的亭子来做些公共的事情。条件好的堡子会有专门的厅房或者是族庙、祠堂之类。

不过简陋也有简陋的好处，规矩少、用处多，桌子一布置，酒摆到这里就能一起喝。夹子堡的猎户们都是好酒的，因为他们食物中有很大一部分是兽子肉，只有喝些烈酒才能化解肉中的油腻。堡亭里放着桌子，桌子上有现成的菜盆、酒碗，这些菜盆、酒碗除了可以盛菜喝酒，有时候还可以作为比试较量的器具。

外面已经残阳西挂，但光线还是要比房子里亮许多。原来冷冷清清不见一个人的夹子堡，此刻不知从哪里冒出了那么多人。不过这么多人竟然没一个说话的，堡子里仍是显得冷冷清清。不说话的人眼神却很犀利、专注，手中的弓箭弹弩随时可以激射而出夺取性命。所以刚才李踪没能从里面冲出来算不得坏事，真要是硬冲出来，现在可能已经成了个漏血的筛子。

看清周围情形之后，袁不觳再次打量剥头，发现这汉子竟然长了副狼脸，眉突鼻耸嘴长阔，连腮的细长须毛，浑身散发着兽味。嘴巴一咧，满口尖利、黑乎乎的牙。

袁不觳听舒九儿说过，鲔山一带生长着一种模糊叶，这草叶嚼在嘴里可以产生微量的镇定麻痹作用，消除身体的不适和疼痛，但嚼多了会上瘾，且叶汁会把牙齿染黑。

所有人都不说话，剥头从乱糟糟的桌上拿了菜盆和酒碗，然后找个空的桌角先把菜盆放好，左右看一下，再把碗缓慢地移到菜盆的盆边上。找准位置后手离开，那碗竟然稳稳地平放在了菜盆盆边上。

李踪皱下眉头，走过去也挑了个盆和碗。这里的碗盆制作得很粗糙，如果拿到形状有瑕疵的碗和盆，未曾出手就已经输了。另外，还要挑沿口尽量宽的盆子，酒碗底窝的边缘也要尽量宽，这样不仅容易放，放了也稳当。

这和桃荷棋院里端盘子放碗完全不是一回事，不过此刻李踪"记阴文"的功力还是淋漓尽致地显现出来。端盘子递碗的同时可以在托盘下书写端正文字且丝毫不露痕迹，这手上、指上的稳劲可想而知。而且他的外号叫八足水黾，这本身就有手脚稳的意思在。所以摆放的时间虽然比剥头长了些，但当李踪手离开酒碗时，那碗也非常稳地在菜盆边沿站住了。

"好！果然稳。"

剥头毫不吝啬地夸赞。赞完之后，他马上收敛气息，全神贯注，然后又拿起一只酒碗，慢慢往刚才那只酒碗上边放。这比刚才一只酒碗放在菜盆上要难几倍，不仅要找准碗的平衡位置，还要考虑下面一只碗的承重位置，更要在放上这只碗时不会碰掉了下面那只站在盆沿上的碗。

剥头试了几次之后，终于很轻巧地将手里的碗放在了之前那只碗沿上，然后轻轻退后一步，怕脚步重了震动地面而把桌子上的碗晃动下来。

周围更加安静了，所有人都提着心、屏着气，看这场比试。

李踪面无表情。他平时最镇静、最笃定的时候是满脸嬉笑，而面无表情就是他最为紧张的时候。同样，他也拿起一只碗，这只碗是他经过仔细查看掂量后选定的。形圆、胎匀、沿正、底窝平，用来比拼再合适不过了。但碗虽好，却不意味着就好放，菜盆和前一只碗已经形成了一个位置和形状差异很大的平衡，这只碗要想找到一个新的平衡位置非常不容易。

李踪比画了几次，前面一只碗还能摸索着找到位置放上去，现在这只碗连摸索的机会都没有，稍稍一碰，下面的那只碗就有可能会掉落，更不要说再放只碗上去了。

试过几次后，李踪放弃了。

"我试试。"袁不敢抓住李踪准备缩回来的手，把碗接走。

比试规矩里没说只能一个人参与，夹子堡的人也觉得除了剥头没人能再放上去一只碗，所以对于袁不敢的举动他们并没有异议。

袁不敢看出来了，这种放碗的手法其实和碗沿上放生鸡蛋是同样道理。必须掂出手中碗的重心，找到下面盆碗的受力中心，对准上下结构的平衡中心。再有就是手法要稳要准，以最为细巧的轻放快提手法将碗放在三心对正一条线的位置上。

剥头是个弓射高手，从他刚才在黑暗屋子里射出的那枚石球就能看出。光线很弱，但石球准确射中牢笼铁杆，而且那石球还正好裂成两个半圆，可见他眼力和手劲的高超程度已经不是一般射手可以比拟的。

袁不毂擅长瞄线，他最稳健的是手劲，所以他可以像剥头打弹子那样准确地开弓射箭，也可以像剥头那样把碗放上，甚至比他更加高明。

袁不毂是将碗扣过来放上去的，又快又稳。碗沿搭碗沿放置，只有弧线上距离较远两个点的支撑，这个难度远远高过将碗底放在碗沿上。他故意玩这么一把难度更大的，是想尽快结束比试离开这里，因为他们在这里待的时间越久就越危险。

剥头痛快地称赞了一个字："好！"

"我赢了。现在可以带人走了？！"袁不毂试探着问道。

剥头没有说话，他摇了摇头，拿起一只碗来，从旁边的壶里倒了半碗酒。

袁不毂知道剥头要干什么。他不承认自己输了，所以加大难度再放一只碗上去，然后再来比一回。而加了酒的碗，酒面只要微微偏斜和震颤，整个碗的重心就会发生偏差。

袁不毂站在几步之外，瞄着剥头手里的中心线、重心线、承重线，以及新增的水平线。

当几条线在袁不毂眼中呈一个稳定交会状态时，他知道剥头成功了。

周遭的人在欢呼，李踪额角留下了冷汗，他瞪着眼睛看向袁不毂。袁不毂沉着脸，神色异常平静。他只有这么一个机会，必须把握住。静默片刻后，他拿起一只碗，在碗里倒了些酒。但倒完酒后，他另外一只手的食指在碗中搅动，让碗里的酒面旋转了起来。这是一个动态的酒面，需要把控的是一个动态的平衡，比刚才剥头那碗酒的难度更高。

之前他的碗是倒扣着放上去的，虽然现在碗底放碗底要容易一些，但放上去的是一个动态的酒碗。要让下面碗口对碗口的支撑稳定不动，这才是难度的真正所在。

袁不觳的眼睛瞄到了很多线，那些线在组合分割，在重新对正、印合。特别是那根不断有细微变化的水平线，不仅需要手中的稳劲把控住，更需要找到一个可以承受并化解这种细微变化的位置。

袁不觳只用了一只手。这倒不是因为他的另外一只手上抓着一把龟甲符，掌心到手腕内侧还压着一支眼扎子，而是这种稳劲如果一只手的力量够用，那就肯定比两只手更准确。就像单眼瞄准一样，两只手反而会因为左右手感觉、运力、移动等方面的不一致，让最终的平衡发生误差。

袁不觳的手是极慢地放上去，极快地抽回的。碗放住时，酒面还在转。

袁不觳舒了口气，李踪也舒了口气。但就在李踪舒出那口气的同时，酒碗却掉落了下来。粗瓷碗摔在黄土地面上没破，却滚出一条怪异的酒线。

单人独骑拦住一营人马

剥头来不及理会那掉下的碗，反而脸色突变，大声喊道："东南震缸动，是四脚的，体大劲大。"

袁不觳也看出酒碗是被震落的。据剥头所说的"震缸动"，他断定这夹子堡周围是用多点震缸加传音空管形成的多道圈围预警，而预警的最终汇聚点就在这堡亭下面。

刚才传来的震动很轻，只有对堡亭中预警声响极为熟悉的剥头听到了。剥头通过声音判断来袭之物是四只脚，且体大劲大。

体形力道巨大，声响却轻微，那来袭的无论是兽子还是其他什么，首先可以确定它的速度和敏捷度都极其可怕。

猎户们都有经验，所以他们开始端着弓弩弹子慢慢往离得最近的房门口退去。李踪见猎户们表情紧张地退移，便也以极为轻缓的动作往刚才的大黑房子门口移动。

　　袁不觳明白遇到凶兽的时候，快逃并不见得比不动更好。但他见经验最丰富的剥头没有动，自己也就没动。

　　天武营对西马口的袭扰持续了半个月，用石矛炮攻了县城两次，主要还是对周边村镇的小侵扰。这种方式可以在金国没注意侵袭的时候，将村镇里的大宋百姓逼进附近州县，在大宋造成很大影响。

　　半个月后，天武营人马全部换回南宋军服。远途行军的粮草补给以及到达目的地后需用的器物也都准备齐全，然后整队快速往鲔山方向进发。

　　半个月的时间点是掐算好的。从最初攻袭后发回的军情急报送达三关总帅府，到通报各处军防加强防御以防止出现的攻袭是调虎离山，再经确认攻袭只局限于西马口区域，最后调兵赶赴西马口驰援。而大宋可能还要遣使与金国交涉，金国也需要查证情况，或者直接想办法替骨族推诿责任，这又会拖上几天，驰援队伍到达后还需一两天的观望。所以在半个月后针对侵袭采取行动是最短期限，火候刚刚好。而侵袭一旦停止，那赶来的宋军人马也只能立刻暂停下一步的行动，以免落入对方圈套。这样一来，天武营的人马长驱直入，南宋这边想不到，金国那边也想不到。

　　莫鼎力早已想到这种情况，所以他单人单骑在羊尾峡口拦住了天武营的人马。虽然他窥穿左骞的目的很及时，发回密杀指令也很及时，但捉奇司收到密信后派出袁不觳也有可能来不及赶在天武营行动之前到达鲔山并杀死骨鲔圣王的。所以莫鼎力在发回密杀指令的同时就想好了第二套方案，他要用自己去拖延天武营的行动。

　　虽然已经做了十二分的心理准备，但当看到群马奔腾、盔明甲亮的天武营如铁流般冲来时，莫鼎力仍是禁不住心慌神荡。就连座下的马匹也连连抬蹄打鸣，原地转好几个圈儿才勉强勒住。

奔在队伍最前端的天武卫早就见到路中的单人单骑，却不曾有停下来的意思，而是马速不变地继续向前疾奔，嘴里吆喝几声发出最后警告："军中行事，速速躲开，阻路者视敌而杀！"

此刻莫鼎力才将马勒住，显得很是慌乱。当听清天武卫的警告后，他急匆匆地朝那几个天武卫摆手："且慢！我是带刀侍卫莫鼎力，请见左骞将军，有要事相告！"

队伍前端的天武卫是由前营参军朱肩山带领。朱肩山听到莫鼎力的话后立刻勒马，双臂举起朝身后做了一个手势。

后面几个正在行进的长阵队列陆续停下，最前面的几个天武卫却没有停下。他们纵马冲到莫鼎力面前，快速散开个圈，把莫鼎力团团围住，齐崭崭的窄刃叠背长刀一起指向莫鼎力。

被人用刀指住的莫鼎力并不慌乱，那朱肩山此时却慌乱了。天武卫是天武营中实力最强的亲卫兵卒，朱肩山作为天武卫的头领和左骞最为贴身的亲信，左骞此次的具体计划和目的他全都知道。现在，正按计划行事的大队前面突然挡住一个皇上身旁的带刀侍卫，而且直呼要见左骞，也就是说这个带刀侍卫知道自己这队人马是大宋奉日部天武营，而知道自己是天武营也就意味着可能知道自己这些人之前做的那些事情，说不定还会推断出之后将要做的事情。

左骞万没想过自己的大队人马会被一个人给拦下来，更想不到这个人竟然是莫鼎力。

莫鼎力坐在马上，连人带马被驱赶到左骞面前。看着左骞盯住自己的眼神，莫鼎力眯了眯眼睛："你认识我？"

左骞没作声。

"我却可能认识你。"莫鼎力又说。

"是吗?"左骞否定了,"我们分明头一回见。"

"是吗?"莫鼎力以疑问化作同样的否定应了一声,继续道,"将军戴了缨顶包颈护颊盔,这盔要是摘了,露出面颊上的一处箭头伤痕,那我们就肯定是相互认识的。"

左骞的眼神与獥貐坟的面具人十分相似,他戴的头盔将两边面颊一并遮护住,这让莫鼎力有些怀疑,这头盔里的脸上有着被袁不毂射穿面具时留下的伤痕。

"胡乱猜测会伤脑子,胡乱说话会伤性命。"左骞冷声道。

"我既然来了,定是不怕伤性命的,"莫鼎力针锋相对,"也有把握不让人伤我性命。"

左骞冷笑:"我若要取你性命,此处何人能救你?"

"将军若取了我性命,那天下便无人能救将军了。"莫鼎力脸上竟然绽出了笑容,"所以,此处将军不仅不会取我性命,还会千方百计保住我的性命。"

左骞眉头紧皱,他知道莫鼎力这话里藏着深意,而莫鼎力坚定、淡然自若的眼神似乎在说:"你的计划,我已经完全掌握了。"

"装疯卖傻!胡说八道!凭你是谁,敢拦阻大军前行者,可杀之。"朱肩山有些畏怯了莫鼎力话里表露的意思,所以按捺不住心中的愤怒和慌张,吼叫一声,拔刀出鞘。

"莫恼莫恼,我来是救你们命的。我要死了,你们的命怎么没的都不知道。"莫鼎力朝朱肩山摆摆手,淡淡地笑着,笑得朱肩山心里直发毛。

左骞一抬手止住朱肩山,沉着脸平静地问莫鼎力:"你且说说,本将军好好的,怎么就要你来救?"

"其实很简单,我让人去做了一件事。如果这事情成了,大宋很快会知晓所有事情都是你在玩花招,而没有大宋兵马做你后盾,金国兵马便会毫不忌讳边界的防范，从四面八方赶来围剿你。这样一来，将军此行就是去往万劫不复之地。而我说是来救将军，自然也不是妄语了。"

"哼，你的人能做什么事情？"

"杀了骨鲔圣王。骨鲔圣王一死，就算之前的侵袭确实是骨族所为，也会因骨鲔圣王之死而告终。这时，你这一营仍强入金国境内，谁都可以看出不是为了还击而是另有目的。那你觉得朝廷还会派援军救你吗？而没有朝廷的支援，金国自会灭你。"

左骞一愣，他脑子转了几转才想明白莫鼎力为什么要这样做。一来，疑似骨族的人侵袭大宋疆土，骨族的首领却被人杀死，而骨族人数不多，这样大规模的侵袭不可能人马尽出而首领孤零零留在家里，这在情理和时间上都不合理。二来，就算真是骨族侵袭，首领已被杀死，大宋也没有必要再采取还击行动，更没必要派兵深入到金国腹地。

莫鼎力的法子简便快捷，但左骞是个聪明人，所以脑筋稍微一转，很快就从莫鼎力的做法中发现了破绽："你杀了骨鲔圣王，如果被对方认为是大宋所派杀手，岂不正好把我铺垫的理由坐实。"

"这确实是个难题。既要杀了骨鲔圣王，又要让对方不知道是谁杀的，至少不认为是大宋派人杀的。"莫鼎力非常诚恳地承认问题的存在，"为了避免这种事情的发生，我派了最好的弓箭手去。远杀容易逃脱，逃脱了就无法确认是大宋派的杀手。再有，用超凡的弓射技艺密杀，骨族和金国的人都不会认为是大宋所派杀手。因为他们觉得，大宋从来没有这么好的弓箭手，特别是能够突破骨族勇士防御而射杀他们圣王的弓箭手。"

"就算你派出的是最好的弓箭手，也没有绝对把握能杀了骨鲔圣王。"

"任何事情都是没有绝对把握的，包括你正在做的事情。"

"所以你是在赌。"左骞的声音里带着股子阴狠，"如果你的人没有成功，不仅阻止不了我的计划，你的命肯定也没了。"

"那也不一定，就算我派出的人密杀不成功，被骨族抓住，这一次反常的密杀也会引起他们警觉。一旦他们发现异常，就很可能顺藤摸瓜发现天武营的行动。这样一来，胜算依旧在我这边，而将军赌不起。"莫鼎力话里也带着威胁。

"我不用赌。我可以派人阻杀你派出的人。熙秦道上往鲔山共有十七条路径，官道两条，民道三条，私货道两条，其他用于狩猎采药的狭道险道十条。杀人的人不会走官道民道，急着赶路不会走狭道险道，所以我只要让人顺着私货道追，就能找到你的人。"左骞的语气比刚才冷峻了许多。

"找到又能如何，我的人能杀出獶貐坟，难道还杀不出你几个兵将的拦截。"莫鼎力话虽这么说，心里却很是担忧。他并不知道捉奇司具体派出了多少人手和袁不毂一起行动，也不知道派出的人中有多少高手。

"你派的是獶貐坟的那个箭手？"左骞沉默了。有的事情并非有策略就能成功，还要有实力。獶貐坟的事情是有计划有策略的，最终还不是被一个有实力的弓箭手给彻底打破了吗？

莫鼎力没有说话，左骞的问题和神色其实已经证明他和獶貐坟之间存在某种关系，要么只是知道獶貐坟上发生的具体事情，要么就是他去过獶貐坟。

"除了阻杀你的人，我还可以做一件事——向骨鲔圣王示警，让他防范有人刺杀他。那你派出的箭手就会四面受敌。他浑身是铁又能捻几根钉？而且就算无法阻止你派出的箭手，骨鲔圣王还可以躲避、藏匿，你的箭手再厉害也无法杀死失去踪迹的人。只要骨鲔圣王没死，骨族的所有注意力就会放在那个密杀的箭手身上。我这边即便有什么大动作，他们都不会注意到，而就算注意到了也无暇顾及。"

莫鼎力仍然没有说话，但心中陡然间生出了许多的压力。

"从这里赶到鲔山连堡最多两天时间，示警后再回来向我确认圣王没死也只需要两天，所以现在我只需要等四天。四天后计划仍然正常实施，却没人能救你了。"左骞语气冷漠又淡然。

"你比我想象的要厉害，不过你终究还是需要等四天。四天里不管你截杀也好示警也好，我的人只要动作快，仍有机会杀了骨鲔圣王。"

莫鼎力听罢，表面上泰然自若，心里其实已经没一点底了。他来拦天武营去路，是要拖延对方的行动时间，本以为可以延缓更长时间的。现在，自己的命只赌得四天，而袁不毅的刺杀难度却增加了远远不止一倍，他不禁暗中盘算，自己此举到底划不划算。

四天里，如果袁不毅突破重重艰险，成功完成任务，左骞为了全身而退应该不会杀了自己。因为左骞做这个计划的过程中没有留下任何证据，只凭自己口中所说并不能指证他的任何企图。而左骞不杀自己也正是为了不留下新的证据，因为自己的死反而会成为捉奇司、边辅追查他的线索。但如果袁不毅不能在四天里杀了骨鲔圣王，左骞肯定会杀了自己继续他的计划。到那时候杀了自己恰恰也是为了不留下证据。那时候，在金国腹地杀人，左骞可以用一切编造的正当理由和合理解释推卸掉所有干系。

所以莫鼎力的生死、大宋边界的安稳、边界百姓免受战火涂炭，全都系托在了袁不毅身上。可谁能料到，此刻的袁不毅已经倒在了一片血泊之中。

刀枪不入的怪兽子

左骞立刻派出了两路天武卫，走私货道阻杀袁不毅。同时派精明的探马 ①

---

① 探马：军营中打听消息的兵卒。

乔装改扮后，从官道直奔鲔山连堡，去将有人要密杀骨鲔圣王的消息散播开。安排好这些之后，整队人马就在道路边上安营扎寨，等待信息返回后再考虑是否继续行动。莫鼎力已经没了自由，被羁押在天武营的囚帐之中。

在天武营扎营位置前方的神家沟里，此刻正藏着一队金国人马。奇怪的是，这些金国人马在自己的国境之内也没穿正式兵将服饰，而是普通牧民和江湖人的装束。这样的装束显然是为了掩盖身份来历，天武营改换装束是为了让别人以为他们是骨族人马，这些人改换装束则是为了不让天武营的人看出他们是金国人马。

这些都是金国南察都院的人，不过并非之前潜入大宋的阿速合那一队，而是金国六驸马严素允手下另一高手喇马古带领的一队。

在獒貐坟那里什么都没得到的阿速合并没有马上撤回，而是受命继续追查另外一件事情，而且很有可能是和獒貐坟、水根穴有关联的一件事情。喇马古这一队人马原先主要是对西夏进行监控的，同时还兼顾着监视金国境内一些异族部落，包括骨族。也就是说，喇马古的职责是相对固定的，不像阿速合是哪里有事就奔哪里。

也正因为职责相对固定，所以天武营冒充骨族侵扰西马口的情况他们很快就发现了，并及时汇报给了严素允。

严素允一听这情况就知道其中必定大有文章，而且这异常情况的发生是紧跟在獒貐坟之后的。从均右县雉尾滩截杀到鬼拉人，然后黑衣人解法寺夺尸再到獒貐坟乱战，这些事情像有一条暗线串联其中。侵袭西马口看似闹得动静很大，但是看不出有什么实质意义。很大可能只是一个表象或者是一个借口，真正的目的应该是在后续的行动上。

所以严素允下令喇马古立刻行动，但不是阻击也不是围剿，而是暗中盯住天武营。螳螂捕蝉黄雀在后，这次黄雀的目的不是为了吃螳螂，而是要知道螳螂捕的到底是个什么蝉。如果真是个金蝉、玉蝉，那黄雀要做的就是抢在螳螂之前捕到蝉，或者把螳螂和蝉全都吞下。

不管针对螳螂还是蝉，喇马古心里都不太舒服。严素允给予的回复是密切关注、相机行事，并没有什么具体的行动指令和措施，也就是说喇马古这股极具实力的人马要做的任务就是盯梢。不过对严素允的回复他不敢提出什么异议，更不敢不执行，只能耐心等着天武营的到来。严素允并没有低看喇马古，认为他只能做盯梢的事情，而是严素允眼下有更感兴趣的事情在做，所以并没有把天武营的异动当重点来对待。

喇马古真的等得太久了。当获知天武营大队人马已经开始行动后，他心中掠过久候之后终于见到鱼咬钩的兴奋。可是这兴奋才开始就又戛然而止，转而变成了一种迷茫。为何要停止？是出现了什么意外吗，还是有人向他们通风报信了？

就在喇古马茫然的时候，突然有南宋人马快速通过神家沟沟口，然后分两路疾驰而去。喇古马根本没有时间把眼前情况搞清楚，唯一能做的就是立刻派出两个小队，远远地跟上两路天武卫。而他自己只能茫然且忐忑地在神家沟继续等待，继续耐住性子等待天武营下一步的行动。

袁不觳真的倒在血泊之中，差不多整个人被鲜血浸透。而这一切的发生竟然连他自己都没有看清是怎么回事，甚至连造成他浑身浴血的元凶都没能找到。

猎行中有术语说"兽奇行妖风，见风不见兽"。一阵风刮过，几团尘土翻转而起。袁不觳下意识地侧头眯眼，不让尘土落入眼睛里。就在他眯眼的这个瞬间，房角上的猎鹰惊飞而去，房前的人们惊慌而逃。有经验的猎手所谓的经验必须是在已知范围内的，如果遇到没见过的、没听说过的状况，他们同样会惊慌，同样会从猎手变成猎物。

捕杀这些猎手的是一个庞大却轻巧的影子。影子从一个房顶上窜下来，顿时箭弹乱飞。原本用来将袁不敫和李踪堵在大黑房子的那些猎户好手，已经将手中蓄势待发的武器全招呼在那影子身上。但是如此密集的箭矢和弹子未能阻止影子的行动，甚至连它的油皮都没能伤到。影子几个迅疾的起伏纵跃，所过之处有惊呼、有惨叫，更有皮肉破、骨骼裂的声响。

袁不敫始终没有动，连头都没有回一下。他背对影子扑杀那些猎户的场面，没看到那血淋淋的一幕，也没有看到影子是怎样一个怪兽。

堡亭摇晃了一下，亭顶往下沉了两沉，四角的亭柱"吱嘎嘎"响了几声，像是松了个骨，伸了个腰。堡亭建得虽然简陋但很结实，可以很明显觉察出是有什么沉重的东西压上了亭顶。

亭顶是用和了泥的草铺压的，并不厚密。鲔山这地方雨少，常常是雨水还没将草面湿透就又被晒干了，所以铺得厚密没有必要。如此不厚密的土草面被一摇一压，顿时裂开几条大缝。

当袁不敫的眼睛不再受尘土干扰后，他马上下意识地抬头向上看去。亭顶上有大量液体从裂纹中流下来，袁不敫抬头时，那液体正好落在他脸上。不用细看，只从液体的温度和气味就足以判断出那是刚刚从鲜活人体中流出的热血。

袁不敫极力想保持清醒，不让自己倒下。在他的强撑下，他的身体没有像以往那样马上瘫软，但只是多绷挺了一会儿，便僵直倒了下来。倒下的那一刹那，他又看到了牛角黑氅的背影，还看到了舒九儿娇秀如荷的笑靥。亭顶上的血还在持续地流淌，将袁不敫浸泡在了大片血泊中。

剥头很快就判断出闯入堡子的是四足的大兽子，面对兽子他的经验比袁不敫丰富。于是提前注意了兽子可能出现的途径，全神贯注地观察着亭子外面随时发生的异常。但即便这样，他仍是没有看清发生的一切，只看到随着影子起落而留下的几具残破尸体。

那些尸体死前发出的惨叫声很短暂，有的甚至都没来得及发出惨叫。影子的动作很快，齿咬爪撕又都在人的要害，中者立死。当剥头看到袁不觳被泼洒了一头一脸的鲜血后，他确定亭顶上不仅有要命的大兽子，还有已经被它要了命的尸体。

这是个杀人的兽子而不是吃人的兽子，它用别人完全不能反应的速度口咬爪撕只是为了毁灭生命，品咂一些新鲜血液的味道。这还是个看不清的兽子，它移动时影子般飘忽诡异，扑杀时又如闪电般闪挪进退。

剥头慢慢抬头，不仅为了避免动作太大惊动到顶上的兽子，也是为了避开滴落的血滴，不让鲜血溅入眼里。

剥头清楚地看到了亭顶上的裂纹，看到裂纹中的一双眼睛。那是一双闪动绿色妖光的眼睛，也正盯着剥头。

"尿他个姥姥的！"剥头被吓着了，他知道被这样一双兽眼盯住会是什么后果，于是不顾一切地纵身跳出。落脚的地方之前就想好了，是亭子旁边的一个大缸。缸上有木板做的大盖子，剥头直接蹦破盖子掉入缸里。

剥头跳出的同时，亭顶上的兽子身子一扭也跳了下来。剥头在大缸中落定的瞬间，兽子也在缸边站定。一人一兽仍是四目相对，只是距离拉得更近了，鼻尖到鼻尖的距离不到一尺。

缸里装着堡子里公用的燃料，是狼粪、牛粪、驴粪等晒干而成。

剥头选择这个地方躲避，是因为很多兽子搜找目标并非完全依靠眼睛，还依靠敏锐的嗅觉，而越是敏锐的嗅觉往往越不能承受太过刺激的味道。当然，湿粪气味浓重，晒干之后却是没有太大味道，所以剥头希望面对的是一个嗅觉灵敏得连干粪味道都受不了的兽子。

剥头没想到，这只兽子不仅嗅觉灵敏，还能够承受刺激气味，所以他虽然躲在粪缸里，与他四眼相对的兽子并没有因为气味而离开。兽子不离开，剥头也就只能一动不动，连呼吸都尽量屏住。

此刻那大兽子只需张口咬住剥头脑袋，再甩一下，剥头就会成为一具被咬碎脑袋拧断脖子的死尸。但那兽子竟然没有下口，可能是已经过完品尝新鲜血液的瘾，也可能只是对粪缸中肮脏的人失去兴趣。

兽子转身跳进堡亭，在晕倒的袁不毂旁边嗅闻了两下。浸泡在血液中的袁不毂现在除了满身血腥已经很难闻出其他气味。而那兽子已经熟悉了血腥味，所以只在血滩边耸动两下鼻子便立刻离开，转而蹿进之前袁不毂他们躲藏的大黑房子。

直到这个时候，剥头才看清楚那只大兽子的全貌。这是一只他从未见到过的大怪兽，体形大小和北方老虎相似，但通体不长一根毛，深青色的皮肤像抹了油般光滑，动起来可以清晰地看到每块肌肉的蠕动。

怪兽进了大黑房子后，房里发出一阵乱叫。有被关在笼子里的其他鸟兽发出的，也有被关在铁笼子里的人发出的。除了乱叫，还有铁笼子被撞击的声响，应该是那只怪兽试图从笼子里抓出什么来。

越是怪异的兽子，性情也越难捉摸，搞不好一会儿还会转过头来再查看之前的目标。所以剥头按捺住恐惧的心情，把因紧张而僵硬的肢体用力舒展开来，迅速跳出粪缸，跑进堡亭。剥头抓住血泊中袁不毂的双手，拖着他往最近的一个堡墙缺口跑去。

出堡墙的时候，剥头噘嘴打个呼哨。呼哨声刚落，一匹无鞍的癣花马从堡子的另一侧沿堡墙奔驰而来，到剥头面前打个圈儿停住。剥头手里一拎，把袁不毂扔上了马背，然后一拍马屁股，那马再次狂奔起来。而剥头自己则撒开两腿跟在癣花马后面疾奔，竟然不被落下。

一人一马刚刚奔过一道坡顶，还未被坡顶弧线完全掩去身影，东边就远远地传来一种尖利的铜哨声。随着铜哨声起，堡子里那只怪兽又影子般地蹿出，在堡子东边的一个高坡顶上站定，昂首张口发出一声可以撕裂苍生心魂的吼叫，似乎是在回应铜哨声。

哨声响起后不久，东边坡顶冲出了一群马，马上几乎全是装束各异、武器怪异的狂蛮汉子。一个戴了尖顶兽皮头披①，脸上不知用什么颜料抹画了条纹的妇人嘴里衔着一枚铜哨。原来，是之前去甜井堡的骨族勇士赶了回来，而那妇人正是骨族里驯养怪兽的兽婆。

此时，夹子堡里的人正抓紧时机四散逃出，有骑马的，有驾车的，有徒步奔跑的。当然，老幼病残腿脚不便的、被吓破胆再挪不动步子的，都还躲在堡子里。剥头在自己快被坡顶完全遮掩视线之前回头看了一眼，看到了那个吹哨召唤怪兽的兽婆。

李踪带着袁不觳从甜水堡出来直奔了夹子堡，他料定骨族人马应该不会想到他们两个会继续前往第二堡，会往他们来路和其他离开鲔山连堡的路径追捕，自己就可以与骨族看到烟信赶来的人马错过。他万万没想到，追捕他们的还有嗅觉异常灵敏的怪兽，可以直接循着他们在甜井堡留下的气味追到夹子堡来。

那怪兽是骨族从北方老林子里捉回来的兽崽子慢慢养大起来的。这兽子有几怪，生在北方寒冷地带却通体无毛。身体颜色如同光滑青石，随便什么地方一趴很难被发现。体形虽大却快速轻盈，嗅觉听觉都极其灵敏。而最为怪异的是这个兽子竟然可以刀枪不入，这不仅仅是它的外皮硬厚，还和它肌肉骨骼结构有很大的关系。

看到夹子堡里四散奔逃的人，骨族勇士们并没有马上追赶，而是先让坐骑围着堡子慢跑了两圈。他们这是在查看痕迹，以确定自己要找寻的目标。

那只怪兽子则再次窜回堡子进了大黑房子，不过这一次它进去后就马上出来了，在周围嗅闻几下后又立刻往堡子的西北方向跑去。见此情景，大半的骨族勇士跟在怪兽后面追了过去，余下人中有三个循着剥头的脚印追去。

---

① 头披：骨族的一种服饰，帽子披肩连在一起。

买条命卖条命的交易

　　袁不觳从癣花马上掉下来后，在一阵酸臭温热的液体浇冲下醒来了。

　　他现在的位置离堡子并不太远，身边是三个相互间距离拉开得很远的骨族勇士。似乎是怕袁不觳的躺倒是诱骗他们靠近的诱饵，三人对视一眼，其中一个骨族勇士一手将短柄狼牙棒横在胸前驱马慢慢靠近袁不觳，另一只手则抓紧马缰随时准备带马转向躲闪。当发现袁不觳当真昏厥在地，那骨族勇士下了马，把自己的马拉到袁不觳上方，让马朝着袁不觳没头没脸地尿了一泡。

　　幸好这泡长长的马尿，不仅冲洗掉很多血渍，酸臊味还盖过了血腥味，所以袁不觳很快醒了过来，而且非常清醒。

　　那骨族勇士是个粗劣之人，先用狼牙棒捅一下袁不觳，发现人已经醒了，便一把将他拎了起来，也不在乎袁不觳浑身湿漉漉的马尿。

　　清醒后的袁不觳，状似害怕骨族勇士凶恶丑陋的脸一般将脸歪到一边，实际上，他是在趁机看周围还有其他什么人，分布的位置又是怎样的。

　　袁不觳看到另外两个骨族勇士也下了马，位置、距离和自己与石榴、死鱼练的"那吒杀"有相近之处。他也发现自己装了弓和箭的布袋还背在身上，并确定自己可以在另外两个骨族勇士发现异常并采取有效行动之前拿出弓和箭。于是他抬起了手，速度快得人眼难以觉察。那拎起他的骨族勇士还没来得及反应是怎么回事，只觉得眼睛里有异物快速插入。

　　袁不觳手里有很多东西，一大把龟甲符和一支墨黑的眼扎子。人虽然晕厥了一段时间，这些东西却依旧紧紧抓在手里。这就和溺水一样，失去知觉的最后一刻，总是会死死抓住捞在手里的一切东西。

　　无数次练习眼扎子杀人，第一次实战仍会缺乏信心，所以袁不觳出手的速度虽然疾如闪电，插入的位置却是选择了最为软弱的眼睛。插眼睛不能让对手立死，除非是插得很深直达后脑。不过插眼睛可以让对手产生剧烈的疼痛和下意识的惊慌，借此机会自己就能挣脱对手的抓拿。

缺乏信心的人往往会拼尽全力。拼尽全力的一扎子直接触及后脑，效果连袁不毂自己都感到意外。而为了挣脱对方拎住自己的手，他还顺势在那骨族勇士面门上用力推了一掌，这一掌把眼扎子的尾端也全推进了眼睛里。

就在这个骨族勇士直直倒下时，袁不毂已经站稳脚步，取出弓箭。装弓箭的布袋摘下打开会浪费时间，他索性直接给扯坏了。缝制袋子时他故意留了可以一下扯坏的线缝，就是为了在出现紧急情况时可以快速地取出弓箭。

天色越发昏暗，只剩天边最后一丝余晖留下的光亮。袁不毂在余晖中拉弓搭箭，被映衬出一个近乎完美的剪影，两个骨族勇士呆了一瞬，这才发现同伴已经倒下。

二人反应过来后，其中一个持弓箭的立刻朝袁不毂开弓搭箭，但还没等他把弓拉开，袁不毂的箭就已经顺滑地穿透他的脖颈。这一个跌退，几步倒下，手中松掉的弓弦就把箭射向了天空，两三丈高又划个小弧线掉落下来。

另外一个骨族勇士要机智得多，见前去查看的同伴转瞬间就倒下了，便第一时间纵身躲到自己坐骑后，利用马匹掩护自己，查看清楚状况后再采取行动。当看到另外一个同伴也倒下后，他便清楚眼前的状况完全不是自己能够应付的。于是他让坐骑跑动起来，而他躲在马的另一边一同跑动，先尽量远离对手的有效攻击范围再做打算。

袁不毂的第二支箭从跑动的马肚子下射了过去，一箭同时射穿了对方两条腿，把一条腿的小腿和另一条腿的膝盖穿钉在了一起。

没等扑倒在地的骨族勇士挣扎，第三支箭已经从马匹跑动的两条后腿间穿出，斜插过骨族勇士的脖颈将他钉在地面上。第二箭和第三箭之间几乎没有任何间隙，出箭的速度快，整个过程行云流水般连贯，就像设计好并反复训练过无数次一样。

从刚刚几箭的技法可以看出，袁不毂的弓射技艺相比獡貐坟时又有很大提高。那时候他的弓射七成靠的天分，而现在大部分的天分已经磨炼成了更加自信笃定且匪夷所思的真正射杀技法。

袁不毂并非一个嗜杀之人，恰恰相反，他本是个畏杀之人，并因畏杀而畏血。但是獡貐坟那一战之后，他明白了很多道理。不杀死敌人，就会被敌人杀死。以最快的方式杀死敌人，对于敌人来说可能算是好的结果。所以面对这三个骨族勇士，他的出手没有一点迟疑，就像在凿刻一个已经非常熟悉的木器花纹。

解决掉三个骨族勇士后，袁不毂并没有就此松懈下来，反是将身形半蹲，箭搭弦上，警惕地观察周围情况。他觉得这附近还存在着某种威胁，是野兽藏在暗处随时捕杀猎物一样的威胁。

光线越来越暗，就在最后一丝余晖从远处高坡顶上隐没的刹那，他瞄到了一处与周围地面有些许差异的线形，这是一个微微高出地面的方形。袁不毂的箭指定了那个方形，以稳健的脚步慢慢朝那里靠近。

"等等！不要放箭！是我，是我把你从堡子里救出来的。"那边传来喊声。

袁不毂停住了脚步，他听出来那是剥头的声音。这个满身兽味的汉子藏在这里，难怪会有野兽藏在暗处的感觉。知道是剥头后，袁不毂索性把弓拉满了。之前已经见识过剥头打弹弓的本事，知道这也是一个眨眼间可以取人性命的高手，必须全力防范。

"不要放箭，我要害你就不会将你救出堡子了，给你泼盆水你就得被那怪兽子给咬死。那兽子肯定是循着你们的味道来的，反害了我堡子里那么多人。

要不是鲜血没得你满头满身，那兽子肯定把你给嗅出来。"

剥头一边说，一边慢慢把头顶的一个方形木板移开，并且先把两只手伸出来示意一下，明示自己手中没有拿武器。

袁不殼并不十分清楚荒野之上怎么会有这样的方坑，还用铺了草土的木板当盖子，但他猜测可能与夹子堡的猎户捕猎有关。

袁不殼猜对了，这种伪装得很好的坑在夹子堡周围有很多，叫"候坑"，是专门放活夹子①用的。

剥头爬出了坑，掸了一下衣裳，扬起一团尘土。他这一动，袁不殼立刻又把弓拉紧了。他看到剥头后腰晃荡的牛筋绳，那应该是他弹弓的弓绳。

剥头意识到自己后腰上插的弹弓让袁不殼如此警觉，于是摇摇头说道："别紧张，我没有你快。"

"你若使小枚弹子，速度并不会比我慢。"

"我是有小枚的铁弹子，但还是没有你快。特别是前后两弹连发，你取箭搭箭会更顺一些。"剥头说的是关键。

袁不殼没有否认，一枚弹子射出，再拿一枚放入弹兜中发射，所用时间的确比抽箭搭箭要长。而且牛筋拉射，急切中很容易出现左右两边筋绳拉力不一致，这样在准确度上也会出现偏差。虽然剥头手上有足够的稳劲可控制偏差的出现，但那样做速度上就又会出现微小的迟缓。

"而且你的弓和箭可以变化出箭的力度角度，让对手更加难以防范。这一点我的弹子却无法办到，怎么打都只能直来直去。"

剥头的话让袁不殼心中一抖，这是他从没有想过的。在造器处时，他只想着怎么把弓和箭做到完美。现在剥头的话却从另外一方面提醒了他，其实

---

① 活夹子：指需要人为控制的夹子。当猎物进入夹子后，人拉绳或推竿，可将猎物罩拿住。这样捕捉的猎物一点伤都没有，得到的皮毛也最为完美。

一些不完美的状态，说不定会有意想不到的效果。而掌控了这些不完美的状态后，便可以按照自己的意愿给予对手意想不到的杀伤。

"你为什么要把我从堡子里救出来？"袁不毅暂时把关于弓箭的想法放到一边，将自己最感疑惑的问题提出。

"想和你做个交易，你要死了，我是没法和死人做交易的。"剥头狼一般的脸绽出狐狸般的微笑。

"我来这里是做事的，不是做买卖的。"

"要想把事情做成，多少都得买卖点值当的东西。"

"可我买不起也卖不起。"

"怎么可能，顶了天不就是条命嘛。"剥头现在的目光都像狐狸了，"买条命卖条命，中间再赚个做成你的大事，还是挺划得来的。"

"你这是算定了我会和你做交易？"袁不毅从剥头的语气中听出些话里话，似乎自己此行目的已经暴露。

"我就直说了，你们这趟来是要杀骨鲔圣王的，派遣给你们如此重大的任务，肯定是有极为迫切的目的，所以必须完成。"

"你如何觉得我们要杀骨鲔圣王？"袁不毅真的很好奇，他很想知道剥头是从哪里知道这信息的。

"自然是有人已经告诉了我们。甜井堡的人为何见到你们两个马上就发烟信？骨族见到烟信后为何会立刻出动那么多骨族勇士前来阻截追杀？还把我们都没见过的怪兽子都派出来了。就是因为之前已经有人告知骨族，你们要杀骨鲔圣王。"

在处州做下搅水网鱼的局

散播消息要比打听消息容易得多。左骞派出的天武营探马不仅提前赶到了鲔山连堡，还在半路上就已经有意无意地将有人要密杀骨鲔圣王的信息传播出去。而这信息通过鲔山连堡自己的传播渠道，比探马们更早到达了骨族聚居地。

不管消息是真是假，作为被刺杀的对象，骨鲔圣王宁可信其有不可信其无，于是鲔山十一座坞堡很快收到骨族的指令，要求他们协助骨族抓捕刺杀者。并且威胁，如果骨鲔圣王出现意外，骨族将把鲔山十一座坞堡的人全部杀绝。

"骨族占据鲔山连堡后，不仅搜刮钱财粮食，还残害人命。刚刚你在堡子里也看到了，他们养的兽子可以随便撕碎堡民。其实我们一直都想把他们赶回北方，但是没有足够的实力。所以见到你们之后，我并没有向骨族发出信号，而是先试了一下你们的本事。"剥头说得很真诚。

"你不会指望我们两个人帮助你们把整个骨族赶走吧。"

"当然不会了，你们也没法把他们直接赶走。但如果你们刺杀骨鲔圣王成功，骨族之中无人为首，众多头领相互不服，其后为了争权肯定会出现内乱。最终就算经过争斗再推出一个骨鲔圣王，骨族的实力也会大大削弱，不得已只能先退回北方恢复实力。"

"你对骨族人很了解？"

"不。我只了解野兽，骨族人和野兽太像了。"

"可我还是想不出，你我之间有什么交易可做。"袁不骰想尽快切入主题。

"你们此来就算拼了性命也是要杀掉骨鲔圣王的。咱们的交易便在这里面。"剥头终于说到主题。

"莫非你愿意帮助我们一起把骨鲔圣王除掉？有什么条件和要求可以说来听听。"袁不觳心中一阵窃喜，这个交易还是值得一做的。只要事情做成了，剥头就算想索取些金银财物，捉奇司也不会吝啬。

"不不，我不会帮你杀骨鲔圣王。那样一旦被骨族知道，我一堡人的性命铁定保不住，其他十堡的人也会受牵连。"

"那你这交易是……"

"我只给你带路，最快也最安全的路径。可以躲过骨族高手和勇士的层层阻截，到达足以杀掉骨鲔圣王的地方。"剥头拍了两下胸口，以示自己所说的真实性。

"条件呢？"袁不觳对剥头交易的价格很好奇。

"你的命。"剥头说出自己的要价时，眼睛都没眨一下。

"什么？"袁不觳很惊讶会是这样一个价格。

"你反正是要拼了命去杀骨鲔圣王的，要是没我的帮助，你就算拼了命也不见得能成功。我的帮助可以让你同样付出生命时确保任务的成功，所以做这个交易对你而言定是值得的。而你杀了骨鲔圣王之后，我把你拿住交给骨族，骨族就不会迁怒十一连堡，对我们痛下杀手。再有，我拿住了你，他们就没有机会以拿住你或杀死你来获得大家拥护，并以此获得下一任圣王的王位。那样，为了争夺王位，骨族内部必定发生矛盾和冲突，大损实力后无法立足此地，只能退回北方。"

"成交！"袁不觳此行确实是不惜粉身碎骨也要杀骨鲔圣王，所以听了剥头的话后觉得很合理也很智慧，而且是为十一连堡的百姓着想。另外，捉奇司要他以最快速度完成这次密杀，现在看来只有与剥头做成交易才能办到。不过他并不知道，莫鼎力指定他来执行密杀，就是要神不知鬼不觉地远距离射杀骨鲔圣王。如果他落在骨族手中并确认是南宋派来的，那将会彻底破坏莫鼎力的原有意图。

"走！"剥头用一个字急切地结束交易洽谈，像是害怕袁不毂反悔。随后他跑去拉来骨族勇士的两匹马，顺手把射中两个骨族勇士的箭给摘了回来，把上面的血渍擦得干干净净后还给了袁不毂。

然后两人上马，很快消失在夜幕之中。

铁耙子王难得出府溜达，着便装且只让杜字甲一人陪着那就更是少有了。不过今天去的地方还真不需要很多侍卫前呼后拥、招摇过市，他们只是私下里探望一下范成大。

范成大原本在枢密院供职，赵仲珥做局提拔了他，以此离间他和张浚的关系，然后想从中找出张浚是否暗藏蹊跷。但范成大升职后才几天，就有人进谏参劾将其免了职。

被别人摆了一道，打乱原来计划，赵仲珥心里很不舒服，但他不是随便认输的人。他可以在劣势和意外状况下扭转局面，把不利变成有利，所以今天他让杜字甲陪着自己来找范成大。范成大从连升几级到一下被免职，心里的落差非常大。无论谁遇到这种莫名其妙的事情都会感到困惑、窘迫，而赵仲珥正是要利用范成大目前的窘境来扳转自己的失利。既然自己的意图不能按计划实施，那就索性亲自出面拉拢范成大，在捉奇司里给他安排个职位。这样一来范成大出于感激，说不定直接就将赵仲珥感兴趣的信息吐露出来。

范成大住在洗砚巷，这是个又长又宽颇为热闹的巷子，但是范成大家门口却非常冷清。黑色大门紧闭着，门口摊晒了一地生花生，一个老人眯着瞌睡眼坐在旁边看着，一看就知道这是隔壁第三家炒货店晒的花生。他们竟然无所顾忌地占了范成大家门口晒花生，如此情形可见范成大被免职后的颓落程度。

"你们找范先生啊，他不在了，走了。"看花生的老头听杜字甲说是找范成大的，撇着没几颗牙的瘪嘴回道。

"不在了？走了？"杜字甲一惊，老头的话很容易让人理解为死了。

"去处州做知州了。"老头的瘪嘴说话倒是挺清楚的。

"去做处州知州，这怎么没听说。"赵仲珥笑嘻嘻的脸顿时变得有些僵硬。

"不会错的，吏部的任职文书是小小梁王亲自送来的。"

老头说的应该不会错，临安的老百姓见官见得多，平时都不惧官家排场，有大官来去都当热闹一样看。而所谓的小小梁王就是镇殿右龙骑大将军柴彬。柴彬好交朋友，经常在临安城里到处走动，老百姓大都能认出他。

"这就不对了，参劾范成大的是柴彬，怎么从吏部给范成大索要职务的也是他？这是演的哪一出呀，觉得自己做法不妥内疚了，补救一下？而且参劾范成大是直接进谏到皇上那里，职务却偷偷从吏部要？"

"我倒觉得这出戏是范成大和柴彬沟通好的。我们把范成大从枢密院提拔走正合了他们心意，不仅合理摆脱张浚，而且辗转一下就任到他们真正想去的地方。如果真是这样，那可是被他们当猴子耍了一回。"杜字甲从和范成大第一次接触开始回想，越想越觉得自己可能钻了别人套子。其实他对别人何尝不是尔虞我诈，真要说谁耍谁，就看到底谁是先布棋子的。现在看来，当初他故意撞范成大时，原来是范成大故意让他撞的，而后续的所有事情其实都在按别人的筹划进行。

赵仲珥听了这话心里很是生气。如果真的是被人耍了，那还不正是他杜字甲主动捡个套子绕脖子上的。

"为什么是去处州？这处州我听着耳熟，哪件事情上提到过，就是一时想不起来了。杜先生，你对处州了解吗？"赵仲珥眉头微皱。

杜字甲熟知天下风水局相，尤其是所有龙脉走势。这处州不仅是以少微四星最南处士星而得名，辖内更有半龙之相，杜字甲怎么可能不知道呢。

"处州古名括苍，因辖内有括苍山脉而得名。括苍山为灵江与瓯江分水岭，东临大海，西接仙都，呈龙出水之局相。但这龙又非全龙，龙头入海不见，龙尾隐仙都不见，只龙背拱云分水，所以被称作半龙之相。"杜字甲侃侃而谈。

"拱云分水？"赵仲珥眉头跳动了下。

"对，堪舆术上叫龙拱云局相。除此之外，处州还是星伴云局相，它占了少微处士星星位，南有云和之湖，北有缙云之地，这、这……好像与那齐云有相近意思嘛，之前怎么没有想到。"杜字甲正说着，自己先醒悟过来。处州的名字和周围地理环境，确实是与"齐云"二字有着某种关联。

"我记起来了，李学士曾经提过，陶礼净的外祖祖籍是处州……"

"方七佛曾经两次带兵夜攻处州。"杜字甲没等赵仲珥说完就接上一句，他也想起来了。

就在此时，有人急跑进巷子里来，是赵仲珥的贴身侍卫。他虽着便装外访，行踪走向却是要告诉给侍卫知道的。这除了有事好找他，也是为了他安全着想。

"何事如此着急，要追到这里来找我。"

那侍卫赶紧上前，掩嘴凑向赵仲珥耳边。

赵仲珥一甩袖子，把那侍卫掸开："但说无妨。"

"孟和出现了。"

"在哪里？"

"去往了处州。"

杜字甲嘟囔一句："又是处州。"

赵仲珥的表情依旧没有丝毫变化："从何知晓这一消息的？"

"那孟和传了书信给捉奇司，酌急堂以及审事堂入门，二拣两道关的先生都确认是真的。所以没过三辨和终度就直接送达王爷的赏奇轩了，这才让我赶来禀报王爷。"

"如此，当立刻遣搜秘卫赶去追查。"杜宇甲说的搜秘卫也是捉奇司下直属的机构，和羿神卫一样，人数也不多。和羿神卫不一样的是，这里的人都是江湖上的高手，并非兵役武举等正常途径选拔的人才。捉奇司里的羿神卫、带符提辖做的都是明面活，或者掩盖在明面之下的暗面活，而搜秘卫做的完全是暗面活。像莫鼎力那样有着带刀侍卫职务的，调过来给捉奇司遣用，是要利用他现在的职位。一旦外活做得太多，被江湖上的门派、其他国家的组织熟知他的外相和底细后，也是要转入搜秘卫的，除非是死了。

"不不不！先不要轻举妄动。"赵仲珥连声道。他本就是个思绪缜密、胸藏沟壑的人。前面已经被梁王府和范成大落了一套，现在那套还没撕理干净，怎么可能就此揭了伤疤忘了疼。孟和为何直接给捉奇司而不是三法司传书？他在华舫埠血案的那一夜到底遭遇了什么？范成大任职处州，而他之前和范成大没有任何关系，那么此去处州是为了追查范成大吗？还有，范成大这件事情是有人给捉奇司下了个套，那孟和再次出现并传书捉奇司，会不会是给捉奇司续放的一个套？

"把孟和去往处州的消息传给三法司，他们是负责追查华舫埠案件的。再拿我的帖子去找武义大夫毕进，让他私下动用处州附近的毕家军兵力，把控住处州所有进出要隘。"

赵仲珥这是一招"搅水网鱼"，让三法司的人追踪孟和前往处州，将处州那里想做些密活的人都惊动起来。而各处的毕军营现在只是征兵、征粮的分营，属于后备保障点而已，外人不太在意这样不入正军的兵营。但赵仲珥知道，毕军营其实有着从表面上无法看出的实力，就像捉奇司一样。只要需要，他们完全可以凭着极少的人马将一座州城死死围住。

但其实赵仲珥心里还有没说的第三个计划，那就是回去后他会马上通知两河忠义社，让他们立即派人潜入处州。水也搅了，网也放了，总得有个渔翁在一旁看着、捞着。本来这种看着捞着的事情搜神门的人也能做，但是赵仲珥觉得一旦处州异动，那就不是看看情况、听听消息那么简单，关键时候还必须出手。两河忠义社高手众多，攻杀实力远在搜神门之上，所以让他们去更加合适。另外搜神门纯粹为了钱财，两河忠义社还有着恢复山河、重还家乡的信念，这样的人用起来更加可靠。

赵仲珥说是不要轻举妄动，其实已是大动特动了。只不过他全是让别人在动，捉奇司依旧像是置身事外。

第三章

怪兽追踪

未掩味再次被怪兽盯上

夜空中虽然无星无月，但鲔山的旷野倒也并非一片漆黑，借助微弱的天光仍可分辨远处坡影的深浅，近处已成暗灰色的地面也能勉强辨出高低。只是一路骑在马上，眼中全是迎面而来的暗灰地面。这完全一致的情形很快让人产生错觉，就仿佛有一面面灰色高墙不断压倒过来。

剥头非常适应在这种夜色中赶路。他驱赶着自己的马，带着袁不毂的马，速度竟不比一般人白天行进的速度慢。但他显然也害怕这荒野之上有什么意外是他觉察不出、躲逃不过的，所以没有像白天那样徒步奔跑。

袁不毂不要说徒步了，骑着马都觉得非常难受。他敏锐的视线在暗灰地面导致的错觉中反应更加强烈，甚至出现了头晕反胃。身上浓重的马尿味也刺激着他，就像有根又长又宽的布条裹紧了他，连气都透不过来。

"能找个地方歇息一会儿吗？"

"最好不要歇，我们要想躲开骨族的拦截那就得绕远路。再说，只有尽量往前赶，才能摆脱后面追来的骨族人。他们都是善于辨别痕迹进行追踪的高手，你杀死三个骨族勇士，又是拿他们的马赶路，肯定有痕迹留下。只不过夜间寻迹难度比较大，他们追踪而来的速度会慢一些，不过迟早都是会来的。"

从剥头的话里可以听出他非常了解骨族人。这不奇怪，骨族在北方主要以捕猎为生，而剥头自己就是捕猎高手，他们本就是同一类人。

"那这附近有没有水源？"袁不毂又问。

"你渴了？马鞍边有水囊。"

"不是，我是想洗洗，身上的味道太难闻了。"

"千万不要洗，那怪兽就是循着你们在甜井堡留下的味儿才寻到夹子堡的。你方才逃过一劫也是因为染了满身的血腥味，现在不被盯上是好在有满身的马尿。"

"那是个什么兽子？"

"不知道，样子像狮像虎，但全身无毛。嗅觉灵、动作快，最可怕的是刀枪不入，强弓利箭竟不能伤它分毫。骨族人里有个戴兽皮披帽、脸上画青花纹的妇人会用铜哨召唤它。"

"奇怪，按我们今日的见闻，这东西像是一种上古异兽，但那异兽只是传说杜撰，世间不该真的有呀。"袁不彀低声嘟囔。

"什么真的有？"剥头听到了点尾音。

"我是说我那同伴不知道有没有逃过怪兽袭击。"

"他躲进堡仓之后，怪兽跟了进去，然后里面传出铁笼撞击声。你同伴很聪明，不能把兽子关进笼子，那么把自己关进笼子里也是躲避兽子的最好办法，但之后他有没有逃出笼子和堡子我就不知道了。就算逃出了，如果不及时掩了自己身上的气味，还是会被那怪兽抓住的。"

袁不彀沉默了好一会儿，有些为李踪担心。但其实他才是最重要的，李踪如果能够掩护他完成任务，就算最终消化成怪兽的粪便也是值得的。

"我的同伴江湖经历多，人又聪明，应该能脱身。他如果成功掩味脱身，或者脱不了身而落入兽噬，骨族人之后不都会追上我们吗？"袁不彀也为自己担心。

"应该不会吧，我们先离开堡子，而且你在堡子里就已经掩味断迹了。"

"可是我后来射杀了三个骨族武士。"

"那倒无碍。你被浇了马尿，依旧掩着味。而我之所以不用自己的马匹而用骨族马匹，就是要混淆痕迹。现在这周围骨族的人马肯定很多，那兽子虽然嗅觉灵敏，却也无法辨别出他们自己马匹的不同味气。"剥头对自己的做法很自信。

"可是你没有掩味呀，那兽子可以循你的气味追过来。"

听到这话，剥头顿时愣住，他想到自己藏身的那个候穴，那里面肯定会有自己留下的气味。如果骨族人找到那个并不隐秘的候穴，让怪兽嗅一下候穴里的气味，那即便自己两个人连夜急赶，恐怕仍是无法快过夜行的怪兽。

"嗷嗷噢——"就在剥头发愣间，身后的夜色里传来一声兽吼。和白天怪兽被铜哨召唤后在坡顶上发出的吼声一样，应该是在召唤自己的主人。而别具灵性的异兽能在追踪对象身后毫不掩饰地发出吼声，说明它已经发现了目标，而且它确定目标肯定逃不掉。

剥头的脸色一下变得惨白，他意识到自己犯了个致命的错误："是我大意了。你赶紧斜向往西，到断龙沟再往北，出沟后再转向东北。方向一定不能错，那地方是连绵荒原，没有可参照的景物，很难辨别方向。过荒原之后可以看到很大一片杂木林子，那是鲔山周边唯一的林子，非常好认。骨族聚居地就在林子的东北方。"

剥头指点袁不觳往另外一个方向，绕一大圈从最意想不到的方向接近骨族聚居地。袁不觳立刻拨马往西去。剥头则继续朝西南方向走，他原本是要带袁不觳绕过断龙沟和那一片很难辨清方向的荒原，现在只能让袁不觳孤身冒险穿越荒原。那荒原传说是断龙龙血冲刷出来的，有着邪性和怨念，所以当地人把它叫作魂飞海，魂飞魄散的海子。

魂飞海没有一滴水，野草也见不到几根，要没有当地的向导带路，很少有人能顺利走过去的。而鲔山十一连堡各守自己的区域，夹子堡离魂飞海太远，所以剥头自己也没怎么去过那地方，更不敢冒失闯入。一旦在这地方丢了魂，就会找不准方向，在里面打圈圈最终疲累饥渴而死或者莫名其妙地消失，连尸骨都不留。

如果不是被骨族的怪兽盯上了，剥头也不会出此下策让袁不觳去闯魂飞海。眼下最合适的做法是自己把怪兽和骨族勇士引开，让袁不觳去碰碰运气抄近路。相比之下袁不毇其实比剥头更加冒险，但也只有这样冒险行事，才能摆脱后面的怪兽和追踪者，让人摸不清他们的行动意图。

"别忘了我们的交易，就算我死了，你自己送上门去也要把这交易完成的。否则我变成鬼都不会放过你。"剥头走的时候还不忘远远地再朝袁不毇喊一句。

"我已经说过成交了。"袁不毇觉得就这一句已经足以让剥头放心。

袁不毇和剥头并不知道，他们又犯了个致命的错误。在他们离开射杀三个骨族勇士的地方多半个时辰后，兽婆带着怪兽和十几个骨族勇士赶到，他们并没有发现剥头藏身过的候穴，那三具尸体已经足以吸引他们全部的注意力。

骨族勇士查看了那两具被袁不毇射杀的尸体。虽然剥头替袁不毇拔回削竹钩刃箭时用剥皮刀割开了伤口，但这些擅长狩猎杀人的蛮人还是能看出这两具尸体死于箭矢，只是看不出杀死他们的到底是什么箭，箭头又是什么形状。因为骨族使用的箭矢很单一，都是桦木杆的四棱箭头。

兽婆对眼扎子扎死的尸体更感兴趣。骨族的女人也狩猎，大多是设陷阱套子套捉猎物。这个怪兽就是小的时候被兽婆套捉住的，看着样子怪异少见就将它驯养大了。那怪兽虽然凶恶嗜血，却是极具灵性，它从不伤害骨族的人，兽婆可以通过铜哨对它发号施令。

兽婆一边嘴里念经般地哼吟着什么，一边慢慢拔出了那支眼扎子。她先从水囊里倒出些水把眼扎子洗干净，再用力将眼扎子掰断。

骨族原来在北方大森林里生存，对各种木料的了解程度就像对自己手指头一样。兽婆知道手中这支眼扎子有它独特的木料气味，掰断是为了让木料气味更加清晰地散发出来，便于怪兽辨别和记忆。

袁不毇他们在甜井堡擦汗捧罐子喝水，留下了身体的气味。而鲜血和马尿浇得袁不毇满头满身，恰好掩盖了他身体的气味。但袁不毇的两排眼扎子藏在衣摆内侧，没有沾染到鲜血和马尿，眼扎子的枣木气味和沾染的身体气味未被掩盖。

袁不彀和剥头分道而行之后，怪兽很快就出现在了他们分开的地方，并且没有一点迟疑地朝着袁不彀离开的方向追去。又过了没多久，兽婆和十几个骨族勇士也出现了，他们同样朝着袁不彀离开的方向追去。

处州的北长街今天一点都不热闹，来往的行人还没有路边摆摊的多。街边商铺的老板、小二不时地跑出来，驱赶店门口摆摊和沿街叫卖的小贩，生怕他们遮挡了行人视线从而错过他家店铺。

吴同蹲在街西头的一家布庄墙角处，他从小就练大开大阖、重枪重剑的功夫，身材高大挺拔宽阔，很容易惹人注意，不过一身粗布衣服倒是将他装扮得很像有钱人家的马夫。

吴同的大嘴巴里含着一块用细竹签挑裹的麦芽糖，这让他显得有些憨傻。南方人爱吃甜，他不是南方人也不喜欢吃甜，他只是喜欢每到一个地方都尝尝当地的特色味道。除了尝特色的味道，他还喜欢看人。有人喜欢看女人，不同地方会有不一样的漂亮女人。有人喜欢看男人，不同地方的男人会有不一样的气质、装束和习惯。吴同男人女人都喜欢看，他是看这些人一举一动中的破绽，并想象如何利用这些破绽将那人瞬间杀死。

不过，这时候吴同盯着看的却是一个小孩。刚刚他的手上有两个麦芽糖，另一个就给了那个小孩。给那小孩麦芽糖的同时，他还给了一张纸条，告诉他要想拿到十个麦芽糖，就把纸条送给桥头卖干莲子的漂亮姐姐。

卖莲子的姐姐肩若削成，腰如约素，延颈秀项，皓质呈露。面容掩在泼墨般的长发下，看不清楚，但就以上这些，已经足够在协调配合下施展出漂亮的杀人招法。

如果是其他人，吴同会在心里暗骂那漂亮姐姐愚蠢。因为太过引人注目，她的姿态以及可见的身体部位轻易地就会被江湖上的行家看出是装扮的暗钉。但是这个漂亮姐姐不仅是两河忠义社的人，公开的身份还是临海府捕头，即便被人看出来了也没关系，只会以为她是乔装了在办官府案子，绝不会想到她还做着两河忠义社的暗活。

女人做捕头的不多，能做的都得身怀绝技。临海府有十一铁捕，其中两个是女人。一个铁飞花，排十一铁捕第二。另一个铁秋叶，就是卖莲子的这位，排十一铁捕最后。实际上，铁秋叶的本事要远远高过铁飞花，毕竟她是两河忠义社训练出来的高手。只不过为了更好地掩饰自己真实身份，她才故意把自己隐藏在最不受关注的位置上。

三法司传下抓捕令，让处州及周边所有州县衙门严密搜捕重要疑犯孟和。对孟和如此重视倒并非因为华舫埠死的那些人，而是因为怀疑他带走了宫里的什么东西，或者知道谁拿走了宫里的东西。可到底是些什么东西没人知道，宫里排查下来后并没有发现少什么，而这反是更让皇上和三法司不安。

十一铁捕被杀十莲巷

吴同奉命追踪孟和，查清楚他逃去处州有什么目的？范成大到处州任职和孟和的目的有没有关系？除了他们还有什么人和组织的触角也伸到了处州？出于这些目的，吴同必须采取一些行动。就像面对槽口中安静的石球，只有把它撬出槽口、滚动起来，才能把安放在槽口上的底面露出来。而临海府的十一铁捕，就是吴同用来撬石球的撬杆。

铁秋叶接到指令，唆使十一铁捕出临海、进处州，捉拿孟和夺取头功。铁秋叶口才本就不是一般地好，三言两语就让其他铁捕都觉得这是个好主意。

孟和如今是三法司第一要犯，将他抓住是头功一件，有可能升迁到州衙甚至更高的衙门任职。

但是十一铁捕进入处州后接下来该怎么做，铁秋叶却没有接到明确指示。这一点铁秋叶能够理解，很多活儿必须根据实际情况才能确定下一步如何操作。所以她一直都在等吴同，之前接到指令时有说明，到了处州之后会有吴东分舵舵主"疯子金刚"吴同和她联络。

两河忠义社的成员都是身怀绝技的忠勇之士，但是这样的人并不多。安插覆盖一些区域之后，即便是一方的大分舵也就只剩下四五个人。所以很多事情不可能全由自己的人去做，而是用钱遣人办事，这也是总舵与赵仲珥交易时都会要大笔钱财的原因。他们会运用自己的暗钉和掌握到的信息，引导官府或其他感兴趣的江湖组织去做实际的事情，从而达到自己的目的。

这一回捉奇司委托两河忠义社查探处州情况，两河忠义社负责此事的其实就吴同一个人，而且手里也没有多少钱，所以他只能运用暗钉。一个暗钉运用得当，可以让整个行当甚至整个区域的可用实力都按自己意图行动。就好比铁秋叶，她可以引导十一铁捕，而十一铁捕又可以引导处州捕行，处州捕行又可以引导到处州衙门乃至周边州县的所有衙门。

吴同到处州后很快就找到十一铁捕借居的地方，那是个处于大片房群中间的砖房。没有院落，房前倒是有个方正的空场。这是个需要穿走很长小巷才能到达的地方，而且是个没有任何理由停留的地方。除了相邻其他屋舍的墙体，没有店铺，没有树木，没有可欣赏的花草。所以吴同果断放弃在这里和铁秋叶联络，因为急一时往往会坏一事。

今天铁秋叶装扮成个卖莲子的，在北长街的端平桥头摆小摊，这是捕快最常用的手段。人来人往的环境里，她可以无所忌讳地审视街上走过的每一个人，最适合用来暗中联络。虽然今天北长街的人并不多，吴同仍想利用这个机会和铁秋叶联络上，让她说动十一铁捕和处州衙门联手，对孟和可能藏身的河棚区进行搜索。这倒并非一定要抓到孟和，而是为了造成一定影响，来观察各方面的反应。特别是到现在还匿在暗处的人物和组织，争取将他们搅出水面。

不过吴同最终没有亲自和铁秋叶联络，因为他发现有同一张脸先后三次在铁秋叶附近出现，而且出现的位置都是铁秋叶很难发现的位置。所以他利用贪吃麦芽糖的小孩递了张纸条，纸条上写了"唱官画脸猴子看，锣鼓未响戏已散"。这是两河忠义社的暗语，意思是告诉铁秋叶，她的乔装已经被人看破，应该尽快退回借居的地方。

吴同并未告诉铁秋叶盯上她的人在哪个位置、什么特征，只是让她赶紧回去。这样做就是要让那人继续盯住铁秋叶，跟到他们借居的地方，然后观察他后续有什么动作和目的。如果没有什么动作，吴同仍可以盯上那个人并找到他的来路。一旦有什么动作，吴同就会借火添油把动静闹大了，这样搅水的目的也就达到了。

铁秋叶稍收拾下，离开端平桥头，边走边暗中做着手势召唤其他铁铺。已经知道自己被盯上还发信号让其他人一起回去，铁秋叶这么做是为自己安全考虑。这样，别人发现自己盯住的目标有很多同伴就不敢轻举妄动。

不动声色、若即若离跟上铁秋叶的有路人，有脚夫，有酒客，还有其他小贩，一行共十一个人。不过吴同眼中却有十二个人，因为有个戴着大斗笠的人跟在他们后面，像是个"渔翁"。这渔翁随行得十分自然，就连吴同这个老江湖都觉得前面的十二个人是一起的。

渔翁确认十一铁捕到齐后，觉得继续跟下去会对他自己不利，便决定暂且离开。但渔翁可以放弃自己盯着的目标，后面的吴同却不会把他放弃掉。好不容易有个雀儿扑喳着出了草窝，不追着掏出窝蛋来怎可罢休。

渔翁选择离开的方式谁都没有想到，包括吴同。他没有选择其他岔道或掉头离去，而是加快速度从前面十一个人中间穿过，走到了他们的前面。这样大胆的举动，首先要自信自己没有丝毫破绽被十一铁捕看破，其次是他可能已经看出吴同盯上了自己，这样做也能利用十一铁捕将吴同和自己隔开。

绝对是非常聪明的一招，吴同仓促间确实不敢同样从前面十一个人中间穿过，追上渔翁。他不敢保证自己不会被十一铁捕看出异样来，他也无法确定渔翁是否已经发现自己的存在，自己急吼吼地追上去相当于主动暴露。

渔翁赶到十一铁捕前面后并没有加速离开，而是不紧不慢地走着。他约莫知道十一铁捕要往哪里走，所以就好像他在领路。

路边有家小酒馆，风骚的老板娘看到面前陆续走过些人，赶紧跑到门口嗲声嗲气地招揽生意。通过装束认定吴同是最有可能进来花银子的对象后，她把更多的媚眼抛给了他。

老板娘的媚眼让吴同的注意力稍微分散了会儿，这种带点酒香肉腥的暧昧让他想到自己已经很长时间没有碰过女人了。也就在这个时候，前面渔翁转身进了旁边巷子，并在转入时往后看了一眼。吴同的注意力虽然在风骚的老板娘身上扫了下，却没有错过前面终于从斗笠下露出的半边脸。按照忠义社总舵传来的描述，吴同一眼便认定那人就是孟和。

吴同的认定不需要别人加以印证，孟和自己已经主动承认了。就在刚刚转入巷子两三步后，渔翁便在巷子里高喊起来："华舫埠血案疑犯孟和在此，疑犯孟和在此！"

十一铁捕微愣了一下，随即全都纵身追了过去。这倒不是他们贪功心切不够谨慎，而是到了处州之后，他们已经把自己借居房屋周围的路巷全摸得清清楚楚。也就是说，他们知道前面巷子里不可能设下一次性对付他们十一个人的绞圈。另外从情理上来讲，孟和也没有任何必要对付六扇门的捕快。

吴同却一下停住了脚步，就像是被酒馆老板娘的媚笑黏住了似的。他的神经全然绷紧，以至于脊背的肌肉开始酸痛僵硬。

刚刚孟和转头时似乎展露出一个微微的笑意！正在和众多捕快高手同行

的被追捕者不该有如此轻松的表情，除非有什么顺遂他心意的事情成功在即。

不管如何，吴同都不能就此站在原地的。前面发生的事情虽然出乎意料，但自己想要的机会和线索可能都在那里。心中快速权衡一下，他还是硬着头皮，纵步蹿到巷口，贴近一边墙角露半个眼睛往巷子里看去。巷子里什么都没有，他来得晚了一点，刚刚进去的那些人已经转入距离巷口不远的另外两个岔巷。

"疑犯孟和在此！"前面仍然有喊声传来，说明孟和还没被抓住，十一铁捕也仍在紧追。这时候的继续高喊可能是要把十一铁捕引到他想让他们去的地方，也可能是在告知其他人自己正在靠近。

吴同闪身进了巷子，并及时赶到两个岔巷巷口，在这里他看到十一铁捕一闪而逝的背影，两边岔巷里都有。这让吴同感到奇怪，被追的只有一个人，铁捕们怎么会分开走两边巷子？当他果断选择一条岔巷走到底并再次转入另外一条大巷子后，吴同明白铁捕们为什么这么做了。这里的巷子纵横交叉，而且已经离铁捕们借居的住所不远。根据他们事先熟悉过的周围环境，此处巷道可以分两路包抄孟和。

大巷子中间又岔出一条巷道，从这里穿过去，往东不远就是铁捕们借居的房子。吴同心中不由得又冒出一个疑惑来，孟和不会是将铁铺们引回住所去了吧？

还没到那巷子的巷口，吴同就知道铁捕们回不了自己的住所了。他听见巷子里有锐物破空的声音，还有锐物钻入身体的声音。这些声音很密集，就像雨打芭蕉一般。其中也夹杂了一两声轻微的惨呼，这是因为惨呼还没来得及提到高音量，人就已经没气了，而更多的人连声音都来不及发出。

这一次，吴同没有蹿到巷口处贴墙角站立，而是立刻就站定了。他害怕了，怕自己多走一步的脚步声惊动到杀人的人，他清楚自己在这个人面前也会来不及发出惨呼就死去。他不仅不敢多走一步，就连呼吸也都尽量放缓，并且极力控制住自己的颌骨，避免牙齿发出打战的声响。

这样的状态保持了很久，等到里头没动静了，吴同这才迈开步子，缓缓靠近巷口的另一侧，慢慢探身往里看。

他最早看到的是铁秋叶的尸体。射中她的锐物，有的钻入了身体，有的剖割了她的身体，将原本美好的身子弄得破损不堪。

铁秋叶前面的十个铁捕无一幸免，尸体旁站着一个人。吴同喜欢看人，看人一举一动间的破绽。这个人却看不出一丝破绽，他整个人罩在一件宽大的黑袍子里，所有动作和破绽都被遮掩了。

黑袍人没有看到吴同，这时候他刚好转身离去。他前面几步远处，还有另外几个人，这些人正合力抬着什么比较沉重的东西在快速离开。

吴同立刻缩头，又等了会儿，估计那些人已经走远，他才脱兔般蹿出，奔进那个巷子。他必须赶在官府的人到来之前，抓紧时间进去看看。周围巷道算得幽深，住户却不少。死了这么多人在巷子里，很快就会有人报官。而如今三法司的人聚集处州，一有风吹草动，也即刻就会赶到现场。

吴同仔细看了所有的尸体，循着黑袍人离开的方向找去，看到了这巷子里唯一的一家住户，院落门户大开着，吴同没有多想，闪身进去。

院落颇为雅致，里面没有尸体，看上去很久没有人住了。房子正堂的堂柜被移开，北墙根上被人抠去了一块。吴同估量了一下大小，判断这墙上本该嵌着一块方碑或者石刻。从地上残留的碎屑可以看出，这石碑或石刻砌在墙里，还用石灰粉刷遮盖了。也就是说，如果事先没有确定的线索，别人很难知道在这深巷废宅之中，堂柜之后、灰墙之内还有一块石碑或石刻藏在墙里。

"除了这一块，会不会还有其他的？"吴同心里对自己说。他从袖子里的臂套中拔出一把锥形匕，在墙上刮了几下，将被抠去一块东西的墙壁周围的石灰都刮掉。让他惊喜的是，那些人的注意力似乎全在石碑或石刻上了，并没想到上方还有一块横放的石板。

石板上刻了几个字，吴同用匕尖顺刻纹拨挑了几下，让所有字都清晰地显露出来——鲔山水文图。由此，吴同推断那些人拿走的不是石碑而是石刻，而那石刻上刻的是一张图。

看清那几个字后，吴同运力哼声，手指沿石板下沿往墙里抠入，再一个发力把那刻字的石板整个掀了出来，然后往腋下一夹快步奔出宅院，选一条之前没有走过的巷道离开。等他出这片宅屋群时，吴同才听到远远地有人在高喊："不好了！杀人！十莲巷里杀人了！"

无路可逃纵马跳崖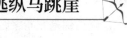

袁不毅改换方向后，行进的速度并不快。此刻，他所看到的是一片混沌，就像当初他陷落在獡貔坟剑鞘洞里一样。而这里比剑鞘洞更让人绝望，因为这混沌似乎永远都走不到尽头。

他不时地在马背上抬直身体，四处张望，心中非常郁闷，有些透不过气来。

越是走不到尽头，便越想尽快走到尽头，所以袁不毅驾马越走越快，但当行马儿的速度快到他自己都不能驾控时，情形一下就显得诡异了。

"是马儿自己在奔跑，不，它是在逃命。"袁不毅很快发现是自己座下马匹感觉到什么可怕的东西在逼近，出于本能越跑越快，根本不用自己驾驭。但是袁不毅本就不熟悉这里的地域环境，混沌中又难以辨别方向，这样一来马匹自作主张的夜奔难免会偏离剥头所说的路线。

当马跑得筋疲力尽、口吐白沫时，袁不毅意识到自己可能走错路线了。

因为他始终都没有走入一条可以叫作沟的道路，反而一直都在高处驰骋。

袁不觳的感觉没错，他的马带着他走上了龙背，而不是斩断龙身的那条沟。鲔山连堡周围无遮无挡，是连绵不断的旷野丘陵，往哪里走都可以。但如果走不到自己想去的地方，那么走再远都是白费。好在袁不觳的运气不错，他很快就找到了断龙沟的位置。只不过他看到的并非沟口通畅道路，而是横在自己面前的深深沟涧。

沿着龙背驰骋，只要方向固定，早晚都会走到龙身断开的沟壑边。更何况那龙沟中此刻升起了一片绿莹莹的光亮，远远就能看见。袁不觳黑暗之中找不对方向，就往那有亮光的地方走去。

当走近那片绿莹莹的光亮时，袁不觳被震撼了。那竟然是无数萤火虫般星星点点的绿色磷光聚集而成的，翻转着、滚动着，像云像浪，被沟里一阵阵的过沟风推动着，往远处的旷野流淌而去，就仿佛是龙断之后流逝的魂魄，正离开肉体飘向最终归宿。

除了这片光亮，沟下面似乎还有什么跳跃的光团，不断地将磷光喷涌出来。袁不觳通过自己与那光团的距离推断，面前的这条沟很深，足够把一个人摔得粉身碎骨。

不过袁不觳也有一点疑惑，大量磷光应该是地下矿物产生。此处地理变化山体断裂，将深埋地下的磷暴露出来，于是才有如此大量的磷光随风而飘。可那光团是怎么回事？磷光应该随处可出而不是在哪个固定地方冒出。或许那真的就是一个火团，是火团的热量推动了磷光上升才有类似磷光喷涌的现象。

背后传来一声低吼，将袁不觳从沉思中唤醒。他还没有回头，就已经从发出这声低吼的气息中闻到浓重的腥臭味道，而他的坐骑正四蹄发软，浑身打战。以往这些骨族的马或许也靠近过怪兽，但那都是怪兽没有凶气杀意的时候。而马匹现在的反应，正说明那怪兽嗜血的欲望已经到达了极点。

袁不皴终于把头扭转过去，他看到一个体形比老虎还大的兽子，身上光滑无毛，一双血红的眼睛在漫天磷光的映照下就像两簇妖火。兽子又往前逼近一步，袁不皴整个呆住了。这一回他看清了兽子的脸，那脸特别奇怪，就像戴了一副鬼怪面具。打眼看是个老皱了皮的狮虎脸，但要比狮虎的脸长。口鼻处也要突出许多，有几分像犬，又有几分像龙。

"犰！这是犰！"袁不皴心中暗叫，但大张的口却发不出一点声音。他从未想到世上真的还有这样的上古神兽存在。

袁不皴从小修习木匠手艺，包括木器雕刻。制作木器、建筑房屋首先就要做到趋吉避凶，相关凶吉的东西都必须了解。所以他临摹过各种吉兽图案，也见过各种凶兽图案。这些兽图可凶可吉，主要看用在什么地方。犰就是这样一种可凶可吉的神兽，它食人亦食龙脑，放在民间是要命的凶兽，放在皇家就是监督皇子皇孙心性作为的吉兽。

犰出自北方，似犬似龙，体如狮虎。因喜食龙脑带了三分龙性，所以皮肤如蛟，除脖子那一圈外身体其他部位都不长毛。

但袁不皴认错了。眼前这怪兽确实和犰相似，实际上却是彪。元好问在《癸辛杂识》中有记："谚云：虎生三子，必有一彪。彪最犷恶，能食虎子也。"三虎出一彪，这彪比虎要更加狡猾凶狠。而眼前这彪又是狮虎所生的彪，也就是所谓狮虎兽中的彪。但或许孕育过程中沾染了森林中的什么毒素，所以长相更加怪异，嗅觉更加灵敏。现在，真要给这怪兽定个名字的话，叫犰彪应该最合适。

犰彪逼近一步后就直接扑了过来，袁不皴却不知道自己该往哪里躲。前面是深沟断崖，两边没有马匹辗转的空间。而犰彪影子般扑过来的速度，他连是否应该滚落马下都来不及思考。

胯下的马救了袁不皴。可能是它情愿摔死也不愿落入怪兽口腹之中，依然腿抖身软的马匹挣扎着往前迈出一步，这一步虽然躲过怪兽落下来的爪子，却也连带着袁不觳一起跌入了满是磷光的深沟中。

马在沟壁凸出的土石上撞了两次，最终左后臀着地。袁不觳很是幸运，两次撞击加最终落地他都没挨上硬物，全是马匹替他缓冲和垫着了。虽然最终他还是重重地摔落在沟底的厚厚尘土里，并且被摔得骨断筋折、口鼻喷血的马匹压住，实际却并没有受什么伤。

不过从那么高的地方摔落下来，着地的那一瞬间袁不觳还是痛得呼吸都已经停止，全身酸麻得失去知觉。当身体的知觉慢慢恢复时，他首先就是大口呼吸，全不管身边扬起的浓厚尘土。直到那尘土呛得他剧烈咳嗽再喘不过气来，他才想起来调整自己的气息。

短时间内袁不觳是不能动弹的，他不仅被摔落的力道震得晕头转向，还被摔死的马压住了半边身子。这个时候犰彪也从沟顶上跃了下来，它找准几个可落脚借力的凸起处，来回转折几次便轻盈地到了沟底。

犰彪最终的落地位置离袁不觳不远，迈两大步过去张口就能咬碎袁不觳还在眩晕中的脑袋。不过犰彪并没有马上去做这件简单的事情，而是警惕地注视着二十多步开外的那个光团。袁不觳已经不能动弹，怎么都跑不掉，但周围情况要是不搞清楚，随时都可能带来危险。灵兽之所以灵，就是因为它们具有超过其他动物甚至人的思维和判断。这是一种超乎寻常的天性，也是一种自我保护的生存本能。

喷涌磷光的光团真是一个火堆，在沟壁的一个凹入部位。点火堆的人刻意选择沟底的凹入处，这样不会被人从沟两头很远的地方发现。但其实火堆的热量推动磷光翻转升起，反而会让人更轻易就发现他们的存在。

这一点只有本地人和对此地环境特点有所了解的人才知道，那么点火堆的人就不是本地人。而对当地情况没有了解就来到这里，且半夜之中在荒野深沟中点火露宿，说明生火之人来得很仓皇，就像袁不觳一样。

仓皇而来的人心中充满惊慌，对周边环境的不了解更是增加了惊慌的程度，所以当有东西掉下沟底后，火堆旁的人竟然全呆愣在那里。

"嗷"，犰彪发出一声短暂而沉闷的吼声，它想把火堆旁的人惊动起来，这样才能判断那边到底是什么情况。

火堆边的人果然被惊动起来，在火堆和磷光的光亮下，他们也依稀看到一个巨大的影子。

"一只大狗，好大的狗啊！"最先反应的竟然是个女子的声音。

"不是狗，是老虎。不，是狮子。"有个颤抖的声音在纠正女子的判断。

"跑，快跑吧！"另一个慌乱的声音已经开始缓慢移动。

"不能跑，那畜生会盯着跑动的目标追扑，它那块头你根本跑不过它。"其中有人还算镇定。

这个时候，那犰彪往前轻轻地迈出一小步，已经看清了火堆旁的情况。

"那该怎么办？"有人见犰彪靠近，不由得更加慌乱了。

"你们两个拿弓箭往后移几步，其他人都把兵刃拿起来，长枪在前，刀盾在后。我喝令之后弓箭先射，然后我们再冲过去杀了这畜生。"

"能行吗？"女子的声音在问。

"能行，我们七八个人杀一只兽子应该不成问题。"

犰彪又往前迈了两步，这两步比刚才的步伐大多了。而此时袁不觳已经挣扎着把上半身从死马下面拔出来，这样至少可以拉住马鞍，吊起上半身看到死马另外一边的情况。

袁不觳的头依旧是晕的，眼睛里不停地有金星飞过，但他还是看清了火堆边那几个人摆出的架势。他如今已经是羿神卫成员，参加过各种军中训练和羿神卫独特的训练，熟知各种战法和阵式，所以一眼看出那几个人摆的是迎马阵，并由此阵确定那几个人是宋兵。这种弓射放最后、长枪抵最前的迎马阵是宋军运用最为频繁的一种阵形，主要用于对抗冲击过来的马队。

当时南宋军队大量采用各种阵形，这样在对敌当中可以发挥各兵种的最大作用。比如三叠阵①、撒星阵②等。不过今天这几个宋兵排列的迎马阵应对的并非马队，而是一只有灵性的、刀枪不入的怪兽，所以这阵形肯定不行，改成其他防守阵形逐渐后退，效果反而更好。

"不要动它，退，守成一团慢慢退！"袁不彀高喊一声。既然认定那些人是宋兵，他肯定是要加以提醒的。

袁不彀的提醒太晚了，狁彪已经作势要扑，那边的弓箭手也已经拉满了弓。

"不够③，是不够吗？你怎么会在这里？是你从上面摔下来了呀！快、快救他！"那边的女子高声叫了起来。可她一口气问得太多，话赶话的让人无法听清，加上袁不彀正头晕眼花气血翻腾，一时间没能听出女子是谁。

狁彪抢先纵身而出。它没有扑向火堆边的那些人，而是纵上了沟壁，然后在沟壁上搭脚借力，改变自己的扑落角度和扑击目标。所以谁都没有想到，最先被扑倒的是后边两个弓箭手中的一个。狁彪的爪子直接抓进了胸膛，抓破了皮肉，抓断了胸骨，抓裂了双肺，有一只爪尖还插进了心脏。

这个弓箭手连惨呼都没来得及发出就毙命了，但他的死给另外一个弓箭手争取到机会。箭在近距离里准确射出，射中了狁彪的脖颈。怪异而可怕的是，那箭只在脖颈处弹一下，便顺势飞到一边去了。

反应最快的一个宋兵持枪直刺狁彪的身体一侧。虽然心里害怕，动作慌乱，但这一枪还是扎个正着，毕竟狁彪体形很大。但是这一枪也只是像刚才那支箭一样，猛弹一下就顺着狁彪避让的身体滑了过去。

"啊、啊！这怪物刀枪不入，是杀不死的！"这次发出惨呼的是之前尚且

---

① 三叠阵：设盾墙，两排弩手，遮掩云旗，两排弓箭手，再遮掩云旗，再两排弓箭手。
② 撒星阵：所有步兵全着重甲，持大刀大斧，按纵横队列排阵。每两人之间的距离够马匹通过，这样自己的马队可自由冲出和撤回，而对方一旦冲入每个人都会遭受四个角度的攻击。
③ 不够：袁不彀小名。

镇定的那人。

而此时犰彘已经扭身撞入那几个人的阵形中，撞飞两把试图挡住他的腰刀。刚刚用枪扎它的那个宋兵被撞断了脊梁。它还咬住一个持腰刀的宋兵，把他远远地甩出去。

犰彘甩出的那个宋兵尸体正好撞在死马颈部，推开压住袁不毂的死马，袁不毂这才从死马身下爬了出来。

刚刚爬起来的袁不毂一下没能站稳，依旧是强烈的晕眩，意识倒是比刚才清晰了许多，但清晰的意识也让他感受到了更多的疼痛。疼痛深入骨髓，但他还是用弓撑住身体，勉强站稳。

"不够，你竟然也到这里来了！肯定是来找我的！"女子竟然从兵卒的阵形中不顾一切地跑出来，跑到袁不毂面前一把将他抱住。

到这个时候，袁不毂要是再认不出怀里的是丰飞燕那就真是被摔傻了。按着他的本能反应是要把丰飞燕推开的，但是突然间他发觉这个状态非常好。丰飞燕可以替代大弓支撑住自己，这样自己就可以腾出手来开弓射那怪兽了。而且这和獙猳坟丰飞燕替自己挡箭，支撑自己射杀阴府门神、射退面具人的状态是一样的，这让他陡然间提升了无穷的信心。

射瞎犰彘的一只眼睛

之前袁不毂听剥头说过怪兽刀枪不入，现在亲眼见了确实如此。好在他曾斗过无相狐，无相狐可以隐形不见，但是一双眼睛却是隐不掉的。而这也正启发袁不毂，怪兽浑身上下刀枪不入，唯独这双眼睛应该仍是脆弱的。或许这是唯一可以伤害它的部位。

袁不毂拔出箭，搭上了弓。他要找寻最佳的机会射那怪兽眼睛，这样或许可以像之前用眼扎子扎入骨族勇士眼睛里一样将它杀死，就算不能杀死，射伤并吓跑它应该是没有问题的。

　　丰飞燕不顾一切地跑到袁不毂身边来是绝对正确的。就在她抱住袁不毂并帮他撑住微微摇晃的身体时，那边狓彪几个来回折转，快得犹如刀影挥舞。瞬间，宋兵一个接一个地支离破碎地散落在地上，想重新拼凑全都很难。

　　火堆和磷光中，飞溅的鲜血看不出来，血腥味却无法避免，袁不毂的脑袋在血腥味的作用下变得更加晕眩。他虽然站稳了身形，也拉开了弓箭，可这一箭能不能射中目标，他心里却是没有底的。

　　狓彪撕碎最后一个宋兵之后，它暂停了一下。流线型的身体弯个小弧形，颇为优雅地扭头看了袁不毂他们一眼。

　　袁不毂就是在这个瞬间出箭的，松开弓弦的刹那，眩晕让他身体往后微微仰倾了一下。所以这一箭偏高了一点点，没能射中狓彪的眼睛，只是在它额头上弹跳一下便顺势滑过。

　　这支射在眼睛附近的箭惊到了狓彪，它快速拧身往后纵出一步，又侧对袁不毂猛地停住，像是畏怯了什么，又像在思考些什么。随即它猛然往沟壁上方纵身而起，那里有个凸出的土块可以借力，再转身回来，已是一个自上而下斜扑袁不毂的角度。

　　袁不毂第一箭失手后心中万分懊恼，但他倒也没有太慌乱。自己的状态正在恢复，接下来会一箭好过一箭，只是动作必须要快，必须赶在狓彪扑到自己之前射中它的眼睛。

　　第二支箭及时射出。虽然狓彪改换了一个刁钻的角度扑下来，虽然它整个身体都在快速移动中，但袁不毂的箭准确地锁定了它的左眼。

　　狓彪脑袋摆晃了一下，扑下的角度稍稍偏移了一点，袁不毂的第二箭轻易就被躲让过去。这下袁不毂慌了，他没想到这只兽子竟然聪明到有意识地躲避箭矢。而射向眼睛的箭矢总是会让它看到的，那么按照兽子的反应速度就没有什么箭它是躲不过的了。

犰彪为了躲让箭矢也扑空了目标，只有前爪的爪尖划过丰飞燕被风吹起的大氅，在光滑厚密的绸面上留下一道长口子。但落地之后的犰彪身体还没完全稳住，就又扭转脑袋朝丰飞燕咬去。

丰飞燕背对犰彪看不到危险近在咫尺，袁不觳却清清楚楚地看见锋利如刀的巨齿咬向丰飞燕。于是他单手抓住丰飞燕的腰，猛地拉着她往后退让。

犰彪没有咬到丰飞燕厚软的背部，但它咬住了被它爪尖划破的大氅。丰飞燕的大氅是她自己改良过的，有两个可以伸胳膊的洞口，方便双手拿物做事。而这大氅在被犰彪咬住后，套在袖洞的胳膊就不方便摆脱掉了。这样一来，犰彪咬住大氅的尾部，袁不觳圈住丰飞燕的腰，而大氅则成了他们拔河的绳子，在两者之间绷得紧紧的。

"把大氅脱了。"袁不觳脚下已经开始往前滑动，他的力量明显抵不过犰彪。那大氅的面料也是出乎意料地结实，两边这么大力的拉拽竟然没能把它扯坏。

"不行！"丰飞燕高声回应下，同时双臂拼命往前用力。原来，她说的不行并非脱不掉那大氅，而是不愿意失去那大氅。

但是不管丰飞燕如何用力，双臂终究抵不过犰彪的拉劲，大氅最终还是从她身上脱出。而一直被两边大力绷紧的大氅一下飞起，继而落在了犰彪的头上，将它头和颈整个罩住。

被阻挡了视线后，犰彪登时慌乱了。它不停甩头舞爪乱转圈，试图将罩在头上的大氅甩掉。

失去了对抗拉力的袁不觳和丰飞燕一起跌倒在地上。袁不觳跌了一个坐墩，在地面上滑出两尺远，滑动的惯性让他上身往后倒在地上，还没有恢复的周身疼痛感再次直冲上头顶，钻进心尖。丰飞燕方向正好相反，她朝前跌了个狗啃屎，摔得满脸尘土，鼻血和着黄泥一道流出。

犰狳仍旧在快速摆头挣扎，大鳌虽然一时间还没甩脱，但它的脸已经几次经过刚才被它爪尖划破的口子。一旦让它从口子里看清周围，即便没有甩掉大鳌，它也会立刻再次扑向袁不彀和丰飞燕。

袁不彀知道自己必须马上起来，哪怕是坐起来。他现在有一个可以打败犰狳的唯一机会，而且是个瞬间即逝的机会，于是强忍着从脚尖直冲到头顶的疼痛，坐了起来。这一下起得太猛，弓把上的木头握套正好敲在丰飞燕的头上，将她刚刚抬起的脸再次砸在了尘土里。

坐起之后的袁不彀立刻横弓搭箭，此刻犰狳也找到了大鳌的口子，正努力着把自己的脸挤出来。说时迟那时快，袁不彀瞅准时机，果断地把箭射了出去。削竹钩刃箭径直穿过大鳌，轻松地钻进了犰狳的左眼，大鳌就这样被钉在了犰狳的左脸上。

"嗷呵——"犰狳发出一声震彻断龙沟的吼声。吼声中有威吓，是生怕伤害它的对手继续攻击它；声音中有恐惧，是因为遭遇到从未有过的伤害；声音中有痛苦，因为削竹钩刃箭在特制的大雕弓劲射下，足有半支箭的入眼深度。

"啊——"袁不彀也发出一声吼叫，虽然没有犰狳的声音响，但传得很远，还在沟壁作用下拖出长长回声。这喊声是兴奋，他终于射伤了犰狳。这喊声是示威，向犰狳彰显自己实力。这吼声也是绝望，如果犰狳忍痛继续反扑，他就再没有办法和信心来应对了。

犰狳退后一步，低头弓身，提臀弹腿，纵身扑出，但犰狳这次扑出的方向却是袁不彀的左侧沟壁，那里有他们刚刚纵马跌下时缓冲几次后凸出的土堆。

有凸出的地方纵身跳跃，没有凸出的地方四爪攀爬，就像猫儿爬树一样。几下连纵带爬，犰狳便上到了高高的沟壁顶端，然后狂奔而去，踪影不见。只留下一片碎石泥沙簌簌掉落谷底，还有大片扬起的尘土掩盖了部分飘荡的磷光。

"怪兽还在吗？"丰飞燕趴着问。她不敢抬头，怕有后续的打斗还会将她的脸砸到地面上。

"跑掉了。哎哟……"袁不毂松了口气，却牵动身体的疼痛不由得叫出声来。

"跑了？那你快看看我的鼻子。"丰飞燕差点就把自己鼻子拱到袁不毂脸上，"有没有摔变形？还是原来那么漂亮吧？不对不对，肯定摔出问题了，不然怎么闻着你浑身臭烘烘的。"

袁不毂看了一眼丰飞燕的鼻子，那鼻子虽然流了些血，但全被泥土糊成了一团。看不出血色，倒像是贴了一抹胡须。

"没问题，好着呢。"袁不毂说的是真话，丰飞燕能够闻出他身上的马尿臭，正说明她的鼻子没问题。

"那不对，我确实闻着你很臭的……"但这个时候丰飞燕似乎想到了什么更加重要的事情，这才放弃了关于她鼻子的话题，转而说道，"我那大氅呢？"说着，一骨碌爬了起来，往火堆那边跑几步，刚才犰狳就是在这个位置的。

袁不毂没有跟过去，他身上依旧疼痛得无法利索行动。当然，火堆那边有一堆血肉模糊的尸块，他怕自己过去看了会晕。

"你那大氅被怪兽带走了，一件衣服而已，回去了给你买更好的。"袁不毂嘴里这么说，心里却在想不知道有没有命回去。

"那大氅不一样，你……你不懂的。唉，唉，竟是天意要如此。"丰飞燕连叹两声，欲言又止。

袁不毂本来想追问丰飞燕到底怎么回事，她又是怎么来到这里的，但就在这个时候沟壁上又有碎石泥沙簌簌落下，像有东西在沟壁上移动。

"嘘——不要出声。"袁不毂先制止了丰飞燕，然后仔细观察沟壁上方。

"难道怪兽又回来了？从移动速度看不像。那就是有人在往下攀爬。"袁不觳心里暗想，"在这个地方不管下来的是什么人，都不会对我们有利。"

做出判断之后，袁不觳果断撑起身体站了起来，拉着丰飞燕迅速溜到另外一侧的沟壁。两人贴着这一侧的沟壁跌撞而行，朝着西北边的沟口而去。

走出去没多远，袁不觳发现身后的火堆骤然一分，变成了几个火把。几个火把又分成两部分，快速往沟的两头移动。

"追过来了，快跑！"袁不觳拉着丰飞燕加快了速度，甚至顾不得将自己掩在沟壁的阴影里。

"在这边，快拦住他们！"后面的人发现了袁不觳他们。奇怪的是喊出的话并非快追，而是拦住。

就在袁不觳感到费解的时候，惊觉有东西划开磷光奔自己而来，他想都没想朝着那方向就是一箭。

划开磷光的是一把伐木大斧，持斧人从沟壁上合身扑下来。骨族原本生活在北方的大森林里，爬树伐木是基本的生存能力，从并不光滑的沟壁上爬下来不算什么难事，像这样从高处纵下也是他们抓捕猎物时常常会做的。

就在那人快扑到袁不觳头顶时，被一箭射中腹部。箭的力道让他改变下扑方向，跌在沟壁角落里。腹部虽然也是要害，射中后却不会马上死，甚至还可以挣扎了再次攻击。按理袁不觳应该毫不犹豫地补上一箭，而他已经拉开的第二箭也确实对准了来人的喉窝。但袁不觳最终还是缓缓松掉了弓弦，他从那骨族勇士的眼里看到了恐惧，看到了求生的欲望。

舒九儿曾经指导过袁不觳人体脏器的位置，他知道自己射中那人腹部的箭头锋刃正好划断胃肠连接处。这一箭肯定会让这个骨族勇士死去，而且会死得很痛苦。但越是知道自己将死的人越是怕死，也越希望在世上多留一段时间。那骨族勇士的目光唤起了袁不觳心中的一丝悲悯，他放弃射向喉咙的第二箭。

解决了持斧骨族勇士之后，袁不毂放慢了奔跑速度。眼下不仅背后有人追赶，前面还可能有人会从沟壁上扑下。如果自己的速度太快，对于上方突然扑下的袭击可能会来不及反应。但后面的人还在全速地追赶，速度慢了又逃不脱他们的追杀。

想到这里袁不毂索性停了下来，他回头看看那些追过来的火把，算了一下火把的位置和高度，然后果断一箭射出。拿着火把追在最前面的骨族勇士仰面倒下，这一箭射穿了那骨族勇士的气道。

一箭观火度射之后，后面的人立刻停止了追赶，思及之前夹子堡附近被射杀的三个同伴，再看对方刚刚在视线完全无法看清的状况下还能如此精准射杀，不由得都惧怕了、畏缩了。所以只是在原地漫无目的地回射了几支箭，便保持距离远远地跟着，再不敢往前追近。

后面的人不敢紧追了，前面沟壁上的人就更不敢下来了。袁不毂和丰飞燕虽然速度慢下来许多，却是再没遭遇追击和拦截，两个人跌跌撞撞总算跑出了断龙沟。

但是如果不能彻底摆脱敌人，那逃得再远都是没用的，而且一旦逃到对自己不利的地方，那就相当于主动给了敌人杀死自己的机会。所以袁不毂很快后悔了，断龙沟外是一望无际的旷野，可他却不知道该往哪里走，又该怎么走了。

其实袁不毂面临的问题远远不止往哪里走、怎么走这么简单。首先，这旷野之上看似哪里都可以走，却也意味着骨族人同样哪里都可以来。只要有足够人手，对方便可以从任何方向迂回包抄自己两人。

其次，没有了飘荡的磷光，视线也远不如断龙沟中。而旷野之上无遮无挡的夜风扬起的浓厚尘幕，不仅遮掩了视线，连正常睁开眼睛都非常困难。

除此之外，这片旷野还有其他诡异的现象，只是袁不毂目前还没发现。因为这里叫魂飞海，是会让人魂飞魄散的地方。

剥头给阻杀袁不觳的天武卫带路

　　剥头很快发现情况并非自己想象的那样，他的背后没有骨族人和兽子尾随。一番提心吊胆的狂奔之后，他很为自己的失误判断感到羞愧，更为袁不觳的处境担心，因为没有追上自己的骨族人和兽子肯定都去追袁不觳了。他也很疑惑，自己的气味没有被闻到，已经掩了气味的袁不觳又是怎么再次被追上的呢？或许骨族和兽子都没有追上，那就谢天谢地谢菩萨了。

　　心里存了一分侥幸，脚下立刻改变方向，他看了看天上勉强可见的几颗星斗，拨转了马头。附近有一条贩卖茶绸的私货道，从那里可以绕到魂飞海的西边。袁不觳如果路途不熟或者耽误了路程，剥头还能提前赶到魂飞海的另一边等到他。

　　愿望和实际总是有些距离的，袁不觳那边有没有遇到意外剥头不知道，但他自己却遇到了意外。就在剥头刚刚跑上那条贩卖茶绸的私货道之后，他被一小队人马给围住了。

　　剥头当时吓得差点没从马背上掉下来，这荒坡野地之中突然影影绰绰的有二十几个人骑马拦住自己，他的第一反应是遇到游魂野鬼了。私货道上往常行走的都是拼着性命讨生活的私货客，遇到官兵剿私或马贼劫道都是死无葬身之地。那些尸体大多就地刨土一盖，两阵风一吹都成了暴露荒野的尸骨。当地人传说没能真正入土的鬼魂都会成为游魂野鬼，游荡在荒原之上找寻命相弱的人做替身，这样才能转入轮回，重新投胎。

　　一盏带四扇罩壳，可定向照耀的气死风灯照定剥头。有灯火就说明自己遇到的不是游魂野鬼，这让剥头的惊恐多少消退了些。但是独自一个明晃晃地暴露在一圈影子一样的人中间，仍是有种刀下肥肉的感觉。

　　"此路是通往鲔山连堡的吗？"有个影子发话了。这样没有任何迂回的问话让剥头获取了一个信息，就是这些人完全没有把他当回事。但其实对方这样直接的问话也是为了获取更多信息，比如从剥头的回答和反应来判断他是不是当地人。这样的心机用意，整天和兽子打交道的剥头很难体会。

不过剥头有剥头的心机，那就是尽量说实话，表现最真实的自己。他本就是这里的一个猎户而已，什么你追我杀的事情按理说和他没有半根毫毛的关系，所以自己最正常的反应，就是应对这些人最好的方法。

"你们可是走错道了？要去鲔山连堡得走连驮子道。那是茶盐私道，鹰嘴草湾那里的骨族人会给予方便，因为他们自己也需要可长久供应的廉价茶盐。这边是瓷绸私道，刻意绕过鲔山连堡的。骨族人并不非常需要瓷绸，也不在乎这条私货道能否长久通行商客。瓷绸之类的货品他们遇到都全部强抢下来，有时连私货商的命都不留。"

"那你为何黑夜中出现在这里？"这又是一个试图逼迫出破绽的问题。

"这话说起来就有点让人难相信了。白天里我们夹子堡不知怎的溜进来两个宋人。"剥头并不掩饰自己认出这些人是南宋人，而且直接叙述真实经过。这样别人就看不出他在说谎，因为他本来就没有说谎。

"没等我们弄清那两人来路，一大群的骨族勇士就赶来把堡子给抄了。我是跑得快，晚一点就有可能被拉去喂了兽子。逃出来后我也没地方可去，想到昨天放夹子捕野羊遇到的瓷绸私货商要我帮着一起赶牲口运私货，当时我没答应，现在只能追上他们揽了那活儿。对了，忘记告诉你们了，骨族人会强抢瓷绸杀私货商，所以这类私货商都是夜间赶路的。"剥头尽量多说话、说真话，透露的信息越多，别人就越难甄别其中的虚假成分。

那些人完全信了剥头的话。他们是左骞派出来阻杀袁不毂的两路天武卫其中一路，领头的正是朱肩山。左骞还另派了乔装探马去散播有人要密杀骨鲔圣王的信息，从时间和速度上推算，探马那一路应该完成得更快，因此骨族开始围捕莫鼎力派出的密杀者完全在情理之中，面前这个赶夜路的猎户没有说谎。

既然相信了剥头，他们便让剥头指点前往鲔山连堡的路。目前并不清楚骨族的人有没有把密杀者拿住或杀死，所以他们的任务还没有完成，必须继续下去。

剥头连说带比画地指点了一番路径。很明显，朱肩山以及他带的人都没有听懂这路该怎么走。

"要不我给你们带回路。"剥头的神情显得有些不太好意思，"只是这个赏钱你们多给点。"

朱肩山没有想到还有这样的好事。本来他还在考虑是不是要抓了这人让他带路，但又担心强迫的做法会让人家心中生恨，然后故意走错路走远路，自己又无法分辨。现在对方主动提出带路，只不过是想多要些钱，朱肩山想都没想就从马鞍一侧的挎袋里掏出两锭银子，扔到剥头的怀里。

"这十两银子算定金，你只要把我们按时带到地方，我再给你二十两。"朱肩山故意表现得大方，其实随军营行动不可能带很多银两，现在他那挎袋里剩下的连十两都没有。

剥头脸上表现出得到银子的欣喜，心里却打着另外的主意。他并不清楚自己遇到的是什么人，也不适合随便问。但他知道，这个时候前往鲔山连堡的人，不是对骨鲔圣王不利就是对那个密杀骨鲔圣王的年轻人不利，所以他得跟着。如果是对骨鲔圣王不利，正合他意，给他们带路就是帮自己。如果是对那年轻人不利，他就可以及时示警，甚至暗中帮忙。保全了那个年轻人完成密杀任务，这其实也是在帮自己。

至于他为什么主动给他们带路，那是因为鲔山周围区域太过空旷，如果自己暗中跟踪这些人，夜间容易跟丢，白天容易被发现。不如索性就与他们同行，这样既可以不被怀疑，又能更清楚地了解状况以便随机应对。

夜风很大，尘土飞扬，虽然天光依旧微亮，但在魂飞海是见不到天光的。

袁不毂拉着丰飞燕，跌跌撞撞地走在一片浑浊之中，这和之前骑马走在龙背岭顶上的感觉完全不一样，他就像走入了另外一个世界。视线的不清让他心里非常慌乱，这将他两项擅长的能力都封闭了，不仅无法准确开弓射箭，还无法辨别方向。而更让他担心的是后面那些追击的骨族勇士，他们看似不见了踪影，但很有可能已经利用对地形的熟悉迂回包抄了。

袁不毂并不知道，他的这个担心有些多余。自从出了断龙沟，他就已经暂时摆脱了那些在断龙沟里追击他的骨族勇士。因为他进入的是魂飞海，而且是在黑夜中进入的。即便是在白天，那些骨族勇士在不是十分必要的情况下都不轻易走魂飞海。实在要走，也都是要有熟悉的人带着，小心翼翼地通过。一路连说话都不敢大声，就好像生怕会招来海子里藏着的恶魔。

袁不毂也不知道，背后虽然没有人追击了，前面却是重重险阻。朱肩山带着天武卫走错了道路，现在却正被剥头带着往骨族聚居地而来。剥头心里希望这些南宋人去往鲔山连堡也是对骨鲔圣王不利的，却不知他们只会带给袁不毂截杀的危险。而袁不毂进入魂飞海后，骨族的人虽然没有继续追入，但也明白了他是要冒险穿越魂飞海前往骨族聚居地，所以已经用长白花鹞传飞信回骨族聚居地，让家里派遣高手进行阻截。

还有件事情袁不毂更不知道，就在他进入魂飞海之后，在东边几十里外的一处矮坡上出现了三辆大马车。一辆平板的马车上坐满了人，另外两个本是用来运水的槽形马车则装了许多工具，还有木料、草料等一些东西。

三辆车在坡上停住，没人说话，拉车的马喷两下鼻后也再不发声。所有人好像都在屏住呼吸聆听着什么，但是除了夹杂尘土的夜风吹过，周围好像再没有活物。

过了一会儿，坐在车杠上的人终于动了，他抬手拍拍旁边一个斜卧着的身影。被拍的身影好像很虚弱，只无力地点了两下头。于是三辆车摆晃一下，缓缓地继续往坡下走去。

此刻要是袁不榖在，他可以借助微弱的天光看出坐在车杠上的人正是李踪。李踪是搜神门的高手，最擅长寻迹追踪的人同样擅长摆脱寻迹追踪，所以他不仅去气味摆脱了犰彪，还把笼子里关着的十来个带符提辖和之前被关的两个失魂又虚弱的人都带了出来。出来时他们抢了一辆马车，另外两辆水槽车和工具木料则是李踪从十一连堡的第三堡驼子堡找来的。

李踪的马车进入魂飞海的时候，袁不榖已经把丰飞燕拉起来继续前行。骨族聚居地就在魂飞海的外面，可他现在没了帮手，又拖上了一个女人，前面还有高手的重重阻截，真不知道就算离开了魂飞海又能怎样？

然而袁不榖不知道，就算他顺利赶到骨族聚居地也找不到骨鲔圣王，因为骨鲔圣王此刻根本就不在化棒子堡附近的聚居地。

一声沉闷的声响远远地随风传来，吓了袁不榖一大跳。他仔细琢磨了一会儿，那声音并非犰彪的狂啸，犰彪的狂啸应该比这声音单薄许多。难道这黑夜的旷野之上还有什么比犰彪更加庞大狂暴的怪兽？这想法让袁不榖愈发恐惧起来。

当踩到一处浅浅的凹坑时，丰飞燕一下扑倒再难起来，只撅着屁股摆晃几下无力的手，累得连喘气都来不及了。

袁不榖看了一眼丰飞燕的脸，这是一张已经完全看不出原来模样的脸。在断龙沟里摔破鼻子流的血已经和着泥土结成了干壳，而一路跑来流淌的汗则把夜风带来的尘土沾在脸上，眼角鼻边的凹处几乎都被尘土给填平了。这会儿，随着她大口地喘气，不时有土屑从脸上掉落下来。

"歇一会儿吧，等天亮些再走。"袁不榖不是看着丰飞燕的狼狈样才决定停下来的，而是他自己也不敢走了。看不清方向，看不到情况，随时随地可能会有骨族勇士和怪兽出现。这种感觉就像瞎子走在悬崖边上，心理的压力比消耗的体力更加难以承受。

过了足有两盏茶的工夫，丰飞燕的气总算是喘匀过来，开始摇晃着脑袋打瞌睡了。

"不能睡，醒醒，这里不能睡。"袁不毁轻轻地推搡丰飞燕，"我们随时都要起来逃命的，而且夜风太寒，你的大氅又丢了。"

丰飞燕一个激灵清醒过来，就好像被一根长针一下扎进脚底似的。醒过来后她倒真的是觉得冷了，于是往袁不毁身边依偎过来。

杀机四伏的杂木林子

袁不毁感觉到丰飞燕贴住自己的身体，温温软软、厚厚鼓鼓的，心中不由得一颤。他下意识想躲开，却又觉得这状况下不大合适，也或许他心中是喜欢这种感觉而不舍躲开。

此时，一个念头闪过袁不毁的脑子："现在靠着自己的如果是舒九儿，那会是怎样的感觉？"这个念头让袁不毁的嘴角微微漾起一丝笑意，整张脸变得柔和了许多，身体也不自觉地朝丰飞燕贴紧了些。直到丰飞燕发出一声粗重的娇哼声，袁不毁这才惊觉过来，赶紧将身体离开一些，并且尽量抬高，这样可以为丰飞燕多挡住一些刮来的夜风。

丰飞燕很执着地将身体追靠过来，再次贴住袁不毁。可能夜风的寒意真把她的鼻子冻坏了，已经闻不出袁不毁身上的马尿臭。

"对了，还没来得及问你，你怎么跑这里来了？去西夏的使队呢？你不是跟他们一起的吗？"袁不毁倒不是急于解开疑问，而是借着问话顺势将丰飞燕的身体推开一些。

"使队出边境之前一切顺利，然后取道吐蕃前往西夏。我们走的道路紧邻金国边界，也不知道是不是那吐蕃的向导喝了金国的马尿，闻着味儿就带偏了，把我们带到金国境内来了。然后也是奇怪了，那吐蕃和金国交界的地方本是荒无人烟的，偏是我们就遇到一队野人似的人马，就像早就在那里等我们了。"

"事出凑巧必有妖，先是走错路，然后有人马等着，这肯定是算计好了要劫你们。"袁不毂一听就知道这其中有猫腻。

"崔使官也这么说，所以我们就分开走了。护使将军率领使队护卫官兵保着崔使官往北冲杀，如果能突围，还有几分机会逃入西夏境内。"

"他们丢下你一个女的不管了？"袁不毂有些气愤。

"那倒不是。大队人马往北去，崔使官让他的亲兵护卫保护着我往东边走，那些截杀的人马就盯死了他们。而我们几个人目标小，又是往意想不到的方向走，截杀的人马不会发现。之后，我再掉头回南宋，这样其实我要比崔使官安全得多。"袁不毂没有作声，如果真像丰飞燕说的那样，那崔使官倒真像是故意把劫他们使队的人马给引走了。

"只可惜我们遇到了怪兽，这路没走通顺，还把大氅还给弄没了。"丰飞燕话里无限懊恼。

"我会带你回去的。"袁不毂说得很坚定，心里却是一点把握都没有，只能算暂时给丰飞燕的一点安慰而已。

"我信你的，我答应过要嫁给你的，回去了就能办这事。"一说到嫁给袁不毂，丰飞燕顿时兴奋起来，睡意全消。

天色渐亮时，风小了许多，只间断地有一溜小烟毛恍惚刮过，就像什么巨大动物熟睡时的鼻息。

晨曦中，远处出现了大片灰蒙蒙的景物，绵延了很长一段，而且有着锯齿般密集的起伏。昏淡的晨曦让景物呈现出剪影的效果，加上天边云层的衬托又有些像海市蜃楼。

"是树林，那里是树林！"袁不毂很是兴奋。荒野之上，杂草都很难见到，而这里却有一大片树林，不用问肯定就是骨族聚居地鹰嘴草湾附近的杂木林。

说起来袁不毂运气真的很不错，在黑夜中瞎跑瞎撞地竟然穿过了魂飞海。而且从所用时间来看，即便走的不是最近的直线距离，也没有绕多少远路。

这是一片杂木林，林子里的树木品种很杂。各种树的生长状态也很杂乱，大树压小树，小树挤大树。所以整个树林显得很是密匝，就像一堵长墙似的，让人无法看清层层枝叶之后暗藏了什么。

袁不毂带着丰飞燕，几乎是扑进树林的。长时间处于旷野之中无遮无挡，是会给心理造成极大压力的。进到树林后，袁不毂的心情才稍微放松些，抬头将杂木林里的情形扫看一遍。

这杂木林和其他很多树林一样，远看密密匝匝，其实是平面视觉产生的效果，看不出前后的错落。当真的进入之后，那林子就远不是之前看到的那么密了，在这样尘土飞扬、干旱少水的地方也确实很难长出非常茂密的树林。

树林没有从远处看到的那么密，但树林里面的杂乱却是胜过远处所见。这里树木参差不齐，还有长得很高的蒿草。但不全是青草，还有以往许多年没有除去的枯草。青草、枯草纠缠成了一块块厚草垫子，踩上去足有齐膝深。

大部分草甸中的青草不多，只周边和中间有一些，但足以让视觉变得混乱。也有少数草垫全是绿色青草，这样的草垫一般底下都是泥沼。泥沼可以将头年的枯草全部吞没，然后在枯草腐化的沼泥上长出新草来。这样的草垫不可以随便踩踏，它可以吞没整片枯草，也能吞进人或兽子。

比蒿草更杂乱的是灌木，这是林子里真正阻碍行走的东西。枝横根缠的一片灌木，踏入其中就犹如陷入一团钩网，即便有非常锋利的刀斧开路，从里面走一遭也会衣衫褴褛、浑身血痕。

边看边慢慢往林子里行走，才走出十几步远袁不毂便觉得有什么不对。不是因为草垫和灌木，也不是因为树木的疏密。这些情况在他的视觉范围中是自然的、合理的，本就该有的。能够觉出的不对应该是某种不合理的异常情况。

羿神卫的训练首先教会他的不是射杀敌人，而是怎么不被敌人杀死。这项技能中发现细微的异常尤为重要，异常往往意味着敌人的存在或者武器的存在。

袁不毂很及时地锁定了异常——前方一片林木草丛中听不见鸟叫声。

树林里定是有鸟的，如果鸟儿出现盘飞、惊叫那算正常，可能是其他什么凶禽野兽占据了它们的生存空间。有人占据也是可能的，但概率相对小很多。眼前的情况是一点鸟叫声都没有，这反而说明有问题，而且几乎可以肯定是人为因素。是人为了自己的存在不会导致鸟儿惊飞惊叫，提前把周围的鸟儿都给灭杀了。

"你到那棵大树后面趴下，我要不回来你千万不要乱动。"袁不毂轻轻地对丰飞燕说。

丰飞燕像个贤惠的妻子一样听从袁不毂的话，什么都没问就跑到大树后面。这后面有干草垫，旁边还有一片灌木。也就是说这里是个三面有遮掩的藏身处，很难被发现，远射武器也无法从树和灌木的另一边射过来。这种位置在羿神卫的弓射术语中叫护壳，而一个好的弓箭手所有走位都应该是有护壳掩护的。

丰飞燕先是趴在草垫上，可能感觉不是很舒服就又改成仰面躺。袁不毂不管她是趴是躺，只要她到了那个藏身位置不再乱动，他就可以放心做自己的事情了。

确认丰飞燕到位并且安定后，袁不毂把身上的外衣脱下来反穿，那衣服的里子是褐黄色的，与周围树干、枯草、泥土的颜色接近。然后又伸手在一丛青草根部抓了些湿润的泥土，直接在脸上抹了个五指印。

做完这些，他提弓猫腰往前面一个青草垫子跑去，但没有踩上草垫而是沿草垫边缘绕过。青草垫子越大，下面的泥沼就越湿软，踩入之后，青草垫子就会成为墓地。所以跑到这里的时候他速度放慢了，人也猫得更低了。这是要利用两尺多高的草叶做掩护，转到右边一棵粗大枯树的侧面去。

袁不觳选择的这条路线是无法走通的，大枯树再过去就是灌木丛，将大树和小树之间的空隙全都填满了。而他绕过的青草垫子范围也不小，根本无法逾越。这些情况袁不觳心里非常清楚，他从小在山林中长大，又经过羽林卫的预训以及羿神卫的正式训练，学到的本事不仅仅是弓射，还有如何在各种恶劣环境下存活。之所以选择这条走不通的路线，是因为这条路上同样无法设伏，他首先可以保证自己不会遭遇袭击。再有从他到达的位置可以更清楚地了解前面的情况，为继续前行扫清障碍。

到达位置之后，袁不觳屏气凝神往周围瞄去。那些杂乱的树干枝叶、草垫灌木在他眼里分割成片，分割成块，再分割成更小块，直至收缩成点。在这其中他发现有一片枯叶不正常，满树绿叶唯独这一片是枯黄的。还有一丛灌木像是在里面塞了什么东西，这一处袁不觳想了想还是放弃了，因为真要有人躲在里面，肯定会被枝杈荆棘缠得无法动弹，不可能突然发动什么攻击。

"重点还是在那枯叶上。"确定之后，袁不觳趴下身体往前爬了几步，从枯树的一侧爬到灌木丛前。这里可以更近距离地观察那枯叶。

就在他刚刚接近灌木丛时，一只灰色野兔突然从灌木丛里蹿起，就像试图跳过龙门的鲤鱼。如此高高跳纵的姿态，应该是想一下跳到灌木丛的外面去。

野兔跳起其实没有什么声音，但伴随着它的跳起，袁不觳听到了一声轻微的崩弦声，随即还有短暂的锐物破空声。武器释放后有个极短的安全时间，这个时间里射出的武器已经无法改变射杀方位，发射者也还来得及做好下一次射杀的准备，所以袁不毂马上抬头往前方看去。

他首先查看的是枯叶，枯叶一点反应都没有。随即看那荆棘灌木丛，也没有反应。再快速扫看周围，似乎有哪处绿色出现恍惚。这种恍惚其实就是没能抓住的异动，是视觉来不及确定的似动非动。

不能确定就只能先把自己掩藏好，袁不毂就地滚动，藏身在灌木丛与大枯树之间的一个凹坑中。而这一过程中，他反穿的衣服以及头发上沾附了大量的草叶和泥土，要想看出土坑中的他就更不容易了。

到这个时候，袁不毂至少可以确定自己的感觉是对的，这地方确实有埋伏。但埋伏的是狩猎夹子还是针对自己的潜射箭手，暂时还无法做出判断。所以他得等，等刚才的恍惚再次出现。袁不毂知道那恍惚早晚都会再次出现的，因为他听到弦绷箭射的声响了。如果是潜藏的射手，在一次不成功的出手之后肯定会移换位置。如果是人为控制的狩猎射具，那也应该有人去重新上弦装箭装弹子。

让袁不毂感到失望的是以上两种情况都没有出现，他只能被迫与恍惚背后的对手比拼耐心。在目前状况下比耐心对他而言很是不利，他没有帮手，是被人追杀的对象，时间拖得太长有可能会让后面的骨族勇士寻着痕迹追踪到此。再有就是自己还带着一个丰飞燕，她不可能像自己这么有耐心，长时间见不到自己肯定会从藏身之处出来找寻自己。那样她就有可能成为被射杀的目标，也可能成为对方射杀自己的诱饵。

事实证明袁不毂的担心是多余的，这场耐心的比拼持续时间很短，也就一壶茶的工夫。

第四章

杀破重阻

可以杀人的针线盒子

让暗藏箭手露相的是一种奇怪的声音，袁不觳也听到了。那声音从袁不觳的位置听不算很高，从对手藏身处听的话应该更低些。但是在连鸟雀都除尽的范围里，奇怪的声音非常能够触动别人神经，特别是对除掉鸟雀的人来说。

除掉鸟雀的人刚刚在野兔蹦出后还下意识地出手了，反应和出箭速度极快，但未能自如控制自己的弓箭。野兔这样的蹦法肯定是受了惊吓，这一箭如果发挥得足够镇定，应该是射向惊吓了野兔的人而不该是野兔。如果惊吓到野兔的是个高手，射向兔子的一箭足够让他发现前面暗伏了兜子①或绞圈②，并且在对方出箭瞬间找到射手的位置。

暗伏箭手失手之后心里已经在担忧，当听到奇怪的声音后担忧更是成倍提升。他不清楚听到的是什么声音，所以有理由认为别人已经发现自己的位置，正采用某种方式或某种武器对自己进行反击。而那奇怪的声音，很大可能就是反击方式或武器操作发出的。

于是暗伏的弓箭手果断地决定更换位置，他的计划是将自己藏身处从这根大树枝变成落地的一棵小树。这是最快捷也最方便的做法，只需从树上跳下，然后稳定在灌木丛的旁边就行。

暗伏的箭手很有经验很狡猾，他把自己装扮成了一根大树枝，但树枝上没有那片枯叶。而对手发现的是他刻意留下的那片枯叶，所以才会忽略掉树上的树枝。

---

① 兜子：指单人埋伏以及几人组成袭杀埋伏。
② 绞圈：多人组合甚至是多组合的再结合，形成全方位的袭杀埋伏。

人形的大树枝还没动，袁不觳就已经意识到眼前的一片景物里肯定会出现动作。自己能听到奇怪的声音，对方也可以听到。对方不管知不知道这是什么声音，他都应该会有反应。要么重新藏身，要么配合出击。所以树枝才动，袁不觳就已经发现。树枝刚从树上往下跳，袁不觳的箭就也射出了。

袁不觳一箭射出之后，树枝仍是树枝，并未能变成小树，只是这树枝重新长在了低矮处。在跳下的过程中，一支又准又狠的箭牢牢地把他钉在了树干上。

当树枝还在树顶时，肯定会利用多个枝杈构成最佳掩护，不让别人远距离攻击到他。一旦他变成一棵小树后，同样会利用周围物体再次构成一个稳妥掩护。只有跳下的过程是没有任何掩护的，而这个空当只会出现在瞬息之间。

抓住这一瞬间射出的箭是从心窝正中穿透的，这是为了保证在快速下落的过程中能够准确射中，所以才选择身体最为宽大的部位为标靶中心。不过身体宽大的部位往往不能一击而杀，所以那根人形大树枝挂在树干上挣扎了好一会儿。鲜血顺着箭矢、树干流淌到树根，屎尿随着抽搐的裤管流落到树根。这些都是可以灌沃大树的，却偏偏灌沃不了他自己这根树枝。

不过这些情景袁不觳全都没有细看，因为他必须赶紧变换位置，自己射杀对方的箭同样可以让对方同伴锁定自己。

袁不觳移动了自己的位置，从土坑中爬出，按原路返回。这样做不仅可以躲开其他可能存在的埋伏对自己发起攻击，还可以让对方产生自己已经发现前面有埋伏并准备逃走的想法。那么只要对方的人有些许追击自己的意图，肯定都会把藏身之处都暴露出来。另外袁不觳退回也是想了解一下持续的奇怪声音到底怎么回事，丰飞燕是不是遇到了什么危险。

两边的结果都让袁不觳感到满意。在他退回过程中，前面树林里没有再出现任何异常，看来这周围就暗伏了一个弓箭手。其实这也很正常，林子太大了，骨族很大一部分高手又会保护在鲔山圣王身边，不可能派出多少人马填在这个杂木林里阻截密杀者。丰飞燕也没有一丝危险，她躺在袁不毂指定的护壳位置竟然睡着了。持续的奇怪声音正是她的打鼾声，不，应该是打鼾、咂嘴、磨牙、说梦话的混合声响。

袁不毂看着丰飞燕撇嘴笑一下，心想她这个时候睡着了倒是个好事。自己至少暂时没有了拖累，等把前面所有阻碍都清除了再来唤她继续前行。

白天的杂木林子里，睡觉发出的声音竟然可以把暗伏的弓箭手吓得暴露行迹。如果真把这么个女子娶了做老婆，不知道袁不毂以后的每个夜里还能不能像现在这样笑出来。

以后的事情无法知道，但眼前的情况却是显而易见的。袁不毂很快收敛了笑意，刚刚被射杀的那个潜伏射手从外貌装束上可以肯定是骨族的人。由此推断，骨族人不仅已经知道有密杀者前来刺杀骨鲔圣王，而且也知道了他现在进入骨族聚居地的路径。所以这个林子里不可能只有这么一个截杀的潜伏射手，接下来的每一步都有可能成为生死瞬间的挣扎。

羿神卫训练中学到的东西和以往的各种经历在袁不毂脑子里迅速整合梳理，然后马上拿出下一步最为合理的行动方式。他的方式也不算什么奇思妙想，就是占据刚才那个潜伏射手原来的位置。如果这个潜伏射手是和其他人统一行动的，那么从他这个位置应该可以发现更多的潜伏射手。

袁不毂再次猫腰前行。这次的路线和之前不同，是可以往前走通的路线。

很多时候自己的想法是否合理取决于别人的做法是否合理。袁不毂是在按常规套路设计自己的行动，如果别人之前没有按常规套路设置截杀方式，那么他现在的做法就很有可能正好撞上别人的枪头。

草丛里真的有枪头在等着袁不毂，而且有两个。两个枪头是在一杆枪上，这是一支臂杆双头锯齿枪。枪头长大，两边棱刃是锯齿状。枪杆粗大，犹如小孩的手臂一样。

袁不毂是准备绕到那棵大树后面想办法上树的。虽然从正面上可以更安全一些，被其他暗伏射手看到的概率小很多。但他畏血，情愿冒险躲开钉在树干上的死尸绕到树后，也不愿意冒险沾染上血渍。而树后是他之前视线无法触及的位置，如果藏有什么危险他完全不知道。

　　树后有草丛，很高的干草丛，这种高度与其他位置的草丛相比差距还是很大的，不过袁不毂没有注意到这点差距。他是躲开大枪头的第一次攻击后才发现，草丛很高是因为那里面跪蹲着一个浑身扎满干草的人。

　　虽然人是个干草丛，但草根下的泥土还是比较湿润的。长时间保持一个不动姿势，会让腿脚陷入湿润泥土里。这时再突然起身拔腿，脱出湿泥的瞬间势必会发出一声拔罐般的声响。而就是在这个声响的提醒下，袁不毂才及时躲开双头枪势在必得的一记杀招。

　　势在必得的杀招，出手肯定使出全力。袁不毂避开之后，这一枪余势不减，直接插进树干。枪刺出容易，扎进树干往回拔就难了。于是袁不毂借助对方拔枪的间隙连续侧行几步，躲到了另一棵树的背后。

　　侧行躲避是非常明智的，双头枪从树干上拔下来后顺势就是一个狂飙横扫。而臂粗的枪杆是用铁柞木削磨而成，可以震断刀剑。如此狂猛的横扫要是挨上，得顿时骨断筋折、腑脏破碎。好在袁不毂及时躲到树后，这一下砸在了树干上，发出瘆人的怪响。那是树皮破裂飞溅的声音，也是树干内部纤维断裂的声音。很快，顶上树叶断枝如雨点般落下。

　　袁不毂往后撤步，躲到又一棵树的背后。因为双头枪一砸之后快速变招，枪杆一转，另外一个枪头便从两棵树的中间刺向袁不毂。这就是双头枪的厉害之处，它的出招变招要比别的武器快一倍，因为它有两个枪头。

　　这时候的袁不毂手中始终握弓搭箭，但是对方出招太快，他来不及开弓放箭。应对对手的攻击只能是一次次移步躲让，尽量往树木密集的地方移动。树木密集的地方不利于长大武器的使用，只要那支双头枪有个不能连贯的环节，他就有把握从多棵树的中间瞄到一条缝隙给对方一箭。

树林里的环境杂乱，对于躲闪突然袭击非常有利。但是在这样的杂乱环境下，谁都不能保证在急促不停的躲避中不出现意外情况。特别是袁不殼，他有弓射技艺的天赋，杀人招法上也得到过端木磨杵的指点，但技击的功底终归太弱，没有真正打过这方面的基础。接连几次躲闪过后，他身形步法越来越仓皇，稍不注意便绊在一丛纠缠的杂草上，勉力侧步仍是未能保持身形平稳，最终跌坐在地没能再一次及时躲到树后。

双头枪紧追而来，一次躲让不能到位带来的后果就是成为砧板上任人宰割的肉。好在袁不殼这块肉还有一张弓，可以下意识地抬起来格挡一下。

弓举起来了，双头枪却没有落下来。伏击者双手握住枪杆高高抬起，正准备像扎死一只兽子一样扎向袁不殼。但就在这个将要落枪的刹那他停止了、僵直了、凝固了，因为他被一件东西给罩住了。

准确点说不是罩住，而是有些东西挂在了伏击者的头上、身上。使用那东西的人不是暗器的高手，又是在急慌的状态下，本来不会有将那东西罩住别人的可能。亏得伏击者身上头上绑了很多做伪装的草把，否则的话可能挂不住。

挂住的东西看着很简陋，就几片木板连着一些线。木板像是把什么长条盒子给拆散了，线倒很是结实，以那些木板为中心串成个网格。但让伏击者凝固不动的绝不可能是这些木板和线，而是木板上用簧括弹竖起来的针。每块板上都有针槽，上面嵌放了各种各样的针。弹竖起来的针很长很尖利。针体并非圆棍状，而是四棱状，就像带有四道血槽一样。这种形状的针更加牢固，刺入更加顺滑。

伏击者不动，是因为有一根针正对着他的眼睛，还有一根针的针尖已经扎破他的头皮。其他更多的针也都若即若离地抵在他身体上，这让他有种陷入马蜂窝似的恐惧，不敢随便乱动。其实这个伏击者本该比现在更加恐惧，如果他不是个蛮荒之地的骨族勇士，而是有实力有见识的技击高手，他就能知道自己面对的这些针全都抵在身体的重要穴位上。其中最可怕的不是正对眼睛的那一根，也不是扎破头皮的那一根，而是抵住两处死穴的两根。

罩住伏击者的是个针盒子，丰飞燕的针盒子。这是一只活的盒子，打开后分成七部分，每部分都有一根一尺二长的四棱长针。七部分用四十九根线相连，网罩一般，人被罩住后针针抵住要害。另有一线头在扔出盒子的人手中，扯动手中线，七针会同时扎入。

针盒子是丰飞燕出使西夏时老弦子赠她的，但这不仅仅是针盒，还是件防身的器具。机栝原理、结构动作是老弦子和造器处的其他高手一起设计的，针位以及尺寸则是由舒九儿提供的。所以设计制作巧妙还在其次，更重要的是针位奇绝。这个针盒只要扔出打开，不管是罩是挂，也不管罩挂在人体的哪个部位，弹竖的针都会正对身体的某些重要穴位。针盒扔出时会有根线扣牵在扔出盒子的人手指上，只要把线一拉，所有针在木板簧括的力道作用下，便会轻松地深扎入穴位。

丰飞燕的鼾声很大，睡得却不实，稍打个盹儿马上就一个哆嗦惊醒过来。醒来起身刚好看到袁不觳被逼杀得险象环生，于是毫不犹豫地冲了过去，甩手扔出针盒。

牵住针盒的线头就在丰飞燕指上，但她迟迟未拉。厨子怕见火焚人，船夫怕见淹死魂。丰飞燕也一样，天天用针的人，怎么都见不得一根根针扎入眼里肉里，把活生生的人扎死。

丰飞燕在迟疑，袁不觳却不会迟疑。举起的弓本来是要格挡双头枪的，现在只需把另一只手里的箭搭上去就是极好的弓射姿势。

伏击者看到袁不觳搭箭，立刻明白他的意图，于是不顾一切地把双头枪扎下去。只有先把对手扎死，自己才不会被一箭射死。但他的枪头才往下落低三寸，就已经有一根针深深扎入他的右背部。就像舒九儿给人麻穴扎入一根金针一样，一股酸麻顿时传遍了伏击者的右半边身体。伏击者的姿态越发凝固了，手中的枪再下不去半分。

这个瞬间袁不觳的箭已经射出，从伏击者下颌处斜向往上插入。箭离得太近，力道极大，不仅射透坚硬的头骨，还将伏击者身体带得跳起。双脚离地足有一尺高，然后再整个朝后掼倒。

一前一后的方式穿行网地

尸体倒下，血立刻顺着箭杆往外喷挤出来。袁不觳立刻扭头走出几步，远离那血色血味。丰飞燕倒是不太在意，跑过去抓了一块木板抖动几下，那所有的木板便重新归拢成一个盒子，所有针线也都收回盒子里去了。完全恢复成一个普通的针盒，打开盖子后仍是可以很方便地取出需要的针线做缝补活儿。

"我们接下来该往哪里走？"丰飞燕歪着脏兮兮的脸问袁不觳，是想故意摆一个乖巧的小鸟依人状，但其实样子更加吓人。

袁不觳倒是没有在意丰飞燕的样子，他此刻心中充满了羞愧。本来说自己肯定护着丰飞燕安全回去的，现在该做的活儿还没做成，这女人就已经救了自己一回。

不过这一次的死里逃生倒是给了袁不觳一点启发，他觉得自己过多地把精力放在对伏击者的发现上了，反而忽略了对周围环境的观察和利用。其实当初参加羽林卫预训时，过铜钱湖，闯死村，斗杀虎蝠、无相狐，自己都利用了很多环境条件。在羿神卫的暗射训练中，更是强调环境的利用。但是以往所有利用都是针对自己的，掩护自己、掩饰自己，却从未想过利用环境去杀死对手。就刚才那个双头枪的骨族勇士，自己如果看好身边的树、脚下的草，完全可以在躲闪过程中将对方盘绕得无法出手。然后自己反逼到近身位置用眼扎子杀了对方，甚至是让对手直接撞在自己的武器上。

真正的杀人本领不是学来的，而是在一次次生死经历中悟出来的。袁不彀的优点就在这里，他喜欢总结，喜欢想象，喜欢从自己的行为中发现不足并加以改进，这种特质注定了他会成为一个顶尖的杀人者。

有一点袁不彀心里觉得奇怪，各种组合式的潜杀、暗射、截杀，他在羿神卫的训练中都见过或听说过，但是像这样一个暗射箭手配一个步战伏击者的组合他从来都没听说过。这种组合很不合理，相互间几乎没有呼应和配合，只是各顾各的全力袭杀。骨族人好战、善战，族里不乏高手，他们的杀人招式不应该如此简单。莫非是什么特殊原因造成了这种局面，让骨族人不得已只能采用这种粗糙甚至粗劣的截杀方式。

"不走了吗？要不我们掉头回去吧。"丰飞燕见袁不彀久久不作声，便觉得他刚才被吓到了、害怕了，此时很有可能需要一个打退堂鼓回去的提议。

袁不彀坚定地摇摇头，又抽一支箭搭在弓上："你跟紧了我，我说什么你要立刻照做。"

丰飞燕眨了眨眼睛，同样坚定地点点头。在满脸脏污的衬托下，她的眼睛显得格外清澈。

天空的云层就像一块皱巴巴的脏抹布，阴沉得让人恶心。这样的天色在鲔山区域非常少见，即便偶然出现，最终都是草草收场。要么有风无雨，要么连风都挤不出几丝就已经消散得干干净净，只剩瓦蓝瓦蓝的天空。

马车上有人看着阴沉的天空，自言自语道："这天色和那一天好像。当地人管这叫天咒云，每次出现总有事情会发生。"

说话的是夹子堡牢笼里那个虚弱呆滞的汉子，可以看出现在的他已经不再呆滞，可能重见天日唤回了本来心性。但虚弱不是短时间可以恢复的，不仅是身体，就连说话的声音都让人感觉很无力。

"汤老三，那天发生了什么事情？"李踪听到那汉子自言自语后追问道。

"寻到了点，掘到了位。没来得及开穴就塌了，人全都陷在里面。之前掘到一支玉签，我和王黑子以及你哥想看清楚签上的花纹图案，上来恰好躲过。"汤老三说的话有些没头没尾，但他知道李踪肯定能听懂。

"也就是说有的人会出事，有的人却会交好运。"李踪说这话是不想让汤老三影响到其他人的心理。

"没有一个好运的，洞道尽塌，土崩地裂，尘土扬起遮蔽了半边天。你哥李影就是此刻踪迹不见的，可能掉入裂开的地沟中了，也可能抛下我们俩独自带走了玉签。报应啊，要始终和我们两个在一起，今天说不定还能见到你。而我们两个也算不得好运，关入牢笼这么长时日，人不如兽、生不如死啊。"汤老三并不在意李踪的感受，说话间一点不忌讳对他哥哥的鄙薄。这也难怪，一个经历过生不如死的人肯定不会在意自己给别人带来什么感受，更何况李踪现在有求于他。

"你们开挖前有没有钎土？土性怎样？有没有按钎孔定掘洞走向？"旁边的白壮汉子连问三个问题。白壮汉子叫冯思故，是那些一同被关在笼子里的带符提辖的头儿。

"根本不用钎，那地方就像一个整块，方圆十几里土质没有一点差异。土性坚实，土下沙石杂物肯定有的，但不多。"

"那就不对了，这样的地界和土性，掘挖洞道是很难坍塌的。会不会未及穴室就已有机关设置，你们无意中给触动了。"冯思故根据描述立刻给出判断，由此可见他是个一等一的掘挖高手。

"没有碰到机关，但是……"汤老三停顿了一下，然后才接着说道，"但是那地界总让人有种异样的感觉，就像地下藏着什么妖魔，又仿佛整个地块都是活的。对了，就像那云一样。"汤老三努努嘴，大家都往天上看去。湿抹布一样的云层不知什么时候开了个口子，露出一方灰蓝天空，看起来就像妖魔张开了大口。

"那支玉签上刻了些什么？"李踪问道。

"像只猪。"汤老三眼睛盯着天上的云说道。不知道他说的是那玉签还是说的那云，细看那云的形状还真有些像只猪。

山色如血，尘土如血，在一片如血的山峦沟壑中，丁天见到一片被血凝固的情景。

这里发生过的战斗肯定不是势均力敌的，所以把战斗说成杀戮应该更加合适。被杀戮的一方显然人数太少了，而且经过长途奔波疲惫不堪。不过就算如此一支各方面都很弱势的队伍，战斗的意志和单兵的实力仍是不弱于对手。所以最终他们全军覆没，却也让对手留下了不少的尸体。

在这片尸体里，丁天的人找到了去往西夏的崔使官，也找到了使队的护卫将军。但没有找到丰飞燕，至于其他是否还少了什么人，就无从而知了。

从对方留下的尸体可以看出，这些人是金国骨族的。这片杀场是在金国境内，但是离吐蕃并不太远。从双方交战的形式以及马匹器械的特质判断，之前大宋使队曾有过一场快速的奔逃。应该是误入金国境内后遭遇骨族追杀，想重新逃往吐蕃境内却未能如愿。

马匹足印显示，骨族不仅有追杀的人马，还有早就设伏在此的人马。由此推断这是一场有预谋的杀戮，那么未曾找到尸体的人要么是死在奔逃路上了，要么就是被骨族人活捉了。逃走的可能性不大，特别是像丰飞燕那样的女人，使队绝不可能把她孤零零地丢在被追击的半道上。

"找到东西没有？"丁天问那些在尸体身上翻找许久的羿神卫。

"没有找到，可能已经落到金国人手里了。"有人回答。

"如果确实是被截下了，那目前应该还在骨族手里。"说着话，丁天从皮匣里掏出叠了几折的一块绸布，那是一幅地图。

"从这里到鹰嘴草湾有三条路可走，一条是从正东的大杂木林穿过，但大队人马不可能走这样的路径，可以先排除。所以骨族人很大可能是从余下两条路分兵而来，一路从西北边绕过大杂木林，斜插过来并预伏于此；还有一路从东南边的魂飞海过来，对误入金国的使队进行突袭和追击。他们得手后回去，这两条路都有可能走。现在我们也分两路行动，甲队跟着我从西北方向追下去，乙队由江教头带着走东南方向。目的首为夺信，其次毁信，不得已救人。"

丁天所说江教头是羽林卫枪棒教头江上辉，原来在江湖上混迹时人称"油里铜丹"，有此外号是因为这是个又滑又硬的人物。也是这一回外活儿太过特殊，才把他拉了进来。以江上辉的经验和身手，即便是带一群普通的兵卒都可以运用到极致。而江上辉带领的乙队中，有石榴和死鱼。

整个使队已经全军覆没不见一个活口，丁天这样安排其实是尽人力看天意。骨族有预谋地截杀使队如果只是为了财物，那么他们还有机会把密信夺回。如果这是金国安排骨族针对使队暗带密信的行动，要凭他们几十个人再夺回信件是绝无可能的。但不管哪种情况，现在只能寄希望于密信尚未落到骨族手里，而是在哪个被擒的人手里或者被藏在什么地方。那么分两路接近甚至潜入骨族聚居地还是有一定意义的。

一个大杂木林子，各处环境差异极大。首先草木有疏有密，密的地方草木缠草木，连行走都困难。疏的地方会出现大片空地。其次是有高有低，树木高耸并不全是因为自己长得高，也有可能是长在什么高起的土堆上面。低不是指矮树矮草，而是指林子中的一些沟壑、土坑。这些沟壑、土坑被灌木草丛掩盖着，往往直到掉入其中才会发现它们的存在。

当前面的一片林子变得非常稀疏时，袁不毂知道自己的处境变得更加危险。这样的环境在《攻守奇略编录》中叫"网地"，进入的人会完全暴露自己，每走一步都可能踩入要了自己性命的网眼。对手则可以藏身在网地边缘的草木浓密处，很难被发现，只需耐住性子静候通过网地的目标给予击杀。

但是不管面前这网地如何凶险，袁不毂都必须硬着头皮继续往前走。已经到这一步了，他没有办法后退，也没有理由后退。唯一能做的就是采取最合适的走法，减小自己的可见度，减少自己的暴露时间，再有就是及时发现对手藏身的位置。要做到这几点，一是要充分利用周围条件，再就是丰飞燕必须配合好。

"我先走，你看好。然后我让你走时你再走，而且一定要按我走的路线走。"袁不毂说这话时轻轻拍了下丰飞燕的胳膊，这是鼓励，更是让她安心。

丰飞燕从袁不毂的语气里觉出了紧张，并且理解成了两种意思：一是局面确实凶险，二是袁不毂心里紧张自己。是以，她害怕的同时不免泛出些暖甜，冒出些遐想。

"心神集中，瞧好了。"袁不毂看出丰飞燕心思旁飞了，赶紧提醒一句。

丰飞燕这才回过神来，把自己长裙的前后下摆撩起一角，与腰间裙带系在一起。裙子顿时变成了大裆大管的裤子，跑起来利落了一些。

袁不毂没有再多说什么，只和丰飞燕对了个眼神便立刻跑动起来。这是第一次跑动，比较突然，按理说可以多跑些距离再找掩身处停下观察情况。但袁不毂没有这样做，他是怕一次跑得太远，接下来丰飞燕动作速度达不到的话就会被暗伏的箭手锁定。

也就三十多步的样子，袁不毂便在一棵树后贴背站住，然后快速探头两次，看了下前面情况，确定没有暗伏箭手后这才回头示意丰飞燕跑过去。

丰飞燕的动作比袁不毂想象的要快很多。替人缝纫刺绣的姑娘大都是穷苦人家出身，并非绣楼里的娇滴滴小姐，小时候野地里、山林间没少跑过，也就是如今吃了官家饭好养肉，跑起来气息不太通畅。

　　袁不毂也发现自己给丰飞燕选的掩身位不好，背靠的那棵树太细了些，要掩住丰飞燕丰满的身形确实比较困难。所以接下来的几次移动，袁不毂都选择了足以完全掩住丰飞燕的位置做护壳。

　　网地最稀疏的部分已经跑过去了，再更换两三次位置就又可以进入匝密的草木中了。此刻袁不毂心中反生出些疑惑，骨族人没有在这么有利地方设置截杀，反是在刚进入林子的地方安排人埋伏着，这样做太不合理了。骨族原居北方大森林里，最熟悉林子中的杀法杀招，不该出现这样的错误。

　　其实骨族人没有出现错误，而且还利用周围环境把林中阻击玩到极致。这一点，袁不毂很快就会知道了。

慌不择路陷入了泥潭

　　没有看到人，也没有弓弩弹子类的远射武器，但是袁不毂却连续遭到两次重击。第一次是绷木担，是将木担弯曲拉紧后朝上埋在落叶枯草腐烂成的厚厚浮土下，两边牵带触发的麻线，一旦踩了麻线，木担便会释放弹起。踩线之后的一步要是迈得小，这一击会弹在前胸、下颌等部位。之后一步要是迈得大，则会弹在下腹或裆中。不管哪个部位，一击之下非死即残。

　　绷木担后面是横木摆，碗口粗的原皮横木藏在树上就像大树的一个枝杈，完全看不出来。同样是麻线牵在草里，只要绊到，麻线拉麻绳，麻绳拉横木。横木落下，被麻绳吊着，方向、力道怪异的乱摆乱击，非常难以防范和躲闪。

　　前面的绷木担袁不毂没有踩到麻线，而是踩在木担上。木担直接释放，将袁不毂的一只脚挑起。如果袁不毂是一个懂技击的真正高手，完全可以顺着这道力跳起来并稳稳落地。但他不是，他只是在进入羽林卫和羿神卫后有过技击方面的训练。而且都是速成的杀敌技法，没有太多基本功的训练。所以当他一只脚被挑起时，整个人歪斜着跌了出去。

跌落在地时他恰好绊到了横木摆的麻线，横木落了下来。而这个时候跌倒在地的袁不彀正好挂着弓借力起身，手中竖起的大弓替他承受了横木的摆击，他则又在摆木的一击之下连人带弓往后倒下，恰好躲过横木接下来的连续多次摆击。

丰飞燕一直都盯着袁不彀，并且严格按照他之前所走的路线移动。当看到袁不彀弹跌出去并被二次击躺在地，丰飞燕情急之下忘记了袁不彀之前的吩咐，一条直线地朝袁不彀奔了过去。此时此刻她只想知道袁不彀是死是伤，自己能不能救他，他还能不能娶自己。

袁不彀自己先行，然后让丰飞燕跟上，不仅仅是为了给丰飞燕试好安全的路线，更重要的是当丰飞燕跟上来时，自己可以全程盯着她、保护她。但这一回袁不彀没跑到位置，就被击躺在地上。而丰飞燕违背了袁不彀嘱咐后，才跑到一半就被截了下来。

截住丰飞燕的人步子很大，速度很快，他是从东边的一片低洼处蹿出来的。那人什么都没穿，浑身上下糊满黑乎乎、湿漉漉的泥巴，散发着浓重的腐烂恶臭。明显是刚刚从哪个淤泥水潭里爬出来的。

也正是因为这人浑身赤裸着藏在泥水潭中，袁不彀在移动的过程中才没有看出他的存在，或者说根本没有想到那种地方还能藏人。而这个人抓住的时机非常好，丰飞燕贸然跑出几乎就是自己送到那人手里的。

赤裸的男人赤手空拳，但他抓住丰飞燕脖颈的大手只要加些力，顷刻间就能把人颈骨折断。丰飞燕的颈骨虽然暂时还没断，但脖颈仍是被抓得呼吸不畅。再加上那人另一只手的大力拉拽，丰飞燕只能跌跌撞撞地随着他往东边林密处走去。

"放开她，我饶你一命！"袁不骰一声厉喝，把搭了箭的大弓满满拉开，正对丰飞燕和赤裸的男人。

可无论厉喝还是满开的弓箭，对赤裸的人都没有任何效果。他狡黠地咧嘴一笑，抹满黑泥的脸上露出两排粗黄的牙齿。然后他将身形收敛了下，尽量缩到丰飞燕的后面。丰飞燕肩圆臀宽，有足够的遮挡面。赤裸的人站位也很巧妙，即便不能用丰飞燕将自己完全遮住，露出的也都是无关紧要的身体部位。袁不骰的确可以精准地攻击到这些部位，但丝毫不妨碍他一把拧断丰飞燕的脖子。

不过袁不骰发出威胁后，赤裸的人倒是把速度放慢下来。急切的移动，而且带着一个人质急切地移动，是会给弓射高手很多瞄准要害的机会的。所以他情愿放慢速度甚至停止下来，解除掉威胁后再继续移动。

可以看出，赤裸的人不仅是个很懂如何藏身的高手，还是很懂弓射技法的高手，因为他的所有做法都恰好拿住了袁不骰的软肋。

紧接着，赤裸的人又用一种方式让袁不骰明白，他们两个的处境恰恰相反，需要急切逃离的是袁不骰而不是他。

那是一种直接用嘴吹出的口哨，哨声并不非常响亮，却是持续的，就像一只聒噪的鸟儿在召唤同伴。同伴应该熟悉这种哨声，通过哨声他们已经知道了此处的局面。接下来要做的就是从各个方向快速赶来这里，尽量不让目标发现他们的包围和收缩，利用目标正在对峙的窘迫处境一举灭杀他。

袁不骰听不懂哨声，但他估猜得没错，赤裸的人是在召唤同伴。这不是什么组合的遁形暗射，而是纯粹的下诱围猎。丰飞燕就是诱饵，抓住了她就定住了自己。其他射手和勇士根本不用遁形，也不用利用网地伏击，他们只需在林子的密深处等着，等猎物被诱到捕杀圈子中后立刻出动捕杀。

形势万分紧迫，袁不骰必须赶在那些围猎的人到来之前解决自己的困窘。要么杀死那个赤裸的人把丰飞燕救出，要么放弃丰飞燕自己逃到安全的地方。

相比之下，其实第二种方法更加简便有效。总好过两个人都死在这里，而且只要他不死，对方也不一定马上要了丰飞燕的性命。

不远处的草木已经出现了异动，其他的猎杀者就快赶到了。袁不毂想到了第二种方法，但在实施第二种方法之前他还是想努力一下，因为那个赤裸的人在丰飞燕身后露出的一个角，让他觉得自己还有一点点机会。

丰飞燕虽然肩圆臀宽，可以作为一个很好的掩护体。但是人和人、男人和女人的体型终究还是有很大差异的，这其中比较明显的就有头型。丰飞燕是圆脑袋，有些苹果状，而她身后赤裸的人却是长方的头型，这样就难免在丰飞燕后面露出两个额角。

但是即便袁不毂的箭贴紧了丰飞燕的头皮飞过去，那也只能擦破后面额角，最多也就削去一片额骨，并不能将他射死，那样丰飞燕仍是会被他拧断脖子。要想成功地让丰飞燕从赤裸的人手里脱出，除非是射出的箭可以转弯，改擦过额角为钉入额角，那样就能将他立杀当场。

袁不毂记得剥头说过，他的弹子不如袁不毂的弓箭。除了二次装弹没有搭箭快，还有就是无法改变射出后的状态。弓箭可以改变射出后的状态，这改变除了力道、远近，还应该有方向上的改变。箭头打造时形状的不规则、分量的不均衡、箭杆的弯曲度和粗细的不一致，都可以导致箭矢运行过程中方向发生偏差。

这些偏差袁不毂眼下都无法做到。他的削竹钩刃箭精致无缺，唯一可改变的只有尾羽，尾羽的两边如果不平衡，羽宽的一边就会划风多些，羽窄的一边就会划风少些，就像船舵两侧划水量不同时，船会转向。而尾羽不平衡的箭在初始飞射过程中由于弓劲很强，不会出现太大偏差，但到后期处于惯性飞射时，方向的改变就会明显。

要想让箭按自己设想的方向和幅度发生偏转，除了控制好力道，对箭矢的长短、轻重以及制作窍门也要非常了解。也就是说不仅要善射，还要善制。

袁不殼善射也善制，所以他不仅把弓拉满，而且还在心里琢磨起箭矢的长短、轻重以及尾羽的宽度。然后他开始瞄线，分割确定自己和丰飞燕之间的距离，丰飞燕脑袋与赤裸的人之间的距离，还有赤裸的人额角可能露出的最大限度。

附近的灌木蒿草出现了剧烈运动，就像水面划开了几路水道，从五个方向快速朝袁不殼所在的网地位置冲过来。很明显，来的有五个人，而且这五个人都认为时机已经成熟，到了全力出击的时候。

袁不殼的弓一直拉得满满的，到这个时候他反是松了松，就像再无力保持这样的满弓状态。贴紧弓弦的脸也往后摆了摆，可能是眼睛长久瞄准出现了酸胀，需要转换视线加以缓解。但就在他把脸再转过来时，箭也射了出去。

弓缓一下，是为了调整箭矢射出的力度。脸转一下，是用牙齿咬掉小片的尾羽。这支已经破损的箭正贴紧丰飞燕左耳往上两寸半的部位飞过，然后斜斜地钉进后面赤裸的人的左太阳穴。

箭矢插得不算深，也就三四寸的样子，毕竟改变方向的箭矢力道上会大打折扣。但这三四寸已经足以将那张咧着嘴的黑泥脸瞬间定格，并且从此再不能改变。

"快跑，往西边跑！"袁不殼朝丰飞燕高喊一声。其实这个时候他并不能准确判断哪个方向有人逼近过来，只是觉得刚刚赤裸的人是将丰飞燕往东边拉的，所以毫不犹疑就指示她往西边跑。

赤裸的人中箭后立时毙命，但他抓住丰飞燕的手却没有就此松开。丰飞燕费了些力气才把那只属于尸体的手给掰脱，紧张慌乱中根本无法辨清方向，竟然闷头跌撞着往东跑去，而且还是偏东北的方向。

丰飞燕想要找个安全的地方藏起来，那往哪个方向都没关系，可她偏偏跑向了赤裸的人藏身的淤泥水潭。这水潭如果只是趴在边上也无所谓，边上草多，趴下的身体展开后不会迅速下陷。直接踩入水潭中的话就出事了，水下的淤泥一下就会把腿脚陷住，越陷越深。

　　丰飞燕冲进水潭三四步后才发觉不妙，此时她已经拔不出腿来，更没办法自救上岸，只能任凭身体更深更快地下陷。袁不毂也发现丰飞燕再次陷入绝境，但他没法过来帮她。哨声召唤来的围猎者已经出现，从五个方向杀向袁不毂。

　　前扑、翻滚，袁不毂躲过连续射向自己的几支箭，跳起身来飞速奔跑。快速是躲避远射武器最基础的方法，也是最有效办法。但如果遇到的是可以预算提前量的弓射高手，就像袁不毂自己那样可以将纵身跳落过程中的人钉在树上，那么快速就有可能让自己主动撞到对方箭头上。所以袁不毂不仅得快速，还得不断地折转方向，将网地范围内不多的树木作为干扰点，破坏别人的提前量。

　　袁不毂最初的目的很单纯，他只是想跑出这五个方向的围杀。一个弓箭手哪怕射得再准，动作再快，都不应该在一个被别人合围的状态下与对方对抗。你可以射杀一个、两个甚至三个对手，但是你无法应对自己背后、侧面射杀过来的所有武器。所以羿神卫训练时教导的宗旨首要是脱围，其次才是迎对，绝不在腹背受敌的状态下孤身应战。这其实也是组合射杀和反组合射杀的初级要领。

　　袁不毂的逃脱是成功的，他连续躲过多支箭，并利用树干和灌木的掩护，从五个方向中的一个夹角冲了出去。围猎他的五个骨族勇士马上也意识到他的企图，最靠近他的两个立刻改变方向，与袁不毂同向并行，另外三个则会合一道在后面紧紧追赶。

　　这种半突围状况对袁不毂而言依旧充满危险。骨族人熟悉周围环境，而且习惯在树林里蹿纵跳跃，时间一长肯定能追上袁不毂。更为窘迫的是袁不毂就剩两支箭了，对方却有五个人，如果不能摆脱五人必须与之一战的话，他在武器上就已经输了。

暗藏弓把里的凤尾寒鸦

就在袁不毂拼尽全力摆脱围杀的时候，丰飞燕已经陷下去半个身体了。周围没有可以让她借力减缓下陷速度的东西，水潭边上的草木她又够不到。除了非常害怕也非常绝望地看着一点点吞没自己的泥水，丰飞燕只能泪涕四溅地高呼："袁不毂！救我！快来救我呀！我不能死，我还没嫁给你呢！"但这个时候袁不毂不仅离她越来越远，而且连他自己能否保全性命都未可知。

袁不毂快速的奔跑突然停止，他保持着一个后弓步的姿势在草皮上滑出一段距离。在滑行停止之前，袁不毂眼睛的余光捕捉着和他并行的那两个骨族勇士。

袁不毂的突然停止让那两个骨族勇士感到意外，他们一时间无法确定自己是应该同样停下来，还是应该继续往前包抄袁不毂。于是这两个人的身形出现了迟滞，刹那的迟滞。但袁不毂开弓射箭、夺人性命，也只需要这么个刹那。

袁不毂脚步还在滑行，箭已经射出。左边的骨族勇士身体侧飞出去，是由于奔跑的惯性，也是由于袁不毂那支箭上加诸的强劲弓劲。

右边的骨族勇士看到左边的同伴飞跌出去，并很快确定自己同伴再没站起来的机会。为了不让自己遭遇到同样下场，他在瞬间重新提速，抢到前面。选一处两树紧靠的位置止步掩身、开弓搭箭，准备利用两树中间的狭窄空隙偷偷阻击袁不毂。

那人想不到，袁不毂的目的并非只是杀死一个黏住自己的敌人。他在脚步完全停止滑行之后，立刻转身往回奔去，很明显是要对付后面追来的三个骨族勇士。只有打破后面三人合作一道的追击，他才有可能赶到泥水潭边救出丰飞燕。但是袁不毂似乎忘记了一件事情，他只剩最后一支箭了。

袁不斁回奔的速度要比之前慢很多，他得利用那些稀疏的树木遮掩自己，这样才能尽量接近后面三个人。而后面追赶的三个人怎么都没有想到袁不斁会奔跑回来，所以当他们看到袁不斁时，双方的距离已经很近了。

袁不斁边跑边射出箭去，与此同时，那三人中跑在最前面的弓箭手也停下脚步拉开弓。袁不斁往回跑对于后面三人来说已经是意外，再停下来拉弓射箭那就相当于慢了两拍，所以袁不斁的箭轻松滑进弓箭手的咽喉时，对方的弓才拉开一小半。

中箭的弓箭手退走几步，直直跌倒。跌倒的过程中，他拉开小半的弓把箭高高射出，在空中划个弧线后落下。

袁不斁猛然加快奔跑的步伐。这样他就能刚好接住落下的那支箭，并在继续的奔跑中将接住的那支箭射向第二个骨族勇士。

此时第二个骨族勇士正纵身跃过一棵倒下的枯树。他看到袁不斁朝自己开弓射箭，但前冲的身形已经收不住，只能是尽量扭转身体来躲避，就连手中拿着的弓和箭都顺势扔掉，因为这些会影响他身体的扭转。

弓箭手在空中及时转身，袁不斁的箭只射中了他的右臂。骨族人特有的窄棱长锐箭，箭头穿透力特别强，平时都是用来射黑熊、野猪的。在袁不斁那张大弓的劲道下，这支利箭射中右臂后，又穿透右臂钻入腋下，最后从腋下直插到心脏。

也正因为错误估计了第二个骨族勇士的反应，袁不斁没能拿到这人本该射出的箭。此刻，箭和弓都丢在这个骨族勇士的脚边，离袁不斁远了一些。而他拿不到这支箭，就不能及时干掉追击的第三个骨族勇士。

唯一值得庆幸的是，第三个骨族勇士不是弓箭手，而是持一把长柄圆参杵。这种圆参杵前面铜头就像一节圆滚滚的人参，后面装了一人多高的柞木棍。其实这东西更多的时候是工具而不是武器，可以用来打皮子、砸硬果、捣麦粉的。而且在林子里用这么长的东西当武器也不是很方便，使用圆参杵的骨族汉子本身也不像是真正的战士。就他双手一起持拿住长柄中部的架势，更像干活而非攻击。

袁不觳看到了机会，随即加速往前奔。只要速度足够快，就算捡不到丢在地上的那支箭，也可以从那两具尸体身上的箭袋里拿到箭矢。

使用圆参杆的骨族汉子看出了袁不觳的意图，所以同样加快了速度，而且就在袁不觳即将捡到那支箭时，他踩踏横倒地上的断树高高跃起，蛮力朝袁不觳扑了过去。

袁不觳已经来不及捡箭，他只能下意识地横弓推出，想把扑过来的骨族勇士推开。他推得没什么力道，反倒是对方不顾一切地扑过来时自己撞在了袁不觳弓把的木套上。木套很大很硬，这一下撞得骨族汉子又痛又晕，血从口鼻中一下喷出来。

撞击之后，骨族汉子没有试图改变招数和方位再次攻击，只是固执地把现有招术进行得更加彻底，使尽全身力气用手中圆参杆的长柄推压袁不觳。

对手的血喷到袁不觳脸上时，他也同样很晕，并且有种透不过气的感觉。眼睛里全是对手血乎乎的鼻子和嘴巴在晃荡，双腿也开始发软。如果不是对方手里的长柄把他压在后边的树干上，他可能会瘫坐甚至软倒。

对手不善于招式攻击，却有着很大的力气。而袁不觳已经出现畏血症状，如此简单的推压已经足以制住他。要不是袁不觳手上有张大弓挡在长柄和自己身体之间分散掉一些压力，估计那长柄可以直接压断他的筋骨，或者直接让他窒息。

袁不觳虽然暂时没有断了筋骨也没有窒息，身体却是无法动弹。背后靠住的是坚挺的大树，前面的木柄仿佛是堵厚重的墙。而他的身体就像一摊软泥，被大力地挤压在树和墙之间。

丰飞燕陷得更深了。丰腴的身体在水里浮力会大，在淤泥里却是会陷得更快。而原先在右侧并排奔跑的那个弓箭手也已发现袁不觳掉头跑回去了，于是马上从两棵树的后面出来，以最快速度往回赶，只一小会儿就已经离得很近了。

挡在木柄和身体之间的大弓逐渐变形。弓身在扭曲，弓上的装饰雕花在破裂，绷紧的弓弦也在慢慢松弛。而这一切都意味着长柄已经贴近袁不毂的身体，正朝着他的脖颈狠狠压过去。

"袁不毂！你快逃吧！别救我了！来不及了！我下辈子嫁你！"丰飞燕这话相当于遗言，她清楚自己到了生命的最后关头，再没有活转的机会。

这样的话往往比呼救更能触动人心。袁不毂顿时警醒过来，他眼中再不是血乎乎的鼻子和嘴巴在晃荡，而是丰飞燕逐渐被泥水吞没的情景。这情景让袁不毂从丹田里升起一股刺痛，直扎到心。随着这股刺痛，他的双脚一下踩实了地面，腰背抵住了树干。整个人瞬间变得坚实起来，手脚也开始运力舒展起来。树和墙之间挤压的不再是一摊软泥，而是快速发芽生长的枝杈，能把墙戳出洞来的枝杈。

雕花大弓终于断了。弓背上那个小包袱一样的把套也裂开了，就像被劈成两半的椰子。随着把套裂开，一支小箭从袁不毂手中射出，扎入骨族勇士右侧面门，且深入其中不见其踪。

那小箭叫凤尾寒鸦。箭尾如同凤尾鱼的尾巴，箭头则像寒鸦鸟的喙，通体用墨纱铁打制。这种箭有大有小，大支的一尺左右，小支的只中指长短，但不管大支小支都必须用弩具发射。其特点为质地轻，飞行稳，穿透力强。大支可穿透两三层木壁将另一边的人杀死，小支可以像快刀刀片一样破肉断骨，整个没入到身体深处。

弓背上的把套不仅仅用作托腕托箭，还在其中藏了一只掌弩。需要时，手指扣拉掌弩机栝，掌弩上弦的同时，包袱似的把套立刻裂开，凤尾寒鸦便可随心所欲地射出。袁不毂用掌弩射出的凤尾寒鸦不是最小的，而是比最小的长了大约半指。

老弦子制作的这张大弓结合了造器处其他器械高手的设计，在把套中暗藏了危急关头保命用的凤尾寒鸦掌弩。那天袁不觳看弓大、笨重、携带不便，本不想要的，但手入护套之中试射一回马上就欣然接受了，就是因为他一握之间完全领会了其中的奥妙用处。

被凤尾寒鸦射中的骨族勇士还抓着木柄站在那里，只不过柄上已经再无推压的力量。袁不觳单手往外推一把那木柄，骨族勇士便连带了圆参杵歪倒在一边。

没等骨族勇士尸体完全跌倒，袁不觳已经扔掉掌弩扑向第二个骨族勇士扔在地上的弓和箭。前面右侧的弓箭手重新追击回来，在离他只有三十多步的地方站定，正朝着他搭箭开弓。

袁不觳抢到了地上的弓和箭，但还是晚了半拍。三十步外的箭头锁定了他，弓也拉到了最满程度。

"呃啊——"突然一声撕心裂肺的惨叫传来。惨叫声是从已经锁定袁不觳的那个骨族箭手身后传来的，在这种状况下身后突然出现这样的怪叫，不管是谁都是无法保持镇定的。就算不被吓晕，下意识回头看一眼的本能反应肯定是有的。

看过一眼再次回过头来时，箭手的胸口上多了支箭。他没有发出任何叫声，只是幽幽地叹了口气，这口气叹出后再没能吸回去。

袁不觳刚刚也听到了惨叫，他知道那是什么声音。之前射左边齐头并进的那个骨族弓箭手时，他故意射中他的肝经部位。端木磨杵教他眼扎子时说过，这个部位也是身体的要害，扎中后必死但不会立死。同样，箭射中后也不会立死，但是肝经部位痛觉敏感，被射中后，疼痛一点点累计、发酵，将人痛的麻木时才能发出叫声。

袁不觳射那箭手肝经部位就是想让他暂时不死，发出惨叫扰乱其他同伴的心神。而那憋得许久才发出的第一声惨叫恰好是在袁不觳被箭尖锁定的时候。当对手本能地回头看什么情况时，袁不戬抢回了半拍的时间，镇定且果断地把箭射出。

射中目标后的袁不戬没有一丝欣喜和放松的闲暇，他甩手扔掉弓，顺势拽过旁边尸体手中的长柄圆参杆，朝泥水潭狂奔而去。

就在丰飞燕嘴巴即将灌入泥水的那一刻，圆参杆插到了她的腋下。

袁不戬耗尽了浑身力气才把泥疙瘩一样的丰飞燕拖出水潭，而袁不戬自己也是溅了满头满脸的泥水。

两个人都仰面瘫在那里直喘粗气。丰飞燕可能还不相信自己在最后关头被救出了泥水潭，看着蓝色天空和天上缓缓移动的云朵，怀疑是不是已经魂魄上天了。

袁不戬什么都没看，他闭着眼睛，在回想刚刚的一连串攻杀，几番意外、几轮反转，毫厘之差决定了胜负和生死。又一次从凶险中磨炼而出的所得，已经在袁不戬身上沉淀下来。

丰飞燕的手摸索到了袁不戬，确认自己从死亡边缘爬回来的她顿时坐起来，又哭又笑地说："不够，你又救我一回，我得报答你，必须报答你！这辈子铁定嫁你，下辈子还嫁你。"

丰飞燕充满感激和激情的话让袁不戬打了个寒战，惊醒过来。不远处被射中肝经的骨族箭手已经发出第四次惨叫，这种瘆人的惨叫让其他同伴不得不减缓向这里逼近的速度。但叫声绝对无法改变对方逼近的意图，当他们聚集到自己认为实力足够的人手之后，还是会将这一块网地封死的。

"起来，快走！这里一刻都不能留。"袁不戬艰难地爬起，拉起丰飞燕，相互搀扶着往草密林深处跌撞而去。

身后又传来一声痛彻心扉的惨叫，这是第七声，这一声只叫出一半就戛然而止。

这个骷髅会不会是你哥

魂飞海的怪异很多，其中一个怪异叫作"魂叫"，也有人说是"叫魂"。源自魂飞海里莫名其妙的声响不知从哪里发出，有人听到这些声响后失魂落魄，有人听到这些声响后如鬼魂附身般醒来，总之不是叫走了自己的魂魄，就是叫来了其他什么魂魄。

汤老三被马车颠簸得昏昏欲睡。车上的人都昏昏欲睡。他们闭着眼睛，身体随着车子颠簸的节奏摆晃着，看起来就像东倒西歪的纸偶，正送往什么陪葬祭祀的地方。

突然，汤老三猛地弹坐起来，混浊的双眼像亮起的两朵鬼火。弹起时，汤老三的双脚正好踢中坐在车把上的李踪，把他也给踢醒了过来。

"你干吗？"李踪瞧着汤老三样子怪异，轻声问他。

"听到没有？那声音，鬼叫似的，从地底下传过来的。"

李踪并没有听到什么声音，他第一反应是汤老三在玩花样。为了不再进入魂飞海，汤老三一路已经玩了好多花样了。所以李踪觉得是时候狠狠训斥他一下了，让他清楚是自己把他从生不如死的牢笼里救出来的，更要让他清楚他现在的性命掌握在谁的手里。

"我们好像是到地方了。"汤老三声音有些诡异，把李踪的训斥生生给逼了回去。

"你确定？"

"当然确定。"汤老三伸出一只手，三指竖、两指曲。手往北伸，单目瞄看，再往西伸，单目瞄看。

"驼背山头平天鼓，大洪小青一线牵，位置不会错的。"

李踪在车上站了起来，他往四周看了看。周围依旧是旷野，依旧是相似的景象，让人有种从一开始就一步没走的错觉，但是李踪却看出了不同。天色不同，原先瓦蓝瓦蓝的天空现在有些微微泛红。草色不同，虽然一路走来只能看到些零星的绿色，但此处的绿色却是深绿的，绿得发黑。

对这些不同，李踪没有太在意，他觉得可能是自己刚从昏沉中醒来，有些看花了眼。也可能是时辰已变，日头偏转，这才出现色彩的偏差。再有，他的精力也无暇顾及这些不同，还有其他更重要的情况需要他关注。

"不对。你说当时洞道崩塌、地裂土扬，这里的地面却非常平整，就像从来没人踏足过似的。"李踪觉察到汤老三之前话里的破绽。

"不可能，不可能，这怎么可能？"汤老三说着，翻身从车上纵下，落地时却是脚下一软直接摔倒。是身体太过衰弱了，也是关在牢笼里太长时间没有正常跑跳，大脑控制与身体反应还未合上拍。

李踪没有管摔落车下的汤老三，而是在车板上跺了跺脚，唤车上其他人起来做活儿。地方对不对，汤老三有没有说谎，带符提辖看一看就清楚了。如果有必要，往下试挖个一丈两丈也是可以的。

摔在地上的汤老三还没能爬起来，冯思故带着带符提辖已经下了车。

"开口①怎么定的？"冯思故在问汤老三。

汤老三终于晃悠悠爬了起来，边掸打身上的泥土，边抬头看天上日头，又掐着指头嘟囔几句，最后才回道："中午线，最末时，丈二杆，影尺二，影指正北，即是开口。"

说完这些，汤老三依着东西南北方向小心翼翼地转圈走了走，边走边看，边看边连连自语："蹊跷蹊跷，着实蹊跷。难不成有人把这里填平抹实了？"

冯思故听了汤老三的话后马上指点位置让人动手。开口是盗墓痕迹最直接的暴露位置，所以冯思故首先要确认开口痕迹，以辨别汤老三所说的真假。

---

① 开口：盗洞洞口。

挖找开口痕迹需要些时间，李踪为了避免自己等得心焦，也在周围转了转。转的过程中李踪发现，这地方看着旷野茫茫，其实并非什么都没有，很多零零碎碎的东西就铺在实土面上。这些东西中最多的是骨骸，人的，野兽的。魂飞海里见到骨骸太寻常不过了，这里的野鼠、秃鹫以及夹带沙土的干风，很快就能将一具新鲜尸体变成骨架。而这么多的骨骸恰恰说明，此处曾经有许多人和野兽来过，但来的人和野兽有很多再没能回去。想打这里，李踪心头不由自主地打个寒战。

汤老三好像也发现了什么，蹲在那里一动不动。李踪赶紧走过去，探头一看，汤老三竟然在对着一只骷髅打量。那骷髅的身体看不见，颈骨插在土里，就像地下长出来的怪异植物一样。骷髅整个斜仰着，大张着嘴，这样子要么是死时非常痛苦，要么是受到极大惊吓。

李踪看一眼便马上转身离开。因为那骷髅给他的感觉比较奇怪，就像是歪着头用空洞的眼洞看着他。

"我在想，这个会不会就是你怎么都找不到的哥哥李影。"汤老三又在用那种低矮诡异的声音说话。

李踪一愣站住，回头再看一眼那骷髅，很坚定地说："不会，凭我哥的本事，怎么都不会死成这个样子。"

"对，不会，你哥肯定还活着，正躲在哪个温柔乡里快活呢。"说完这话，汤老三站起来狠狠一脚踢出。这一脚显然太过用力，肢体能力还未完全恢复的他摇晃两下差点再次摔倒。

骷髅从颈骨上被踢断，远远地滚了出去。停下来时依旧斜仰着，依旧用空洞的眼洞看着这群开始忙碌的人。

深夜，山坳间一个废弃的草棚里，吴同窝在角落的一堆干草上，高壮的汉子像孩子一样蜷曲着。蜷曲的身体在微微颤动，时不时还猛地踢下脚、伸下拳。他睡着了，还在做梦，但眼睛却是睁着的。

　　吴同精力旺盛，每天只睡两个时辰，而且不挑时候。他把时间都用来做活儿或者练功，还因此练成一种睁眼睡的本事，这倒不是说睡着了还能看见，而是为了保持最警觉状态。因为眼睛是最脆弱也最敏感的，哪怕是一点点气流的变化，它都能感觉到。

　　从十莲巷出来后，吴同一路倒是没有遇到什么麻烦。这应该得益于十莲巷里发生了杀人事件，一声吆喝转百声吆喝，附近人家全都知道了。相比杀人事件，一个夹着块石板的大个子在人们眼里便可有可无了。

　　出处州城时吴同也没遇到任何阻挠，由此可知处州官衙的反应能力很差，这其中原因是多方面的。一来，范成大刚刚上任，衙门里各个职位多少都会有些懒怠。二来，大部分捕快都去搜捕孟和了，其他地方出事后，仓促间人手调集不过来。而吴同能够出城未遇阻挠，那杀死十一铁捕的黑袍客以及他的手下更早离开肯定也是顺风顺水的。

　　让吴同没有想到的是，他出得了处州城，却无法离开处州周边地界。通往处州的所有路径不知什么时候全被官兵控制住，前往处州可以，想要离开却是不行。之前两河忠义社不曾给吴同发来一点点这方面的提示，面对这情况他也有些措手不及。

　　这些官兵都是毕军营的。毕军营的官兵整体年岁偏大些，战斗力有所下降。但老兵的经验绝对丰富，身经百战、见多识广。所以要想从这些兵卒眼里蒙混过关那是非常困难的。

　　吴同根本不用蒙混过关，他又没杀人，只不过是带着一块石板而已。不过他当时确实在杀人现场的附近出现过，至少那个酒店的老板娘可以记住他。这样一来，话就难说清楚了，搞不好会成为替罪羊。另外，他也怕这些官兵带有其他目的，关注的就是他这样的人和携带的东西。而他又偏偏不能把自己身份和做活儿的目的表明了，那样不仅违背两河忠义社的行动宗旨，还会使赵仲珥和捉奇司陷入难堪境地。

两河忠义社和毕军营是捉奇司在处州安排的两只手，两只手之间却互不知道。赵仲珥一直主张外用力量一家一线，而且很多都是他亲自出面操作。只要可用，任何人都可以成为自己的手，但绝不能让手和手之间有勾搭。一旦他们之间互通的信息多了，掌握的东西多了，那这手就有可能握成拳头，不仅利用起来会困难，还要担心拳头随时反砸过来。而相互没有联系的两只手之间出现误会和冲突却是没有关系的，不管哪一方胜了，实际都是捉奇司胜了。

睡着的吴同颤动得更加厉害，踢脚、伸手的频率也增加了。他感觉压在自己身下的石板膨胀起来，悬空起来，变得血红血红，就像一朵夕阳映照的霞云。霞云中有光透出，是用金线画的图。霞云被金线分割、碎散、混乱、盘旋、翻转，如巨浪般把吴同打压下去，往深渊一直坠落。

吴同睁着的眼睛猛然一闭，这是感觉到周围环境有所变化后的反应。他没有被噩梦惊醒，而是被细微的变化惊醒了。闭着的眼睛很缓很缓地睁开，这是为了尽快适应周围光线，也是为了更好观察周围的动静。

当眼睛完全睁开后，眼睛里有了光，很凶狠、很决断的光。身体仍是蜷曲在那里，一只手却已经偷偷把石板抱起，另一只手则握紧睡前就握在手里的刀鞭。

吴同练的是霸道功夫，用的武器却是小巧的刀鞭。这种软鞭每一节都是双面刃口的无柄刮刀，串起来后是软鞭，也可以说是一把长长的软刀。刀鞭看着柔软小巧，其实只有真正练霸道功夫的人才能用。因为此鞭招数必须是全力而攻、有杀无回，一旦回鞭那伤的就是自己。吴同此刻正打算等人偷偷接近后再突然全力杀出，这可以杀对方个措手不及。即便一击不能杀，至少也可以把全然进攻的招数连贯下去，占住上风。

吴同的打算落空了。接近的人偷偷走到草棚外面，便不再偷偷摸摸，直接两记飞锤把草棚的两根立柱击断。来人用的是一对链子锤。这同样是一种软兵刃，同样需要练霸道功夫的人使用，同样适合攻击而不适合防守。这样一来，抢到出招先机就很重要了。

草棚塌下来半边，吴同没法待在里面了，所以当第三记飞锤砸出后，吴同撞破草棚顶冲了出来。

撞出草棚顶后，吴同抓住对方出锤的瞬间，从靠近对手的位置发起攻击。链子锤收招比出招难，近战比远战难，吴同的攻击抓住了对方这些弱点。

但是让人难以想象的是，对方的锤头竟然可以像蛇头一样折转。吴同的刀鞭刚刚寻准目标挥过去，锤头就已经划个圈折转过来，从侧面直击他左耳。

还有一个现象难以想象，对方竟然没有一丝自保或退避的迹象，还在遭到攻袭的状态下依旧保持固有的攻击状态。也就是说，对手比吴同更加凶狠、决断，更加拼命。

吴同是江湖人，他是为人做活，不是不想活。当对方拿出的是毫不退让、同归于尽的架势，他就只能退缩了。

于是吴同将刀鞭猛然往一侧挥动，借一甩之力让身体偏移并快速在空中腾挪，躲开对方的锤头。锤头避开了，接下来还得抢先手，所以吴同的脚刚着地就又弹向对方。对方也清楚抢先手的重要性，未等锤头完全收回，链条一抖、锤头一旋，变个方向再次攻向吴同。

一时间，像点燃了一串鞭炮，刀鞭和链子锤发出密集的清脆撞击声，还有许多火星持续溅出，在黑夜里非常分明。由此可见相互间的攻击极为快速也极为猛烈。

撞击是在刹那间停止的，停止后仍有余音袅袅、火星飘飘。直到此时，拼了性命对决的两人都没能把对方看清。开始是两个影子的激战，现在则是两个影子的对峙。激战中无法看清对方，但都能知道对手的厉害。对手厉害就会把对峙距离刻意拉远，距离远了就更加看不清对方。

编草绳的人很危险

对峙有时候比激战更艰辛，既要提防对手突然出招，还要考虑下一步自己该怎么做。吴同暗自估量了下，凭自己的功力不可能完胜对方。而就算自己侥幸伤了对方，自己肯定也逃不过对方的出招。所以要想带着石板跑掉是绝无可能的，最好的做法是先把这人引走、甩掉，再回来取那块被草棚压着的石板。

吴同试探着移动下脚掌，结果对方根本不予理会，只是把脸更深地藏在黑暗中。看得出，对方并非是要吴同的性命，当然也可能是意识到自己想要吴同性命是件非常不容易的事情。他只是把自己的招式摆得更加严实，对于吴同作势要走的虚招对方没有任何阻拦的意思，但也没给他留下任何带走石板的机会。

黑夜对于一些人来说是非常漫长的，特别是对峙的人。走也不是，不走又没有任何解决对手的把握。随着时间的消逝，双方承受的危险还会大幅提高。身体的肌肉关节会逐渐僵硬，摆出的招式会越发清晰，对手随时可能灵光一闪想出针对性的破解招法。所以高手间的对峙是武力、体力和心力的多重比拼，很短的时间双方就会心神交瘁。

有人等的就是双方心神交瘁的这一刻。当吴同额角滚落下第一颗汗珠，一个黑影从不远处的大石背后弓身冲出。这种跑法叫鼠行，不纵不跳，速度却极快，接近目标也最为直接。与其他行动方式相比，鼠行还更加隐蔽，唯一缺点就是动作上难看一些。

吴同和对峙的对手早就发现了这个黑影，但他们都没敢乱动。当那黑影的一只手从坍塌的草棚下抽出石板时，吴同和对峙的对手同时动了。不过不是相互再斗，而是一起扑向了黑影。石板已经在黑影手里，他要是被逼无奈用石板格挡刀鞭和链子锤，石板瞬间就会粉碎，所以两个人都探手抢夺。

三只手捏在石板上，再次出现胶着的静止状态。这倒不是三方力道相当，而是谁都不敢轻易发力，生怕把石板给掰碎了。

三个高手都是老江湖，并非以争强斗狠为好，一切行动都以达到目的为上。黑暗中，三个人都没运力抢夺，但也没有一个放手的。说实话，吴同之前并不知道自己捡剩货般得到的这块石板有多大价值，只想带回去给捉奇司一个交代。却没想到会惹来两路高手连夜争夺，看来自己应该是意外闯入别人的预谋中了。

"你俩谁是孟和？"吴同突然问一句。

链子锤高手显得茫然，答非所问地回一句："这石板是我家的。"

"那你就是孟和了。"吴同眼珠转向后来的黑影，黑暗中黑影的眸子里发出闪动的锐光。是这目光，在巷口回头展露出一个微微笑意的就是这目光。

"你知道十莲巷里那户人家有你要的东西，但凭自己一人之力拿不到，所以借牛拉犁，诱十一铁捕出手，然后自己从中渔利。"

"错，我是发现有贼掠物，引十一铁捕拿贼。结果他们遇贼之后根本不堪一击。"这话不管真假，至少他已经承认自己是孟和了。

"那贼太强，你不敢夺他手中东西，只能追我而来。"

"这倒是对的，不过你也不弱，要不是这位爷要取你东西，我独自一人也是不敢轻易出手的。而且出手的价值也不大，你只是捡到个剩货而已。"孟和实话实说。

"既然如此，那你为何要在石板上捏住一把？"

"此一时彼一时，这位爷说这东西是他家的，拼着命要追回。这说明你拿到的东西比那强贼拿到的更有价值。"

吴同明白了，睁眼睡觉察觉到的异常应该是暗藏的孟和在提前给自己示警。把自己叫起来和链子锤高手对决，然后他从一旁渔翁得利。而链子锤高手到这里便飞锤击棚，不给吴同假睡突袭的机会，应该也是孟和制造了什么迹象提醒的。

"或者他也是怕了那贼厉害，找我这不济的欺负，你跟在后面不就吃亏了吗？"吴同故作轻松状。

"福州兴海石家的后人会怕贼？只是来晚了一步，没能和那些贼碰上。"孟和对链子锤高手非常了解，竟然是在替他的回应。

"你们两个太啰唆了，把我家东西还给我你们再慢慢聊，天亮之前赶不回去我娘会担心我的。"链子锤高手终于插上句话，言辞当中可以听出这高手是个心智不全之人。这人不像吴同、孟和那样心机深沉，看样子连江湖上都很少走动。之前以为他是狡猾老江湖，其实只不过是在严格按照吩咐在办事。

"这东西真的重要吗？不就一块石板而已。"孟和眨眨眼，黑暗中一阵锐光闪动。

"我娘说了，这是命……"

话没说完，不远处突然有几道强光照射过来，这是军营里才配备的定向气死风灯。同时有兵卒在高喊："你们什么人？马武司毕再遇将军在此，尔等都别乱动！否则放箭了。"

三人听罢，胶着的状态骤然分开，往三个方向飞纵而出。石板也在这瞬间分作了三块，链子锤高手拿到的一块最大，因为刚才他捏住的是石板的中间位置。吴同和孟和拿到的大小差不多，差别只在形状上。

吴同纵身跳出后，往他原先过来的路径逃走。这方向他走过，比较熟悉，过来时也没有看到兵卒。

背后真的放箭了，很凌厉的箭矢破空声，而且是三箭连射。这箭绝对不是一般人能够射出的，应该就是刚才兵卒提及的毕再遇将军。吴同听到箭声后努力将身体侧转，这样受击面会变小，另外侧身的一面要害也相对较少。

这一动作很明智，一支本该射中吴同后心的箭射中了他的左胳膊。他一个趔趄未曾摔倒，顺势低头加速更快地逃走。

跑出一里多地后吴同停了一下，用手摸了摸抢到部分石板的背面。他是在睡梦中才发现这块石板的真正价值可能是在这石板的背面，那上面有很难觉察到的细纹路，大部分都被未清理的砌泥覆盖着。他是在噩梦里摸到这些纹路的，也可能是摸到那些纹路才做噩梦的。

确认自己这部分石板上留存的一些纹路后，吴同再次发力急奔，逃进远处的黑暗中。

三天后，吴同抢到的破损石板放在了赵仲珥的桌案上，一同带来的还有一句话，"正面全称鲔山水文图，重点在背面"。

几乎同时，毕军营那边也转送过来一块破损的石板，这一块应该是孟和抢到的那一部分。

那天夜里截住吴同他们三个的真是毕再遇，他父亲毕进受铁耙子王委托，调毕军营围查处州城。毕进是个实诚之人，生怕有负所托，于是通过兵部和马武司的关系，给毕再遇告假三个月，遣他前往处州主持此事。而此举虽说是临时所需、私下交际，却给了毕家军再次发展的机会。毕再遇围处州四十八天，抓住各路匪盗一百多人，其中不乏久不落网的巨盗强贼。更重要的是他还抢到其中一块石板，此表现让铁耙子王乃至孝宗皇帝都觉得他应该独掌军营，再立毕家军。

处州十莲巷的案件可以说是孟和费尽心计做的局，但他最终没有抢到一点有价值的东西，而且说不定是受到箭伤后才丢下石板的。不过他还是逃走了，而人们依旧不知道他的真实目的和身份。

虽然少了中间最大的一块，舒九儿仍是通过剩下两块背面的纹路看出这和猰貐坟石壁上的符形非常相似。只是整体小了很多，琢刻的线条也细了很多。

从网地直到穿过整个树林，再没有遇到骨族人的攻袭阻截，这很是出乎袁不觳的意料。由此他想到之前骨族人的怪异组合，以及组合中很不像战斗勇士的成员。

"应该是人手不够，把能用的人都调动过来了。"袁不觳在自言自语。

"什么人手不够？"丰飞燕听见袁不觳的嘟囔，追问道。

"哦，我是说骨族人手不够，要不然不会就这么几个人来截杀我们的。"

"肯定不够呀，他们的大批人马都去截杀我们使队了。"

"难怪，不过这倒是个好机会。等过了前面草湾，你就找地方藏起来。我一个人潜入骨族营地，杀了骨鲔圣王就出来带你回临安。"

"要是骨鲔圣王不在营地怎么办？"

"那我就一直等到他回来。"

"可我怎么知道你是在等骨鲔圣王回来还是被抓住了？"

"这个……"袁不觳一下语塞，不知道怎么回答丰飞燕的问题。

"再有，要是我没藏好被发现了怎么办？你是先救我还是先杀骨鲔圣王？"

这是更难回答的问题，而且问得很有道理。丰飞燕现在浑身上下都裹着黑乎乎的泥浆，到哪里都是个很容易被发现的目标。

"所以呢，我还是一直跟着你稳妥，无论死活，两个人都还能在一块儿。"这才是丰飞燕连串发问的目的，也让袁不觳无法辩驳。

无法回答，袁不觳就只能带着丰飞燕走出杂木林。

当绕过林沿的最后一丛杂木，面前豁然开阔了。一大片亮丽的草滩扑入眼帘，视线顿时清爽了，也舒爽了。这片草滩就是鹰嘴草湾，叫这个名字有两层意思，一层是这草滩上生长的全是鹰嘴草，另一层是这片草滩在杂木林和东边浅水洼之间，整个弯曲的形状就像一个鹰嘴。骨族的聚居地就在浅水洼的另一侧，平时他们会在浅水洼里饮马取水。

袁不鷇是第一次见到鹰嘴草，便特意蹲下细看了看。这是一种细长的草，生长得很密集，正常都可以长到超过膝盖的高度。鹰嘴草的叶片头子枯萎时，会焦黄蜷曲成鹰嘴状，鹰嘴草应该就是由此得名。而现在这个季节，鹰嘴草已经有小半截叶片枯黄，整个望过去就像一块厚实的深绿垫子上满缀金黄色的细绒。

　　袁不鷇细看中还发现，看似厚实垫子的草滩并不太好走，草的下面全是碎石。此地名叫鲔山，实际上旷野连坡、坡连旷野。就算有些土坡也蛮高的，却怎么都不能称作山。所以草下面的这些碎石总会让人们生出些联想，是不是原来的鲔山被什么东西砸碎了，把碎石洒落得到处都是。

　　因为草下面有碎石，草滩即便长得很是茂盛，骨族人也不会用来放牧，牲畜在这样的草滩上太容易受伤了。而骨族人穿越这片草滩是有专门路径的，这路径是摸索加人为修整才形成的，整个鹰嘴草湾也就只有两三条。

　　袁不鷇放眼望去，很快就在草滩上瞄出一条曲折的线来，这是其中一条穿越路径。但他并没有立刻走上那条路径，而是试着从草里走过，这样更加直接通过且不会被人追踪到足迹。但是被碎石连续硌脚之后，他还是决定放弃，改走那条瞄到的路径。

　　"这路能走通？"丰飞燕不是不相信袁不鷇，而是不相信自己的眼睛。她所见的路径走不出多远就又没入在密草之中。

　　袁不鷇点点头，随即又摇摇头。他这样的反应很准确，找到路并不一定就能走通路。他们已经到了进入骨族聚居地的最后一关，就算骨族人手再不够，都会把最强的截杀实力放在这里。果不其然，路只走到一半，他们就被一个蹲在路上编草绳的人挡住了。

　　那人没有抬头看袁不鷇一眼，始终都在认真地编草绳。但实际上他编的草绳非常粗糙，除了手艺不行外，还因为用的材料是从身边随手拔来的鹰嘴草。

这个季节的鹰嘴草一半枯黄一半绿，编出来的草绳也是有黄有绿。有黄有绿的绳子扔在草滩里很难看出来，而且越是粗糙就越接近半枯半绿的草滩颜色。

"那人怎么在这里编草绳？看来骨族老巢里真的没人了，就剩编草绳干杂活的。再往前走，恐怕就是骨族的女人拿着针线来拦你了。"丰飞燕说着话还拍了拍自己腰间的针线盒。

袁不毅眼角一抖，丰飞燕的针线盒提醒了他。这不是一只普通的针线盒，盒子里的针在线的控制下可以成为杀人的利器。同样道理，那人编的绳子会不会也是用来操控什么武器的？

"你待在这里千万不要动，这个编草绳的很危险，我过去看看。"袁不毅说着话慢慢往前挪步。

"危险？怎么危险了？危险你还过去看看，傻不傻呀？"

丰飞燕连喊几声，袁不毅全没理会。反倒是编草绳的人似乎被丰飞燕的喊声惊动了，手里停了停，头也抬了抬。袁不毅终于看到了那人的脸，那是一张过于劳苦的中年男人才会有的焦黄色脸，就像枯萎了的鹰嘴草叶。但那脸上不多的几根髭须却是很黑的，就像在鼻唇之间用浓墨寥寥画了几笔，这一点显示了他的实际年龄应该比他的脸要年轻得多。

袁不毅的判断没错，这个编草绳的人很危险，他是骨族的二圣王。

第五章

势不能逃

眼扎子劈箭射杀二圣王

骨族连同骨鲔圣王在内一共有九大王。这次接到南察都院严素允的密令，让骨族人马劫袭南宋赴西夏的使队。劫袭使队这件事情严素允应该早就下了精力做好局。所以连西马口外天武营的异动也只是让喇马古密切关注，并不采取行动，他把所有精力都放在劫袭使队上了。

骨鲔圣王也意识到南察都院对劫袭使队的事情非常重视。为了确保成功，不仅亲自带队，还几乎带走骨族的全部实力，分两路包抄、堵截。这样一来九大王中只留下了行事老成、心思缜密的二圣王留守聚居地。偌大一个聚居地除了二圣王手下的小部分骨族勇士，再有就是些奴役和女人。而要不是如此，在得到有人要密杀骨鲔圣王的消息后，他也不会把兽婆和怪兽犰彪都派出去，实在是人手不够调派了。

昨天夜里传回的信息报告怪兽犰彪未能将密杀者拦下，密杀者已经冲出断龙沟，夜闯魂飞海。二圣王那时就已经预感到，除非魂飞海里的妖魔将这密杀者收了去，否则自己和这个密杀者必有一拼。

二圣王先遣人去寻骨鲔圣王，汇报有人前来密杀的消息，然后亲自在鹰嘴草湾摆下了杀局。这时候已不仅仅是为了阻止针对骨鲔圣王的密杀，而是为了捍卫他自己的荣誉。如果连一个密杀者都无法阻挡在骨族聚居地之外，那他这个二圣王就要从此成为大家嘲笑和鄙视的对象了。

二圣王是个聪明的人，他知道草滩里不好走，对方要想接近应该还是会选择可行的路径。特别是当对方发现骨族并没有有效阻挡他的实力后，肯定不会冒着受伤的可能从草滩中穿过。他选择等候的这条路是最接近骨族聚居地的，也是最短的。密杀者如果认为骨鲔圣王在聚居地里的话，肯定是会趁着没有实力阻挡的时机以最快速度冲进去杀了骨鲔圣王。如果密杀者知道骨鲔圣王不在聚居地里，那他同样会快速潜入聚居地的某一处，等骨鲔圣王回来后再伺机下手。而不管是哪种情况，密杀者都会走最短最近的路。

袁不觳的意图被二圣王猜中了，他的确是想潜到骨族聚居地里面去。羿神卫的训练教会他一个原则，可以冒死出击，也可以果断退缩。一切行动都为了达到目的，而不在乎手段。丰飞燕说了，他们使队遭到骨族人的劫杀。这样的截杀很有可能是骨鲔圣王亲自带队，从骨族追捕和阻击自己的力量不足就能看出着一点。所以要想杀骨鲔圣王只能等他回来，而这周围可以接近骨鲔圣王的藏身处就只有聚居地里面那些帐篷和草房。帐篷和草房起伏连绵，又多又杂乱，环境比刚刚穿过的杂木林还要复杂。这里是潜伏下来实施密杀的最佳地方，也非常有利于密杀之后的逃走。

意图被对手猜中了，那么双方撞到一起便不可避免。当袁不觳看到路上蹲着一个人时，他想都没想就认定这人很危险，只有真正的高手或者已经做好一切准备的对手，才会如此肆无忌惮地迎面对敌。

但是袁不觳并不打算退回去，也退不回去。骨族就算人手再不够，留守的勇士总不会少于数百人。之前是因为他们不知道自己从树林的哪一处通过，所以分散在各处埋伏阻击，人手肯定不够调配。现在自己已经通过了树林，而且到了骨族聚居地的门口。那么埋伏在各处的骨族勇士得到消息后会马上快速聚拢，并顺着自己的痕迹追踪过来，所以现在退回去危险更大。更何况自己还带着个丰飞燕，自己不管能不能找到杀死骨鲔圣王的机会，都是要给丰飞燕找到一个逃命机会的。而这机会肯定不在身后的树林里。

考虑周全后的袁不觳迎了上去，他越走越快，最后索性疾奔起来。现在是在对手早就设置好的环境中，移动越快越安全，越接近对手越安全。

疾奔中，他的手里捏住了一支眼扎子。心里则在暗暗祷告神佛，但愿对方使用的不是远射武器，否则自己根本没有机会到达使用眼扎子的距离。

二圣王用的不是远射武器。见袁不觳过来了，他把手里草绳打了个结，然后从容地从旁边草丛里拖了根梭矛站起身来。

梭矛比长矛要短，无缨无尾，就一个矛头装在光滑的矛杆上。这种梭矛造型虽然有些原始，但用于缺少技击招法的搏杀却非常实用。出矛收矛顺畅快速，而且可以飞掷杀敌。以往这梭矛主要用于猎兽，而且专门对付凶猛的大兽子。

袁不毂的眼扎子和二圣王的梭矛相比定是吃亏的。眼扎子必须近身才能运用，而对手的梭矛虽然短些，却绝对不会给袁不毂近身的机会。所以对方虽然用的不是远射武器，袁不毂仍是很难接近到使用眼扎子的距离。

二圣王是个聪明的人，还是个谨慎的人。他没有运用太多招数，只是双手持梭矛，将矛尖对准冲过来的袁不毂。目的很明确，不让对手靠近，除非是对手自己撞上矛尖，穿透矛杆。

不过聪明且谨慎的人一般都不会选择正面对决，他们喜欢用别人难以想象、对自己又最为安全的方法来置人于死地。所以二圣王阻止袁不毂进入聚居地的方法绝不会只是挺着一根梭矛。他早就想好了，也布置好了，如果袁不毂用的是弓弩之类的远射武器，二圣王会马上往后速退。如果袁不毂用的是刀剑枪矛之类的武器，他就会迎上去。总之是要在袁不毂的武器还未能触及他的时候，就抢先出招将袁不毂灭杀当场。

二圣王怎么都没想到，袁不毂远攻近杀的武器一样都没有，是空着两只手冲过来的。那细薄的眼扎子捏在掌中就算靠近了都不见得能看到，更何况二圣王和袁不毂之间还有一段距离。而且袁不毂又是处于双臂摆动的快速奔跑中，就更没办法看到了。面对这种情况，二圣王没有往后退也没有迎上去，而是持梭矛立在原地。

没有迎上去是因为二圣王觉得完全没有必要。他脚尖已经挑动了刚才编好的草绳，安设在旁边草滩里的十把桦木地弩开始启动发射，而且是完全应合了袁不毂步伐节奏的发射。

桦木地弩原本用来捕杀林子里奔跑速度极快的兽子，一般设绊绳启动。兽子被绊之后的些许停滞，也正是弩箭射入它们身体的最佳时机。但也有一些捕猎高手是将启动权掌控在自己手中的，他们可以在合适的地方更清楚地观察到兽子。然后通过自己与地弩间、自己与兽子间的距离和角度，以及兽子奔跑的速度来进行瞄准。尽量排除各种影响弩射的即时因素，准确射中猎物。这是一套独特的攻杀技艺，二圣王是此种技艺高手中的高手。

十把桦木地弩藏在草滩里，位置有远有近，顺序有先有后，发射角度也各不相同。但是不管哪一把弩射出的箭，都是追着袁不毂去的。二圣王脚下除了他刚刚打结的那根草绳外还有许多根草绳，每根草绳都控制着相应的桦木地弩。只要看到目标位置，知道地弩位置，二圣王就能瞬间设计好最佳的方向角度瞄准目标，并用草绳进行发射。

袁不毂看不到那些桦木地弩，也看不到箭，但他听得到声音。弩弦释放的声音，弩箭破空的声音。这些声音再加上密集草叶与弓箭的碰撞声后会更加明显。

不过这个时候袁不毂已经是在往前疾冲的状态中，即便听到声音也无法做出更多反应，任何迟缓和停滞只会让他成为更加明确的目标。袁不毂只能顺势用剩余的体能把速度再微微提高一点点，而就是这一点点的提速，让连续多支桦木地弩射出的箭矢紧贴他的后背、后脑、膝弯飞过。

作为绳控地弩的高手，二圣王早就想到了这一点。事实上他以往狩猎时也遇到过这种情况，有些麋鹿、狍子之类的兽子极速之下仍能加速，被地弩发射声惊动后发力狂奔，能躲过已经锁定它们的箭矢。所以二圣王设置的十把桦木地弩为一准九偏，第一支箭是瞄准目标发射的，但后面八箭依次往前偏三寸。这样一来就算目标加速了，仍是会被后续的箭锁定。而最后一箭的偏差会更大一些，差不多提前了半步的长度。也就是说前面瞄准的九箭能射中就射中，如果都被躲开了，也可以作为连续多次的逼迫，让目标在无法收住身形的极速前冲下主动撞上第十箭。

当然，不排除有兽子还能意外躲过第十箭的。但这也没有关系，因为还有二圣王的梭矛。就好比现在，二圣王弓步向前把梭矛挺出，矛头微微往上，矛尾夹紧在腋下。如果袁不毂到最后还能再次提速躲开提前了半步的第十箭，那么他将在自己的加速作用下毫无幸免地撞上梭矛矛尖。

二圣王地弩加梭矛的杀局可能有些高估袁不毂了。他本是个没有技击功底的手艺人，只不过从小在山林间奔跑纵跃练了些好体力好腿力。要想躲过第十支箭是绝无可能的，更不要说躲过梭矛了。

第十把桦木地弩将箭射出，听到声响的袁不毂已经意识到自己接下来的两步会正好撞上箭头。他也看到了二圣王挺出的梭矛矛尖，那同样是个等着自己往上撞的杀器。而这个时候他已经无法控制自己的前冲势头，就算能够强行停步，脚底不由自主的滑行仍是会把他送到箭头上、矛尖上。

非但无法控制自己，袁不毂其实此刻连转个念头的机会都没有。他只能下意识用一个招式来表达自己最后的愿望，杀死对手！杀进骨族聚居地！

除了弓箭，袁不毂还能用来作为杀器的就只有眼扎子，但眼扎子显然是够不到二圣王的。

端木磨杵教的招式，无数次刻苦训练练成的招式，稳准狠是它的特点。除此之外，还有一个特点是韧。眼扎子是枣木削成的，要是不能利用这股韧劲，那是根本无法扎穿眉心头骨的。

袁不毂挥手全力一杀，眼扎子扎中的是从一旁劲射而来的弩箭。这一杀很精巧，韧劲在此刻运用到极致，点、曲、弹、收。劲射而至的弩箭箭头从眼扎子的尖头上滑过，又顺着这股韧劲的点弹改变方向。这一杀之间的力道其实就是端木磨杵说的两劲，寸劲和控劲的融会运用，并且已经达到连袁不毂自己都不知道的境界。这一击所拥有的劲道就算不能将枣木扎子扎入头骨，用其他更硬一些材料做的眼扎子肯定可以。

二圣王马上就后悔他原地不动的做法了，这个错误在这瞬间无可挽回地表现出来。他离得太近了，或者说让袁不觳靠得太近了。被眼扎子改变方向的弩箭朝他飞射过去，这完全是一个无法想象的情况，又是在一个完全来不及做出反应的距离。

让箭改变方向射向二圣王是袁不觳脑子里一闪而过的念头，但他没有指望太多，只希望自己不被箭射中，再就是希望那箭把对手逼让，这样自己就不用主动撞在人家矛尖上了。而结果却远远超出他的期望，桦木地弩劲道十足，改变方向后的弩箭依旧有强劲的劲道和速度。尽力保持身形稳定的二圣王来不及做任何反应，这支箭便狠狠地钻进他的左侧脖根。箭劲将他身体带得侧跌过去，手中的梭矛也偏移了方向。

袁不觳跌趴在二圣王身上，梭矛从他左侧衣襟穿过。只要那箭再慢一点点，地弩的劲道再小一点点，袁不觳即便能拔箭射杀二圣王，他自己也铁定会被梭矛刺穿。

后面的丰飞燕不知道发生了什么，只看到袁不觳和搓绳子的人都倒下了。她想喊又不能喊，想过来又不敢过来，只能原地转圈。最后实在急了，就蹲下来拢手在嘴边低声呼叫："不够，你怎么样了？我能过来吗？我过来帮你好不好？"

袁不觳趴在二圣王身上大口地喘气，刚刚跑了个惊心动魄的百米冲刺，一时间很难从又累又怕的状态中恢复过来。这是他从毕军营招兵开始遇到的各种凶险中最可怕的一次。虽然整个过程只是眨眼之间，虽然自己没有受一点伤，但他却真正体会到生死瞬间的惊心，更从二圣王的死中体会到生命的无妄。一个本来应该夺取别人性命的人，连眼睛都来不及眨一下就反转了结果。生命太脆弱，杀戮很危险。对别人是这样，对自己也一样。

终于，袁不觳的喘息在胡思乱想中平复下来。他伸手抓过二圣王的梭矛，撑住自己发软的双腿站了起来。

丰飞燕见袁不殻站起来了，开心得又拍大腿又跳脚，身上顿时"唰啦啦"掉下来许多已经干涸的淤泥。

"我能过来吗？不够，我能过来吗？"

袁不殻没有回头，但他疲乏地朝后面招招手。于是丰飞燕摆动丰腴的腰肢往前跑去，并一路从袁不殻身边跑过，跑到前面去了。

前面是浅水洼，丰飞燕跑到那里赶紧将自己手脸清洗了一下。再怎么着都是个小女子，眼下又和袁不殻一道，注意一下自己的容貌也在情理之中。

袁不殻拿着梭矛当拐杖赶上丰飞燕。他没有受伤，但双腿依旧很软，需要一根可借力支撑的物件。另外也可做武器，不管合手不合手，总能让人心安不少。

不过有一件事情袁不殻并没有注意到。刚才他趴倒在二圣王身上时，脸就凑在二圣王被弩箭射穿的脖颈边。鲜血将二圣王的头肩全浸泡了，袁不殻这回竟然没有一点畏血的反应。可能是他所有的注意力还沉浸在紧张和后怕中，完全忽略了鲜血的存在。

没等丰飞燕将自己清洗到满意，袁不殻就把她从水边拖了起来："快走，这里太空旷，得赶紧躲进聚居地里去。"

"再洗一小会儿，你得让我把鼻孔里的泥给抠掉呀。哎哎哎，别拉别拉，我走我走。"袁不殻最终还是没有给丰飞燕继续清洗的时间，而就在他们的背影刚刚隐入最外一圈帐篷时，一大群各种装饰掩护的骨族勇士出现在草滩上。这些都是在树林设伏的骨族人，他们发现袁不殻已经闯过了树林，所以集结在一道，尾追而来。

做个可射梭矛的弓杀兽婆

骨族聚居地里帐篷和草房连绵而建，环境复杂，的确有利于藏身。但是这样的地方对于陌生人来说并非好事，转几圈就会全然迷失方向。因为那些或方或圆的帐篷和草房，外形、大小都极为相似，很难找到特别的标志物。袁不彀和丰飞燕进入之后，不断地改换路线躲避里面的人，没几步就蒙了，围着一间木房转了两三圈都没找到一条合适的路继续行动。

"这里的路太奇怪了，七扭八拐的。我有点头晕，现在我们在什么位置？"丰飞燕喘口气悄声问道。

"骨族搭建草房和帐篷时没有规律，位置朝向也很随意，房屋帐篷间的路肯定也都乱了。不像汉人有各种风水规则的宅居地，单看房子就能找准方向，所以我也很难确定我们的位置。"袁不彀本可以通过建筑辨方向，但在这里这个特长没有用处。

就在两个人昏头昏脑转着圈的时候，树林里追出的骨族勇士们发现了二圣王的尸体，并由此断定密杀者已经闯进了他们的聚居地。聚居地里有他们的女人和孩子，还有他们掠夺来的财富，发出一声怪异长啸后，他们全速往聚居地冲过来。这长啸是对密杀者的震慑，也是给聚居地里的骨族人报警。

很快，聚居地各处都有鹿皮鼓敲响。这是骨族的恶魔鼓，他们相信这种鼓可以驱赶恶魔。但其实恶魔是驱赶不了的，作为一种警报却是非常实用。而且哪一处鼓声乱了或断了，还能提示侵入者所在的位置。

袁不彀和丰飞燕刚开始听到四起的鼓声还迟疑了一下，好奇这里到底发生了什么。但随即便意识到这鼓声肯定和自己有关，于是变得更加慌乱，选一条相比之下还算宽直的路赶紧跑起来。本来是想在这里找个隐蔽的地方躲藏的，但是还没来得及找到就惊动了整个聚居地。现在看来只能趁着骨族人还没搜捕到他们这里，设法尽快远离骨族聚居地。

好在目前留在聚居地里的大部分是女人和小孩，听到鹿皮鼓声后都赶紧躲进帐篷和草房并把门顶死。这样一来袁不毂和丰飞燕奔逃中就不会遇到什么人，也不用无头苍蝇一样不停更换路径来躲避。急急地跑出一段路后，视野中终于又出现了远处的土坡，他们很顺利地跑到了聚居地的一处出口。

骨族聚居地除了鹰嘴草湾那一边，其他方向全是旷野土坡，有很多方向可以逃走。逃的越远，半径范围就越大，骨族人想要找准方向追上他们的可能性也就越小。袁不毂虽然心里还揣着密杀骨鲔圣王的任务，可眼下情况也只能先逃了。

眼见着再过两个帐篷他们就可以跑出出口了，偏偏此时出口外面的土坡顶上涌出了一群人。

袁不毂一把拉住丰飞燕，就近踹开一个帐篷的门躲了进去。帐篷里有个女人，门被踹开时她发出半声惊呼，看到袁不毂手中的梭矛后，硬生生憋住了后面半声惊呼。

"脱下她的衣服，你也脱了。"袁不毂对丰飞燕说。

"脱衣服？这个、这个可不好。虽说是要嫁你的，可还没拜堂。"丰飞燕涨红了脸，又惊又羞地嘟囔着，说的什么连她自己都听不清。

"你换上她的衣服，再找找有没有我能穿的男人衣服。逃出去是来不及了，试试可不可以混出去。"袁不毂说话时，已经开始翻找。

"哦哦，这样啊……是这样啊。"丰飞燕脸更红了，心中又羞又恼，末了还有些许失望。

"你怎么了？脸这么红？之前洗脸的水洼里有什么蹊跷吗？"袁不毂无意间抬头看到丰飞燕的脸。

"啊……是太热了，帐篷里太热了。"丰飞燕立刻转身，不让袁不毂看到自己的脸，也是为了方便脱衣换衣。

那骨族女人未能完全听懂两人的对话，见丰飞燕脱衣倒也大概明白了。于是快手快脚地脱了衣服，递给丰飞燕。丰飞燕很快就换成全套的骨族装束。

袁不觳将那妇人绑了，嘴巴拿布带封住，然后跑到帐篷门口偷偷露出半张脸，观察土坡上出现的那群骑马的人。

坡上出现的人和马都非常累了，听到骨族聚居地里连续不断的鹿皮鼓声，也没有把前行的速度提高多少。随着那群人马渐渐走近，袁不觳看出这些是之前在断龙谷追踪自己的那群骨族勇士。他们中间有个装束非常特别的妇人，约莫就是剥头描述过的兽婆。

"找到件男人的兽皮坎肩，你快套上。"丰飞燕好不容易才在空荡荡的帐篷里找到件男人衣服。衣服没找到太合适的，食物倒是找了不少。她急匆匆抓了些往袁不觳嘴里塞了几口，然后自己也胡乱吃了几口。已经快一天一夜没有水米下肚，接下来还不知道要逃多久，确实应该尽量多吃些东西保持体力。

"外面过来的是在断龙谷追击我们的骨族人，中间那个像是兽婆。"袁不觳边套上兽皮坎肩，边把自己的发现告诉丰飞燕。但嘴里嚼着食物，话说得不太清楚。

"管他什么婆，只要怪兽不来我们就不怕。"丰飞燕话音刚落，远处就传来一声兽吼，将鹿皮鼓的鼓声都盖了过去，吓得丰飞燕一把紧紧捂住自己的乌鸦嘴。

兽吼声之后紧接着有铜哨声持续响起，这是兽婆在急切地召唤狐彪回来。

当时，那狐彪被袁不觳射伤一只眼睛后，吃痛惊慌逃走。而后赶来的骨族勇士没能将袁不觳截住，又不敢跟着他夜入魂飞海。这样一来，兽婆东奔西跑去找狐彪，就未能配合树林里设伏的骨族勇士前后夹击袁不觳。再等骨族勇士绕道回聚居地，这耽搁了不少时间。

狐彪受伤受惊，一路狂奔乱窜。等疼痛和惊恐消退之后，自己找回骨族聚居地，恰好和兽婆那群人同时到达。

丰飞燕探头出去看时，那群骨族勇士在继续朝聚居地这边过来，兽婆则勒马停在原地独自等待犰彪，她这是怕周围人太多发出异常声响再惊到犰彪。而犰彪显然也认出了兽婆，摇头摆脑地慢慢往兽婆那边走去。丰飞燕的氅子仍被射中眼睛的那支箭钉住，劈头盖脸地罩住犰彪的大脑袋。

"不行，不能让那兽婆拿到我的外氅。不够，你赶紧想办法把怪兽赶跑。"丰飞燕突然激动起来。

"那兽子是人家养的，肯定听她的话。我哪有什么办法把它赶走啊，我们自己能活着逃走就不错了。"

"不行不行，你必须赶走它，这事情比我俩的命还重要。"丰飞燕显得有些蛮不讲理。

"不就是一件氅子吗，回到临安我给你买十件。"

"不，那不是一件氅子，而是一封密信。皇上让我带给西夏皇帝的密信就绣在氅子里面，我们使队遭劫杀应该就是因为这封密信！"丰飞燕的声音像在吼，又像在哭。

袁不觳一下明白怎么回事了，而且马上把自己的暗活和这件事情联系上。让自己以最快速度刺杀骨鲄圣王，其意图很大可能就是要制止骨族抢夺这封密信。想到这里，袁不觳一把将丰飞燕从门口拉开，自己探出半边脸去看外面情形。

犰彪正一步步慢慢地朝兽婆走去，受伤后这怪兽谨慎多疑了不少。其他骨族勇士驱马往聚居地这边走，就像一堵移动的墙挡在犰彪和聚居地之间。也就是说，现在就算袁不觳不要性命地冲出去攻击犰彪，他也闯不过这堵移动的墙。更何况他现在手中无弓无箭，真要过去了也只会被犰彪当成点心而已。

"要是你能把这长枪扔到怪兽身上就好了，戳死它。嗯，也不对，戳死它了外氅还是得落在别人手里。"丰飞燕乱出主意，然后再自我否定。她说的长枪其实是指二圣王的那支梭矛。

丰飞燕自我否定的主意却是提醒了袁不觳："对呀，自己虽然不能把梭矛掷出那么远，那是不是可以利用些什么将它射出那么远呢？

袁不觳快速在帐篷的上上下下看了一圈，然后从灶炉边拿来一把柴刀，一下将帐篷的篷布划开。

"你要干吗？疯了吧，他们会发现我们的。"丰飞燕被吓到了。

"做一张弓，大弓，可以把长枪射出去的弓。"袁不觳嘴里胡乱解释着，手里快速忙碌着。

帐篷顶上的弧杆很多。为了撑起帐篷的圆弧顶，这些弧杆选用了非常具有韧性的木料，而且烘弯到一定弧度。这样才能保持整体稳定，并且经受大风时有足够承受力和缓冲性。袁不觳眼看手摸，很快就确定其中一根最合适的弧杆，然后用刀从圆弧顶上割下两根牛皮条。

材料有了，接下来就是抓紧制作。骨族勇士的马匹已经到了聚居地的入口了，不过人和马多了些，堆在入口处需要三三两两地分先后进来。一旦这些骨族勇士都进来了，定会马上四散开来查找入侵者。那么袁不觳藏身的帐篷将首当其冲，因为这是最靠近路口的帐篷。

袁不觳在加紧速度，但加紧速度并不意味着粗糙而制。弧杆在他手中掂出了轻重、找到了中心，眼睛一瞄便看出了曲直偏差。两根牛皮条系上弧杆，稍微拉一拉便知道了最佳出力角度。

梭矛和箭不一样，它足够长，但没有尾羽，头尖尾削适合飞行，否则也不会在很多时候作为投掷的武器。将它当作箭来射，只是改变了一下投掷的方式。采用弓射替代投掷其实更利于瞄准和力度的掌控，要注意的是梭矛重量较大，弓射时要把控好射出角度。

帐篷的中间有一根撑柱，袁不觳将弧杆挂在这个撑柱上，以此替代握弓的左臂。然后搭上梭矛，双手拉住牛皮条，整个人往后用力，将这张现做的大弓拉开。

直到这个时候，丰飞燕才觉得自己必须狠下心来打击一下袁不毂的积极性："唉，其实就算做了大弓也没用，那个怪兽刀枪不入，戳不死的。"

袁不毂听了丰飞燕的话，微微停顿了一下，但是并没有松掉弧杆和牛皮条，反是更加认真地在瞄准。

骨族勇士们已经全部挤进了聚居地的入口，马群快速散开，在帐篷和草房间打旋儿。他们即将下马进门搜捕，形势上已经可以确定，就算袁不毂将梭矛射出，他也是无处可逃了。

犰彪走到了兽婆身边，兽婆从马上弯腰倾身。像是要抚摸一下犰彪的头顶，又像是要去拿下罩住犰彪脑袋的外鍪。

梭矛的矛杆微微抖动着，伴着一声沉闷的"呜"响划空飞出。这一声响在群马嘶叫、鹿皮鼓鸣中显得太过微弱，没有人注意到。梭矛在空中划了个大弧线落下，只有这样的角度才能射到足够远的距离。下落时大弓弹射的力量只占到了五成，剩下五成是梭矛自身的重力和飞行惯性。但这已经足够，足够它轻松穿透一个人的身体。

兽婆仍坐在马上，也仍然弯腰倾身，而且弯倾得很低很诡异。不过只要马不动，她就不会从马上掉下去。因为穿透她身体的梭矛矛尖钉在了地上，和不动的马匹共同架住了她的尸体。

犰彪惊愣了一下，脑袋凑过去在梭矛上嗅闻两回，然后猛然跳开，昂首发出一声摄人心魂的吼叫。这吼叫像啼哭、像哀诉，更像悲恨。

马惊了，所有听到犰彪这声吼叫的马都惊了。没了兽婆控制的犰彪恢复了野性，从此刻起它成了任意摧毁生命的真正怪兽。而这个信息其他兽类牲畜只需通过这一声吼叫就已经获知。

这也正是袁不毂想要的结果，他射的不是犰彪而是兽婆。兽婆死了，便再没有人可以接近犰彪取下那件外氅。这样孝宗皇帝的密信虽然取不回来，别人也无法取走。

袁不觳没有想到的是，自己这一射竟然一矢双雕。没人能从失去控制的犰彪那里拿到密信不说，失去控制的犰彪发出悲吼还惊了周围马匹牲口。聚居地里瞬间一片混乱，正准备下马搜索的骨族勇士们只能暂时随着惊马在帐篷草房间乱蹦乱撞。而换了装的袁不觳和丰飞燕则趁着混乱顺利逃出了骨族聚居地。

挖掘过程像上一次的重演

李踪带人在魂飞海里挖了一整天，可以看出，他找寻其他秘密的欲望要比寻到他哥哥强烈很多。他哥哥李影不是搜神门出身，很小时就跟了六扇门的"一目拨云"章仙乐当学徒，属于前朝南唐御捕"神眼"卜福的一脉传承。所以李影也是学得一身辨疑析案、擒贼伏盗的本事，入行后黑白两道上积攒了大量人脉，算得六扇门中一只鼎。

也正是因为人脉太广，他想法子结识了宝文阁大学士李诚罡。这是一个很多人都想结识的人物，因为李诚罡本人就是一个大宝藏。就算闲聊中听他说几句志异玄化的事情，说不定就能牵扯上什么巨大财富。不过李诚罡和李影的交往比闲聊要明确透彻，他们结识就是为了合作谋取大富贵，否则宝文阁大学士真没必要屈就和一个捕头交朋友。

据李诚罡所说，他从国史院残存奏折和记录中找到了一个关于方腊所留财富的线索。这些奏折和记录很大部分是陶净礼所留，还有小部分则可作为陶净礼发现的佐证和补充。不过写这些奏折和记录的人之间不曾有过互通，包括陶净礼。所以只看其中一两个奏折和记录会觉得完全是在瞎扯，否则也不会成为被扣压的废折弃文。

李影相信李诚罡，更难得的是李诚罡也相信李影。谈好了双方的分成比例之后，李诚罡就把寻找财富的线索告知了李影。然后李影莫名离职，从江湖道上拉了几个朋友来到鲔山地界寻找方腊留下的财富。

"方腊在江南造反，他搜罗的财富怎么会跑到西北地界来的？我哥没告诉你具体缘由吗？"

"你能来此处寻你哥，提供给你线索的人没告诉你具体缘由吗？"

李踪问汤老三，汤老三反问李踪。两人都没有回答，因为不用回答就已经知道对方会怎么回答。于是接下来各存心思，又是长久的沉默。

终于，李踪又开口问一句："这旷野之中，无标无记，你们当初是如何定位开口的？"

"鲔山水文图，远山交叉线。但是水文无水、又点无物，所以认定是地下水、地下物，这才择开口往下挖掘。"汤老三说完这个之后又是长时间沉默。他是问一句说一句，显得很木拙。不知道是性格本就如此，还是之前在此受到极大惊吓，又在兽笼关押太久造成的。

"找到东西了！"不远处有人在喊。李踪听到，纵身快步赶去。汤老三迟疑了一下，小心翼翼地往那边走去。

冯思故果真是少有的挖掘高手，从汤老三说的开口处动手，很快就挖出一条长长的洞道。但是随着挖掘的快速推进，汤老三却越来越神情紧张。因为他发现挖掘这条洞道的很多过程和细节竟然和他之前挖掘时遇到的一模一样，就像又回到了之前，把发生过的事情再重新演一遍。所以他一直都远远地坐着，极不情愿到洞道这边来，现在听说找到东西了，又只能硬着头皮跟下来。

随着一步一步往洞道走入，他看到更多和之前一模一样的情形。恍惚中好像就连那些挖掘的人也是一样，说的话、做的动作也一样。

"找到了什么？"前面的李踪问。

汤老三却仿佛看到李影在问，而上一次，李影也确实是这样问的。

"一支玉签。"

汤老三的身体抖了一下，上一次差不多也是在这个位置发现玉签的。

"把灯掌亮点，我看看这玉签。咦，这上面刻的啥？像只站着的猪。"

汤老三的身体在发抖，他的头很晕胸很闷。想用力又无力，是那种明知道自己在做梦却醒不过来的感觉。

"汤老三，你看看，这支玉签和你们上次找到的是不是很像？如果是，那说明我们找对路了。"李踪说着话把玉签递到汤老三面前，另一只手还提着灯替他照亮。

"就是这支、就是这支……"汤老三嘴里反复嘟囔着。他能确认之前他们挖到的就是这支玉签，玉签左侧有两个碰缺，猪头上方有一块紫色玉沁。而且自己没有记错的话，那也是在这个位置挖到的。

"你是说你们挖出的就是这一支？"这话问得冯思故自己都感到害怕。

"你们干吗？捉弄我？以为我痴了？我没痴，我说的都是真话，没有隐瞒什么。我也没害李影，他怎么回事我不知道。不对不对，这支玉签已经在你们手里了，你们肯定见过李影了。他在哪里？在哪里？你让他出来见我。"

汤老三突然疯了一般，是一种神经绷紧到极点后的崩溃。他不知道眼前到底是怎么回事，只认为是李踪他们在给自己设局做套。可他哪里还有价值，不过是个从恐怖灾难中逃出的幸运儿而已。他现在很羡慕一同逃出的王黑子，索性被吓得傻呵呵的，关在兽笼里也没烦恼，再次来到这失魂的地方也不害怕。

汤老三直直倒下，没有死，只是晕了。他向往什么都不懂不知的状态，结果很快就实现了。

"他太紧张了，之前遇到的洞道坍塌给他很大惊吓。如今体质虚弱，洞

第五章　势不能逃

道下又气闷，晕倒也正常。你们来两个人先把他抬出去透透气吧。"李踪吩咐着，又回头和冯思故商量，"现在已经找对路子了，接下来可要抓紧往前挖。"

"接下来我准备重新把这洞道填实。"冯思故咂巴了下嘴。

"为什么？"

"此处的土质表面看着硬实，越往下却越是松散。这挖起来轻松，但很容易发生坍塌。之前汤老三他们可能就是犯了这个错误，由远处寻开口，掘挖的斜长洞道，这样一旦挖到下方越发松散处或者地宫空设处时，长距离的土层重量加上下方缺少支撑，整个洞道就会依次坍塌。"冯思故解释道。

"那你填了洞道后又准备怎么干？"

"打竖洞，只留小的斜度便于上下和出土。这样虽然遇到地宫防护设置的可能性比较大，但是发生坍塌的概率却是最小的。"

"好，那就不多说了，抓紧干吧。"李踪随手拿起一把铲子帮着回填洞道。

回填很顺利，打竖洞也很顺利。冯思故带领的这帮带符提辖不仅掘挖快速，方式也大不一样。竖洞只有很小的斜度，但是他们在这斜坡上直接挖出了阶梯，上下很方便。到了下面土质松散有坍塌可能的部位，他们都用携带的材料进行了加固。

竖洞开始挖的时候和原来一样，地面就像一整块硬土，连小石子都很少见到。但是挖到一定深度后，开始出现很多乱七八糟的东西。不过汤老三一直昏睡不醒，也就没法让他印证之前有没有见过这类东西。当挖到比原先洞道更深的位置时，土里竟然出现了大量的骨石①。冯思故他们挖到的骨石很是散碎，没有一块可以看出整体拼下来是什么动物。这些骨石也很大，最开始他们还误将骨石当作了填石，以为挖到一处用流沙填石作为外围保护的墓穴。

骨石中有很多形状弯弯长长的东西，打眼看还以为是象牙。后来通过辨

---

① 骨石：就是现在所说的化石。

认和拼凑，认定弯弯长长的是鱼刺，而且这里的绝大部分都是鱼形骨石。一根鱼刺都像刀剑一般长大，那么这鱼也委实大了一些。

大部分骨石都就地成了他们加固洞道的材料，不过也有几块给弄到洞外。这是冯思故的主意，他要以骨石为凭证和李踪说点事情。

"很奇怪，此处是缺水枯旱之地，怎么会有这么多大鱼的骨石。"冯思故其实大概想到些原因，他这是故意在试探李踪。

"或许很久之前这里并非枯旱旷野，而是大湖大泽，之后地理发生变化才变成现在这样。原来水里的鱼被淤泥淹埋，多年后就会变成骨石。而且你注意没有，这些骨石形状很像鲔鱼，只是体形更大，也可能远古时的鲔鱼就是如此之大。由此可见当初这里曾水盛草茂，盛产鲔鱼，所以此地才会叫鲔山的。"

搜神门的人确实不同一般，并非江湖上一般的探子、集信①可比的。不仅黑白两道信息全通、天南地北习俗全知，一些诡异现象、地理天文知识也都有所了解。"鲔"其实是古人对白鲟的称呼，白鲟是最大的凶猛淡水鱼，又叫中国剑鱼。鲔山连堡周边没有大泽大湖，也没有一个土坡形状像大鱼，所以地名由来很可能就是李踪推断的那样。

"如果这真的是多少年才形成的骨石，也就是说此地从未有人开挖过，那又怎么会有东西藏于下面？"冯思故真正想表达的是这个。他觉得之前自己这些人做的都是无用功，更不希望无用功继续做下去，"我不知道你哥哥当初替什么人做的这件事情，但我几乎可以肯定他被骗了。"

李踪知道冯思故说得很有道理，这种情况下应该赶紧收手离开这个诡异的地方。但是他又觉得李诚罡是个通晓古今、窥破阴阳的人，先后找到自己兄弟两个办这件事情，肯定是有把握的。即便这地方和最初所说方腊藏财富

---

① 集信：专门搜集信息、出售信息的人。

之地有很大出入，但必定是有它奇异之处的，汤老三所说的那些情况就是证明。虽然目前看来此处似乎并没有发生过那些情况，但如果发生过却看不出那就更加诡异奇绝了。

"我们兄弟两个到此处来其实都是从捉奇司接的活，只是没有走令房，算是直接委派的密活。冯提辖是否想知道是上边哪位给我们派的活？"李踪这是用捉奇司的名义来压迫冯思故。

"不、不用！你不要说，我也不想知道。"冯思故是真的不想知道。捉奇司里的事儿知道得越少越好，只需埋头做事。知道多了不仅没有好处，搞不好还会惹祸上身。

"再有就是这骨石，说不定是别人从其他地方搞来的。埋在这里就是让你们内行人觉得下面不可能有东西，也算是宝构暗穴的一种外围防护吧。"

李踪这说法有些牵强，刻意放置还是天然存在，冯思故是能辨别出来的，但他没有反驳。当面反驳会让李踪下不来台，而且他知道有些事情劝说是没用的，必须让对方自己死心才行。

很快，冯思故就为自己没有反驳李踪的说法而庆幸。继续往下挖了两三丈后，他们竟然发现了人和马匹的尸体。而且都是些非常新鲜的尸体，才开始有腐烂迹象。从装束和携带物上看，这些尸体像是附近私货道上的马贼。

这些人和马的死相很奇怪，有扭曲和重压过的痕迹，但口鼻中又都塞满了土。感觉是先遭到什么力量的冲击，然后再活埋而死。

"奇怪，真是奇怪。明明是未动的千年土层，下面怎么会有新鲜尸体的。"冯思故不顾满手的泥土，狠狠地抓两下脑袋。

"冯老爷①，我咋觉得我们是反着在挖，从地底下往地面在挖。"旁边一个

---

① 老爷：南宋时盗墓行对领头人的叫法，这是因为当时民间管钟馗叫老爷。盗墓最怕遇鬼，所以盗墓行觉得将领头人叫作老爷可以镇住恶鬼。其实就是一种自欺欺人的心理安慰而已。

瘦长吊眉的年轻带符提辖阴恻恻地说，说完还抖动了两下嘴角呆滞的笑意，有种被鬼魂附身的感觉。

冯思故听到那带符提辖的话后心头打个寒战，即便明知这话是瞎扯，仍不免生出些害怕。这两天遇到的事情真的有些怪异，刚开始自己还怀疑汤老三的眼睛和脑筋出了问题，现在已经开始怀疑自己眼睛和脑筋出问题了。

"通了、通了，破墓穿了。"最下面有人在喊。随着这声喊，有一股腥风顺洞道冲了上来，发出牛鸣般的沉闷声响，整个大地似乎都晃了一晃。

冯思故吐掉嘴里的土屑，刚才那状况让洞壁掉落下许多泥土，猝不及防间有不少吞进嘴巴里。但冯思故一点都没慌乱，这现象在他看来很正常。一些古墓外围有个大的盒形或穿形保护，盗墓行管这叫墓穿。这种保护有用砖石垒砌，有用草木编搭。埋在地下被湿泥封填，形成密封空间。当把这个封闭空间打开一个口子时，里面的浊气外涌，外面的清气内冲，两股气流冲撞摩擦，就会有声响和震动。而气流的内外流动，也势必会带出地下墓穴许多年腐烂发酵的腥臭味道。只有等其中的腥臭浊气排尽之后，才能继续进入墓穿去开启墓室。

"啊！"一声惨叫从底下传来。

冯思故还没完全吐净嘴里的土屑就赶紧喝问："怎么回事？有何怪异吗？"

"瘦丙掉进墓穿了。"下面有人回道。

瘦丙就是刚才那个瘦长吊眉的带符提辖。捉奇司的带符提辖出来做活不用真名，一般以甲乙丙丁加身体特征为代号。认知方便，叫起来也方便。

"下个火探子①看看瘦丙什么情况。"冯思故吩咐道。

于是有人取了火探子，在洞道照明用的火把上点着，然后直接扔进墓穿

① 火探子：一种燃料球，点起来有碗大的一团火。火探子可以直接扔入需要探查的空间，也可以用铁丝绳索系了慢慢放下查看。其主要作用是查看空间内部状况，有无危险。还可以通过火光变化看空间里的气体成分，确定能否进入。

里。采取这种简单的方式，正说明那些带符提辖害怕了。他们都是行家，一些从未遇到过的不合理现象早就看在眼里，惧在心里。

那个实心房子是封豚宫

火探子扔下去后蹦跳几下，应该是碰撞了些什么东西。当它最终停止时，那火光却是突然一暗，冒出些怪异的蓝紫色火焰，随即马上熄灭了。而这整个过程中什么都没看清，就连瘦丙掉在哪里都没找到。

"冯老爷，火色紫蓝，鬼祟盘桓，火色蓝紫，妖魔在此。我们的符都丢在夹子堡了，即便有符带着，这墓穹也不能轻易下去的。"有资格老一些的带符提辖对冯思故说出自己的看法。

"什么鬼呀魔呀的，你们让开，我下去看看。"李踪听到洞中连番的奇怪动静，从上面下来看是怎么回事，正好听到那带符提辖在劝说冯思故。

当李踪用绳子挽胯系腰了，其他人才知道他说的下去看看是要下到墓穹里去。但既然没有其他人敢下去，也就没人拦着李踪了，因为谁拦着谁就得替他下去。

李踪系好绳子，绳子挂住横撑洞道的担木①上。试了试绳子、担木都足够牢靠，绳子在担木上的滑动也非常好，李踪这才下到破开的墓穹口边。

其实李踪本来是想先走到洞口探头看看下面情况，不料刚踩上墓穹就塌了一块，直接失足滑了下去。幸好上边的带符提辖马上垫卡木，止住绳子下

---

① 担木：洞道中吊物和放物专用的工具，两头有绳孔。绳孔便于绳子滑动，吊物和放物时更加稳定，还可随时停止。

滑，否则即便李踪系了吊绳，结果也肯定和瘦丙一样。

"等等，等等放绳。"冯思故下到最底，查看了一下墓穹口子，又喊道，"刚才瘦丙也是这样掉下去的吧。"

"是的。"有刚才和瘦丙一起的人回道。

"这不是墓穹，这就是一层封闭土层。可能是淤泥被什么拱起，形成了穹顶。所以这穹顶就是层泥，根本不受力的。"

"那就奇怪了，会有什么东西把淤泥拱成这么大个穹顶？而且这要不是墓穹，下面空间里又会有什么？"有人提出让人细思后不免胆寒的疑问。

"加根担木，我也下去看看。"冯思故并非胆气突然变壮了，是极度的好奇压制了心中的恐惧。

冯思故比李踪要谨慎，也比李踪更专业。他先在自己身体下方两丈左右挂了一只可长时间燃烧的火探子，然后才慢慢下去。他身上还带了好多个火探子，随时可以更换下面燃尽的，也可以派作其他用场。

虽然通过风排过气了，但穹顶下面依旧可以闻到些污臭味，就像臭水沟的污泥。这对于古老墓穴来说很是正常，所以冯思故并没有在意。

下去四五丈后，火探子照到了李踪。他还算好，悬在半空。要是再往下落两丈，就会撞在一块怪异立石上。而之前扔下来的火探子出现蹦跳，应该就是撞在这块石头或者下面其他的某块石头上。

冯思故继续往下，当他超过了李踪后，上面也开始往下放李踪了。这是冯思故在上面安排好的。

下面果然还有石头，很多，犬牙交错着。这些石头集中在一条曲折的线上，和水岸边的礁石有些像。这些石头都不太高，火探子过了石顶差不多两人的高度就到底了。

"停，停下！"冯思故边喊边扯动吊绳旁边的细线，那线上连着一只铜铃，可通过这个指挥上面停或放。于是冯思故和李踪的吊绳一起停住了。

"怎么了，不继续往下吗？就快到底了。"李踪问道。

冯思故揉了揉眼睛，往下到处细看一番："我刚才好像看到瘦丙了。"

"在哪里？我们下去后先把他弄上去。"

"先别急着下，我看他一闪就跑过去了，看清楚了再说。"

"也就是说他摔下来，但没事。"这话说完，李踪抬头往上看看。从口子到下面至少也有十多丈，摔下来还能快速跑动真算是个奇迹。

冯思故却没有考虑什么摔下高度，因为他看到的情况更不可思议："不是瘦丙一个人，我看到有三个影子和他在一起。"

李踪倒吸一口冷气，冯思故说的影子不管是人是鬼都远超出了正常人的想象。李踪不相信世上有鬼，但他倒是看过一本唐朝时异域流传到中土的译文册子《禁足域》，这书中就曾提到一种生存于地底的人群。这些人裸体不着衣，眼盲耳灵，不动如龟伏，动则快而有力，以土下蛇鼠、根茎以及一些洞穴中生物为食。所以李踪觉得这个地下空间或许也有类似人群生存。

"那我们不要下到底，落到那石头顶上，那离地下有两人多高，出现什么情况也有足够的反应时间。"

要是按冯思故心里的意思，他连石头顶都不愿意去。但是李踪发了话，而且做了让步，他不好意思再多坚持什么。只能用铜铃指挥上面放绳，慢慢接近一块大立石的顶面。

差不多到石头顶上时，冯思故先借火探子的亮光观察了一番。再用身上带的石块往那大石头上扔几下，确定没有异常后才慢慢踏脚上去。冯思故他们这些带符提辖之前从水根穴出来后一路改装逃命，把携带的工具器物大都扔掉了。像这种探查本来是要用挠头曲尺的，现在只能简单地用石块扔几下来试探。

石头确实没有什么问题，踏上去很是稳固。然后他们又试着往旁边相邻的其他石头上走了走，也都没有问题。

"这里不是什么古墓宝构，石头都是天然而成，非人为设置，整个看起来倒像一座山陷落到地底下了。被关在夹子堡时听那里人说鲔山无山，莫非鲔山陷落在地下了？"冯思故的说法很有想象力。

"我倒觉得更像是水中小岛陷落在此，我们脚下石头便是小岛四周的礁石。之前发现的那些鱼骨石就是周围水里生长的鲔鱼。"

"你这说法有些玄虚，此地一望无际的旷野，最缺的就是水。怎么可能有水中小岛，而且还深陷地底。对了，你哥哥当初是凭什么线索找到此处的？你来寻你哥哥应该也是知道一些线索的吧。"冯思故其实想说你根本没想找你哥哥，而是想找什么宝藏。

"鲔山水文图。捉奇司派活的人给我看过一张石刻上拓下的鲔山水文图，那上面有水流和小岛。"到这一步也没什么需要隐瞒的了，李踪直接告诉冯思故一些信息，反而更有利于下一步的行动和判断。

"那就奇怪了，莫非这图是地下的精怪所绘？不过如果没猜错的话，你哥哥也是见了这图才来此处探秘挖宝的。而让你哥哥来的人见他始终没有回去，就又让你来了。"冯思故感觉脑袋有些晕沉，但这些道理还是能想通的。

"这件事你不用猜，回去之后我让捉奇司给你个交代。现在只管用心把活儿做好就行。"李踪嘴里说让捉奇司给交代，实际自己都没处交代。他扔下袁不毂，自己带着失踪的带符提辖来挖自己哥哥没找到的宝藏，临安是回不去了，就连大宋也回不去了。因为在宋国范围内，无论在哪个角落捉奇司都能把他给揪出来。

不过李踪没想到，自己透露的信息让冯思故进一步证实了之前的判断，所以再也不肯继续下一步的行动："我刚才就说了，上面土层是天然形成，下面并非古墓宝藏，无宝可寻。而你所见鲔山水文图也证实了这一点，此处只是个下沉地底的小岛，还是就此罢手赶紧离开的好。"

李踪脸上有阴云一闪而过，似要对冯思故发狠，但随即便被惊异表情替代:"你看那边是什么？像不像一座大房子？"

李踪看到的是一块黑影，只是有了火探子的光亮后，那块黑影显得更黑了一些。

冯思故没有说话，又点了一只火探子，用甩杆把这只火探子朝黑影远远地甩过去。

真的像是一个房子，不是很大，造型极其简单，直脊直檐直墙。从那黑影的周围，有隐约的声音发出，就像有什么人在吟唱。

"我们沿礁石顶往左边走走，那里距离房子比较近，可以看得更清楚。"李踪说完纵身跳到旁边一块石头上去了，冯思故想拦都来不及。当看到李踪落脚后无事，就也跟着跳了过去。

一路在石头顶跳跃前行，转过很大一个角度，看到黑影立体的三个面，确认那真的是个房子。李踪一心只想着靠近，就只顾往前跳过去。冯思故谨慎地跟在后面，不时停下仔细打量那个房子，其间又往那方向甩出一只火探子。

虽然火探子的光亮不大，但已经足够让熟知人居和墓室的冯思故推断出那房子的大概结构，并且确定房子的门应该是在另一面。

到了离房子最近的石头上，这里可以看得更加清楚，他们发现那房子的门并不在另一边。那房子根本就没有门窗，就像是整个大石头雕出的房子形状。

"是个实心屋，不是住人存物用的，像是地标，也像墓楼①。那上面好像有字，可惜看不清，要不然倒是可以知道这实心房到底做什么用的。"冯思故说出自己的判断。

"上面的字有可能是封豚宫。"李踪立刻回道。

---

① 墓楼：大片坟地的总墓碑。

"你怎么知道深埋地下的房子上是这三个字的？"

"鲔山水文图在小岛位置上标注了'封豚宫'字样。如果这里真是陷落地下的小岛，那这唯一的房子必定是封豚宫无疑。"

封豚宫，字面上分析有两种意思。一层很容易理解，就是封印猪妖的宫室。还有一层复杂些，是指封豚住的宫室，或者是关押封豚的宫室。传说封豚是后羿除掉的一种恶兽，其形如巨大野猪，铜皮铁骨，无坚不摧，所过之处全化作废墟。后羿与之相斗，找到其最软弱处为双眼，于是双箭齐射，射瞎其双眼，将其活捉后镇压在天地间的一处凶穴中。要真的是第二层意思的话，那此处就是天地间的一处凶穴所在，任何奇凶诡谲之事都可能发生。

"就是个实心房子，管它什么宫，里面都不会有啥，可以放弃了。"冯思故急于退出去，这个地方让他感觉很不舒服。

"是不是实心的，得到近前才能知道。"李踪始终不肯放弃。

"真看不了，底下地面不知什么情况，那石头房子更不清楚有无诡异。"

"你们以往挖启穴构到了这一步会怎么办？"

"以往到这一步就要靠羿神卫了。锤头箭探路，手形箭试动，指头箭、锥头箭松弦解括。需要同时解开多重机关设置时，还可以数人数箭同发，保证无一机栝动作。"冯思故并非把下一步的行动推卸给羿神卫，以往确实是如此做的。

"唉，早知道这样，应该把袁不觳一起带过来的。"

李踪心中懊恼，注意力又都在封豚宫上，所以未能觉察有人抱住他脚下的石头，正用足劲往上爬。往上爬的是一个眼睛暴凸、满脸黑色血污的人，面相极其恐怖。且不说他爬上来会不会杀人伤人了，就这副样子吓都能把人给吓死。

落入天武卫的围困之中

夜风很寒，但心中烦躁不安的人却偏偏喜欢这种往肉骨中钻的寒风，就仿佛钻进骨肉就能驱走心中烦躁。

莫鼎力觉出身后有人在慢慢靠近，但他挺立原地，纹丝未动。自己置身天武营中已经如肉在砧，人家什么时候都可以堂而皇之地要了自己性命，根本不用采取偷偷摸摸的方式。

"你的时间不多了。"走近身后的人轻声说道。

"但并不意味着你就有机会。"莫鼎力听出身后是左骞，没有回头，却针锋相对地回了一句。在目前处境下，他越是保持自信和高调，活下来的概率也就越大。

"机会是靠人创造的，我有没有机会你看不到了。而正是因为清楚这一点，你才会心中烦躁出来吹风。"左骞的语气不紧不慢。

"现在你和我一起吹风。你心中烦躁的是，费尽力气创造的机会正在失去。"莫鼎力语气加快了些，他不想给左骞喘息的机会。

左骞没有回应这句话，应该是心里已经承认了莫鼎力的说法。不管自己派出的人最终能否阻止密杀者，也不管骨鲔圣王自己能不能逃过密杀，总之时间拖得越长对自己的计划越是不利。

"唉，的确有点晚了。一旦骨鲔圣王的兵马回了鹰嘴草湾，我们的事情办起来就更麻烦了，说不定真就需要一场大战，之后引发宋金撕毁和议再起烽火也是可能的。"

"你说什么？时间拖长了反而会引发战事？"莫鼎力一惊，猛然转身盯住左骞。左骞刚才的话里包含了太多信息，是真是假莫鼎力可以通过他的神情作出一定判断。

"如果骨鲔圣王手下的精兵强将都在身边，你派出的人再有本事也不能在那么多兵马中密杀他。但适逢孝宗皇帝派遣使队前往西夏，借道吐蕃时出了差错，误入金国境内。而这个使队带有一个重要的密信，金国南察都院知情后会派遣骨族兵马劫杀使队，夺取密信。这种情况下，金国南察都院顾不上我们，骨族也没实力干扰我们。我们本就是要抓住这个间歇去往鲔山的，不但易于成事，而且之后还会得到大宋兵马接应。"

左骞索性道出计划，来灭灭莫鼎力的气焰。而关系重大的秘密一股脑都告诉给莫鼎力，也意味莫鼎力在他眼中已经是个死人。

但从左骞的话里也可以听出，他并不知道劫杀使队是骨鲔圣王亲自带人去的。一般想来这种事情派一些得力兵将就行了，骨鲔圣王肯定是要坐镇老巢的。要是左骞知道骨鲔圣王不在鹰嘴草湾，那他肯定直接进兵，根本不用多费什么手脚分两路阻止密杀者。另外他也正是以为骨鲔圣王派出了精兵强将，身边少了稳妥的防御防卫，会让莫鼎力派出的密杀者轻易得手。那样就会戳破自己假冒骨族的伎俩，深入金国腹地后完全失去南宋接应。

莫鼎力极为震惊，左骞刚才一番话仿佛巨锤砸顶。他原来只以为天武营的行动是为了谋取财富宝藏，或者是左骞自己存着什么登天为尊的白日梦，却万万没想到背后有如此之多的设计和牵扯，思之极恐。

他死死盯着左骞的脸和眼睛好一会儿，确定了刚才的话里没有虚假成分，说道："使队引路的向导是你们安排的，所以才会误入金国境内，对吧？"停了一下，莫鼎力突然骇然地睁大眼珠，他想到了更多更可怕的事情，"皇上此时派出使队，并让使队传递密信，这件事情不会也是你们的人唆使的吧？南察都院获取到这个消息不会也是你们故意透露的吧？"

如果真是这样，那就可怕了。说明他们的手已经伸到皇帝身边了，并且利用皇帝摆了一个大局。左骞只是这个大局中的一枚棋子，骨族、南察都院以及大宋后续几方面将会集结到西马口的兵马，也都是这个大局中的棋子。

只不过自己给这个大局中多下了袁不毂这枚卒子，让整个局势多了一个变数。

左骞没有回应莫鼎力的问题，他朝着暗黑的远方再次长叹一声："唉，真的有些晚了。"

左骞的担忧没有错，不仅他这边晚了，骨鲔圣王那边也晚了。南宋使队果断地转移是一个原因，被围堵后使队护卫兵马依靠有利地形顽强抵抗也是一个原因，所以骨族虽然最终将整个使队杀的杀、虏的虏，却是比原来预计的时间晚了两天。而他们最终没有找到南察都院想要的密信，把俘虏的人依次审过，也是谁都不知道什么密信，好像根本就不存在这么个东西。不过他们倒是审出另外一个情况，就是使队里有几个人在遭遇袭击后与大队走散，不知往哪里去了。

这个情况很快传递到南察都院，严素允觉得这很可能是使队故意吸引骨族兵马，掩护那几个人带密信逃走了。然后他又想到进入金国境内的天武营，他们会不会之前就得到什么消息，所以故意假扮骨族人制造骚乱，试图将真正的骨族人马引诱到西马口，那样骨族就没有足够力量劫杀使队抢夺密信了。而当引诱未能成功，接下来他们定是要进入金国境内接应带了密信的密使。

严素允急切间没有和任何人商量，直接发急令给喇马古，让他严密注意从鲔山方向往南逃窜的所有宋人，看其中有无大宋派往西夏的密使。而天武营一旦试图继续往境内深入，立刻截杀。

此令一下，喇马古亲领部下人马在神家沟严阵以待，还发出协战令调动附近所有能够及时赶到的部族和驻军，分别在驴蹄塘、拱月坡、七夕坡、三土堆子等地设伏，给天武营设下一连串的杀场。那天武营的人马即便是铁打的，要过这么个连铁都轧得碎的碾子恐怕也难。

于是，看似宁静的熙秦道上处处是刀光泛寒、杀气弥漫。一场可能会演变成更大战争的搏杀随时可能发生。

袁不毂和丰飞燕傍晚时从骨族聚居地里逃出，不敢有太多停留，一直走到半夜才停了下来，又饥又渴，极度疲乏。

　　旷野黑暗，除了远处更加黑暗的坡影，什么都难看见。什么都看不见，也就意味着别人也看不到自己，这往往会让人产生很安全的错觉，所以袁不毂让丰飞燕抓紧时间休息一会儿，自己负责守护。丰飞燕也不客气，往他身上一靠便沉沉睡去。而袁不毂被丰飞燕丰腴温软的身子一靠，竟然没抵住疲意，不知不觉中也很快睡着。就连丰飞燕惊心动魄的鼾声都没能让他重新提起警觉，直睡到天光大亮才醒过来。

　　很多人就算活了一辈子，也都很难有机会体验到大喜大悲、忽生忽死的感觉，而袁不毂在短短几天里就把这滋味品咂到了骨子里，并且在无可奈何中逐渐适应成平常感觉。

　　和剥头分手之后，袁不毂没想过还有机会再和他碰到。他认为设法诱走犰㺙的剥头很难活下来，密杀骨鲔圣王的自己也很难活下来，两人在阴曹地府碰到倒是有可能的。但是当两人在晨光中一处矮草坡上蓦然见到对方时，竟然都觉得这样的见面完全合情合理。因为剥头未能诱走犰㺙，而袁不毂也未曾密杀了骨鲔圣王。

　　袁不毂见到剥头后有一丝惊喜，咧嘴笑着朝他急走两步，但是剥头的表情很是冷漠，冷漠得就像根本不认识袁不毂。他是给那队南宋人带路过来的，这些人有可能是来帮袁不毂的，也有可能会对袁不毂不利。装作不认识，其实是在提示袁不毂看一看认不认识那些南宋人。

　　袁不毂往前急走的脚步骤然间停缓下来，他意识到状况不太妙。剥头可以因为再见到他而惊喜，可以因为他到现在还未依照约定杀了骨鲔圣王而发怒，但怎么都不该是不认识的冷漠。这种反常的表现往往意味着他的处境无奈，也相当于一种示警。

　　停下之后，袁不毂才发现有一个骑马的人从剥头身后的坡上冒出来，接着有更多骑马的人陆续出现。这些人分散得很开，看着松松散散，其实前后有致、左右呼应，就像一张拖行的大网。

这张大网应该对袁不觳没有什么兴趣，走向故意偏让开他们。袁不觳和丰飞燕现在是一身骨族人的打扮，荒野之中的孤男寡女很容易与苟合、私奔之类的事情联系上。那么这些有着特别目的的人肯定是要避开他们，尽量减少不必要的麻烦。

从那些人的装束上，袁不觳看不出具体身份，但他们携带的刀枪弓箭却是宋兵军营的配置。所以至少可以确定这些人是大宋官兵乔装的，来到这里定是有其特别目的。

看出这些人是南宋官兵的不只袁不觳一个人，丰飞燕也是官家人，而且对兵将衣着服饰非常熟悉。这些官兵外出行动不可能随身带着便服，穿的衣服都是军营配发的棉服衬袍。这些和平常便服差别不大，一般人辨别不出来。但丰飞燕是个技艺顶绝的裁缝，还是个正在被追捕的皇帝密使，她不仅认出那些都是乔装的南宋兵将，且期望这些兵将是来救援自己的。

"那些是宋兵，肯定是皇上派来找我的。"丰飞燕做出这个判断的时候，其实剥头已经带着那些天武卫从他们二人身边过去了，没有丝毫搭理他们的意思。

"喂，你们是来接应大宋使队的吗？我就是我就是！"丰飞燕张嘴就喊，袁不觳手脚再快都已经来不及捂住她的嘴巴。

朱肩山立刻停住，缓缓拨转马头。左骞在莫鼎力面前炫耀的内情，朱肩山即便是他最近的亲信也是不知道的。所以丰飞燕喊出的话只是让朱肩山从口音中辨别出这个胖乎乎的女子是南宋人，并以此为提醒看出袁不觳也是南宋人。但他对丰飞燕的话却是有些摸不着头脑，大宋的使队怎么会出现在这里？而且不管怎样，一个使队总不会只有两个人吧。

不过两个南宋人，穿了骨族人的衣服出现在这荒芜旷野上，这其中肯定有特别的内情。这两人一看就是从骨族那里跑出来的，他们会不会和密杀骨鲔圣王的人有什么联系？或者知道密杀者在哪里？

朱肩山思考罢，下令将两人拿住。于是一群人形成的大网改变了方向，重新回头朝着袁不毂和丰飞燕兜拢过来。

唯一有些区别的是剥头，他慢慢缩到了大网后面，并且与人群逐渐拉开距离。眼前情形已经可以肯定这些人不是来帮袁不毂的，而且看情况袁不毂应该也无法逃出这些人的手掌。好在这些人并不认识袁不毂，这样的话自己仍有机会救他。而方法很简单，直接把这群人引走，也算是继续之前引走怪兽的承诺。

朱肩山他们在慢慢朝袁不毂和丰飞燕围拢，丰飞燕这才明白这些宋兵并非自己想象的那样。她开始紧张了，拉住袁不毂的手试图往远处逃走。

袁不毂紧紧拽住丰飞燕的手没有动，在这个地方没有远处和近处之分，只有快速和慢速之差。如果跑不过人家，那么你的面前就永远是远处，所以还不如待在原地镇定以对，这样说不定还有逃脱的机会。因为从那些人的反应上可以看出，他们对使队这个词的反应很迟钝，说明他们到此地来的目的和丰飞燕他们遭劫杀没有任何关系。

让袁不毂完全没有想到的是，这些宋兵竟然是来对付他的。一旦将他拿下问清他的来历，他们将会很急切、很愉悦地终结他的生命，结束这份苦差。

大网已经把袁不毂和丰飞燕给网住了，朱肩山的马踱着步往他们跟前靠近。虽然面对的一男一女手无寸铁，他仍是很谨慎地把周仓刀横在马鞍上。周仓刀的刀杆比朴刀长，比马战春秋大刀要短。刀形平直，无环无缨，是为了出刀时更加顺畅快速。

当丰飞燕搞清楚眼下状况后，她暗中准备趁对方首领靠近时抛出针盒。只要制住为首的朱肩山，让其他人不敢轻举妄动，那就有可能夺取弓箭和马匹，从围住他们的拖网中逃走了。

但是朱肩山有那杆刀在，不管丰飞燕的盒子怎么抛，只要把刀抬起，盒子就没有办法将他罩住，反而还会被刀绕住盒子的那些连线。这个防身暗器虽然精妙，却只能对没有防备的人下手。对于处于防备和对战状态的人，特别是手中横持长大武器的人，这个针针线线的匣子就没什么用处了。

袁不毅的眼神在悄悄地飘动。他没有想过丰飞燕的针盒子，他的希望寄托在已经渐渐远离人群的剥头身上。

剥头有他自己的想法，他擅长使用弹弓弹子，远离打击目标对他更有利。弹子打出后再上弹比弓箭慢，如果和对方距离太近，在一弹打出之后对方只要有一个及时反应，无论用近战兵器还是远射弓箭，对他都是极大威胁。

袁不毅希望剥头马上打中自己右前方持弓箭的那个人，不用杀死。那家伙离自己还有二十几步远，一击之下身体前扑肯定会让座下马受惊前冲。二十多步远，马纵两下就到了。那样被打中的人会刚好在自己身边掉下马来，即便掉不下来自己也能把他拉下来。这样的突发状况其他人肯定来不及反应，等他们反应过来时，自己手里不仅有了弓箭，还有一个人和一匹马做掩护。再加上剥头从外围接应，那就轮到这群不明来路的宋兵逃命了。

被骨族人抓回了聚居地

袁不毅没有想过杀伤对方什么人，毕竟对方是南宋兵卒。他一个临安捉奇司的羿神卫，并不知道天武营的险恶事情。但剥头刚才的样子是在示警，那肯定是有什么原因的。

天武卫的网越收越紧，马和闪烁寒光的兵器距袁不毅和丰飞燕越来越近。原来袁不毅觉得位置最合适的那个天武卫已经因移动失去利用价值，分布有序的一群人也已经呈一个圆形将他们两个圈住。这时候即便袁不彀手中有了弓箭，他都没有办法冲出这样的困局。

剥头骑着他的癣花马离开人群足有三四十步远了，没人注意到他。那些天武卫都觉得他在围捉目标时离远是理所当然的，也就没人发现他已经拉开了弹弓，弹兜里是铜钱那么大的浑圆石弹。

但是拉开弹弓的剥头迟迟未把弹子打出，不知怎么回事，他的表情突然间变得呆滞。一双眼睛斜看向天空，脑袋侧歪，就像完全忘记手中还有一把已经拉开的弹弓。

就在朱肩山的马蹄再迈两步就会踩踏到袁不彀的时候，剥头忽然发出嘶哑的高呼："快跑呀！迟了就没命了！"不等其他人做出任何反应，他已经双腿急踢马胯，扔下袁不彀和天武卫只顾自己狂奔而去。

朱肩山那些人先是愣在那里，不知道到底发生了什么。但是他们的坐骑很快就感应到不同寻常的情况，不住地抬蹄嘶鸣，也是急于逃命的样子。

袁不彀反倒是比天武卫们更早觉察到异常，因为他站在地上，能够更加清晰地感受到大地的震动。还可以更早听到一种连续的声响从远处传过来，就像这干涸的大地上突然有一道洪流冲出。

天武卫们觉察到震动和声响的时候，已经可以看到远处飞云般的烟尘。他们一眼就辨别出这是一种什么现象，因为他们很多次遇到过这样的现象，自己也曾制造过这样的现象。

"快跑！"朱肩山喊出这一句时其实已经晚了，他们的坐骑此刻已经慌乱得不知该怎么跑。在一阵同样慌乱的拉缰驱赶之后，才按着他们要求的方向跑起来。而这个时候，"洪流"已经冲上了西边的坡顶，"洪流"中间一个头戴牛皮盔，胯下红鬃乌蹄骓，颌下长胡须编成辫子状的彪悍男子正是骨鲔圣王。

面对这样一股"洪流"，朱肩山的那张网毫无作用。而从来没有见过千军万马征战场面的袁不毁更是心中震颤，这无可阻挡的势头绝不输于猥蝓坟下激荡的激流，甚至比那激流更加广阔，铺天盖地般压过来。

骨鲔圣王亲自带人劫杀南宋遣往西夏的使队，结果严素允所说的东西并没有拿到手。不过骨鲔圣王不是一个轻易承认失败的人，在将拿住的那些人审过两遍后，获知使官亲兵护送人逃走时，可见其重要性竟然超过使队的最高官员。

了解到逃走的人是往东边反其道而行的，骨鲔圣王毫不犹豫地带领大队人马一路往东而来。鲔山周围是一望无际的旷野，无处躲藏，所以他们只需把大队人马铺开，来回扫荡，总能找到逃走的人。

很巧的是，当骨族这支四处扫荡的大军来到此处时，恰好碰到朱肩山困住袁不毁和丰飞燕。更为凑巧的是，朱肩山这队天武卫一下就被骨族人认定是使队逃走的人。虽然他们没穿戴盔甲，但是和南宋打过许多次仗的骨族勇士通过他们所用的武器和骑马姿势就认定他们是宋兵。

天武卫不明就里，只能急急地驱马逃命，但是骨族人马边急冲边射出的箭雨还是将他们中的一部分人笼罩住，二三十个天武卫瞬间有大半连人带马滚翻在地。

没有来得及走的人只有袁不毁和丰飞燕，是他们的骨族衣着和原地未动救了他们。骨族人再凶残也都不会胡乱杀自己的人，而他们不乱动反是让纵马而行的骨族马队可以明确自己该如何躲避。所以直到骨族的大群人马过去，袁不毁和丰飞燕仍站立在漫天尘埃中。

就在袁不毁和丰飞燕觉得自己逃过一劫的时候，后面一部分行进速度稍缓的骨族人马将他们两个再次围住了。

"他们不是骨族人。"从肤色仪态上，袁不毁和丰飞燕还是被辨别出不是骨族人。

袁不毁知道瞒不过去了。刚刚被几只恶狗围住还有一丝逃脱希望，现在被一群野狼拿住了，想要逃走可就艰难十倍。

"这两人看着也不像南宋使队的，留着没什么用，杀了吧。"有人在建议。

幸好建议的人没用骨族土话，所以丰飞燕还能听懂些字词，特别是"杀了"。再看到其他骨族勇士抽刀举棒的动作，她果断抬手喊道："等等。我是大宋遣往西夏的密使，我要见你们骨鲔圣王。"

丰飞燕想好了，眼前的状况能拖一时是一时。自己虽然已经失去放置密信的大氅，但是对方并不知道。如果有机会见到骨鲔圣王，说不定可以此做筹码，为袁不毂争取一条生路。

那些骨族勇士面面相觑，他们很难相信宋朝皇帝会派个女子做密使，但这女子说的话倒是对路的，至少她应该是大宋使队中逃走的一个。

"你们让他走。只要让他走，我就告诉你们想要的东西在哪里。"

丰飞燕牺牲自己让袁不毂逃出的心很让人感动，但她太急切也太自作聪明了。对方什么都还没问，就极力地想让袁不毂走，骨族勇士虽然野蛮但也不是傻子，更何况带领这部分人马的是骨族首领中最为精明的六大王。正是因为六大王精明才让他带领后续队伍的，防止追捕扫荡中有什么遗漏。而丰飞燕的做法让他一下子把注意力都放在了袁不毂的身上，因为连一个女人都想方设法想保护的人肯定是非常重要的人物。所以六大王立刻觉得这个胖女子是在假冒密使，而这个男子倒有可能是真正的密使。

六大王抬头看看，前面的骨族人马已经看不到踪影了，只留下一抹灰黄混浊的天际。骨族人一旦见到猎物就像收不回来的水，不追到不会罢休，所以现在要想追上骨鲔圣王告知自己的发现是不大可能的。只有等前面人马歇下了，然后发鹞信通知骨鲔圣王才是最快的途径。

"先把他们带回鹰嘴草湾，然后通知圣王我们擒住了密使。"

六大王说完，率先选择另外一个方向策马而行。袁不毂和丰飞燕还没完全搞清怎么回事，就分别被几个抛绳套索套住，跌跌撞撞地跟着拉套索的马同行。

鹰嘴草湾的骨族聚居地很快就到了，袁不戬和丰飞燕这时才知道，他们两个逃出骨族聚居地后在周边绕了一个大圈，根本没有逃出太远。因为跑得太急了，而且夜间没有可辨方向的参照物。这就和袁不戬走断龙谷错上龙背一样，鲔山连堡周边连白天都会方向不清，更不要说夜间了。

回到骨族聚居地后，可以看出这里比袁不戬他们逃走时更加混乱。二大王死了，兽婆死了，那么多骨族勇士死了，然后劫杀使队的战场又运回了更多的死者。聚居地不仅哀鼓声声、号泣阵阵，还有嘈杂的吆喝声、劈木声。这是在给那些死者做树棺。

六大王把袁不戬和丰飞燕关押在骨鲔圣王狍皮帐篷旁边的木枷草房。关进去之前，他们把两人身上的东西全都搜走。这些东西在六大王眼中当然没有什么价值，他想要的是密信，但没找到密信，袁不戬和丰飞燕就显得更加重要了。六大王认为，密信肯定被这两个人藏在了什么地方，自己只要妥当地将他们交给骨鲔圣王，就是大功一件。至于从两个人嘴里问出密信所在的事情，就交给骨鲔圣王了。

木枷草房平时是用来关押俘房和惩罚有罪族人的，四面都是碗口粗的圆木做的栅子，牢固程度丝毫不比夹子堡的铁笼差。六大王还派了八个骨族勇士，从四个方向严加看守，这可是袁不戬和丰飞燕享受的特别待遇。除此之外，还有一个特别待遇是六大王会亲自给他们送来食物和水。因为骨鲔圣王不知什么时候才能赶回，万万不能让如此重要的俘房在他回来之前渴死饿死。

袁不戬和丰飞燕一会儿就把食物和水全数扫清。从断龙沟开始到现在两天多了，他们就之前在骨族聚居地的帐篷里胡乱塞了点食物。现在被关进牢笼里了，才算是吃了顿饭。两人吃饱喝足后，也不管木枷草房里的草堆肮脏，躺在上面放松肌肉、顺气打嗝。

腹饱神昏，疲虫更难抵抗，两人很快就在草堆上睡去。这一回的沉睡能让他们很好地恢复体力，但恢复了体力又能怎样？他们已经没有逃命的路可以走了。

两个人是中午时被关进木枷草房的，直睡到傍晚都未曾醒来。外面的各种嘈杂没能影响袁不羁和丰飞燕的睡眠。丰飞燕的鼾声更加嘈杂，也没能影响到袁不羁的睡眠，但不远处草房间窄小夹道里传来的两下踩踏声却一下将袁不羁惊醒过来。

醒来后的袁不羁依旧保持原来的躺姿，只是把手臂慢慢往丰飞燕那边抬起，然后悄悄压在丰飞燕口鼻上。他不是要闷死丰飞燕，而是为了减低她的鼾声，让自己可以更清晰地分辨刚才的踩踏声。

那是一种不一般的踩踏声，和经过这里的所有骨族人都不一样。那声音中有紧张，有谨慎，有犹豫不定，只有对这个地方陌生并且偷偷进入的人，才会发出这样的踩踏声。

从两下踩踏声发出的前后间距还可以听出步法特有的间距和节奏，这是袁不羁熟悉的步法。羿神卫训练中就要求按这样的步法行动，这样的步法能让双腿始终保持最佳蓄力状态，随时做出最快的反应。

丰飞燕在睡梦里嘟囔一声，扭头躲开袁不羁压住口鼻的手臂，而袁不羁已经从更清晰的几次踩踏声里证明了之前的判断。接下来他不用再听而是要找，要让那些踩着羿神卫独有步法的人知道他在这里。这是个必须赶紧做的事情，如果那些人错过自己走远了，或者挨到天全黑了，自己就彻底失去了机会。

但是他不能呼叫，也无法发出其他明显信号。动静太大反而有可能把潜入进来的人也给暴露了，所以袁不羁只是将刚刚压住丰飞燕口鼻的手臂缓缓抬起，前后大幅度摆两下。

这种大幅度的摆动是为了引起夹道那里的注意。此时太阳的余晖已经挂在狍皮大帐篷的顶上，斜斜照到木枷草房里面。木枷草房四面通透，余晖被一根根圆木分割了，落在另一边的草房和夹道口。袁不觳在草房里挥动手臂，就能让那些分割成道的光线出现明显变化。

挥动多次之后，袁不觳开始持续做出那咤杀组合相互传达信息的手势。那咤杀的手势简单实用，但专用性强，含义也不多。袁不觳持续做出的是："我在此位，我主射。"

如果袁不觳眼睛余光没有看错的话，草房间的夹道里出现了几个身影。其中有一个很像石榴，他那粗壮如同石像的身形并不多见，很是好认。但这几个身影只是在夹道里稍稍晃动下便消失了，看来这些人要么没有认出袁不觳和手势，要么就是果断放弃了他。

第六章

巧设妙杀

从木枷草房房顶救人

骨鲔圣王是在追击朱肩山和剩下两个天武卫的路上收到鹞信的。马匹再能跑，也都是急一阵慢一阵，还得歇一阵。鹞子却是不同，展翅在空中转个圈，就能发现骨族大队人马沿途留下的痕迹，然后一路掠飞，很快就能追上。

当骨鲔圣王知道大宋密使已经被擒后，果断放弃追击，带人踏着暮色急速往鹰嘴草湾赶回。他现在最需要的就是从密使手里得到密信，以此向金国朝廷证明自己的能力。哪怕得不到密信，将密使送过去也是可以的。

骨鲔圣王满心焦急地在往回赶的路上，袁不觳则满心焦急地坐在木枷草房里。他是以自然醒来的样子坐起来的，以免看守木枷草房的八个骨族勇士起疑。而那八个骨族勇士根本就不看他一眼。在他们的意识里，看守木枷草房是为了防止外面有人救走被关押的人，已经关在里面的人根本没有可能逃出。

袁不觳坐起来后可以看得更远一些，但他什么都没看到。夹道里的身影全不见了，他们应该是没有发现自己，所以自己最后一个逃离此地的机会也失去了。

夜幕降临后，骨族聚居地里点起了很多火堆和火盆。木枷草房旁边不适合点大火堆，火盆却是摆了五六个，很亮堂。其实如果不是骨鲔圣王带人马外出了，他的狍皮帐篷周围会点起更多火盆，那样旁边的木枷草房也会变得更亮。

但话说"亮在眼前，暗在灯后"，点亮了火盆，眼前的都会被照得清楚，但是火盆背后的黑暗就更加难以看清。

就在灯火亮起的时候，袁不觳听到对面夹道里再次响起踩踏声。这一次更加连贯，持续时间也更长。袁不觳轻轻推动丰飞燕，把她从没心没肺的睡梦中弄醒。

"开饭了？"丰飞燕醒来后的第一句话。

袁不羁没有回答。他把丰飞燕弄醒只是想利用她什么都不知道的自然状态，来干扰看守的骨族勇士，为那些脚步声争取靠近的机会。他的目的确实达到了，草房夹道那侧的两个骨族勇士都听到丰飞燕关于开饭的说话声，转过身来看是怎么回事。这样一来，这两个骨族勇士便没有发现对面夹道里出来了两个人，并朝着他们快速靠近。

两个身影越来越近，从灯火后的黑暗里走进了眼前的光亮中。袁不羁坐在木枷草房里一动没动，心里却是止不住地激动。两个身影里有一个是石榴，另外一个他不认识，但和石榴在一起的肯定是自己人。

其实另一个是"油里铜丸"江上辉。他和石榴如此快速地接近过来，是想趁这一边的两个骨族勇士没什么防备将他们做掉。

丁天和江上辉分两路追查大宋茶绸使队的去向，江上辉这一路人现在全都潜入骨族聚居地里。他们没能像朱肩山那么幸运地遇到袁不羁和丰飞燕，但他们非常幸运地躲过了骨族大队人马，而之后六大王带走两个人的经过他们也都远远地看见了。虽然那么远的距离没有认出丰飞燕来，不过两个被抓住的人里有个女的却是非常确定的。

孝宗皇帝让铁耙子王遣人找到密使、追回密信，说明了信在一个女人身上，所以江上辉很敏感地捕捉到这一关键信息，并且尾随六大王的人来到骨族聚居地。

其实就算到这个时候石榴也没认出和丰飞燕一起被抓的是袁不羁。袁不羁出来做的是暗活，捉奇司里的重要人物也没几个知道他去了哪里，具体干什么。不过石榴他们倒的确通过袁不羁的手影和手势获悉到他们被关在这里，所以大概观察了一下周围情况后，便准备趁着天色已黑、聚居地内混乱将他们救出。

"关在里面的犯人怎么样啊？"就在这时，六大王从木枷草房边的正路上走过来，身后还带了好几个彪悍的骨族勇士。

快步靠近两个看守的江上辉和石榴此时的位置非常尴尬。老江湖江上辉眼珠一转便确定已经来不及退回去，于是索性加快速度往前走。石榴的反应竟然与江上辉是一致的，两个人抢先穿过正路从木枷草房旁边走过，这样就避免了与六大王迎面撞到。

六大王看到了江上辉和石榴，警觉地盯住两人的侧影。他发现这两个人的装束和携带物并不像骨族人，反是有些像南宋的兵卒。就在他准备带人追上江上辉和石榴时，路的另一头又一个人迎面走来。这人穿了整套的南宋兵卒盔甲，但六大王只看一眼便认出这是自己的手下。那盔甲是骨族勇士劫杀大宋使队后，从护卫兵将的尸体上扒下来的，算是战利品。

六大王摇头笑了笑，心里暗自说道："哪来那么多的宋人，那两个肯定也是穿了抢来的宋兵衣服。"就这么一耽搁，抬头再看，江上辉和石榴已经不见了踪影。

袁不觳吐出口气，是叹气也是松气。叹的是石榴和同伴因六大王的突然出现没能出手将他们救出。但石榴和同伴躲过了六大王，没有被对方识破，这倒让他松了口气。只要石榴他们知道自己被关在这里，那就绝不会放弃，肯定会再找其他机会救自己出去。

"你们把这里多加两个火盆，照亮一些。再有，吩咐下去，今夜每过一个时辰就来八个人换班。一定要保证看守木枷草房的人始终精力充沛，不打一点瞌睡。要是关在里面的两个人跑了，圣王回来把你们的皮都剥了做鼓。"六大王这是实际措施和心理加压双管齐下，"不过你们也不会辛苦太久，圣王在往回赶了，随时会到。那时把人往他手里一交，你们的差事就算完成了。"

袁不觳听了六大王的话心里不由得一寒，刚刚松掉的一口气再次堵到胸口。现在就算石榴他们继续营救自己，成功的可能性也已经变得很低，搞不好还会把他们都搭进来。

六大王的话江上辉和石榴也听到了，江上辉稍作思考，确定了成功可能性最大的新的营救时机："我们必须在第一轮换班之前把人救出来。现在这一班人已经守了半天，很是疲累。而且天才刚刚黑，周围有不少人走动，这一班人也会比较懈怠。如果换了生力军看守，再要行动那就危险了。而且听那人说骨鲔圣王随时可能回来，一旦圣王回来了，我们就连下手的机会都没了。"

"可咱们要怎么救呢？我看除了硬抢好像再没有其他办法。"石榴问的是实际问题。

情况分析得再准确，如果没有可靠的手段还是白费。而且硬抢肯定不是最佳办法，刚才他和江上辉已经试过，结果还没等靠近，六大王就出现了。而就算能够靠近并及时出手，一旦守卫的其他骨族勇士有人觉察，呼喝一声，马上就会有无数骨族勇士将他们重重围困。

骨鲔圣王离鹰嘴草湾不远了。如果不是从魂飞海边上绕了些路，这个时候应该已经回到了聚居地。今晚的魂飞海好像和往常有些不一样，远远看去云气叠压起伏，灰沉之中还隐约有怪异天光，情景很是可怕。而且人在魂飞海的外面就能听到沉闷的魂叫声，这也是以往很少出现的。越是偏僻异族，越是对鬼神充满敬畏。所以骨鲔圣王虽然心中焦急，却不敢在鬼神面前冒一点险，连顺着魂飞海边的路都没有走，直接远远绕行。

不过骨鲔圣王和亲信手下都骑着最好的马，体力和脚程远远好过其他骨族勇士的坐骑。即便绕了些路，现在也已经快到花棒子堡了。再往西过两个坡一个洼，就是骨族聚居地。

夜幕降临后的聚居地似乎比白天更加混乱嘈杂。除了鼓声、哀哭声、做树棺声，还多出些喝酒吃肉的吵闹声。不过袁不毂还是从这些声音中敏锐地捕捉到一个异响，只一声，就在他的头顶。

"什么声音？像下雹子。"丰飞燕也听到了，而且比喻得非常形象。

"嘘！"袁不毅制止丰飞燕出声，刚才的声音像雹子但绝对不是雹子。这样的天气不会下雹子，更不会只下一个雹子。

"别出声，是有人往屋顶上扔了块石头。"袁不毅贴紧丰飞燕耳边说道。

丰飞燕感觉耳朵痒痒的，脸上热烘烘的。她觉得袁不毅故意这样神神秘秘地和自己说话，其实是想借机和自己亲热一些。于是不由得连身体都软起来，气息也开始粗重。一个不知前途命运、生死如何的人，也就只有这样的感觉能让她暂时忘却其他所有事情。

落在草房顶上的石块是为了试验一下草房顶的结实程度，也是为了试探一下那些守卫的警觉性。结果草房的顶比想象的要结实，而守卫远没有想象中那么警觉。这些骨族勇士毕竟和受过训练的看守不同，都是粗野之人，不能注意到周围细节和异常。再有，聚居地入夜后更加嘈杂的环境也确实影响了他们对一些异常声响的发现和判断。

狍皮帐篷另一边的暗影里有几个人，江上辉、石榴、死鱼都在其中。他们几个是负责救人的，另外有些人躲在四围戒备，还有人备好马匹在约定的地方接应。

救人的方法不算复杂，但是相当冒险，稍有差错就会被人发现。危险首先来自营救的位置没得选择，骨鲔圣王的狍皮帐篷是聚居地的中心，时不时会有人走过。他们几个到这里后，已经装醉鬼骗过了好几个行人，还做掉了两个没办法骗过的醉鬼。要是再不赶紧行动，随时都有可能被人识破。

危险还来自他们营救的办法。狍皮帐篷这边有一根大旗杆，旗杆上挂着代表骨族的大毡幡。这毡幡要比一个正常人重，所以旗杆上的挑杠和滑轮要吊起一个人来也是没有问题的。他们用的方法就是把人从木栅草房里吊出来。

除此之外，还有其他与危险有关的问题。比如将绳头扔进木栅草房的屋顶会不会失手惊动看守的骨族勇士；把人拉出来之后，必须要有人攀在旗杆上接住，否则跨越一个帐篷半个草房的斜度拉出一个人，不在旗杆上撞死也会被大幅度的荡来荡去吓死。

死鱼是海上渔家出身，摇晃的船上都能轻松爬上桅杆，这样一根稳稳而立的旗杆更不在话下。只不过动作一定要快，在杆子上的时间不能太长。他们的位置虽然光线不是太亮，但附近很大范围内的人只要抬头，还是可以发现杆子上有人的。

死鱼爬到旗杆一半多的位置时，突然又往下滑了一臂的高度。那是因为刚才的高度已经超过狍皮帐篷的顶面，可以看到木枒草房外的看守。他能看到看守，那么看守也至少可以看到他半个脸。所以最合适的高度应该是正好让帐篷弧顶完全遮住自己。

毡幡放了下来，这其实是一个更大的目标，远处的人更容易发现。但这个险是必须冒的，他们要利用挂毡幡的绳子和滑轮，就必须把它放下。

草房门口有一个守卫忽然往狍皮帐篷走去，看样子还要绕过帐篷。杆子上的死鱼赶紧示意下面的人注意，所有人都处于了静止状态，而躲在旁边夹道里负责戒备的羿神卫也都把箭尖对准了那个守卫。好在那个守卫并没有绕过帐篷，而是在帐篷的阴影下酣畅淋漓地撒了泡尿，就又回到了木枒草房外面。

所有人都松了口气，随即继续加快速度行动。绳子头上绑着一块石头，这石头比刚才试探的石块大很多。石榴长这么大全是在和石头打交道，所以刚才那石块一扔一试，他便知道应该用什么样的石头可以恰到好处地穿透草顶，把绳子带进草房里。

绑好的石头石榴用双手抱着，这样一块石头越过狍皮帐篷直接扔到木枒草房顶上去需要很大的臂力。不过这不是问题，石榴双手抱着就是准备背靠帐篷反身抛出的。反抛不仅可以扔出足够距离，也不会出现太大的左右偏差，能保证它落在房顶上。只是这块石头委实大了些，不知道砸透房顶的声响会不会惊动那些守卫，但这个时候已经没法考虑太多了。

石榴用力把石头抛出，恰到好处地砸在草房顶上。房顶发出一声响动，但是不算大。

有守卫木枷草房的骨族勇士注意到这个声响，马上回头看去。砸穿房顶的石头还挂在房顶上，但是房顶破损后免不了有许多草屑纷纷落下。回头的骨族勇士清楚地看到了那些飘落的草屑。

不杀死骨鲔圣王不准走

这时的袁不觳在木枷草房里很不安分，他又哼又骂，又踢又打的。这些做法看似是一个被关押囚徒的烦躁表现，但其实是在用声响告诉营救的人自己的准确位置，也是在制造声响掩盖营救行动的响声。

骨族勇士回过头来时，袁不觳正半躺在草堆上，抓着一把一把的干草乱扔，搞得草屑到处乱飞。所以那看守想当然地认定刚才的声响是袁不觳搞出来的，把顶上落下的草屑也当成袁不觳扔的了。

当那看守重新回过头去之后，袁不觳悄悄爬起来，顺手把丰飞燕也拉起来。丰飞燕这一回憋住没有出声，她也看到从房顶上慢慢放下来的石头。

石头解掉，绳子系在丰飞燕的腋下，袁不觳便拼尽全力把丰飞燕往房顶上托举。丰飞燕太重，托举不能发出声音。而这时候只要外面八个看守有一个回头看一眼，那么所有一切都将前功尽弃。

丰飞燕左右脚已经踏在袁不觳的头上和肩上了，袁不觳再没力气继续往上托举。好在此时那绳子带住了些力道，虽然是斜拉过来的力道，但是借着这力道袁不觳手臂再一用力，就把丰飞燕上半身给推出了草房房顶。随即那绳子猛地一个发力，丰飞燕一下被高高地拔出了房顶，往狍皮帐篷那边荡了过去。

这一下很是突然，丰飞燕虽然拼命控制，喉咙里还是禁不住发出轻微的急促出气声。从草房顶上一直延续到旗杆那里，直到被旗杆上的死鱼一把抓住才停止。

至少有三四个守卫听到了这声音，他们同时抬头往上看去，但丰飞燕已经荡过了狍皮帐篷顶，他们什么都没看见。于是又都警觉地回头看看木枷草房里，看到袁不彀已经站了起来，不过站着的他仍是和半坐着时一样在乱扔干草。草房里飞舞的草屑更多了，丰飞燕丰腴的身体穿过房顶带落下鹅毛大雪般漫天纷飞的草屑。不过那些看守依旧认为这些草屑是袁不彀搞出来的，还不约而同地认为木枷草房里他们看不见的另外一个人肯定是为了避开袁不彀精神错乱般的乱搞，转到了草堆的另一边。

不管哪个方向的守卫往里面看，都会有个看不到的草堆另一边，成为丰飞燕逃出的最好掩护。

不过也不是所有骨族勇士都浑浑噩噩，其中就有个多疑的开始移动步子，准备转到另外一边去看。

看出那个骨族勇士的意图后，袁不彀心一下提了起来，但他也没有其他办法，只能暗自希望丰飞燕出去后能赶紧离开。否则发现她不见了，吵嚷之下惊动整个骨族聚居地，依旧是没有机会逃走的。

那个骨族勇士正一步一步走到草房拐角，再走两步就要转过去了。过去之后虽然不能把草堆后面情况完全看清，但肯定能发现情况不对劲。

"你是赴西夏的密使？"丰飞燕刚刚被从旗杆上放下，江上辉便急急地问一句。

"是。"

"何以证明？"

"信绣在大氅内里，皂底银丝挑穿绣法。"丰飞燕如此爽快地把内情告知，一个原因是她认出了石榴和死鱼。这是和她在獭蜥坟同过生死、共过患难的，身份无须质疑。另一个原因是她想快速表明自己的身份，再抓紧时间把袁不彀也救出来。

"好。那咱们现在就走。"江上辉说完拉着丰飞燕就走。

"不能走，还有人关在里面呢，我得等他出来一起走。"丰飞燕说道。

"我只负责把密使带回临安，其他的人管不了。"江上辉没有说谎，他们几个领头的出来时，接到的都是这样的指令。

"我是密使，你来找我，那现在开始就应该听我的吩咐了。我命令你把草房子里的另一个人救出来。"

"好，我留人下来救他，可你必须马上跟我走。"江上辉回得很果断，但这只是骗丰飞燕的权宜之策。把丰飞燕救出已经很不容易，而且亏得草房里的袁不彀配合。现在那里只剩袁不彀一个，若是去救他，一旦被发现，将意味着他们全都没机会逃出了。

"不行。那是我要嫁的人。他不走我也不走。"丰飞燕不是那么好骗的。她不仅斩钉截铁地拒绝了江上辉的提议，还用一只胳膊抱住旗杆，以示自己贞女烈妇式的坚定。

这边快速的几句对话明显无法得出结果，而那个多疑的看守已经转过了草房拐角，正伸头要往里面看。

"圣王回来了，圣王回来了！"

"快点火割肉搬酒，给马准备草料和水。"

……

有人高喊两声，整个骨族聚居地越发喧腾起来。

骨鲔圣王纵马进了营地才有人看到，是因为和他一起回来的人不多，就十几个亲信护卫。他一路着急往回赶，逐渐就把其他几个大王和大队人马落在后面。

转过拐角的骨族勇士也猛然回头，望向喊声发出的方向。他判断发出喊声的位置不远，也就是说骨鲔圣王的马再跑几步就能到狍皮帐篷了。而骨鲔圣王是为了这里关押的两个人急急赶回的，不排除他不下马就直接到木枷草房来。所以这个骨族勇士来不及往里看一眼，就赶紧回到原来位置，继续保持最佳的守卫姿态。

"不好，骨鲔圣王回来了。我们必须马上走，不走就走不了了。"江上辉说这话时使了个眼色，话刚说完，就有人在丰飞燕后脑上拍一掌。丰飞燕顿时晕了过去。然后拍她的人低头弯腰就把她扛了起来，快速往昏暗的夹道里跑去。

"怎么，我们真的不救不够了吗？"死鱼有些急了。

石榴迟疑了一下："江教头，要不你们先走，我们两个留下来救另外一个人。"

江上辉一挥手："好。分头行动，你们救人。多保重。"他能爽快地同意是因为骨鲔圣王已经带人马进了聚居地，时间紧迫。而留下两个人也是好的，一旦他们被发现，会有一连串的厮杀、捉拿、审问，可以替自己安全逃离此地拖延时间。

救袁不觳的方法和之前一样，但有个问题却不是他们能解决的。刚才下面有五个人一起拉才把丰飞燕拔出草房顶，并快速拉高让她从狍皮帐篷顶上掠过。袁不觳虽然不需要死鱼在旗杆上接应，但就死鱼和石榴两个人拉，怎么都无法达到之前五个人的力量。那样袁不觳要么会带翻木枷草房的房顶，要么会撞在狍皮帐的篷顶上。骨鲔圣王正在下马进帐篷，袁不觳要真撞到就如同敲了个不太响的鼓，但鼓里的人不可能听不到。

虽然时间拖得有点久，虽然多疑的守卫让心跳急剧加速，虽然骨鲔圣王已经回来随时会提审重要俘虏，但袁不鹘还是等到了系着石头的绳子，这让他激动得都有些想流眼泪。

这一次系的石头很小，袁不鹘直接将绳子绑在腋下，然后轻轻拉了下绳子，示意已经绑好。

绳子开始是慢慢拉升的，和刚才一样。袁不鹘为了保证斜拉的绳子不带动更大范围的草房顶，他尽量举起双手吊住绳子，双脚则慢慢地踩踏栅墙圆木，直到单脚率先探出顶上洞口。

也因为要采取这样的动作，所以当那边突然发力时，袁不鹘是甩了一个筋斗出去的，在空中歪歪扭扭地整个翻了一圈。这让袁不鹘差点发出尖叫，甚至险些忘记自己应该一把抱住旗杆。好在他甩向旗杆的角度有些歪斜，没有撞上杆子。然后荡回的绳子也因为歪斜和拉动的大力，快速在旗杆上绕了两圈，直接把他收紧在旗杆上了，让他有那么个瞬间以为自己会在旗杆上勒死。

整个过程惊险异常，绳头上没有解掉的小石块最后围住旗杆时剧烈甩动，发出连续撞击木头表皮的声响，这让袁不鹘很有些后怕。好在骨鲔圣王回来后营地里一片喧腾，没人注意到灯火照不到的旗杆顶上还吊着人。

袁不鹘下了旗杆，看到了三个人，这和他预想中的不一样。他总觉得要用这么大的力量将自己拉出来，至少也得六七个人才行。这三个人除了石榴和死鱼，还有剥头。剥头其实一直都在暗处注视着营救行动，当只剩下两个人营救袁不鹘时，他义不容辞地现身帮忙。

突然出现的剥头让石榴和死鱼吓了一大跳。听他说是来帮忙的，才确定至少不会是敌人。多一个人本来也帮不了什么忙，但是剥头有一匹训练有素、通得人性的癣花马，所以也帮着拉了绳子。

"行了，趁着还没被发现赶紧走。"虽然在这种状况下和袁不鹘见面，石榴心里挺激动的，但他没有多说什么。

"不能走，你还有事情没做。"剥头在旁边冷冷地冒出一句，这是对袁不觳说的，"你得把骨鲔圣王杀了再走。"

袁不觳顿了顿，他知道剥头在说协议的事。

"兄弟，你们先走吧。我得把活儿做完，否则我就算逃回去了也没法向捉奇司交代。"袁不觳心中对石榴和死鱼充满感激，但杀骨鲔圣王的事情不能再让他们跟着冒险。

"你被派来是杀骨鲔圣王的？不是来找密使？"石榴脑子有点乱，他想不明白袁不觳是怎么和丰飞燕走到一道的，说不定真是有天注定的缘分。

"要是我们逃走和杀死骨鲔圣王是一回事就好了。"死鱼异想天开。

但这话让袁不觳猛然间想到了什么，他抬头看看旗杆上的绳子，绳头系着的小石头依旧在轻轻晃荡着。他再扫视了一下周围，把所有器物都在脑子里定位、划线，哪怕是一支火把、一根支柱、一根地锚①。

"知道哪匹马是骨鲔圣王的吗？"袁不觳问。

"那匹红鬃乌蹄骓。"鲔山连堡第二堡堡主剥头回道。

"我可以让骨鲔圣王出来追我时杀死他。你们只管先走，往东南方向，我会追过来的。"袁不觳说完后又转向剥头，"你也走吧，骨鲔圣王死了之后，恐怕你也脱不了身。"

"不行，你忘了我们的协议了？骨鲔圣王死后，我要把你交给骨族人。"

剥头这话一说，石榴和死鱼都暗暗抓住腰间解腕刀的刀把。剥头也后撤一步，拉紧弹弓，那弓兜里有两枚铁棘弹。

就在他们纠缠不清的时候，木枷草房顶上有一小捆铺草正慢慢挂下，并且随着夜风晃荡得越发急促、越发松散。一旦掉落，飞散的乱草定会惊动那些守卫。

---

① 地锚：打在地上的钎子，用来固定和拉紧帐篷的绳子。

与此同时，骨鲔圣王后面的大队人马也已经到了聚居地西北的坡上。要不是长途奔走马匹太累，撒个欢儿就都进了聚居地。

"我会让骨鲔圣王死得不像被人杀的，骨族就不会找鲔山连堡寻仇，我们也不用按之前的协议办了。"

"那我也不走，我要盯着你把事情做成。"剥头本不是这样认死理的性格，但眼下是他绝无仅有的一个机会，怎么都要抓住了不放。

"随你吧。"袁不榖知道这个时候多说无益，便不再理剥头，只管做自己的事情。

石榴和死鱼没多啰唆，两人马上偷偷潜出了聚居地，找到预先备好的马匹，往东南方向而去。

剥头重新缩进了黑暗里，而那匹癣花马，不知溜达到什么地方去了。

袁不榖忙碌着，瞄高度、算长度、拉绳子、拔绳绊、挑火把。其中最难的事情是把绳头系在红鬃乌蹄骓的鞍上。那是骨鲔圣王的马，陌生人靠近会不会惊叫？靠近之后会不会蹦踢？只要有一种情况出现，袁不榖不仅计划失败，就连逃出的机会也会彻底失去。

马拉绳锚的意外之杀

红鬃乌蹄骓果然警觉，袁不榖试了好几次才接近它，将手中的绳头慢慢靠近马鞍。而这个时候木枷草房顶上的那一捆草已经随夜风散落而下，草叶草屑在扑朔的火光中飞舞，从草房里一直飘洒到草房外。

"不好了，人跑了！密使跑了！"有看守直着脖子高喊起来。

因为离木枷草房很近，袁不榖第一时间听到了这喊声。他手腕一翻，把绳子做个反压扣搭在了鞍上。这个反压扣极为简单随意，不结不束，就像是顺手扔在鞍座上的一个绳头，可一旦受力就会越拉越紧。

绳子搭好，袁不觳立刻转身选了旁边一匹健壮的大黑马。上马后沿着骨族聚居地最宽的一条道路直冲出去，这是最快最直接离开骨族聚居地的路线。

袁不觳还没逃出几步远，狍皮帐篷里的人就全都出来了。有人一眼看到自己的大黑马被骑走，于是高喊起来："那人把我的马骑走了，快拦住他！"

此时聚居地里围观的人不算少，狍皮帐篷前很多人马上找到自己的坐骑，纵马往外追去，这其中也包括骨鲔圣王。

袁不觳的马比后面追出的骨族勇士快了大概两箭地^①，但他并不精于骑术，跑不了多远就会被骨族勇士们追上。更加倒霉的是袁不觳刚出聚居地大道的口子，猛然抬头就看到迎面过来了铺天盖地大批的人马。单是那些火把，就像是把整个草坡点燃了似的，并快速往前蔓延。

声音比马跑得速度快，聚居地里刚才的两声喊演变成的持续喊声很快就追上了袁不觳，并且一直传到迎面而来的大队人马那里。所以有人立刻意识到单骑奔逃的袁不觳是怎么回事，于是大队人马最前端的一小片火把瞬间化成两股火流朝着袁不觳包抄过去。

袁不觳拉转马头直线往南，想避开迎面过来的包抄。但这时候改变路线已经太晚了，而且他驾驭的马速度也比人家慢了半拍。眼见着一股火流已经和他齐头并进，很快就会抄到他的前头。

就在袁不觳感觉力不从心、无法逃出时，一个比刚才喊声速度更快的声音追了过来，让那已经追上袁不觳的火苗立刻停止、回头。

"圣王升天了！圣王升天了！"

骨鲔圣王死了，被袁不觳用地锚射死了。旗杆吊绳上没有解掉的石块给

① 两箭地：常规弓把箭射出的最远距离为一箭。

了袁不觳很大启发，只短短一段绳子上的巨大甩劲就能带动石块击破旗杆表层。如果是更长的绳子，更大的蓄力，再将石块换成更加坚硬或锐利的器物，那就可以轻易摧毁任何生命。

所以他把旗杆吊绳取下，系在狍皮帐篷的一支绳锚上，并且摇动绳锚将其拔松。这支绳锚足有两尺长，头尖尾宽，形状有些像大枪头，尾端还有专门用来系绳子的圆环。

系好绳锚的绳子在地上挽了十几圈，这是为了留下蓄力的余度。然后绕过五步开外的一个火盆支柱，最后再扣在红鬃乌蹄骓的鞍环上。这些都是算好高度和角度的。而在这之前，袁不觳还将拴马杠立柱上的火把挑到似搭非搭的位置，施加一点力或再燃烧掉一点，都会因不平衡掉下柱头。

骨鲔圣王刚刚喝了两口酒嚼了两块肉，正准备让人把抓到的大宋密使押过来审一审，就听到大宋密使逃走的喊声。他跳起身跑出帐篷，正好看到有人抢了马往聚居地外疾驰，立刻断定这就是逃跑的密使。于是几个大步纵身上了自己的红鬃乌蹄骓，缠在拴马杠上的缰绳一抖一抽便收回手里。

也正因为这一抖一抽的力道带动，柱头上的火把掉了下来，火苗燎到了红鬃乌蹄骓的脸。红鬃乌蹄骓是训练得极好的马，对出现的危险也更加敏感。火把的灼烫以及光线的突然变化，让它下意识蹦跳起来，然后撒蹄往聚居地外面的开阔地疾奔。

骨鲔圣王熟知马性，知道这种情况下不能强勒强拉，要让马自己跑松了劲才行。另外他本就是在追赶逃走的大宋密使，马儿如此疾奔正合他的心意。

袁不觳设置好的绳子在红鬃乌蹄骓受惊疾奔达到冲劲最强的阶段猛地拉紧，已经完全松动的绳锚毫无阻滞地被带起。绳锚绕过火盆支柱时停顿了一下，是尾端系绳的圆环被柱角卡挡住了。

停顿只是一个瞬间，红鬃乌蹄骓被这样突如其来的阻力拉得前蹄竖起，但随即它便以更大的力量继续往前冲。

火盆支柱不能将绳锚一直挡住，因为绳锚的绳环是圆的，支柱虽粗底脚松软却并不牢固。在红鬃乌蹄骓更大发力的时候，支柱微微倾斜，绳环转过了柱角。大枪头般的绳锚飞射而出，比箭矢还疾劲。

瞬间，骨鲔圣王的牛皮盔飞了起来，在空中翻转几圈落下。是绳锚把皮盔给顶掉的，而且是从里往外顶掉的。

袁不縠以绳为弦，以柱为弓，以锚为箭。借受惊后红鬃乌蹄骓的疾冲之力，让绳锚在绷拉中甩射而出。

骨鲔圣王听到脑后风声也有意识地低头，但由于太过意外还是慢了半拍。本该穿透后脖颈的绳锚从后脑插进，直没到尾环。锚尖从前额穿出一尺左右，就像突然长出的独角，顶飞了头上的皮盔。

骨鲔圣王从马上摔下来时，周围的人还没意识到情况的严重，只以为马受惊让未曾坐稳的骨鲔圣王丢了面子。但是等受惊的马继续往前急奔，并再次强劲地拖动绳子，带动插入后脑的绳锚将骨鲔圣王的后半边脑壳掀掉时，所有看到的人立刻断定骨鲔圣王死了，并惊呼起来。

骨鲔圣王死得很及时，骨族人喊得也很及时，这让袁不縠从绝路的末端再次逃脱。而骨族所有听到消息的人都以最快速度赶到了骨鲔圣王惨死的现场，特别是他手下的几个大王。他们不仅要确认骨鲔圣王死亡的真实性，还要成为处理骨鲔圣王后事的参与者，因为这个过程将决定他们以后的命运和地位。

现场没人说话，气氛显得有些诡异。看得出他们并不想深究骨鲔圣王的死因，或者他们觉得这个看似意外的死因其实是最合理的。这样任何人都不必负责任或者相互诋毁，后续的机会对每个人都是公平的。

沉默许久之后，六大王开口说话了："是因为那个逃走的大宋密使，圣王才升天的。"

骨族人并不确定骨鲔圣王是被杀死的。致命的是一根绳子牵带的地锚，这在骨族聚居地的帐篷上都可见到。而马匹鞍座上的反搭扣在红鬃乌蹄骅停止并回转后已经松脱，没有人为刻意扣挂的迹象。而且就算有扣挂迹象，他们也无法想象这会是个杀人的设置，只会认为是个意外。六大王不确定骨鲔圣王是被杀死的，但他还是把罪责推到了大宋密使头上。

"对，抓住那个小子！"

"杀了那个密使！"

骨族聚居地漾起一片怒吼声。

"我提议，各位大王以及圣王子孙，谁将大宋密使拿住，谁就继掌圣王王刀。"这才是六大王真正的目的，既选出了圣王继承者，又可以消除各种争端。

几乎是齐齐地喝叫一声"好！"，就好像他们早就憋着劲在等着有人提出这个提议。随即便是马嘶人喊，一众人等驱马往聚居地外追去。

几个大王和骨鲔圣王的子孙首先冲出，还有很多他们各自的亲信手下和要好朋友，都谋划着为自己的主子出力。不过也有很大一部分人没有动，这些都是即便拿住密使也没机会执掌王刀的底层骨族人。

在这些没有动的骨族人后面有个身影在悄悄移动，一直到没有人的暗处才开始发足奔跑起来。随后，一匹癣花马很快从昏暗的夹道里溜出，跟着那人后面一起奔跑。

那是一直躲在暗处查看情况的剥头，从头至尾看清全部过程的他一边奔跑一边咬牙："杀了他，一定要杀了他！"

远灯近黑，更何况抛到远处的火探子并不太亮。所以当一只浮胀的手摸上礁石，摸到李踪脚边了，他仍是没有发现。

"喔呃、喔呃……"这声音和传说中鬼怪的叫声很接近。当这样一种声音出现在这诡异的地下空间，出现在自己脚边，那一份毛骨悚然的感觉真的是无法用言语描述的。

不过李踪马上就见识到比这声音更加毛骨悚然的事情，那就是看清了发出声音的人。不，他看到的已经不能算是一个人，而是一具浮尸，被水泡涨了很多天的浮尸。不知道为什么，这个浮尸还能动，还能发出古怪的声音。

李踪和冯思故同时发出一声尖叫，尖叫声震动穹顶，有泥沙簌簌落下。然后两人不顾一切地蹦到旁边的石头上去了，连续蹦过多块石头，直到蹦不动了这才停下。

那浮尸似乎也被李踪他们的尖叫吓到，一下又缩回到石头底下去了。并且在下面也一阵跌跌撞撞地跑动，好像并不愿意放弃石头上面的两个目标，依旧在底下追赶着。

停下来后，李踪和冯思故才发现他们两个急切间选择的方向并不一样，相互间已经看不到对方了。但他们不敢高声呼叫，怕把刚才见到的怪物引到自己这边来。也是到此刻他才意识到，自己远离了上面放下的吊绳和铃绳，想要上去或者与上面交流都需要费些周折，回到最初下来的那块石头才行。

冯思故非常急切地想回到最初下来的石头上，但刚想行动眼前却出现一片浑浊。他揉了揉眼睛，视线像是恢复清晰了，却又发现不远的石头上有四五个身影，接着自己脚下的石头也摇晃起来。于是，他趴在石顶上再不敢瞎动，心里只希望那些影子赶紧离去，自己好找到吊绳赶紧回到上头。

李踪没有想着马上回去，他更想把这里的情况搞清楚。借着刚才最后扔出的那个火探子亮光，他发现自己离可能是封豚宫的房子又近了许多。不过他始终都不敢从石头顶上下去，下面昏沉沉的像有水波起伏，不知道其中会藏些什么。刚才受到的惊吓更是足够他做一辈子的噩梦，而他情愿做噩梦也不想从此以后连做梦的机会都没有。

更为重要的还有一个原因，刚才一阵急促的蹦跳让李踪觉得气促难平，浑身乏力。这种现象很奇怪，他修习过技击术，对自己体能非常了解，平常吃喝用度也是非常注意，怎么会出现像是被下了蒙汗药一样的感觉。这现象应该是下面什么蹊跷导致的，所以李踪尽量调匀气息，希望可以在最短时间内恢复自己的状态。

很长时间过去后，看下面一直没有动静，也没有任何信号发出，上面的人开始焦急了，觉得应该做些什么，于是一支很大的火把缓缓吊了下来。

火把越往下，火头烧得越是旺，并不时有蓝紫光闪出。这情况之前冯思故放下的火探子不曾出现，就算后来扔到底的火探子也只是快熄灭时才有些光色的变化。这和以往开启墓穴的情形不太一样，墓穴中有脏气，开始时可能会让火苗变旺变色。但洞口开启通风的时间越久，火苗只会越来越正常。所以不管怎么说，这火把变旺肯定是有问题的，这一切都太蹊跷。

火把接近了下面的石头，没有看到李踪和冯思故的身影，取而代之的是另外一个有些木拙的、浮涨得衣物都遮不住的怪物。这个怪物之前爬到李踪脚边又被吓得退下石头，他在下面跌撞跑动要比两个人在石头间跳动快得多，所以提前爬上了李踪他们最初落脚的石头。

一记燃爆崩塌了穹顶

怪物看到接近的火把后，竟然不怕烧不怕烫，一把抓住死死不放。

"那是谁？看衣服像是瘦丙。"

"扯淡，瘦丙还能有这么胖吗？"

"是像瘦丙，可像是吹足了气的瘦丙。"

上面的人离得远，看不到那个怪物吓死人的脸，否则断然不会把这怪物和瘦丙联系起来。

冯思故终于发现脚下的石头其实没有晃动，刚才的感觉很大可能是因为自己双腿颤抖导致的错觉。但是他真的看到有很多黑影朝这边缓缓移动过来，那些影子比刚才的怪物要高大很多，而且动起来无声无息。眼见着已经到了自己面前，朝着自己踩踏过来。

"滚开！离我远一点！"冯思故惊恐地吼叫着。他心里只有一个念头，回到最初下来的石头，回到地面上，离开这个地方。这下面不像古穴更不像宝藏，倒有些像吃人的魔窟。

可现在想要回去，除了不让那些诡异的影子靠近，还要设法将占了原来石头的怪物赶走。周围没有任何可以利用的条件，他就像大海上的一块礁石，绝望而无奈。所以冯思故有些疯狂地将剩下的火探子都点燃，将这当作唯一可用的武器，扔向逼近过来的影子，扔向石上的怪物，希望能将它们吓走。

此时出现了更加奇怪的状况。火探子点燃时的火团比刚才要大很多，几乎是原来的三四倍。扔出去的过程中不仅会发出异常颜色的火光，还会跳出怪异光亮的火星，但是落下后马上就熄灭了。这样子就像开始时有许多无形的助燃物，到最后却又掉入一个无形的大水潭。

"脏气！有脏气！"冯思故虽然惊恐混乱、头脑昏沉，但他还是看出了这种现象的原因，"我们是通风之后才下来的。最初的火探子落地也就只有些许光色变化，说明脏气已经快排尽，可是现在怎么不对了。石头上稀薄的脏气可助燃，石头下的脏气却浓重得可以将火团闷熄。是有什么地方正在往这穹顶空间里排入脏气！"

冯思故马上意识到自己的头晕眼昏应该和吸入脏气有关，脏气里的有毒物质刺激了自己的各种感官。而围绕黑房子始终不断的吟唱声，很大可能就是脏气排入的声音。至于逼近自己的多个怪物，或许只是最初石头上那个怪物被吊下火把映照出的影子。

综合这些现象，之前他们两人没有贸然下到最底下是正确的。脏气一般都沉积在最下面，然后慢慢上升，底下的浓度始终最高。如果直接下到最低处，现在恐怕就不是头晕乏力，而是气塞体胀、眼鼓喉哑了。对了，就像刚才那怪物一样。

想到这里，冯思故很自然地要抬手捂住口鼻，可手才抬起一半，人就已经怔怔地愣在那里。他看到怪物抓住吊放下来的火把，一个非常不好的想象冒上了他的脑海。但是冯思故现在脑子昏沉、身体疲倦得连出声警告的力气都没有，更不要说赶过去制止了。唯一能做的就是在心中祷告，自己想象的事情不会发生。

那个不知道是不是瘦丙的怪物不仅抓住了火把，还把整个火把抱住。如果这真是瘦丙，可见他比冯思故更加昏沉。他的状态已经过了最初疲软无力的阶段，只剩求生欲望支撑着的不顾一切。

瘦丙的目的可能并非要抓火把，而是要抓绳子，要上去。但是脏气中的毒性不仅进入他摔下来时破损的伤口，让他吹气一样快速肿胀，还进入血液，让他口不能说、眼看不清。那一个大的火把是他勉强辨别出的，所以不顾一切地抓住它、抱住它。

火把将瘦丙瞬间变成了一个从里到外都烧透了的人形大火把，然后连带着脚下的石头变成了一个更大的火把。人变成烧透的火把和吸入太多脏气有关，而石头竟然也能燃烧成火把，这除了石头上附着了很多可燃物质外，还因为围绕石头的脏气。

这个巨大火把一下就照亮了大片的空间。李踪借着这个亮度快速把能看到的地方都扫看一遍，发现上面的穹顶很奇特。泥沙呈蜂窝状，石头、骨石、骸骨嵌缀在上面，全是摇摇欲坠的样子。而那个黑房子是长了根的，墙体底部有多支粗大的根茎伸入地下，全都绷得直直的，但是并不能确定到底是植物根茎还是其他什么材料的索子被根茎包裹住了。脚下的石头确实像是围绕住一个小岛的礁石，往中间那座房屋的地势渐高，往石头外侧的地势渐深，一直深到看不到底的地方。再有，穹顶下的这个空间很大，巨大的火把无法照到任何一个方向的边际。

大火把的燃烧并没有在覆盖整个石头后就此结束。火焰从石头上绵延下去后，立刻像激浪般铺涌开来，但如此奔涌的火势只有一个瞬间。就在火苗如巨浪往所有石头上扑，李踪和冯思故都认为自己会成为烤肉的时候，猛然间一个劈破天地般的炸响，所有火光同时爆亮成一道耀眼白光。一道无形的冲劲如钱塘潮水般四散开来，最终不知冲到哪里遇到阻挡后再翻转着冲回，如此反复。

白光一亮即灭，但冲劲在反复，震动在持续。大地就像块嫩豆腐般抖晃着，让人担心随时会破碎开来。

李踪双手死死扒住石头顶面，双腿则挂在石头外面像劲风吹拂的秋叶那样甩动着。冯思故好不容易才在石顶上站起来，整个人就在炸响中随冲劲直接飞了出去。最终发生的状况和他想象中的一样，但他麻木乏力的身体却来不及做出更好的应对。

穹顶大片大片地塌下，石块、泥沙、骨骸、活人雨点般落下。雨点般的石头、泥沙、骨骸都是穹顶土层里的，活人是上方竖洞里的。随着穹顶的大片塌陷，挖开的竖洞也被震掉下了一小段，竖洞最下方的几个带符提辖连带吊绳、横杠全都落了下去。

所有意识还清醒的人都觉得穹顶要塌，但随着又一声巨大的"怪响"，那穹顶竟然撑住了。穹顶能够撑住是因为塌下较矮位置的一块顶面形成了一个斜坡，而有了这个斜坡的支持，才没有出现更大面积的坍塌。

斜坡把穹顶打开了一个扁扁的口子，投落下一片月牙形状的阳光。但是这片阳光太过混浊了，完全被坍塌的尘土遮掩。所以如果从扁口子里进来或出去什么东西根本无法看清，而这个口子最终带来的是灾祸还是幸运，只有等尘埃落定后才能知道。

尘土终于渐渐散去，顶上阳光的投落处竟然有一人挺脊侧步，推弓拉箭。不知道这人是从上面口子里落下的，还是从坍塌泥沙中钻出的。只知道他如同神像般一动不动正对黑暗，全神贯注应对黑暗中可能出现的一切怪异。

"羿神！"李踪的耳朵被刚才的爆响震得只剩耳鸣，但眼睛仍能看到那个推弓拉箭的人。他脑子里直接蹦出"羿神"，是因为封豚宫在意识中做了铺垫。封豚宫火崩地塌，这时候能想到羿神出现也在情理之中。尘土中弯弓搭箭的人神像一般，严阵以待面对无尽的黑暗，感觉那里藏着什么可怕的危险。这让李踪不寒而栗地朝身后深邃的暗黑处看了看，但能看到的只有黑暗。

"羿神卫！"当光线下的尘土散得更加彻底些了，李踪看那推弓拉箭的人竟然像是袁不觳，于是情不自禁地轻呼了一句"羿神卫"。封豚宫的秘密需要羿神卫用箭远距离开启，所以他心里一直迫切地想见到羿神卫——如同钥匙一样的羿神卫。

李踪是练功之人，气息要比常人稳且足。他之前吸入的脏气比冯思故要少，状态相对好许多，所以他看到的不是幻觉，出现的那个神像般的人就是袁不觳。

为了减少尘土的吸入，袁不觳尽量放缓放轻呼吸。呼吸调整过来之后，袁不觳凝神运力，全身上下每一丝肌肉都处于可随时快速反应的状态。

刚才跌落洞口的不只他一个，还有一个瞬间就能夺取别人性命的恶兽。尘土渐渐散尽后，反而看不到那恶兽躲到什么地方去了。或许这突然的踩空掉落让恶兽也害怕了，也或许那恶兽更喜欢躲在黑暗中以逸待劳，看准机会后再突然扑出撕碎对手。

箭尖所指之处无法看清，下面的黑暗太过深远，但是口子里的光线只要有一点点变化，袁不觳都可以清楚觉察到。所以他朝向黑暗的箭尖猛然转向朝上，对准又从口子里滑落下来的两个身影。

那两个身影一路滑下时，手中也是弓如满月，而箭尖直指袁不觳。

临安铁耙子王府里，赵仲珥正坐在后花园的凉亭中。已是深秋露寒时节，但他坐在冷硬的石鼓凳上纹丝不动。

面前石桌上摆放着的虽然是残缺石板，赵仲珥脑海里却可以把这石板想象完全。他现在已经非常熟悉那个横着的符形，而他的学识也完全可以根据残余字体把"鲔山水文图"几个字拼全。

"已经查清，处州十莲巷那处宅子是当初方腊手下亲信将领方七佛购置的。方七佛在加入贼寇造反之前购置了此宅给他妹妹当嫁妆，巷名也是用他妹妹方十莲的名字取的。那一处宅子原先有人住，方腊造反被剿后里面的人都搬走了。不过那宅子并未自此废掉，像是有人常常打理，但到底是什么人在打理却无人知道。"

这是今天的第四个汇报。赵仲珥早就料到报来的会是些让他心中烦闷的信息，所以才选在花园凉亭听报。结果真就像他预料的那样，没一个让他心中稍稍舒畅些的。

第一个汇报的是捉奇司天门一字暗点，他们收到西北暗线传来的飞信，说赴西夏使队在金国境内遭遇劫杀。派出的羿神卫赶到时已经晚了，目前没有找到一点有价值的东西和一个活人。这意味着皇上交付的任务未能完成。

第二个汇报的是择信处，赵仲珥之前吩咐他们将所有与莫鼎力相关的信息都集中过来。莫鼎力的行踪路线从獠蝓坟到均州再到西马口，与之有过接洽的除了芦威奇，还有边辅和两河忠义社，但到西马口后他便销声匿迹。赵仲珥倒不是在乎莫鼎力的生死，而是到现在为止有关玉盘坨水根穴的秘密，捉奇司这边有所掌握的人只有莫鼎力。如果他不见了，那这一条线就彻底断了。这样一来，密杀骨鲔圣王的目的无人知晓，而鲔山连堡那一带是否真的藏着什么有价值的秘密就更是一个谜了。

第三个汇报的是安插在刑部的暗钉。三法司一起动作，毕军营全力配合。

孟和在夺取水文图石板时还被毕再遇射中一箭，按理说怎么都不可能逃出处州的。可是据处州府衙传回的消息说，孟和受伤后带箭而逃，留下血迹显示他一路走入了瓯江之中。瓯江水流湍急，不带伤、水性好的人都不见得能游过去，受伤的孟和入瓯江就是走投无路主动赴死了。孟和一死，宫中废折处盗物、华舫埠血案便无从查起。而孟和在华舫埠明明未死却不出现，反而偷偷跟踪黑袍客一伙赶去处州参与争夺鲔山水文石板。由此可见他是知道些秘密的，可惜这条线断在瓯江里了。

而刚刚汇报的第四个，其信息证实了方七佛当初带方腊财富前往西北是完全有可能的。方七佛本是富足之家，偏偏参与方腊造反，可能就是因为掌握了一些秘密，或者说知道了大宋命脉所在。但方腊败得太快，只能由他带着财富继续去办后续的事情。而这秘密到底是在水文图上，还是在破碎了的图名上，却无人能悟出其中玄机。

"你们都下去吧。"赵仲珥看到走进院门的杜字甲后才把四个人给放走。杜字甲不是一个人来王府的，他还带来一个督水监的描册郎中①。

赵仲珥免了那描册郎中的所有官场礼数，客气地赏他坐下说话。老郎中虽然也是个六品的官职，平日里哪会有人把他这个清水衙门的苦官当回事。在赵仲珥这番小手段之下难免有些受宠若惊，慌怯之间连鼻涕泡都冒了出来。

督水监的描册郎中平日里要将古卷残页上的河道水流图重新描绘，当残缺太过厉害或者有江河水流改道的，他们还要实地查勘，回来再重新描图成册。所以一个老练的描册郎中就相当于一部活图册，不仅各地江河水流走势都知道，就连一些已经消失的江河故道、干涸湖泽，他们也都知道些原貌状况以及改道乃至消失的原因。

---

① 描册郎中：郎中原是官名而非医生，后世民间喜欢用官名来称呼某些职业，郎中才有了医生的意思，就好比司务、朝奉、大夫等等。描册郎中是指专职绘制地图的官员。督水监的描册郎中主要负责绘制江河水道图。

鲔山曾出现天铁犁地

赵仲珥与他寒暄一番，是为了让这个老郎中放松下来，这样才能保证他充分运用思维，找到所提问题的相关记忆。

"你如今是督水监硕果仅存的元老了，这么多年无数描册都出自你手，却不知其中可有鲔山水文图这一册。"赵仲珥看那老郎中须不颤了、汗不流了，知道正是发问的合适时机。

"鲔山水文图？这个当然有了。那是我亲手根据残破图页新描绘的，成册之后改叫'鲔水行势图'。因为鲔山水文的意思是指黄河流经过鲔山的那一段，而鲔水行势则单指鲔水这条河。那张图所绘的水形是鲔水自流时的，且有些河段已经淤积下沉，周边泥沙开始侵覆河道。"老郎中不假思索地答道，可见他对此图记忆非常深刻。

赵仲珥听了不由得一喜，这是今天到此为止他听到的最好的一个消息："你说那鲔水原来是连接黄河的？"

"是呀，根据多张古时皮卷图页和器物铭图、摩崖刻图所录，黄河原先没有正北大弯，而是经过鲔山脚下斜向东南，后鲔山地理异变才改道而行，所以鲔水河道其实也是黄河古道。"

"那鲔水行势图还在你督水监吗？"赵仲珥急切地问道。

"啊！这事情王爷不知道吗？那图早两年就给捉奇司调用了呀。"老郎中反倒显得很是疑惑。

"被捉奇司调用？"杜字甲在旁边追问一句。

"是。是被捉奇司调用的。因为那图没有什么实际用处，也就没有复描。仅有的一张，是我亲自交接给你们捉奇司的。当时你们的人还和我细聊了下此图的一些细节。"

"那图没有实际用处？"赵仲珥觉得此话有些难理解。

老郎中立刻回道："对对，这个老朽可以用性命担保。上古时，鲔水绕鲔山，水宽十数里。一水养一地，所以那一带丛林茂密、水草丰美。但此地发生地理异变后，鲔水上游改道，不再与黄河相接，下游全被泥沙淹没，河道下沉，周边丛林水草全成旷野荒坡。这水都没了，水势图当然也就没有用了。"

"你还记得当初捉奇司和你交接图的是个什么样的人吗？"杜字甲紧抓住这一点不放。

老郎中捻了一下颌上所剩无几的白胡须，眯眼皱眉，像又在审度一幅古卷残页一般："让我想想……让我想想，我记得那人很是随和客气的。"

就在此时，花园月亮门又匆忙走进一人来。那人离着凉亭还有一段距离就急切地嚷嚷："找到了找到了，找到那鲔山水文是怎么回事了。"

赵仲珥和杜字甲扭头看去，来人是李诚罡。今天这个宝文阁大学士兴奋得有些失态了。平时王府之中少有人如此无礼地嚷嚷，他李大学士更不会这样。

老郎中听到嚷嚷声也朝李诚罡看去，还擦了两下混浊的眼睛，把脖子伸长两寸。

"这记载竟然是在一部少见的《灭生经》上，此书所载都是必死之事，绝无可挡。"李诚罡走到凉亭石桌前，把一本抄录的册子拍在桌上，言语沉稳清晰。

老郎中身体微颤了下，就像那必死是在说他。他眼睛眨巴两下，偷瞄一眼赵仲珥和杜字甲，然后把脖子又缩回官袍的扎领口里。

李诚罡并不在意还有其他人在，只管继续说道："鲔山不见山，传说是有天铁犁地击碎山体。描述之状我请教过观天司的人，他们觉得所谓天铁犁地应该是陨星坠落，破地成沟，引黄河由沟而流，即鲔水。陨星坠地之力还平山成坡，原来的陡峭鲔山也就成了被水抱绕的小岛。如今水干土塞，就只剩下连绵丘壑土坡了。"

杜字甲立刻提出疑义："那就不对了，你所说天铁犁地是鲔水形成之前，而刚才老郎中说鲔水周围原是丰茂之地，之后才有地理异变导致河流淤塞改道，泥沙覆盖河段下沉。"

"你别急呀，《灭生经》中提到鲔水不可挡的死事正是在这之后。其记'天铁入地，有异力，初显茂丰，草木鱼兽皆壮大，鲔犹是。日久渐衰，直至死，神不能解。'字中可见那坠地陨星成了鲔水也败了鲔水。陨星中含有奇异力量，开始时促周围草木鱼兽生长，就连水中鲔鱼都特别的大。之后却是因为奇异力量的长久作用，草木生灵无法承受，衰败至死。而之前说方七佛带财富往西北破大宋命脉，应该是窥到鲔山陨星邪性，想借此邪性力量再生更大地理变故，损国之民力财力，做个灭生必死之局。"

"所以陶净礼在记录史文过程中察觉到方腊和方七佛有着某种阴谋，然后又在玉盘坨水根穴得到启示，便逃离金兵押解队伍，继续寻找真相。而其他人依据陶净礼的发现，或是从其他途径获取到线索，这才赶往处州寻方七佛留下的水文图。这样看来，宫中盗出的东西可能与陶净礼有关，也可能与当年剿灭方腊有关。循着这条线走的人，要么贪的是方腊留下的财富，要么是想掌控和利用陨星邪性力量。"杜字甲觉得事情开始明朗了。

赵仲珥依旧微笑："这说法倒是前因后果对上了。只不过这些年那里并未有什么地理异变，我大宋一样是失去了半壁江山。而据我所知那里早就是个薄瘠地带，与死地相差无几。再如何邪性也就那样，做不成什么灭生必死之局。至于财富之说，更是渺茫。就算真有那笔财富，也是活财而非宝藏。方七佛能带走，也就能随处匿藏。即便到了地方实施计划，那笔财富也是要花掉的。"

"要是能利用邪性做死局倒好了。现如今那是金国属地，动了邪性陨星也就破了金国命脉，对我大宋有利。"杜字甲摇头晃脑地说。

赵仲珥听到杜字甲的话后心中一动，微笑的面容微微抖动两下。他猛然间觉得自己可能疏忽了些什么，思路上有方向性误差。

一旁的老郎中见三个人说得很是合拍入扣，便把脖子缩得更短，再不多说什么。从对话内容来看，他的信息已经不再重要。但是听了李诚罡所说，再想想自己曾经见过的那些关于鲔山水文的古卷残页，他还是忍不住低声嘟囔一句："真不知那会是怎样的一种异变。"

天武营已经在原地驻扎了四天，按照之前的计划，无论有没有成功阻截密杀者，他们都会在今天继续奔赴鲔山区域。

让左骞感到不安的是，他派出的那两路人都未有丝毫信息传回，而日常行军撒出去的前哨探子也很奇怪地连续失踪，但这些都不能成为阻止他下一步行动的理由。他穿行千里，匿形数月，精心策划并已经付诸实施的绝妙计划被一个莫鼎力延迟了四天，如果再不抓紧时间，只能以前功尽弃告终。

"好像不大对劲呀。派出去的前哨探子全都有去无回，定是遇到了什么或看到了什么，都被抹了回头路。"接到拔营号令的前锋副将提醒左骞。

"还有那个莫鼎力，将军说四天后杀了他，我们再往鲔山去。这人杀是不杀？"主帐中军官眼睛看着营墙前背手而立的莫鼎力，抱拳问左骞。

左骞没有回答。他看了一眼远处的荒山秃岭，再看一眼也在看远处荒山秃岭的莫鼎力，然后按住腰刀的牛皮丝缠柄，迈步往营墙前走去。

"你是要拔营赶路了？"莫鼎力没有回头看左骞。

"你是害怕我现在就要杀你了。"左骞回一句。

"此时此地被杀倒也从容安逸，总好过在枪林箭雨、铁蹄纷踏中被屠。"

"此话何意？"

"意思是说，我至少可以死得安逸。而你只要继续往前去，就是后一种下场。"

"你大概听到些前哨探马的事情了，以为可以借此盘弄成继续装神弄鬼的招儿。"左骞嘴里虽然说得不屑，脸色却显得凝重。

"我不相信前方尘飞云动处的杀气你感觉不到。再进几里，你们便会直入别人摆好的屠杀场。明知血光祸事在等候，仍要冒险前行，左将军是有无法交卸此行任务的苦衷吧。"莫鼎力通过四天观察，看出左骞并无寻机称雄之心，而且手中实力也不足以有非分之想。他应该也是被指派了做事的，背后还有更大的势力。

"山凶水恶、草枯石崩，这种凶煞地界自然处处藏有杀气，怎知就是候着我的？"

"四天时间，你的人没做什么事情，不代表别人没做什么事情。如此一大营人马驻扎他国境内，虽说是荒芜之地，但金国能连败大宋并非运气。你的人去得回不得，就是一种明显警示。"

左骞抓刀柄的手紧了紧："就算有个摆好的杀场，也不见得就能阻我左骞、阻我天武营。今日我便横枪纵马冲杀一趟，让你看看敢往金国深处去的也非靠的运气。"说完这话，左骞把刀鞘往身后一甩，迈步向套好鞍辔的坐骑走去。边走边朝站立在不远处的中军官喊道，"他还没到死的时候，将他带上，一同往鲔山进发。"

莫鼎力摇头一笑："几重枯山几道沟，逢山逢沟刀不休。任你铁龙冲堤口，能受几番鳞骨抽。"

纵身上了马的左骞听到莫鼎力偈语般的吟歌，不由得脸色冰寒，心中更是冰寒。

袁不觳刚开始确实是想往东南方向去和石榴、死鱼会合的，但他一出骨族聚居地就迎面遇到赶回来的骨族大队人马，被逼得只能往正南而去。这倒不是慌不择路，而是因为他知道那边会经过杂木林的东端。万不得已时，逃入林子还有周旋余地和脱身的可能。

让他没有想到的是，追赶的骨族勇士们听到骨鲔圣王升天的消息全都跑了回去。更没想到的是，他才放缓速度让马和自己都稍喘口气，骨族人马就再次追了出来，而且这次追出的目的很明确，所有人都是为了捉杀他而来。就算再不怕死的人也会被这么多人杀气腾腾的气势给吓到，袁不彀明显慌乱了。为了避开被包抄的可能，他竟然慌不择路地往正东狂奔，而这个方向是永远回不到大宋境内的。

袁不彀在这个永远回不到大宋境内的方向上竟然追到了石榴和死鱼。虽然天色已黑，但借助微弱天光和对身形外貌的熟悉，双方马上就互相认出来了。

见面之后，袁不彀气喘吁吁，一时说不出话来。他没法询问石榴和死鱼为何跑到这个方向来的，也没法说清楚自己为何也跑到这个方向来的。

"哈哈，不够你真的追上来了。还是你和石榴聪明，他说人家肯定想不到我们往东跑，只会往南和东南追。"死鱼见到袁不彀后很开心，"而且他说他能想到这个，你也能想到，肯定会往东来追我们的。哎，石榴，你真是厉害，跟诸葛亮似的。"

死鱼是打心眼里狠夸石榴的，却发现石榴对他说的话毫无反应，只愣愣地看着远处。于是他顺着石榴的视线也往远处看去，看到的是由无数火把汇成的一片火海。

"快走！追上来了！"袁不彀终于喘过气来，但眼前形势能喊出的也就只有这几个字。

三个人再次打马奔逃，此时云遮星月、风扬土沙，很难辨别方向。他们惶惶然只想着离追得近的火把距离远些，难免就会有些乱向。而骨族人马为了捕杀袁不彀却是有意识地把他往绝路上赶，这个绝路就是魂飞海。

袁不彀三人纵马跃过一个矮坡后，他们的马跌撞几下便直接跌爬在地，再也站不起来。三人赶紧从马背上滚落下来，这才发现这里浮土流沙下全是碎石块，真不是马匹能奔跑的地方。那些石块形状各异，偏偏又被浮土遮掩，无法看清也无法避让。马匹带着人分量太重，踏陷浮土后踩到下面石块或者卡入石块之间，都会扭了马蹄、折了腿骨。

转瞬间没了马，但袁不彀并未就此放弃。他抢夺到的那匹马鞍桥两边挂有一张硬弓和两壶利箭，有了弓箭在手，袁不彀便有种性命握在自己手中的自信。

石榴和死鱼的马匹上面也都携带了羿神卫需用的所有装备。三个人下马后没多说什么，马上收拾好必要的武器和装备，继续往前奔逃。

骨族人约莫是熟悉这里地形地势的，他们快速往两边分开。随即，两条火龙迂回到左右两边很长一段距离之外，然后呈并列的两道继续追了上去。

用那吒杀组合突围

奔跑中的袁不彀回头看了一眼，他被眼前的景象惊呆了。骨族人分两路沿左右两边的土坡旷野逶迤而行，很明显地勾勒出中间一个足有十几里宽的空阔大道。大道的浮土流沙与其他地方有些色彩差异，地面也形成有规律的平坦，在月光和火光的映照下，恍惚间就像是微澜的水面。

"你们看，这里会不会曾经是一个非常宽阔的河道？"

气喘吁吁的石榴和死鱼被叫停下来。身后所见的情景并不需要太多想象力，很容易就能在脑子里勾画出一条宽阔的大河，河两边葱绿绵延。

"这里有一条失落的河流。"石榴喘息的嘴巴里嘟囔出一句话。

"这里原本可能是个适合生存的好地方，但失去了河流也就失去了一切。"袁不毂说道。

"你们快点跑吧，他们从两边赶上来了。"死鱼提醒两个同伴。骨族的人马虽然绕了路，但他们毕竟骑着马，速度和体力都远远好过袁不毂他们步行，眼见着就已经和他们齐头并进了。

从两边追上来的骨族人马如此急切，看样子是想尽早截住他们。可有时候绝路对于逃命的人来说并不意味着真是绝路，反而可能成为追捕者的障碍。特别是逃命的人对此地存在的诡异现象一无所知的情况下，更是会如此。

追在最前面的骨族人马已经明显超过了袁不毂三人很多。通过火光还可以看出他们中有些人下了马，也步行到满是石块的河流故道中。

那些人拿的火把只能照见自己脚下的路，并不能看见袁不毂他们在哪里。他们通过马的速度以及故道中行走的速度进行推算，确定下马的位置能把袁不毂他们兜住，但火把的光亮恰恰将他们全部暴露。

"那咤杀！"袁不毂轻声说了一句，三个人便在继续往前奔走的同时逐渐分开，形成一个可以相互呼应的三角。他们只有三个人，无法正面应对众多骨族勇士，而把聚在一起的三个人散开，形成距离合适的多个攻击点，是突破骨族勇士拦截的最佳方式。

对骨族人的第一轮攻击，三个人是停下来找好狙射位置进行的。黑暗中看不到手势，所以停下脚步和发起攻击的信号，袁不毂都是以口哨声发出的。

袁不毂最先把箭射出，射翻了两个火把。但举着火把的人并不是什么重要的人物，他们久经沙场，知道黑夜中的光亮会成为一个明显目标的危险。所以那些享受火把照明却不举火把的人立刻发令，注意防范，组织反击。

那咤杀组合首要是定位，三个人的位置既遥相呼应又不会出现误伤。其次是变位，一次射杀之后立刻变化位置。这个过程不需要再观察敌人，只要保证自己安全，因为有另外两个同伴在替自己观察敌人并会用独特信号告知。

袁不毅两箭快射之后立刻向左侧变位，并发出口哨声告知自己同伴。如果是在白天，用手势传递信号更加隐蔽，但夜间的黑暗更有利于移动，敌人就算听到哨声也无法窥破信号意图。

　　死鱼和石榴马上配合行动，他们射翻两个火把后也立刻移位，依旧与袁不毅保持最合适的距离和角度。

　　骨族勇士们发现箭从三个方向射来，颇有些意外。虽然从趴伏在故道碎石中等死的三匹残马推断对方至少有三个人，但他们没想到仅有的三人会分三个点进行攻击。

　　让骨族勇士更加难以想象的是，这三个人还在快速移动变位，并且很快从新的位置再次发起攻击，甚至直接在移动过程中就发起攻击。

　　袁不毅他们变换了第四轮位置，先后有十几个持火把的骨族勇士被射翻。骨族人这时开始意识到不对了，他们觉得自己捕杀的人不是三个，而可能是三十个或者更多，甚至可能是个战斗力极强的小型队伍。

　　"灭火，分散，族话对答。"发话的不知是谁，但命令立即执行起来。所有火把立刻被倒插入浮土中熄灭掉，所有人四散开来，相互间只用骨族土语传递信息。

　　骨族人的正确应对还是慢了一步，移动着的那咤杀组合此时已经与他们交合在一起了，最先摸入人群中的是石榴。骨族勇士其实是三三两两散开的，这样在黑暗之中遇到什么状况，至少有同伴可以照应。就算其中有一人遭到突袭来不及反应，同伴还可以向其他人发出呼救和警示。但是石榴没让他撞上的两个骨族勇士来得及用任何方式传递信息，他双臂同时夹住两个人的脖子猛然运力，那两根脖颈便在一声脆响中断裂。

　　黑暗中解决了两个骨族勇士，相当于在骨族人的拦截上打开个小口子。不过打开口子后的石榴这回没有发出信号通知袁不毅他们，因为距离其他骨族人实在太近，任何异常声音都会引起骨族人的注意。而石榴不发出信号也相当于发出了信号，因为另外两个人没有接到信号便会推断他的位置已经是在骨族人群中了。然后按照那咤杀相互间的距离和角度行动，他们在接下来的移动变位中可以恰好到达石榴打开的缺口处。

当然，也不排除石榴在移动中出事才没有发出信号。那么袁不觳他们就只能按照原来移动的角度和方向自己去打开缺口，而绝不会转回去寻找石榴。那咤杀的又一特点就是放弃，放弃自己为同伴争取机会，或者放弃同伴拯救自己。

三个人在缺口会合，又从缺口行动。依旧是一个人先离开，另外两个替他掩护。到达位置后再离开一个，如此反复。这样虽然慢一些，但要安全很多。就比如石榴离开的过程中有骨族勇士想点火头箭，射到空中照亮，看看周围到底什么情况。但他们的火石刚蹦出几粒火星子，袁不觳的箭就到了。横向射穿其中一个骨族勇士的脊骨，让他只能发出惨呼却无法动弹。留这样一个不死不活的而不直接射死是为了震慑，让其他人再不敢轻举妄动。

不过袁不觳他们也清楚自己的处境依旧非常危险。黑暗之中，又是在遍铺乱石的大河故道里，移动慢、耗时多。一旦被骨族人发现，那些骨族勇士一起放箭过来，即便在黑暗中也无法躲过，就像无法躲过一场阵雨一样。

他们此时无论是和故道中骨族人保持的距离，还是和故道上两边马队保持的距离，没有马匹仍是无法彻底摆脱。就算可以趁黑跑出去一段路，天亮之后一旦被锁定方位，骨族人撒开马轻而易举就能追到他们。

袁不觳的想法一点没错。要不是骨族人以杀死他为继任骨鲔圣王的条件，个个争先向前，他们根本不需要这样拼着命地追赶和拦截。只需溜着马在故道两边跟着，早晚都可以将袁不觳他们擒住。

穿越阻截后，三个人继续一阵急跑，气喘得从嗓子到肺都干拉拉地疼。一路奔逃到东边天色开始泛灰色的时候，故道变得更加宽广。这从两边马队所持火把的移动轨迹可以看出，而且脚下的碎石开始变少了，覆盖的浮土流沙变厚了。借助微弱天光，可以看见前方竟然出现了些零星的大石头。旷野上的大石头袁不毅进入鲔山区域后还是第一次看到，这些大石头并非那种有棱有角的，形状颇为圆滑，应该是被水流长久冲刷过的。

跑到一块石头前面，袁不毅踉跄两下跪趴在地。他实在太累了，见后面没有骨族追兵紧跟着，紧绷的身体才敢放松一点。如此长距离的徒步奔逃，消耗了大量水分，此刻最难忍受的就是口渴。

就在这时，石榴那边传来信号，用的是尖脆哨音，一短一长，意思是"有埋伏"。他看到一个大石后面有暗影在微微地动着，微动的节奏和幅度与人的呼吸很像，并且应该是处于紧张状态下的呼吸。

"几处？"袁不毅趴着没有动，用哨音发出询问。遇到埋伏首先要做的就是停止一切行动，再有就是了解更多情况。

石榴的回复是"一个"。袁不毅不由得疑惑了，遇到骨族人的阻击并不奇怪，但绝不会只有一个人。除非这个人是绝顶高手，完全有把握将自己三人拿住或杀死。

但是也不对，如果这是个真正的高手，又怎么会轻易被石榴发现？会不会他也是一个逃亡者，比如之前围住自己和丰飞燕的那些大宋兵卒。再或者，这高手就是故意暴露给石榴看的，他是在给自己放套子。

"人有人路，仙有仙道，虎占三重岭，龙守百丈泉。我们只是打此经过，若不小心踏了尊驾的圈子，还望多多包涵，只当前世有缘、来世好见。"袁不毅高喊几句匠家人外游时的客气话，但对方一点反应都没有。

"若都是过路的，互不相扰、各行其道。若是要当障子发野路财，我们没多带闲钱，你也没多带性命。"袁不毅又改用丁天教授的江湖道套话，是对劫路者的威胁。

"喂，喂喂，先别动手。你是不是密杀骨鲔圣王的宋人？"对面这次有了反应，而且说话声袁不觳听起来很是耳熟。

"你是谁？"袁不觳问道。

"我呀，是我呀。没想到你拉个绳子、插个钎子，真就把那圣王给杀了。早知道这么容易，我早就做了。"对方不仅有了回应，还主动从石头后面走出来。

这个时候袁不觳要是再听不出来对方是剥头，那就真累乏得耳聋脑昏了。剥头带来的信息让袁不觳很是开心，到现在他才确定骨族人拼命捕杀自己，并非误认自己是大宋密使，而是他真的将骨鲔圣王给杀了。

兴奋能让人忘记很多东西，包括疲劳饥渴。于是袁不觳爬起身来，脚步轻松地迎着剥头走去。

剥头从石头后面出来后只走了十来步，便站在原地等着袁不觳。天色依旧很暗，看不清他的表情。但是从他气息起伏的身体可以看出，此刻他要么和袁不觳一样兴奋，要么正因为某个原因而紧张。

袁不觳提着弓往前走去，离剥头越来越近。

就在这个时候，最早的一抹晨风扫过，云团飘开，露出天边半轮孤冷残月。残月虽然黯淡，但它的出现让被黑暗捂闷了许久的旷野一下清晰透彻了很多。

袁不觳还在往前走，步子却放慢了。他看到剥头的手上拿着弹弓。这算正常吗？或许之前他把自己当作了夜间游荡的野兽和敌人，但是野兽很少夜间出来游荡，而剥头其实也没有任何一方面的敌人。

两人离得更近了，袁不觳仍在往前，只不过原本提着的弓改成横握身前。他朝两边看了看，发现剥头站立的位置很巧妙，两边正好有几块大石可以阻挡那咤杀另两个点的攻击。这是偶然吗？还是一个好猎人的好习惯？能捉到狐狸的猎人骨子里是比狐狸还要狡猾。

两个人已经非常接近了，只离着十几步远，袁不觳依稀可以看到剥头不自然的脸色和眼睛里的杀机。所以他猛然间加快了脚步，并且在加快脚步的瞬间抽箭搭弦。同样在这个瞬间里，剥头也朝他拉开了弹弓。

谁杀死密杀者就当圣王

短距离内不停不退，反而加速向前，是存着制服对方而不伤害对方的意图。但是这个意图要想实现，必须是对手反应比自己慢。在没来得及有任何攻杀动作之前，就已经被武器抵住再不能动弹。

剥头显然不是这样一个对手，他要命的动作和袁不毅的意图几乎是同时的。所以袁不毅就算不想伤害剥头，为了保住自己性命，他的箭也不得不射出去。

箭和弹子在空中相撞，飞溅起一串火星。袁不毅的弓力道大些，剥头的圆石弹子沉重些，最终是势均力敌的撞击，箭矢和弹子都在半途崩飞开去。

接下来是快速的连续撞击，电光石火一般。如果没人亲眼看见的话，很难相信在这种能见度下还能进行如此惊心动魄的对决。没有避让，没有退缩，只有快得眨一下眼就可能错过整个过程的对射。

剥头的弹子从大石弹、小铁弹、蒺藜弹到锥头弹在不断地更换，不断地寻找突破口。而袁不毅始终用骨族雀尾箭，以不变应万变。

如果单论胜负高低，其实从一开始就已经分出。剥头是想尽办法要打中袁不毅，而袁不毅却是快速准确地射中剥头打出的弹子。准头上、反应上袁不毅都要好许多。其实剥头心里非常清楚，自己的速度比不过袁不毅。袁不毅现在是见招应招，如果同样是比速度的抢射，那么最多只需要五箭，袁不毅就可以抢到一次完整的没有防御的攻击机会。

所以当剥头两枚齐发的锥头弹也都被袁不殼双箭击飞后，他彻底绝望了。翻身扑出，就地连续打两个滚，一直滚到大石后面。

袁不殼停了下来，没有追射，只是依旧保持开弓搭箭的姿势。面对面的对决虽然需要极致的速度和精准度，但至少是可见可控的。现在对手躲到大石后面完全看不到，也无法推断他下一步可能采取的行动，这其实比刚才的快速对射更加危险。

"为什么要这样做？我已经履行了我们的交易。虽然没有让你拿了我献给骨族，但我设计让骨鲔圣王死于意外，骨族不会迁怒于十一连堡。而且之后他们内部会争夺圣王位置，也如你所愿了。"

"不！不是这样的！他们达成协议，谁抓住你或杀死你，谁就继任圣王。那样的话就没有争夺、没有内讧了，骨族依旧会在此横行霸道，欺压十一连堡的父老乡亲。"

"所以你要杀死我，这样就没有一个骨族人可以完成协议内容。最后还是要内讧夺位，直至相互残杀，族力大损。"袁不殼明白剥头为何要杀他了。

"对！你必须死！"剥头声嘶力竭地喊。

话音刚落，一支箭射向剥头。是石榴移动到了一个合适位置，剥头已经完全暴露在他的射杀范围内。按照那咤杀的规则，石榴毫不犹豫地发起攻击配合自己同伴。

幸亏剥头是以一只野兽的样子趴在地上，要害部位暴露得极少，这样本该射入他后心的箭只是斜斜地钉在了后背上。剥头中箭后猛然就地一滚，生生地将钉在后背的箭矢压断，同时口中哨声响起，癣花马不知从什么地方一下蹿了出来。

癣花马从剥头藏身的大石后面奔过，没有做丝毫停顿。剥头没有爬上马背，而是兽子般挂在马肚下。这样不仅可以乘马快速离开，还可以最大限度地利用马的躯体躲避箭矢。

没有鞍辔的癣花马身上预先系上了两根皮绳，否则无法吊在马肚下面，由此可见剥头对袁不毂的这次偷袭并没有抱十足的把握。另外他在骨族聚居地里见过石榴和死鱼，知道袁不毂有同伴，所以即便能够偷袭成功，也需要提前做好脱身准备。

"别追了！"袁不毂高喊一声，阻止了死鱼和石榴的继续追射。虽然剥头想要自己的性命，但袁不毂觉得他并非大奸大恶之人，不过是为了十一连堡父老乡亲的无奈之举。

"他铁了心要杀你呀。你现在放过他，回头他肯定还会再找上你的。"石榴跑过来，从他有些僵硬的脚步可以看出，他也疲惫不堪，说不定脚上还有扭伤或破损。

"来不及了，他有马，而且……"袁不毂话没说完，指了下身后。

石榴扭头看去，借助残月的光亮可以看到人影绰绰，是骨族的人追了上来。这回他们没有点火把，同样步行沿大河故道追上来的。

"不好了，左边有人斜抄过来！"死鱼也跑了过来，他发现了更多的骨族勇士。这些骨族勇士应该是之前沿故道边岸骑马赶到前面的，现在也都下到故道中来包抄他们。同样是没有点火把，所以直到现在才发现他们。

"右边肯定也会有人斜抄过来，赶紧往前直跑，不能让他们兜住。"袁不毂说完拔腿就往前跑去。

现在只能跑了，那咤杀可以在分散的敌人中间周旋，却无法应对众多合围的敌人。更重要的是天色渐渐亮了，周围旷野没有隐蔽物，那咤杀组合掩形攻守的优势就全然失去了。

两边的包抄发现得还是有些晚，两边下到故道里的骨族勇士此时离他们已经很近。他们往前急跑，别人也一样往前跑，而且对方之前一直坐在马上行动，现在的体力远远好过他们。加上后面追赶的人，三个人面对的是个千人以上的三面合围，按理说是铁定逃不出了。

但让袁不毂感觉奇怪的是，骨族勇士们并不像之前纵马横扫旷野那样野蛮，他们的包抄是小心翼翼的，就好像怕惊动了什么似的。在袁不毂他们往前直线奔逃后，他们没有继续追赶包抄，而是在犹豫、在彷徨，黑压压几大堆人竟然都停在了那里，不再往前迈一步。

东边天色泛起了淡白，西边残月尚未落下，足以清楚看到在旷野中奔跑的三个身影。上千骨族人就这样眼睁睁地看着三个身影离他们越来越远，直奔入魂飞海。

袁不毂三人觉得自己幸运得有些莫名其妙，竟然就这样一路从快合围的圈子里跑出来。更奇怪的是那些骨族人全都站定脚步，再没追赶。

骨族几个大王和圣王的几个儿子也在这几堆人中，也都眼睁睁地看着追赶的目标跑进了魂飞海。此时他们都在心里盘算着、衡量着追与不追的得失。如果自己继续往前追而其他人不敢追，这应该算是个好机会，圣王的位子很大可能就会落在自己手里。但前面是许多人进去了就再也出不来的魂飞海，如果自己不去，而别人去了并陷落在里面没命回来，圣王的位子也是有机会落在自己手上的。

两个选择难说哪个好哪个坏，要不要亲自捕杀袁不毂也就变得无所谓了。其实相比冒险冲进魂飞海，或许采用其他方式选圣王更加实际。

也有人想法更加多一些，比如六大王。他自己倒并非很想要做新的骨鲔圣王，但他不想因为没有新的骨鲔圣王而导致骨族内部冲突、相互争斗，最终搞得骨族实力大损、四分五裂。所以不管谁做新的圣王，都必须尽快有一个才行。

就像上半夜在聚居地那里一样，六大王很快又想出一个更有诱惑力的竞争方式。他站上了一块大石，石头周围的骨族人足有上千，即便站在石头上说话依然只有前面的部分人能听见。但是站在上面显得更加庄肃，可以让更多人相信他的话是真的。

"我们几个大王商量过了，无论谁杀了那个害死圣王的大宋密使，都可以继任圣王之位，哪怕你原来只是一个苦役、一个劳奴。"

这是之前竞争的一个升级，竞争对象从区区几个大王和圣王的几个儿子扩展到骨族的每一个人。六大王宣布这个之前其实没有和任何一个人商量，他也知道如果真去商量，肯定没有一个人会同意。而时间上稍一耽搁，大宋的密使就可能跑得再也追不到了。但是他把话说出后，所有大王和圣王的儿子们都没有怀疑他，只以为自己没有参与商量是被其他人撇开了。

人群里发出一阵窸窸窣窣的声音，是在把六大王的话往后面没有听到的人那里传，也是在相互询问自己到底有没有听错。一盏茶工夫的沉寂之后，人群开始松动起来、流动起来。

首先是那些没有身份地位的骨族人，他们拼着命都要抢到这个一步登天的机会。然后是骨族里的上层人物，他们不仅是想抢到圣王之位，更不想让某个低下的骨族人踩到自己头上。

刚开始是上千人奔跑着追向袁不觳他们，后来更多的人追了过来，而且还是骑着马追来的。其中有的是刚才顺着故道两边追上来但没有下马进故道的，还有刚开始从骨族聚居地出来得晚而坠在后面的。他们听说了六大王的新规后，全都毫不犹豫地冲进了魂飞海。

一缕红色阳光从东边的云霞中射出，如鲜血般泼洒在魂飞海上，泼洒在庞大的追赶人群上。

袁不觳他们三个跑了一段时间，也没能跑出几里地。当看到后面群情激昂的追赶人群时，魂魄差点吓飞掉了。如果被这样一群人追上，肯定瞬间被碾磨成肉糜一般。这个时候他们已经越来越跑不动了，虽然后面人群看着还有段距离，但很快就会追上来的。

最先追到的是一些骑马的。前面三个人虽然跑不动了，开弓射箭的力气却是有的。

袁不彀停下来喘了两口气，是为了让自己的气息快速平稳下来，也是为了让后面骑马的人离得更近一点。然后果断转身，连续开射，这在常规弓射技法中叫连珠射法。

这一轮连射是非常恐怖的，都不需要石榴和死鱼的参与。袁不彀毫不吝啬地将一壶箭全部射光，那些追在最前面的就算想停住、掉头、旁走，都没一个能够成功。只要进入射程，全部一箭毙命。而且从马上摔落的位置也非常一致，就像撞上了一个无形的死神墙。

袁不彀如此痛下杀手，一是自己确实陷在了生死的边缘，不把最前面的追兵杀尽自己无法活命。二是他故意显显杀威，让追兵不敢太过靠近。

前面人死得如此惨烈，后面人果真望而却步了。那些靠前的人赶紧顺势从两边分开过去，很快赶到了袁不彀他们的前面。但不管是赶到前面的还是后面追赶的，再或者两侧包抄的，他们都始终与袁不彀几人保持着足够的距离。只要自己不被射死，那就有获取圣王之位的机会。因为袁不彀他们早晚都会累得跑不动，因为袁不彀他们的箭早晚都会用完。

此时魂飞海里呈现出一个快速奔跑的圆圈，由骑手和奔跑人群组成的圆圈，袁不彀他们三个被围在圈子中间。而袁不彀他们已经是强弩之末，除了用弓箭暂时不让骨族人靠近自己外，再没有其他逃出的机会和办法。

然而老天爷偏欺命薄人，断头路偏逢断头刀，让他们更绝望的事情竟然出现了。奔跑着的袁不彀突然发现犰彪竟也在这个圆圈中，还不紧不慢地保持同样速度和自己齐头并进地跑着。

没人知道这头上披着大氅的犰彪是从哪里来的，又是什么时候开始和众人一起跑的。要不是天色已经完全亮了，他们可能连犰彪的存在都不知道。

第七章

旱海潮荡

与犰彪一起坠入地底

跑了一阵之后，犰彪改变了跑动方式。它一会儿跑到袁不彀他们左侧，一会儿又跑到右侧。还有几次，犰彪几个大纵跃像是要扑向袁不彀他们，但当袁不彀他们手忙脚乱地把箭射出后，它又一扭身蹿到其他地方去了。几个回合下来，袁不彀射中犰彪两箭，但那畜生依旧连油皮都不损一点。

死鱼脚下一个磕绊，顺势跌跪在地上再不起来："死了死了！这回真死了，不跑了！死也死得舒坦点。"他是彻底绝望了，边急喘边断断续续地嘟囔，眼泪和汗水满脸纵横。

石榴去拉死鱼，拉两下没拉起来，自己反倒是脚下一软，像个断了下半截根基的石柱，倒在了死鱼旁边。

犰彪还在前方蹿来蹿去，袁不彀一直坚持着没有停步，努力地往前跑。但是当死鱼和石榴跌倒后，他站住了。回身弯腰喘气看着那两个人，连唤他们起来的力气都没有。

见袁不彀停下，犰彪也停了下来。很显然，它是被袁不彀的气味吸引过来的。这气味犰彪在夹子堡外就已经锁定了，是通过留在骨族勇士尸体眼睛里的眼扎子锁定的。袁不彀现在虽然换了骨族人的外衣，那些眼扎子却都还在身上带着，所以犰彪能找到他并不怪异。在没了兽婆的控制和指示后，犰彪在最近一段时间里会把袁不彀眼扎子的气味当成捕杀的唯一目标。除非袁不彀及时发现并清除眼扎子气味或者把犰彪杀死，否则那犰彪会像捕杀自己的天敌一样追着袁不彀不放。

犰彪停下之后，开始很谨慎地朝袁不彀慢慢靠近。袁不彀射中它眼睛的那一箭在它心中留下难以消除的怯意，它这才会如此小心地绕着圈子找机会，而不是像夹子堡里那样肆无忌惮地以最快速度直接咬死目标。

袁不毅无奈地看着犰彪慢慢靠近，他并非完全没有力气和犰彪再斗一场，实在是这杀不死的怪兽让他觉得这一斗真的没有任何成功的希望。

人也在靠近，无论是徒步追赶的骨族人，还是那些骑马的骨族人，他们也都随着袁不毅的停止而停止。围住袁不毅的那个圈子不再快速往前移动了，圈子上的每个人都怀着矛盾的心理和强烈的欲望渐渐收缩圈子，一个个既想最先杀死袁不毅，又希望别人先冲上去让袁不毅把箭矢射光。

犰彪离袁不毅只剩几步远了，就算袁不毅拉弓搭箭对准了它，这样的距离依旧无法阻止犰彪来一个闪电般地扑出并咬断袁不毅的脖子。犰彪显然也很满意这个距离，它从大鳌破缝里朝袁不毅龇牙翘鼻露一个最为凶狠的表情。同时弓腿伏背，钩刀般的爪子也从毛绒厚掌中探出。这是发狠要一下撕碎猎物的状态。

怪异的事情在这一刻发生了，犰彪凶狠的表情突然间扭曲变形，蓄力的身形也一下塌软，弓起的背反转了角度，直接把肚皮贴在了地面上。

袁不毅感觉到自己的双腿在微微颤抖，但这并非疲累和害怕而导致的颤抖，也不是感觉寒冷的颤抖，这是一种连着心尖、连着每根汗毛的颤抖，是让三魂七魄在身体中左突右撞的颤抖。

其他人可能不具备犰彪的灵性和袁不毅的觉察力，但他们也只是比犰彪和袁不毅迟了两次急促喘息的时间就都觉出不对。开始的一刹那，是失去重力的感觉，整个人像要飘起来。但这是种错觉，他们的脚其实并没有真的离开地面。很大可能是视线中的景物发生了起伏和跳动，导致错觉的出现。但是仔细想想就又觉得更加可怕，如果真是景物异动导致的错觉，那可就是整片旷野和连绵草坡、土丘的起伏跳动。

上千人围住的大圆圈凝固了一般，所有人都一动不动。只有犰彪缓缓提起身体，朝前迈一步。它这迈步并非要攻击袁不毅，而是想绕个大圈子，小心翼翼地离开这里。

袁不毂没有动。犰犰有随时离开的路，自己却是被围得死死的。就像刚才的颤抖一样，有时候动或不动是由不得自己的。

上千人围住的圆圈又突然间动了起来，包括中间的袁不毂和没来得及离开的犰犰。刚开始地面很明显地晃荡了下，就像一个老娘们儿用力扭动了下肥肚皮，人们只能或张开双臂或用器械撑地，极力保持身体平衡。

随即，晃荡持续加剧，变成横向的剧烈摇摆。人们再无法保持平衡，全变成无序的跌撞。应对这种身不由己的大地震动，最佳的方法应该是马上趴在地上，尽量摊开身体与地面增加接触面。但还没等反应快的一些人趴到地上，那摇摆再次改变了方式，变得越来越无力，越来越柔软。

地面无力得像一块浮冰，在随着波浪颠簸起伏。地面还柔软得像一块嫩豆腐，颤悠悠地似乎随时都会破裂开来。

天色也在瞬间发生了变化，翻滚的乌云将东边升起不久的日头遮掩住了。地面上旋起昏蒙蒙的一片，不知是地底渗出的雾气，还是刀子风刮起的尘土。

骨族人暂时忘记了圣王之位，忘记了要追杀的目标。此刻他们心中只有恐惧和后悔，魂飞海里的咒怨永远不会停止，永远不会给他们哪怕一次的侥幸。

一声巨大的闷响仿佛魔鬼从地下发出的怒吼。柔软的地面被激起一圈土石的浪潮，往四处汹涌而去。但这情景没人可以看到，因为所有人都跌倒翻滚在这浪潮里，就连已经趴在地上的人都像烙饼一样整个给翻了个身。

袁不毂一直坚持站立着，是为了看到更多情况，找到哪怕一丁点逃命的机会。但在这土石浪潮的推卷下，站立着的他反是跌得更远，而且最终停住的位置非常不好，竟然是和犰犰贴在了一块儿。

闷响之后，周围一片沉寂，静得可以听到自己的心跳声。就这样，地面恢复了正常，似乎除了天色有些变化，其他的一切就仿佛根本没有发生过一样。不过上千的骨族人仍是没有一个敢动的，包括那些马匹，全都趴伏在地，大气都不敢出。

最先有所行动的还是犰狳，它闻到了袁不觳的气味，又扭头看到袁不觳就和自己靠在一起。于是身体虽然依旧趴着，爪子却已经拍了过去。

袁不觳双脚在犰狳身上猛踹一下。并非要把犰狳踹开，而是利用反力把自己推开，从而躲过犰狳的爪子。

爪子躲过去了，但大力的一踹也把犰狳彻底激怒了。它翻转一下身体站立起来，朝着袁不觳摆出欲扑的姿势。这状态其实也说明刚刚的怪异危机已经过去，犰狳已经觉察不到异常，可以继续捕杀袁不觳这个目标。

袁不觳根本来不及站起来，坐在地上就直接把弓箭拉开。他现在唯一希望的就是射中犰狳的另外一只眼睛，但是吃过一次亏的犰狳绝不可能给他这样的机会。所以向袁不觳扑来的犰狳半途突然转向，闪电般绕过半圈后重新从斜后方扑来。这是为了躲开袁不觳手里的弓箭，也是为了更妥当地咬住袁不觳的脖颈。

地面是在犰狳即将合上利齿的那个瞬间塌下的，袁不觳比犰狳坠下快了一尺半，所以他的脖颈以及脑袋刚好躲过犰狳的这一口。利齿大力的对合落空了，只是贴着袁不觳头顶发出一声瘆人的脆响。

袁不觳和犰狳下坠一丈多就落在厚厚的浮土上，然后顺着斜坡一路滚下，滚进飞扬的混浊尘土里。那飞扬的尘土太厚了，要不是袁不觳及时用手捂住口鼻，吸入的尘土足以在片刻间将他的鼻孔和喉咙都堵塞住，让他窒息而死。

混沌之中什么都看不见，但袁不觳的脑子并不混沌，他清楚地意识到犰狳就在自己旁边。但这种视觉嗅觉都受到影响的情况下，只能全神贯注地戒备。等尘土散落到可见或可嗅的程度，犰狳肯定会发起突然的攻击。

一直到尘土完全散尽，都没有等到犰狳的攻击。袁不觳眼角快速扫了下周围，没有见到犰狳。那犰狳掉下之后，竟然就像一只犯了错的家猫，不知道躲什么角落去了。

石榴和死鱼这个时候也从上面滑了下来。天上的云开了，日头重新照了下来。他们借着斜落下的光线看到了袁不毂，看到他挺直着身躯站在下面。下面看来没什么异常，上面却是逃不脱的死地。上千骨族人都是要他们命来的，杀不死的怪兽是要他们肉来的。两人之前虽然没有遇到过犰彪，不知其凶残特性，但一个比老虎还大的兽子披着个怪异的头巾，像猫捉老鼠一样追逐他们，就算是个傻子都知道这是要来吃掉自己的。而刚才一番混乱两个人都没有看到怪兽和袁不毂一起跌下地底，只以为犰彪惊逃到旁边什么地方去了，所以他们两个对视一眼也都跳了下来。

李踪冲过来时袁不毂着实吓了一大跳，手中的箭差一点就射了出去。也好在石榴和死鱼还没来得及爬起来，要是他们手中弓箭也都蓄势待发，那这两人的箭定然都射向了李踪。

在这荒原地底下冒出来的一般只有鬼或怪虫异兽，而李踪现在的样子和鬼差不多，衣发烧焦，浑身泥土，昏暗中反突显出雪白的牙齿和血红的舌头。

"袁不毂，你来得太是时候了，快射开封豚宫、快射开封豚宫！"李踪有些语无伦次。

"李踪！你怎么会在这里？封豚宫？哪里是封豚宫？"袁不毂在地底下见到李踪已经是极度惊讶。当听到封豚宫后，更是觉得不可思议。

上次猰貐坟逃得一命后，他心中感慨其造型与利用的巧妙。且不论传说是真是假，那后羿神箭除凶已是威猛智慧，利用猰貐死后化成的石山划江分洪，如此天工妙造更是真正的精绝所在。

学箭之人最崇拜的莫过于后羿，入了羿神卫的更是如此。所以在这之后袁不毂听了不少关于后羿的传说，知道了封豚也是后羿除掉的六凶之一。它原是天地间第一霸道凶悍的巨猪，铁皮铜头口鼻喷火，常常推山拱沟、踏林毁田。后羿与之相斗，找到四蹄窍眼，锁四足将其活捉，利用其铁皮铜头的不坏之身填堵了九州九水间的一处气穴，并在穴口上建了一座封豚宫。

"那里那里！只需把那黑色房子射开。"李踪被震聋的耳朵还没有恢复，听不清袁不毂的问题，只管说自己的意图。

"那就是封豚宫？不对呀，传说封豚宫是在九州九水间的一处凶穴上，怎么会是在这地底下。"袁不毂顺着李踪所指看去。

"对了对了，你肯定需要问下射开的机栝位置才好下手。我去找冯思故，你在这里等我。"李踪说完跑入黑暗之中，袁不毂都没来得及拦一下，只能远远地提醒一句："当心怪兽，就夹子堡的那个，和我一起掉下来了。"这话李踪没有听见，他的耳朵仍被震聋着。

"啊！怪兽也掉下来了？"死鱼的脸色顿时惨白。袁不毂的话没提醒到李踪，反倒是吓到了他和石榴。

"那怪兽也并非完全刀枪不入，它的一只眼睛就是我射瞎的。它掉下来后就不见了踪影，不知躲到哪里去了。我们都要小心，只要不让它突袭到，还是有希望杀死它的。"袁不毂是在安慰石榴和死鱼，另外他已经多次和犰貐近距离对决，与最初见到时相比真的多了不少信心。

李踪连滚带爬地去找冯思故了。穹顶落下很多泥沙，在底下厚厚地垫了一层。但像是礁石的一圈石头大部分都还露在外面，只有个别的被整块的大土块给埋住。李踪知道冯思故一直不敢从石头上下来，所以就在这些石头附近找。即便刚才那记燃爆卷起的气浪可能会将冯思故冲出石头，那也不会跌出太远距离。

冯思故被找到时，只有半个不像人的躯体。他的脸遭碎石土块砸击，已经面目全非，下半截躯体被落下的沙土埋住。

李踪拖了一下冯思故，想把他从沙土里拉出来。结果才用力，冯思故就发出了一声惨叫，看来下半截躯体并非被沙土埋住那么简单。

"喂喂喂，你撑着点，我很快就把你救出来。不过你快告诉我！怎么打开封豚宫，机栝窍点在哪里？快说呀！"

"凸橡门扣槛三寸，框额柱墩正瓦头。"冯思故说的是房屋建筑中的细节位置，大型古墓中一般也有同样的细节位置，"这些个窍点封豚宫全都没有，所以那是一个非人非鬼的房型。无机柩可开，也无门径可进。"

"什么意思？你说清楚是什么意思！"李踪显得有些狂乱。

而状态越来越虚弱的冯思故反倒像清醒了许多："没有门，人鬼都不造这种房形。"

"那这叫什么形？有什么作用吗？是关乎天下命脉的作用吗？"李踪的问题好像已经脱离了他的目的。

"这是镇形，动不得，还是赶紧走吧。"冯思故努力挣扎了下，可见他求生的欲望仍是强烈的，但实际上他的努力一点用都没有。

"不会的不会的，这里肯定是有重要秘密的，财富、力量、命脉，肯定有的，肯定有打开办法的。"李踪显得越来越狂乱，急促地来回踱步，就像被困住的饿狼。

这种狂乱用技击家的话来说就是心神不守，丹元不固，邪性异气乘虚而入。作为练家子的他原本状态是要好过冯思故的，但现在被强烈欲望驱动后，心神乱了，气息乱了，反是不如不能动弹、气如游丝的冯思故清醒。

封豚宫是长了手的房子

穹顶又有地方塌下，袁不彀他们在已经塌过的位置，不担心被砸到。而随着穹顶的坍塌，有更多光亮投下来，视线好了许多，在可见范围内又没有发现犰彪，袁不彀他们的胆子也就大了些。于是袁不彀的注意力开始放在造型简陋的黑房子上了，难道这真的会是传说中的封豚宫？

"不够，别往前走了，当心上头塌下来。"死鱼在背后喊。

被提醒后的袁不豰发觉自己不知不觉中竟然朝着那黑房子走出很远，借助顶上的光已经可以看清房子上垒砌的石块。这让他不由得一惊，要是刚才走过的那段距离里有什么危险设置，那他必然中招无疑。

"我觉得这里好像有种喘气声，就在那房子周围。"石榴的耳力要比死鱼好，这倒是别人想不到的。一般而言石匠常年处在敲凿声中，耳力多少会有些受损，石榴可能是极少的例外。

袁不豰停下来后，也侧耳听了听。他怀疑石榴听到的是犰狳的低咆声，要说喘气声的话，就石榴距离黑房子的距离，应该是听不到的。除非那不是喘气声，而是其他声音。

袁不豰没有听到喘气，他觉得自己的判断是正确的，于是又往前走了几步。走完这几步后他惊讶地发现，自己心里明明在反复叮嘱着不要往前，脚下却偏偏还是往前走。

"不不，我说错了，不是喘气，而是一种持续的气流声，一种不停灌入缝隙的风声。"石榴看袁不豰还在继续往前走，觉得是自己表述得有问题，于是赶紧修正。

这个说法袁不豰是认可的。其实从上面掉落下来后，他耳朵里就一直有这样的声音。开始只以为是飞扬起来的浓重尘土影响了自己的听觉，后来又觉得是快速滑落下来后高度气压差造成的耳鸣。而石榴的话让他知道，这现象并非他们身体出的问题，而是这里真的存在着某种怪异现象。

想到这里，袁不豰准备往后退走。谁都有好奇心，但是羿神卫训练中却要求把好奇心建立在百分百的把握上。没有把握的好奇，结果只会是失去下一次好奇的机会。就在袁不豰歪歪斜斜退后两步的过程中，他发现了一个奇特的情况——那座房子竟然是长脚的。

这一次袁不豰再没能抑制住好奇心，迈步往前紧走几步，看清房子总共四只脚。不，那脚的形状其实更像是手，分做几指。只是长在墙根位置，深深地抓进地下。

封豚宫，如果镇住的确实是封豚，那应该是一只猪妖。猪只有蹄子不会有手，更没有指头。袁不觳又往前走两步，隐约看着那手像是粗壮的藤蔓。这倒是有可能的，锁住封豚，活藤蔓是最好的材料，比铁索都要好。铁索会绣会断，但藤蔓却是越长越粗，越长越结实。

"回来吧，不够，那玩意看着挺吓人的。"死鱼又在喊。随着这声喊，穹顶继续掉落，在光线中翻滚起浓厚尘土。

袁不觳没有回应，他屏住呼吸，尽量不吸入那些尘土。但他也没有离开，刚刚掉落的穹顶正好把一片浑浊天光落在半个房子上。只需等尘土散尽了，他就可以完全看清那房子以及房子的脚是怎么回事了。

结果让袁不觳失望了，即便借助了上面的光亮，他还是无法看清房子和那些脚。因为这次扬起的尘土只消散了一部分，还有一部分却是绕着那封豚宫打起了旋儿始终不散，就像一个圆筒状的厚纱，将封豚宫罩了起来。

看不清的状况下，听觉会被放大。那尘土围着封豚宫打旋儿之后，袁不觳的心神一下清醒了许多。他仔细听了听，确定石榴说的气流声正是来自封豚宫那里，而打旋儿不落的尘土肯定也是由于气流的作用。不过这情况太奇怪了，这地下封闭无风，持续的气流到底是从哪里来的？难道这封豚宫下真的堵着一个天地间的气穴，或者就是封豚这远古的妖孽喷出的气息？传说封豚的两只鼻孔一只进气、一只出气，循环不断，倒是可以形成旋飞不落的尘土圈。

"嘎嘣"一声，清脆响亮，就像一把利锥穿透整个空间。

"哈哈，要开了，不用射窍点，封豚宫自己要开了。"李踪不知道什么时候又蹿了回来，正蹲在一个落下的大土块上，从高处盯着封豚宫。

也就在这声清脆声响过后，封豚宫又可以看清楚了。所有围绕黑房子盘旋的尘土有几道变成直线往上流动，就像是将罩住的厚纱撕开了几道口子。

"嘎嘣"又一声清脆响声。袁不毂快速循声看去，这一次他找到了脆响发出的位置，是一根藤蔓断裂了——黑房子伸进地下的手断了根手指。

这声脆响之后，周围的尘土飞扬得更加奇怪。已经不是整个罩住封豚宫的旋儿，而是高高低低很多个旋儿。那房子也开始抖动起来，特别是房顶，剧烈跳动着，就像里面有个怪物拼命要把它顶开。

"啊！要开了，封豚宫要开了！"李踪站在大土块上兴奋地喊着。他不想让别人抢先看到封豚宫开启后的情景，所以从土块上一个大纵身，要往封豚宫那边去。

就在李踪纵下土块的同时，尘土的旋涡中也有一个影子纵出，比李踪更快更猛。李踪身体还在空中，后脖颈就已经被咬住了。李踪还没来得及做任何挣扎，影子紧接着猛地甩下头，李踪的脖颈顿时也发出一声"嘎嘣"脆响。脖颈一断，人就如同一块死肉，再没丝毫挣扎的能力。哪怕意识还是清晰的，也只能是希望自己赶紧没有痛苦地死去。

咬住李踪的影子刚刚纵出，袁不毂就认出那是犰彪。他和犰彪多次相遇，对这要命的凶兽已经非常熟悉。也正因为熟悉，他知道李踪已经没有救助的必要，现在想法保住自己性命才是最必要的。

"灵兽护穴，这是灵兽护穴！"石榴在后面喊，声音里带着惊讶和惊异。

所谓灵兽护穴的说法汉代之前便有了，是说天地间至吉至凶处、藏有奇珍异宝处，都有相应的灵兽守护。石榴原是石匠，雕石凿像的内容大都与神话传说有关，所以知道灵兽护穴并不奇怪。

袁不毂原先是木匠，筑屋造器要求驱邪求吉，也了解了不少这些传说。但他现在却非常肯定这并非灵兽护穴，因为犰彪的状态看起来不是凶暴，而是疯狂。犰彪露出的独眼呈血红色，口角处除了血沫，还有黏稠的涎液挂下。这状态应该是受到什么刺激，让别具灵性的心智变成了单一的撕咬行为。

这是怎么回事？袁不彀一边往后慢慢退一边在心里琢磨，自己刚才心里明明想着不能走，竟然还是不知不觉地走向了封豚宫。他忽然明白了，这里存在着什么扰乱人心智的东西，而且很大可能就在那气流中。

袁不彀不像冯思故，知道脏气这种概念。但他的分析方向倒是对的，这些地下气体中确实含有毒性，虽然不到致命程度，却可以影响反应和思维。

之前李踪和冯思故也是一样。李踪是练家子，气息稳定缓慢，抱守心元，所以受到的影响小。冯思故不是练家子，下来后又非常紧张，呼吸急促，所以他受到的影响很大，甚至出现了幻觉。在他们之前掉下来的瘦丙被冯思故看成了许多个，火把照射出瘦丙的影子也被他当作怪物在追逼自己。

不过瘦丙的样子变得像怪物这点倒没有看错。他最先掉下来，皮肉筋骨都有破损，下面淤沉的高浓度有毒气体通过伤口进入血液让他身体快速水肿、膨胀。李踪和冯思故他们两个幸好是落在礁石上，没有下到最低处，否则就算没有受伤也肯定会心智混乱。

火探子的小火团在底下浓重气体作用下因缺氧很快熄灭。后来大团火焰的火把掉落，点燃淤沉气体并发生燃爆。浓度很高的淤沉气体虽然瞬间燃烧掉许多，但燃爆也让气穴口子出现松动，原本慢慢溢出的气流变成快速流出，并且往高处扩散。

冯思故半截身体被埋，气若游丝，他的心智反而渐渐清晰。李踪有着塌顶的惊恐，又有见到袁不彀的惊喜，心元散了，气息乱了。加上呼吸急促，吸入大量毒性气体，不免变得狂乱起来。

犰彪是灵兽，对气体中的毒性感知更加灵敏，一掉下来马上就跑到气体浓度低的角落里躲避。当无处可躲被迫吸入气体后，感知灵敏的犰彪也就会变得更加疯狂。当李踪以一个大幅度动作出现在犰彪戒备范围内时，犰彪便把这当成对自己的攻击，立刻扑出将他咬住。

其实从这个角度来分析，传说中的灵兽护穴可能也是同样道理。至吉至凶和藏有奇珍异宝的地方，肯定存在特别的物质或磁场，影响到附近的某种动物，让其身体和心智发生变化，然后就会对外来的人和其他动物发起凶残攻击。

"不要急，慢慢退，慢慢远离它。"袁不彀悄声对身后的石榴和死鱼说。

"没……没法退了。"死鱼死气沉沉地回一句。

袁不彀一愣，随即马上反应过来。自己身后肯定出现了异常状况，否则死鱼不会说没法退的。于是他缓缓转回头去，谨慎得就像生怕惊动什么地底的冤魂。

背后的情形确实没法退，也没胆退。穹顶塌下后堆积如山的沙石泥块不知什么时候缓缓地动了起来，虽不像封豚宫周围的尘土那样打起旋儿，但是其中蕴含的能量更加巨大。整个就像一条冰冻了的大河开了凌，水流夹带着冰凌往前涌动。最终趋势肯定是越流越快、越流越急，变成狂潮一般。而随着身后沙石泥块的流动，上面的穹顶更多地塌落下来。

"必须上去，我们必须找地方上去。只有上去了才有机会逃离这里。"石榴流露出很明显的害怕和慌乱。

"是得上去，这下面接下来肯定还有更怪异的变化。"袁不彀和石榴看法相同。

袁不彀他们不知道，此刻上面的情形并不比下面好多少。上面穹顶范围之内的地面随时都会坍塌成深洞，穹顶之外的地面则变得柔软而松散，并且在不间断地剧烈摆晃。这个时候不要说从下面爬上去了，就是上面的那些骨族人也都寸步难行。站起来就得跌倒，只能随着地面的摇晃滚动身体，惊恐万状地发出此起彼伏的哀号。

没办法上去，更不能留在下面。一边有怪兽犰狳尖爪利齿步步逼近，一边是缓慢流动压迫而来的沙石泥块，他们能存身的夹缝越来越小了。而且在沙石泥块流动起来后，他们滚落下来的斜坡消失了。变成了一堵移动的土壁，就算给个梯子都没法爬上去。

　　犰彪就在几步外焦躁地徘徊，用血红的独眼盯着袁不觳他们，不时发出含混的咆哮。沙石泥块越流越快，泥块碎散了，石块被卷裹了，流动得越发像一条汛期的大河，而这大河的前端离袁不觳他们没多远了。他们眼下急需解决的问题不是上到地面，而是怎么才能逃过犰彪和泥流的夹击。

　　"嘎嘣"又一声脆响。封豚宫那里的沙幕彻底被扯开了，一股气流直冲上去。破损不堪的穹顶震晃几下，随时都有整个塌下的可能。好在下雨般掉落些沙土石块后，最终还是勉勉强强稳住。

　　袁不觳敏锐的眼力在雨点般的沙土石块中发现了一点火光，马上指着那里大声对石榴和死鱼说道："你们两个赶紧往那边走，那里可能有上去的洞口，我来拖住犰彪。"

　　袁不觳的做法是对的，如果三个人都往那边去，犰彪肯定是会追过来的，那样谁都走不了。必须有个人来牵制它，而他一直是犰彪循味追踪的目标，留下来也是最合适的。再有，自己的命是石榴和死鱼从骨族牢笼里救出来的，要是不救自己他们也不会落到这个死地中。现在，但凡有逃出的机会，袁不觳定是要让他们两个先走的。

　　"不够，我们一起走吧。"死鱼犹豫了一下，感觉丢下袁不觳很不够义气。

　　石榴一把就把死鱼给拽走了，他的做法也是对的。这个时候做事必须果断，稍稍一点迟疑可能谁都走不了，那么袁不觳就白白牺牲了。

　　雨点般的沙石泥块落尽之后，犰彪摆晃了一下脑袋重新面对自己的目标，却发现面前已经只剩一个人了。它能在暗夜中视物的独眼转动一下，很快就发现了跑向一边的另外两个目标。所以接下来它要做的是以最快速度将眼前目标撕咬成碎片，然后继续去解决另外两个目标。

　　袁不觳没有想到犰彪的再次攻击会如此急促。本来还以为它会忌讳流动起来的土石泥沙，可以多僵持一会儿，为石榴和死鱼多争取一点时间的。

好在袁不毂已经不是第一次遇到犰貐，对它的攻击有了一些经验。和犰貐第一不能硬碰，这是个刀枪不入的怪物。第二不要比快，犰貐的速度远远高过一般兽子和正常人。要想躲过犰貐的扑咬，最佳的方法应该是出乎意料，也就是采用犰貐完全想不到的行动方式和方向。

最后一箭射入犰貐肛门

眼见着犰貐已经扑了过来，袁不毂没躲也没让，迎着它就冲过去。犰貐的动作确实迅疾，但越是迅疾的动作越难在中途改变方向角度。所以袁不毂只是稍稍低些头，就从跃起的犰貐腹下冲了过去。

意外动作吓了犰貐一大跳，估计以往从未有人和兽子敢从它腹下冲过。另外它应该也记得袁不毂是唯一射伤过它的人，那个受伤的记忆会让它对袁不毂产生一定的畏惧感。因此犰貐接下来的扑咬速度减缓了一些，也不再直接扑咬袁不毂，更多的是在他周围蹿来纵去。这样一来袁不毂反而更加难躲闪了，几次想找空隙往其他地方逃跑都没有成功。犰貐这是要断绝对手的一切逃脱可能，让袁不毂彻底绝望。

"射瞎它另外一只眼！"袁不毂对自己说，这可能是唯一一个可以摆脱绝境的方法。

于是袁不毂连续更换脚步方向，要引得犰貐在左右乱蹿中放松注意力。同时，他从箭壶中抽出了三支箭，嘴里衔一支，推弓的左手连着弓把握一支，还有一支搭在弦上。

抓准机会，袁不毂再次出乎意料地迎着犰貐冲去。这一次他不是要从跃起的腹下穿过，而是直对犰貐的脑袋而去。要想射中犰貐剩下的那只眼睛，必须迎面而上，不躲不让。而要想在犰狳快速移动中射中它的眼睛，那就要有不低于犰狳的速度。

速度方面袁不齀肯定无法达到，但是他可以弥补，用连续三支箭的连射来弥补。三支箭都不是对准目标射出的，而是多出一些提前量。这也是为了弥补，弥补犰狳移动速度太快带来的瞄准差距。

三支箭又快又准，把犰狳避让的可能性全都计算在内了，但三支箭没有一支射中犰狳的眼睛。灵兽就是灵兽，吃过一次亏后变得警惕，不再吃同样的亏。而且它有应对同样攻击的想法，是人类都无法想到的想法。

三支箭犰狳没有躲也没有让，而是低头主动撞上去。这在袁不齀的意料之外，他的各种预算中偏偏没有主动撞上，这样一来三支箭的提前量没一点用。犰狳铜头铁背，三支箭虽然全部射在他头上，对它却没有造成丝毫伤害。

不过三支箭也并非没有一点用处，至少让犰狳的动作出现了停滞。一个意外收获是，犰狳落下的位置不是太好，正好在沙石泥块流动的前方。所以箭没伤到它，流动的沙石泥块却撞到了它。土石流速度不快，力量却是巨大的，将犰狳推得横着翻跌而出。

犰狳吓了一大跳，蹦起来朝沙石流狂吼。它应该清楚那是自己无法阻止的力量，两声狂吼后便又掉头继续扑向袁不齀。

袁不齀摸一下箭壶，摸到的是最后一支箭。他从骨族马匹上带走了两壶箭，那咤杀冲破骨族人的阻挡用了不少，后来射杀骑马追赶包抄他们的骨族勇士又用掉一些。斗犰狳再用一些，现在就剩一支了。

抽出最后这支箭，袁不齀并没有搭上弓弦射向犰狳。三支箭都射不中，这一支应该也是徒劳。除非是有一个更加有利的位置，能够让他准确锁定犰狳的软肋处。而犰狳刚才被沙石流撞翻的情景让袁不齀灵光一闪，他觉得自己可能找到了。

石榴和死鱼好不容易连滚带爬地跑到了落下火光的地方，这一段距离并不太远，但一路都被石块泥块磕绊着。

上面掉下来的是一只驴皮挂灯。李踪拉着冯思故这些带符提辖来这里挖穴寻宝，匆忙间没法做太多准备。工具灯具等等都是十一连堡平常用物，没有专门的盗墓器具，驴皮挂灯也是一样。这灯原本是挂在他们直挖下来的洞道里的，沙石泥块流动，穹顶震动摇晃，把这挂灯连同石块泥沙给甩落下来了，偏是让袁不毂的绝好眼力一下看到。

找到驴皮挂灯也就找到李踪他们下来的洞口，很幸运的是，洞口下来的绳子还在，而且有三根。其中两根是李踪和冯思故下来的吊绳，还有一根是后来放下火把的那根。

石榴和死鱼想都没想，各自抓一根李踪和冯思故放下来的吊绳，这两根绳子要比放火把的那根粗很多。稍微拽一下确定绳子的固定还算结实，便一先一后急切地往上爬。才爬一人多高，两人便又同时摔下。幸好礁石周围已经有很多泥沙土块填高了，不然这一摔肯定会伤筋动骨。

随着两人摔落，一根杠木连带两根系在上面的绳子也掉落下来，还差点砸到他们两个。原来，由于穹顶土层掉落，之前挖下来的洞道下端也已经塌落，而横卡在洞道里固定两根吊绳的杠木撑点松动，再无法承受他们两个人的重量，就直接被拉脱下来。

现在只剩下一根挂火把的细绳了，而且不知道上面是如何固定的，但就是这根不明情况的细绳成了他们最后的希望。

根本来不及细想什么，穹顶上有更多的土层面在持续塌落。如果再不赶紧上去，就不是绳子或固定点能不能承受他们，而是剩下的穹顶能不能承受他们。

死鱼先抓住绳子往上爬，战战兢兢，越往上越怕。如果到达一定高度再掉下来，即便不当场摔死，也再没有活命的机会了。所以每爬一下，都是生死试探。

这时封豚宫那里又传出一声大响，房顶顿时像裂开了一般。气流从裂口横冲而出，先是不可阻挡地扫荡开所经之处的一切物体，随后这气流裹挟了之前所有小旋儿，汇成一个大旋涡。在这个大旋涡的作用下，周围的土石都流动起来，并逐渐扩大范围，最终连穹顶以外的实土部分也被裹到流动的沙石泥块中，穹顶的支撑变得更加薄弱。

大旋涡在逐渐靠近大河般移动的沙石泥块，一旦它们汇聚到一处，两股巨大力量的融合会让凶险势头数倍叠加。

不远处又一大片穹顶塌下，卷来混浊尘云。等那尘云稍稍落定些，石榴发现沙石泥块的大河已经朝着自己涌来。不仅速度更快，而且前端在另一边大旋涡的助力下，形成了一个高高的潮头，翻卷而起，覆盖而下。

石榴再不能等了，虽然死鱼才爬一半多，但他也只能冒险抓住绳子往上攀爬。再要多等一会儿，他就会直接被沙石泥块的潮头拍击并碾压。

那根不明状况的细绳竟然承受住了石榴和死鱼两个人，虽然两个人同时攀爬让绳子抖晃得厉害，攀爬速度也受到影响。但至少绳子没有断，固定点也没有脱落。

石榴爬上去两三丈高的时候，细绳突然发出"吱呀"一声响。这是受力达到极限即将断裂才会有的声响，同时能明显感觉到顶上固定的地方往下顿了顿，像是固定点被拉出了一些。

他们低头看一眼，原来下方又有一个人抓住绳子爬了上来。此时沙石的潮头已经近在眼前了，下面那人应该是为了躲避被沙石泥块覆盖碾压，才不顾一切爬上绳子的。怎么会有人也来缘绳而上？是袁不毅从犰彪口中逃脱了？是那个被犰彪咬断脖子的人没有死？

不过既然之前有人出现在这地底下，那再多出来一个也不奇怪。

石榴不敢发声也不敢乱动，只是尽量减小动作幅度继续往上爬。他知道现在这个情况只能让下面的人爬上来，要是下面的人连带绳子被沙石泥块的潮头裹住，那就像是下了个重坨。潮头的巨大力量微微一带，这绳子立马会断。而下面的人应该也是清楚这一点的，他在极力地往上提升自己的位置高度。

袁不馘抓着弓拿着箭朝封豚宫跑去。之前他觉得封豚宫那一处是最具凶机的位置，各种躲逃都没有选择那个方向。而这一次跑向封豚宫，又是在犰彪意料之外的。

犰彪只稍稍顿了下，便立刻纵身追上袁不馘。它这一回跃起的高度没有之前高，速度却比之前任何一次都要迅疾，以不顾一切的架势直扑向袁不馘。就好像它真的是守护封豚宫的灵兽，不管别人存的是什么念头和目的，都绝不让他们靠近。这样做很可能是怕别人开启了封豚宫的什么窍眼，顺带着把它也带入灾难。犰彪可以发现很多人类无法觉察的危险，所以就算为了自己，它都是要全力阻止的。

犰彪的疾速追扑在袁不馘的意料之中，于是他突然后退，并顺着后退之势跌倒，顺着跌倒之势快速滚动。很明显的一点，他是偏向于犰彪右侧滚动的。

整个人又一次从犰彪腹下穿过。虽然犰彪的跃起比之前低矮些，前后爪也有意识地往下抓挠着，但依旧未能碰到袁不馘一点点。

通过不能第二次射中犰彪的眼睛，袁不馘推断到犰彪有着自己的想法和对策，而且在对抗过程中不断改进和完善。同样，再想做一次低身从它腹下跑过估计也很难成功，除非状况更加突然，身形放得更低。所以他先往封豚宫那里跑，这可以让犰彪因意外而焦躁。然后在它快要抓住自己时，改跑为滚从它腹下过去。至于滚动偏向右侧，是为后边一步的行动做准备。

袁不馘看到犰彪被沙石流横着撞翻，由此确定自己射瞎它的右眼对它影响还是极大的，导致它无法及时看到右侧的情形。所以偏向右侧滚动，就是要犰彪短时间中看不到自己的踪迹，并因此在动作上失去连贯，出现一个瞬间停止状态。

事实确实如此，落地后的犰彪没有马上转身。它不清楚袁不毂现在在什么位置，这时候贸然转身很大可能会被对方利用。所以犰彪必须扭头，先看清后面的情况。而当犰彪把头往后扭转到极限时，瞬间的停止状态便会出现。

袁不毂从犰彪腹下滚过之后，在一块早就算好的大石块上蹬脚借力。于是身体斜着往犰彪正后方滑过去一点，整个人和犰彪身形呈一条直线。

地面上滑动的身体刚刚停住，也正是犰彪停住身形扭头朝后的瞬间，袁不毂躺在地上将最后一支箭给射了出去。

犰彪的回头并不快，这是防止后面有箭射向它剩下那只眼睛。袁不毂就算算得再好、箭法再准，都没有可能在这种全神的防备中射中那只眼睛。况且犰彪扭头，眼睛也是处于移动状态下。所以袁不毂射出的一箭，其实没有等到犰彪脑袋扭转到极限时的停止瞬间。

但就在这个过程中袁不毂念头突转，他没有等，而是急急地把箭射出。箭矢准确命中，射中的却不是眼睛。

犰彪发出一声长久不息的惨嚎，并在惨嚎中左蹿右蹦、满地打滚。

虽然之前袁不毂找到了窍门，也设计好最后一箭的射出方式，但他最终还是在灵光一闪间改变了主意。箭果断射出，不需要犰彪的脖子扭到极限，只需它的身形继续保持不动就行。因为这一箭射中的是犰彪肛门。

这个转换有些大，从最前头的眼睛换到最后头的屁眼。这个转换还有些冒险，眼睛最为薄弱是肯定的，射中屁眼能不能有点作用却未可知。

如果只是射中犰彪的屁眼确实没有什么作用，但屁眼是一个通道，箭是可以往里钻的。箭的钻入速度够快，加上肛门周围肌肉受到刺激后会瞬间收缩，其力道也是往里嘬的，这样箭就会进入得更深。

这一箭不能保证将犰彪伤得多厉害，但绝对可以给它带来强烈的痛苦。

这个刀枪不入的怪兽以往就没怎么体验过痛苦，再加上它敏锐的感觉，耐痛的能力反是远远低于其他普通兽子。于是一箭之下，犰彪痛不欲生地吼叫、翻滚，不顾一切地左冲右撞，直至撞破封豚宫的一角。

撞破封豚宫后，犰彪的身体在封豚宫上方旋了半个圈就直接往暗黑处的实土壁飞去，并深嵌进实土的土壁里，大概是被冲出的强劲气流击飞的。

最后一箭射出之后，袁不觳爬起来不顾一切地往洞口方向跑去。跑出有十几步时，感觉头顶有个白色东西罩下，便赶紧侧身移步让到一旁。不过没等那东西落地，袁不觳就已经认出那是丰飞燕的大氅。之前大氅被他用一支箭钉在了犰彪的左眼上，刚刚封豚宫的气流不仅把犰彪摔死了，还把唯一可做裹尸布的大氅给撕扯下来，吹到这里。

袁不觳眼疾手快，没等大氅飘落便身体纵起，一抄在手。等他落地再迈步时，大氅已经拦腰带搂肩地系在了他的身上。

在泥沙的旋涡中行船

石榴看到封豚宫房顶被掀，正是犰彪撞破封豚宫所致。气流突变，沙石泥块移动得更加汹涌。而一旦沙石的潮头和封豚宫的旋涡汇集一处，这里可能就会变成阎王殿里磨鬼的石磨。

袁不觳在潮头和旋涡的夹缝里一路奔逃，最终逃到石榴和死鱼往上攀爬的那个绳子前。这是唯一可以继续逃命的路径，只有尽量往上才能躲过狂卷而来的泥沙潮头。所以他来不及看也来不及想，抓住绳子就往上爬，并未注意这根细绳上还吊着另外两个人。

沙石潮头覆盖而下，堪堪擦过袁不觳的鞋底。而下面挂着的绳头被泥沙裹挟后仍是带着一股很大的拉劲，将袁不彀和石榴带动得斜飘起来。

　　绳子很细，固定绳子的部位即便牢固，在如此地动土飞的状况下肯定也会松动。所以当绳子突然往下一坠时，袁不彀和石榴都认为自己要掉入下方盘旋的沙石流中了。

　　好在这根细绳没有采用木杠横卡洞道的方式放下，而是直接系在拉绳的一个钉环上。为了方便在洞道中上下，不仅要挖一些可踩踏的凹入脚窝，还要设置可以手抓借力的拉绳。拉绳是用打入石壁的钉环固定的，钉环虽然不像骨族人固定帐篷的绳锚那么大、那么长，但形状相似，又是横向受力，牢固性还是很强的。更重要的是这种钉环一路从上到下要设置很多个，多个共同受力，牢固性比单个的大地锚还要好。即便其中有几个因为土石松动而脱落，其他的钉环依旧可以将下面的人吊住。而刚才袁不彀和石榴出现的突坠，正是由于洞道下方土石掉落，最下面的两个钉环脱出了。

　　好在这一下只坠落了一尺多高，袁不彀抬起的双腿仍是险险地从又一个覆盖而下的土石潮头上擦过。而此时沙石泥块的大河和旋涡已经汇聚，被潮头裹挟的绳头受力更大。不仅斜绷成一条直线，绳子自身还在旋转。挂在绳子上的袁不彀和石榴就像两个陀螺，随着绳子一起滴溜溜地转动着。

　　"快爬，这绳子会拧断的。"上面传下的喊声很大，但仍是被下面气流声、泥沙流动声、尘土飞扬声掩盖了。

　　又有大片穹顶落下，下面光线更加明亮了些。借助光亮，袁不彀和石榴看到死鱼把身体撑在上面的洞口里，一只手臂在细绳上绕了几道，单手死死抓住绳子。

　　袁不彀和石榴非常幸运，刚才绳头被沙石潮头裹挟住的时候，死鱼已经上去洞口。这样不但绳子上少了一个人的重量，当沙石潮头施加给绳子的拉劲将更多钉环从洞壁拔出时，死鱼拉住绳子，暂时制止了钉环的拔出。

　　死鱼是船家出身，一眼就看出下面的泥沙怪力很快就会把这根绳子拧断。

于是高声呼叫，让袁不彀和石榴赶紧往上爬。

袁不彀和石榴听不清喊的是什么，但从死鱼着急的模样可以知道，自己必须马上上去，上面撑不了多久。于是两个人尽全力往上爬，就像不顾一切的短跑冲刺者。

石榴刚刚爬到上面洞道里，绳子就断了。已经稳定住身形的石榴眼疾手快，一把抓住了断绳，没让袁不彀掉下去。这也就是石榴天生神力、手如茧钳，要是换个人就算不被一同带落下去，那只手也会被绳子磨个皮开肉绽。

袁不彀爬上洞道后，石榴还没来得及放掉手中的那根细绳，绳子就已经崩断成了数截。这是石榴的手力和下面沙土旋涡的力道一起生生将其拉断的。

"快！继续往上爬。"袁不彀没有多加一个字的解释，从他语气和表情足见他们已经处于一个极度危急的时刻。

真的是到了极度危急的时刻，下面的沙石泥块流本就被地下气流或其他流动力量推动，形成大河一样的移动。而这地底下应该不止坍塌下来那一处有这样流动的巨大力量，其他地方的土壁泥沙也都开始移动起来。

最大的那一股沙石泥块流已经与封豚宫的气流旋涡汇聚，接下来更多的流动也都会汇入。在这种巨大力量的作用下，穹顶已经有一大半塌下。袁不彀他们所在洞道的一小半也岌岌可危，随时都有可能塌下。一旦所有穹顶塌下，整片区域都会变成一个泥沙土块翻腾的旋涡。

三个人攀爬的速度很快。死鱼经常攀爬桅杆绳索，石榴经常登山攀岩采石，都有很好的徒手攀爬功底。袁不彀反倒是三人中最不济的，造房筑楼虽然也需要登上爬下的，但那都是有梯架器具的。好在冯思故他们挖这洞时设置了踩脚搭手的踏坑和绳扣，袁不彀这才没有被上面两个人远远落下。

当三个人都爬出洞口时，下面的大河、旋涡和更多的流动已经完全汇聚到一起了。沙石泥土裹卷成了一条狂暴的恶龙，在地下翻滚又冲开来。随着这条恶龙的肆意暴虐，剩余的穹顶快速塌下，穹顶之外的泥土沙石也开始加入流动翻转之中。

洞外看不见天、看不见人，扬起的厚厚尘土掩盖了一切。唯一可以看到的就是地上正在扩展的黑洞，就像一张吞噬一切的巨口。袁不殼这边的穹顶虽然还有部分暂时没塌，但黑洞另一边已经远远超出了穹顶范围。

"过来，到这里来。"死鱼在喊，他在什么都看不见的尘土中摸到了一架车，那是李踪他们运挖掘材料的槽车。

袁不殼和石榴连滚带爬地摸到槽车时，死鱼早已经爬进车槽里了："快进来，这里要塌了。"死鱼也是慌不择路，他们所在的位置真要塌陷了，躲在车槽里又有什么用。但这周围好像除了槽车再没有可去之处，最不济也是可以把这车子当作一具棺材的，让他们不至于尸骨无有盛存之物。

袁不殼和石榴也翻进了车槽，就在进去的刹那，他们脚下的穹顶塌了。槽车带着三个人直坠下去，坠回他们拼尽全力爬出来的地方。

绝望已经让三个人忘记了惨呼，但其实就算他们开口呼叫，须臾间也都会被飞扬的厚厚尘土堵住喉咙。因为下面的沙石泥块已经完全翻腾起来，没了大河，也没了旋涡。只有激荡不停的潮头，越冲越高的潮头。

槽车只掉下去一半，就又被下面冲高的泥沙托举了上来。槽车的车架瞬间就成了碎片，只留下装了袁不殼他们三个和一些材料的车槽子。车槽子随着冲高的泥沙一直往上，同时无规则地左旋右转、前冲后颠，几次差点将槽子里的人给甩出去。

"铜钱湖！"袁不殼突然莫名其妙地大喊一句，不过被泥沙激荡的声音完全覆盖了。

下面的泥沙越冲越高，高过了原来的地面，高过了远处的土坡。然后再猛地朝一旁掼落，带着顶上的车槽子落入另外一个深坑。

"行船！"袁不殼又高喊一声，是朝着死鱼喊的。

无规则的旋转和移动状态与他们曾经在铜钱湖遇到的怪异暗流非常相似，最后的掼落和死鱼说过的在大海中冲浪行船非常相似。所以袁不毂已然绝望的心里生出一丝侥幸，借助这个车槽是不是可以像海中行船一样最终抵达岸边？

死鱼听不到袁不毂在喊什么，于是袁不毂拿起车槽里的一根木料在翻涌的泥浪上拨了一下。槽子一下往旁边移开了些距离，并且停止了一个急速的左旋。

死鱼明白了，他马上拿起一根长木料，用行船的技巧控制车槽子。这样做至少可以尽量保持槽子平稳，减少翻覆和把人甩出去的危险。

石榴也拿起一块木板，但他不知道该做些什么，只是用来及时推挡那些可能会扑打在车槽子上的泥浪。

槽子平稳一些后，袁不毂因慌乱绝望而涣散的精气神重新收敛，眼神也开始凝聚。他开始细看周围土石泥沙的差异，并通过差异确定哪些是扬尘、哪些是飞沙、哪些是石流、哪些是泥浪。确定这些之后，他开始瞄线，从无规则中找典型现象，典型现象有了连续，那就是可以利用的规则。

喊声听不见，袁不毂用手势，那咤杀练成的手势。一只手伸在死鱼面前，一直手伸在石榴面前。眼睛瞄线得到信息，两只手传达的则是结论。给死鱼的结论是如何保持平稳的调整，给石榴的结论是如何划拨泥沙推动槽子移动。

车槽子就像汹涌狂涛上的一叶小舟，落低冲高、左旋右飘。一下上了半空，一下又落入深坑；一下横滑百步，一下又原地打旋。泥沙中裹挟的石块不停地推挤揉搓着木槽，像把它扔进了一个石磨。稍有一点力道控制不好，槽子便会粉碎，槽子里的人也会粉碎，情形比铜钱湖里的暗流更加凶险难测。也正是亏了他们有铜钱湖的经验，有袁不毂瞄出下一个冲击力的线路，有三个人协调有度的紧密配合，这才总能抓住最后一丝间隙，避开将他们彻底覆盖的巨浪，逃出即将将其吞噬的旋涡。

旱海行舟、土沙冲浪，袁不觳他们三个此举可以说是前无古人后无来者。如果这趟能够再次逃出生天，此番经历说给别人听，不知会有几人相信。

泥浪沙流中的线比铜钱湖水下暗流的线更加难瞄，除了怪异难寻规律外，视觉受飞扬尘土干扰也是重要原因。泥浪沙流上控船行舟也比在水上更加吃力，因为翻滚激荡的势头更加汹涌，冲击的力度更加强劲。而且这里没有水面上那样的流畅性，划动力量是水面的十倍。只能是尽量借力用力、勉力而为。

冲跳的泥沙有很多都落在槽子里，只一会儿就快将槽子填满了。这要换作在水面上的话，早就连人带槽沉了下去。但在这里只要不被翻滚的泥浪盖住，倒也不容易沉下去。而槽子里的三个人，不仅被填进槽子里的泥沙埋住下半身，还被飞扬的尘土厚厚包裹，就如同三个俑人。

死鱼和石榴很快就累得丧失了最后的求生欲望，进入下意识的迷离状态。所有的动作全是凭感觉的有一下没一下，也不知道做得有没有达到袁不觳的要求。而袁不觳其实也已经越瞄越模糊，很多手势意图都是在猜测。

这种死境中的挣扎往往会让人觉得时间过得很长，实际上也就半寸香的工夫。天色渐渐明亮了，是扬尘在落下、在散去。袁不觳他们三个人惊讶地发现车槽子已经不动了，就像船靠了岸，停在了不知哪里的半截土坡上。但他们三个此时也和槽子一样动不了，死鱼和石榴是疲累到了极点，袁不觳则是即将崩溃的僵硬。

尘土彻底散落尽了，眼前的情景就像什么都没发生过一样。依旧是平坦广阔的夯实土地，依旧是沙尘随着小风在滴溜溜乱转，依旧可以看到满地的枯骨。所不同的是，除了这些之外还有很多杂物，有衣物有马鞍，有车辕有破鏊。另外还偶见几具被泥土半埋着的人和马匹，应该已不是活的了，不久之后也会变成枯骨。

魂飞海，这就是魂飞海，留下的人魂飞魄散，逃走的人失魂落魄。但是没人知道他们经历了什么，看到了什么。只能当是一场噩梦，或是一次与妖魔的偶遇。

曾经的一块大陨石在此冲击出一条河流，让这里水足鱼肥、地沃树茂。时间久了之后，陨石所带能量开始释放，鱼类变异、草木枯萎，地面下沉、水流改道。沉落地面之下的生物经过许多年的转换，形成了地下气层。陨石所在位置本来应该是个最早形成的气口，但不知在什么年代被一个巨藤缠绕的小建筑给堵住。而他们听到那周围有隐约的吟唱声，应该是少量气流从气口中泄漏发出的。

地下气有很多层也有很多点，时不时会有某一点或某一层由于气压太大冲破土层，于是便会泥土翻腾如潮如浪。当释放到一定程度，压力回抽，土面便又恢复状态。

封豚宫那一处的气口应该是有人专门设计过的，利用了原来的下陷空间。那一处的气口是可以在气压过大时适当释放的，而且就释放在穹顶下的那个空间里。所以魂飞海里常常会听到鬼怪嚎叫一样的声响，其实就是封豚宫在释放气压。释放出的地下气慢慢透过泥土层到达地面，在光线照射作用下，魂飞海的情景便会常常出现恍惚和扭曲。

进入魂飞海的人吸入这些气体都昏昏欲睡，汤老三那样体质极弱的到最后索性昏睡不醒。体质好些的开始还能撑着，时间一长仍会出现幻觉。而残留穹顶下面的余气浓度和成分必然更加浓厚复杂，瘦丙、冯思故、李踪在下面眼中生晕、出现幻觉正是吸入浓度更高的气体所致。

之前李影带人在此处挖掘，以及后来被盗匪抓住押来挖掘，应该只是挖破了某一点或某一股气层，局部的泥翻沙卷就让他们无处可逃。袁不殼他们这一回遇到的是多气层一起震破，连封豚宫那一处的大气口也脱开了。这才出现如此大面积、大幅度的泥潮沙浪，翻江倒海般，尘土遮天蔽日。

找不到暗藏箭手的暗箭

看着眼前的一切，袁不毂呆怔了许久，直到身后有人把脚踏在木槽子边上他才觉察到。这也难怪，沙流泥浪翻腾的持久声响让听觉一时间难以恢复。

紧张疲惫的身体已经僵硬，加上浑身上下罩了厚厚一层泥土，袁不毂只能像泥偶一样缓缓转过身来。

出现在他眼前的是一把大弹弓，离得很近。弹弓皮筋拉得紧紧的，弹兜里是鸡蛋大的石丸。不需要看到太多，只这把弹弓就可以知道来的是剥头，必须要了袁不毂性命的剥头。

逃过末日般灾难的人还来不及庆幸一下，就又有一枚可以要了他性命的石弹对准了他。两种要命的形式差距太大，最终的结果却是一样，这让袁不毂感到崩溃。

"要杀就杀我，放过他们两个，他们和密杀骨鲔圣王没有关系！"崩溃了的袁不毂声嘶力竭地朝剥头喊着，声音在已经平静了的空荡魂飞海里传得很远很远。眼下他完全没有对抗和逃脱的可能，唯一心存的侥幸就是保住死鱼和石榴的性命。

剥头眼神奇怪地盯着袁不毂，可能是惊奇他竟然能从那样翻天覆地般的灾难中逃出。但这样的眼神很快就缓和了，手中的弹弓牛筋也松弛下来："原来是你呀，我还以为是地底下钻出的精怪呢。"剥头说的是实话，他们三个现在的样子真的没什么人样。

"你别杀他们。他们只是行公事路过此处，和我不是一路的！"袁不毂的听觉恢复了一些，说话的声音也自然低了些，但在空旷的魂飞海里还是传得很远。

"我不杀他们，也没必要再杀你。魂飞海刚刚这场大折腾，把骨族大批人马都折了进去。那些大王、王子都在其中，骨族已经完了。"

袁不觳愣在那里，他没想到会是这样的结果。自己逃出灾难的同时竟然也逃过了追杀——骨族的追杀，剥头的追杀。

"你的事情做成了，赶紧回去吧，别再来这儿了。"剥头说完话伸出手去，他是要将袁不觳从槽子里拉出来。

就在这时，后面坡顶上跃出几匹马来。那些马都棉布包蹄，跑起来没啥声音，但并不影响奔跑速度。

马急驰、影混乱，袁不觳渐渐恢复的眼神和听力从其中捕捉到弓弦绷弹声和箭矢飞行的线，于是高喊一声："不要！"

但这一声晚了，声音未落，他已经看到从剥头后背穿透到前胸的三支箭头。剥头的手没有拉到袁不觳的手，只差一截指头距离的时候颓然挂下。

"尿他个姥姥的。"这声骂和着血沫一起从剥头嘴里喷出，他重重地跌跪在木槽子外面，搁在槽子边沿的上半身再也抬不起来了。

"袁不觳！是不是袁不觳？"马匹冲到槽子前，高声呼喝的是丁天。他和江上辉分两路寻找皇上遣往西夏的密使丰飞燕，刚巧绕到了这里，听到袁不觳刚才声嘶力竭的喊声。急忙纵马冲过坡顶，看到本地衣着的剥头要对槽子里的人不利，于是当机立断放箭射杀了剥头。

"刘石。我是刘石。"

"我是余四呀！"

石榴和死鱼恢复了一些，见是丁天，赶紧报出自己姓名。他们本就是丁天从临安带出来的，分两路后才随江上辉走的。

袁不觳捧起剥头软塌的脑袋看了看，确定他不能活了，这才抬头回一句："我是袁不觳。"同时两颗泪水滚落面颊。他和这个一会儿利用他，一会儿又要杀他的剥头谈不上什么交情，但他赞赏这个粗豪男人为十一连堡父老乡亲所做的一切。眼见着这条鲜活甚至强悍的生命瞬间逝去，他的心中不禁被悲戚填满。

剥头的鲜血顺箭头滴下，在袁不毂腿上染出两块暗红的湿泥糊，而他竟然未有丝毫异常感觉。

坡岭之上刀影绰绰，沟壑之中杀气沉沉。天空中偶尔传来的一两声鹰鸣，总让人怀疑是发起攻杀的指令，霎时就将一颗心揪得难受。

天武营此前撒出的前哨探子都没有回来，这情况让左骞果断朝周围各方向撒出探报，而且是三阶式探报。前面发现情况的，用箭信①或形语②告知后面的探报，第二个再告知第三个。这种方式就是算前面的探子被人抹了回路，仍是可以把信息传回来。

莫鼎力的直觉很准，前方的沟沟壑壑之中果然藏了伏兵，而且有很多路的伏兵。撒出的探报先后报回紧急军情，这些军情结合起来得出的结论只有一个，天武营已经被几方人马围堵了。

不过天武营的人马没有就此停止前进。停止了就意味着被定死了位置，只有继续前进才意味着随时可以发力挣脱围堵。

直到遇到江上辉那一小队人马后，天武营才停止了前行。

"前边是大宋哪路人马？羿神卫护送赴西夏密使在此！恳请救护！"江上辉是个老江湖，救出丰飞燕之后他并没有马上离开骨族聚居地往南宋方向奔逃，而是先绕到南边杂木林里。等骨族大队人马全往东面追赶袁不毂他们而去，他这才带人往东南方向急奔。

江上辉和莫鼎力在临安就是旧相识，所以当他看到莫鼎力时，他观摩了一下便发出高喊，并主动报出赴西夏密使的名头。因为他觉得南宋军队这个

---

① 箭信：弓箭射出的信或图。
② 形语：不同身体姿势传达的简短信息。

时候深入到金国境内，很大可能是与救护西夏密使有关。

如果只是江上辉这几个人一路往南而去，喇马古或许还不会暴露自己进行阻拦。严素允给他下过指令要严密注意鲔山方向南逃的宋人，但他始终认为重中之重是天武营。这一营人马做了各种准备、玩了多少花样，其图谋必然非同小可。

江上辉一路仓皇而来，并未注意到周围暗伏的杀机。他这一声喊，听到的不仅仅有天武营的人，还有金国南察都院的人。喊过之后，鹰哨、鹿号连响，本来只是按兵不动静观事态的金国伏兵像山洪般在沟岭间涌动起来。随即，无论江上辉带领的羿神卫还是左骞的天武营，全被一整兜困在了土沟狭路里。

这个兜子很大，除了前面离得最近的神家沟，还有西南方位的驴蹄塘，正东方位的拱月坡，西北方位的七夕坡，正北方位的三土堆子。多点连线的布防，已经将这个兜子所有可能漏口的地方扎紧了。

虽然周围情形大变，左骞倒也没有显得十分慌张。他手抓弓箭往前纵马五步，断喝一声问道："谁是密使？"

"她是！"江上辉指着丰飞燕。

"有何为凭？"

"没有，携带的密信已被怪兽裹挟走了。"丰飞燕实话实说。

左骞眼珠一转，朝手下下令道："既然如此，把这干人等先行拿下！"

"为何如此？即便不愿援手，也是互不相干，让我们自己逃命就是。"江上辉惊了，也急了。

"周围杀机重重，谁知道你们是不是先抛的钩子。"左骞冷冷说道。

江上辉这才向四周望去，发现不远处确实有隐隐杀机正往这边逼来。而就在他观望的时候，左骞手下的天武卫已经来到丰飞燕身边，要拉她下马捆绑起来。丰飞燕发出连声叱骂和尖叫。

"等等，我有捉奇司的令牌。"江上辉喝叫一声。既然无法证明丰飞燕是密使，他觉得能够证明自己也是可以的。

左骞冷漠得就像没有听到江上辉说的什么。也是，莫鼎力身上三个身份牌子，不也被左骞拿住在这里吗。

所有拉扯、叱骂、喝叫、冷漠都在瞬间停止了，因为有一种伴随着大地震动的声响传来，并且在沟壑之中激荡回响。那是马蹄声，只有洪流一样的马队才可能有这样的马蹄声，只有在沟壑纵横的地带才会有如此震撼的马蹄声。

马队跑得不快，因为根本不用快，已经被困在夹笼里的雀儿需要的是慢慢伸手稳稳抓住，而不必在意速度的快慢。

马队最前面的人中有喇马古，他左肩上站着一只钩喙油羽猎鹰，右手拿着的象鼻大弯刀扛在肩上。喇马古的脸色很是平静，刀却握得很紧。他知道只要转过前面的沟口，接下来就是一场恶战。这是一场目前无法确定胜负的恶战，所以他带了号鹰。只要这只鹰放出去了，鹰脚挂着的铁叫子带风后发出穿空尖响，其他几路人马立刻就会一起杀出。

就在这大队人马即将转过沟口与天武营正面相对时，前面岔道上又有一队马匹跑过，朝天武营那边而去。那队马跑得很急，带起满沟的尘土飞扬。但是喇马古隐约可以看见，那些坐鞍辔头都全的马匹上并没有人。这是很蹊跷的事情，蹊跷得有些诡异。马上的骑者哪里去了？

喇马古扛在肩头的刀竖了起来，大队人马停止前进。他是在查看情况，也是在等待信号。自己总共在此伏下五路人马，怎么都该有一路人给信号告诉自己发生了什么。但是时间过去了好一会儿，他没查看到任何情况，也没有等到一个信号。

喇马古能成为南察都院的一大高手，独自应对各种事件，靠的不仅仅是技击搏杀的本事，他在野蛮粗犷的外表下其实还有另外一个狡诈谨慎的他。

面对异常，他脑子里立刻就蹦出两个方案，一个方案是先放出猎獒群，替代自己这群人马先往前去，这其实就像试探陷阱的探杆，看它们会不会中什么招再确定后续行动。另一个方案是他准备解链锁放出钩喙油羽猎鹰，既然这边出现异常暂停进逼，可以让其他路线的伏兵替代自己探路。

猎獒有时候其实比人更加谨慎，十来只猎獒放出后大多只是四处嗅闻，并不往前走。还有几只定定地站在那里警觉地望着沟口，可能也是感觉到那边天武营人马散发的强悍杀势。

不过也有两只猎獒点头摇尾地伸着鼻子往前，应该是闻到了些什么感兴趣的味道。比如被箭头上滴落鲜血染透的裤腿，再混杂上人体汗味、黏附的杂物气味，会变得奇怪而强烈。

一支箭出现得很突兀，完全来不及辨别是从何处射出的，一只定定站在那里的猎獒前腿被这支箭齐齐射断。如果初衷是想把狗射死，这支箭射得肯定是准头不够。如果这支箭原本就是要把狗射伤，让它疼痛得翻滚嚎叫，从而吸引人和其他狗的注意力，那么这支箭绝对是又准又狠。

两只往前嗅闻的猎獒被吓到了，缩头夹尾地溜到一边去了。不仅放弃之前发现的异味，甚至都没来得及让它们的主人注意到它们的异常表现。

喇马古也被吓到了，不是因为这支箭的准和狠，而是因为他竟然没看出箭是从哪里射出的。不过喇马古不会为了一支不明来处的箭而畏缩，他抬手把刀挥举起来，准备指挥所有人快速往前面沟口冲杀过去。对付看不见的射手，人多、速度快是为数不多的好方法。而他正好具备使用这方法的条件。

又一支箭飞来，射中象鼻大弯刀的刀身。箭尖落点紧贴着刀的护手，发出尖脆刺耳的金属撞击声。

这是一个警告，箭能射中挥动的刀也就能射中挥刀人的脑袋。比这警告更让喇马古恐惧的是，这次他依旧没有发现箭是哪里射来的。

"看见人了吗？在哪个位置上？"喇马古悄声问旁边的人。

没有人回答。不仅喇马古没发现箭的来处，他周围那么多南察都院的高手也都没有发现，其中包括很多弓射高手。

不过喇马古还是不死心，他知道对方想要自己死的话，第一箭就会射中自己而不是狗腿。有了这点判断他便可以大胆地放出猎鹰，用铁叫子的破空尖响发信号，让其他几路人马先向天武营发起攻击，抓住南宋赴西夏的密使。而只要那边战局一开，伏在暗处的射手就没法继续藏着了。无论天武营是进是退，那些射手都必须跟大队而行，绝不敢留下寥寥几人始终暗伏此处。

喇马古很狡猾，他侧过身子假装和旁边人说话，这样别人就无法发现他解开猎鹰链子的动作。另外他算了下正常暗射的距离，能连续两箭都不被他们发现位置，说明暗伏的弓箭手和他们的距离要大过正常暗射距离。所以只要钩喙油羽猎鹰振翅而起，披风钻云的速度是暗射距离之外的箭无法追上的。

鹰飞了上去，很突然，速度也很快，一下就蹿飞到了箭矢很难追到的高度。鹰脚上的铁叫子已经开始发出起始状态的断续声响，很快这些断续哨音就会连成一条尖利长音破空而出。

可就在这时，又一支箭急促赶来，急促得不带一点风声。箭尖恰到好处地把铁叫子从正在蹿飞的猎鹰脚上击飞，其力道顺带着让猎鹰在空中翻个跟头。铁叫子断续的声响变成一记短暂怪响，随即落在后面密匝的马队中。

猎鹰翻个跟头后狂乱地扇动翅膀继续往高处急飞，可能是被惊到了，也可能是执着地在继续完成自己的飞行任务，只是飞行中再没尖利哨音。

依旧没人看出那箭从哪里射出。让南察都院一些弓射高手感到很不可思议的是，那箭不仅来得无影无踪、又快又准，而且还毫无声息，就像是凑在跟前射出的，没有长距离带起划空的风声。可要是凑在跟前又怎会找不到射出的点在哪里呢？

一人一弓将杀戮化于无形

喇马古往人群中缩了缩，高声喝喊："从刚才那一箭的声响和速度上看，射手就在附近，不会超过五十步。大家散开了仔细找！"

五十步以内，是个很小的范围。要在这么短的距离里掩身暗射，不仅要有极好的伪装，还要有非常巧妙的弓射技巧和沉稳气息。因为人是活的，因为箭和弓是要动了才能射出的，一点点有悖周围环境状态的微小动作都会破坏掉最好的伪装。

石崖、土坡、乱草……每一处都被多双眼睛反复看过，但只是原地看，没有一个人走动寻找。喇马古是聪明的人，他带领的当然也都不是傻瓜。刚才那三箭众人都清楚看在眼里，心里都清楚自己的处境。对方这匿迹狙射的射手，要想取了他们当中谁的性命就和拔草摘叶一样随意。

"芒山九圣！"突然有个弓射高手想到了什么，露出极度惊恐的表情，"如此无踪可寻的暗射，世上恐怕只有芒山九圣可以办到。"

这话提醒了其他的人："对，如果是芒山九圣，那刚才三箭或许根本就不是一处射来的。"

发表看法的越来越多，而种种说法都在印证刚才那三箭只有芒山九圣才能射出。这其实也是在推诿喇马古让大家寻找暗射箭手的命令。

喇马古当然知道芒山九圣，心头微微一凛："难道世上真有芒山九圣？他们来自哪里？蒙古部族还是西夏国？"

传说芒山九圣是世上最厉害的弓射组合，喇马古知道金国没有这样的人，南宋更没有。所以他很自然地想到蒙古部族和西夏，如果真是这样，也就意味着蒙古或者西夏插手此地事情了。而这两方面一旦动作，来的兵马肯定不在少数。再加上天武营本身就很强悍的实力，合在一处恐怕就不是他之前所布杀局能够剿灭的。偏偏喇马古现在还失了鹰哨，无法召唤其他几路人马，那么此处的土岭荒沟说不得反会成为南察都院这帮人的大坟。

作为南察都院独当一面的高手，喇马古当然知道目前各方的局势。西夏是个处境微妙的国度，就像秤杆上的秤砣。偏这边些，便是金国的盟友；偏那边点，就是蒙古的盟友。金国为了拉拢西夏，没少给好处，因为西夏相当于他们的后门。蒙古发展势头虽猛，但局面还未完全稳定，西夏目前就像替蒙古阻挡金国和吐蕃的堤坝。如果以后蒙古想再往南往东有所图，西夏又是个门户，所以蒙古对西夏是软硬兼施。而西夏自身夹在多个强邻之间，就如伴虎狼而眠。天长日久肯定不行，必须往某一方面突破，把自己变成虎狼才能睡得安稳。也正是因为西夏的位置和需求特殊，大宋皇帝才会遣使队带密信前往西夏，要与他们达成某种联盟关系。

也就是说，蒙古部在此次密使事件中出手是完全有可能的。他们帮南宋就是帮西夏，西夏会感激他们。如果抢到有价值的东西还可以此要挟西夏，之后更好把控与西夏的关系。西夏出手更是有可能的，他本身就是牵涉其中的一方。一些有价值的东西他们拿到了就会成为把自己变成虎狼的契机，丢失了又可能成为自己被生吞的理由。

"慢慢后撤，不要乱，保持可战队形。"喇马古终于放弃了，既然无法成功那就无须作无谓牺牲。

最后一声马蹄声消失时，沟里的尘土也散尽。只有满地的马粪和蹄印仍然可以看出此处刚刚聚集过众多强悍兵马。无法看出的是这群强悍兵马竟然是被三支箭吓走的，而且自始至终都没有发现那三支箭从何而来。

喇马古的判断没有错，袁不毂就在距离他们五十步以内的地方。但是高手们的目光搜索了每个可能藏了箭手的地方，却偏偏没有一个人关心不可能藏了箭手的地方。

丁天带袁不毂他们逃到此处，他敏锐地发觉到周围杀机重重，于是当机立断下令所有人立刻下马上岭，徒步绕过这一处杀场。所有人都顺势从奔跑着的马匹背上滚落，让空马继续往前奔跑，搅起尘埃掩护他们溜上旁边土岭。喇马古这才看到一队空乘的马从谷口处跑过。

但是袁不觳此时隐隐听到了丰飞燕的尖叫声，稍一迟疑间就没有从马上下来。当马跑到两条山谷丁字交叉的谷口时，趴在马背上的袁不觳看到南察都院的大队兵马正在朝另一谷道里的天武营推进，一惊之下赶紧从马背上滚落下来。借助马蹄扬起的尘土掩护，就地躺倒在路边浅浅的土沟里。

刚刚从魂飞海旱地行舟逃出的袁不觳浑身裹满泥土，躺在土沟之中与土色相融，完全看不出来。而他却是可以瞄到两边谷道里的情形，立刻推断天武营的人马是来接应丰飞燕的，而喇马古这群金国人马是来追捕丰飞燕的。于是果断放箭震慑，阻止他们进一步行动。那路边土沟虽浅，边上倒也有两撮足以遮掩箭头的枯草。他可以躺着从草叶间，毫无异动地把箭射出。

喇马古发现无人马队突然过去后，马上停止前进。其实他们要是再往前多走几步，躺在土沟里的袁不觳就算再像个泥块也不敢轻举妄动，稍微一点动作都有可能被南察都院的高手们发现。

另外也正是因为南察都院的都是些高手，他们目光搜索的位置并不包括正面不远处无遮无挡的地面。因为给予他们震慑的是弓箭，在他们意识中没人可以趴伏在地上开弓射箭。但是他们万万没想到有个泥块一样的人竟然可以躺在沟里放箭，箭头贴着沟沿从枯草间不着痕迹地射出。这需要极为困难的角度控制，需要极为隐蔽的动作控制，还需要非常平稳的气息控制，这些袁不觳都做到了。

左骞看到那个断线风筝一样的猎鹰，也感觉到杀气的退去，这情况让他非常奇怪。

山谷恢复沉寂，只偶尔有马匹鼻鸣的声音。小风从谷里蹿过，掀起一缕一缕的土烟，把人们的视野涂抹得朦朦胧胧。一个泥塑似的身影以开弓搭箭的姿态，从土烟中稳健走出。

当袁不觳看到被按压住的丰飞燕，看到坐在马上表情复杂的莫鼎力时，他停住了脚步。面前虽然是一支南宋军队，但这里发生的情况却和他想象的完全不一样。

"放开那女子！"袁不觳高喝一声。他本来还想报出丰飞燕身份的，临到话出口又收住。多次的经历让他变得谨慎，没搞清楚面前这队兵马怎么回事前，透露太多反而会带来危险。

"啊！是不觳！你也逃出来了！"丰飞燕通过声音认出这泥人是袁不觳，不由得惊喜万分。

"喔呦呦，不觳为了我竟然敢一人面对整支军队，这男人太强了！"丰飞燕紧接着便是无限的心迷神醉，袁不觳那声简短的高喝让她觉得人家是全心地在意自己。

"来者何人？"左骞回问一句。

"羿神卫袁不觳。"袁不觳回话的同时把箭尖对准了左骞。刚才他虽开弓搭箭，却并不知道谁是此队兵马主将。披挂全副甲胄之后，同营中上级别的军将在衣着上区别不大。左骞一发话，袁不觳才注意到他戴了与别人有些差异的头盔。

左骞皱下眉头："又是羿神卫。"

旁边的莫鼎力笑了，他轻声细语地对左骞说道："此箭所指，你千万不要奢想再有獈蝓坟的幸运。"

左骞愣了一下，随即依旧镇定地回道："我想不出他有任何理由要射我，一个羿神卫也不应该有胆量贸然射杀天武营指挥。"

莫鼎力最擅长从别人表情里看破绽，左骞虽然镇定，仍是被他看出了些许的不自在。于是"呵呵"一笑，针锋相对地说道："私带天武营密谋偷入金国寻鲔山藏宝，这一罪可射；与金国南察都院勾结，阻截密杀骨鲔圣王的任务，这一罪可射；拒认并捉拿皇上派遣西夏密使，这一罪更可射。"

"有何凭证说我与金国南察都院勾结？"

"呵呵，射杀你之后，想把什么罪置你头上都会有凭证的。"

"你想法很多，但只要把你杀了，那个拿弓箭的小子却不见得能有这样的想法。"

"哈哈哈哈，"莫鼎力的笑声很狂妄，"想法很多的我敢毫无依仗地独自拦你一营人马？没有想法的傻小子敢凭一弓一箭要你放人？实话告诉你吧，从我与你见面起，你的一举一动就全在边辅和两河忠义社的眼中。"

莫鼎力在说谎，在金国境内他无法联络上边辅和两河忠义社。边辅的职责主要是监视大宋边关兵马和官员，一般不会进入金国境内。两河忠义社若没有约定的活儿，也不会漫无目的地跑到这里来。但莫鼎力如此思维缜密的人，的确应该像他说的那样行事才对。

还没等左骞有所反应，旁边土壁崖顶传来清脆的兵器格挡相击声。没几下，便有人惨叫着从顶上坠落下来，带落壁上大片土层。应该是坠落之人想用最后的力气扒住土壁，却没想到松散的土质完全挂不住人。

天武营的兵将立刻拔刀挺枪稳住队形，弓箭手则全都开弓搭箭对准两边崖顶以防偷袭。左骞纵马过去，在坠落之人旁边跳下马来。他从刚才的惨叫声已经听出那人是自己的亲信朱肩山。

莫鼎力的马也往土崖下走了几步，从他的位置可以清楚看到朱肩山胸口上快速流淌鲜血的伤口，他禁不住又笑了。因为那伤口很特别，只有双槽芒才可以刺出的，由此可知丁天在崖顶上。

丁天带了其他人弃马上坡，其实也是惊弓之鸟一般惶惶而行。上到顶才发现袁不觳没有跟来，再加上金国兵马如潮水般退走，难免会让他们跑到崖顶边上看看下面到底怎么回事。

朱肩山带着一群天武卫阻止密杀骨鲔圣王的行动，结果反被骨族大队人马一顿冲杀，只剩下他和另外两个天武卫。逃了性命的他并不死心，在骨鲔圣王回转聚居地时暗中坠在队伍后面。他知道只有在骨鲔圣王的附近，才最有可能发现密杀者并及时阻止密杀。但是万万没想到密杀者竟然是从骨族牢笼里出来的，躲在聚居地外的朱肩山只听闻骨鲔圣王被杀的喊叫，看到骨族人约定新圣王继任条件和追杀密杀者的人流。于是继续远远地跟在后面，想看看密杀者和骨族的这个事件最终如何了结。结果他看到魂飞海开口，看到袁不觳跳入地下，而这位置正是他们天武营要来探挖宝藏的位置。后来魂飞海土翻沙滚，他幸好反应快速，跑得及时，这才逃过一劫。另外两个仅存的天武卫跑得却没那么快，被卷进泥浪踪迹不见。

一路逃回来的朱肩山也发现金国几路人马合围天武营，所以弃马上坡，想从土崖之上下去，回到天武营大队人马中。就算土崖上下不去，至少也可以给左骞他们示警，让他们早做应对准备。然而惶惶然的他在崖顶正好遇到惶惶然的丁天，双方下意识中都想当然地把对方当作必须除掉的敌人。因为他们都是在此地不可能出现朋友或援手的处境，遇到的除了敌人应该还是敌人。

丁天立刻拔怒龙直须铜和双槽刃冲杀过去，他觉得自己绝不能给朱肩山丝毫招呼同伴帮手的机会。而朱肩山也同样拔刀冲了过来，不顾一切地要冲到崖边给天武营示警，他并不知道金国兵马此时已经悄然退走了。

朱肩山的步战技击功底远不及江湖出身的丁天，丁天身后还带着一群开弓搭箭的羿神卫，才过三两招丁天的双槽芒就刺中了朱肩山的胸口。

朱肩山不顾胸口血花喷溅，依旧挥舞手中的刀不顾一切地冲向崖顶边缘。这拼死的气势让丁天不由得退避了两步，朱肩山便抓住这个退避的空隙扑下了崖顶。

"朱肩山，你怎么会在上面？"左骞右手压住朱肩山胸口的伤口，左手托起他的背心，将他上身抬高。他看出朱肩山中的是必死的招儿，只能用这样最为简单的姿势让他多喘几口气，尽量把要说的话说完。

"骨鲔圣王被……被杀。"朱肩山在急喘中说出第一句话。

左骞点点头。从朱肩山孤身一人回来，而且只剩最后一口气强撑着，便可知道他远不是莫鼎力所遣密杀者的对手。

"魂……魂飞海地穴……被打开了。"朱肩山终于说出了第二句。

左骞身体一抖，他没想到有人会抢在自己前面。自己费了如此一番大手脚，最后竟然连魂飞海都没能见到。

"地穴开启，泥沙翻转如潮，将骨族人马尽数埋了。"朱肩山这句说得最轻松也最清晰，应该是到了回光返照的程度。

左骞被吓到了，他知道骨族人马与天武营相比只多不少。如果是换作自己这一营人马，肯定同样会被埋在那贫瘠的荒野之下。

"谁？是谁干的！"左骞下意识地问道。

朱肩山的嘴角和鼻孔有血流出，胸前的伤口虽然被按住，但身体内部的出血已经顺着气道、食道往外涌了。气息因血堵变得急促，不时有连咳夹在其中才能疏通气道，让人担心随时都会就此断气。

就在这时，朱肩山的眼睛忽然亮了。他猛咳出两大口血后，竟然勉强把手臂抬起，带着一种不明所以的激动指着与大队人马迎面相对的袁不毂："他！他！是他！"

又一次失之交臂的符画

其实就这简单的几个字，并不能表明朱肩山是在回答左骞的问题，告知前面的那些事情都是袁不毂干的。也有可能只是他自己在惊异和惊叹，钻入魂飞海地下的袁不觳竟然还能出现在这里。

左骞心中却是猛然一颤，他觉得自己终于知道这一个小子怎敢独自应对整个天武营了。当初莫鼎力独自拦住自己，是使的诈、做的局。就像他刚刚说的，把他自己当饵，让附近暗藏的边辅和两河忠义社监看情况，从而窥出自己真实的目的。这一个羿神卫独自应对天武营，不可能再用同样的手法，那他应该是有实力后盾的。杀死骨鲔圣王，进入魂飞海地穴，让骨族全族人马活埋。对了，还有刚刚悄然退走的金国兵马，还有崖顶上坠下的朱肩山，这些都是实力的显示。

左骞被自己复杂的想法带进了一个死胡同。这样有着极大偏差的想法，最终得出的结果只有一个，听袁不觳的，放了丰飞燕、江上辉他们，然后保护他们返回宋国。

作为一个强者，在遭到别人胁迫时会非常气愤不甘，甚至不惜鱼死网破。左骞是个强者，但让人奇怪的是他的神情竟然很是释然，就像卸下一副沉重的担子。他放开托住朱肩山背部的手，上身缓缓倒下的朱肩山还没完全躺倒在地上，就被自己的一口浓血堵住咽喉再发不出一声。

左骞重纵身上马，挥手高喝："后队变前队，前队变后队，保护密使火速返回西马口。"

其他的不用吩咐，自会有人松了丰飞燕、江上辉他们的绑绳，自会有人给他们安排好坐骑并拥入大队之中。所以这个时候他们依然是身不由己的，丰飞燕几次想到后面和袁不觳说几句悄悄话都没能如愿。

一大队盔明甲亮、旌旗招展的人马往南边疾奔，最后面拉开一段距离孤独地跟着灰头土脸的一人一骑。这情形就像一个技艺高超的牧人，独自放牧了大群的马。

在大路旁边的山岭上，还有一队全副装备的人在奔纵跳跃。但徒步跑山毕竟不能和纵马奔驰相比，山岭上的这队人越落越远。领头的丁天停下歇息时，满是汗水的黄脸上显出十分的懊丧。这也难怪，路走多了走累了不说，关键还走慢了。最终救回皇上密使的功劳，自己肯定一点都沾不到了。

西马口聚集了南宋的大队人马，除了三关调派的常驻守军，还有天殊营、钧励营、忠贺营这三个四厢联防营的人马。镶孔雀绿云缎边的三关帅旗在城楼上迎风飘扬，表明了三关元帅李显忠也赶到了西马口这个小小的县城。但如果看得仔细的话，会发现三关帅旗后面还有个红绫无纹帅旗。这旗比三关帅旗略小，是三关副帅薛宏渊的帅旗。正副元帅全都到了，可见他们对此处事情的重视。

有南宋前锋人马出城迎上天武营，这是为了验明身份，以免金人乔装偷袭。天武营原本还算得挺大的一支队伍，但与迎出的大队人马一比，也就小小的一撮。

莫鼎力长舒一口气，直到现在他才把提着的心放下来。他是冒险孤身拦住天武营，袁不毂更是冒险一人独对天武营。即便左骞被吓被误导，带着丰飞燕他们赶回西马口。但在回来的路上只要稍生灵感，想通其中窍要，抬手就能将他们全数杀了。然后自行遁迹也好，找个合适理由重回均州驻地也好，都很难拿住他一点把柄了。

但是现在他们都回来了，那么有些自己掌握到的证据就需要左骞去面对了。其中左骞最最不该做的就是告诉他骨族截杀大宋赴西夏使队和天武营偷入金国探寻宝藏有关联。

莫鼎力的马蹿到左骞旁边："终于回来了，接下来让人烦心的恐怕就是要把一些事情说说清楚了。"

左骞似乎并不在乎莫鼎力暗带威胁的话："有事情要说清楚吗？"

"天武营偷入金国的目的要说说。"

"得到骨族人会截杀赴西夏使队的消息，不惜代价前往救助。这不，密使我都救回来了。"他笑道。

"那之前又何必乔装成骨族人，攻袭西马口。"

"攻袭西马口的确实是骨族人，然后骨族人得到截杀指令回转，而我们也正好得到消息随后追入。嗯，这好像都合得上吧？更重要的是你说我们乔装却没有任何证据，没有边辅，没有两河忠义社。"

莫鼎力的脸色很难看，不仅因为左骞的话全回击到他的破绽处，更重要的是他从左骞的脸上看不出丝毫虚慌的痕迹。此时左骞的状态竟然是他见过最为坦然的样子。

"找证据不急，可以从前面慢慢理起。猱貐坆一战面具人脸上中了一箭，应该是有箭头疤痕留在脸颊上的。"莫鼎力已经是黔驴技穷的最后一招了。

这一次左骞没有答话，而是目光坚定地望向城楼。然后缓缓地将自己可遮掩两边面颊的头盔摘下，他那白皙光滑的面颊上一点疤痕都没有。

莫鼎力挺直的身躯颓然软下，自己认为绝对找准的方向和目标最终只是一场空。但忽然间他又觉察到些什么，再次挺起身子顺着左骞的目光看去，看到的是城楼上那两面微微飘扬的帅旗。

对了！天武营在运兵道上来去自如，必须是有应急同行的令箭。能发出这种令箭的除枢密院外，还有兵部和边关大帅。而之前左骞透露过，派出西夏使队与他们偷入金国寻宝藏是有关系的。也就是说有手眼通天的人利用了皇上做局，算一算整个南宋有这只手遮天本事的人真没几个。现在那边城楼上就有两个。可这两个谁才是左骞背后的人呢？他们的目的又是什么？

就在将要被一潭浑水湮灭所有的时候，莫鼎力又抓住了一根渔线。

初春时节的江南并不太冷，但湿气很重，湿气裹上身体后的寒意却又不是一个冷字可以表述的。南方人不耐寒，稍有些凉飕的风，皇宫各处就已经摆放了一些取暖的火盆。

袁不彀和丰飞燕在升德殿后面的绛霞楼前已经等了很久了。候宣屏在楼的外面，除了进口三面都有帘，很封闭。这是为了不让里面人看到之前被宣的人，以及因为紧急事情进出绛霞楼的其他人。候宣屏里冬天御寒的器具还没撤，帘子里面点了两个大火盆给候宣大臣防寒用。本就紧张得直冒汗的袁不毂在火盆的烘烤下更是汗流浃背，但他只能保持垂首弓腰的姿势，立在那里一动不动。

丰飞燕的状态并不比袁不毂好，她躬身而立，双手还平托着那件绣了密信的大氅，原本白滑的脸已经充血般地涨红光。

两人站了许久，这期间有急匆匆的脚步声多次从绛霞楼进出。但他们两个垂首弓腰，面前又有候宣的纱帘阻隔，看不见都是什么人。

"你们来得不是时候，皇上刚遇到烦心的事情。"旁边有御前侍卫低声告诉两个人。

"又不是我们要这时候来的，是皇上宣我们来的。"丰飞燕嘟囔着。

"就在宣你们进宫之后，小小梁王柴彬急呈了一份折子。说是滇地南部大理国异动，西部突厥出现石人望山①。而老梁王和梁王世子恰在此时身染重疾，为防大宋西南不稳，小小梁王已赶回滇地主持大局。但因形势紧迫，没得到皇上许可就走了。"那侍卫顿了顿，又说，"三法司那边也有奏折过来，说有人发现临安附近出现金国人。金国人暗入大宋，必定是有非分图谋……"侍卫的话还没说完，候宣屏的帘子一掀走进个眉白皮皱的老太监，把那侍卫吓得立时闭紧了嘴。

来的是皇上的贴身太监蔡公公，蔡公公在宫里有绝对权威，太监、宫女、侍卫没一个不惧他的。但他见了丰飞燕和袁不毂却是出乎意料地客气，未曾说话先露笑颜。

"丰姑娘此番出生入死，不辱皇上所托。终究是护得密信周全，未曾外泄

---

① 石人望山：当时一种预示战争的异象。

他人之手，算得大功一件。然皇上今日莫名添了些烦心事，就不亲见姑娘了。姑娘将密信交于老奴即可回去，改日皇上朝堂之上亲赐封赏。"蔡公公说话缺牙漏风，但他不急不缓控制得很好，除了带点风声倒也字字清晰。

"这不是我的功劳，全都亏了羿神卫袁不觳。是他拼了性命从骨族人手里救出小丞，又从怪兽口边夺回密信。"

本来进宫复命只需丰飞燕一人即可，她硬把袁不觳带来是另有所图的，就是希望皇上封赏袁不觳个官职自己以后好有依靠，或皇上直接赐婚那就更是天大的好事。所以这会儿她肯定是把什么好话都往袁不觳身上贴。

"这个皇上知道了。"蔡公公打断了丰飞燕的话头，"姑娘把密信交于我就先回去吧，之后皇上会一并赐赏的。"

丰飞燕还想说点什么，但蔡公公已经从她平托着的双手上拿过大氅。大氅上还有很多泥土，不是丰飞燕没有进行清理，而是泥屑嵌入纤维缝隙后很难清理干净，而丰飞燕又不敢随便用水和皂角清洗。

蔡公公把大氅抖开看一眼，笑着点点头："是这个。"

一直垂首而立的袁不觳此刻壮着胆子稍稍抬头看一眼，没能看到蔡公公的脸。蔡公公正高提大氅在看，大氅把他整个人几乎都遮住了。不过借助旁边火盆闪烁的光亮，袁不觳非同一般的眼力竟然在那大氅背面上瞄出一些黑红的线条。

大氅抢回来之后，袁不觳并没有仔细查看。其实在他交给丰飞燕之前，那上面全是厚泥土也看不出来什么，所以他完全不知道大氅上什么时候有这线条的。但那些线肯定不是在丰飞燕手里就有的，丰飞燕本就是擅长穿针引线之人，保管物品小心谨慎，特别是对待绣品衣料之类的物品，更何况还是绣了密信的大氅。

那些线条应该是染上去的，就像用个血色印章给盖了个戳。当然，也可能是压在什么刻有纹路的东西上，然后有黑红色的液体将纹路拓印了下来，比如说犰狳眼睛流出的血。

　　还有非常重要的一点，就是这些线条和獡蝓坟石壁上的字很像。哦不，应该是符画，舒九儿曾说过那不是字，而是个横着的符画。袁不觳已经记不清獡蝓坟那个符画的线条是怎样的了，所以他只能说很像，而不敢说一样。对了！舒九儿应该记得，让她辨认下说不定就能确定是不是一样的。

　　蔡公公又把大氅抖了一下，把它整个抖提起来卷成一团，然后用很随意的动作把那大氅放进了旁边的火盆里。

　　"等等！"袁不觳大声阻止，同时往前迈一步。但他才刚一动，旁边的御前侍卫就已经拔出刀来，横在他胸前将他止住了。

　　"留着是祸害，早烧早了，不等了。"蔡公公误会了袁不觳的意思。

　　"那上面有线！"

　　"知道，哪有衣服没有线的？乞丐裹的破布还打两补丁呢。"蔡公公倒是挺诙谐的。

　　袁不觳还想再说，但那大氅已经燃成一个火团，拿出来估计也看不到那些线了。于是他只能定定地伫立在那里，看着火盆里的大氅渐渐变成黑灰。

　　火光跳动着，横在胸前的刀光跳动着，袁不觳的目光也在跳动着。

CHANG
GONG
SHAONIANXING

终
结
篇

中

圆太极

著

YUANTAIJI
WORKS

北京联合出版公司
Beijing United Publishing Co.,Ltd.

一未文化   非同凡响

北京一未文化传媒有限公司
www.bjyiwei.com
出品

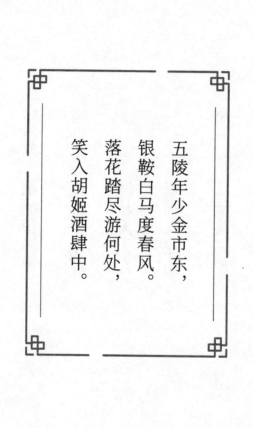

五陵年少金市东，
银鞍白马度春风。
落花踏尽游何处，
笑入胡姬酒肆中。

目录

楔 子

合州华蓥三城，扼嘉陵江、渠江、涪江交汇之冲，控三江展开之如扇地界，再有华蓥山脉为其依靠，将险峻之势连绵叠聚。

三城不大，且只有三面城墙，但是延伸出去的三个城墙角都有数里之长。一角从岭上探伸到山脚江边，一角往上挂搭山脊，一角沿南坡入林入谷，三角探伸分别控制了由上而下的江道、山脊、林谷。

三城地势险峻，易守难攻，由西南方进入滇蜀界后更是野山连绵，不知尽头。就在这不知尽头的山峦中，有一处别样的地界，可看到一座奇特山峰。此山上宽下窄，就如传说里飘浮云中的仙山。山下环绕着深水。山顶绿植茂盛，起伏如云，仿佛是在山顶上又压了几重小的山峦，又像是巨大的绿色坟茔，给那山扣上了一顶阴森又晦气的帽子。

一个身材魁梧得有些夸张的汉子，背着一只颇为沉重的布包，正往山上攀爬。他长途奔走后再攀爬陡峭山壁，而山壁无路，必须用倭瓜大小的链子锤往上一路砸出脚窝才能借力攀爬，这让他很疲累。

爬到一半的时候，汉子停下了，不是为了休息调整，而是觉察到了什么异常。周围静谧得有些诡异，一阵山风轻轻吹过，风摇树藤掀起一层绿浪，发出密集的"沙沙"声。

山风没能让汉子感受到一丝清凉，反倒冒出了更多虚汗。他立刻加快速度继续往上，就好像那"沙沙"声是成千上万条追向他的毒蛇。

蛇真的没有，有些山石草木却动了。或者它们早就在动，且一直紧随着前面的汉子，只是速度慢慢地移动很难被看出来，连"沙沙"的声响都没有。

当那魁梧汉子终于站在山顶的一堆堆绿色前面时，惊讶地发现，这里真可能是坟茔——扭结在一起的藤条中夹嵌了许多白骨，裹缠其中的冤魂不计其数。

在气息稍微喘平些后，汉子左右看了两遍，似乎在找走入绿色坟茔的路径。

又一阵山风吹来，汉子恍惚中感觉那坟茔在蓬松舒展，还能够随风移动。紧接着，坟顶朝那汉子倾俯了一些下来，整个坟茔的绿色有种类似坍塌的变形。

与此同时，两边崖壁上也出现了异常的变形，有草木石块竟然从崖沿翻到顶上，并逐渐朝着那魁梧汉子移动过去。

绿色的坟茔随风变形，瞬间闪过一个洞形的模样，随即就被青藤绿叶掩没。这没有逃过那汉子的眼睛。他大步上前，抓住几根枝叶随手扯断，在那堆绿色中寻找刚才的洞形。还没看到那洞形时，他已经觉出不对，低头看自己双手，竟然满手的鲜血。鲜血不是因为他的手被割破，而是那青藤绿叶中冒出的浆液竟然是和鲜血一样的颜色。

正当他诧异之时，移动的草木石块已经距离他很近了。汉子觉察到身后的异常，猛然转身，同时拎链子锤就要往后甩出。

链子锤没能甩出，就在他刚刚扯断枝叶的时候，坟茔又出现了变化。舒展的藤条已经将他拢入绿色之中，而链子锤也不知道什么时候被藤枝绊住。

移动的草木石块呈人形站立起来，他们本是想合力将那汉子扑住的，但是不知怎么回事，本该疾速扑出的动作凝滞了，变成那种胆战心惊的一动不敢动。

　　绿色的坟茔又出现一个明显的变形，然后汉子完全被绿色笼罩，再也看不见。在这个过程中，枝叶并没有大幅摇晃，应该是汉子没来得及做出任何挣扎和反抗，偏偏从枝叶间传出了他惊恐的咆哮声，带着无奈和绝望。

　　绿色的坟茔还在变形、延伸，朝着那些草木石块的人形去了。那些草木石块应该已经意识到了什么，一个个从心惊胆战中醒悟过来，用各种最为快捷的姿势往后退逃。

　　也有被吓得不敢动的，或是出于某种原因已经动不了，和那汉子一样被裹进了绿色。反应快的也有，跳起身急速往回冲，到了崖顶边沿没能收住急冲势头，直接掉了下去。反倒是开始连滚带爬的几个恰好躲过伸展的细枝嫩叶，沿崖壁快速攀缘而下，可这过程中又有人因为慌急或者出于其他原因，从崖壁上掉落下去。

　　最后，只有两人从崖壁上攀下几步后便始终吊在崖壁上一动不动，似乎化成了崖壁的一部分。

第一章

杀机入临安

惊铃起

袁不戵被误选入羿神卫择训院，为了查清自己被灭族之谜，将错就错，参与獠貐坟之行，并在关键时刻以弓射天赋击退面具人极其手下。

莫鼎力觉察面具人极可能来自天武营，于是一路急赶回均州印证，不料天武营人马整个消失，不知去向。通过边辅和两河忠义社，莫鼎力最终找到了天武营，并发现他们正在进行着一个极大的阴谋，目标是金国境内的鲉山区域。为了粉碎天武营的阴谋，莫鼎力传书捉奇司，派出袁不戵密杀骨鲉圣王，自己则单人独骑挡住天武营。

天武营故意向骨族透露袁不戵的密杀任务，致使袁不戵才入鲉山连堡就成了围捕对象。袁不戵在夹子堡与剥头比拼稳劲；断龙沟射瞎犰彪一眼，救出被截杀的赴西夏密使丰飞燕；杂木林杀破多个截杀组合阵型；鹰嘴草滩过桦木连弩杀二圣王；蓬架做弓飞矛射杀兽婆——最终以马拉地四锚的布局完成密杀骨鲉圣王的任务。

逃出时，他过黄河古道陷魂飞海子，地下封豚宫斗杀犰彪；驾木槽旱海冲浪，逃出魂飞海子后又以匿迹三箭吓退金国南察都院的人马——最终带着丰飞燕和特使密信逃回南宋。

夜色如墨，把临安城涂抹得淡一块浓一块。没涂抹到的繁华之处，今夜似乎没有以往那么亮堂，就像被一种暗藏的势头压迫着，无奈地收敛了该有的张扬。

袁不戵跟着丰飞燕去宫里见皇上，交回绣了密信的氅衣。但是朝中突发大事，他二人等候许久也没能见到皇上。最终，遵循皇上旨意，氅衣被当场烧掉。袁不戵在氅衣入火盆后，发现上面不知何时印染了线条图案，图案和猰貐坟上的石刻很是相似。他想从火里抢回氅衣，却被带刀侍卫制止，只能眼睁睁看着一条线索化为灰烬。

从宫里回到羿神卫驻营时，袁不觳怀疑自己走错了地方。驻营里冷冷清清，除了在大门口当值的守卫，再看不到一个人。

"怎么回事？人都去哪儿了？"袁不觳惊讶地问当值守卫。

"你去哪里了？怎么还在营里？"守卫却奇怪地反问袁不觳。

"我被宣入宫，刚刚回来。"

"那就难怪了，这半天里连续有大事发生，不仅羿神卫全出，整个羽林卫以及城卫禁军也都展开行动了。"

"如此大的动作，难道是有突发战事？"

袁不觳想起宫里带刀侍卫说的话，"小小梁王突然留折私走，跑回云南滇界了"，这搞不好就是梁王府不甘臣服于赵家皇权，欲夺回柴家天下的预兆。处理这种事件肯定是要禁军出面的，要么追回小小梁王柴彬，要么就势封住西南要隘，防止梁王府发兵临安。

另外，那侍卫还说有金国人偷入大宋，而且已经潜到临安附近。天武营偷入金国、骨族灭族之祸确实都与大宋相关，但是金国追究也好、迁怒也罢，都不大可能采取遣人偷入大宋进行报复的方式。

首先，时间上不可能。从了解具体情况，到上报决策层，再到决策层商榷后下令报复，这是需要时间的。其次，行动上也没有这么快，袁不觳也才刚刚回到临安，金国人再快也不可能追上他们。而且这样的任务不会只是一两个人的潜入，要做得隐秘就必须一步步慢慢来。如果真是金人偷入，应该是之前早就预谋的行动，而且肯定铺垫了许久，不然不会到临安附近才被发现。

临安城已经是最后防线，要还发觉不了，金人恐怕都要跑到孝宗皇帝床榻上了。在这种情况下，孝宗皇帝不能再信赖于三法司和御前侍卫，立刻调动捉奇司的力量也在情理之中。

袁不毂估猜现在不仅仅羿神卫的驻营空了，捉奇司的顺风间、金睛阁、强取处、断杀房也都空了。这些地方养着的都是高手，江湖搜找、辨别身份、妙偷巧盗、明杀暗刺，各有所长。虽然人数都不是很多，但是对付已经潜到临安附近的金国人，这些高手应该更为合适。

"具体什么事情，我们这些看门的也不清楚，无非是御敌追贼之类的。你被宣进宫中，正好躲过奔波劳顿、争斗杀伐。吃我们这碗饭的，无事就是好事，无差就是美差。"同样都是看门的，差别还是挺大的，绛霞楼前看门的御前侍卫就什么事情都知晓。

"那也未必，倘若来的番贼是专门端我羿神卫的营盘，你们哥儿几个不也得拼命守住吗？"

那守卫愣了一下，然后面带紧张地连说："不会不会，肯定不会。"

袁不毂一语成谶，略有不同的是人家端的不是羿神卫驻营而是捉奇司。捉奇司的示警信号是有针对性的，一般只有捉奇司内部人知道。他们不想自己的麻烦惊扰皇上，更不想惊动其他官员。因为善良的官员会看笑话，奸猾的官员会趁火打劫。

羿神卫收到的示警信号是由两暗一明三条途径传递过来的，先是通过捉奇司与两个暗点间的传声管，再由设置在羿神卫驻营哨点的牵线惊铃。

袁不毂听到惊铃后想都没想，摘下武器装备就往外冲。他没有从前面营门出去，而是从旁边平时操练用的旋转翘梯①越墙而出。他觉得别人要想对捉奇司下手，肯定会对羿神卫设置阻击，这样一来驻营大门会是最危险的地方之一。

袁不毂的想法一点没错，就在他越墙而出的时候，刚刚和他说话的守卫

---

① 旋转翘梯：一种横放架上的梯子，可旋转到需要的角度攀爬，也可以用作平衡训练。

已经被一支梨羽箭钉在了营门柱上。另一个守卫被射中后心，趴伏在地，应该是想往营里逃躲却没来得及。这些看门的守卫再怎么说也是羽林卫成员，是从训择院筛选出来的，但他们连拿出武器的机会都没有，可见射杀他们的箭手实力很强。

羿神卫驻营到捉奇司的大路小道袁不觳都非常清楚，其中最近的小道只需两盏茶的工夫就能跑到。但最近的也会是最危险的，如果营门口的设置无法阻止羿神卫冲出，那么第二轮阻击，敌方最有可能设置在这条路上。

左右前后看了几眼，袁不觳还是果断地跑上这条小道。不仅羿神卫，就连整个羽林卫弓射营也只有他一个人及时赶到这里。他觉得敌方就算设下阻击的绞圈，也不会轻易为了一个人而暴露。

不知道敌方的想法和袁不觳是不是一样的，总之袁不觳在这条小道上未曾遇到任何危险。只是，在他快走出小道的时候，另外一端跑进一人。那人奔走的姿势极为怪异，有一腿好像还是残跛的。又怪又跛的奔走如夜鬼彷徨，速度一点不慢。袁不觳看了心中一惊，这人怎么有些像死在獭貐坟的成长流？难道真的遇到夜鬼了？

那人刚进小道，就有速度更快的一群人先后追了进来，就像一群田鼠追赶着一只田蛙。袁不觳果断闪身，躲到一户人家的门坊里，蹲缩在墙角。逃的、追的人都很迫切，没人发现躲在一旁的袁不觳。

那些人跑过之后，袁不觳立刻坠了他们的尾儿。人是从捉奇司方向跑过来的，但都不是捉奇司的人，由此可以推断攻袭捉奇司的人不管得手也好、失手也好，那边的行动都已经结束了。现在只有盯住这些人，袁不觳才有可能捕获更多信息。

前面逃的人很熟悉临安城里的环境，选这条小道走其实正是想逃到羿神卫驻营。追赶他的人见不得光，他要想摆脱他们的最好方式就是逃进衙门或军营。但这人并不知道现在的羿神卫驻营是个空营，仅有的几个守卫要么被射杀，要么被封死在旮旯里即将被射杀，所以往那里跑也就是往死路上跑，后面追赶的和前面堵营门的都不会放过他。

果然，姿势怪异的人刚到营门口就变得更加怪异，那是为了躲闪射来的箭矢。也正是因为姿势足够怪异，倒也让他蹦蹿着躲过几支本来必中要害的箭。不过这样一来速度就降了，后面的人转眼追到，刀剑拳脚一起招呼过去。

前面的人不仅身法怪异，人还像水老鼠一样滑溜。他并非单纯逃躲避让，而是反身往后面几人中间穿梭。后面的人虽然出手迅疾，但相互间怕有误伤，动作上就稍有迟疑，一轮攻击竟全被前面那人躲过。随后那人突然一个反身，从刀剑拳脚的缝隙中挤出，疾速地往羿神卫驻营大门跑去。

就在即将冲进粗木栅门时，不远的暗处连续射来几箭。那人怪异地扭动身体，极力躲避那些箭，最终还是像个破棉袋一样扑倒在地。

袁不毂从那人扑倒前的怪异姿势上瞄出了五根线，不由得惊呼一声："五丁拉山！"

"五丁拉山"虽然只是一种五人的组合射阵型，但这种组合阵型的巧妙程度对技艺要求极高，不仅射杀必须精准，更要有揣摩出目标下一个动作的本事。五箭前面连续四箭并不是为了射中目标，而是将目标身体的可动部位和可变方向锁定，最后一箭才是真正的射杀——第一箭锁定脖颈，让头部运转到无法继续改变的极限；第二箭锁定双肩，让胸腹部状态再无法改变；第三箭锁定腰部，将整个上半身和腰胯定在极限状态；第四箭锁定双脚，让全身移动出现瞬间暂停；与此同时，负责第五箭的箭手针对自己的位置角度出箭，一射即中目标。

这是种高难度的组合射阵型，对于身法怪异的目标难度则更大。袁不毂心中发出惊呼并不是因为难度大，而是因为这虽然是五人组合射，却是只有十八神射那种技艺级别才能完成的。可原来的十八神射已经全殒，新的十八神射还未组成，那么射出这"五丁拉山"的又是什么人？

前面那人再无法施展怪异身法，只能像个肥菜虫一样把自己挪到木栅前面，对着木栅平躺在地，尽量缩小自己中箭的面积。但是后面追赶的人就在几步之外，他就算把自己缩成个龟样，也只能等死。

死又活

袁不毂看出来了，追赶的人根本没有留活口的意思。看来前面那人要么知道了别人的什么重要秘密，要么就是已经把秘密全告诉了人家，所以再没有利用价值了。

当追在最前面的一个人举起刀时，袁不毂果断地一箭将其射翻。只是射翻却未射死，是因为他并不知道这些人的准确身份，该不该死。而前面那人他肯定是要救的，一个和秘密有关的人处于必死状态，将人救下，他说不定会有意想不到的收获。

为了不让其他追来的人依旧存着杀死前面那人的侥幸心理，袁不毂又连续射出三箭。每一箭都不致命，却可以让他们无法再出手要人命。

中箭的和没有中箭的都快速转向，往自家暗藏的箭手那边跑去。这一看就是经过训练并有实战经验的高手，袁不毂的那几箭让他们立刻清楚，他们根本没有机会冲过最后几步杀死目标。往自家暗藏箭手那边跑，是因为只有弓箭对弓箭才能掩护自己。而袁不毂如果继续追射，就会把自己暴露给对方箭手，那样对方箭手就有机会将袁不毂一箭毙命。

袁不毂没有继续追射，也没有停下来藏躲，而是加快速度往前飞奔。这做法看似莽撞，实则最为稳妥。他已经瞄好自己与前面那些人之间的连线，飞奔是为了尽量拉近自己和他们的距离，这样就可以利用前面那些人替自己遮挡暗藏箭手的箭。这做法还非常狡猾，可以利用前面那些人奔走的方向，推断出对方箭手大概的藏身位置，然后边奔跑边将一支支箭射入那些位置。果然，他在营门前停下时，再未遭到同样的攻击。

当看清木栅下躺着的那个人时，袁不毂真正被惊到了。这人竟然真是成长流，难怪身法如此怪异，怪异之中还带着在獩貐坟上被面具人用箭撬开膝盖造成的微跛。可是这个临死时还给自己留过遗言的人，怎么会出现在这里？

"成大人？你是成大人吗？你没有死啊！"

"是，我是成长流。"成长流翻转过身体，"你是谁？怎么认识我的？"他没认出袁不毂，因为在獩貐坟时袁不毂浑身污泥，慌急之中两人也没有真正打过照面。

"在獩貐坟，你告诉我'洪从西来，江往北倾'，还记得吗？"

成长流没有回答袁不毂这句话，而是一下抓住他的手臂："快扶着我走，刚才那些人随时会杀回来。"

本来袁不毂不准备让成长流再乱动。他腹部中的一箭是大月叉箭，箭头如两支交叉的弯月牙，穿透力稍差，但剖切力极强。成长流腹部被这箭切开了一个大口子，皮肉翻卷，血色污浊，已经有肠子鼓冒出来。如果躺着不动，医家高手还能救回一命，再要走动的话，那就是在主动赴死。

见成长流腹部肠冒血流，袁不毂不由得一阵眩晕，不过他很快就用两个深呼吸和意念转移把状态调整过来。虽然畏血之症未能根除，但经过鲔山一番冒险，他的承受力已经大大增强，还学会了用转移注意力的方法来抵御畏血症状。

"快呀！扶我走，否则你我都得没命。"成长流再次催促。

袁不毂觉得成长流肯定比自己更了解此时的危险程度，所以决定先带他离开。

将成长流架起后，袁不彀准备往驻营里面退避，但是成长流制止了他：
"不要。我们往回走，去捉奇司。"

"还是先进驻营吧，就算那些人回来我也可以利用装备地形坚守。而且捉
奇司、弓射营出事，内外城防营很快就会调人过来。"

成长流忍住痛，很坚定地摇了摇头。

"那我带你去圣医馆找舒九儿。你只要撑住一口气，她就能把你的命给抢
回来。"

"不，不要。回捉奇司，我得找件东西。"

袁不彀不知道垂死之人的思维是会混乱的，往往本能地表现出自己之前
最强烈的欲望。而回捉奇司也是更为巧妙的躲避方式，所以他顺从了成长流
的意思。

"边走边听我说，我和你交代的话，你要都记住。"

二人依旧走之前的小道。因为即便追杀成长流的人再回来，也很难想到
他们会回捉奇司，而且走的是原来的道。

"我非冲闯捉奇司的人，是那些要杀我的人冲闯了捉奇司。也不知道怎么
回事，今天捉奇司高手全部调出。我就瞅准这个机会想进去看看，没料到会
碰到那些人，就好像这个机会是为他们设计的。"

"你从獥貐坟逃出后去了哪里，怎么会现在才回到临安？吏部都已经把你
定作殉职，而你回来了也不露面复命，反而去闯捉奇司？"

"你只管听我说，"成长流喘着粗气，"獥貐坟是我师门理脉神坊的祖地，
祖师留下出入方法路数，但是不到万不得已不许探入祖地。前些日子竟然有
三路人马闯入獥貐坟，看来已经有人窥到我门中秘密了。"

袁不彀忍住追问的想法，继续听。

"从獥貐坟出来后，我遇到一队奇怪的人马。他们好像也刚从獥貐坟撤

出，但是我在獥貐坟上未见过这队人。他们可能觉得自己是最晚从獥貐坟下来的，并未留意自己行踪会被人发现。其实不仅是我，金国南察都院偷入大宋的一路人马也坠上了他们。"

"那是什么奇怪人马？"袁不彀实在没忍住，问道。

"是十八神射和带符提辖。"

"十八神射和带符提辖？不可能！"

"不要说话，听我说。"成长流喘得更加急促，脚下已渐渐地挪不动了，这条最近的路变得无比漫长。"那十八神射和带符提辖后来发现了尾随的金国人马，几经周转后才摆脱。也因为有那样的大目标吸引了他们的注意力，所以没人发现我的存在。我一直跟着他们回到临安，看着他们进了弓射营。我祖地被人窥破已是蹊跷，而这十八神射和带符提辖则更加怪异，所以我一直不敢露面，只在暗地里查访真相。唉，我恐怕是走不到捉奇司了。"成长流看着前面的巷口，双脚已经跪拖在地。

"你再撑会儿，马上就到了。"袁不彀嘴里这样说，心里也觉得成长流撑不住了。

"不去了，去了也不见得能找到东西，铁耙子王的东西藏得严实。"成长流瘫倒在地上，捂住腹部伤口的手已然无力，冒出的肠子从指缝间挤出。

确定不走了，成长流反倒更加平静了："事不过三，死不过三，我装死两回，这一回得真死了，看来有些后事得你帮忙料理下了。要是有机会，你替我去下蜀地摩诃池，找到理脉神坊的的门人，告诉他们淮王堂的东西还在捉奇司，让他们设法拿到，找出水患根源和整治办法。"

"怎么找？"

"拿着这个，去到摩诃池，理脉神坊若还有传人在那里，他们会主动找你。"成长流掏出块黑乎乎的铁牌，递给袁不彀，手还没伸到，便已经承受不住铁牌的重量颓然落下，幸亏袁不彀眼疾手快，及时将铁牌抄在手里。

铁牌不重，硬度却超过一般铁料，应该是用红江特产飘羽铁打制。牌子上下左右有四个兽钮，正面有字，字的周围铸刻了许多精致纹路，但到底是什么字、什么纹路，光线太暗，袁不毂看不出来。

"找到他们之后做什么？还有其他什么话要留给他们吗？"

成长流无力地摇摇头，随即又挣扎着说："来不及了，记住我是你杀的。你发现有人夜闯捉奇司便出手阻击，结果将我误杀了，否则你自身难保！"说完，再没呼出半口气。

袁不毂将成长流的尸体放平在地上时，街上巷口已经有很多官兵和捕快奔跑往来。临安城作为一个皇都，这些官兵捕快到现在才出现，反应委实是慢了。他们还像无头苍蝇似的来回奔跑许久之后，才发现旁边小道里的袁不毂。

其实，临安城里不缺反应和经验远胜官兵、捕快的高人，眼前情形下更不缺心怀叵测之人，所以黑暗中有许多双眼睛盯着小道上站立着的袁不毂和再也站不起来的成长流。

小小梁王柴彬私自离开临安，给朝堂带来很大不安，所有人私下都觉得这是梁王府要有异动的预兆。柴家先祖的天下被赵家夺了这么多年，现在金国把赵家元气打掉一半，柴家想抓住这个机会夺回自家天下也不算太出乎意料。但这件事情目前还是未定之数，需要看后续变化。皇上下旨令各处关隘守军严查柴彬，阻止其进入滇界，所以柴彬最终能不能回到梁王府也是个未定之数。

至于有人趁捉奇司高手调出时夜闯捉奇司就有点恐怖了。不仅是歹徒太过胆大妄为，更因为有人竟然完全掌握了捉奇司的内部运转情况。捉奇司是突然接到孝宗皇帝旨意，才尽出高手查寻潜入临安的金国南察都院人马。而夜闯者不仅抓住了这个时机，还对可能留有人员的羿神卫驻营、铁耙子王府亲兵营等处实施了堵营行动，完全是有备而来。也就是说，他们要比捉奇司更早知道孝宗皇帝的旨意，他们的谍者很可能已经潜在了孝宗皇帝身边，或者南察都院人马潜入临安的情况从一开始就是做的一个局。

没有人怀疑袁不毂的话，羿神卫只有他一人在营中，收到惊铃警示后只有他一人去救援捉奇司。他要不说成长流是他误杀的，把责任推给夜袭捉奇司的歹徒，也没有一个人知道当时的真相。再有，大月叉箭这样的重头箭，不是一般箭手能射准的，必须羿神卫这一级别的箭手才行，这也是袁不毂所说的一大证明。

成长流已经是定作殉职的户部官员，就算他和那些歹徒不是一伙的，但试图趁乱夜入捉奇司肯定是另有图谋，也就的确该死，只可惜未能弄清他的真实目的。至于袁不毂，所作所为都出于忠于职守，从他的职责出发，即便是误杀也该嘉奖。

铁耙子王觉得最好的嘉奖是给他个头射职务，再让他牵头重组十八神射。赵仲珥是个谨慎的人，是在询问过丁天、莫鼎力等人，确定袁不毂是个可再组十八神射的箭术奇才，又派人调查了袁不毂家世背景，确认没有任何逆叛关系才做出如此决定。

组合射阵型中的头射一职需要承担更多责任和风险，而且不是能入册吏部的职务，所以这个算不得真正的嘉奖。真正的嘉奖是他成为头射之后就可以进捉奇司的悟秘阁。悟秘阁中有诸多捉奇司寻来的奇书秘籍、奇刻异帖，包括与箭术有关的。只要有足够的悟性，在这里不仅可以悟出个绝世箭神，还可以查出世上许多事件的真相。

袁不毂进羿神卫，就是想要这样的嘉奖。他这么拼命，就是想着某一天有资格进入悟秘阁中，找到自家灭族的真相。但是重组十八神射的事情被其他各种事情耽搁了，磨蹭了两个月才最终定下来。都说世事不巧不为事，偏就这个时候孝宗皇帝那边传旨，宣袁不毂、丰飞燕、丁天等人上朝，要对救回密使、抢回密信的有功之人论功封赏。

帝封赏

封赏并未在朝堂上进行。他们在朝房里等到散朝，才有宣召太监出来带他们前往福泽殿。福泽殿里不仅有孝宗皇帝，平时不必上朝的铁耙子王也在。让大家更加意外的是舒九儿竟然也在，她一身清秀、满面明丽地站在皇上旁边。

丰飞燕见到舒九儿后不由得愣住，心想，这回护住密信逃出金国的功臣里没有舒九儿，把她叫过来不会是要把她赏给谁做老婆吧？比如袁不齮。这丰飞燕自己心中想着要嫁给袁不齮，也就觉着别人都是想要嫁给袁不齮的。不过她此番担心是非常准确的，袁不齮和舒九儿之间的确是有别样的好感。

孝宗皇帝满脸温慈，语气也是温暾暾的："舒九儿听封，朕封——"

"皇上，能不能先封赏我？我啥都不要，把我赐给袁不齮做老婆就行。"

丰飞燕豁出去了，她怕稍有迟疑，袁不齮夫人的位置就不是自己的了。丰飞燕以往在宫中走动比较多，又曾担当孝宗皇帝的密使，他们算是比较熟络的。另外孝宗皇帝平时着实温厚，否则她也不敢这么随便抢皇上的话头。

听丰飞燕说出这番话，福泽殿里有人在发愣，有人在偷笑。谁都没料到丰飞燕会抢先讨这样一个封赏。

"袁不齮？哪个是袁不齮？"孝宗皇帝的眼睛在下面跪着的人中扫了一遍。

"就他，他是袁不齮。"丰飞燕拉身后袁不齮的衣袖。袁不齮则跪趴在地上，不敢抬头，也不好意思抬头。他倒不是怕见皇上，而是怕面对舒九儿。

"嗯嗯，这就是袁不毅呀，和你倒是很般配。"孝宗皇帝说这话时其实都没看到袁不毅的脸。

丰飞燕听皇帝都说自己和袁不毅般配，马上连磕两个头："皇上明鉴，还请皇上做主成全。"

"这成人之美的事情我肯定要做的，但是有件要职重任需要袁不毅去做，你等都还年轻，婚事不急在一时半会儿。等他建功立业了再娶你，岂不美上加美？"

"要职重任？"旁边的铁耙子王轻声重复了下这四个字。

"近来，滇蜀一带出现怪异疾毒，流传快速，染者无药可治。柴彬匆忙中私离临安赶回滇地，是因为梁王府多人染疾，其大哥已病故，老梁王也病危。梁王府中无人主事，需要他迅速赶回，也算是孝悌为先吧。"

"皇上莫非是要舒九儿前往滇地梁王府，救治老梁王？可这和袁不毅有何关系？"丰飞燕觉得皇上可能会做让她最担心的安排。

"丰爱卿冰雪聪明，但舒九儿不是去救治老梁王，而是救治滇蜀一带所有患疾百姓，根除病源。朕封舒九儿为御前圣医，领西南灭疫钦差职，代朕前往滇蜀一带治病救民。封袁不毅为华蓥三城游击守备，扼滇蜀入江南之喉口，防疫毒流入，同时保护舒九儿完成救治大事。"

赵仲珥在旁边轻咳一声："皇兄，本来我那羿神卫十八神射是要择日再组的——"

"说到羿神卫，还得要皇弟割爱，调拨一些出来让袁不毅带去华蓥道做事。滇蜀疫毒传染凶猛，必须扼住喉口之关。要想阻止携带疫毒者肆行，而自身不被传染，唯有远距离弓射。"

赵仲珥眼皮一耷，再不说什么。他是个非常拎得清的人，也是个对孝宗皇帝了解最多的人。

"呵呵，对了，这里就有几个和袁不毅一同从金国立功回来的羿神卫，想来你们也是非常愿意随同袁不彀前往西南再次建功立业的。"孝宗皇帝已经在替袁不彀点兵了。

"我等愿意誓死守护皇上，保卫龙庭安定。"石榴懵懂不懂规矩，再则也是看皇帝没个皇帝的威仪，这才主动发声。说出的话既像在表露忠心，又像是在表明自己想留在临安，不愿去往西南。

"嗯，好好。如此忠心，朕就封你们这几人为禁军内城尉，享御前侍卫俸禄。此番西南功成之后，便可到朕驾前行职。"孝宗皇帝看着温厚宽仁，实际上言语辗转间便完全否定了别人的意愿，依旧是按照他的安排进行。

袁不彀想说自己是个初出茅庐的小卒，不懂如果做官当守备，却始终没有机会说出口。

"袁守备，你还需要什么人手器物，只管跟王爷提。只要他捉奇司里有的，都会满足你。另外，你是朕御封的一方外任官员，可带着家属同往。官道不悖逆人情，这也是方便你照顾家中老小，尽到孝道。"

"可他还没有家属呀。"丰飞燕嘟囔一声。

"小的幼时家人遭人杀害，是养父将我一手带大。如今，养父年岁大了，已然习惯山野生活，不愿再挪居他处，谢皇上恩典。"袁不彀始终低着头。不知道为什么，面对别人觉得颇为温厚亲和的孝宗皇帝，他却觉得有种极大的压迫感。

"自古忠孝不能两全，但朕会让你尽忠亦能尽孝。朕已派人前去接你养父，另外禁军造器处的老弦子算得上你师父，你也一并带上吧。"

袁不彀猛然抬起头来，一种孤独又无助的感觉从他内心深处迅速蔓延而出，就和当初他掉进獭貐坟深洞里的感觉一样。有所不同的是，那时候他是极度绝望，而现在是莫名恐惧。皇上竟然不知什么时候已将自己的底子了解得清清楚楚，为什么要了解？而让自己带上袁老爹和老弦子前往疫毒肆虐之地，这很明显是给自己脚上系两个铅铊，不仅将自己拴牢在华蓥三城，而且两个老人会让自己有诸多顾忌，无法按心意做自己的事情。这是皇上对所有外派官员都会采取的措施，还是单对自己这样？

福泽殿上的这场封赏过程有些怪异，气氛有些怪异，结果更是怪异。从表面上论丰飞燕是最有功劳的，她却没有得到任何封赏，连抢先索求的愿望也没能实现，完全就像是被叫去旁观别人被封赏似的。

丁天也没得到什么，可能是孝宗皇帝把他也当作了和石榴、死鱼一样的羿神卫，在殿上跪了半天，理都没理他。

袁不毂直接升至正五品守备，石榴、死鱼他们从弓射营羿神卫一下提升到六品内城尉，拿从五品的御前侍卫俸禄。细想下其实这些都是虚头，实则是被指派了去执行一个极为艰巨的任务。

最为奇怪的是袁不毂。他既要保护舒九儿入滇蜀救治得疾百姓，又要以守备之职守护华蓥三城。皇帝又用袁老爹和老弦子来限制他的自由，这让他从眼下就已经开始无所适从，如同被乱藤纠缠。

从福泽殿出来后，舒九儿、丰飞燕都想和袁不毂说上几句话，但袁不毂被丁天一把拉走，半步不停地直接拉到端木磨杵家。

端木磨杵看着急匆匆闯进家门的两个人，再看看他们手上都没有拎着酒肉，脸色顿时凝重起来。因为他知道，如此了解自己性格的丁天能匆忙得不带酒肉闯到家里来，只有可能是救急救命的事情。

"听了你们所说，我觉得不够应该是犯了皇上忌讳，但皇上又怕不够拿捏着什么秘密，所以采取这种方式牵制你。"端木磨杵眨巴着眼睛，说道。

"你能说得具体些吗？"袁不毂心中混乱，没能完全理解端木磨杵的意思。

"让你驻守华蓥三城，又让你带最亲近的两个老家伙前去，是要把你定在那个江南与滇蜀相通的要扼之处。这样你就无法继续深究皇上犯忌之事，同时又可监察和控制你的动向。指派你保护舒九儿入滇蜀治疫毒，是皇上故意给你设下局限的活动范围。这应该是皇上以为你掌握了什么与此区域有关的秘密，而皇上对此秘密也感兴趣，给你留出找到秘密的机会。"

"可我今天才第一次见到皇上，怎么会犯皇上忌讳呢？"袁不觳有种祸从天降的冤屈感。

"你是不是之前在密杀骨鲔圣王的过程中隐瞒了什么？"丁天问道。

"没有呀，我把所有经过都详报给捉奇司审疑阁，至于有没有什么价值，我全然不知，全由他们分析。"

"会不会是因为你抢回氅衣密信，皇上觉得你看到了其中内容才生的忌讳？"丁天猜测着。

端木磨杵否定了丁天的思路："和密信无关，那密信无法复制，就算看过也是空口无凭，只要拿回来了就再没有任何意义。也不是鲔山的事情，鲔山之行或许留有疑窦，但那也只在捉奇司这一层。今日的封赏是皇上给的，他之前并不知道不觳这个人，所以忌讳的事儿要么发生在最近，要么就是皇上被谁利用了？"

"成长流！我最近误杀了成长流！"袁不觳猛然想到了这个。

"就是小小梁王私离临安，金国南察都院谍者夜闯捉奇司那天吗？"端木磨杵皱了下眉头。

"对！"

"你有隐瞒，按你现在的目力、控劲和谨慎，你不会误杀成长流的。那成长流是理脉神坊出身，身法招式很是特别，你即便没认出他，也会因为其怪异的身法招式把对方辨清后才出手。"端木磨杵竟然对成长流非常了解，对袁不觳更是了解。

"成长流的确是被别人射杀的，但他临死时一定要我说他是我误杀的，否则我会性命难保。"袁不觳只能说出真话。

"还有呢？他有没有说自己是被何人射杀，并且他在獥貐坟死不见尸后怎么又突然出现在临安？"丁天追问道。

"不知道何人所射，但他说他逃离獠獠坟后是暗中尾随羿神卫十八神射和带符提辖回到临安的。"

"羿神卫十八神射和带符提辖？不可能！绝不可能！"丁天表情很是骇异。

"有可能。羿神卫十八神射虽然在雉尾滩全殒，但你们不也曾假冒十八神射和带符提辖前往獠獠坟吗？而且，为了掩护你们的行动，捉奇司还派出另外一组假冒的十八神射夜出临安。"

"端木先生的意思是说，成长流暗中跟住的十八神射也是捉奇司派人假冒的？"丁天对端木磨杵的话表示怀疑。

"除了捉奇司，其他人也可以是假冒的。"

"那一晚我为救下成长流，曾与一些暗藏箭手交手，他们竟然会用'五丁拉山'，莫非就是那些假冒的十八神射？可这和我又有什么关系？就算成长流告诉我看到十八神射和带符提辖，就算我与假十八神射交过手，那也不至于犯谁的忌讳呀。"袁不毂觉得不可思议。

"那可不一定。你说成长流是你误杀的，至少真正射杀他的人知道你在撒谎。至于你说谎的目的，那些人完全有理由推断你是为了掩盖一些从成长流口中知晓的秘密。还有你与假十八神射交过手，别人也有理由怀疑你已看出真相，只是当作把柄暂时没有公开。"端木磨杵抹了一把布满眼屎的眼睛，"嗯，嗯，我怎么觉得这是成长流留的枷儿套住了你，让你不得不按他的意图继续完成些事情？"

其实，如果袁不毂把成长流委托他做的事情全告诉端木磨杵，最终分析出的结果可以更加接近真相。但袁不毂是个坚守承诺的人，所以带铁牌子去摩诃池寻理脉神坊传人的事情他只字未提。

"那我该怎么办？"这是最终需要解决的问题。

"听命行事。按皇上的封赏前往华蓥三城，到那里后该做什么就做什么。要是我估猜得没错，到时候自会有人摆布你的行动，或者引你到某些有趣的地方看你的反应。"端木磨杵是江湖和官道这两个世上最险恶地方磨炼出的人精，他觉得袁不毂不仅入了成长流临死时留下的套儿，还被人家当成棋子摆上了一面棋盘。这是个很无奈、很悲哀的棋子，因为他根本不知道自己该走怎样的棋路，又该和什么样的对手去搏杀。

"你此去西南凶险叵测，不过有个人说不定能帮到你。"丁天想到了什么。

"谁？"

"多只眼莫鼎力，他现在应该已经在西南道的某一处了。"

"莫校尉，他去西南干什么？"

"小小梁王私回滇地，最初不知道真实原因，为防止滇地异动，兵部调遣天武、鹤翔、骏突等营前往西南协防，莫鼎力是闻着天武营的味儿追过去的。官家、江湖他都熟悉，又有捉奇司暗点和信道可运用，关键时刻请他施以援手。"

丁天对莫鼎力的情况了解很多，是因为莫鼎力临走时把自己的一些怀疑都告诉丁天了。最近几次命悬一线的遭遇让莫鼎力很是后怕。一个人的运气是会用完的，为防止自己陷入某个凶口再无法逃过，有些情况他必须提前告知某个可靠的人，这样当自己出现意外后，知情者仍可以继续追查。

"不是要他施以援手，而是和他联手。你虽然被封华蓥三城游击守备，但我估计到那里之后会是独木难支的局面。莫鼎力不同，他背后有捉奇司撑腰。你主动联络莫鼎力，为他西南之事出些力，这样你就能利用捉奇司的力量，至少也要让在暗处虎视眈眈的人以为你是可以用到捉奇司力量的。另外，莫鼎力追查的事情牵扯重大，很有可能会将摆布你的人引走。"姜还是老的辣，端木磨杵的想法比丁天更加周全。

"天武营去了西南？上回他们出现在金国境内就已是蹊跷。前番原因未曾说清，紧接着又调他们去西南，岂不是更加蹊跷？"连袁不觳这样的小卒都看出天武营存在问题，那么莫鼎力不死心地继续盯牢就更在情理之中了。

"天武营有蹊跷，定然与兵部这一系有关，否则他们私入金国之事不会如此不了了之。梁王府怪异，这怪异是在小小梁王离开的时机太过凑巧，他刚走，金国谍者便潜入临安，捉奇司便遭遇夜袭。十八神射出现得不可思议，最不可思议之处是他们明明是假冒的，又怎么会拥有和真十八神射一样的组合射技法阵型？成长流之死扑朔迷离，他死前肯定是要你去做些什么的，而且设下了逼得你不得不去做的局。但到底你做什么、怎样做，我看不明、辨不清。这些似乎都与你赴西南任职有着牵扯不断的关系。"端木磨杵端起面前的茶杯送到嘴边，觉出杯子里不是酒，又皱眉放下。

"在这之外，可能还有更多势力插手。滇蜀之外有大理、吐蕃，他们定然关注滇蜀的异常。骨族劫使、鲔山突变之后，金国肯定会有后续行动，蒙古、西夏也会探究背后真相。而且我有一种感觉，这些外围势力可能在很早之前就已经派遣秘密力量介入各处事件了。"

袁不觳听得有些头晕，感觉就像在雕一个百串千叶葡萄花的木刻件。他心里觉得端木磨杵想得过于复杂了，但自己被成长流下了个套是有可能的。这次被派职滇蜀好像就是按着成长流死前的心意在进行，他让自己带铁牌前往摩诃池，那摩诃池就在蜀地。

端木磨杵大概觉得自己说得太多了，让袁不觳无所适从甚至开始害怕，所以利索收尾："不多说了，总之你记住'不轻信，随机变，逃得命才救得命'。"

这句话很好理解，袁不觳听后大力地点了点头。

烟重津的山色并非一味地浓绿，覆盖连绵山岭的植物品种繁多、颜色各异，所以远眺近看是一处翠来一处红，此处鲜来那处焦。在这里是看不到天边的，天边被山岭、树木以及山岭和树木之间缭绕的雾气遮掩了。最为清晰的是一泓蜿蜒而过的江水，离近了能听到它湍流的嘶吼，触碰它弥漫的湿润。要是站在两边山腰以上，从那儿遥望过去，江水便如凝固的银带一般。

站在木栈道上的莫鼎力心里突然生出些莫名的慌乱，有种想掉头回去的冲动。百年前，在烟重津这里有七个刺客设局杀掉了几百军卒；刚刚，他把一支数千人的队伍在这个地方跟丢了。

莫鼎力第三次把周围细细查看了一遍，山色混乱，大江清亮。太阳过了山顶之后，山林间的雾气已经散得差不多了，那数千人的队伍仿佛和这雾气一同被灼日晒掉了。

"就算钻进土里，也该见个洞呀。"莫鼎力跺了跺脚下的栈道，"当年七个刺客利用这条依山沿江的道路和周围景象，设了'五朝压一案'的杀局，杀光三百多人的使队，未曾听说此处有栈道。"

莫鼎力翻手抽出腰间雁翎雪花斩，轻扬一下削去栈道撑柱的一片外皮。栈道用的都是未曾细加工的原木，外皮粗黑、坑疤凹凸，在阳光和水汽长时间的交替作用下，表面很快就呈现枯朽的样子。但是只要削去表皮，就能看出里面实际的质地，并由此判断其年代长短。

外皮下的木质很新鲜，可推断这是一条搭建不久的栈道。栈道是为了在方便人行走的同时掩盖其他路径线索。莫鼎力很懊恼，自己外号多只眼，偏偏在这条新修不久的栈道上走了眼。莫鼎力还很震惊，天武营两三千人马能够快速从隐蔽的道路上遁形而走，不留丝毫痕迹，其组织和行动俨然如同一人，这队伍的执行力是非常可怕的。

不过这个时候多想没有用，重要的是找到天武营是从哪里甩脱自己的。天武营最终肯定会按兵部军令到达指定位置，莫鼎力担心的是他们脱离自己视线后可以做很多事情，更担心从中分出部分人来另外行动，就像獤貐坟上的那些黑衣人一样。

"栈道，岔子在栈道上，我走了栈道而他们没有。可是我并没有见到其他的岔路，就算是非常隐秘的路口，那么多人通过后总会留下一些痕迹的。"

莫鼎力最终还是决定往回走，虽然没有想明白那些人的消失到底是怎么回事，但他觉得问题的关键应该在自己上栈道的起始处。

往回赶了三四里路，莫鼎力停住了脚步。他清楚地记得自己之前上栈道后并没有走那么远，可现下怎么就走不到自己当初上栈道的口子了？不对，准确地说，他发现这栈道似乎永远都走不到尽头。

太阳升得更高了，把莫鼎力脸上冒出的热汗和冷汗一起晒干了。山林间的云雾已经看不到一丝一缕，绵延山体上混乱的色彩变得更加清晰。这混乱的色彩在焦急的人眼中是会让人发晕发眩的，即便是多只眼莫鼎力，结果也是一样。

更为可怕的是，镶嵌在混乱山色中的那条银色江水，始终在牵引着莫鼎力的注意力。就像那上面有着什么黏稠的东西，一不小心就会被它粘吸过去。莫鼎力使劲晃了晃脑袋，揉了揉眼睛，注意力马上得以恢复，但清醒的状态保持时间很短，没走出十步，原先的异常感觉就又出现了。

"魔障道①！我是走上了一条魔障道吗？"

就在开始感到恐惧和无助的时候，莫鼎力听到身后有脚步声，于是想都

___

① 魔障道：江湖坎子家（专门设置机关暗器的门派）对道坎子的统称，道坎子可以设置陷阱、绊索、踏触暗器，但这些都是低档的魔障道。厉害的坎子家可以利用一些很细微的地面变化或周围景象变化将闯入者陷入不归地，比如班门的颠扑道、墨家的泄洪道。

长弓少年行（终结篇）·中

026

没想猛然回头望去——十来个人正朝着莫鼎力刚才过来的方向走去。

莫鼎力背上汗毛陡然竖了起来，刚才他过来时根本没有看到其他路，那这几个人是从哪里出现的？难不成这些人和自己迎面而过，自己却没看见他们？

"站住！"莫鼎力双手握紧雪花斩后才发出这声喊。

"咦，这不是莫校尉吗？"前面那些人里竟然有认得他的。

那些人全穿的便服，没有谁特别显眼，但莫鼎力还是一眼就把认识自己的人从人群中辨别出来了。不看周围的景象，他只盯着某个特定目标时，视觉的错乱和眩晕感一下都没了。

"杜先生！你怎么到这里来了？"莫鼎力既惊讶又惊喜，他怎么都没想到会在这里碰到杜字甲。

"呵呵，王爷派的一点小活儿，得往华蓥三城去一趟。莫校尉是同路吗？"

"不是，我盯着几只雀儿走了一路，到这儿入草荫子不见了。"

杜字甲原先是个走江湖的风水先生，莫鼎力说的江湖话他都能听懂。看看莫鼎力汗迹斑斑的脸，再前后瞄两眼，杜字甲发出两声干笑："呵呵，莫校尉盯住的雀儿飞了，自己还踩了捉雀儿的夹子吧？"

"惭愧惭愧，让杜先生一眼撬了壳。我真是踏了魔障道，正不知道怎么落步子，这不就遇到先生你了吗？"江湖上常说丢得下面子的人活得久，莫鼎力对此话深有领悟，所以并不忌讳说自己被困的事实。

"哦，那我且说上一说。此处有个'五朝压一案'的风水局，当年七个刺客伏杀三百多人的南唐使队就是利用了这个局。'五朝压一案'不是魔障道，而是眼障子。沿着这里的道路行走，会被远近的景象带偏视线和注意力，再加上道路坡势的作用，不知不觉中人便会掉进旁边的江里。"

"难怪了，我总觉得那条江在粘住心神，把人牵引过去。"

"呵呵，不打紧不打紧，你走上这条栈道就不打紧。当年烟重津杀局震动朝野，之后此处便极少有人行走。时间一长，草木杂生，'五朝压一案'的眼障子就更加严重。那时，此路连接蜀、楚、南平、南唐多国，反而无人过问。大宋朝廷迁至临安后，这路便有了作用，由荆州入蜀地从此处走可少两天路程。所以当地官府请能工巧匠修了这栈道，这栈道虽然也在'五朝压一案'的局里，但有旁边的栏杆挡住，怎么走都不会掉进江里。"

"可是——"

"莫校尉要寻雀儿，必定会四处张望远山近景。这恰恰入了'五朝压一案'的道儿，迷障了眼神心神。寻不到雀儿不说，连自己的出路都寻不到了。"

"杜先生高明，正是如此。我连从何处上的栈道都找不到了，也不知道盯着的那些雀儿是如何走掉的。"

"那些雀儿中肯定有风水高手，保不齐还是坎子家的。否则就算能走荒废的老路，也无法把走过的尾迹给隐了。"

"哦，就像杜先生这样的高手吗？"莫鼎力说这话时，将杜字甲所带之人全扫看了一遍。

不知道是因为莫鼎力的语气还是因为他的眼神，杜字甲的表情一下子警觉起来。这也难怪，捉奇司派出的活儿都是自管自的，没有指令，相互间绝不会沟通。就像袁不觳的任务是密杀鲔山圣王，而江上辉的任务是解救赴西夏密使，当时要不是丰飞燕坚持，江上辉是不会留下石榴、死鱼救出袁不觳的。

这种做活儿的规矩莫鼎力早就习以为常，所以见到杜字甲之后，他说的话始终模模糊糊。杜字甲似乎是因为难得出来做回外活儿，见到自己人后，言语间明显没守得那么紧。

"莫校尉有重任在身，我等也担了王爷差遣，都盘桓不得。莫校尉，你只管盯着旁边栏杆走，其他哪儿都不看，自然就能脱身。我等就不陪莫校尉寻雀儿了，先行一步，莫怪莫怪！"说完，杜字甲不再理会莫鼎力，带着那十来个人径自走了。

莫鼎力的目光顺着栈道的栏杆延伸出去，他眼前的情景一下清晰起来。那黑乎乎的栏杆将可见的远山近景进行了划分、勾勒，让所有的混乱变得合理起来。

眼里的情景清晰了，思绪便也立刻清晰起来："杜字甲带的人里只有两个背耸肩凸、目精气匀，是身手了得的练家子。其他人都面苍腰佝、膝沉背缩，这是经常在狭小空间中劳作才有的特征，捉奇司中只有带符提辖是这样的身形。"

"一个风水先生带着一群带符提辖去华蓥三城做什么？那里出了什么怪异的事情吗？"莫鼎力出来做活儿时，袁不毂还未被封赏，所以他还不知道袁不毂已经在那里做官了。

"天武营里也有风水高手，他们此番被派遣过来驻守滇蜀之地，会不会又是一个预先设定好的计划？或许杜字甲此行与天武营有关。"想到这里，莫鼎力立即快步往杜字甲那群人后面跟去。他有种强烈的预感，不管天武营、杜字甲，还是其他更多各种来路的人，他们最终都会交会到一处去。

小糖人

袁不毂抵达华蓥三城时已是春末夏初，西南的气候已经相当闷热。好在江南的大热天尤胜，袁不毂他们只当是提前进了三伏。

华蓥三城太守胡蔺举殷勤地接待了他们，饮食起居都是按照当地最高规格置办的。不过，这是看在舒九儿代圣治疾的钦差身份上，袁不觳这个游击守备只是跟着沾光的。

不过，有一点不知道是沾光了还是被欺了，袁不觳是来华蓥三城任职的，本该给他们安排专门的府院或营房，但是胡蔺举依旧让袁不觳他们和舒九儿的医队同住在馆驿之中。也不知道是没有合适的房子，还是他们觉得驿站里条件更好。

袁老爹和老弦子没有和袁不觳一起到华蓥三城，袁不觳也就没有马上向胡蔺举提出住房要求。因为皇上派的人要先把袁老爹接到临安，这就会耽搁好些天。再加上两个老家伙腿僵骨硬的，路上不能走得太快，估计得再有个十天半月的，才能到这里。

舒九儿从临安过来，一路乘舟坐车，每到一处还有地方官衙照顾，还算轻松，可她还是决定在华蓥三城休整几天。她那样子像是在等什么人，或者是害怕进入疫情蔓延区域。

袁不觳这几天过得无所适从。他明明是御封的华蓥三城游击守备，但这里不论是太守府衙还是驻守军营，都没有人来和他进行职务的交接。最后，他实在忍不住，主动去找了太守胡蔺举。那胡太守一脸苦相地告诉袁不觳，华蓥三城原本没有游击守备这一职务，城中各处职守目前按部就班，他也不知道应该把哪些事交给袁不觳来负责。

"皇上封赏袁大人任我这小城的游击守备，还担负护送钦差代圣治疾的职责。要不袁大人先陪着钦差入滇蜀界治疫毒，我这儿商议权衡后，看在哪一关键处可再设一关卡？嘿嘿，而且得是可收税查私的关卡。待袁大人治疫圆满归来后，便独管这一关卡，保证大人值守所在颇滋润。"胡蔺举话说得好听，实际上有种把袁不觳往外推的意思。

袁不觳此次只带来二十多个羿神卫，而且是以护卫钦差代圣治疾的名义从捉奇司调用的，疫情结束后都是要回捉奇司的。胡蔺举没有实际职务给他，也就意味着入滇蜀之行没有兵力人手给他。护送舒九儿从临安到华蓥三城，一路都是平安坦途，又有沿途官衙照顾，人手多少并无大碍。进入滇蜀之地后全是险山恶水，多盗匪凶族，再加上疫毒肆虐，那些伤患被求生欲望驱使什么事情都做得出，如没有足够兵力恐怕很难保护好舒九儿。

"护送代圣治疾的医队入滇蜀，凭我带的这几个人如何能行？出了差错，谁担待得起？"既然话不投机，袁不毂也就直接点戳要害。

"招兵呀，可以'严防疫患蔓延入关'下临时招兵令。此地山民强悍好斗，善攀岩凫水，招来的人只需稍加训练就可遣用。"胡蔺举像是早就想好了说辞，回复袁不毂时连眼睛都不眨一下。

"何时可以招兵？"袁不毂觉得这个应该是此次谈话唯一可以得到的结果。

"明日，明日一早就可开始。"胡蔺举依旧眼睛都不眨一下。

华蓥三城地形怪异，城里的布局也怪异，全城没有一条呈直线的道路，也没有一条平坦无起伏的道路。就连一般城池中心都有的四方场子四方街，这里也只有三边三口，显得局促而狭小。

临时招兵和正常户派军役不同，那得人家自愿报名。而临时招兵的形式也比户派军役简单得多，桌案、凳子都没有，就在场子边的大树上贴张告示，然后招兵的人坐在大树下的石头上等着人来询问和报名。

天气又湿又闷，没有一丝风，树叶耷挂着一动不动，袁不毂坐在大树下的石头上将近一天，屁股都把石头焐出两瓣湿印了。这一天里，他感觉自己眼中的情景不曾有任何变化。三边三口的街路视觉延伸不开是一个原因，街口场子始终站着那么一群人又是一个原因。那些人竟然一动不动地陪着袁不毂待了一整天。他们用一种本地人独有的坚持、耐性，无所事事地等待着。在这样一个地方，如果能等到什么主动报名投军的人，那将会成为他们讲述许久的话题。

太阳已经转到西边山头了，仍是没有一个报名投军的。到这个时候，袁不毂才有些理解胡蔺举的难处，贸然添加一个职务，却没有可调配的下属，就算胡蔺举诚心调度，那也得需要好长时间才能从各处匀出一些人手给他。至于向袁不毂推招兵之举，则肯定是为了推诿，胡蔺举不可能不知道此处招兵的难度。

"我们两个打听了一下，华蓥三城虽地处险山恶水间，但周围山货特产颇多，四季都是收获季，百姓是捡着东西过日子的。再加上此处是通往滇蜀的隘口，来往商客驮队都在此打尖休整、存货换货，只要是勤快一点的本地人，都能挣到过路财。所以不要说自愿投军，就算是户派军役，这里的人也大多会从穷困之地花钱买人来顶替。"谢天谢地兄弟两个在城里转了转，带回这样一个信息。

"要这样也好，我们就当是到这里来颐养天年的，哈哈。"石榴笑得并不开心。

"回去吧，回去再说！"袁不毂终于从石头上站起身来。

"军爷！我投军！我投军！"就在此时，一个人跌跌撞撞地跑过来，显得十分狼狈。

跑过来的人是书生打扮，个子不高、小圆脸，白白胖胖。看他一眼能让人联想到蜀地的小吃三大炮，只是不像三大炮那么粉扑扑的，而是一路跑得汗津津，在斜照的光线下泛起一层油光。

袁不毂回头看去，但看的不是那个跌撞着跑来的投军人，而是周围坚持围观的人群。人们本来像雕塑一般，当投军人出现后，人群陡然有了一阵波动，就像急风吹过成片晾挂的衣物。原来的人没有动，是另外有人突然加入，人群才出现波动。那些人加入的过程只有一瞬间，袁不毂急促地扫看了整体的波动，没能准确发现加入的那些人都在哪些位置上。

"不用看了，那些人是追着我过来的。"投军的小白胖子竟然看出袁不毂在搜寻异常。

"追你的？原来你是走投无路才投军的。是欠了赌债还是偷了钱财？想让我们罩住你。"袁不觳轻声说道。

"'山里妖风水流沙，月下蚂蚱两指夹'，说的就是我，我要想甩脱那些人，还不跟甩鼻涕一样容易吗？"那小白胖子露出些傲气。

袁不觳和石榴、死鱼对视一眼，都摇摇头："没听说过。"

小白胖子的傲气瞬间变成了尴尬，眨巴几下眼睛，竟然没说出话来。

"像你这种有目的来投军的我们不收。拖一屁股污糟事情，会把我们新军营名声搞臭。而且说不准没两天你就会自己溜走。"石榴直接回绝了小白胖子。

"不是不是，我过来是为了命中注定的婆姨。军爷呀，你不知道，我只看了一眼就知道那天仙般的女子是我命中注定的婆姨。这可是巫神婆婆给我算过的，打小我娘我奶奶就告诉我，我要娶的好婆姨是什么样子的，那模样都刻在我心尖子上了。"小白胖子表情痴迷、言语混乱。

"这里没有你要娶的婆姨，你还是走吧。"死鱼觉得这人脑筋有些问题。

"不是不是，我知道我婆姨不在这里。她跟在两个被抓老头儿的后面往龙婆江方向去了。"

袁不觳身体猛然一颤："你说两个老头儿？"

"别急别急，先告诉我，穿你们这种军服的谁叫袁不觳。"小白胖子恢复了正常，眼中闪烁着狡狯的光。

"我就是，你快告诉我怎么回事！"袁不觳倒开始变得慌乱。

"是这样的，我前两天在竹凤镇做点活儿，见到一个女子，长得和巫神婆婆给我算定的婆姨一模一样。虽然那女子百般厌弃我，但我一直紧追着她，剖心剖肺地表露真心。她见我愿意为她赴汤蹈火做任何事情，便告诉我她家里有两个老头儿到华蓥三城投亲，结果连人带车被歹徒绑了，让我来这里找你们这种衣着的军士，说你们当中有个叫袁不彀的接到信儿会去救两个老头儿。她自己先暗中跟着，留记号指引你们找到所在。"

"那追你的那些人是干什么的？是你另惹的仇家？"袁不彀听出他话里的破绽。

"我本来想讨好她，自己把两个老头儿救出来，没想到绑老头儿的人很是厉害，我才动点手脚就被发觉了，然后一帮人就追着我过来。"

"那女子叫什么名字？"

"丰飞燕。"

"你叫什么名字？"

"小的姓唐，没大名，小名叫壬二，可能是壬申时生的，家中排行老二，才得这么个名字。"

石榴一听哈哈直笑："这名字好，唐壬二，糖人儿。你这圆嘟嘟的样子还真像烧糖吹糖做的糖人，以后就叫你小糖人好了。"

"唐壬，大名就用唐壬。死鱼，报投军号。"袁不彀回头吩咐道。

"临收游击营乙等军士一名，姓名唐壬！"死鱼敲一下小铜锣高声喊道。这是临时收招军卒的程序，算是向周围人公示唐壬从现在起已经是官家的人了。因为临时招兵会有各色人等，给这样一个简单的公示也算是警告与投军人有瓜葛的暂停纠缠，所有事情待军役结束之后再说。

"不够呀，这小子说话不厚道，掖着奸呢。竹凤镇在华蓥往西一百里处，如果两个老头儿是你家老爹和老弦子，怎么可能过华蓥三城不停下又继续往西？就算两个老头儿年老发昏，雇用的车夫也不会出这样的错呀。还有那丰飞燕什么时候成了天仙一般？她不是在临安吗，又怎么会出现在那里？"别看石榴一副憨厚老实样儿，有时候思路极有条有理。

石阶动

袁不觳没有马上回答，而是先扫看了一下围观的那些人。报过投军号之后，人群并没有像唐壬刚来时出现异动，也不知道追赶他的人没有离开，还是离开得让人无法觉察。

"这是一件蹊跷的事情——真要像他说的那样，那实在是很奇怪；如果不是他说的那样，他的出现则更加奇怪。但事情既然找上了我们，我们就得顺势接了，想法解了，否则接下来会有更多怪力乱象，到时候更难应对。"袁不觳是在回答石榴，也是在肯定自己的做法。他不能保证石榴能完全理解，但能肯定自己做得没错。

"那明天还招不招兵了？"石榴显然没理解袁不觳的话。

"回去后立刻做准备，明天护送医队入滇蜀界。"袁不觳的回答让所有人都觉得很突然。

舒九儿对袁不觳做出的第二天就出发的决定一点都没有表示有异议："一切都听你的安排。"语气就像体贴的小娘子对自己完全信任和依赖的相公说话时那样。

"那好，这个决定先不要告诉其他人，以免有意外干扰。"这个决定袁不觳都没准备告知胡蔺举。胡蔺举没有兵力派给他，他自己手下就二十来个羿神卫，再加上医队的小队护卫，这样一群人进入疫毒肆虐的蜀地，不必打着代圣治疾的旗号，悄然行事更加安全。

"好的，都听你的。"舒九儿明光流动的眼睛始终看着袁不觳。

杜字甲对袁不觳一行人第二天入蜀的决定也没有意见，对他们悄然离开华蓥三城的想法更是赞许。袁不觳回到驿馆时，杜字甲就坐在大门口，对于他的意外到来，袁不觳没有表现出太多惊讶。既然袁老爹和老弦子都能赶到华蓥三城西边百里开外的竹凤镇，既然丰飞燕都出现在了竹凤镇，那杜字甲来到华蓥三城真是再正常不过了。

"王爷体谅你人少力薄，入滇蜀诸多凶险，所以遣我带些人来给你做帮手。毕竟你是捉奇司出来的，你栽了面儿也就是捉奇司和羿神卫栽了面儿。而且王爷很快会找合适的时机把你调回捉奇司的，再组十八神射的重任还得你来牵头。"

袁不觳看看杜字甲带来的那些人，顺带也瞟了下唐壬，不由得想起了端木磨杵的话："到时候自会有人摆布你的行动，或者引你到某些有趣的地方看你的反应。"果然和预料的一样，该来的都来了，多方面的无形力量都在驱使着自己——被绑的两个老头儿，意外出现的丰飞燕，带来铁耙子王关怀的杜字甲，甚至拒给职务拒给兵的胡蔺举，这些人的出现都可能是为了让自己给出别人想要的结果。

杜字甲带的那些人里，除了两个鼓臂阔背、耳竖目烁的练家子，其他都是带着阴晦土涩气的农夫匠人。袁不觳根据平常所闻所见判断，这些人应该是真正的掀山盖带符提辖。

羿神卫、掀山盖合作最多，捉奇司里几乎所有大暗活儿都会配这两类人手。不过袁不觳现在是华蓥三城的游击守备，真要帮衬他，可以给兵给钱；派遣一个风水先生带十几个带符提辖来帮他真的没有太大作用，只会是另有目的。

"袁大人可能觉得我们这些人甚是无用。但王爷说了，你护着舒姑娘去治滇蜀蔓延的疫毒恶疾，最终得找到疫毒根源才行。那根源定是在污秽阴邪之处，要寻到破解方法或彻底毁掉，必定用得上这些带符提辖。"杜字甲看出了袁不觳的心思，所以借着铁耙子王的话把自己此来的目的说清。

"不是不是，我怎么可能觉得无用呢？王爷真知远见，我心中万分感激。本来我们明天就要西行入蜀的，杜先生一路劳顿赶来，要不休息两天我们再启程？”

“袁大人体谅杜某，在下心领了，还是应当以代圣治疾为重，就明天启程。”杜字甲用手指叩敲桌子，以显示自己的坚定。

天气很沉闷，像是要有暴风雨。袁不觳的心中百般翻腾，一汪心池化成了怪流盘旋的铜钱湖。他必须瞄准线、找对道，才有可能用力摆脱出去。

他将思绪从头到尾梳理一遍，发现所有事情的转折点是在夜遇成长流之后。成长流确实托付了自己一些事情，但没有说得太清楚，自己都没明白具体该怎么做，更没对外说起。可是别人好像知道了什么，或者是误会了什么，种种暗力逼迫而来。

孝宗皇帝将自己封赏到此处任职绝非随意，虽然不知道是孝宗皇帝自己的意思，还是其他人借孝宗皇帝实施暗计。此处入滇蜀最为方便，袁不觳相当于被摆在完成成长流临终嘱托的路口上，再给他安排个保护舒九儿的活儿，他不放心舒九儿，肯定会保护她入滇蜀，这样他出华蓥三城入滇蜀界就成了必然。

舒九儿还没有出事，袁阿爹和老弦子却先出事了，而且是在入蜀百里的竹凤镇。如果老头儿们遇到的是普通盗贼，盗贼是不会带着两个老头儿一路往西的，只有蓄意将老头儿作为人质逼迫自己入滇蜀的人才会这么做。

杜字甲是代表铁耙子王而来，铁耙子王应该看得更透，比端木磨杵分析得还透。端木磨杵是听了自己告知的信息后做出的分析，铁耙子王却是根据更多迹象和信息揣测出来的。他没有逼迫自己入蜀行事，却直接派了自己可能需要的人来一起行事，也可以说是监视自己行事。

天上无星无月，华蓥三城在黑夜中幻化成一个怪异的黑影。山城的居民日落即掩户、天黑即熄灯，刚刚入夜周围便寂静得可怕，只偶尔有山里兽子受惊的嚎叫传来，让未能入睡的人感觉在做噩梦，让已经做梦的人惊醒过来。

西南城门的几个守卒处于似睡非睡的状态，已经听惯的夜兽惊吼并未对他们的状态产生丝毫影响。直到出现了某种以往从没听到过的声响后，他们这才缓缓清醒过来，往发出声响的方向慢慢寻去。

华蓥三城只有三个城门，分布在西南、东、东北三个方向。其中西南方的城门叫通蜀门，最为险峻，出门就是蜿蜒而下的陡峭石阶，足有两三百步的高度差。石阶全是顺山体直接开凿而成的，粗糙而随意。从这石阶上下，除了要有足够体力，还需集中注意力，稍不留神就可能滑跌落下——运气不好的话得跌到下一个转弯处才能停住，不是头破血流就是骨断筋折；要是运气再差一些，跌出石阶，那就坠下高崖，再无活命可能。

正是由于石阶陡峭，所以此城门不同于平原城池，城外不设护城河和吊桥。因为根本就不会有大批敌人聚集此门攻城，更无法将重型的攻城器具运到城门前。

声响是从城外传来的，有些像树木断裂，但这一段石阶两边并无树木。或许是石阶崩裂了？可山体上凿出的石阶要是崩裂了，不就意味着山体开裂、城墙难保了吗？

城头上有很多火把灯笼，但这种光源无法针对方位照射远光。守城兵将从城头上扔出几支火把，却无法看清声响到底是怎么回事，于是值守的队正决定派人出城查看。

城门到规定时辰关闭后便再不能随便打开，除非有官文或军令。不过像这种山城经常会在关闭城门后还需要进入些人，在这种险山恶岭间一旦入夜不能进城，那就算回头走上百里山路都不一定能找到妥当的过夜地方。不是有遇到野兽的危险，就是有遇到山贼的可能，所以官家在城门的右侧墙头上架设了两个叉梁吊斗，可以用粗麻绳大藤筐吊进一些人。

两个兵卒卸了身上的盔甲零碎，只提一把单刀坐大藤筐下到城外。藤筐上挂有现成的灯笼，两人出筐后抬高灯笼往四周看看。

本就是个不大的山城，又是连接了陡峭石阶的城门，所以通蜀门只有走一辆辕车的宽度。其实这里根本无法走车，运送货物都是肩挑人扛，一直要下到几百级的石阶下面，才能重新装车往滇蜀方向而去。

不大的城门，单一的石阶，没有草木，这种环境只需要借灯笼的光亮看两眼就完全可以确定有没有情况。但两个兵卒没看到什么异常，于是提刀往石阶下走去。奇怪声响已经没有刚才那么响亮密集，而且移到石阶下方去了。

两个兵卒只下了两级石阶便停住脚步，最不应该出现异常的石阶今夜变得有些怪异。他们没有看出石阶边沿天长日久磨损而出的圆滑，反而看到阶面变得高低不平，还有很多杂物。

第三级石阶的怪异是最明显的，没等两个兵卒琢磨清楚，它竟然动了起来。石阶是直接从山体上凿出的，即便天长日久也不该松动。而这第三级石阶不仅动了，还竖了起来，成了个"人"形。

和那人形石阶就站在相邻的两级台阶上，几乎紧贴在一起，两个兵卒吓呆了，竟然忘了后退逃避。那人形石阶也呆滞地看着他们，继续竖直，直得可以和他们面对面。人形石阶在竖直的过程中发出了两声怪响，和兵卒之前听到的一样，所以可以确定刚才听到的声响不是树木、石阶崩裂，而是骨骼扭转或折断发出的。

人形石阶完全竖直之后，与两个兵卒面对面的是一张血肉模糊的脸，而且明显有很大程度的变形。看来人形石阶骨骼的扭转和断裂不仅发生在竖直的身体里，头部也在发生同样的变化。

"刚才有那么密集的响声，也就是说这样的怪物不止一个。"两个兵卒毕竟久经沙场，虽然受到的惊吓不小，但思维很快回转过来。

"退，慢慢地，回吊笼。"一个兵卒在心里这样告诉自己，手脚却不听使唤，最终只能跌坐下来，然后转身慢慢爬离；另一个兵卒要好一些，慢慢退步、慢慢转身，随后突然发力往吊笼跑去。

人形石阶定定地看着他们，一副无动于衷的样子。就在那个兵卒拔足狂奔之后，人形石阶身体一弓，纵跃两下便追上，将那兵卒扑倒在地。

守卫要隘的兵将都善战，而且那兵卒手里持着的单刀仍在，被扑倒后却一点反抗和挣扎都没来得及做出，瞬间便血肉横飞、骨断胸开。一颗还在跳动着的心脏被抓在了人形石阶的手里，并被塞进大张着的森森白齿之间。

在地上爬动的那个兵卒彻底吓晕了，所以在被撕裂胸骨的过程中更是没有做出一点反抗和挣扎。

或许是被血腥味诱惑到，或许是确实到了应该醒来的时候，石阶上陆续又有十几个人形石阶竖起。它们先呆滞地扫看下周围，然后突然启动，往城门口疾速奔去。

妖冲城

就在这个时候，华蓥三城往南伸出的城墙上有一只扣指飞爪抓住墙垛，一个身影灵猿般顺爪索子攀爬而上。

"什么人？竟敢趁夜偷入城中！"伸出的城墙其作用纯粹是为了防御，所以这里的守城兵将更加警觉，那身影刚刚登上城头，便立刻出现多个手持长枪的兵将呈半圆队形将他抵住。

"御前侍卫莫鼎力在此，你们快随我赶去西南城门，那里有妖人冲城！"莫鼎力一把抓了三个腰牌在那些兵将眼前晃一下，有捉奇司的、有御前侍卫的、有上轻骑校尉的。

那些兵将根本没能看清腰牌，其实就算看清了也不知道真假，但都齐齐地撤回长枪，立刻跟着莫鼎力往通蜀门跑去，因为那里的警钟已被急促敲起。

"快！收起吊筐，不要让它们顺绳子攀上来。"莫鼎力边跑边高声喊道，但此时根本没人注意他喊了什么，因为人们都在嘶喊着、惨叫着、魂飞魄散着。

那些人形石阶先是冲到狭窄的城门门洞里，虽然赤手空拳，但也将那城门冲撞得巨震连连、吱呀乱响，其中还夹杂着抓挠、咬嚼的声音，让人觉得它们有可能会将城门抓破、咬碎。

好在城门木质厚重、边框包铁，具有足够大的防御强度，在没有重型器具辅助破门的情况下，不会轻易被攻破；再有城楼上的人很快看清，下面那些怪物并没有锋利的爪子和牙齿。它们在冲击城门时除了用身体大力撞击，真的只是在又抓又咬。但这些举动只会让它们的牙齿和指甲全部破碎，搞得满嘴满手都是紫黑的血，连手指尖的骨头都暴露出来。

城门挡住了怪物，但城墙没有，城楼上的警钟是在这些人形石阶攀上城垛后敲响的。

怪物们是沿着大吊筐的绳子爬上城墙的。

下面的城门弄不开，一些怪物转而发现旁边的大吊筐，城楼上的兵将看不清下面到底发生了什么，当怪物们冲击城门时，他们的注意力又集中在城门洞里，并没有关心吊筐还放在下面，更无法想到这筐子没拉上来的严重后果。

怪物们力量大、速度快，而且擅长攀缘，吊筐上的那根粗大绳子对它们来说就像一条可以奔跑的平坦大道，眨眼间就有三只怪物站在了守城兵将的面前。

训练有素的守城兵将竟然是在其中两只怪物扑倒兵将将其胸腔撕裂、心脏掏出后才有反应的，他们发出连串自我壮胆的嘶喊，持刀枪朝怪物逼近，试图将它们一举斩杀。而此时后面有更多的怪物在顺绳而上，城外的石阶上有更多的人形石阶动了起来，石壁、草丛也都有人形动了起来。

城楼上，怪物们面对刀枪全无惧意，继续从刀枪圈子中寻找缝隙快速扑倒兵将破胸掏心。守城兵将们心里也都清楚面前的局势比强敌攻城更加可怕，让这些怪物进到城里会是灭城之祸，到那时候谁都不能幸免，想保命就得鼓足勇气挥舞刀枪冲杀过去，于是在城楼上展开了一场混战，呼喝惨叫声不绝于耳。

兵将们虽然有刀枪在手，但怪物一方速度快、力量大，并不吃亏。更重要的是，刀枪伤了它们之后只见紫黑血液流出，却并不能将它们斩杀，甚至对它们的行动没有产生任何影响。这是最让守城兵将们崩溃的，遇到杀不死的敌人，勇往直前其实就是暴殄自己的性命。

不过这时候要想后退逃走也是不可能的——上城楼的怪物越来越多，兵将们挥舞刀枪的动作稍慢就有可能被哪只怪物扑倒；而增援的守城兵将在不断赶来，通蜀门城楼上的兵将越聚越多，把退走的通道全堵死了。

混战中，守城兵将并非一只怪物也没有杀死，有两个找缝隙冲入人群后未能及时退出的怪物，就被一阵乱刀乱枪剁扎成了碎肉，由此可见怪物还是可以杀死的。问题是在这过程中没有一个人看出让两只怪物死去的到底是哪一刀、哪一枪，也就无法知道怪物的要害到底在哪里。

杀死两只怪物后心里多少有了些底气，加上华蓥三城的守城兵将都身经百战，面对这些从未见过的怪物，他们立刻改变了应战方式，用藤牌木盾组成密实的阵式，利用后面越聚越多的守城兵将合力往前推动，试图将那些怪物推挤下城墙。

"对，顶住它们！把它们赶下去！砍了绳子，先把上来的路断了！"莫鼎力赶到还算及时，但仍然被挡在了外围。他在人群外围喊的话估计没一个人能听清，就算听清了也难以付诸行动。

城外后续竖起的怪物开始大批地往城墙下聚集，吊筐绳子已经变成一个让怪物快速攀上城墙的通道，此时爬上城楼的怪物数量已经不比守城兵将少多少了。

城墙是长窄的，怪物们突破不了城墙两头拥堵而来的重重兵将，但是突围到城墙内侧是毫无问题的。而这些怪物一旦到了内侧，便像入水的蛤蟆，一个接一个地跳进城里。

城墙虽高，却无法摔死这些连刀枪都杀不死的怪物。怪物跳进城里后马上四散而去，消失在黑暗的夜色里，随即便听见惨叫声此起彼伏地响起。

莫鼎力找到一条捷径，手持雪花斩跳上城墙垛，然后掠过一个个垛口，跳跃着往前。这条路如果是怪物走，肯定会有密集长枪阻挠，莫鼎力虽未遇长枪，却引起了一些怪物的注意。可能是那些怪物听懂了莫鼎力的喊话，或者是看出了他的意图，所以马上就有两只怪物朝他冲了过来。

莫鼎力在往前冲，目标是木架吊筐上的那根绳子。怪物们在朝着莫鼎力冲，是要扑倒他掏出心来。莫鼎力这回选择的路径显然有些尴尬，两边没有躲避余地，开始时一心朝着吊绳全力奔去，现在想收住脚步都极为艰难。

头一只朝莫鼎力冲来的怪物速度快得让人难以想象，一路疾奔中还蹿跳着躲过密集长枪的阻挡。当怪物距离莫鼎力只有几步远时，莫鼎力明显有些手足无措，无法选择更多、更妥当的应对方式，只能将手中两柄雪花斩挥舞成刀团，朝着那怪物迎面冲去。

刀团挡住了怪物，紫黑色的血串随着刀光飞洒，其中还夹杂了布帛、皮毛、木片等等杂物。但是行刀如此密集的刀团并没能把怪物杀死，已经破碎成一个紫黑色血团的怪物微微停顿下便跃起身朝着莫鼎力扑下。

莫鼎力似乎躲不过这一扑了，一旦被怪物扑倒，他的一颗心就会落到怪物手里，被塞进怪物嘴里。好在这个时候跟着莫鼎力一起赶来的那些守城兵将及时出手，十几条枪一起刺出，齐齐扎中跃在空中的怪物，硬是将这个紫黑的血团扎停在距离莫鼎力不到一尺的地方。怪物除了朝莫鼎力洒出一片紫黑血珠外，并没能碰到莫鼎力分毫。

扎住怪物的长枪一起往城墙外一甩，紫黑的血团便摔下城楼，即便这样，仍没有谁能保证那只怪物确实死了。

第二只怪物也已经朝莫鼎力扑来。这一回莫鼎力有了防备，将双刀收入腰匣，不等那怪物逼近，袖箭、飞镖、飞刀……总之身上所有能打的暗器都朝那怪物招呼过去。第二只怪物在冲到莫鼎力前面第三个城墙垛口的位置倒下死去，也不知道是莫鼎力天女散花般的暗器中的哪一件击中了它的要害，还是下面阻击的哪支长枪正好扎中它的要害。

就在莫鼎力被这两只怪物阻挡的时候，吊筐那边的城墙上来了更多的怪物，整根吊绳上也都爬满了怪物。莫鼎力觉得在哪里见过相似的情景，对了，是在獝狓坟！那些颜色很杂的人用绳索攀上獝狓坟的情形就和此刻很像，只不过攀爬速度没这么快，也没有这么无所顾忌。

华蓥三城里面也已经闹腾开了，火光闪动，门塌窗碎，哭爹喊娘、呼儿唤女。其中最为瘆人的是百姓遭遇怪物时的尖叫和惨呼，在其他各种声响的衬托下显得更加恐怖和绝望。

"必须阻止怪物再往城里爬了，这么多全副武装的兵将面对怪物还死伤了许多，城里手无寸铁的百姓更是无法躲避和抵抗怪物的袭击。"

心里虽然这么想着，莫鼎力却是再难往前靠近绳索。城墙上怪物越聚越多，除了不断有新的跳入城内，它们在城墙上占据的范围也越来越大。守城兵将们的藤牌墙在怪物们不停地大力冲击下，开始往两边退却。而跳上城墙垛朝莫鼎力冲来的怪物也越来越多，已经排成了队。要不是有许多兵将用长枪抵住最前面的怪物，莫鼎力可能早就被几只怪物合力撕碎了。

莫鼎力用袖子把满脸紫黑色的血擦了擦，抬头看看吊筐，心中已然确定自己是过不去的。就算他过去了，那边成堆的怪物也不会给他出手砍断绳子的机会。

在这种情形下，莫鼎力看到了另外一根绳子，一根斜拉住交叉木架的绊绳。这绳子上没有一只怪物，就算远距离飞斩，也不会有什么阻碍。唯一的问题是拉住整个木架的这根绳子非常粗，一两下不见得能将它砍断。但这是眼下唯一可行的办法，成不成莫鼎力都要试一试。

"让开，让我下来！"莫鼎力高喊着，想从墙垛上下来，但是下面的兵将挤得满满的，就是想让都没法让。

莫鼎力已经顾不上那么多了，跳下墙垛，直接踩着兵将们的头顶肩膀过去。他要先到达城墙的内侧，绊绳拉系在内侧的桩环上。另外内侧的怪物没有外侧多，它们到这个位置大多跳入城里了，从这边走可以更加接近绊绳。

莫鼎力踩着兵将们的头顶肩膀歪歪扭扭地跑到城墙内侧时，并未有一个针对他的怪物追过来。而城里的吸引力明显比莫鼎力要大，到达城墙内侧的怪物都争先恐后地跳入城里，也没一个冲着莫鼎力扑过来。

这样莫鼎力便有了些许调整时间，他从腰匣再次抽出雪花斩，将双斩刀柄阴阳钮一对，正反一拧，便成了个两叶螺旋的模样。随后他俯身，持两叶螺旋猛地抛甩出去，这便是莫鼎力的飞斩，是将一对雪花斩变成旋转飞行的刀轮。他计算过，以自己抛出的旋转速度，两柄刀可以在那绳子上斩三下。

莫鼎力估测得非常准确，那刀的确在拉住木架的粗绳子上斩了三下；但他的担忧也非常准确，这三下并没有把绳子砍断。因为前面两下刀速快，砍在同一个口子上，最后一下旋转速度慢了，再加上前面两下使得绳子震动，落刀的位置偏下了半寸。

"完了！要是有袁不毂补上一箭就好了。"

莫鼎力的想法是对的，问题是袁不毂并不在这里，而且这个时候他都不清楚外面到底发生了什么，只能把众人聚集在官驿大厅中，紧闭门窗严阵以待。他的任务是保护舒九儿，即便外面翻了天一般，他也不敢轻举妄动。

想到袁不毂，莫鼎力立刻转身沿墙跑出几步，然后纵身跳到上下城墙的走马道上，随手捡了一支死去兵将掉下来的大枪。莫鼎力持枪边谨慎戒备边快速往城里移动。他要找到袁不毂，找到舒九儿。如果今天这城守不住了，他要和袁不毂把舒九儿带出去。据他刚刚发现的情况推断，蜀地疫毒的可怕远远超出想象，只有保住舒九儿，才有可能找到治疗方法，哪怕只是阻滞疫疾蔓延。

莫鼎力下了城墙后径直往知府衙门而去。袁不毂护送钦差而来，又有皇上封赏的守备官职，在正常情况下会被暂时安置在知府衙门才对。这倒不是说衙门比官驿条件好，而是因为衙门里相对安全，对钦差的保护更加周全。

再有古代的城池里，最好找的就是衙门——左文右武，一般在靠近城池中心的东侧。另外莫鼎力觉得自己即便在衙门里找不到袁不毂，也是可以在那里打听到他和钦差到底在什么地方的。

第二章

夜战毒变人

魔食心

就在莫鼎力离开通蜀门往城池中心方向奔出三四百步的时候，通蜀门城楼那里猛地传来齐声欢呼——莫鼎力用飞刀斩的那根绊绳终于断了，木架带着吊筐绳子上满串的怪物翻到城外，倒落过程中还将堆聚在城墙上的怪物砸死砸落了一大片。

木架绊绳断了，有莫鼎力一半的功劳。他用飞刀斩绳子留下的豁口，正是最后的断开点。另一半功劳要算在那些怪物头上，吊筐绳子上挂了太多怪物，过度的承重没有把吊筐绳子拉断，倒将已经破开口子的木架绊绳拉断了。

过了没多久，城楼上的警钟变成了两急一缓，表达的意思有两层——一是说城已守住，二是说有残敌入城。

警钟响起，驿站里的人全部集中在大厅后，没人说话，都屏着呼吸，提着心听外面的动静。最为放松的应该是舒九儿，她就一直跟在袁不觳的身后，一袭素衣显得格外雅致，就像静立夏塘的夜荷，洁净的面庞在烛光晃照下泛起一层柔润的光泽，这必定是在充满自信的状态下才可见的，就如同菩萨的宝相。

袁不觳知道警钟的意思，弓射营的训练内容里有关于教授军营信号的部分。他马上提醒所有人提足精神，保持最佳戒备状态。城池虽然守住了，但是能闯入城里的敌人往往是最凶悍、最危险的。他问过官驿驿丞，以往华蓥三城从未有过这样的情况发生，今夜敌寇毫无征兆地冲城很难让人相信是巧合，敌方很有可能是冲着钦差来的，所以眼下保护舒九儿是重中之重。

"要不还是出去看看情况吧？最好再叫些官兵过来帮忙守住官驿。"唐壬说话时翻唇鼓腮，确实像个糖人儿，石榴给他起小糖人的外号准确点中特征。

"好的，你出去看看，顺带叫些官兵过来。"袁不觳冷静地回道。他的确需要了解外面的情况，也的确需要更多的人手协助保护舒九儿。现在官驿里除了二十来个羿神卫，还有派给钦差的二十多个护卫，高手只有杜字甲带来的两个手下。而需要保护的有舒九儿、杜字甲、舒九儿手下的医官药师，还有跟随杜字甲的带符提辖。

"我去？"小糖人圆鼓鼓的脸顿时皱成个烧卖。

"对，就是你，而且不管你愿不愿意，都得立刻到门外去。"

"为什么？"

"因为你是这里唯一让我有理由怀疑和今夜袭城有关的人。这怀疑不管对错，我都不会冒险让你混在我们中间。而你要想证明自己清白，唯一的方法就是出去把官兵带回来。"袁不毅思路很清晰，这得益于端木磨杵平时的教导和他自己几番出生入死的磨砺。

外面不时传来的叫声表明危险近在咫尺，这时候离开众人从官驿出去，无疑是以身喂虎。小糖人肥滑的腮帮抖动两下，眨巴眨巴眼，看袁不毅的表情并不像是在开玩笑，便磨磨蹭蹭地往大门口走了几步，有两个驿丞已经站在大门口准备抽门闩放他出去。此时不远处又一声尖厉惨叫传来，小糖人下意识地转身往回急走，却迎面看到袁不毅弓开如满月，箭头正指着他，于是转而往门口急走两步，来回反复得急切，一个趔趄差点摔倒。

"算了算了，看神情他是真的害怕。如果外面的杀伐和他有关，他不用如此害怕出去。"杜字甲并非一个有同情心的人，却不知为何会帮小糖人说话。

袁不毅没有答话，而是突然把拉开的弓箭转个方向，对准大门左侧的一扇窗户。与此同时，有一个怪异的身形正冲撞向那扇窗户，在窗页上映出一个更加怪异的影子。

影子撞碎窗页的瞬间，袁不毅的箭也正好射到。这一箭未能让那怪异影子有丝毫停滞，撞进堂厅的怪物翻滚两下就站了起来。

厅堂里的人虽然不像城墙上的守城兵将层层叠叠，一个个的本事却不是那些守城兵将可比的。而且人少可以更好地占据有利位置，相互间也可以更好配合而没有误伤的顾忌。所以怪物才站起来，身上瞬间便钉上了十几支箭。像袁不羁这样出手快的，已经有三支箭射中怪物，分别在额头、咽喉、胸口。

让所有人惊骇的是中了这么多支箭后，怪物竟然没死，反而一跃把大门边的一个驿丞扑倒摁在身下。不过这回那怪物没来得及将驿丞破胸掏心，这里的人速度要比守城兵将们快很多，驿丞才被扑压住，又一轮箭支就到了。这一轮没了第一轮的急切仓促，箭支更加稳和狠，竟硬生生地将怪物从驿丞身上射退，并且最终滚倒在破碎的窗户下面再没起来。

"这是什么东西？太他妈吓人了！"石榴喘口气骂道。

"官驿建筑不够坚固，挡不住这些东西，我们必须另找稳妥的藏身地方。"袁不羁明智而果断。

"北边，绕过官驿往北是城中牢狱。那地方高墙石屋，粗木门栅，应该可以挡住这种怪物。"小糖人不仅对华蓥三城中环境布局非常熟悉，对城中牢狱结构也非常熟悉，让人怀疑他曾在那里住过。

牢狱肯定要比官驿适合藏身，但从官驿到牢狱的途中，是完全失去屏障的状态，可能会遭遇来自不同方位的攻击，也可能遭遇许多怪物的合击。所以转移的过程必须尽量短，在遇到怪物时不是要将对方杀死，而是要快速摆脱对方。

在走出官驿大门的那一刻，不知从哪里传来一个老人悲怆得戳心的嘶喊："血魔食心、血魔食心啊！老天哪！谁把魔界界封打开了！"这嘶喊在夜色和血腥味笼罩的山城里盘绕，让人脊背发寒、头皮发麻。

"羿神卫分两队，一队随石榴在前面开道，还有一队随谢天谢地兄弟断后。死鱼带领护卫保护钦差走在中间。"袁不羁的部署分工明确。他的保护目标只有舒九儿，其他哪怕是杜字甲，也得靠自己的实力保命。

华蓥三城没有直线街道，官驿往东绕个弧线才是往北的叮当街。这条有多个折弯的小街道两边大多是制作银饰和铜铁器的店铺，热闹时满街叮当声不绝。一群人刚刚过了叮当街的头一个折弯，旁边屋顶上便扑下一只怪物来。

此时石榴已经把弓箭收起，拿着官驿里碗口粗的顶门杠。怪物扑下，他举着门杠直冲过去。怪物虽然力大，自身重量却不大，扑在空中没有着力处来发挥力量，石榴便是占了这个便宜，抓准时机顶中怪物腹部，将其击飞。这一回和之前有些不同，被顶飞后重新爬起来的怪物没有再往人群扑来，而是带着一种痛苦的姿态往前溜走，感觉石榴这一杠子比刚才在官驿内十几支箭射中的威力还大。

脚步没有停止，人群继续快速往北移动，断后的袁不觳警觉地发现街道两边房屋顶上有异常，于是闪身到一侧屋檐下往另一边屋顶看去，原来真有怪物沿屋顶追来。而他这边的屋顶上也有踏瓦之声，应该也有怪物在行动。

袁不觳双眼瞄线，迅速锁定屋顶上急纵的怪物一箭射出，那怪物直跌出去，压碎大片瓦面后顺着屋顶斜坡滚落到地上。紧接着袁不觳快步跑到另一边，回身拉弓放箭，连续射出两支，这边屋顶上的两只怪物和之前那只一样，先直跌，然后滚落到地面。

怪物很难被杀死，因为不清楚它们的要害在哪里，所以袁不觳这三箭瞄准的都是怪物的双腿，每一箭都将怪物的双腿贯穿连在一起，虽然不能将其射死，却如同给它们上了一道脚镣，急速纵跳的怪物收势不住，全都跌落下来。

三箭射完，袁不觳急奔追上前面的人群。但是在他也就奔出七八步的时候，一只双腿被贯穿的怪物已经挣断箭支，继续急速扑追过来。

袁不觳没有回头，在看到前面其他断后的羿神卫纷纷往自己身后开弓放箭时就已经知道怪物又追上来了。于是在即将追上人群时，袁不觳突然以弓步强行停住前奔的脚步，牛皮八耳快靴的靴底从光滑的青石街面滑过。在这短暂的弓步滑行中，他转身回头，一支铲头箭随着他后转的身形射了出去。

铲头箭射中了怪物的额头，将它头盖骨整个掀去，可怕的是被掀去头盖骨的怪物竟然没有停下，反而加速往前，泼溅着满脑袋的紫黑血液直冲过来。

最后面一个羿神卫被怪物扑住，将长弓横在胸前推顶住怪物，虽然一时间没有被破胸掏心，但这样的姿势肯定坚持不了多久。怪物俯压下来时脑壳里的黑血泼得他满头满脸，眼不能睁、气不能喘。

谢氏兄弟和其他羿神卫不会轻易让自己伙伴被怪物拿住，箭支连续且快速地射向怪物，只剩大半个脑袋的怪物又中了十几箭。众人既没能将它杀死，也没能阻止它的行动。在重力扑压下，推顶的长弓断了，被扑住的羿神卫顿时甲开胸破，一颗心被怪物送到嘴边。

所有人都吓呆了，包括袁不毂。他们见到了怪物的丑恶样子，也听到城里此起彼伏的惨叫，但直到这时才亲眼看到怪物是如何杀人的，真就是外面高呼的血魔食心。

这时另外两只被箭支贯穿双腿的怪物也挣脱开来，纵跃着朝袁不毂他们冲过来。

"射它们的腹部和后脑！"舒九儿从前面人群中跑回，边跑边朝袁不毂他们喊着。这个女子竟是所有人里最镇定的一个，不仅没有吓呆，还尽力找到怪物的弱点。这是一个杰出医者的反应，不管面对的是什么，都要首先了解对方的身体状态。她在这种危险情况下跑出保护自己的人群告知断后小队自己的发现，是因为她对袁不毂的安危很是在意。

不过舒九儿说的两处怪物要害只是推断，推断腹部是要害，是根据石榴先前用大木杠顶怪物腹部分析得出的。怪物不怕刀砍箭射，偏偏被木杠顶到腹部后显得极为痛苦。另外当有刀砍箭射时，怪物基本都是俯身抱臂，恰好挡住腹部。即便直立正面相对，怪物也会将双臂横在腹前。按照动物自我防护的规律，下意识的动作往往都是保护要害的。

推测的第二处要害，是后脑勺，这一处是根据袁不觳刚刚射出铲头箭掀开怪物头顶盖分析得出的。和正常人后脑勺不同，怪物的此处是微微凸起的。怪物的行动并不盲目，而是有想法的，比如在官驿里选择冲窗不冲门，比如追赶时走两边房顶而不走地面。说白了就是它们是有脑子的，而且不比人差。袁不觳那一箭射中后只见到怪物满脑壳的紫黑血却没有白色脑花，也就是说它们脑子没长在头盖下方。而整个脑袋除去头盖位置，就只有凸起的后脑勺可以装下脑子。

听到舒九儿的喊话后，那些呆立的身形立时就像上了弦，所有断后的羿神卫都使出了自己最大限度的快射技法，被掀了头盖骨的怪物腹部瞬间插入了几支箭，而从它大张的嘴巴直穿过后脑的那支箭是袁不觳射出的。

逃牢狱

怪物直直地摔倒死去。

后面两只怪物见此情形马上侧转身形，一个借助窗台、一个借助房柱，几个纵跃加攀爬，躲到屋脊的背后再不出来。

"是了，这两处确实是怪物要害，可以立刻杀死它们！"袁不觳表情镇定，心里却非常兴奋，"大家继续加快速度往牢狱走，那些怪物随时会回来。"

"等等、等等，我看一下。"舒九儿朝怪物死尸走去。刚才在官驿中，她没有检查怪物尸体，是因为心里全无头绪。而刚刚推测出怪物要害所在后，她将一些想法和怪物对应上了。

怪物尸体上虽然全是黑色血污，但仍可以清晰看出的确是人形，比正常人高大许多的人形。开始看着觉得形状怪异，是因为怪物身上有很多累赘东西，有皮套、木架、布帛等等，就像穿了好几层各式各样的衣服。这些东西原先应该是起到什么作用的，现在已经全都破损散落了。

"这怪东西到底是什么？"死鱼负责保护舒九儿，所以也跟着跑了回来，护在舒九儿身边。

"是人。"舒九儿回道。

"是人？""这怎么可能是人？""倒像是成精的山魈。""刚才有人喊血魔食心，这肯定是逃出魔界的恶魔！"谢氏兄弟和另外一些羿神卫很难相信这样的说法。

"是中了毒的人。他们中的毒太怪异，到了一定时间会发作变异，身体出现筋脉拉伸、骨骼扭转、内脏移位的现象。"舒九儿用最贴近事实的推断制止了争辩。

"也就是说，他们毒发变异之前和我们一样？"袁不毂非常惊讶。

"至少差别不大。"

袁不毂突然想到了什么："獟貐坟上那些颜色杂乱的人！"

这一回舒九儿没有回应，只是皱紧眉头继续查看那怪物尸体。

"既然他们是人，如果毒发对脑子影响不大，或者受到短暂影响后逐渐恢复，那么接下来应该是会采用更加周密的方式来攻击我们。"袁不毂这话把自己都给吓到了。獟貐坟上颜色杂乱的人战斗实力极强，智力正常的脑子，加上发生过毒变的身体，今夜的华蓥三城恐怕难逃一场血洗之灾。

"从刚才逃走的两个毒变人来看，它们对实际情况是有判断的。根据毒发的普遍现象分析，毒发和身体变异的初始阶段，毒变人会因为大脑出现恐惧和痛感而混乱、发狂。为了疏解毒发的不适，毒变人会不顾一切地去做某些事情。这些事情可能是他们一直想做的事情，也可能是之前一直坚守的任务。但在变异定型之后，他们的神志就会逐渐恢复，就算有所损伤也不会影响到全部智力。"

　　说到这里，舒九儿也意识到更加可怕的危险很快会来，于是赶紧往州府牢狱的方向走去。

　　袁不轂前后看看，还剩半条街就到牢狱大门，步子快点就能到。但是那牢狱大门能不能叫开？半条街两边的小巷里会不会藏着怪物？被逼退的怪物会不会召唤来更多的怪物进行扑击？

　　"死鱼，保护钦差先走，马上躲进牢狱，过去时注意一下两边小巷。"袁不轂的提醒有些多余，黑夜里的山城小巷漆黑一团，啥都看不见。

　　"谢天谢地，还有黄三、曹六，你们与我同组'卞和看玉'，以防大家都堆到牢狱门口被怪物围攻！"袁不轂又果断下令。

　　"卞和看玉"是羿神卫训练的五人组合阵型之一，一般要达到地字档才会训练这样攻守兼备的阵型。传说卞和楚山得和氏璧，外观是一块顽石，需用五盏灯从高低远近五个不同方向角度辨看，才能看出其中有绝世璞玉。

　　"卞和看玉"的五人组合阵型和射杀成长流的"五丁拉山"不同，"五丁拉山"是用前四箭逼迫目标暴露要害，给第五箭制造一击必杀的条件。"卞和看玉"是五箭各守其位，使得进入范围的目标无论如何躲藏都会把要害暴露在其中一箭的箭尖之下。

　　相比之下，"卞和看玉"是不如"五丁拉山"的。"五丁拉山"需要相互间极好的配合，对于同伴的动作要心领神会。"卞和看玉"主要是要位置选择合适，相互间的配合倒在其次。目标进入攻击范围后，谁能抓准要害谁就射。即便没有把这组合阵型练得非常娴熟，也是可以参与其中的，就算不能一射即中目标要害，那也可以让目标改换位置把要害暴露给其他伙伴。

　　在叮当街上布"卞和看玉"其实不算很好的攻守策略，那些毒变人已经不同于常人，是不会沿街而行的。但这个是目前最能有效抓住两处要害杀死毒变人的组合阵型，特别是后脑勺的那一处。袁不轂的目的是在毒变人出现后主动攻击，将他们诱向自己，给舒九儿躲进牢狱争取时间。

袁不觳带来的羿神卫里黄三、曹六两个原属于地字档，是熟悉"卞和看玉"的。这两个羿神卫自愿跟随袁不觳保护钦差入滇蜀，是觉得此番行动会有很大的提升机会。袁不觳去了一趟獥貐坟、一趟鲔山连堡，从修弓的小匠人直升到被皇上钦赐封赏的守备，在羿神卫和捉奇司里成了个值得效仿的榜样。

另外由于羿神卫中天字档十八神射一直未能重组，为了挑选出更好的人才重组十八神射，最近羿神卫的训练将一些组合阵型普及到人字档。谢天谢地两兄弟虽然是在人字档中，但也都学过"卞和看玉"，只是未练得非常纯熟。

吩咐完后，袁不觳自己首先走到一家店铺的廊檐下，站到白天摆货的砖台上。"卞和看玉"需要一个首定位，第一个位置定好后，后面四人才好选择相应的配合位置，尽量覆盖范围内的所有可射点。

袁不觳的首定位可以看到街尾到前面一个折转点的情形，还可以看到对面屋顶。他这个位置其实已经兼顾了范围内的大部分可射点。而砖台两边的廊柱很粗，正好可以掩住他的身形，防止侧面出现的偷袭。

找好位置之后，袁不觳屏息凝神，将刚才所有的惊恐、慌乱、疑惑全都摒弃，只留一方清空的思维和一些线条。线条可以连接折转、街尾、对面屋顶，连接牢狱大门和各个小巷巷口，也可以随时分格圈定这个范围内的任何一个点。

这个时候城里此起彼伏的惨叫声已经变得稀落。从声音稀落的顺序看，怪物们像是往这里聚拢过来，莫不是被逼走的怪物真的召唤来了其他同伴。

石榴最先赶到牢狱门前，用力拍打门上沉重的大铁门环。这声响在夜间传得很远，带有一种穿透性的急狠，但是没有一个人应声，更没有一个人来开门，整个牢狱像死过去了一样。

情急之下，石榴举起大木杠连砸几下，把大木杠砸成了两截，牢门依旧纹丝未动。黑沉沉的牢狱就像一个实心铁块，门户只是在面上画了个样子似的。

牢狱的门打不开一点都不奇怪。外面闹出这么大的动静，里面的狱卒肯定要紧闭大门，防止有人趁乱劫狱和逃狱。他们怎么都不会想到，还有人会如此急切地想把自己关进牢狱。

另外，里面的狱卒就算想开门也无法办到。按宋代的牢狱规制，大门正常都设有鲁班三闩，再加子母连心锁，这种设计比官家粮库都要稳妥牢靠。宋代官府在人员配置上存在误差，粮库、银库主要是防偷盗，偏偏配置了大量正规官兵。牢狱是要防外部劫狱和囚犯逃出的，需要强势武力，配置的官差却很少，只能加强门户锁具和开启规矩，发生意外事件时尽量拖延冲入和冲出的时间，等待救援官兵赶到。

鲁班三闩，是一大横杆加一竖挡再加一横卡的结构。子母连心锁是用来锁定最后小横卡的，双锁芯必须由内外两把钥匙同时打开，横卡才能抽出。横卡抽出了竖挡才能拔起，最后大横杠才可以从两边杠槽里抬起。牢狱大门入夜锁死，到第二天辰时管牢狱的县尉带了换班差役过来，内外同时拿钥匙才能打开大门。也就是说，此时牢狱里即便有人应声，也无法打开牢狱大门让众人进去。

"这门开不了，我们还是往回冲吧！"杜字甲带来的一个侍卫提出建议，但这个建议并不好。此时再往回冲，他们有可能会被毒变人从两头堵在叮当街里。而且一旦退回，自己就把"卞和看玉"的攻杀范围填满了。组合射阵型完全失去作用，那样毒变人就可以从街巷、屋顶、店铺内等各处扑出。

"不能回去，回去我们就全完了。"说话的是小糖人，他竟然比在场的羿神卫和侍卫更加清楚眼前状况。"你们先挡一会儿，我来试试。"

没人知道他说的试试是什么意思。当看到他跑到牢狱门前，趴在子母连心锁外面的锁眼前时，大家才知道，他是想试着把需要内外钥匙同时开启的锁打开。

袁不觳虽然离着牢狱大门挺远，心里却比门口的那些人更加焦急。远远近近的惨呼少了，城里开始有灯笼火把闪动，这反而显得叮当街更加阴沉且黑暗，仿佛所有黑暗和黑暗中暗藏的危险都在往这里聚拢。

经历过生死的人对死亡的威胁往往有更加敏锐的觉察力。袁不觳除了心中焦急，脊梁上还有一线快速生出的寒意，这是危险临近才有的反应，只是袁不觳偏偏看不到危险是从哪里逼近的。

似乎有动静，袁不觳扭头四顾，仍然没有发现动静来自何处。此刻他脊背上除了快速生出的寒意，冷汗珠子也一颗颗沁出。明明觉察到危险在逼近，却不知道由何处而来，这是最危险也最可怕的事情。

危险最终朝着袁不觳袭来时，他依旧没有看到是从哪里来的。毒变人这次是耐着性子悄然靠近的，选择的路径在袁不觳的背后，越墙穿房，进到袁不觳身后的店房里，和他只隔着一块铺面门板。如果袁不觳早点注意到店房，说不定还能看到毒变人透过门板缝隙往外窥察的血红眼睛。

毒变人果然和刚才不同了，刚刚变异时的疯狂消退后，原先具有的思维和技巧开始恢复，有判断、有想法，加上变异后力量、速度都成倍提升，和不中要害杀不死的躯体。这样的对手其实真不是袁不觳他们现有实力可以对抗的。

背后的门板咣当倒下，门里是一家铁器铺，挂了很多刀、铲、犁、锄。本来铁器铺的门板应该是顿时破碎开的，成串的铁器应该是四散着飞出的。因为悄然进到这里的毒变人看清外面的情况后，特地退回到店房最里侧，然后加速朝门板狂撞过来，准备一下就将袁不觳撕成碎片。

但是他的起跑进行了才一半，突然有一杆长枪从更黑的黑暗中伸出，绊在毒变人的脚下。

力量越大、速度越快也就越是容易摔跌，那毒变人连个趔趄都没有就直接摔出，变异伸长的双臂拍在门板上，将门板拍倒。

袁不觳冷汗吓成了热汗，回身后想都没想就把一支锥头箭射出。锥头箭穿透毒变人后脑要害，击碎铺地青砖，将其钉在店铺门前的地面上。

一箭才出，第二箭也已搭在了弦上，依旧开弓如满月，对准店铺里更黑的黑暗。

"别射！是我，莫鼎力。"黑暗里发出急切且紧张的喊声，面对袁不觳的箭，知情人都应该是这样的反应。

莫鼎力从城墙下来，一路心惊胆战地赶到知府衙门，在那里打听到钦差住在官驿，就又往官驿赶去。官驿门开窗碎，不见一个活人，但莫鼎力敏锐地发觉有怪物往官驿北边过去，觉得这里的人应该是逃走了。所以他也绕过官驿往北走，不同的是袁不觳他们走的东边叮当街，莫鼎力走的西边麻杆巷。也就是在麻杆巷里，他看到有怪物过墙穿房，于是赶紧从相邻房屋平行同进，恰好在危急关头救了袁不觳。

"谢谢莫大人及时救援。"袁不觳话刚说完，手中的箭毫不犹豫地射了出去。

这一箭不是射向莫鼎力的，而是射向街尾那边一个小巷口。巷口刚刚冒出一个毒变人的脑袋，一伸即缩，应该是想看一下外面情形，但是缩回时多带回点东西，在后脑勺凸起的部位横插入一支锥头箭。

"你只管射那些怪物，我替你守住身后。"莫鼎力捡起长枪与袁不觳背对背站立。这杆枪很难抵住毒变人，但有了莫鼎力在背后守护，至少可以及时提醒和拖延时间，那样袁不觳就能随时调整方向，解决背后的威胁。

铁梁栅

　　毒变人真的全聚拢到牢狱附近来了，而且是趁黑从各个不同路径悄然逼近，到达合适距离再突然纵出袭击。先兆不明显，过程很快速，这样一来，就算是在"卞和看玉"杀伤范围内，要想一下射中也是十分不易。五个人忙得个浑身热汗、手忙脚乱，成功射杀的毒变人也只寥寥几个。

　　莫鼎力看到有毒变人被杀，立刻连声喊"好"，一有毒变人从箭缝里逃走，便跺脚摇头大呼可惜："哎呀，又溜掉一个。对敌之策不仅仅是将自己的实力发挥得尽善尽美，更重要的是了解对手的策略和意图。也是怪了，我看这些怪物了解你们多过你们了解它们。"莫鼎力对袁不觳"卞和看玉"组合射阵型的效果很不满意，情急之下说的话也不留情面。

　　袁不觳没有在意莫鼎力的态度，"对敌之策更重要的是了解对手的策略和意图"这句话一下触动了他。知己知彼百战不殆，而知彼似乎更加重要，只有知彼如何，才能知道自己能不能做、如何去做。

　　牢狱门仍未打开，袁不觳那边已经撑不住了，"卞和看玉"组合阵型瞬间被破。毒变人是从屋顶滚下的，带着大片瓦片、椽木，将组合阵型中的黄三连砸带扑给灭了。就在其他四人把弓箭都射向这只滚下的怪物时，西面一家银饰店的门面连门带墙破开半边，冲出一只怪物将谢欢天抱住。好在这只怪物没来得及开胸掏心，就被袁不觳一箭射中后脑而死。不过这猛力的一冲一抱已经把谢欢天吓得三魂掉了两魂，右胳膊遭大力勒抱后酸痛得抬不起来。

　　"卞和看玉"破散了，剩下的人只能赶紧往牢狱门口聚拢，在这过程中曹六又被毒变人拖走。这个毒变人是从东边黑暗小巷中冲出的，抓住人后直接冲进了西边小巷，没有折转回头，速度便更快，就连袁不觳也只来得及在背后追射出一箭，也不知道有没有射中要害。

袁不觳本来还想追进小巷的，他觉得无论同伴死活都该尽全力救助一把。但是莫鼎力制止了他，推着他往前急奔。这是明智之举，是只有久经危难的人才会有的经验和判断。闯进城里的毒变人除了被杀死的，其余的可能都已经聚到这里。每条小巷里暗藏了都不止一两个毒变人，两边屋顶上也聚集了成群的毒变人慢慢朝牢狱门口逼近。袁不觳他们这几个人其实都在毒变人扑杀于叮当街的计划中。要不是莫鼎力果断制止袁不觳，在毒变人调整到位之前多抢了两步，他们都跑不到街尾。

但是跑到街尾又能怎样？他们才在牢狱大门前站定，就已经清楚看到毒变人集体露相了，从两边街面，从小巷之中，从房顶屋脊。这一回他们没有采用快速扑击，而是不急不慌地逼近，弓着背，昂着头，大张着嘴，以一种诡异的神态逼近。

"错了，刚才我们应该往回跑才对！"莫鼎力发出一声绝望的哀号。的确，刚才他要和袁不觳往叮当街的另外一头跑，说不定就跑出了怪物们的包围。

"现在一样是要往回跑，跑出几个是几个。"袁不觳在说话的同时将一支箭射出，正中街面上的一个毒变人。那毒变人身体大震一下，定在那里，随即又以原来的姿态继续往前逼近，袁不觳眼下的位置无法射中毒变人的要害。

莫鼎力是灵巧之人，袁不觳话说一半时他就知道该怎么办了，手中长枪抖个大花往毒变人群中扎去。紧随莫鼎力之后的是石榴，把两根半截门杠抡圆了也往毒变人群中冲去。

一阵怪响加碎屑乱飞，莫鼎力和石榴喘口气的工夫就闪退回来。长枪的枪头断了，两截门杠都只剩一尺来长。毒变人缓慢逼近的攻击方式比快速扑击更加有效，凭着他们现有的实力和武器，根本无法突破围堵冲回叮当街。更何况他们还不是自己冲出就行了，还有更多没有战斗力的人需要保护。

牢狱门前的人群在渐渐收缩，因为毒变人开始采取一冲即退的方法，疾速冲入人群，不管拉没拉到人就又疾速退回。袁不彀他们箭再快也无法挡住这种突然且无规律的冲击，虽然有的毒变人退走速度稍慢，就会被射中要害死于当场，但只要冲击成功，牢狱门口就会有人难逃破胸掏心的厄运。所以整片人群外围的守护在一个个减少，羿神卫和钦差护卫都损失惨重，杜字甲带来的带符提辖也被拖走了三四个。

袁不彀的手在箭壶上转腕绕了一圈，这是一种习惯，检查所剩箭支数量。羿神卫在射出箭时会心中默记箭数，当只剩三支箭时要手摸确认。袁不彀默记得非常精准，他确实只剩三支箭了。

毒变人逼得更近了，围得也更密了。周围彻底沉寂下来，是杀戮之前的沉寂，是等待死亡的沉寂。只能听到自己紧张的喘息和心跳，还有就是毒变人越来越清晰的脚步。

"咣当当"的一阵响，在沉寂中显得格外突兀和惊心，所有毒变人听到这响动后齐齐止步，弓背缩颈呈警觉状。袁不彀他们也都下意识地猛然回头，朝声音发出的地方看去。

声音是从牢狱大门里面发出的，却是外面人的努力才发出的。

"锁闩卸了，快来推门！"小糖人发出声喊。

子母连心锁、鲁班三道闩，精巧也沉重，其中最大的横闩要一个成人双臂运力才能脱出闩槽，而"咣当"的一声，正是横闩掉落地上的响动，所以难以想象小糖人在门外是如何把这些全鼓捣开的。

死鱼和杜字甲手下的两个侍卫几乎同时扑在门上，牢狱大门吱呀呀地开了。才开条缝，小糖人便抢先挤了进去，别人都没看清他那圆滚滚的身子是怎么穿过那条缝的。

大门里面有人，一个提着灯笼醉眼蒙眬的老狱卒。都说战场上活下来的老卒毫光高，是从千万死尸中爬出来的硬命人。所以当一些老卒再不能上战场时，大多会被安排到牢狱里当狱卒。因为狱中冤魂多，需要硬命的老卒才能镇住。

牢狱建筑牢固，但是并不隔音，城里鬼哭狼嚎地闹腾了半天，牢狱里不可能听不到。当听到牢狱大门被敲被砸时，里面的狱卒更是吓得各处躲藏，就差把自己和死囚重犯一起关到监笼里。

等大门外逐渐寂静后，几个狱卒把一个醉了半夜还未清醒的老狱卒推起来，让他到大门口听听外面到底怎么回事。老狱卒完全不知道之前发生的一切，起来后拿起腰间的酒葫芦又灌两口，这才提着灯笼跘着鞋晃悠悠地往门口走去。离大门还有十几步时，大横闩落地的声响把他的酒吓醒了一半。

牢狱大门刚推时沉重，开启越大便越发活络。被毒变人重重围堵住的人们此刻更是活络，大门才开一半，就差不多全冲了进去。当大门差不多全打开时，就剩死鱼和一个侍卫还趴在门上。

老狱卒高举着的灯笼把牢狱门厅照得挺亮的，大家从渐渐打开的大门进去非常顺畅，就像一股急流被老狱卒分作两道，径直到里面再找可以藏身的地方。没一个人有闲暇理会老狱卒，就当他是根立在那里的灯柱。

"别推了，还得把门关上！"不知是谁提醒还在用力推门的死鱼和侍卫。他们一心只想开门进来，却忘记了进来后门要不关死，结果和在外面被毒变人堵住没什么两样。

毒变人见牢狱大门被打开，马上往前纵扑，由此可见他们的确是有思维、有判断力的。而且从他们纵扑的速度以及进逼节奏来看，是要控制大门不让关上，由此可见他们的想法比死鱼和侍卫还要冷静清晰。

袁不觳和断后的羿神卫边射边退，他们进来后后面就再没有其他人了。刚刚门前所有余下的人里只一个钦差护卫因护甲太长太重，在台阶上跘跄个跟头，被毒变人拖走了。

袁不觳他们进来后马上回身放箭，封住门口，是给死鱼他们争取将门关上的时间。就在此时，他们的箭都用光了，无法封住门口。确定大门关不上了，死鱼和侍卫只能放弃，快速转身往里面躲逃。

门没有关上，毒变人也都进来了，面对他们的只有那个高举灯笼的老狱卒。老狱卒剩下一半的酒意全醒了，憋了半夜的一泡尿也尽数流淌在裤腿里。但他依旧一动不动地面对毒变人，这个毫光最旺、不忌冤魂的老卒，吓得连挪动一下脚趾的力气都没了。

几个毒变人争抢着扑向老狱卒，说时迟那时快，一道乌影沉重落下，顿时黑血如雨、碎肉乱飞。几个毒变人瞬间支离破碎，但竟然都未死绝，仍在乌影的重压之下挣扎。

老狱卒还站在那里，举着的灯笼已经被紫黑的血雨浇灭。而他自己也被血雨泼洒了个满头满脸，就连吓得大张的嘴巴也泼进了半口紫黑血液。

牢狱大门里面落下的是一道铁梁栅。这道铁栅横隔杠大小如房屋偏梁，栅杆都粗如手臂，整体重量有几千斤重。栅杆下端是两尺长的锐利尖棱头，整体落下后可深深钉进地面。这铁梁栅是发生狱变无法控制时的最后手段，彻底将牢狱进出口给封死，一般不到万不得已绝不会使用，且需要专门的钥匙才能启动落下。

从黑暗处走出的最早钻进牢狱大门的小糖人，踱步到铁梁栅前撇嘴一笑。从他扬扬得意的样子就能看出，铁梁栅是他启动落下的。他能打开牢狱大门上的子母连心锁，这铁梁栅的启动锁自然也不在话下。

后续冲进的毒变人纷纷从栅杆间向小糖人挥舞手臂，而小糖人始终保持在与那些手臂差一点的位置上来回踱步，故意耍弄那些毒变人。

冲进来的毒变人越聚越多，全堆挤在铁梁栅上。沉重的并且深插入地下的铁梁栅竟然被许多毒变人推挤得摇晃起来，越晃越厉害。房顶上有尘土簌簌落下，插入栅杆尖头的地面土石也崩裂开来。铁梁栅在大力作用下持续发出怪异的震动声、扭曲声，让人觉得随时都会倒下或是被拆散。

小糖人害怕了，连退几步跌坐在地，随即连滚带爬地不知藏什么地方去了。门口仍是只有老狱卒一人站在那里，举着灯笼的手仿佛在迎接铁梁栅连同毒变人砸向自己。

如果连铁梁栅都挡不住这些怪物，那么真的就是老天要讨回的命。好不容易才躲进牢狱中的这群人再怎么挣扎都是没有用的。

看着铁梁栅外面大张着嘴巴不顾一切往里冲挤的怪物，袁不觳突然觉得他们和杀虎蝠很像。看似非常盲目，却有着自己的思维和方法追击目标。杀虎蝠！最终用火杀灭的杀虎蝠！袁不觳灵窍突开，高声呼喝："快！拿火烧他们！"

石榴最先理解袁不觳的意思，快步跑到牢狱过道中，从墙上摘下两盏油灯。也顾不得油灯铜盆烫手，他龇牙咧嘴地忍着痛冲到铁梁栅前面，连油带盆泼了出去。

两盏油灯泼出了两片火光，毒变人在火光中发出惊恐的怪叫。这仅仅是开始，随后而来的袁不觳、死鱼以及其他人把牢狱中的大小油灯都拿了过来，全泼到铁梁栅外面。更有人从牢狱里面找出可燃的物件，把铁梁栅烧成了一面火栅。很快，火苗蹿上了牢狱的大门、梁椽，整个门厅都烧了起来。

大火将毒变人都覆盖了，呆立在那里的老狱卒这才含混地叫声"天爷啊"，然后瘫坐在地上连吐带呕，把泼入嘴里的黑血吐出，然后摸起腰间的酒葫芦，漱口再漱口，洗净嘴巴，最后还连灌几大口，给自己压惊。这样做估计已是迟了，他呆立那么久，肯定有些黑血顺喉咙流进去了。

眼见着火势越来越大，靠近铁梁栅的房顶不时有火团落下，老狱卒赶紧收了酒葫芦往里爬行，一双腿竟然仍是无力站起。

　　铁梁栅外面的毒变人身上除了衣物还有很多木叶布革材质的伪装物，非常易燃，转眼间就烧成了一堆火。后面的毒变人虽然没被卷进火堆，但多少沾上了火星、火苗，怪异的人形瞬间也变成人形的火把。

　　大火除了能烧退毒变人，还有一个好处，就是可以作为告警的信号。正在城里查寻追杀毒变人的兵将、官差见到牢狱发生大火后立刻赶到，原来会集到一起将袁不毅他们堵在牢狱门前的毒变人，这次反过来成了被堵对象。面前重重刀枪、身后熊熊大火，牢狱门前成了他们闯入城里的最终止步点。

　　此时，官兵有了经验也有了准备。他们以九钉滑车为前驱推进，用长杆枪林为二层防御，之后才是藤牌和弓箭手。在推进过程中，弓箭手不时从最外围射入火箭。看来，他们也已经明白引燃毒变人身上的杂物是对付他们的一个有效方法。

　　毒变人力气大，却撞不出九钉滑车的围墙。毒变人能蹿高，却跳不过长杆枪林。很快，牢狱大门前只留下满地的黑血和碎尸。

　　牢狱里的火被扑灭时，铁梁栅已经烧得变形。加上牢门厅廊烧损严重，以及毒变人多次冲击让固定铁梁栅的结构松动，所以只稍稍推了下，铁梁栅便轰然倒下。

　　铁梁栅刚刚倒下，舒九儿便急步走出牢狱。出去时的样子和进来时已全然不同，她系上了油皮围裙，套上长袖的猪尿泡手套，口鼻也都用晶白纱罩住。

　　出门之后她直奔那些毒变人的尸体而去。跟在后面的袁不毅吓了一大跳，刚才他们都在牢狱里面，并不确定外面的毒变人都已死透。万一有哪个诈死，舒九儿这样贸然过去是非常危险的。

袁不觳抢上前几步,一把拉住舒九儿柔圆的手臂:"等等,当心没有死透。"

"没死透最好,可以更清楚地了解其病态状况,找出毒变原因。"医家查病辨因,活的比死的好,刚死的比久死的好,这样才能看到更多的症状。所以过去很多医家大师都是冒险接触正在发作的病人,才能找到对症治疗办法。

话虽这么说,但袁不觳还是护在舒九儿身前,放缓速度靠近毒变人的尸体,确认那尸体已经死透,这才闪开身形让舒九儿过去。

舒九儿先检查了毒变人的五官,又翻看了身上伤口的皮肉,再将毒变人浑身骨骼肌肉摸过一遍,最后回头对袁不觳说:"可以将这尸体的腹腔和后脑破开吗?"

袁不觳轻轻地摇了摇头。如今他的畏血症症状已经好了许多,而毒变人的紫黑血液看着都不像血。但是让他慢条斯理地亲手剖开一具尸体的脑腹,心理上仍是不能承受的。

"不是让你做,是让你把刀给我。"舒九儿指向袁不觳腰间的解腕尖刀。

"你真的要自己做?"袁不觳掉转刀身,把刀柄放在舒九儿手里。

舒九儿没有回答,刀子入手后立刻转向那具尸体。她的力量不大,但刀过之处皮肉骨骼立解,这和庖丁解牛是同样的道理。舒九儿本就对人体骨肌经脉非常熟悉,刚才又仔细摸过毒变人全身,所以下刀之处全是可以轻松剖解的位置,刀过之后筋断肉离。

"没错,果然是骨骼裂变、关节异位、脑室后移、心脏下落。"

"太可怕了,也太痛苦了,这是什么原因导致的?"袁不觳假想那些毒变人所承受的变异痛苦,不寒而栗。

"是疫毒。滇蜀地界蔓延的疫病或许和这也有关系,只是从未有折报描述如此发作的样子,不知是没有发现,还是疫病刚刚有了新的症状变化。当然,也可能根本就是两回事。"

"疫毒？什么疫毒竟然可以让人变形为怪物！"

"应该是种鼠毒，变异的形状是趋于老鼠的。"

"老鼠？你是说他们是要变成老鼠？"莫鼎力正好走过来，听到舒九儿的话。细想下，那些毒变人真是有些像老鼠的样子。

"准确说是钵鼠，一种专门用药物培育而出的怪异鼠种。前朝五代末期，宋祖开朝之际，神秘组织离恨谷派高手暗乱后蜀，其中有一对夫妇代号'急瘟'和'皆病'，他们两个是带了一群钵鼠入蜀界的。这种钵鼠平常时和一般老鼠差不多，攻击前就将身体鼓胀成圆钵一样，鼓胀之后朝目标无声嘶吼，实则是在喷吐体内毒气。成群钵鼠喷吐出的气体可让猛士狂兽肌体麻醉、滞立难动，然后任由钵鼠小口撕咬，最终活剐一般死去。"

袁不觳听了舒九儿的叙说后，汗毛直竖。就连莫鼎力心中也不由得泛起寒意，他算见多识广的，竟也未曾听说过钵鼠杀人。

"'急瘟''皆病'夫妇带钵鼠入蜀后，接离恨谷指令配制种植带有麻醉毒性的芙蓉花品种。后蜀皇受新宠李媚娘蛊惑，在国内遍种芙蓉花。花中毒素虽然微量，大面积种植后，却是可以使蜀人无意间就体乏性惰、意沉志弱。当宋祖领军攻打蜀国时，蜀国军民皆不抵抗，宋以最小代价便灭了蜀国。"

"这倒是比连年征战死伤无数性命好。后来，那'急瘟''皆病'夫妇哪里去了？还有那些钵鼠呢？"

"不知道，你问的这些正是我们接下来要找的。找到当初'急瘟''皆病'留下的踪迹，或许就能找到治疗鼠变之毒的办法。"

"你来这里之前就已经知道滇蜀发生的疫毒是鼠变？"莫鼎力问。

"没有，之前上报疫情中从未提到变异鼠形。就刚刚所说也只是猜测，这猜测你们先莫要声张，免得别有用心者掐断了线索，也免得造成更大恐慌。"舒九儿很严肃地提醒袁不觳和莫鼎力。此趟治疾事大，又涉及朝中之事，该谨慎的要谨慎，该告诫的要告诫。

"对了，莫校尉，你是如何来到此处的？"舒九儿转而盘问莫鼎力，他出现在此处不仅凑巧，而且蹊跷。

"我是为追查天武营才来到蜀地的，在烟重津迷路后幸得杜先生指点，但走出迷障后仍是未能追上天武营，反倒遇见一群与獝貐坟上擅长伪装那些人很像的人。他们虽然都病态恹恹，但行动意图非常明确，是要攻破华蓥三城。我之前接到丁天飞信，让我携手袁不毄，所以知道你们都在华蓥三城，也很自然地联想到这些人是要来对付钦差的。本来我还觉得这群病恹恹的人根本无法攻破华蓥三城，便没有急着进城而是在城外观望，没料到他们会突然变得无比凶悍怪异。"莫鼎力解释得很详细，目前局面下，他也是怕产生什么误会。

"好像有些不对。"袁不毄突然插了一句，莫鼎力一愣，不知道自己的解释哪里出错了。

"你说那些钵鼠是麻醉别人之后小口撕咬，如活剐一般。这些毒变人却是抓住目标开胸掏心，这一点好像不符。再有滇蜀之地疫毒蔓延，不仅没有疫情汇报鼠变现象，连老鼠都没提过，钵鼠怪异，要是有人见过不会不报。而且真有大批钵鼠肆虐的话，也该是处处有人被咬死。"袁不毄并非质疑莫鼎力的解释，而是发现舒九儿所说的有些现象对应不上。

舒九儿俏眉紧蹙，她刚才的查辨只是在印证以前的所学所闻，自己其实并未发现更多实际症状。所以袁不毄的疑问目前她都无法应答，说不定真就和钵鼠没有关系，或者这毒变人本就和滇蜀的疫情没有关系。

"天爷啊！我要死了，血魔破了封界，我中了血魔毒咒，这下死定了。"老狱卒坐在牢狱门口的地上哀号。

"血魔毒咒？"舒九儿慢慢站起身，回过头，盯着哀号的老狱卒。

"对的，之前我也听到城里有人惨呼血魔破封界了。"莫鼎力说道。

舒九儿听了快步走到老狱卒面前，老狱卒此时对面前出现的任何人都完全无视，只顾自己持续地哀号。

见老狱卒根本无视自己，舒九儿便伸手想推一下老狱卒的肩膀，手才伸出一半，老狱卒就如同被火炭烫着了一样："别碰我！别碰我！"随即又如浸水的泥塑，颓然长叹，"我已经血咒入口了，再碰了那污血又能怎样？"说完哆嗦着把酒壶送嘴边，咕咚一声灌下一大口。

舒九儿眉头一皱，她闻到很浓烈的酸涩酒味，也不知道老狱卒喝的是从哪里搞来的劣质酒。不过通过老狱卒的反应，她觉察到他应该知道些非同一般的事情，而且很有可能是必须马上采取措施的事情，于是回头看了一眼衮不毂和莫鼎力，意思是要他们想办法从老狱卒嘴里问出些东西来。

莫鼎力精得像猴儿，马上就明白了，于是站在原地轻声说句："那老东西说他中了血咒，我们给他点把火直接烧了吧。"

声音虽轻，老狱卒却是听到了。他先是一愣，随即一骨碌改坐为跪，尽量压低声音哀求着："别价别价，大人呀、老爷呀，没那么快，还有些日子好活，让我再多喝两口酒。"

"你说清楚些，否则我们不知道有日子没日子，只能把你烧了以绝后患。"莫鼎力继续恐吓。

"我说我说，其实这些怪物我也是第一次见到，并不知道和传说的是不是一回事。"

"别废话，赶紧说。"莫鼎力面色一凝。

"此地很早之前就有九婴血魔传说，后羿神杀怪兽九婴之后尸化血池。而九婴九头十魂，射九头散九魂，余下一魂未曾散入血池中，反而吸食血池中血幻化成了血魔，只不过有后羿神九箭界封无法突出为害。实际上从无一人到过九婴血池，更无人见过血魔。但我曾亲身遇到一件怪事，倒像是撞到了血魔。"

老狱卒抿口酒继续说："年轻时我也是军营中刀牌手，随军剿灭川东贼匪。

花云坪一战，我们中了贼匪圈套，被打散后我与十来个兄弟逃入山林，结果误入迷魂界，晕头转向地钻了几天都未能找到出路，最后只能分头而行，哪一路寻到出路再回到约定地方带大家出去。并定下记号，如果回来后久等不到同伴，可一路留了记号先出去，其他同伴循着记号出去。"回想当年的情形，老狱卒再次被恐惧笼罩，不由得又灌两口酒压制下。

"深山之中难记时日，我也不知道转了多少天，最终没找到出路不说，就连约定地方也是费了很大力气才找到的。但那地方已经完全变了样，树断石翻不说，满地都是散碎的尸块和血迹。有两个浑身是血的同伴气息尚存，但状态极度痛苦。经过我反复询问之后，他们含混地说出，他们已寻到出路，赶回来等待我们同出，但有其他回来的同伴中了血魔毒咒，发作后身崩而死。他们身溅尸血后，也中毒咒，只能在此等死。我和另外一同伴不忍看他们崩身而死的惨状，更是怕他们将毒咒延传到我们身上，只能抛下他们，按他们清醒时指点的出路逃出迷魂界。"

备杀器

舒九儿的脸色在快速变化，没等老狱卒讲完，就已经不安地站起身来，看了下周围清理搬运毒变人尸体的官兵和百姓，张口想要说什么却又闭上了嘴巴。

"怎么了？"莫鼎力从舒九儿的表情就能看出她的内心变化，"是不是后续有更大危机？"

"快！快带我去找太守大人。"舒九儿边说边小心褪下猪尿泡手套扔在一堆毒变人的尸体上，然后又转身吩咐袁不觳，"去查看下我们的人，没有碰触过毒变人的千万不能去碰，特别是毒变人的血液。"

"为什么？怎么回事？"莫鼎力脸色顿变，急急地追问。

"根据老狱卒所说推断，毒变人的血液应该可以渗透传染，只要粘附上了数日之后便会有病变迹象。"

"是你说的钵鼠毒性吗？"袁不彀也问，此时他应该暗自庆幸自己仍是忌讳见血的。

"不仅是毒，还是蛊，还是咒，非常药可治，必须去往毒蛊源头找到相克之物才能破解。"

莫鼎力呆立当场，他在城楼上双刀砍杀毒变人时，曾被毒变人的血液喷溅得满脸都是。如果照舒九儿所说，自己不也中了毒蛊之咒吗？数日之后便会有毒发症状，再过些时日也会发生变异，与那些怪物一个模样。

太守胡蔺举此时正好赶来。他是先去的官驿，然后一路寻到牢狱这边。

"知府大人，你马上找个由头悄悄将今天与毒变人接触过的人全部找齐，然后隔离到一处地方。"

"为何要如此？"

"这些人都有可能感染了疫毒，过些时日也都会变异成怪物一样。"舒九儿简短地说明原因。

胡蔺举听完，额上冷汗立时滴淌下来:"这些感染者大概何时发作？要不索性提前将他们处理掉。"

"我也不知道中毒者何时会发作。不过此毒症发作时如同换骨变身，势头极猛。越是势猛病症发作酝酿期越长，所以暂时不必担心他们会变形，将他们隔离以免疫毒再蔓延，至于能不能挨到找到破解法子之时就看他们运气了。"舒九儿对胡蔺举说。

"发作后又该如何处理？"

"一旦出现发作迹象，立杀之，并烈火焚烧。"舒九儿回答得很果断。

胡蔺举长叹一声："唉，这么多毒变人趁夜冲城，说明疫毒已经蔓延开来。照这样子下去，将是苍生大劫、世人难逃！大宋基业恐怕也要毁在这疫毒之上。"

"大人，此话可不是做臣子的应当说的。我们只管将各自分内职责做好，你按我所说查清毒血所染人数，马上将他们隔离。我将入川东道寻对症破解的法子，并将源头毁掉，不再让此异症再入世间。未到山穷水尽地步，万万不可弃了大宋，弃了天下生灵。"

胡蔺举知道自己说错话了。这些话在其他场合、其他人面前说说还无所谓，但现在自己是站在替代皇上治症救民的钦差面前。要是钦差再将此话转到皇上耳朵里，未待大宋死绝自己恐怕已经死了，想到这里，胡蔺举不由得有更多冷汗冒出额头："下官领会、下官领会，这就按钦差意思去办。"

"还有一件事也是必须马上做的，急奏临安，将今晚之事告知。特别要讲明毒变之人会强冲关隘，以及进入大宋腹地的后果，需皇上立刻派兵增加各处连通滇蜀关隘的防守，严防毒变人过关。"袁不彀补充了非常重要的一点。

胡蔺举连连点头，然后转身就走，几步之后突然又停住："钦差大人准备何时出关入川？下官好安排人手护送协助。"此刻他万分希望舒九儿赶紧出城去寻破解法子。在出关后的崇山峻岭中，肯定还有许多疫毒发作的怪物，而疫毒源头肯定更是凶险异常。钦差一旦殉职于险山恶水之间，自己今天说的话就再不会传入皇上耳朵里。

"你赶紧去忙，你的事情是草顶之火，必须马上做好。我们需要准备下再出关，你不用要派人，我们自己也是择人而去，同来之人并不都去冒险。"

袁不彀本来还在为胡蔺举愿意派人保护协助而暗喜，听舒九儿这么一说不由得眉头紧皱。他们一道来的人本就不多，经过刚刚一番杀劫又有多人死伤，其中还不包括可能已经沾染了毒变人血液的。如果拒绝胡蔺举派人协助，出关入蜀之行真就如同蜉蝣入油锅。

舒九儿不仅拒绝了胡蔺举派人借助，就连那些从临安带来协助的医官都一个不带，只整理了一些必要的药物和器具，挑两个体健脑灵的药师药童。至于闯入疫区寻找疫毒源头所需的必要保护，就全看袁不羁如何安排了。

不管出于职责还是私心，袁不羁都是要亲自护着舒九儿前去冒险的。其他什么人愿意陪着一起去，他却不能强求。如果还是昨天，他可以毫不客气地指派自己带来的那些人。一夜变故之后，他觉得自己没有权利让别人跟着同赴死地。

"我陪你们走这一趟。"最先主动站出来的竟然是与此趟职责毫无关系的莫鼎力。莫鼎力知道自己可能已经中了疫毒，只有尽早寻到源头找到对症的破解法子，自己才可以摆脱毒变结局。所以他决定隐瞒自己的状况，跟着舒九儿出关拼一拼运气。

"蜀界的地形道路我最熟悉，就算我不肯去，你们恐怕也会逼着我去。我还是自己识趣的好，说不定这一趟正好能遇到我想娶的媳妇。"第二个表示愿意跟着出关的竟然是小糖人，这更是出乎大家意料。

第三个仍然是大家想不到的人，杜字甲竟然也主动要求同行。而他加入其实意味着另有一堆人的加入，他带来的侍卫、带符提辖，都会随他一起行动。

莫鼎力眉头微皱："杜先生，我们这是去找破解疫毒的法子，又不是挖掘宝穴，你和这些个带符提辖跟着危险不说，行动起来还累赘。"

"莫大人此话差矣，你如何知道破解疫毒的法子不是在暗沟深穴之中？又如何知道带符提辖不能起到关键作用？莫忘了，烟重津上的栈道你走都不会走。要是出关入蜀的道路也是如此，你能走通？"杜字甲点中莫鼎力痛处，痛得他满脸羞愧，连话都说不出，一时间竟然连最擅长的察颜了心都疏忽了，没能及时抓住杜字甲说这话时表情背后藏掖的真实心理。

死鱼、石榴这些羿神卫一场血战已经不剩几个了，除了死在毒变人手下的，还有沾上过毒变人血液被胡蔺举一起圈定隔离的。不过剩下的都是愿意跟着一起出关的，这个本就是他们此趟职责所在，就此逃避良心上过不去，之后捉奇司问责更是过不去。另外，钦差护卫队的队正和两个兵将也愿意跟着前往，他们如果放弃护卫钦差罪责更大，甚至会连累家人。

"如果只有这么些人出城入蜀，可是不太妥当。"莫鼎力觉得人数少还在其次，战斗力实在太单薄了些。这其中包括舒九儿、杜字甲等差不多三分之一的人是需要保护的。而袁不毂带来的那些羿神卫本事又不是最好的，凶山恶水间大多是近搏缠斗，真正能够派到用场的只有杜字甲的两个侍卫。

"人数不要多，这些已经足够。"按舒九儿的意思好像还嫌多。"人多人味重，有些东西是循着人味来的。"

"如果这样，那就需要好好做些准备才行，不知道华蓥三城有没有好的铁械工匠。"袁不毂需要好好准备的是武器。人数不多，他们就只能在器械上加以弥补。

舒九儿没有反对袁不毂的决定，所以他们推迟了两天才出城。这样正好可以多观察一下城外的动静，确定未曾冲入城里的毒变人已经离开。而袁不毂在这两天里可没闲着，先画了张十字小弩的图样，此弩有下压槽，可压装三支凤尾寒鸦。

凤尾寒鸦是一种短支弩箭，通体用墨砂铁打制，质地轻，飞行稳，穿透力强，用十字小弩可连发三支。毒变人的速度让人咋舌，必须用可以快速连射的武器才能阻挡，所以袁不毂要让剩下的羿神卫都配备这种弩箭。不过凤尾寒鸦这种精巧箭矢不是一般铁械工匠能做出的，好在叮当街上都是做精巧金银器的店家，他们制作这样的箭矢倒也得心应手。

然后，袁不毂又带死鱼、石榴他们到华蓥三城的军械库中找来足够的锥头重箭。他们自己携带的箭支种类多样，但像锤头箭、指形箭、钩剪箭这类入宝穴开机栝的箭支都不常用，对敌毒变人用处也不大。只有锥头重箭锥利头重、力大沉稳，能轻松射透毒变人的后脑骨和腹肋处，杀死毒变人最为有效。

另外，根据之前火势可以挡住毒变人的经验，袁不嗀他们还找了些火油之类的易燃物，自己绑制了一些火头箭。

再有就是每个人自己觉得有什么要准备的，都可以以护卫钦差需用的名义先行征用。其实那些人都不是非常清楚自己进入险地后需要些什么，无非是将自己随身兵刃磨得更锋利些，再找些合手的小巧兵刃。而莫鼎力也把自己在城墙上飞砍吊绳的雁翎雪花斩找了回来，把格杀毒变人用掉的暗器全都补齐。

倒是谢天谢地两兄弟很周到地准备了些攀缘器具，在进入山岭重重的蜀地后应该用得着。另外就是小糖人，他不知从哪里搞了好些黑石蛋，用两只皮囊背在身上。

当然，最最重要的准备是让老狱卒给画个路线图。但是那老狱卒当年并未真正到过疫毒源头，又始终晕头转向地陷在迷魂路上，最终逃出后连回到那片乱林子的路径都没记住，所以只能在莫鼎力随身携带的滇蜀地形图上找到他们当年被打散的花云坪，在那周围大概框了个范围。

准备的东西其实并不多，十字弩和凤尾寒鸦夜以继日地赶制。但是舒九儿和莫鼎力还是焦急万分，特别是莫鼎力，心中油煎一般。疫毒源头是个需要寻找的地方，按老狱卒所说，那地方方向难辨、无路可循，能找到非常不易。就算顺利找到了，也是凶机莫测，危险无处不在。而破解疫毒的法子也非即到即取，到底有没有？能不能用？怎么用？这些都是需要时间加运气才能找到答案的。

叮当街的工匠们的手艺确实奇巧，做出来的东西比军营中的造器匠们细致精准许多。袁不嗀看着他们新做的凤尾寒鸦，再看看他们以往制作的精美首饰，脑子一转突发奇想，拿纸笔又画一张图。图上设计特点结合了老弦子的手弩和丰飞燕的针线盒，按此图制作出的器械虽不能作为主战武器，却可以在必要时保命。缺点是这东西只能作为暗器出奇伤敌，用过之后或别人预先知道便会失去杀伤效果。再加上这东西制作确实耗费精力，所以袁不毂只做了一个暗藏身上。

入蜀行

终于出发了，走出通蜀门的这群人看着绝对有些怪异。人色很凌乱，除了羿神卫的人外，衣着装束各色各样。装备很凌乱，就连羿神卫的人都不能一致。弓弩不同，兵刃不同，只有新添加的十字小弩和凤尾寒鸦是统一的。而那些带符提辖索性连武器都没有，携带的都是一些异形工具。心情更是凌乱——有人是自愿出关，心情迫切；有些是另有目的执意相随；还有很多人是职责所在，无奈前行。

日上三竿，清透热辣的光线将山林晒蒸出些隐隐雾气。袁不毂他们选择这个时候开门上路，是因为好视线是发现和躲避危险的前提。城楼上胡蔺举带一帮人远远望着，脸上是不理解的表情、冷漠的眼神，就像是在往魔兽的洞穴祭送一群活食。

通蜀门外的石阶和原来的一样，毒变人趁夜冲城时或脱道而起、或破裂变形的石阶，都是毒变人身上所带的伪装。许多毒变人的伪装随石阶形状进行掩藏，便如在原来石阶上重新覆盖了一段石阶。毒发之后身体变异，再起来便如石阶成精化作人形一般。

下了通蜀门外的连续石阶后，再往前的道路都在山岭间穿梭。袁不毂很快就发现选择在日上三竿视线最好的时候出发用处并不大，山岭相夹的道路，再加上两边层层林木遮掩，很多路段的昏暗程度并不亚于凌晨、傍晚。这也亏得日头大好，要是个阴沉天气，可能还需要照明之物才能正常行走。

入蜀的道路与往日也大有不同，以往走上一会儿，总能遇到些过往客商或山民药农，袁不觳他们这队人往往走上半天连个人影都见不到，好不容易远远看见有人了，人家也是急急躲开他们。

沿途总有鸟兽惊叫悚然传来，还可恍惚看到一些不知道是什么的影子从旁边草木间闪过。这种状况下，人们都会不由自主地加快脚步，以至于忘记了自己前往的地方有着更多的危险。

路上一些驿站、土寨里倒还有人。可能是这些建筑具有足够的防御力，或者里面的人还未听说毒变人冲关之事，只以为小心防止患上疫疾就没事。这倒也不是坏事，至少给袁不觳他们提供了夜间歇脚的地方。

每天都早歇下、晚上路，走的速度却不慢。小糖人对蜀地路径非常熟悉，选择的道路都是平坦好走的大路官道。所以才几天的工夫，他们就已经往西南方向走出了很远。只是天气闷热难耐，而且这群人中有些是不善于走山路的，即便官道宽绰平坦，几天下来仍是走得非常辛苦。

"真见鬼了，怎么好像就我走不得山路，连九儿姑娘和那算命先生都走得比我轻松？"死鱼气喘吁吁地嘀咕着。

其实这一点都不奇怪。舒九儿虽是女子，体质单薄，但熟知人体骨骼肌腱结构，懂得如何运力才是最佳，所以在这山中道路上行走并不艰难。而杜字甲做风水先生时走豺狼路、寻龙虎局，攀山越岭的底子还是有的。

"那小糖人也是怪气，肥嘟嘟个球样，走起路倒是轻松得很。"石榴也在嘀咕。

"他不仅走得轻松，而且对此处路径非常熟悉，像是经常在山林间往来的。"死鱼也觉得奇怪。

"经常在山林间往来的人都黑瘦黑瘦，哪有养得如此肥白的？"石榴常去山中取石，识得山里人的模样。

前面走着的莫鼎力听到两人说话，于是放慢了步子："像他这般模样又常年混迹山林间的人也有。"

"什么样的人？"袁不毂在后面一直没说话，听到莫鼎力所说立刻好奇地问道。

"山中贼。"

"山中贼？是占山为王的吗？"死鱼追问道。

"不是不是，山中贼不是盗匪，而是独来独往的窃贼，游荡于山林之中，专门盗窃驮马商道的货物。这种窃贼偷窃手段要比平常窃贼高明，窃取的是有人护送的正在行进的驮马商队，必须身疾手快才能得手。驮马商队又是来自不同地方的，这就又要求他们擅长攀山越岭、林中奔走，对一定范围内的山林道路非常熟悉，还要有快速打开各种地方不同锁具绳扣的本事，一旦被发现后才能脱身逃走。山中贼在山林中的藏身处很多，每次窃得财物后便悠闲地藏于一处，直到花光了再出来盗窃。加上他们多在夜间和林中活动，好吃好喝的，养得颇为白胖很是正常。"

莫鼎力关于山中贼的一番解释，倒是每一点都与小糖人对应得上。死鱼和石榴不由得又是点头又是挑大拇指，毫不掩饰对莫鼎力的钦佩。

袁不毂的眉头却是渐渐皱紧："记得唐壬投军时说过，他是'山里妖风水流沙，月下蚂蚱两指夹'，这意思是说在山水之间行动极快，在昏暗中出手极准，的确与山中贼相合。如果确实如此，那么两个老人家被抓，丰飞燕托他求救的事情倒可能是真的。因为一个贼不会主动来招惹官家，除非真有必要。而且他说的名字和样子也是编造不来的。"

"那也不一定，如有什么人知道两个老人家以及你和丰飞燕的关系，编好一套谎言逼迫那贼小子来诈你，也是有可能的。"莫鼎力安慰袁不毂。

正说着话，袁不毂突然觉得脚下路面凹凸有所变化，头顶光线也迅速阴暗下来。他原先也生活在山村之中，对于这样的变化非常敏感。又走一会儿，已是完全进入了深山密林，光线昏暗，道路崎岖。周围气氛诡异，鸟兽怪叫连连，让人不由自主地放慢脚步，提着心。

"这路是去往花云坪的吗？"袁不觳问小糖人。老狱卒是在花云坪大战中被打散的，那至少应该有处可做战场的开阔地界才对。可这道路明显是往偏狭的地方去的，别说战场，连个道场都不像做得开来的。

"放心，保证把你带到。"小糖人含糊地回一句，并没有说清保证把袁不觳带到哪里。

"走岔道了吧？刚才走的官道可以继续往南的。"石榴也发现了问题。

"没岔，这路是去花云坪的。从之前的官道走，要多绕三天的路程。"小糖人虽然自作主张改了路线，但是显得很有底气。他这样的山中贼，只要进了山林便如回到自己家里一样，对石榴他们的态度也没了虚头巴脑的卑微样。"今天我们启程晚，估计天黑之前到不了下一个驿站。这周围都是鬼气森森的林子，还可能藏着掏人心的怪物，天黑要没个牢靠地方歇脚可不行。"

"那现在这路能有牢靠的歇脚地方？"袁不觳一边问一边朝石榴做手势，是让他赶到前面把小糖人看死了。这群人里可靠的不多，而最最不可靠的应该就是小糖人。

"驿站肯定没有，不过要是我们走得快的话，可以在天黑前赶到鸟笼寨。如果脚程实在赶不上，也可以在半天洞忍一夜。"

"唉，我们能准备的都准备了，就是没有准备向导，现在只能跟着他走。"莫鼎力瞥一眼杜字甲，然后快步跟上小糖人。

杜字甲似乎根本没看到莫鼎力瞥向自己的那一眼，只管迈着步子继续往前。

袁不觳刚开始没意识到莫鼎力刚才的态度是什么意思，也在心里暗暗懊悔，未曾让胡蔺举协助派遣一个向导。但是走出一段路后，他渐渐想明白了，杜字甲本就是个能看懂山水的人，而捉奇司的带符提辖也都是会辨地形方位的。他们来到此地不管出于什么目的，都不可能不提前了解这里的地形山势。其中有些人说不定不止一次来过此地，这才会被派来与杜字甲同行。所以只要杜字甲和那些带符提辖不对小糖人带的路提出异议，那就应该没什么大问题。

深山密林中虽然不晒太阳，但潮湿不透风，在这里行走就仿佛在澡池里行走，胸闷气短，燥热难耐。

人难受，脚下肯定就快不了。结果真像小糖人预料的那样，快天黑时他们没能赶到鸟笼寨。于是小糖人果断带着大家转入一条被杂草落叶遮掩的狭窄小道，这小道沿山而进、绕树而行，未曾暗下的夕霞天光已经完全眷顾不到这里，每个人只能紧盯着前面人的背影才不会掉队。

一转上这条小道，杜字甲带的两个侍卫立刻就有一人赶到前面，硬是挤到石榴旁边死盯住小糖人。天色越来越黑，领路的小糖人脚步不断加快，这无形中增加了紧张的气氛，没人出声，全喘着气紧随队伍。

夜色终于彻底笼罩下来，这队人紧赶慢赶仍是离可以宿夜的地方还差一段路程。

夜间的山林凉快了许多，但依旧湿乎乎的，就仿佛有腥黏的鱼皮裹在身上，扯不掉也甩不脱。蚊虫和血虻闻到了活人的血味蜂拥而至，众人随手就能拍到一把饱含自己鲜血的蚊虻尸体。更有许多飞虫、夜蛾时不时地扑撞到身上，把本就浑身出热汗加虚汗的人们再惊出一身冷汗。

之前偶尔会有的鸟兽惊叫声听不到了，除了盘旋在脑袋边上的蚊虫振翅声响，就只能听到他们自己杂乱的脚步声和粗重的喘息声。深山密林中，听不到鸟兽的叫声一般有两种情况——一个是距离人类的活动范围近了，还有就是距离鸟兽都惧怕的凶巢魔穴近了。

周围地形渐渐陡峭，脚下的道路一侧出现了向下的陡坡，另一侧是山壁。

地势险峻了，路径反宽了许多。最宽敞的路段三四人并排行走都没有问题，可能最初开路的人为防止行走时失足掉下陡坡特意将路拓宽的。树木也不像之前那么密集，而且大多是斜长在陡坡石壁上的矮小树种。

树木矮了，道路的一侧又是陡坡，按理说光线应该好一些。但这个时候天色彻底黑了，没有灯盏火把真是看不见。不过没一个人提出点火盏子照明，都情愿跌跌撞撞摸黑往前。这是因为毒变人冲关是何原因并未找出，目前都认为毒变人是出于动物向光的本能才夜冲华蓥三城的，所以没人敢在可能会有毒变人出没的山林间点燃火盏子。

突然，跟在小糖人后面的侍卫停住了脚步，抬手示意后面的人不要继续往前。一队人就像一串影子贴着山壁站定，没了脚步声，喘息声显得更加沉重，这其中肯定多了几分紧张的气息。

小糖人竟然没有觉察到后面的队伍已经停了，仍在往前走着。后面的侍卫也不叫停他，这做法分明是要拿他当探杆，用他去试探前面会发生的各种可能。

山中贼特有的敏锐警觉使得小糖人很快发现到身后的异常，渐渐放缓了脚步，然后突然一个贴壁转身，腰间的小攮刺也同时抽了出来。这一副应对突袭的架势虽然不是练家子招法，但也非常敏捷实用。

|吊挂尸

身后并无什么异常，只是所有人都停住了脚步。见此情形，小糖人很是不解地小声问道："你们怎么不走了？就快到了。"

"有血腥味。"侍卫沉声回道。

所有人的心都一颤，"血腥味"这三个字立刻让他们想到毒变人能将活人瞬间破胸掏心的血淋淋场面。而袁不彀更是胃里翻滚两圈，好一阵不适。

"我怎么没闻到？你们还有谁闻到了？不会搞错吧？"小糖人听后面说有血腥味反而放松了，他确实一点都没闻到。

"你们信他的不会错，他原先是刑场上做刽子手的，对血腥味尤其人血的腥味最为熟悉。"杜字甲替那侍卫佐证。

"血腥味不重，随风更淡，应该已经干结。"刽子手侍卫毫不理会小糖人的质疑，只管说自己的，"是从左上方传来的，这有些奇怪，半空之中哪来的血腥味？"

确实有些奇怪，他们现在走的路径右侧是山壁，左侧是陡坡。如果刽子手的判断没有错，那这血腥味就是从左边陡坡上方的空中传来的，是空中飘浮着血云，还是刚刚吃了血的妖魔驾在云头上？

"点个光盏子看看吧，这话说得我心里没底了。"小糖人没了之前的自信。

"不要点，那位置要是很高的话，点了也看不出什么，反会把自己暴了相。"赶到前面的莫鼎力阻止了小糖人。

"再等等，现在云掩月头山遮天，但我瞧着云色随风往东走，一会儿就会把月头露出来，那就多少可以看点什么了。"死鱼海上捕鱼，必须会看云色星光。

山风萧萧，把遮月的云一点点扯开，出了云的圆月在山的暗影下出人意料地明亮。月光下，众人可以看出空中确实有东西。那东西是吊着的，凭空肯定吊不住，所以用了一根三角吊杆。

三角吊杆是一种简单的吊拉装置，固定点在右边山壁上，横出一根长长的木杠是吊杆，上方还有一根斜拉木杠与吊杆交叉固定。这个吊杆与其他吊杆还有些不同，尾部的固定点可以转动，就可以在180度的范围内移动吊物。

现在那吊杆要想转动却有些困难，因为吊物太重了。吊杠头的吊绳上竟然挂满了人，都是死人。简易的吊杆将这么多死人挑出陡坡已经吃足了大力，不断不散已经不易，转动就别想了。

血腥味是绳子上的死人发出的，很难想象这么多人死在一根绳上。刽子手说得没错，死人的血已经干结了，而且致命的伤口出血也都不多。

"点个烟杆星，看仔细点。"莫鼎力觉得面前的情况很重要，必须把细节看清、原因弄清，最终还是决定点个光盏子。不过他要点的光盏子叫烟杆星，只有烟锅一样的小光亮，但是烟杆一样的长杆子可以把光亮凑近查看对象。

带符提辖很快弄出个烟杆星。定穴掘坟一般都是趁夜而为、入地而为，所以在使用灯火照明上别有一套。

烟杆星的光亮若有若无，离得远些根本看不出。一旦贴近了什么物体的阴影或暗角，光亮一下就提升起来，可以把小范围内的细节查看清楚。

第一点细节显示，那些死人虽然都是穿的江湖劲装，携带的却是宋军装备。这一点表明他们全是大宋兵卒。莫鼎力马上联想到失去踪迹的天武营，这些兵卒会不会是他们的人？

第二点细节显示，这些死人应该是自己主动吊上吊绳的。吊绳上有做好的搭挂绳扣，死人身上有吊带挂钩。要是不想吊在绳子上，绳扣尾端一拉就可以掉下来。也就是说，这些人就算死也要死在吊绳上。

"奇怪，为何这么多人一下全将自己挂到杆子上？这吊杆能把他们带到哪里去？"小糖人感到不可思议，周围没有什么特别的位置需要借助吊杆才能到达。

第三点细节显示，这些死人将自己吊上吊绳时非常急切慌乱，都想借助吊杆逃离什么，以至于吊杆负重太大都转不动了。

"会不会是地面上有什么可怕的东西，这些人只是想尽量远离地面，而并非要转到其他什么地方去？"莫鼎力的猜测完全符合场景。

袁不毂原来一直在队伍偏后的位置守护着舒九儿，见前面出现情况迟迟不动，于是也走到前面，才在莫鼎力旁边站定，就辨别出了第四点细节。

"这些人是被射死的，无羽箭，从上方射杀，箭头、箭杆都没入身体了。"

"从上方射杀？"谢天谢地两兄弟擅长攀爬，所以对袁不毂的说法有所怀疑。因为吊架左边的上方完全是空的，不可能。右边虽然是石壁，但可以居高临下射杀吊架上人的位置，根本无法扣抓踩踏稳住身形，更不要说在上面开弓射箭了。

"这条路你走过吗？"袁不毂问小糖人。

"走过，次数不多。"

"最近走过吗？"

小糖人迟疑了下："也走过。"

"是去华蓥三城之前刚刚走过？"

小糖人的脸色微微一变："嘿嘿，难怪你能做官，这个都能猜到。"

"那你走的到底是救人的路，还是往疫毒源头去的路？"黑暗中看不出袁不毂的表情，但可以听出他的语气很纠结。

"很凑巧，都是这么走的。"小糖人语气很镇定，不像在说谎。

袁不毂打个激灵。如果路线是一样的，那么丰飞燕和两个老头儿有没有遇到类似的危险？各种迹象表明，吊架上的死尸至少连续遇到两个危险。一个是需要把自己挂上吊架才能逃脱的，另外一个是在他们挂上吊架之后无法躲逃的射杀。两个危险可能是有关联的，前面一个铺垫，后面一个灭杀。两个危险也可能完全没有关系，只是两条死路凑巧套在了一起。而这两条死路中的任意一条，两个老头儿和丰飞燕都是没能力逃过的。

"你之前走过这里时所见的情形和现在有什么不同吗？"杜字甲很随意地问了一句。

"当然不同呀，那时候没有吊架。"

"除此之外呢？"

"天色太黑看不清，没法比较。"小糖人没把杜字甲放在眼里，可能是杜字甲既没着官服又没有官名，小糖人把他当成随行的打杂先生了。

"看不清没关系，你走一下就知道了。"杜字甲嘴角一撇，扯出些狠辣的笑意。

"给他弄盏灯吧。从烟杆星照亮下可见的尸色尸斑判断，这些人死了很久，原有的危险应该离开了。"前面的路还得靠小糖人带着走，莫鼎力不想他早早地成个折了头的探杆。

这次莫鼎力说话后带符提辖都没动，因为这做法是和杜字甲意图相冲的。最后还是袁不觳指示手下羿神卫，这才拿出一盏四页开合的气死风灯给了小糖人。

小糖人拿着灯往前没走太远，差不多也就刚才背后队伍停下后他独自往前走的最远距离。可见这山中贼做事确实挺贼的，连半个脚掌的险都不会去冒。

"没有什么异样，我可以用性命担保。"一个做事很贼的人一般不会拍胸脯打这样的保票，何况他的性命确实握在别人手里，敢如此自信，肯定是没有发现异常情况。

舒九儿不知什么时候也走到了袁不觳的身边，柔滑的手指轻轻握住袁不觳的手臂，袁不觳却有一种被挠动心尖的感觉。

"吊绳上的死人是遇到了移动的危险，并且覆盖面很大。他们不管往哪边都是逃不掉的，只能离开地面逃到空中。"舒九儿贴近了袁不觳说话，温热的口气撩拨着他的耳郭。

"漫山瘟，你说的是漫山瘟。"远离队伍的小糖人竟然也听到了舒九儿的话，做贼的人耳力真的不同一般。

"漫山瘟是一种传说，常见于滇蜀之地。但没人知道那是什么，遇到过的人都死了。据远远看见过的人说，就是一片黑影铺流而过，和日头照落下的云影很像，移动速度比晃幡儿的风①要快。"杜字甲竟也知道漫山瘟，随口解释给舒九儿和袁不毂听。

"如果遇到的是漫山瘟，按晃幡儿的风速算，这些人来得及支起吊架。"石榴提出的异议很有道理。

"为什么你觉得吊架是这些死人支起来的？为什么不会是其他人支起的？比如射杀这些死人的人。"杜字甲眯着眼睛，搓了下小龇须。

"没错，有人在此支吊架做事，而这些死人是暗中跟踪人家到这里的，遇到漫山瘟后只能上吊架躲避，正好被支吊架做事的人尽数射杀。"莫鼎力利用所有条件进行推断。

"可是支这吊架又能做些什么呢？"袁不毂的疑问将莫鼎力的推断卡住。

"支吊架肯定是用来吊东西的。"难得说话的谢地插嘴说了句废话。

"吊什么东西的？"莫鼎力竟然还搭上了废话。

"棺材。"谢地从牙缝里蹦出两个字。

"棺材？"死鱼惊讶地追问。

"滇蜀之地曾有过两族奇异土人。一族是赛人，体形高大、骁勇善战，为金沙国遗族，曾多次赴中原替当时朝廷出力杀敌，以此获得特权。五代后期，赛人曾帮后蜀抵挡周军，便是有名的淘沙口六百赛人抗周。但后蜀动了金沙国藏金后，赛人便再未出现过。还有一族是夜郎国遗民，专司夜郎国葬事，称作葬人。夜郎国兴置葬，贵族、富户，用石棺、树棺置放在高峰绝壁上的山洞、石窟。平民百姓用葬布裹尸，置放在山顶的树木旁或枝杈上。他们认为山洞石窟以及山顶树木与天相接，可将魂魄与天相融。而不管贵族、富户，还是平民百姓，置葬都得葬人操办。主要过程就是将棺材或尸体运到山洞、山顶。"杜字甲对葬人一族非常了解，不知道葬人置葬是否也看风水。

---

① 晃幡儿的风：这里指的是比微风稍急些的风。

"葬人最擅长攀缘，他们的体形体魄天生就适合攀爬，还擅长制作和运用各种攀缘器具，没有器具时；多人组合相互推举拖拉，也能徒手攀上陡峭崖壁。"谢欢天补充道。他们两兄弟是采药山民出身，对善于攀缘者最为了解也最为钦佩。

"这样一说，让我想起獭貐坟上那些伪装的弩手。他们也很会攀缘，与葬人倒有几分相似。而吊绳上的死人都是无羽箭所杀，这也是适合弩射的箭支。"袁不觳的联系颇为合理。

后面人嘟嘟囔囔说着话，前面小糖人有些不耐烦了："你们商量好了没有？接下来怎么办？"

"不管吊架上死人因何而死，至少有一点是明确的，就是此地不宜久留。"莫鼎力果断说道。

袁不觳听了莫鼎力的话也猛然觉醒："对，从此路往前看来不妥，我们立刻退回去，明天天亮后再寻路前行。"

"不不不，从各种痕迹来看，这些死人惧怕并躲避的东西是往我们来的方向去的。我们往回走反有可能遇到，还是继续往前好，赶紧找个安全地方先歇下再说。"莫鼎力明显有种继续往前的迫切，但是没有一个人觉察到。

"跟我来，前面不远就有可以过夜的地方，而且我保证大兽难入、蛇虫不侵。"小糖人说完领头往前，其他人只能快速跟上。

第三章

踏上鬼魂道

小糖人说的地方其实就是个很大的石凹洞，不深，十来步就到头。凹洞外围有简陋的粗木栅门，推合之后确实大兽难入。凹洞整个都是石头的，连苔藓都不长，点上篝火后也确实蛇虫不侵。

"这里原来是客栈，现在荒废了。我给你们省了住店钱，嘿嘿。"小糖人像邀功，又像调侃。

"你他娘的这个是客栈？"石榴骂一句。

"这个真是客栈。此处应该是在川东商道的位置上，过去出入蜀地的人都要从此过。入蜀道路艰险难走，一路少寨无店，商队携带货物不便进山深林密处，危险大又易迷路，所以自始至终都缘路而行，于是有当地人沿途寻这种石洞凹坑，给过往客商烧茶热饭，喂马歇脚，这便成了最简易的客栈。"杜字甲见多识广，证实了小糖人的说法。

"但是现在这段商道已经废了，过往商客有新路绕行。新路比这边好走，沿途有华蓥三城和多个寨子落脚。"小糖人说。

袁不觳眉头微微一颤，盯住小糖人，他忽然想到袁老爹怎么会未过华蓥三城就走到西边百里的竹凤镇？"如果有人故意误引，本该走新路的人是不是有可能误入这条再没人走的故道？"

"没错，而且从华蓥三城东就会开始走错。"小糖人很肯定，觉得袁不觳终于相信自己了。

"你是想偷盗他们的东西才会遇到他们的，对吧？"

"也没错。"

"拿住他们的是什么样的人？"

"很像吊架上的那些死人，但我不确定。"

"死人里没见到他们，也没发现他们车辆，应该没事的。"袁不毂这是在自我安慰。

舒九儿明眸忽闪地听着两人的对话，见袁不毂一副担忧神情，莲步缓移走过去，轻轻握住他的手臂。这样一个无声的动作无疑给了袁不毂更多宽慰。

"没错，他们应该就在前面。"小糖人舒了口气。他觉得自己连续三个"没错"终于将袁不毂的思路和自己统一了。

袁不毂的思路并未与小糖人统一，噩梦中的那个黑影让他从小就生有戒备之心。更何况服兵役以来，从择训院到獉貐坟，再到鲔山密杀，包括最近他与死去多次的成长流遭遇，全是诡谲扑朔的经历。对于小糖人，他一开始完全不信，只是想进一步看看小糖人到底出于什么目的。毒变人袭城之后，他看出小糖人至少与毒变人不是一个来路，所以想在探知小糖人目的的同时利用他。

误走商道老路一说，只是让袁不毂觉得存在某种可能，就是有人利用老路绕过华蓥三城直接入蜀，但这路绝对不是一般人能够找到并走通的。

"运兵道，那小子说的老路现在很有可能已经做了运兵道。"莫鼎力走到袁不毂身边小声说道，"吊架上被射死的人像是天武营的人，而天武营是可以从运兵道行事的。獉貐坟的那些黑衣人也有很大可能性是天武营的人，乔装后从运兵道调动，来去无踪。天武营偷入金国境内也应该是从运兵道调动的，所以在攻袭西马口之前完全寻不到他们。这样他们才能神不知鬼不觉地完成偷入金国的目的。"

"封豚宫！他们的目的应该是去掘开魂飞海子里的封豚宫。"听莫鼎力说獉貐坟上的黑衣人是天武营的人马，袁不毂立刻便将他们的目的与封豚宫联系上。

"封豚宫？"莫鼎力和袁不毂一起随天武营从金国境内退出时，曾听袁不毂讲述过入鲔山连堡的经历，但袁不毂始终没有说地下见到的房子是封豚宫。

"对，就是沉陷地下的一栋平常房子，很有可能只是出于某种巧合，或者是过去人假借了此名而已。"

"你在封豚宫有没有发现什么？"

"没有，不过在从玒彪身上夺回的氅衣上能见到一道字符印记，和獥貐坟崖壁上的字符很像。也不知道玒彪是之前在哪里沾上的，还是在封豚宫那里沾上的。"

"氅衣现在哪里？"

"烧了，皇上下旨烧的谁能阻拦？我看到字符想从火中夺回差点被大内侍卫砍了。"

莫鼎力目光闪烁，思绪翻腾——天狼十八神射从玄武水根穴中带出的秘密，最终被黑衣人夺走，自己只摸到点边。幸好钉儿钉得准，自己始终咬住天武营不放，倒也一步一趋没被落下多少，该知道的都知道了。袁不毂是个意外，而且是个连续出现的意外，现在反而他接触的秘密最多。自己中了鼠变之毒，毒发之前如能找到救治办法最好，如果不能，那么追查真相的重任就留给袁不毂。为了避免在之后的路上出现什么突发的意外，自己现在就应该将部分信息透露给袁不毂。

连续的意外其实会演变成必然。如果知道袁不毂见过死了三次的成长流，并接受成长流所托，得到一块和水根穴中几乎一模一样的牌子，那莫鼎力绝不会再把袁不毂当作意外。袁不毂现在已经置身于旋涡之中，想要脱身都难。

莫鼎力扫看下其他人，看有没有谁注意他和袁不毂的谈话。大家走了一天路都累了，各自吃了点干粮，便找可坐靠的地方昏昏欲睡。只有石榴像是没有吃饱，还在篝火前嚼吧着。还有就是杜字甲，倚靠洞壁的姿势绷着劲，莫鼎力一看就知道他未曾放松休息。不管是石榴，还是杜字甲，脸都恰好在背光的角度，莫鼎力无法通过看清表情做出更多判断。

不过这些对于莫鼎力来说已经足够，可以很明确地知道自己应该避讳些什么。他把袁不觳拉到石洞一侧的角落，尽量避开石榴和杜字甲。

"之前我已判定黑衣人就是天武营人马，只是未能抓住实证，左骞私下谋事的动机也未能查明。另外，我感觉左骞背后有很强势力的人在撑腰做主，并不在乎我所获取的信息对其有何不利，否则不会让我活着回转西马口。所以突破口还在天武营，在左骞身上，回来后我依旧紧盯住他们不放。"莫鼎力压低着声音，让人感觉气都要喘不过来了。

"最近突然有令调天武营赴西南，我没来得及弄清军令具体是兵部还是枢密院发出的就急跟过来，跟到烟重津失去他们的踪影。现在看来，他们是进了华蓥三城东的运兵道。吊架上的那些死人如果确实是天武营的人，那么此行肯定又是别有企图，可能是针对类似猰貐坟、封豚宫的秘密地方。"莫鼎力把自己分析的结果尽可能简短直白地告诉袁不觳。

"前世多修无事福，莫名惹事晦气足。"袁不觳也真是晦气到顶了——成长流临死托他件莫名其妙的事情；皇上赐官西南，惹来杜字甲这些莫名其妙的人；另来个莫名其妙的小糖人，说两个老爷子被绑走；这边，莫鼎力又莫名其妙塞给他有关追查天武营的信息。袁不觳可能都还没有意识到，这趟活儿比鲔山密杀复杂得多，也危险得多。

"也就是说，有人抢在天武营前面了，而且实力很强，所以他们才会遭遇劫杀。"袁不觳贸然开口未控制好音量，显得有些突兀。

"嘘、嘘，低声、低声！"莫鼎力赶紧提醒，"你说得很对，一种可能是别人抢在他们前面了，还有一种可能是这地方原本就是别人的地盘。"

"不排除第三种可能，有实力的人和拥有地盘的人合作了。"袁不觳的想法越来越成熟。"如果把拥有地盘的暂定为葬人，那么有实力的又会是谁呢？"

"周边具备实力的有两家，滇地梁王府和镇西军节度使。"莫鼎力思路豁然。

"小小梁王柴彬私离临安，潜回滇地，应该是有不可告人的计划。滇蜀之地各种异常事故恰在此时发生，与他私归必有关联。"袁不毂是在皇宫里亲耳听到柴彬私逃回滇的信息，印象非常深刻。

"也不尽然——从动机上论，柴彬是有可能；从地理位置上讲，镇西军吴家更有可能。"莫鼎力的分析比较客观。

"可我听说镇西军吴璘将军很是忠诚，为朝廷尽心尽力。"

"吴将军忠心，难保他手下子侄中没有狼子野心之辈。而那柴彬，也难保不是家中出现紧急事情才被迫离开的。"莫鼎力折头路走得多、反转事见得多，不会只看表面现象就轻易下结论的。

正在说话间，山中响起一声夜鸟惊啼，应该是被什么东西抓住后发出的垂死叫声。凹洞里的人都欲睡非睡，这一惊啼将他们全都吓醒过来。

南宋时，滇蜀分界很不明朗。滇地大部分为大理国所有，小部分在南宋境内为梁王府控制。全境三十九部族，与蜀地接壤处的主要是乌蒙部、阿晟部、卜合部、独龙部，都是三十九部中较为强悍的部族。蜀地以及北面兴军路（今陕西部分区域）由镇西军节度使吴璘率领的吴家军镇守，职责主要是应对北边的金国、西夏和西边的突厥。

梁王府所在的平南城是个不大的城池，但所处位置很关键，与东西一线的五城八镇贯连，扼大理国北进的双谷双道。也就是说，梁王府只镇守着一片狭窄区域，防止南部大理国异变，替蜀地吴璘护住后背。而这一片狭长区域纵深单薄，山险水恶，民悍难驯，要想发展足够强大的军事力量非常困难。

柴彬很早就离开了临安城，回到滇地地界却比袁不毂到达华蓥三城还晚。这一路上很多关卡他是没法走的，军信道的令信肯定比人走得快。每处关卡如今应该都有关于他的缉拿公文，他只能偷过和绕过。

　　绕走的道路都是山中险路，多凶兽猛禽。而在崇山峻岭间其实还有比凶兽猛禽更可怕的东西，否则柴彬也不会如此不择手段地赶回去。

　　这一天他终于到了龙婆江边上，龙婆江就像性情变化无常的蛮婆子。平常时，温温缓缓，薄水轻流，百姓可在江边洗衣捕捞，卷裤管便能踩石过江。一旦有雨，各处汇集而来的雨水能让江水陡涨十倍，浑浪滚滚中夹杂了乱石断木，一路飞击，将岸边更多的乱石树木裹入其中。

　　柴彬眼前的龙婆江久未见雨，水流比平常还要浅缓。也正是因为太过浅缓，江中的情形才会越发触目惊心。

　　"少四王，就是这里了。少正王那天下到江边查看情形被咬，当时还没觉得什么，十几日后才开始出现症状。随后查看过少正王伤口的老王爷，以及府中家医和少正王身边的一个仆人都相继出现症状。我离开都好些时日了，现在也不知府里怎么样。你在此远远地瞧两眼就行，然后我们先赶到嘎木镇再说。"说话的是梁王府禁卫头领徐鹏，正是他赶去临安传信给柴彬，并带人一路护送柴彬回到滇地的。

　　徐鹏所叫的少四王就是柴彬，柴彬排行老四。少正王则是指柴彬大哥柴济，柴家到这一代能撑担门户的也就柴济和柴彬。论实际能力，柴彬还要胜他大哥一筹，所以才会遣他在临安周旋。

　　柴彬没有说话，眼睛直直地盯着下面的龙婆江。这是龙婆江的一处弯道，对面的披金山硬是往东顶出一块，将龙婆腰肢顶出一个锐角的折转。折转处不够通畅，许多漂浮物都会堆挤在这里的石滩上。石滩上堆得太多，就会堵塞水道。水道堵塞，便又会有更多的漂浮物堆挤下来。如此恶性循环，石滩水道上的推挤物太多太多，肯定会触目惊心。而如果堆挤物全是浮尸碎肉的话，那么触目惊心之外还会胆战心惊。

劝谋反

"我大哥是被半截血尸所咬，也就是说漂浮江中的碎尸没有死透。"柴彬有些难以置信。

"确实怪异少见，要不然我们就会提前防备不让少正王受伤了。"

"有些不对呀。如果像你之前所说，血尸堵塞江流，这么些日子过去了，这里更多的应该是腐尸或干尸，但现在所见的尸体看着都还新鲜。"柴彬远远地看两眼就觉得不合理。

"或许这几天有过大雨，江流陡涨，把之前的尸体都冲走了。"徐鹏的说法也算合理。

"如果是这情形，也就是说江中漂流的浮尸碎肉就一直未曾停过。不查明原因从根本解决，这种状况还会持续。"

"少四王说得没错，少正王被咬后的症状显示了尸上带毒，随后又传染了老王爷和其他人。江中血尸不断，尸毒传入滇界恐怕在所难免，否则老王爷也不会这么急地把少四王叫回来。"

"江对面是蜀界，不知镇西军派了哪位将军辖领此地？"

"对岸的蜀南府加川东道半线由镇西军云麾将军吴勋笺统管。"

"就是新安郡王吴璘的侄子吴勋笺？"

"正是。"

"眼前之事持续这么多日子了，可知他有没有什么应对的行事主张？"

镇守南宋川陕之地的吴家军，从吴玠到吴璘，再到他一族子侄，都是忠义强将，知道自己辖下出现了疫病灾难，肯定不会坐视不管。

"少四王，还是到嘎木镇再说吧，说不定在那里你能见到吴勋笺将军。有什么疑问，你们面对面相询更加了然。"徐鹏脸上闪过一丝不太自然的笑意。

"吴勋笺在嘎木镇，你是如何知道的？"

柴彬并不觉得吴勋笺在嘎木镇有什么奇怪。那镇子被龙婆江截作南北两片，分属滇蜀两地管辖。一条藤索板桥将两片相连成一镇，恰如锁链扼龙婆江之喉。龙婆江发生异常事件，将那里设为应急据点颇为恰当。柴彬奇怪的是徐鹏是如何知道吴勋笺在嘎木镇的，而且一直催着自己往嘎木镇去。他离开梁王府前往临安召回自己，之后滇蜀发生的情况应该再不知晓，除非有一条特殊的信道一直在给他传递着信息，指示他如何行事。

"先不急着走，我要下去看看那些怪异浮尸。"柴彬话说完人已跳落马下，弓腿侧身沿坡面往江边石滩滑步而下。

"不可！"徐鹏阻拦不及，只能和柴彬的几个贴身护卫紧跟柴彬往江边而去。才踏上石滩，徐鹏便抽出腰刀，拿出如临大敌的架势。

"不至于，就是一堆尸体而已。"柴彬轻蔑地瞄了一眼徐鹏。

"不不，少四王，千万当心，少正王当初也是大意才出的事。你们都注意了，越是血肉模糊的尸体越可能未曾死绝，手里有长兵刃的在少四王前面护着一点。"

这话一说，立刻有忠心的护卫提长枪要抢在柴彬前面。柴彬顺手把长枪夺了过去："你们护着不如我自己护着，我去近前看两眼，你们就这里等着。"说着话，柴彬手握长枪尾端继续往前，从容间不失谨慎。

离尸堆还有四五步的样子，后面徐鹏又在喊："少四王，快回来吧。你要再出些什么事情，我们回去可没法交代。"

柴彬停住了脚步，想是被徐鹏劝住了，手里的长枪却探向了尸堆，在浮尸碎肉中翻挑起来。

原本就触目惊心的一幅景象，因柴彬这番翻挑又平添了几分恶心。好在尸堆中不曾有哪具破碎尸体跳出来咬柴彬，柴彬的翻挑也很快停止。及时停止可能是他自己恶心得翻不下去了，也可能是他已经弄清楚想知道的情况。

"立刻传令磨镜塬，调前三营兵马防守龙婆江一线，通知沿江卜合部、独龙部和鹿族的首领，协助防守。所有沿江居住百姓必须远离江边，不得饮用龙婆江江水。"柴彬说完，自有人立刻纵马传讯。

"防守龙婆江，少四王是否发现什么杀伐预兆了？通知百姓不饮用江水倒是不必。这条江涨时浑、静时浊，饮马饮牛都不用此水，只偶尔洗刷重垢物件。"徐鹏言语啰唆，实际是想问前面的问题。

柴彬没有回答徐鹏的疑问，扔掉沾满血污的长枪，翻身上马，然后平静地说道："现在可以去嘎木镇了。"

柴彬前往嘎木镇，是要和吴勋笺见一面。徐鹏领着自己往那里去，应该是受到什么密令指使。如果密令是梁王府发出的，那在情理之中，却在意料之外，让自己去见一个人为何要瞒着自己？如果密令来自其他什么人，那就太可怕了。徐鹏负责梁王府内外安全，要是被其他什么人控制，随时都可以给梁王府造成灭门之灾。所以柴彬无论如何都要顺着徐鹏的意思走一趟的，探探这其中到底有什么利害关系。

另外翻看过龙婆江中浮尸碎肉后，柴彬也觉得真有必要和吴勋笺接触一下。他想知道川南出现如此怪异之事，吴勋笺是如何应对的，现在又在具体干些什么。

徐鹏的话并不准，吴勋笺没在嘎木镇，而是在凉笠岔。这是龙婆江南岸通往嘎木镇必经的一个岔道口，因周围树冠伸张如斗笠遮蔽整个道口而得名。

这情形有些奇怪，吴勋笺一个统辖一方的军事首领，没有在自己的辖区内做急需做的事情，却跑到梁王府的地盘，并在半路上拦住梁王府的少四王爷。

南宋时川陕吴家军多出将才，且忠心大宋。从吴玠到吴璘兄弟二人，再到第二代的子侄，都是文武全才，抗金战役屡建功业，川陕地界全靠他吴家守护，以至于蜀地偏僻地方的百姓只知吴家而不知大宋。

吴家二代子侄中以吴璘之子吴挺最为出色，文韬武略不输其伯其父。吴勋笺在众子侄中只能算建树平平，但心思善变、想法独特，擅长组织和指挥特殊地域的游击战。北面抗金都是大范围直面对抗，不能发挥他的特长，而川南地形奇诡复杂，山贼匪盗善藏善跑。以往官兵作战始终处于找不到、剿不尽的尴尬状况，自从吴勋笺辖统川南后，短短一年多就再无匪盗为乱。

吴勋笺生得颇为胖大，胸阔腰圆背厚，微微下挂的腮帮肉，把一双滴溜转的小圆眼睛衬托得更加活泛。他骑着一匹并不高大的蜀地小马，显得很不协调。幸亏他今天着的是便装，要是着全套盔甲装备，会很让人为马的承重力而担忧。

吴勋笺着便装，应该是向柴彬表明自己此来是拜会友邻，身不携利，这样见面说话才方便。

双方见面寒暄一番，客气得连他们自己都觉得太假模假式。寒暄过后，吴勋笺倒是直入正题："柴将军私离临安可是惹下了大祸事，皇上龙颜震怒，已下旨在各处关隘州府拦截于你。"说这话时，吴勋笺的脸色阴沉下来。

"吴将军如此急切地见我，是好奇各处关隘州府为何没有截下我，还是想试试自己能不能把我截下？"柴彬一副不屑的样子。

"嘿嘿，我才不会那么自讨没趣。梁王府祖上本就是坐天下的，这天下当然走得。能一路回到滇地不遇拦截，那是梁王府已经把势力布设到边边角角了。"吴勋笺的笑声有些像夜隼鸣叫。

"吴将军这话可说不得，说者无心易生误会，听者有心莫名就能给梁王府扣个企图谋反的黑锅。"

"也不能叫谋反，这天下本就是赵家抢了柴家的，柴家再要拿回去那得叫正本清源。"

"哈哈哈，吴将军与我今日乃初见，说如此大逆的言语是要试探在下吗？"柴彬心里觉得蹊跷，吴勋笺句句话都是在把他往夺取大宋天下的路子上引。

"如今蜀地怪疫横行，得病者最终都成了残尸碎肉。梁王府如果借此机会出兵川南，一路无兵无将能够阻挡，然后再从临荆、烟重津、楚西谷三路进军，可直逼临安。"吴勋笺并不回答柴彬的问题，只管说自己的。

"川南不是你所辖吗？怎么会无兵无将？"

"疫疾蔓延，军中亦损失惨重，前面江流转折处你应该看到了，无征无战折损许多兵将。太平年间死亡那么多百姓，军规、吏法都不能轻饶了我，所以我愿意与梁王府合作，倾余下兵力助将军反攻临安，这也是给我自己解难消祸。"

"呵呵，这话一说，我已然百分百确定吴将军是在试探我、调侃我了，刚刚在江边我确实见到许多碎肉浮尸，似乎与将军所述有极大差距。"

"什么差距？"

"所有尸体没有一个着军服的，也就是说你辖下未损一兵一卒。实力未损，偏偏怂恿我起兵造乱，你必是试探。"

"唉，有苦难言啊。我擅长游击，日常都将兵卒乔装成普通百姓样，以便诱袭贼匪。在此次病疫中，大批病死者都是我辖下兵卒。柴将军若是看得仔细，应该发现浮尸多为男性。"

"若真如此，吴将军让我起兵入川南，岂不是要我的人马也都损于疫疾？除非将军告知我应对疫疾的方法，那我倒是可以试着劝动我父王出兵东进。"

"有应对疫疾之法便出兵，也就是说梁王府始终没丢弃重掌天下的心念，这一点我果然没有猜错。不过目前真没有应对之法，唯有尽量躲避不受毒侵。而这恰恰是我提议梁王府出兵的契机，若让此无法可治的疫疾传入大宋腹地，不战便垂手可得天下。即便大宋兵力强悍一时难灭，有疫疾阻挡，其兵力亦不敢进入滇蜀，我们无须重兵就能自保。"

"那么吴将军驻扎嘎木镇是为了什么？不会就为等我吧？"

"首要之事是加强控制，不让疫疾进一步蔓延。等候柴将军也是关键，否则我也不会特地跑到这里来。就是怕你不往嘎木镇去，我便错失与将军见面的机会。梁王府如今能帮老王爷拿主意的就只有将军你了，我将道理与你说透，将军自然比我思虑得更加周密。"

柴彬眉头微微拧紧，这个吴勋笺他真的看不懂。龙婆江在很久之前就出现浮尸碎肉，按时间推断，这里本该尸堆如山，堵塞水道。但是这种情况没有出现，因为浮尸碎肉最终会化成血水随江流走的。血水染江，江水也会传播疫疾之毒。

这一点，吴勋笺应该是知道的，但之前并没有与梁王府互通任何信息，其用心应该是想让疫疾往滇地蔓延。一旦梁王府实力有损，与他合作的可能性反而会更高。也不排除梁王府实力大损之后，他入滇取代梁王府，据多江之壑、万山之障自成一方霸主。

总而言之，吴勋笺这人心机险恶，非可交往之人。即便今日与柴彬见面的所有谈话，他也可以说成是自己对梁王府的试探。而柴彬现在是朝廷缉拿之人，吴勋笺所说出兵之事又是把自己放在从属位置。这些都是他可以用自圆其说撇清自己的预设条件。

"谋事不在路上说，杀机不在市中露。将军今天可是犯了大忌，看来确实是被形势所逼。联兵提议我且记下了，回去后与父王一同斟酌。在下近家情切，就此别过。"柴彬说完话打马就走，是急于摆脱吴勋笺。

吴勋笺拉缰绳把小川马往旁边让开一些，待柴彬带人跑过之后，他撇着嘴嘟囔一句："无事不谋事，不逼无杀机，你很快就会回复我的提议的。"

石打洞

商道老路，废弃客栈，凹洞里被夜鸟惊叫吓醒的人们心惊肉跳地盯着粗木栅外面的黑暗，构想着各种怪兽扑出黑暗撞破木栅的情形，每一根神经都被恐惧刮磨得更加清醒。

随即而来的又一声惊叫不在木栅外面，而在凹洞里面，在所有人的身边。

众人将目光聚集到惊叫发出的位置，那里是嘴巴一直在嚼吧食物的石榴。他发出惊叫的声音，把嘴巴里的食物都喷了出来，没了食物的嘴巴惊讶地大张着。

"怎么了？"袁不毂问一句。

"不对，这洞壁不对。"石榴脸上的肉在微微颤抖。

"怎么不对？直说。"身处危机四伏的境地，莫鼎力总是要求身边人以最快、最直接的方式相互交流。

"这下面的一排孔洞不是天然的，也不是人工钻凿的。"石榴这么一说，大家才注意石壁的最下方有巴掌宽的一排孔洞。这孔洞之前其实已经有人看到，却没有当回事，山石上有些孔洞、石缝非常正常，唯一需要担心的就是其中是否藏有什么毒虫蛇蝎。

但石榴是石匠出身，之前篝火摇晃看得不是太清。现在坐在孔洞前，手再一摸，他马上觉出不对了。

"那你觉得是什么原因形成的？"莫鼎力需要最准确的结论。

"从手感上判断，很像是什么东西啃出来的。"石榴给出的结论很吓人。如此坚固的山石，那得是什么样的牙齿、什么样的咬合力才能啃出来。

"这下面一排都是孔洞，啃出孔洞的东西是成群成片的。"石榴补充的结论，给大家被恐惧压抑得透不过气的胸口又添了块石头。

"有可能，吊架上的死人开始或许就是为了躲避这样一群东西。"袁不豰觉得有些情况开始对应上了。

"那么这里会不会是那群东西的窝穴？否则啃出这样的孔洞干吗？"杜字甲说完这话后自己抢先从地上蹦了起来，好像生怕什么咬了他屁股一样。

"这孔洞边缘齿痕圆滑，就仿佛啃咬时石头是酥软的。而世上人兽正常齿力是无法咬动石头的，所以孔洞更可能是溶解而成，啃咬只是乘着溶解时石质酥软进行的扩挖行动。能将山石溶得酥软，必然是极为厉害的毒腐之物。"舒九儿轻轻说出自己见解，这又是个让人不寒而栗的结论。

可使石头酥软的毒腐之物，要是人碰上，真的是难以想象。而这样厉害的毒腐之物会不会与毒变人有着某种联系？

辛苦走了好多天，貌似摸到点与毒变人所中疫毒有关的细枝末节，算不上什么幸运，而是开始遇到难题。如果舒九儿说的都是正确的，那么这毒源不仅危险异常，而且还会移动，去向和位置难以捉摸。

"此处不能久留，我们必须连夜赶路。"袁不豰眉头一竖，做出决定。

"我们出来就是找疫毒源头的。这里出现过毒腐之物，而且杜先生也说这里有可能是怪异东西的巢穴，那我们为何不就在这里等待它再次出现？"发现石壁异常的是石榴，对离开这里提出异议的也是石榴。

"毒腐之物出现后，你有把握应付吗？那些挂在吊架上的死人已经告诉我们了，大片的移动物一点都不能碰触。另外，还有可能会有拿着弓箭杀人的人和那些移动物在一起，这些你都能应付？"袁不豰回道。

"那我们继续往前是要找什么？"死鱼倒不是帮着石榴说话，而是觉得现在退回华蓥三城更加妥当。

"还记得我们在铜钱湖遇到的杀虎蝠吗？它们巢穴的附近就有可以烧死它们的焰火松。天地之间万物平衡，有奇毒处必有解毒之物。我们往前就是要找寻解毒之物。"袁不豰边说边用眼睛瞟舒九儿，他并不知道自己的说法是否正确。

舒九儿嘴角一翘展露个明媚的笑颜，是对袁不觳所说的肯定："的确如此，有奇毒处必有解毒物。要想确定毒变人是怎么回事，并找到治疗疫毒的办法，我们便必须找到源头。至于为何要继续往前走，是因为这里不是源头。原先的商道，曾经的客栈，凹洞中无草无苔，更无可食之物，毒物绝不可能以此为巢穴。"

石榴可能着实被吓到了，仍是不愿摸黑继续往前："那这里怎么会出现这些洞穴？总不会是怪异毒物没事钻些孔洞玩吧？"

舒九儿没有马上回答，而是伸手从篝火堆上拿一根燃着的枝杈，在凹洞内外地面上细看一下。她医术高明，不仅对人体了解，对动物也了解。通过一些别人不以为意的痕迹，她可以推断出眼睛看不到的情况。

"我是一个医官，不会六扇门寻迹辨痕的一套。但是根据石上孔洞以及周围痕迹，我推断这些是怪异毒物经过时留下的痕迹。它们是在追赶什么，从石上钻洞应该是为了抄近路。"

石榴还想说什么，旁边莫鼎力抢先发话了："怪异毒物能从此处抄近路过去，就有可能再抄近路回来。我们待这儿搞不好会成了它们的夜食，还是赶紧离开，继续往前走吧。"

莫鼎力算得他们中官阶最高的，他发了话便再没什么争议，所有人都起身收拾准备连夜赶路。

"除了这条废弃商道，有没有其他什么道路可以走？"袁不觳问小糖人。

既然商道上已经出现异常，有人做搭吊架还有人被射杀，还有怪异毒物从此经过，那么这条路就不再安全，必须另找可行道路才行。

"山中道路很多，有人踏出的，有兽子踏出的，还有鬼魂踏出的。商道是人踏出的不能走，兽子踏出的估摸我们这些人也没本事走。"小糖人说的没本事走是因为兽子踏出的路需要钻爬丛林、攀崖登岭。他们这些人里除了谢天谢地兄弟俩，其他人确实都不行。"剩下就是鬼魂踏出的路了。这路我也只是大概知道个路线，自己从没走过。"

"什么是鬼魂踏出的路？"舒九儿小声地问。她是医者不信鬼神，提这问题纯粹是出于好奇。

"鬼魂踏出的路是指死去的人或消失的人原先走的路。比如曾经在此生活过的部族，曾经驻扎过的军队，如今已经灭绝或者失踪，但走过的路还留着。"杜字甲主动解释。

"此处的鬼魂路可不是什么部族军队踏出的，而是一个王国。走上这条路也就走入了鬼魂国度，能不能再出来就难说了。"小糖人的声调变得有些诡异。

"不要唬人。只要这鬼魂路是去花云坪的，你就带着我们走。"莫鼎力见小糖人故意装神弄鬼，果断发话制止。他是最迫切找到破解疫毒方法的一个，无论什么路都义无反顾。

小糖人觉出好些人看自己的眼神不对劲，再不敢装腔作势，只低声嘟囔着："走就走，出事别怪我。"

也就在这个时候，舒九儿走到袁不教旁边，凑近他耳边说了句："是钵鼠，钵鼠唾液性毒腐，可打此洞。"

袁不教不动声色地点下头，舒九儿如此低声相告就是不想声张。之前毒变人的变异之相已经与钵鼠有所联系，但仍未到将此情况告知大家的时候。因为如果真是钵鼠，恐怕会动摇军心。如果不是钵鼠，则会误导查找方向。

夜间的山林毒虫恶兽出没，必须点了大火把行进。火把上的火光扑闪摇晃，把人影、树影、山石影变幻成妖魔一般。光影之外，便是厚沉沉的黑，完全被密林覆盖着。再加上时不时传来的怪异鸟号兽啸，让人始终处于神经绷紧的恐惧状态中，感觉就像走上了一条通往地狱的道路，迫切地希望尽早走出。

路径是突然开阔的，火把的光亮一下远散开来，光线所及之处可以模糊地看出众人是到了个没有山岭相夹、林木覆盖的地方，脚下的道路也明显平坦了许多。

大家不由得松了一口气，终于从压抑的山道密林中走了出来。只有小糖人一下变得身形僵硬，阴沉沉地问一句："你们确定要走鬼魂路？前面就是入口，现在改主意还来得及。"

如果还是在压抑的密林山道中，问这句话或许会让一些人暗打退堂鼓。现在前面明明是开阔坦途，谁都不愿意重新走回让人提心吊胆的密林之中。

"石乱树密、水恶山险，是正常的蜀道。山路平坦阔绰，反倒蹊跷了。要么人为所作，要么被人所用。"杜字甲的话不无道理。一个地方正常的环境形态被打破，最大可能是人为操作的。就算是自然形成，也肯定早就被人发现并利用了。

"老先生真有见识，传说从此路进去可到达一极乐国度，因此进去过的人没一个再回来。"小糖人阴沉沉的语气让人听不出他真正想表达的意思。

"既然能去往极乐国度，你以前为何不走上一遭？"杜字甲髭须微微一抖。

"我话还没说完呢，后来又有传说，这个极乐国度的人一夜之间全部死绝。外人再要进去，必被冤魂所缠，也是没一个能回来。"

"你就是想说这地方去不得呗。"石榴撇下嘴。

"这个说法倒真是有可能的。滇蜀地界的深山恶谷之中多毒瘴之气，进入后失魂难出、中毒致死的不在少数。另外还有的乱向之地，进去后无法辨别方向寻路而出，最终累饿而死。"杜字甲说的乱向之地其实就是磁场混乱的特殊地带。川蜀位于板块断裂带上，存在磁场混乱的现象并不奇怪。

"越是诡异的地界，越有可能出现可怕疫毒，我觉得这条鬼魂路才是我们应该走的正确路径。"舒九儿发话了。如果此行的目的完全围绕寻找治疗疫毒的办法，那么她这个代君治疾的钦差说的话就等同于圣旨。

小糖人往袁不彀身边凑了凑："不去找丰姑娘救两个老爷子了？往这路上一走能不能回来就不知道了。"

袁不彀没有说话，心里很挣扎。之前小糖人让他相信了丰飞燕所托之事是真，并且按小糖人之前带领的废弃商道走，可以找到这三个人。现在要改走鬼魂道，他相当于放弃了两个老头儿。

"当务之急是要找到破解疫毒的办法，丰姑娘他们现在什么处境很难说，或许也染上疫毒。要是没有破解办法，找到他们也是白搭。"莫鼎力看出袁不彀心中的纠结，所以主动帮袁不彀做选择。刚才他坠在后面偷偷检查了下身体，胸口、丹田处有青色蛛丝纹开始扩散，这是标准的毒发初始阶段的状态，由此可以确定，他已经毫无侥幸地被毒变人传染了。

袁不彀率先往开阔的黑暗处走去。这一步迈出不仅要有足够的勇气，还需要更多的坚忍和取舍。如果不是以往在择训院、獥貐坟遭受过各种磨炼，他是无法如此决断的。

其他人跟在了袁不彀的后面。虽然有人心中非常不愿，但如果不继续跟着往前也不见得就有命回去，吊架上那一串尸体就是最有力的警示，离开队伍说不定顷刻间就会成为必死的目标。

莫鼎力反倒没有那么性急，拖在最后跟上队伍，迈步之际两枚彩凤砂做的记号已经留下。这种记号在光线照射下可以发出晶亮光泽，白天夜间都容易找到，内含的鸡骚腥还可以用犬、豚循闻寻找。前面的路必须走，回来的路也要记住，这就是莫鼎力的行事风格。

夜很快过去，天渐渐亮了。由于道路好走，袁不彀他们后半夜竟然走出了很长一段路程。天亮之后袁不彀发现，自己一直走的根沿路。所谓根沿路，就是沿连绵山岭山脚位置的最后一截坡道行走。这样既不入沟谷，又不攀高险。山脚最后一截坡道是山上雨水冲刷出的，草木难生，很是平坦，行走视线也是最好的，一路可见前面山形如页页门扇打开。

鬼魂道

　　袁不觳他们走的根沿路除了雨水冲刷痕迹，还有人为修筑的痕迹。并且这不是很久没人走过的古老道路，不久前应该就有人从此处走过，这也可以从很多痕迹中看出来。

　　"此处地理特性石松土散。山上草木密集，时间一久，处于山脚处的道路会被掩没痕迹。"杜字甲像在自言自语。

　　"杜先生说得对，从道路痕迹来看，至少是在近五六年中修整过。"旁边有个头顶无毛、只两边竖起几缕头发的带符提辖主动搭上话茬儿。

　　"如果说是鬼魂踏出的路，那这些鬼魂恐怕还在。"杜字甲这话应该是在揶揄小糖人。

　　"但是这路上所有可辨的人行痕迹都在十年以上。"搭话的带符提辖继续说道。

　　杜字甲愣住了，听到这话的人都愣住了——十年前行走的痕迹，五六年前修整的道路，细思极恐。

　　走在前面的袁不觳没有听到后面的对话。路好走，有人走过，这两点给了他很大宽慰，于是他在前面几乎没有停过步，一直领着队伍往前，直到午饭时间才稍作休息，吃了点携带的肉和水。

　　肉干硬但味道鲜美，半片就能抵一顿饭，只是吃后口干喉燥，还得用水才能顺过来。离开废弃商道后，沿路虽然有山泉、水潭，却没人敢取了喝。

按小糖人所说，这条鬼魂踏出的路他也从没走过，那么水源是否安全他也无从得知。舒九儿虽然懂得查验药理毒性，但也害怕会有见识之外的东西，不敢妄自确定水源无毒无疫。所以他们喝的都是自己带的水，而且不知前面还要走多久多远，只能尽量算计着饮用。

用午饭休息的地方有间完全倒塌的石屋，不知原来是干什么用的。或许当初这里真有一个极乐国度，石屋是出入道路上设置的驻兵卡子。

天色再次暗下来时，他们竟然看到一座石头关楼。关楼横挡在道路中间，两边连着石壁和落坡。石壁和落坡都不是很险要，身手灵活的人可以攀爬绕过。

不过袁不觳他们根本不用绕过，关楼的门早就朽坍了，直接就能进出。查看了下关楼的构造还算结实后，他们决定就在此处过夜。

"这关楼的门道修得挺宽大，可以走单匹马车。我们今晚也不要乱跑，就集中在这门道中休息，反正除了我们也没有人会从门道中通过。"虽然关楼上下有几间房，但袁不觳觉得夜间还是大家集中在一起比较好。

"也是奇怪了，我们走过的路径都是无法走马车的，这宽大门道又是给什么车子进出的？"莫鼎力看出些蹊跷。

"路游魂，路游魂是要用车子接引的。"小糖人嘀咕一句。

"你别老是魂呀鬼的瞎咋呼，这一路走来天明山青的，比你之前领的路清爽多了。要我说，你原先领的路才是鬼路。"死鱼喝止小糖人，是因为听了他的话后心里虚慌得紧。

"我没瞎咋呼，这都是老辈人传下来的话，真的假的我也不知道。你要觉得像真的就提防着点，觉得是假的就当听故事好了。"小糖人不软不硬地回损了死鱼。

死鱼不知怎么再回损小糖人，嘴巴张合两下终究没能蹦出一个字来，挂着张没趣的脸悻悻一边休息去了。

第三章 踏上鬼魂道

没人再说话，昨夜没有睡觉，今天白天又走了太远的路，即便心中忐忑也抑不住疲虫入脑，众人很快就都昏昏入睡。门道两边安排的轮哨也凝固成石像一般，并且很快也一颠颠地呈瞌睡状。

周围非常沉寂，除了火堆跳跃的火光和松枝燃烧后偶尔发出的爆响，其他所有的一切都像死去了一样，这和前一天的夜间完全不同——前一天夜间是各种怪异声音不时爆出带来惊吓，而今天夜间即便有要命的东西来到身边也不会发出一点声响。那要命的东西就像一片可以在山上随意流淌的黑水，又像是乌云遮蔽月光后在大地上移动的阴影。

袁不毂他们要是不在关楼处休息，而是再往前绕过一处山弯，就能清楚地看到一个跳跃的火堆，火堆也在鬼魂踏出的道路上。火堆边的如果是人，那他们已经抢在了袁不毂的前面。但是袁不毂他们一路过来并没有发现刚刚有人走过的痕迹，那这火堆旁边的又会是什么呢？

不管火堆边的是什么，那像黑水又像阴影的要命东西已经围了过去。

临安城中，捉奇司内，铁耙子王赵仲珥坐在书案前，捏着一把红沿金花的玉瓷勺，面前摆着一碗蜂蜜红豆莲子羹。但那勺子自始至终都未碰那汤羹一下，而是被夹在手指间不停地转动摆弄着。

赵仲珥正在等待勘验消息。成长流死了有些日子，尸体一直存放在大理寺封证监里。尸体放封证监是要用药物封闭防腐的，但是会因此脱水干燥、蜷缩变形，最终也就留下个大概的尸形，要想再从其身上找出什么证据基本上是没有可能了。

赵仲珥过了这么些天又让捉奇司中的勘验高手前去勘验尸体，并非要找出什么证据。他只是想再次确认成长流的确是死了，或者说那具尸体的确是成长流。

铁耙子王最近一直有些心神不宁。上一回捉奇司差点都被人闯入，让他意识到有很多暗藏的组织手段、实力都不在捉奇司之下。而刚刚从两河忠义社传来的消息更是让他百思不得其解，上回被自己用另一队虚幌子诱走的"死过卒"，确切的死因竟然是被十八神射所杀。

死人复活了，还是鬼魂在作祟？想到死人复活，赵仲珥不可避免地就会想到成长流。根据之前报上的獀貐坟冒险经过，这成长流短短时间内就两次诈死，治水高手水性都极好，水性极好者闭气装死算得一项专长。当然，要像成长流那样诈死仅会闭气是不成的。他一次是在遭遇攻袭之时装死，这必须要有足够的定力才行。另一次是在面具人弓箭折磨之下诈死，这除了定力还需要有超人的忍受力。

等得无聊的赵仲珥唤李诚罡来陪自己聊天解闷，李诚罡还没进到内堂，那边勘验的报告就已经到了。

报告来得如此之快是因为根本没什么好验的，看几眼就能确定尸体仍是死的，死的仍是成长流，没有任何变化和意外。

"王爷，你是生怕那成长流再次诈死？这肯定不会的，尸体进了封证监，药物封闭之后成了人干一样，就算是诈死也得给折腾死。"李诚罡进来时正好听到勘验的汇报。

"李大人，我不仅想知道成长流是不是真的死了，还想确认成长流之前的两次诈死确实是成功的。"

"查他成功诈死又能说明什么？"

"他能成功别人也就能成功。"

"王爷的意思是……"

"孟和，华舫埠他落入西湖踪迹不见，随后却在处州出现，这算是一次成功诈死。在处州争夺石牌之后，他被毕再遇射中一箭，之后带箭入瓯江赴死，这赴死为何不会是再次诈死？"

"这么一说，倒真是和成长流如出一辙。"李诚罡由衷佩服赵仲珥的缜密思路和详尽推理。

"吏部不是查不到孟和的真实来历吗？你让我们的人暗中从水门水派去查，孟和能两次带伤从水路遁走，出身来历定与水门水派有关。"

李诚罡连连点头，却没马上按吩咐去做。他觉得赵仲珥应该还有更深一步的安排。

"另外，将这一信息想办法透露给处州的范成大，看他接下来会怎么做。"

"我明白。"李诚罡觉得这才是赵仲珥的高妙之处，将一个可利用条件尽量用到极致。

就在这时，外面有从酌急堂直接转给铁耙子王的信件送进来："报，有处州范成大密送王爷的信件。"

"范成大？"赵仲珥菩萨般的笑意凝固了，眉角轻挑下，说道，"看来这次又被人家赶在前面了。"

赵仲珥的判断没有错，范成大密送过来的那份信件说的正是孟和之事，其中细析孟和有之前西湖落水未死先例，所以瓯江自溺恐怕也是借水脱身的招数。能在受伤之后借西湖、瓯江遁形而走，说明孟和熟知水性水理，应从世上精通水上本事的门派查找其来历和下落，揭开华舫埠血案真相。

"这范成大倒是个懂得情理的人，领得之前王爷给他连提三级恩情，一有发现第一时间便发密信到捉奇司。"李诚罡看过密信后，轻声说道。

"未必呀！"

"未必？也对，小小梁王柴彬私离临安，范成大如今没了这路子的倚仗，这才主动往捉奇司贴靠。"李诚罡反应很快，就像脑子里早就盘算到这一点似的。

赵仲珥摇摇头："也是未必，他要与柴彬勾搭密切那又何必谏其降职，再奏请调他去处州？如此出尔反尔之事，朝堂官员有谁会做？更何况柴彬私离临安之后，自己处境微妙，更深悉朝事谨慎。若非不得已，断不会如此行事。"

"王爷意思是说，柴彬是被人所逼才会这样对待范成大的？可这世上能逼迫小小梁王做违心之事的可没几个人啊。"

"是不多，那范成大算得一个。"

"范成大能逼迫柴彬？"

"范成大原先在枢密院中执事，能看到各用兵枢纽传送回来的信息，特别是一些地方的兵马异动，也都在枢密院掌控之中。在这位置上，难保不会拿捏到滇地梁王府或真或假的一些把柄。"

"以所获把柄要求柴彬谏奏皇上降自己的职，然后再按照他的意愿调任处州。处州是陶礼净家乡，也是方七佛曾经安置家眷亲人的地方。这份辗转可是意味深长啊。"李诚罡很快就将各种要点联系上了。

"华舫埠血案中有一批从宫中流出的东西不知去向，至今未曾查出到底是什么东西。为什么查不出？是因为那些都是不曾记录在册的东西。比如皇都南移时带的些老旧无用物品，或是以往奏折文本，只在需用时才做翻阅查证。这些东西里或许就有陶礼净的记载和呈报，或者是类似于陶礼净事件的其他记载和呈报。所以范成大才宁愿想方设法降职外调，前往处州，因为他觉得拿了那批东西的人最终会去往处州。"

"可他又何必此时再给捉奇司传这份密信？"

"他要不传这封密信，那真是走到我们前面了，我们暗中给他透露信息的做法反会被他利用了牵着我们走。传了这封密信，却是弄巧成拙，将我们往旁路上引的意图昭然若揭。范成大心机盘度确实高深，只是急了一点，稍快了半步。"

"王爷这话我没明白。"李诚罡实话实说，这回仓促间他真没能把思路掉转过来。

"范成大不惜拿捏把柄让柴彬给他降职，并调任处州，其目的不是为了孟和。十莲巷事发之后，他追查的重点应该是在破损的第三块石刻，而不是孟和。他给捉奇司传来孟和的消息，是要把我们的视线往其他方向引诱，从而放弃真正的追查方向。"

"真正的追查方向应该是华舫埠的真凶，用各种武器杀死很多人的人，也就是带走宫中流出物品的那个人。根据两河忠义社传来的信息，他们的人在十莲巷见到过杀人真凶，是个浑身上下都用黑衣黑笠罩住的黑袍客。"李诚罡说得非常肯定。

"不一定，杀死很多人的人并不一定就是达到目的的人，拿走了很多东西可能还不如一块破碎石刻有价值。"

"那么，应该追查带走第三块石刻的那个人了？"

赵仲珥微微一笑："追查黑袍客也没错。如果我推断不错的话，当他们发现自己夺取的东西不具备价值时，马上就会追踪带走第三块石刻的那个人。所以，盯住黑袍客也就盯住了第三块石刻。"

"那么，孟和这条线就不用管了？"

"不，这条线原本就是要查的，现在更要摆出个态度出来查，让范成大知道我们很重视他提供的线索。嗯，就派丁天去做这事情。丁天一动，禁军和羽林卫那边都会知道。随后肯定会有更多关心捉奇司的人知道。"

"可是黑袍客又在哪里呢？"

"不知道，但是在该出现的地方他肯定会出现。"赵仲珥的话说得颇为玄妙，本是信息落后于别人的他似乎重又掌控了主动。

处州之事的推进赵仲珥落后了别人许多，却又因为一封自作聪明的密信翻盘，重新找到契机掌控局面。有些东西他无法掌握，比如说黑袍客能不能发现自己夺取的东西不具备价值，然后转而去追踪第三块石刻；或者他夺取的东西本就具有很大价值，根本无须去追踪第三块石刻。

察车痕

袁不觳在鬼魂路上同样落后于别人，却没有什么人或迹象来提醒他。即便第二天经过夜间出现火堆的地方，也都没有任何异常痕迹引起他们的注意。

不过从第二天下午开始，他们有些相信小糖人的话了，这条路真像是通往什么国度的。因为一路上经过了多个废弃的关卡，关卡虽然简陋，却都重石高栅、厚壁强栏，完全具备所在山道地形的封锁防御作用，其中一些只要稍加修整应该还能使用。

"你们瞧出不对了吗？"莫鼎力忽然皱起眉头。

"什么不对？"袁不觳赶紧问道。

"注意看下这些关卡栅栏的蒺藜、墙钉，虽然锈得就剩尾桩，但仍可看出是朝内侧设置的。再细想一下昨晚休息的关楼，坍倒的门页枢槽也是朝内关合的。"

"这些关卡、关楼竟然是防止里面的人跑出，并非防御外面人的侵入？"袁不觳觉得有些难以置信，细看面前关卡栅栏又确实如此。

"传说中的王国竟然是许进不许出的，难怪走上这条鬼魂道的人没一个能回去的。"小糖人也很惊奇，因为各种传说都未提到过这个情况。

"还有一个不对。不管关楼还是关卡，门道都是足够行车的。如果无车可行，这样的设置其实不利于防御。如果有车可行，那么我们刚开始进入的路段连人和马匹走着都艰难，又怎么行得了车？"有时候疑惑也是挑一点牵一串的，莫鼎力灵光一闪又提出个反常现象。

"这个倒好解释，应该是除了我们走入的路径，还有其他可以走车子的路径。"石榴憨人憨话，却是一语中的。

袁不觳脸上闪过一丝痛苦的表情，是羞愧和懊恼所致。这一路过来，他始终小心观察周边环境，却没有瞄到一条可以行车的路径。虽然这种路径的口子是会被巧妙掩藏的，但对他走山瞄路的自信仍是一种打击。

"是我走眼了。"袁不觳带着些自责，"路上我没瞄到其他岔道。"

"此处山水林密石叠，行车之道再刻意掩盖，要想瞄到谈何容易？试想运兵道都非一般人可以找到的，更何况通往秘界之路。"莫鼎力不是安慰袁不觳，而是实话实说，他自己在烟重津就曾迷路难行。

"我们走进来的口子倒是很好辨认。"石榴插了句嘴。

"我们走进的口子要没人领着也是不好辨认的。看着是开阔之处，其实越是开阔越难从中择一线而进。"杜字甲纠正了石榴的说法。

天下风水两大派，形胜和理气——形胜须足走天下，以实际形势定祥脉吉地；理气则坐看遁盘，运阴阳五行天干地支等玄理定祥脉吉地。发展到宋代，理气一派盛行，少有人学用形胜。杜字甲偏偏不跟风、不从众，传承的是形胜一派。所以他足走天下，什么样的地理地势都曾见过，对于寻路、择线的难易道理多有了解。

"但是我们都疏忽了一件事，就是只看人迹未查车痕。能走车的路，并非什么人都像我们这样步行而入，有人或许是驾车而入。"莫鼎力说道。

"有这可能吗？"袁不觳觉得有些不可思议。这路是通往无人敢入的秘界，自己这些人已经是冒险而行。谁又会驾车而行？而且还能找到车辆可入的道口。

"我们当中也没谁是善辨车痕的高手。"石榴又憨憨地插句嘴。

"当然有了，我们这里有人辨别骡马车辆痕迹胜过辨别人的痕迹。"莫鼎力的语气很肯定。

"谁？"石榴问。

没等莫鼎力回答，袁不觳的眼睛已经转向了小糖人。是的，小糖人是个山中贼，专门盗取过往商队货物。这种盗取方式需要选择妥当的时机和位置，所以必须紧跟商队，等待最佳机会出现。而要想在深山密林中盯住商队不放，没有辨别车马痕迹的高超本事肯定是不行的。

"你是没有发现什么，还是发现了什么但没有说？这里真有接送路游魂的车辆吗？"袁不毂正对小糖人，用很平静的语气问道。他知道很多时候威吓是问不出真话的，不露声色的询问反而会让对方心中没底，不敢谎言搪塞。

小糖人毫不慌乱，凑近袁不毂低声道："我发现了车痕，而且是……"

袁不毂退后一步，避开小糖人的凑近："有话大家听，拼着命走同一条道的人相互间不用隐瞒什么。"

莫鼎力脸上闪过一丝尴尬，这话好像是针对他的。他染上疫毒却掩而不告，是有可能给这个团体带来威胁的。不过看看杜字甲和杜字甲手下的那些人，也都在打着自己的算盘，他不由得又理所当然地放下了那份负疚。

小糖人圆脑袋一甩，提高声音："我的确发现了车痕，车辕包铁每三寸二下钉，左轮轴销后辐条对正位少一钉。车子辕距加宽，正好压在道路两边的草丛中。山道边野草偶有压折很是正常，往往会被误以为是兽子行迹。"过去的车轮没有轮胎，是在木制构架外面包钉铁条才能久行。

"你之前见过这车？"袁不毂追问道。能把细节说得如此到位，看来小糖人不仅见过车痕，还见过车。

"这正是两位老爷子坐的车，不知怎么会跑进这条道的。估计我要娶的那婆姨也跟到这里了。"

又是丰飞燕，又是袁老爹和老弦子，袁不毂有种被别人牵着鼻子走的感觉。更加难受的是自己不知道会被牵到哪里去，又会有怎样的套子在等着自己。

"你说丰姑娘约好会留下记号的，你有没有见到？"袁不毂突然问到这个，并非刚刚想到，而是留着在一个合适时机当作撬开小糖人虚壳的撬棒。因为他始终没有说过丰飞燕留下什么记号，而就算袁不毂也很难想到丰飞燕会留下什么样的记号。

"她没告诉我留什么记号，我怎么可能看到？丰姑娘说，她的记号袁大人自会认得的。"小糖人一句话回转得滚圆溜滑，袁不觳的撬棒全无着力之处。

"能找到车子已是不错，我们找到丰姑娘，先把两位老人救了。"石榴的话看似讲义气，细想又觉得他可能是对疫毒源头所在的秘界心存惧意。

"车子或许还是那车子，车子上的人却不见得是原来的人。能瞧出这车子过去多久了吗？凭我们步行能否赶上？"莫鼎力句句都在要点上。

"草折处仍有草液，痕沿与痕底土质湿润程度相近。这车子过去最多两个时辰。"小糖人竟然能够通过车痕推断车子过去的时间。

"那车子是什么牲口拉的？"杜字甲问这话之前有一个带符提辖与他耳语两句，应该是那带符提辖的疑问通过杜字甲问出口的。

"是蜀地特产的矮马，最擅长山地长行，落足轻，足点小，会寻偏僻处便溺。即便有些许痕迹留下，也像车痕一样会被误以为是过路兽子。"小糖人的解释面面俱到、毫无破绽。

"如果是这样，今晚我们不急着落脚歇息，多往前赶半夜辰光，看能不能追上前面那辆车。"莫鼎力的提议没人反对，大家其实都想证实一下到底有没有小糖人说的这辆车。

"有个情形不太正常。根据疫毒蔓延规律，在往疫毒根源地去的路上应该发现更多毒变人或陈尸，可我们现在越走越清爽，完全不像往毒源去的路径。要是再有一日还是同样情形，那我们可能就要重找路径走其他方向了。"舒九儿所说的虽然是实情，是将治疗疫毒放在第一位，但有些不近人情，会让人误会她是不想去寻丰飞燕、解救两个老爷子。

夜幕降临之后又走了一个多时辰，袁不觳他们就追上了前面的车子。那车子真的是宽辕大车，静静地停在那里把整个路面占满，车上坐满了人；拉车的也真的是川地矮马。

最先靠近车辆的是莫鼎力和杜字甲带来的刽子手侍卫。这两个人江湖道道见得多，身手好、反应快，前面这辆车要是人家下的什么套子，他们有能力及时发觉并快速躲闪。

车很静、人很静、马很静。当看清车上的情形后，两个老江湖吓得心脏"咚咚"作响。

车上的人都死了，马也死了。这都不吓人，吓人的是人和马的死相。所有死尸肤色呈深灰色，保持着幅度很小的挣扎姿势，脸上竟然还带着一丝笑意，就像诡异的雕塑。这情形应该是临死时的感觉很舒服，心里清楚知道自己将死必须挣扎，但挣扎又是无力的、无用的，最终只能逐渐凝固动作死去。

很庆幸的是，死人中没有丰飞燕和两个老爷子。而小糖人一眼就能确定，这不是两个老头儿乘坐的那辆马车，连车辕上的特殊记号都不用看。

"他们是中毒而死，一种奇怪的毒，是我从未见过的。"舒九儿的脸色很难看，这些天来她遇到的都是自己未知难解的疫症和毒质，心中压力可想而知。

"我听说有种怪异钵鼠杀人，死者是会面带笑意的？"杜字甲竟然也知道钵鼠。在华蓥三城牢狱门前舒九儿提到钵鼠时他并不在旁边，此时能想到钵鼠并点到其特点，应该与见识广博无关，而是来蜀地前做足了功课。

"是像钵鼠所为。钵鼠呵气带毒，中者被麻醉，是面带微笑做极舒服状，又下意识地想挣扎。"舒九儿同意杜字甲的说法，但明显话未说完。

"钵鼠群体居行，多的话可如水面漫过。之前吊架上的死人样子就像是在躲避钵鼠。另外钵鼠擅长钻山打洞，就是不知它们能否啃动山石。如果能的话，废弃驿站石壁下面的那些洞也可能是它们所钻。"杜字甲把之前的一些情况关联上了。

"夜袭华蓥三城的毒变人也是变成个老鼠样，会不会就是中的钵鼠的毒？"死鱼也像突然想明白了许多。

"但是据我所知，中钵鼠毒的人肤色不会变，和常人无异。而且钵鼠之毒不会直接致死，而是在中毒者被麻醉不能动后，小口咬取皮肉为食，死者外相如同受过剐刑。"舒九儿把没说完的话说完，用两个非常明显的特点否定了杜字甲的猜测。至于死鱼的猜测，她没有反驳，是因为那也是她的猜测。

"这车不是的，丰姑娘盯住的车应该还在前面，我们再往前赶一赶，说不定很快就能追上。"小糖人并不关心什么老鼠，只想着找到丰飞燕。

"今夜还是算了吧，我们应该往后退一段距离找安全地方过夜。"莫鼎力虽然急于找到治愈疫毒的方法，但该有的理智和原则没有丧失，面前的死尸是个警示，好走的路有时比艰难的路更加危险。现在不仅不能继续往前去了，就连这车子附近也不安全，杀死他们的毒物可能就在附近，退回一段距离才是正确选择。

袁不觳始终没有说话，而是仔细查看了下车子。这是一辆坑车，也有叫炉车的，是专门载人用的。车子中间有一方槽可放泥炉，车座周围还有麻布帘子。这种设计可以取暖去湿，是过去偏远湿寒地界常用的车辆。

"难怪我们一路没有发现人的痕迹，车上的人根本就不下车，夜间也是在车上点火休息，只有到了特定的地方才解手方便、清理炉灰，估计也是矮马便溺的地方。不熟悉此处地形特点和矮马习性的很难发现。"袁不觳边看边自语着。

"这车子江南一带倒是不多见。"舒九儿再次查看尸体时顺带也看了下车子。

"对了！"袁不觳猛然回头喝问小糖人，"你告诉我，两个老爷子乘坐的车子是不是这样的？"

小糖人一下愣住，竟然不知道该如何回答。

这个问题确实不太好回答。如果说两个老头儿乘坐的不是坑车，那么肯定会在沿路什么地方留下痕迹。如果说他们乘坐的是坑车，那么小糖人就又自相矛盾了。因为他之前是说两个老头儿连人带车给歹徒绑了，那么他记住特征的车子应该是临安那边的车子。而临安没有这种坑车，又怎么会一路不留其他痕迹呢？

驱血尸

小小梁王柴彬没有回平南城，到磨镜塬便落了脚。而且这一落脚就是两天，丝毫没有要回梁王府的意思。两天里他就写了两封短笺让人送出，也不知道是不是送回梁王府的。其余时间他都靠在榻上似睡非睡，连房门都没出过几回。

徐鹏实在憋不住了，趁着往柴彬房里送晚饭的机会开口催促："将军，离家没几步了，半天就能到。我们还是先回府吧，让家里人放心。嗯，再有吴勋笺提的事情，你不是还要和老王爷商量吗？"

"啊，不急不急，这么多年都没回家了，也不赶早这半天。我父王不是也染上疫毒了吗？现在清醒不清醒都不知道，所以吴勋笺那事情不用商量，我就能做主。"

"你做主？"徐鹏一脸疑惑。

"对呀，而且我已经在做主了。"

"你已经在做主？"徐鹏更加莫名其妙。

"你没见我在等吗？他提的那事情如何去做只需一个'等'字。等到该动的人都动了，我们再伺机而动。"柴彬露出一丝高深莫测的笑意。

"我们不动，又有谁是该动的？"

"哈哈哈，那可多了。这滇蜀两界四面，有五国两府三十九部，哪个不是虎视眈眈做伺肉状？更多想捞勺羹汤的，可能早就暗中耸动了。"柴彬里斜瞥徐鹏一眼。

徐鹏没有注意到这一眼，他的心里正难受着，听不懂话里意思很难受，搞不清别人意图也难受，不知自己该怎么办更难受。

嘎木镇阴雨霏霏，虽然只是细密的小雨，一夜过后龙婆江江水依旧暴涨许多，滚滚浊浪盘旋冲撞，就像一条开始狂躁的恶龙，随时都会挣脱连绵山峦的夹挟，腾空而去。

吴勋笺站在嘎木镇北桥头下的石阶上，离着龙婆江江面很近，近得可以看到随混浊江水流走的破碎尸块。他皱眉凝目，却没在看面前这条混江。在他的心里有着另外一条混浊的江，翻滚激荡得更加凶猛。而他现在最需要做的是把心里这条混江引导到合适的地方。

中营参将郑必文悄悄走到吴勋笺身后："将军，东线来报，血尸未能冲过华銮三城，疫况仍在我们控制之中。虽然折损不少兵卒和百姓，但镇西军大人那边当念我们尽心竭力封堵蔓延，应该不会大加责罚。"

吴勋笺微微摇头，他担心的不是这个。天灾疫症的罪责有当地众多官员担着，压不到他这军中长官头上。如果要说他真的有什么差池，那就是自己行事太急不够谨慎，没锁住目标不说，还把毒引子漏了出来。现在疫毒蔓延开来，连临安那边都已经惊动了，就算能掩住也已有了极大影响，生生把眼睛都惹盯住自己。这局面万分尴尬，让筹划许久的大计悬在了半空——动，未到火候；不动，又怕已经露底。

"鹤翔、骏突、天武那几营人马到了哪里？"吴勋笺问。

"鹤翔营过楚西河后才入运兵道，至今都未曾露面。"

"楚西运兵道入蜀，按北兵走山速度，现在大概是在惠阳谷，没到露面的时候。"吴勋笺对运兵道非常熟悉，这也难怪，蜀地一带运兵道大多是他吴家军掌控。

"骏突营未入运兵道，扎营遗子坡。"

"这位置是封了东进夹道，又可与华蓥三城、勒流城、云头寨遥相呼应，颇为巧妙。"

"天武营才入烟重津便入了运兵道，现以已经扎营在鞍寨。"

"左骞倒是快手快脚。但鞍寨是民寨非兵寨，进无可取，退无可倚。虽入蜀地最深，却最是无关紧要。"吴勋笺轻轻舒口气。

"左骞未在鞍寨出现，天武营到达鞍寨的人马似乎少了三分之一。"

"那三分之一去往了哪里？"

"未曾探到。"

吴勋笺一拍大腿："糟糕，左骞肯定是寻到窍儿往血池子去了。余巴东那边有消息传回吗？"

"没有，他领令去华蓥三城之后就再没消息。"

"獉貐坟那一趟他折损不少境相夫，后来撞破了血池子界封，连毒发带自清又折损许多境相夫。这次带了染上疫毒的境相夫冲关华蓥三城又没成功，余巴东要么自己也在劫难逃，要么就是被缠住手脚脱不了身。"

"他要是在劫难逃，那也就算了。要是被缠了手脚再被拿住，接下来恐怕各种追查都会寻到将军头上。"

吴勋笺面颊一抖，露出股狠劲："所以不能等到那时候，得把事情往前赶。对岸还没有信来吗？"

"未曾有。将军，我觉得徐鹏不足以促动梁王府有动作。再有，我们至今未从老水鬼口中掏出秘密来，动作起来怕是不妥。"

"所以我才要让梁王府先动。徐鹏我本就没有太指望，只以为一江碎尸足可以促动梁王府。他们倒真有耐性，折了一子，另一子又担上背逃临安的重罪，竟然还能按兵不动。现在看来等不得了，需要更直接的手段才行。吩咐下去，把风门谷的封闭撤了，将染了疫毒的人群往澜湾坝、哥木坨一线赶，我要让血尸过江入滇界。"

当太阳再次转到头顶时，人被晒得有些晕，山水被晒得更加晕。水汽蒸腾而上，笼罩住山头，在灼烈阳光的作用下，幻化出层层晕圈，让每一块石头、每一棵树都变得不太真实。

山头上的树动了下，不是风吹的。山林间无风，有风也不可能把一丛小树吹得长高起来。小树只高起了一点点，这差异在不太真实的石头草树间，有了十步开外的距离就会忽略。

树高了，枝冠下露出一双山猫般的眼睛。眼睛虽然不能像山猫一样改变瞳孔大小，却可以根据光照改变视觉角度和眼缝大小，从而看清自己想要看清的目标。而正在进入这双眼睛视线范围的正是袁不毅他们。

眼睛下面的大鼻孔耸动起来，厚实干燥的嘴唇微微张开，这是兴奋的表现，就像山猫发现到猎物一样。

余巴东很久不曾兴奋过了，近来一直都在倒霉。他在獀貐坟上什么都没得到，带去的境相夫却被江洪几乎全部卷走。在赶回来的路上收到主上密令，说有人得到水文图，正往九婴池赶，于是他立刻发飞信让留守蜀地的境相夫跟踪捉拿，结果不仅人没拿到，只活着逃回了两个境相夫，而且都身染怪异毒疾。

余巴东赶回蜀地见到的是被传染疫病的大批境相夫，数量是他所有可掌控的大半。主上知道此状况后，说既然是无药可医病症，不如让这些染病的境相夫最后一搏，冲破华蓥三城，打开蜀地东进之路。

余巴东亏得应变得及时，见毒症发作后的境相夫实在诡异可怕，马上独自退回安全地界，未曾一起攻入城里，避免了被困和染病。毒症发作后的境相夫最终未能突破华蓥三城，反而在前往华蓥三城的路上将疫毒传染给了更多的人。

余巴东的视线转移到对面的山上，那是一处颜色杂乱的山坡。然后视线又收回到自己周围，近处的颜色看起来比对面山坡更加杂乱。

杂乱是杂乱，但余巴东能点清杂乱中属于他的每一块石头、每一棵树。他手下这样善于伪装、擅长攀缘的境相夫已经屈指可数，而且从此之后再难补充。

当初主上将已近灭族的葬人聚集，利用他们天生擅长攀缘的能力，完善他们世代在山中生存练成的融境伪装之法，再授以刀枪弓箭杀技，这才有了前无古人、后无来者的境相夫秘密组织，并想以此组织在所谋大事中建立奇功，没想到仅仅一场意外疫病就让这秘密组织消亡殆尽。而余下的这些境相夫如果再都损失了，世上将再无葬人一族，也再无人懂融境伪装之术。

不过余巴东现在已经管不了将来会怎样，一路走来连续失利，如果不能拿到一个足够补救过失的功劳，恐怕自己下半辈子就得躲在深山中做野人了。

齐云盟

余巴东动了动，往下移动了半个身位。他不会放过这个绝好的机会，一箭双雕，甚至想有更多意想不到的收获。

余巴东的装束伪装和其他境相夫没有太大区别，混在其中别人根本无法分辨。但境相夫自己是知道谁是谁的，脸上画的花纹其实就是识别身份的一种标志。而对于余巴东，其他人根本不用看脸上花纹，就凭快稳得几乎无法觉察的动作，就凭他矮小却如同铁打铜铸的身形，就凭他携带的独家武器仙琴弩、须臾箭，都可以一眼认准他。

所以余巴东往下一移动，便相当于给其他境相夫发出了指令。周围的草丛、石块、小树立刻都微微移动了下，仿佛瞬间整片山坡往下滑动了少许。

第二次移动时，余巴东的仙琴弩已经拿在了手里，弩槽里压上了五支须臾箭。仙琴弩可连射五支箭，需要时甚至可以同时射出，快如电光石火。须臾箭是用白玉桐木削成，除了轻巧，还透明难以看清。一箭射出就如幻影划过，所以取名须臾。仙琴弩弩弦如琴可发五音，须臾箭箭带哨口可鸣多声，弩箭合用，声摄人魂，扰人心神。不过这套异门武器也有弊端，就是射程不够，只适合近战。所以在猰貐坟崖上崖下的对决中，余巴东并未出手。

两边山坡上的境相夫们陆续往下移动，各自的武器也都准备好了。在连续两次大的移动之后，有一部分境相夫已经到达有效射杀袁不毂他们的距离，而下面的人丝毫没有觉察。

袁不毂他们已经在原地停滞了半夜加半天，一直在想方设法地逼问小糖人。如果小糖人的问题无法弄清，他们真的很难确定是继续往前还是马上退回。然而在这荒山野岭间，也没什么拷问器具，要从一个狡狯如狐的人嘴里掏出真话来着实不容易。

小糖人像坨狗屎一样瘫坐在地上，看上去干瘪了不少，就连捆住他的绳子都显得有些松垮。从袁不毂问他那句不知如何回答的问题后，他就没捞到一口吃喝，被捆成粽子一样动弹不得，对于平时在山林中自在惯了的他来说，实在难受。

此刻小糖人正用很真诚的目光看着袁不毂，用比受到拷问更痛苦的口气反复哀求："你不要再逼问我了，只管跟着我走不会错的。"

"我们不能在这里再多耽搁了，不行的话就扔下他继续往前吧。"莫鼎力着急了。他暗中查看了一下自己的身体，身上伸展的青线已经开始暴凸，这是毒性又深了一层的迹象。

"扔不得，他和我们在一起好多天了，知道我们的各种情况。要是另有同伴暗中相随把他救走了，或者被其他人抓了去利用他来对付我们，那是相当麻烦的。"杜字甲不同意如此简单的处理方法。

"杜先生的意思就是杀了他呗，这倒是个干净的法子。"石榴粗大有力的手在小糖人后脖颈拍了拍，不免让人担心他会鲁莽地拧断小糖人的脖子。

小糖人没有一点害怕，却显得非常无奈。他晃了一下脖子，摆脱石榴的手掌，深叹一口气："唉，你们都走开，走远些，我的话只和袁大人说。"

他终于妥协了，这是好事，于是其他人马上走开了，包括杜字甲。只有莫鼎力迟疑了一下，眼睛在小糖人身上扫两遍，确定没有问题后才退出十几步。

"你可以说了。"袁不觳表情很冷漠也很冷静。在这种地方，面对不知底的山中贼，他必须保持大脑的清醒。

"你凑近一些。"小糖人咧嘴笑了笑，把本已显得有些干瘪的脸重又涨圆。

袁不觳往前走两步，在小糖人旁边蹲了下来，手指贴腕扣住一支眼扎子，以防随时有变。这样的谨慎非常有必要，山中贼会开各种锁具，会解各种绳扣，绑住他的绳子难保不会被他瞬间解开。

"前面没有丰姑娘和两位老爷子。"小糖人低声说道。

"这个我已经猜到了，可你又是怎么知道他们的，并且利用他们编造如此谎言？"袁不觳面无表情，经历是很能磨炼人的，如今的袁不觳已经能够做到喜怒都不露于色。

"我在临安把你的一切都打听清楚了，这才敢编这样的谎话。"

"你去过临安，而且把我的一切都打听清楚了。"这话让袁不觳有些意外，"为什么是我？"

"我不是找你的，但是我要找的人死了，就迟了那么一步。那人临死时和你在一起。"

"成长流！"袁不觳强行克制住内心波澜，仍是忍不住脱口而出。

"对，那天夜里我就在你们附近，只是不明状况没敢露面。"

"后来怎么又敢了？"

"没办法，除了他我再找不到其他人。而他最后和你在一起，所以你就成了我唯一能抓住的线索。"

"有什么可以证明你说的是事实呢？"袁不觳的脑子在飞快地转动着。

"如果成长流临死托付了你什么，必然会把他的齐云牌给你。若无此信物，齐云盟中人肯定不会信你个外道人。"

"齐云牌？"袁不觳故意表现出疑惑的神情。

"飘羽铁，四兽钮，正面刻'齐云'字样。背面嘛，成长流那块背面应该无字，如果有的话应是'倾江'。"

"为什么？"

"齐云盟中，门人持无背字牌，只有当家的才持有背字牌。"

袁不觳想起来了，难怪面具人在獭貐坟堰头上问成长流崖刻字样是"齐云"还是"倾江"时，他非常惊讶地反问"你知道是四个字？"，那是因为只有门长的牌子背面才有"倾江"二字。面具人这样问，相当于告诉他门长的牌子落在他的手中，或者面具人也是齐云盟中的重要人物。

"你完全有可能事先知道成长流有这么个牌子，然后编个齐云盟啥的再来骗我。"

"所有事情我也都是听说来的，要骗你那也是别人先骗了我转而让我再骗你的。"

"那你把人家骗你的故事再多说些，我也权衡权衡，到底能不能信你。"

"齐云盟，唐朝末年治水四大家理脉神坊、砥流坝楼、淮王堂、定圈水结盟于安邑六河湾，同察天下水势，共治淤断决漫，扶助苍生生计。因六河湾地势五河入黄河，一湖居上，整个就如一个'齐'字，便以齐云①为名。齐云

① 齐云：野史记载，齐云盟成立时有五六十家与治水、航运有关的行业组织，齐云之名主要是门派众多、高手云集的意思，其次是地势形态。书中出于情节需要才归结为四家。

牌为齐云盟身份牌，只有各派中有所建树的治水高手才能拥有。所以就算是四门中人，也有很多未见过此牌的。牌上的四钮怪兽，是哪派的牌子那么代表他们的兽钮便在最上边。獩貐为理脉神坊标志，除了分洪倾江的獩貐坟为本派悟出治水技法的发源地，还有效仿羿神伏獩貐平弱水之意。我师父就是现在的理脉神坊当家。"小糖人挺下胸，是想表现点师门来历的自豪感。

"封豕代表砥流坝楼一派，主理黄河水脉，鲔山的黄河古道便是他们发现的。虽然没有破解出此古道消失的真实原因，但亦以此作为门中最佳成就，于是砥流坝楼一派用于古道中寻到的古玉刻图封豕为标志。此派北宋年间被强凶灭派，即便有后世传人也都是匿藏于世不敢显露。九婴为淮王堂标志，这一派主理天下沟河水流。这类水流看似不大，实则最为复杂，有如缠丝。淮王堂祖上不知从何处获取到一个金字玉圭，后代人称之为淮王金字圭。这上面记录多种远古秘密，只是很少有人能够悟出。不过淮王堂祖上悟出了凶水之制一段，所以能够治理复杂水流。而凶水曾是后羿射杀的怪兽九婴巢穴，所以齐云牌上便以九婴为标志。这一派声名最旺，不管哪一朝为尊为王都会善待他们。奇怪的是几十年前淮王堂突然销声匿迹，不知去向。第四个修蛇是定圈水的标志。定圈水一派主理湖泊水势，最初发源于洞庭湖，而修蛇也是被后羿斩于洞庭湖中，用此标志情理之中。"

"成长流倒是说理脉神坊的人会主动来找我。你既然来了，那也应该有个牌子吧？"袁不觳需要确定小糖人身份的真假。

"我算不得齐云盟的人，我甚至连真正的理脉神坊门人都不算，所以没资格持牌子。"小糖人这话竟然说得理直气壮。

"这就有些说不通了。你要真是找我的，在临安就可以，在华蓥三城也可以。而我也只需要问明你的来历，把成长流托付的事情告诉你就行了。你又何苦编一个谎言带着我走，让自己陷入危险被动的处境？"

"我确实是个山中贼，加入个有劳无利的门派是因为年少时有人救过我的命，为了报恩我才拜他为师，其实我也没跟这师父学些什么，就是为他做些杂事。这一趟出去活儿不顺，要找的成长流死了。他死后你就被连我在内的多路人盯上，而我因为盯上你，又成了别人追踪的目标。所以成长流跟你说了什么我是万万不敢听的，那会有甩不脱的祸事，只能设法把你引到我师父那里，让你们当面说清。"小糖人狡诈地笑笑，奸猾相毕露无遗。

袁不轂在心中打个寒战。成长流死后，他确实有种神魂难宁的感觉，就像始终被一张无形的网扣住。

"你投军时背后有多人追赶，是那些人吗？"

"正是，这些人厉害得紧，怎么都甩不脱。那天应该看出我要在华蓥三城与你接触，想先行将我拿下，幸亏我看出不妙，抢先动作。"

"知道他们的来路吗？"

"不知道，但真的很可怕，就像无处不在一样。"小糖人眼中露出的惧意很真实。

"无处不在？"袁不轂很自然地抬头往四周看一眼，正好看到左侧山坡坡面的第四次移动。

"当心！山上有人！"袁不轂遭遇过无相狐，在猰貐坟上也见过境相夫，所以即便是一个恍惚的景象变化，也未能逃过他的眼睛。

第四章

椒酒惊异鼠

及时发现，意味着袁不彀经验已趋成熟；高声示警，却又说明他反应还不够老到。高声示警是给自己人提醒，同时也是告知对方已被发现。自己人处在无准备的状态，会慌乱仓促；对方始终处在随时可能被发现的戒备状态，随时可以采取应变行动。

如果是十八神射，发现这种情况肯定默不作声，只以最快速度暗中传递信息，然后装作什么都不知道，摆好套子等着对方来钻。别说十八神射，就算是莫鼎力发现后也不会马上出声，肯定会用自然随意的样子把最需要保护的人转移到安全位置，然后再做好反击准备。

余巴东肯定是境相夫中反应最快的，仙琴弩率先射出一支哨尾须臾箭。须臾间一声尖叫破空而出，一个羿神卫翻倒在地。这一箭是攻击的信号，也是攻击的起始，所以首先锁定手持远射武器的羿神卫。

"后退，往后退！"石榴在高喊。他看到两边山上的石头、树木滑坡一样冲下来，面对那无可阻挡的势头只能快点逃开。

眼前情形有些熟悉，在獥貐坟遭袭时也是这样，那时候往后面逃的人全被射死，活命的都是往前冲的和躲在原地未动的，所以袁不彀想都没想就高声纠正石榴："不要乱跑，先找地方隐蔽！"

但是这个时候周围已是一片混乱，往哪个方向逃命的都有。杜字甲和他带的人是往前跑的，看得出他身边有高手懂得如何应对这种袭击。舒九儿带着药师、药童是往后跑的，应该是听了石榴的话。

莫鼎力没有往前也没有往后，而是矮身往右侧山坡上冲去。要破开弓弩围堵的剿圈，冲入箭手中间是很好的方法，对于像他这样使用短兵刃的尤为有利。

根沿路是沿山体坡底而行的。坡底不是沟底，所以在路的一侧还有满是杂草和枯叶的一条窄沟。反应快的羿神卫都合身滚到沟里，半人多高的杂草一下就将他们掩没得没有痕迹。反应慢的也都找个路边的石块或树木，能把自己遮住多少就遮多少。这也就是羿神卫专门训练过"寻壳、钻瓮"技法，隐蔽的同时还要考虑到反击的可能。

小糖人被捆得像个粽子没法逃，但就地滚几下，到了炉车底下，然后既不呼救也不慌乱，只是不停扭动自己滚圆的身体，这个山中贼真的是在设法挣脱一道道绳索。

袁不毂只往左前方斜走了两步，很巧妙，正好可以利用停在路上的炉车遮住自己背部，避免被右侧下来的境相夫射中。左侧虽然没有可靠隐蔽物，却有一个树冠可以遮挡坡上境相夫的视线，这样他们不下到坡底的位置是看不到袁不毂的。

这个方法袁不毂是跟面具人学来的，他在堰头上与山壁下来的弓弩手对射就是这样掩藏身形的。而境相夫们移动到坡底还有段距离的，在移动中想躲过袁不毂的箭可不是件容易的事。冲开弓弩围袭的剿圈，用比对手快而准确的远射是更好的方法，而袁不毂正好擅长这种方法。

袁不毂的姿势挺奇怪，侧身弯腰站在树荫下。这个姿势不仅可以让树冠遮住身形，还可以最大程度地利用树枝树杈保护自己，否则穿过树冠乱飞过来的箭支更加难防。能从自己位置反过来判断对手的视线范围，除了袁不毂会瞄线的眼力，估计再难找到第二个人了。

往前跑的人里，又有两个带符提辖被射翻，如果不是侍卫迅速出手护住杜字甲，他这条老命恐怕也要丢在这里了。袁不毂由此看出，活路果然是在前面，否则攻击不会集中在往前逃的那些人。但是他自己不仅不能往前逃，而且要设法保护往后跑的舒九儿。他必须乘着对方还没腾出空来攻击往后逃的人，先将他们杀退杀尽。

"石榴、死鱼，快去护住舒姑娘，不要让他们乱跑！"袁不鹜高喊一声。

石榴和死鱼属于反应快的，此时已经滚到了窄沟底下，真不是想上来就上来的。谢天谢地兄弟在窄沟底下，看旁边的石榴和死鱼不像能够轻松攀上窄沟的样子，于是主动回应："我们去护着舒姑娘。"

兄弟两个一个托一个蹬，眼一眨谢欢天就上去了，然后上面的探身伸手，下面的一纵吊住，谢喜地眨下眼也上去了——上去立刻在地上连滚，先找到可以掩身的位置。

为了让谢天谢地及时追上舒九儿，袁不鹜三支箭连续射出，其中有一支是从树冠中间穿射的，也就是说，从摇曳枝叶的缝隙中他都能抓住目标。

三支箭只射伤了一个境相夫，而且伤害不大，这让袁不鹜有些意外，但随即便想到了原因——对方浑身上下都有伪装物，起到了盔甲的作用，所以必须抓准箭头的可射入位置才能将他们一击而杀。

于是袁不鹜重新锁定目标，瞄出的线连接那些石块，树木行动过程中的转动部。这些部位是境相夫的脖颈、腰肢和关节，也是伪装物遮掩的空隙。

又是三支箭连续射出，坡上三个伪装成石块、树木的境相夫立刻出现了与其他同伴不一致的动作，先是快速滚落，随即又马上停止。其中两个停止后一动不动，都被射中了脖颈，还有一个停止后不断挣扎的是被射穿了腰肋。

整个滑落的坡面停滞了下，顷刻间死伤的三个同伴让其他境相夫顿时意识到，下面的人不仅提前发现了自己的行动，还有实力打破自己的行动。

停滞的瞬间是有效攻杀的好机会，袁不鹜又是三箭射出，又有一个境相夫滚落下来，但仅仅一个。另外两箭并非被伪装物挡住，而是连目标的边儿都没碰到，因为余巴东已经出手了。

仙琴弩也连发三支须臾箭。第一支没能拦住袁不鹜最先射出的箭，所以损失了一个境相夫，后面两支恰好与袁不鹜射出的箭相撞。但是仙琴弩没有就此停止，第四支须臾箭直奔遮住袁不觳的树冠而去，即便看不到的目标，弓射高手依旧可以通过对方射出的箭支推断出准确位置。

袁不觳没有看到射向自己的箭，也没听到弓弦声和箭风声响。他耳朵里的声音很混乱，有琴音、有哨音，扰乱了他通过声响判断对方攻击的能力。瞄到箭尖穿过树冠时带出的两三片破碎树叶，袁不觳才惊觉有箭射向自己，此时只来得及一个前扑落地，险险躲过那支须臾箭。这是他经历了这么多次弓射对仗从未有过的狼狈和惊险。

从箭支种类以及射出方向、力道速度来看，他确定四支箭是出自一人之手："对方有高手，射得准，会连射。四支的连射，速度快得难以想象。没听到绷弦和箭风，是被琴音和哨音掩盖了。"袁不觳的冷汗滴了下来。

"更可怕的是自己竟然没有看到那四支箭的样子，这是怎么回事？"袁不觳在恐惧中夹杂着困惑。按他的眼力，箭离弓就已经在他的眼里，不仅是箭，连箭飞行的线路和可能出现的偏差都在他的眼睛里。但是刚才对方射出的四支箭，他全都没有看清。如果不是及时瞄到树冠中突然飞出的几片碎叶，他现在恐怕就不是趴在地上，而是被钉在地上了。

"吱——"又一声长响，这次不是响箭而是口哨。余巴东也知道下面有弓射高手，所以赶紧发出信号让手下的境相夫减缓下冲，尽量疏散开。

下面高手的弓射技法匪夷所思，可以在境相夫快速移动中找准没有防护的缝隙。自己刚才是仗着仙琴弩可以连发，再是出手突然对方没有防备才被逼入下风，要是正面对决，自己的前四支箭只能自保，第五支箭才可能抢到些许先机。

余巴东发出信号之后，境相夫扩大了攻击面，减小了自己的分布密度，然后缓速逼近，就能把对方的高手拱出来。他们是围住别人的人，有时间、有机会。只有逃命的人才需要慌急，而慌急之后更容易落入别人摆好的笼子口。

袁不觳依旧趴在地上，远没有之前的姿势巧妙。虽然可以最大程度避免被山坡上的箭支射中，但也是最不利于自己运用弓箭的。

不利于弓射的姿势对于袁不觳并没有障碍，他在神家沟沟口用类似姿势单弓吓退金国的大队人马。他决定保持不动等待对方高手进入自己的攻击范围，然后以一箭突射解决对方，不让对方的武器优势发挥出来。

这种局面下的等待如火灼心，往后逃走的舒九儿越跑越远，其实是离危险越来越近。谢天谢地两兄弟虽然跑出境相夫包抄的范围，却没能及时追上舒九儿。两人现在被多个境相夫用箭压制在一棵不太粗的野栗树后面，再无法朝舒九儿那边追去半步。

另一边山坡上的莫鼎力进展也不顺利。在将最靠下的两个境相夫快速解决后，其他境相夫就看出了他的意图，于是所有攻击全都转向，密集箭支将他逼回到坡底的一块凸石背后。随着余巴东的哨音，境相夫们都尽量分散开。现在就算莫鼎力有机会冲出，也已经失去杀入境相夫中间从而牵制整个群体的可能。

总而言之，袁不觳的处境是无法保护舒九儿，也无法阻挡境相夫们杀下来。余巴东采取的策略，是可以一步步把袁不觳逼出来的。

这样的窘迫局面下，袁不觳还得一动不动地以潜射状态等待对方高手出现。这就像坐在火堆上解脚镣，既要有足够的细心和稳劲，还要有足够的忍耐力。解开了就是生，解不开就是死。

余巴东的想法和袁不觳一样，他伪装成的小树丛在山坡上一动不动，也在等待袁不觳的出现。通过刚才几箭，余巴东已然确定，自己此番目的要想达到，解决对方的弓射高手是关键。不过他的局面和袁不觳天差地别，他是稳坐钓鱼台，手中钓竿也肯定会钩到鱼，问题就是看自己把鱼钓上来还是鱼把自己拖下水，正常情况都应该是鱼被钓上来。

石榴他们终于缓过劲来，在窄沟里开始了七零八落的反击。但是他们相互间都不清楚情况，除了自己还有谁活着都不知道。这样一来反击便没有呼应配合，更无法发起组合阵型射杀敌方。

散开后的境相夫左右两头的下来得最快，准备先下到路上再前后包抄袁不觳他们。中间的基本没往下移动，这是和余巴东一起在等待匿伏不动的袁不觳憋不住时自己出来。

快下到路上的境相夫竟然让过往后逃的舒九儿，把所有攻击力量都放在袁不觳这边。谢天谢地两兄弟也借这机会冲出包抄，往舒九儿那边追过去。这让袁不觳心中的焦虑舒缓了许多，只要舒九儿安全，他便没了顾忌。

杜字甲那一伙往前逃命的人除了两个在过程中被射杀，其他人也跑出了包抄的范围，后面的境相夫同样也没有对他们进行追击。

对方这样的行动方式让袁不觳很容易就想通了一点，他们针对的不是舒九儿这个钦差，也不是杜字甲这个捉奇司的风水先生，而是自己周围剩下的这些人，这些人中的某一个，或者是某个人身上带的东西。这人到底会是谁？

心中虽然有了难解的疑问，但面对眼前攻杀局面，袁不觳反而有了信心。对方此来有目的和需要，那么就必须下来，包括对方的高手。自己只需耐心等待，达不到目的的对手肯定比自己更加焦急。

信心是自己的，信心能不能成为结果却要看别人的行动。俗话说江湖越老胆子越小，余巴东带领境相夫经历过无数次的出生入死，非常清楚一念之差万劫不复的道理。特别是最近的遭遇更是让他心如怯鼠，没有绝对把握万万不敢轻举妄动。所以袁不觳充满信心的等待仍是等待，没有一点转换成结果的迹象。而余巴东这边铺散包抄形成的逼迫局面越收越紧，袁不觳的心火再次灼旺起来，趴在地上就如趴在烧红的铁板上。

黄雀后

　　袁不毂彻底烧起来的原因是舒九儿也被堵住了。包抄的境相夫让过了往后逃的舒九儿，是因为后面的山上还有两小块和他们所处之地一样的坡面。和预料的一样，余巴东确实在后路上设下了暗伏。和预料不一样的是，他设下的暗伏并非要赶尽杀绝，而是要将有价值的人擒住。

　　这一番袭击余巴东做足了准备，至少袁不毂这队人中，谁是他们想要的，谁对他们会有用，他们都摸得清清楚楚。往前逃的人被射杀，羿神卫被射杀，都是因为这些人对他们来说没有价值。

　　"不能再等了！必须试试其他办法。"袁不毂抬起半头高度，看到窄沟里零星射出的箭，再瞄一瞄两侧已经下到底的境相夫，顿时灵光一闪。

　　"左五位，丈三点。"袁不毂没有动，只是简单喊出几个字。当他喊完之后，立刻有三支箭从窄沟的草丛中射出。这是"那咤杀"组合阵型的攻杀方式之一，由眼子报目标位置，让主杀者射杀目标，眼下并没有实际组成那咤杀组合阵型，所以袁不毂报出方位后，听懂术语的羿神卫都射出了箭。

　　窄沟里的三个羿神卫都按袁不毂指示的高度和角度射出箭去。他们各自所处的位置不同，射杀目标的位置肯定也是不同的，所以只有一支箭和袁不毂的意图一样，正好射中一个境相夫的腰间缝隙，由下往上斜钻进了肚子。那个境相夫重重跌坐在坡上，发出一声尽量压抑的痛呼。能感觉到痛并发出呼叫说明他暂时不会死，但在疼痛中慢慢等死其实比马上死更加煎熬。

　　"右十位，半丈二。"袁不毂又喊一声。随着他的喊声，又有一箭正中境相夫。

　　这一箭从境相夫的大腿根部直插进去，结果可能有两种——射断大血管，对方失血而死；或是射破下阴部，对方即便不死以后也只有靠鹅毛管来排便了。

这个被射中的境相夫发出惨呼不是因为痛，而是因为害怕。很多汉子不怕死不怕痛，看到自己子孙根被损却不能不感到害怕。

都说害怕会传染，当袁不毅接着再次指示两箭射死一个、射伤一个境相夫后，对方的整个包围圈浮动、散乱起来。

余巴东连续吹响口哨，要制止手下的畏缩和慌乱。以往他们现场传达攻杀退守的指令都用箭哨，须臾箭的五种不同哨音分别代表攻、撤、围、散、隐。偏偏今天余巴东压在弩里的五支箭一支都不敢乱发，而境相夫们对替换箭哨的口哨明显不能适应。

境相夫没有听清的哨音，袁不毅听清了。他的位置余巴东看不到，余巴东的位置他也看不到。但是哨音暴露了余巴东的位置，而袁不毅不用像余巴东那样吝啬箭支。他人虽趴在地上，箭支却是连续地射了出去。

袁不毅的箭射出得很突然，却还是一一遭到须臾箭阻拦，说明余巴东的注意力主要还是放在袁不毅这儿，反应速度在最佳状态。这次余巴东射了三箭之后就转移了位置，袁不毅在没有寻到他新位置之前，对他已经造不成伤害了。

余巴东弩里留两支箭是为了防止在转移过程中出现什么意外，也是为了在更短时间里重新填满弩槽。这是弩射高手的好习惯，也是实用的保命手段。

余巴东不记得自己这种保命手段以前有没有派上过用场，但今天真能保命。就在他身形刚刚转移到新的位置时，一支强劲的箭竟然从他右后方射来，余巴东听到异常的弓弦绷响，想都没想单手持弩往后甩去，弩槽中两支箭一前一后衔尾而出。前面一支箭是为了挡住射向自己的箭，后面一支箭是为了不让射自己的人继续射出第二支箭。

余巴东两箭射出之后立刻蹲身后滚，躺倒在几块不大的乱石后面。这是久经江湖杀戮的反应，不要面子不要形象，只要保住性命。在躺倒的同时，余巴东的弩槽中已经重新压满了五支须臾箭。

"什么人？敢搅我的好事！"余巴东喊出的话像是在威胁，其实一点威胁作用都没有，只能是拖延些时间，让他能够看清背后状况，再采取应对手段。

"曾经被你搅了好事的人，今天来替你办丧事。"背后是狠狠的威胁。

"面具人！"袁不觳一下听出那是獂貐坟上的面具人。

余巴东能在獂貐坟上出现，面具人当然也能出现在蜀山之中。而且按照之前的情况推断，他不会一个人出现，应该还带了很多黑衣人。

袁不觳才想到黑衣人，黑衣人便出现了。他们从更高的位置冲了下来，乱箭射向那些境相夫。应该是刚才借了境相夫围攻袁不觳他们的时机，悄悄迂回到他们背后的。余巴东和他的手下全神贯注地在对付袁不觳他们，没能兼顾身后的情况。而且在这种穷僻无人的地方，余巴东怎么都想不到身后会出现曾经的对手。

局面顿时混乱了，有组织的围杀变成了三方乱射。其中黑衣人的行动最为快速明确，首先是把境相夫设在道路后方的两片山坡杀散，将舒九儿他们团团围定。舒九儿和药师药童有了谢天谢地两兄弟保护但并没什么用处，几十支箭一起指定他们。就算两兄弟死上十回，也无法替舒九儿挡住箭。看来面具人的计划更有针对性，是要从舒九儿这个钦差下手，然后再要挟其他人。

境相夫们的攻击力明显分散了。他们本来是想分四支队伍包围袁不觳并拿住舒九儿，突然要与实力很强的黑衣人对抗。而余巴东自己正身陷僵持局面，无法看清状况进行调整。

最乱的还是袁不觳带领的羿神卫和钦差护卫，躲在窄沟中、树石后，连个目标都找不准。境相夫有伪装看不清，突然出现的黑衣人正在攻击境相夫，他们又不知道该不该攻射。

整个战局中，只有袁不觳、余巴东、面具人三个没动。现在局面变得更加微妙，谁要想动，必须有同时应对两方的把握才行。不过他们肯定早晚都会动，周围的乱射局面很快就会殃及他们，不动就会永远动不了了，于是袁不彀心如火烧的等待变成了三个人的等待。三个人都知道等待的时间不会长，但是要想在不长的等待结束时抢到攻击机会或全身而退的路子，则必须加倍专注地承受煎熬。

时间过得很慢，慢得仿佛世界已经静止。天闷热得要下雨，而三个人的汗水早已经像雨水一样滴淌下来。

最终把僵持局面打破的是小糖人。这个被捆成粽子似的小糖人是个出色的贼，能打开华蓥三城牢狱的连心锁、鲁班门，要解开身上的几道绳索更是不在话下。最初被捆绑时小糖人并不挣扎反抗，但暗中尽量押臂、扩胸、圈腿、鼓肚子，将本就肥硕的身体膨胀得更加圆鼓。而当他松下这股劲后，绑紧的绳子其实已经有了松垮空隙。袁不彀没有这方面的经验，要不然单独审问小糖人时就应该可以看出来，那时候小糖人已经在做逃脱准备。

遭到突袭后，小糖人滚到炉车底下，吐气收腹蜷缩身体，绳子一下就松动了。加上肥胖的人皮肉压缩裕度大，他挣扎几下，人就从多道绳索里钻了出来。

摆脱绳索后小糖人没有乱动，炉车不仅是目前最好的掩体，还能把周围情况看清楚。当三个高手僵持对峙，周围已经是三方混射时，小糖人找到了办法，也等到了机会。他袖子甩甩，一个苗子管便握在了掌中。这东西和江湖上的百里火筒、迎风焰原理相同，是把烟煤子焖在铜管中，需要时打开管帽，吹燃烟煤子中焖着的火信，就能燃成一朵火苗。

头顶上是炉车，木制的，还带着不少燃料。一朵不大的火苗足以将燃料点燃，连着车燃成不太猛烈的一团火焰，翻滚起带着尸体焦臭的漫天浓烟。

浓烟遮掩了视线，乱射顿时停止。看不见目标的弓射不仅成功率极低，还存在误伤同伴和暴露位置的危险。这样就起到了制止混战的作用，让大部分人不能动、不敢动。

接下来小糖人便想打破僵持，因为他想走了，而高手间一触即发的僵持不打破，他就无路可走。三个弓射高手弓满箭稳地等着，视线已经被浓烟遮蔽，一道冒险离开导致的声响会让他成为三方共同射杀的目标。

"他们是来抓我的，我先走，我走了他们就会退了，然后你们沿着路继续往前，到天光神殿来找我。"小糖人朝着袁不毂那边大声说道。

袁不毂离燃烧的炉车只有十来步远，可以清楚听到小糖人的话："你要先走？怎么走？"

小糖人没有回答，不过用实际行动告诉别人，他要走是无法阻挡的。

"轰"一声巨响，就像滚地的炸雷，在山岭相夹的低谷处显得特别响，震得耳膜要裂、心瓣要碎。

小糖人离开华蓥三城时准备需用物品，从过往客商库房中拿出了些黑石球。黑石球是火雷子，宋代火药的运用已经非常娴熟广泛。北宋甲仗库便制作存放了各种火炮、炸雷，当初水泊梁山上的轰天雷凌振，就曾是甲仗库副使，后又任职火药局御营。

南宋时，火药的使用不仅集中于官家兵家，民间工匠也开始运用，特别是西南的采金匠用得最多。那时候也只有这样的匠人能够用得起，因为火药在中土地区虽然不是太贵，却必须有官府手令才可交易和使用。西南险山恶水之地，火药作用数倍于中土地区，价值也达到十几倍乃至几十倍，所以出入西南的客商都会夹带些火药、炸粉谋取暴利，还有一些有门路的索性专门贩卖这些东西，有些像现在的军火商。由于西南地域潮湿多雨，火药、炸粉运输容易受潮失效，那些商人便直接贩运制作好的成品，比如火雷子、开山壶、炸粉球等等。

刚刚的巨响就来自火雷子爆炸。小糖人旁边就是正在燃烧的炉车，点着火雷子非常简单，但是扔出的位置都不简单。几次爆炸响过之后，所有人明显感觉两边的山体活了，真正的坡面开始滑落下来。

"快躲，滑山皮了！"从口音中可以听出，这是某个境相夫在喊。境相夫是蜀地葬人，熟知蜀地山体土石松散的特性，暴雨、地动都会导致大面积滑坡。而他们说的葬人土话滑山皮，就是现在所说的山体滑坡。

动了，所有人都动了，没有人会傻到待在原地不动让土石将自己埋了。刚刚的混战变成了乱窜，在烟雾、尘土笼罩下，人们全成了没头的苍蝇。没人再顾得上杀死对手，唯一的目的就是让自己活着。

袁不彀朝小糖人那里冲过去，现在才意识到小糖人的重要性，不仅是对自己重要，还对别人重要，否则投军那天不会有那么多厉害角色追着他。

那里什么都没有，小糖人早就趁乱离开了。

"天光神殿在哪里？"袁不彀发出一声喊。

"好风好水的地方，跟着那个杜先生走。"小糖人回应的声音是移动着的，而且已经在右侧的山腰处。由此可见这个山中贼的跑山功夫是何等了得，就算袁不彀也是远远不如。

"我正要去那个地方，你可以和我合作一起去。"面具人在喊，听着像在糊弄小孩。

"天光神殿才是半道，你们到不了龙头卷子。把人和东西交给我，我带你上壶顶。"余巴东也在喊，他的说法倒是挺靠谱。

袁不彀听出来了，那两个人都认为自己掌控了什么他们想要的东西，掌控了他们需要的小糖人。还有，小糖人应该知道此处什么重要的东西，并非因为成长流给自己留了什么，因为余巴东并不知道成长流临死时是和自己在一起的。

"好的，只要能找到破解疫毒的法子，我都听你们的。"袁不彀说的是实话。他觉得这两路人的目的如果与寻找破解疫毒有关，合作也不是不可以的，这样至少可以先把落在对方手里的舒九儿保住。

没人回应袁不彀，可能觉得袁不彀如此轻易地妥协是在侮辱他们的智商；也可能他们觉得自己仍有获取全胜的把握，暂时还不需要与袁不彀达成协议。

车夫变

一场很及时的雨打了下来，尘土最先散去，然后炉车的火灭了，烟雾也散了。雨下的时间很短，雨滴很大。雨停之后，两边的山体显得很是破烂。

火雷子的威力确实很大，但就这么几个真的还不足以引发滑山皮。山坡上树倒石滚肯定有的，再有就是炸裂了几条石沟土缝，被山上流下的雨水冲成交错的黄道道。

黑衣人不见了，境相夫不见了，余巴东和面具人不见了。真的就像小糖人说的，那些人是为他而来，他走了，那些人也都走了。不见了的不仅仅是这些人，舒九儿也不见了，包括药师药童和后来追过去保护她的谢氏兄弟。他们肯定是被掳走了，到底是被境相夫还是黑衣人掳走的，没人看到。

莫鼎力也不见了，有很大可能性是追踪面具人去了。猘獢坟一战之后，他认定黑衣人是天武营人马，一直死盯住不放。现在终于又见到了黑衣人，他肯定不会就此放过。不过也不排除他是追着舒九儿或小糖人走的，跟着这两个人，最有希望及时找到治愈疫毒的办法。

丢失了职责所在必须保护的钦差，又是心念中希望终身守护的人，袁不毂顿时有些急火攻心。虽然在这趟差事中，舒九儿尽量保持钦差应有的严谨和威仪，但袁不毂依旧可以从她一颦一笑、举手投足间感觉到温馨与愉悦，从她悄然而语、随手碰拉间体会到亲昵和柔情。本来暗中发誓自己拼着性命也要替她遮凶挡难的，现在倒让她先陷入了危险。

可以给自己很大支持的莫鼎力不见了，后续不知该何去何从。非常重要的小糖人，别人都千方百计追踪他，而自己竟然轻易错过，这些事情也让袁不毂深陷懊恼和沮丧之中。再看看旁边死伤的同伴，他真想丢下一切，找个没人的地方沉睡三天。

但是眼下的状况将他逼到连闭眼放松下的闲暇都没有，细细回想一下，从临安开始，每环每扣都把他紧紧纠缠着——皇帝钦赐虚职，给他保护钦差的重任，已然注定他是要深入蜀地的；到了华蓥三城，传来袁老爹和老弦子被绑的消息，也是逼迫着他往蜀地去；现在舒九儿被掳走，要想救回，他仍是必须往蜀地最玄妙也最险恶地方去；而小糖人临走留下的话，也是执意让他继续前行。

杜字甲在两个侍卫的保护下从前面回转过来，他的人除了两个侍卫也只剩下三四个带符提辖。

袁不毅懊恼茫然地一下盯住杜字甲，小糖人最后说了，让自己跟着杜先生走。也就是说，杜先生是认识路的。可是他又怎么会认识路？他们来到这里的真正目的又是什么？

"我听到贼小子喊的了。你别用这样的眼神看我，我知道你想问什么，你也知道我不会告诉你。"杜字甲朝袁不毅抖一抖髭须，"现在我们需要的是相互信任、相互照应，一起往前去找各自想要的答案。"杜字甲说这话也是没办法，他也不知道自己什么时候就被那山中的贼坏摸到底了，仓促间面对袁不毅，只能用这市井无赖的方式。

"我没有要找的答案。"袁不毅心中本就郁闷，听杜字甲一番圆滑无赖的言语，更是平添几分愤懑，于是一句话相当于把所有事情都回绝了。

"呵呵，就算没有要找的答案，那还有职责所在吧，还有一些受人之托的承诺要兑现吧。"杜字甲神情看似镇定，髭须却是连连耸动。这是心里头在运力，他必须说服袁不毅继续下去。各种缘由、各种线索最终汇成一条线，而这条线是要把眼前的路走到尽头才能得出正果的。

"舒姑娘此刻生死难料，若是死了也就没有什么职责了。托我办事情的人反正已经死了，什么事我不说全无人知道，兑不兑现也无所谓。"袁不毅的思路从混乱中拔出。小糖人是抓住成长流这条线才坠上自己的，那么杜字甲也完全可能是因为成长流才追着自己到来蜀地的。小糖人临走时留下那话，说明他已经大概摸到杜字甲此行的目的。袁不豰很聪明，有着现学现会的脑子，所以学杜字甲摆出个无赖的态度，逼迫杜字甲吐露更多自己想了解的信息。

"你要救回舒姑娘，那就得往前去。刚刚那两路人都是往前去的，在猰貐坟上没得到的东西，他们是想在这里找到。不管当要挟的人质，还是救治受伤的人，带上舒姑娘对他们都是有利的，不会轻下杀手。"

袁不豰点点头，杜字甲这话说得是有道理的。

"贼小子扔几个爆雷，便能造成山动坡滑的势头，说明他会看土筋石脉。有这本事的人大多是懂开山引水技法的，与成长流师门必有渊源。只是他可能才学到皮毛，或是怕势头过了把你也埋了，这才点到即止，吓走那两路人即可。"

杜字甲的这番话不仅印证了小糖人之前单独对袁不豰交代的情况，而且隐隐也透露了他此来是与成长流有关。

"袁大人，如今你面前只有一条路，就是继续往前。退回去，丢失钦差的罪名是会满门抄斩的，连带这些羿神卫和钦差护卫没一个能逃掉。往前去虽然危险重重，反倒有可能否极泰来。再说了，我不也使着劲在往前吗？"

袁不豰不做声，眼睛瞄到一样东西，一件隐约可见的东西，急走几步过去把那东西捡起来，是一支箭，须臾箭。

"仙琴弩五箭连发，须臾箭难见其形。难怪刚才只听到琴音、哨音却瞄不到箭。"羽林卫造器处多奇匠，袁不豰从他们那里听说过世上的各种奇异兵器，包括仙琴弩、须臾箭。

"要想对付仙琴弩、须臾箭，有两种方法。一种是在弩中五箭射光后抓住对方重新装箭的时机一击而杀，但是世上几乎无人能将看不清的连续五箭应付下来，更不要说反杀了。况且高手不必等五箭射光就能移位掩身把箭全部填满。还有一种方法是抓住对方连续射出的几支须臾箭之间积攒起来的间隙将对方射杀，而且需要的间隙越少越好。因为不管弓弩机栝如何快，都是有个绷弦上箭的间隙的。这样的话也就是要求箭手连续出箭的速度要比仙琴弩更快，这个恐怕世上无人能做到。"

正自言自语的袁不彀突然转头盯住杜字甲："你要往前去，必死无疑。"这是实话，在他们当中无人能斗过余巴东。"只有我与你们同行，才有可能让你们避免必死无疑的结果。"袁不彀本就是要去救舒九儿的，成长流的托付也是要了结一下的。而刚刚捡了那支须臾箭更是激发了他的斗志，让他多了一条理由继续前行，哪怕踏上的真的就是永远无法回头走出的鬼魂路。

"上路之后你们必须听我的。"袁不彀说完，不等杜字甲回应就走开了。这不是交易的条件，而是告知，杜字甲只需要服从就行了。

把没死的人集中起来，全算在内也就十三个人。这样的实力对付余巴东、面具人远远不够。而在继续往前的路上，可能还有比他们更加凶险的对手。

华蓥三城的午后，云雾将日头缭绕得有些昏沉。日头淡了并不能让天气变凉，反倒让人觉得如同被摁在了蒸笼里。有经验的山城居民都知道，只要再闷上半天，傍晚时分肯定下雨。于是刚刚经历过一场灾难的人们又在担心，蜀地地质松散，雨大了、雨久了，都会再次带来灾难。

雨还没下，天很阴沉，阴沉得就像夜色提前来临，阴沉得就像灾难已经临近。

城门紧关了很多天，哪怕是大白天，哪怕是通往楚荆方向的东北门，所以想进城的人只能叫城。

叫城的是个丰满女子，有些抑制不住地兴奋，直接站在马车前座上，边跳着脚边用尖脆的声音朝城楼上高喊："开城门！我们是袁不彀的家眷。你们快去告诉他，他娘子、他老子还有他师父都来了！"

城头上的人全死了一般，没有一丝回应，只有破旧的旗子随风晃荡，就像地府里招魂的幡子。

丰飞燕脸上挂满汗珠就像淋了雨，实在跳不动也叫不动了。车上还有袁老爹和老弦子，也都面带疑惑地抬头望着无人回应的城头。

袁不毂保护着舒九儿前往滇蜀之地代圣治疾，丰飞燕顿时有了危机感。她性格再憨直也清楚自己的容貌、学识比不过舒九儿，袁不毂和舒九儿这一路关心照应着难保不会情愫暴涨，回头自己就给撇到屋角沟底了。思来想去，丰飞燕最终觉得只有自己亲自追过去，看好他们两个才行。另外，皇上不是说让袁不毂把老爹和师父带上吗？自己可以先把两个老家伙搞定，认了自己这个儿媳妇，那么舒九儿再美再能也翻腾不到哪里去。

丰飞燕是个想到就敢做的女子，当即花半夜时间写了一封就几个蹩脚字的书信，算是辞了绣丞职务。这其实已经坏了法度，她这个绣丞是应征职务，只是比其他应征绣役的绣女绣工地位高些、俸禄多些，但在应征年限中是不得离职的。

也不知丰飞燕是憨蒙不知法度，还是明明知道也要为了袁不毂不顾一切离去。总之她先出临安城，然后在去往滇蜀的要道重镇候到接送袁老爹和老弦子的车，与两个老头儿同乘前往华蓥三城。

丰飞燕他们急于见到袁不毂，前面多赶了些路，当天又是早起，所以午后时分就到了。要在以往，这时间正是城门大开车进人出的当口，华蓥三城偏偏城门紧闭。而且丰飞燕连喊多声，憋得一身大汗，城头上都不曾有人冒头回应。

这状况对于城外的人来说很是反常，对于城里人来说却在情理之中。前些日子毒变人夜冲华蓥三城，伤了许多性命，毒血还感染了更多的人。后来又陆续有少量毒变人试图冲城，幸好都被挡住了。在这种情况下，城里人人自危，不管是白天还是黑夜，都找稳妥地方掩身，是怕城里还有毒变人没有肃清，也是怕城外再有毒变人冲入。

"城上的人是睡死了，还是真的死绝了？"丰飞燕不是要骂人，而是真心觉得这里像个死城。

"没死，城头上有兵卒守卫，只是都躲在牢靠处所不敢乱动，怕被血魔把心掏了去。要是不懂专门的喊城暗号，谁都不会搭理你的。"接上话茬儿的是赶车的车夫。

"咦，你是怎么知道城里事情的？"丰飞燕丝毫不掩饰自己的疑问。

"我两天前刚刚来过。"车夫回道。

"才过午时就说梦话了，你是从临安一路赶车过来的，啥时候抽空到这里转了一圈？嘻嘻，莫不是夜里尿床做法借水遁过来的？"丰飞燕觉得车夫随口胡吹的牛皮太低劣了。

车夫把遮住半边脸的脖巾往下拉了拉，这脖巾可以遮挡路上尘土，更可以遮挡不想被人家看清的脸。脖巾拉下后露出的脸黑乎乎的，和拉长脚、走远途的车夫很像，但他真的不是车夫，至少不是从临安开始一路给他们赶车过来的车夫。

"尊驾是哪路圣贤？"老弦子看情形不对，暗拉一把丰飞燕，自己探身去问不是车夫的"车夫"。

"我叫孟和。""车夫"说出名字时脸沉得更黑。

"啊！"老弦子的反应是顿时愣住了。

"你是孟和？你没死，也没被抓？那些衙役捕快太没用了，三法司都是些饭桶。"丰飞燕是想到什么就说什么。

在华舫埠血案之后，全临安乃至全南宋估计很少有人不知道孟和这个名字，所以不管老弦子还是丰飞燕反应都算正常。袁老爹久居山中不知道孟和怎么回事，但从老弦子和丰飞燕的反应推断，也能知道这个变了样子的车夫带来的绝不会是好运。于是他的手慢慢移向自己带来的篾筐，摸索到斧子的硬木柄。

丰飞燕仍站在车杠上，挺直的身体带着些紧张的僵硬，双手不太协调地又在丰腴的腰肢上，其中右手稍偏腰后，悄悄握住插在腰间的针盒。

"你们要找的人不在城里，不过我要去的地方说不定能碰上他。这样，只要你们不轻举妄动，我就带着你们一起去。"孟和的语气很和善。

老弦子按住袁老爹伸到篾筐里的手臂，孟和的名头和本事他听说过，真要动手，别说他们三个人，就是十几个悍卒，转眼间都会倒在孟和脚下。

袁老爹立刻领会，松开了斧子柄。

丰飞燕也松开了握住针盒的手，急切问道："你知道袁不羁在哪里？能带我们去找他吗？"

孟和眼睛里闪过一丝迟疑："嗯，袁不羁，是的，我可以带你们找到他。"

老弦子轻咳一声，透着无奈和痛苦。他从孟和含糊的反应里看出，孟和并不知道袁不羁。那么，孟和带着他们三个是要去哪里？又会在那里遇到些什么人呢？

马车转了方向，在华蓥三城东北方蓦然钻进密林遮掩之地，不算太黑暗，借助枝叶间透落下的天光，可以看出这里有一条颇为规整的道路，马车走得很是宽裕平稳。这样隐秘又规整的路径在滇蜀范围内很少，除了运兵道恐怕再难找出第二条。

车子晃悠悠上了运兵道，与此同时，方向一致的山梁上有一队人在树木怪石间气喘吁吁地疾速穿行，为首的是丁天。

遇酒坊

袁不羁他们继续沿路而行，不过速度比之前慢了许多。没小糖人带路，每到一处特别的地方，他们都要细加查探才敢通过，这会花费很多工夫。另外他们十几个人里，起码有一半多已生出畏怯之心，脚下跬踌自然慢了下来。

路倒是越来越好走了，不仅平坦宽绰，而且转弯、斜坡处都是人为铺设，可以两辆车并驾。沿途废弃的房屋也越来越多，仅两个时辰，他们就经过了三座卡房和一座关楼。坟茔模样的草木堆、土石堆也越来越多，应该是一些房屋因年代太过久远而坍成的废墟。

"穷偏之地，无须双车并行。可此处道路宽绰，是为了让对行车交会时通过。所以这条路并非只能进不能出，而是有进有出，至少也该是多进少出。"袁不觳说出自己的发现。

"没错，这还说明我们已经进入原来的极乐国度了。进入的道路狭窄，可能还有暗路不被人知道。但进入之后陡然不同，不仅有进出车辆，估计接下来的道路还会四通八达。"杜字甲的解释让人觉得他像来过这个地方。而且他的话很快就被印证了，前面不远真就出现了一个不规则的路口，分别往三条谷道而去。

"不知道天光神殿该往哪边走。"袁不觳轻声自语。

杜字甲看了看路口走向，指定左边道路："应该往这边。"然后低声吩咐身边一个侍卫几句。那侍卫马上跑到左手路口，弯腰在地上找着什么。

队伍最前面的石榴赶上几步，凑到那侍卫身后看他在找什么，刚把头伸过去，那侍卫已经起身朝杜字甲招手示意。

"对了，是往那边走。"杜字甲这次肯定地说。

"杜先生是如何知道路该往那边走的？"袁不觳直接问道。现在杜字甲需要袁不觳一同行动，那么袁不觳就有资格了解一些自己感兴趣的情况。

"听人说的。"

"什么人？唐壬吗？"

"贼小子能知道这里的路，别人一样可以。"

"别人是谁？"

"一个画图的老吏。"

"那老吏除了告诉你路径外，还告诉你些什么？"

"嗯，他告诉我他能从这里回去，我们也一样能回去。"这是宽慰，也是敷衍，更是婉转的拒绝。所以袁不觳再没问什么。

石榴走过来，在袁不觳耳边轻声细语："杜先生的人在查看车轮印。"

袁不觳点点头："杜先生也只是听别人说过怎么走，并不能完全肯定自己的选择正确，所以在查找小糖人说的那辆车的车轮印。那车子上的人目的和他一样，跟着走必不会错。"

小糖人被审时承认丰飞燕和两个老头儿被拐是自己编造的，却没说车轮有特别印记的车是编造的。有车轮印在，就肯定有车子在。

果不其然，天近晚时他们见到了那辆车，车子特征与小糖人说的一模一样。但是车上没有人，连拉车的牲口都没有，不知道小糖人是故意没说还是忘记说了，这辆车是不用马拉可以自己走的车。

"木牛流马？"杜字甲并不肯定。

袁不觳看了下车子上下的结构和中间装置，心中暗暗呼妙。这车子虽然不是杜字甲说的木牛流马，但其中运用的技法也都不是凭他的手艺能够做出的。

"一半木牛流马，一半人力推车。"袁不觳给出结论。

"什么意思？"杜字甲问。

"这车子是需要人力推拉上面的扳杠才能走的，不过运力转换采用木牛流马的原理，只需十分之一的力气就能让车行进，无须牲口拖拉，免了陷蹄磕膝之虑，更适合山道驾行。此类车子偶见于滇蜀山地，俗称人牛车。"一个带符提辖也看出了车子的机栝原理，主动给杜字甲解释。

石榴上车推拉了一下扳杠："这杠子上手不重，但车上要坐上几个人再装些东西的话，长途走下来还是很费力气的，要多人轮流推拉才行。其实我觉得费力扳车还不如走的自在。"

"如果携带重物，那还是用车方便。"杜字甲觉得自己大概知道用这辆车的是什么人了。

"此车痕迹出现在炉车之前。应该经过炉车或追过炉车，为何没做停留？或者炉车上的人就是此车上的东西所杀？"连死鱼都看出顺序不对。

"还有一种假设，炉车是在这车子过去之后才出现的。如果这个假设成立，那就意味了除人牛车出现的道路，还有其他可通此处的行车道。"袁不觳知道如果这个假设成立，将意味着又有一条道路他没瞄出来。

"我倒是有着另外一个想法。人牛车可能是极乐国度里来往接送运物的车，所以车上的人能顺利到达这里。而炉车是外面闯入的车子，所以会遭到攻击，连痕迹都来不及留下。"杜字甲捻一下髭须说道。

"这说法倒是可能性很大。伪装的人和黑衣人都在炉车附近出现，都有可能是从车子闯入的道路进来的。"袁不觳非常同意这种说法。发现并查看炉车，审问小糖人，再遭到突袭，这连串的事情的确会让自己疏忽人牛车出入的路口。

"可是这车上的人又去哪儿了？"石榴又推拉了下扳杠，像是有自己驾车往前的想法。

"人家扔下车子，自然是车子不能乘了。"杜字甲回道。

"车子都好的呀，怎么就不能乘了？站在这里看看前面的路，还有很长一段是可行的呀。"

"不是道路问题，而是车子问题。"袁不觳打开车子的一块侧面板，露出里面一个叠一个的木轮齿盘。"你们看，这根拉轴到头了，再要推拉就会往回走。也就是说，这是一辆设定好的运车，只可以在两点间来回运物载人。"

"如果是这样，那小糖人带我们走的不是正确路口，在正确路口处是会有这种车子的，就算没有见到车子，也该很早就在路上发现这种车子的痕迹。"

死鱼的分析很有道理。

"小糖人或许自己都不知道正确路口在哪里。也可能是我们不信任他，逼着他改变了原来的计划，他不得不放弃走正确路口，带我们提前进入歧路。正确路口位置隐蔽，歧路只要人多，一般都能试着走出来。所以我们遭遇两路人马的阻杀，他们也是走的歧路，并且走在我们前面。在我们之前从正确路口进入乘人牛车到达这里的人却丝毫不曾有事。"杜字甲的分析更有道理。

袁不觳同意杜字甲的说法："这个极乐国度看似与世隔绝，实则可能有许多东西是需要从外面运送进来的，所以设有按固定路线行走的人牛车。这种人牛车的木制结构，看似陈旧，其实运转部分非常活络，应该是经常使用或经常维护。"

"这里的人畜死绝了，只能用自己走的车子。"石榴说的这句话，众人在细思之下不禁觉得有些毛骨悚然。

"嗯，也不见得。我们往前走走，说不定很快就能见到什么人了。"袁不觳是在抚慰大家情绪。恐惧感会让人畏缩不前，他们要去的地方不知道还要走多远。现在就吓成这样，后面就完全做不了事情了。

"对对，说不定前面还有菜馆酒坊啥的，都是世外的仙菜仙酒，我们可以好好吃喝一顿。"杜字甲也是想让气氛放松。他一提到酒，大家不由得同时舔舔嘴唇——闷热天气让浑身都湿乎乎的，唯独嘴唇干裂了，酒倒真不敢奢想，能找到确定安全的水源就已经是极好的事情了。

真实情况是，不是他们奢想，而是杜字甲可能真的修成了半仙之体。往前没走多远，他们真就看到了一家酒坊。

但凡酒坊，都是酿酒卖酒的。但这酒坊里没有老板、伙计，也没有客人，有些名不副实。要不是门前一块天然立石上刻了"椒歌美酿"四个字，门檐下有个晃晃悠悠似乎随时会掉的木板看着像酒招，估计谁都不会觉得这是家酒坊。

酒坊的房子倒是真正的草屋，没用一块石头一块砖，房顶墙壁全是用竹、草糊泥而筑。这样的草房一般四五年就会腐烂得不能住人，必须更换新草。酒坊周围一些歪七扭八的泥草堆，应该就是其他草屋倒塌后留下的，就像一座座无后人祭扫的坟茔。一行人据此推断，这家酒坊不久前肯定是有人的，只是主人因为什么事情匆忙离开了。

"奇怪，这野猫不拉屎的地方，开家酒坊有啥用？"石榴说道。

这地方开酒坊确实奇怪，而且这酒坊和其他地方的有很大不同。整个店房并非明堂亮坐、敞席露栏，除了一扇对开大门，连窗户都没有，里面暗乎乎的，外面光线透过破损洞孔在店里落下些奇形怪状的光影，显得混乱而诡异。

"也不一定就是酒坊，字号刻在路边的石头上，字迹非常陈旧。说不定叫那字号的酒坊早就没了，变成旁边那样的泥草堆。然后有人在酒坊原址上重搭了草屋。"杜字甲的想法是多方位的，要没这能力还真做不了铁耙子王的左膀右臂。

"可是这里真的有酒呀，还挺多的。"石榴已经进了草屋。

"等等！什么都别动。"杜字甲立刻喝止，然后回头对自己带的刽子手侍卫说："你去看看，影儿是几辰光的。"这是江湖行话，意思是留下的痕迹是什么时候的。

刽子手在草房里转一圈回来，低声告诉杜字甲："尘厚沾指，碗积霉垢，影儿飘了多个玉轮。"这是说，酒坊里的人离开有一个多月了。

"才离开这么一点时间？怪了，看其他建筑遗物，此处应该废弃很久很久了。酒坊里的人最近才离开，是真的有人一直在此居住，还是之前有人偶尔逗留？"

"应该是有人居住，否则那人牛车怎么还能使用？还有，他们不是说里面还有酒吗？"刽子手说出自己看法。

"那就更不对了。如果此处有人居住，并且在此卖酒，周围来去的就不会只有少数几人，应该可以看出更多痕迹，但是并没有。再有，居住在此的人一个月前突然离开，必是遇到什么无奈的紧急事件。"杜字甲在捉奇司里磨出一个处处深窥疑问的习惯。

袁不觳听着杜字甲和刽子手的对话，心中暗暗觉得此处和当初的死村情景很是相近。如此怪异之处，必有蹊跷之物，所以他将警觉性提升到极点，不仅将眼扎子捏在掌心，压满凤尾寒鸦的十字小弩也端在了手中。

霎白骨

"哎，你们都来瞧瞧，这酒看着不错，味儿却不对，还真不敢入口。"里面的石榴在喊，他没听杜字甲的制止，还是打开了一个阔腹窄口的酒坛。

"谁让你乱动的！"杜字甲厉喝一声。江湖上的诡异事情他见得多了，用酒水食物下招的更是不计其数。"你快去看看，有没有启开什么邪扣子①。"杜字甲赶紧吩咐刽子手。

袁不觳和刽子手一起快步跑进酒坊。石榴正蹲在酒坛边皱着眉琢磨；另一个羿神卫则拿着一只小盅正要往坛口里伸，是想舀出一点来。

刽子手一个纵跃到了坛子边，一脚就把拿小盅的羿神卫踹到墙角去了："还乱动！你就不怕变成个鬼一样的毒变人？"

被踹倒的羿神卫本有些羞急，跳起身就要反击刽子手，但是一听到后面半句话顿时怔在那里，缓缓把拳头放了下来。

---

① 扣子：擅长机关暗器的门派中，将机关中实施灭杀捉拿的部分叫扣子。

袁不觳没有刽子手的步法快，俩人打完他才来到酒坛边。不用凑近他就闻见了坛里散发出的浓烈味道，由此断定里面的酒很烈。

"这酒味是有点怪，像带着些藤椒的味儿。"袁不觳说道。

"对对对，难怪路边石头上刻了'椒歌美酿'。"石榴附和道。

"没人会用藤椒酿酒的，这肯定是用什么特别的粮谷和果子酿制的，才会发出如此浓烈的味道。只是这味道的酒谁会喝？或许是派其他用场的，比如驱秽除邪，防蛇虫蚊蝇。"刽子手见识也是非同一般的。

"你前面的话我信，后面却没道理了。这里是酒坊呀，酒不是人喝的，难不成是给山里的兽子精怪喝的？"石榴舔了下干燥的嘴唇。

"不管是不是人喝的，我们都不能喝，沿路的水我们都没敢入口，越往前走越该谨慎才对。"袁不觳也舔了下嘴唇。他虽然制止了石榴，但心里还是非常理解石榴的感受的。

"说得没错，不仅因为此处怪异，已经接近疫毒源头，还因为有人走在我们前面了，难保他们不会为了自己的目的不受干扰，沿途下毒引子、绝招子，让后来的人停止脚步。"杜字甲也走到酒坊门口，却没有迈步进来。

石榴根本不理会门口的杜字甲，依旧极认真地低头看着坛子，并缓缓地抬起一只手来："听，什么动静？"

所有人都一愣，他们什么都没听见。

袁不觳也没听见什么，但瞄出酒坛的酒面上有极细微的漪纹，那是震动引起的。震动很有可能来自地下，所以蹲在坛子边的石榴能够通过坛子的传音特效听见声响。

袁不觳把右手中指轻轻搭在酒坛的边沿上，就像搭上弓弦一样，也像拈住箭尾一样。他的手很稳，连擅长活剥兽皮的剥头手上稳劲都输他不止一筹。袁不觳通过感觉敏锐、稳劲超常的手指感受酒坛上传递的微震，寻找引起震动的能量来源。

震动来源应该是墙边的一只大酒缸，大酒缸有足够的空间，利于传播声音和震动。

袁不毂慢慢抬头，慢慢挪步，来到大酒缸旁边。大酒缸由很大的香榛木盖盖着，要想一下掀开真得有把力气才行。

其他人都在往外退去，外面的人也在远离，只有石榴跟在袁不毂的旁边，这不经意的动作就可以看出兄弟义气。当然，如果石榴心存其他目的，更想知道震动原因那就另当别论了。

袁不毂朝石榴做了个小巧的手势，这是那咤杀组合射阵型中同时出手的信号，于是两人的手一起搭在了酒缸盖子上，同时运力将大木盖一下掀翻到旁边。

在盖子掀开的瞬间两人都下意识地往后斜仰，防止缸中有什么东西蹿出，但是缸里什么都没有，而且在盖子掀开之后，连之前的微震都消失了。

石榴没敢轻易移动斜仰的身体，直到看见袁不毂慢慢往大缸探身过去，他才抑不住心中好奇也跟着探身过去，看那大缸中到底有些什么怪异。

大缸里有半缸的酒，闻味儿倒是没有小酒坛里的那种椒味，也没有辛辣的酒气，应该是比较正常的酒。

"这酒能喝。"石榴的声音压得很低，像是怕惊醒了什么冤魂。

袁不毂没说话，将手指轻轻搭在缸边上，微震的确消失了，但出现了另外一种动静，像水滴落，像水流淌。这和他掉入猥貐坟剑鞘洞后有雨水流入时的感觉一样，只是那时他是身在洞中，现在他是身在缸外。

"这缸是漏的，酒在往地底下滴流。"

石榴扭头看看缸底："没有呀，缸底没有酒淌出，也没有酒味四散。"

"肯定有的，缸里酒面也在缓缓地下降。"大缸酒面下降这样极细微的变化也就只有袁不毂能瞄出。

"酒面下降？我怎么没看出来？"石榴再往缸里探下身体，一张粗糙大脸凑近酒面。

就在石榴探下身体的瞬间，酒面突然间起了个漩儿，水位一下降了很多，就仿佛一个渗着水的堤坝突然崩塌开个口子。

还没等石榴完全反应过来，酒面上水花一翻，冒出一颗湿漉漉的褐色小脑袋。脑袋上有双滴溜乱转的青绿眼睛，大张的嘴巴露出几对尖利牙齿，打眼一看很像铜钱湖的杀虎蝠。不同的是，这颗小脑袋多了双看得见的眼睛，少了对能够飞行的翅膀。没有翅膀反而少了扇扑动作，那东西身体一扭便直接跃离水面，朝着石榴脸面而来，架势竟然比杀虎蝠还要迅疾。

石榴上半身探在缸里，很难一下直起身来，幸好袁不彀早有防备，抓住石榴的后背罩衣一下将他拉了起来。

几对利齿擦着石榴的鼻子尖咬合上，逃过一劫的石榴连退几步绊在刚才打开的酒坛上摔倒。酒水泼洒了满地，怪异的酒味变得更加浓郁。

酒坛被打翻后，震动再次出现，并且不再是微震，而是连那大酒缸都在跳动地剧震。

刚开始大酒缸在剧震中发出空洞的声音，应该是缸里的半缸酒已经漏光。随后声音越来越沉闷，那缸像是被重新注满一样。

袁不彀转身就往外走，顺手拉一把跌坐在地上的石榴，却没能把他拉起来。石榴僵硬地坐在地上，惊异地看着酒缸边沿爬出一只大老鼠。那老鼠足有狸猫那样大，正闪动着诡异的绿色小圆眼盯着他。这应该就是刚才差点咬到他鼻子的那个怪东西，能够从酒缸底下潜游上来的老鼠。

"快走！"一把没能把石榴拉起来的袁不彀发出一声喊。

石榴这才惊醒过来，腰腿用力站起身，但是已经晚了，酒缸边沿上的那只绿眼老鼠已经纵身而出，就像支破门重箭一样朝石榴平飞过来。又是一次石榴躲不过去的噬咬，绿眼老鼠似乎算好石榴往上站起正好可以把大脸送到它嘴边。

袁不觳很及时地转身，很准确地挥臂，一枚眼扎子横着穿透绿眼老鼠的左右耳，连同老鼠尸身掼落到墙角。

"快跑呀！"这次是石榴发出的惊恐喊声。大酒缸里又有绿眼老鼠爬出，不是一只，而是成堆成团的。就像酒缸中有个泉口，而那些大老鼠是泉口中涌出的怪流。

酒缸已经不再跳动，而是东摇西晃将要翻倒。因为酒缸里面蹿涌出的大老鼠太多，缸下面的地面也开始松散、拱起。当松散、拱起的地面扩展到打翻的酒坛那里时，就仿佛打开了个泉眼，泥土碎石在往上翻卷，成团的绿眼大老鼠也翻了上来。

袁不觳和石榴冲出酒坊大门时，草房里已经全是到处乱窜的老鼠。旁边闪过刽子手侍卫，他让过前面两个人，快速拉住两页门的门环，是想关闭酒坊大门，挡住那些老鼠。

就在大门即将对合上的刹那，从两页门板的空隙中蹿跃出一只大老鼠，狠狠地咬住刽子手的面颊不放。刽子手痛哼一声，伸手抓住老鼠猛地从面颊上扯落，老鼠的利齿咬得极深极死，这一下生生带落下几块皮肉。

刽子手手中运力直接把那老鼠捏握得肚破身断，这是最快杀死手中目标的方法，无须一点多余动作。但就在这一扯一握之间，门缝中又有多只老鼠蹿出，死死噬咬住他。

刽子手又扯下两只老鼠，但还没来得及捏死，他的身上就已经被老鼠爬满。除了舞动四肢胡乱挣扎，刽子手连惨叫都无法发出，应该是喉咙或嘴巴被老鼠咬住了。

袁不觳再次果断转身，将手中的凤尾寒鸦连射而出。凤尾寒鸦通体由铁铸，杀伤力大，一支便可以贯穿多只老鼠。袁不觳射出的角度又很是巧妙，不仅每箭都能射死刽子手侍卫身上的多只老鼠，而且不会伤到刽子手侍卫一丝一毫。

"不用救他了，救下他也留不得，赶紧想办法挡住这些老鼠才是！"杜字甲在背后高喊。

不是杜字甲心狠，而是就算袁不榖出手，刽子手也不见得能救下来，救下来也不一定能活。而且那些老鼠说不定就携带鼠毒，想想夜袭华蓥三城的毒变人，救下一个被老鼠咬了的人可能就会害了所有人。

"对对！谁有办法赶走这些大老鼠？"石榴也在喊。目前刽子手暂时堵在门口充当了所有老鼠噬咬的目标，一旦它们对这目标失去兴趣，接下来肯定会追咬其他人。在这荒村死境中，估计没有一个人能逃过鼠群的追杀。

老鼠从大门未能完全关闭的缝隙中钻出来，急促得就像冲出堤坝裂口的水流。在如此急促的拥挤下，大门一点点地被挤开。当更多的老鼠涌出后，门口的刽子手侍卫很快变成了一具白骨。曾经专职剐杀别人的人，怎么都想不到自己也如同被剐杀一样成了白骨。再细看下，不仅刽子手成了白骨，就连挂在他身上被袁不榖射死的那些老鼠也被噬咬成了白骨，由此可见这些绿眼大老鼠食性何等凶残。

这是一幅让人恐惧至极的情景，也是让人恶心至极的情景。幸亏酒坊大门已经关到只剩一道缝隙，否则刽子手应该是在转瞬间就被咬食成骨。

鼠群对白骨失去了兴趣，于是转而盯住了外面的其他人。

控火候

柴彬在百木堂上来回踱着步，面色阴沉，搭在腰间的手指不停地快速弹敲着犀角木的剑柄，显得很是焦躁。他在等待，等待印证自己判断的结论，这结论也就是制约别人的机会。但一切都必须是恰到好处的——火候不够，别人会发现他的虚与委蛇；火候过了，那又会造成实际局势的失控。处在这样一种纠结状态下，他失去该有的镇定实属情理之中。

百木堂是独龙族的议事堂，起这个名字是因为这大堂屋的确是用百十种木料搭建而成。滇蜀之地木料繁杂，但搭建一座大堂屋什么木料都用只能说明非常粗陋不讲究。大堂屋的墙板上全是黑霉斑驳，就像久无人住的弃屋。里面也没什么正式桌椅，就是些木板木墩随便搭起的坐凳。如此简陋的堂屋竟然是一方大族的议事重地，可见本地的贫瘠和落后。

柴彬很难想象，如果梁王府出兵东侵，这些贫瘠落后的滇地族民能给自己多大支撑。一旦出兵失利，滇地族民还会不会给梁王府容身之地。所以柴彬必须等，等到别人先把火烧起来，然后自己可以借火烧香，也可以引火烹鼎。现在烧火的人已经显身，自己要做的就是耐着性子来回磨他，帮他把火星子磨蹭出来。

有人从寨门外狸猫般直奔进百木堂，看衣着打扮是个独龙族的汉子，常年在山涧丛林中追踪猎物，才会练出如此轻盈敏捷的身手。

那汉子也不懂什么规矩礼节，径直跑到柴彬身边低声禀报："对岸动了，大批得了疫症的人被驱赶到江边。"

"我估计得没错，为了促动我梁王府有所行动，对岸必定会出逼迫招法。你回去告诉各族族长，严阵以待，万不可让那些人渡过江来。"柴彬刚吩咐完，那汉子转身就走。举止有些粗野，但行动绝对果断。

柴彬瞧着那汉子一路奔出了寨门，这才沉稳地迈出两步，高声呼唤："来人！速把徐鹏找来。"

徐鹏是在晨曦初现的时候到达嘎木镇桥北的，柴彬给他的指令是他须以最快速度见到吴勋笔，敲定共同出兵东侵之事。徐鹏接到指令后心中非常诧异，事情的变化实在太快，让他暗自怀疑这是柴彬试探自己的套子。所以这一路他走得很是犹豫，并未驱赶坐骑跑出全力。

吴勋笺听徐鹏说明来意后反倒没有太多怀疑，他觉得这说明事情正是按着自己的布局在走。手下人已经将大批身带疫毒的人驱赶到龙婆江沿岸，一旦涉江而过，梁王府所辖滇地将会毒瘟流行、血尸遍地。柴彬的大哥就是接触此疫毒而暴毙，老梁王也身染此毒生死未知。柴彬就算未曾亲眼见识到疫毒发作的厉害，那龙婆江中的残尸碎肉也足够触目惊心了。

目前疫情还能有所控制，一旦不能控制，吴勋笺尽可带人往西、往北逃走，避开疫毒蔓延区域。但如果疫毒传入滇地，人们连逃走的地方都没有。因为滇地往南是大理，往西是突厥，北面本就是疫毒传来的地方。而朝廷为防止疫毒流入大宋腹地，滇地往东的关卡肯定会全都封闭。梁彬是难得的将才，肯定会想到这一层，权衡之下，也肯定会觉得自己之前的建议是最有价值的应对办法。与其自己遭受疫灾，不如趁此疫情起兵东侵，夺取大宋天下。

徐鹏听了吴勋笺的解释后频频点头，他了解梁王府的每个嫡系子弟，知道他们心机敏锐，识得时务。在疫毒入境这样的重大威胁下，他们应该会因势利导转而选择与吴勋笺合作。

"大批毒症人群聚集龙婆江沿岸，柴彬度势之后让我以最快的速度前来与吴将军接洽敲定联兵东侵之事。此时毒症人群要是不及时收回，仍变成血尸冲过江去——梁王府如能成功防御，便会觉得与将军合作是多余；如不能成功防御，疫毒蔓延下来他们也将失去合作的价值。"徐鹏后悔自己未曾一路全力赶来，这样可以多些时间让吴勋笺处置驱往江边的毒症人群。

"你说得没错，现在这当口是无论如何不能让血尸过江的。来人！赶紧传令，将毒症人群驱回封门谷。"吴勋笺立刻领会了徐鹏的意思。

"将军，恐怕来不及了。这些毒症人群已近毒发时辰，该是伏藏变异的阶段，驱赶不动了。现在就连驱赶的兵马都远撤了，生怕遭到变身血尸的攻袭。"手下有人回复道。

"那就趁着还未毒变将他们全杀了，一个都不要留！"吴勋笺急吼道。

随即主帐中军官带传令兵一同快骑奔出。因为时间确实晚了一些，此时再去杀那些伏藏变异的中毒病人，保不齐遇到的就是已经变了身的血尸。

但是血尸要命，军令更要命，驱赶毒症人群的兵马接到令箭后只能赶紧转回江边。此时已经有部分身患疫毒的人毒发变形了，于是本该轻松的杀戮变成了非常艰难的对抗。

好在这些毒变人和攻袭华蓥三城的毒变人有所不同。攻袭华蓥三城的本就是善于杀伐作战的境相夫，之前也接受了攻袭华蓥三城的命令，所以目标准确，杀法凶狠，难以抵御。这里的毒变人大多是平常百姓，只少许患了毒症的兵卒混在其中，加上大部分患了毒症的人还未来得及变异，这场对抗最终仍是吴勋笺手下兵马占了上风，在付出死伤众多兵将的代价之后，总算是把所有毒变人和还没来得及毒变的人杀光了。

不过在这之后，吴勋笺的兵马还得进行第二轮甚至第三轮围捕追剿。有些在对抗过程中被血尸伤到和感染的兵将，从眼前发生的一切预见到自己的结局，于是果断结伙逃亡，自寻治疗疫毒的办法。对于这些人，吴勋笺也是果断下令，能抓回封门谷的就抓回封门谷，抓不回的就地灭杀。这样一来，蜀南一带的山林中几乎处处都有小股的攻杀对抗，相当于吴勋笺自己和自己打了一仗。

在江边灭杀毒症人群的过程中，有少数毒变人涉水过江，全都被柴彬这边早就布置好的防御力量轻易灭杀，没有折损一兵一卒。对比下来，反倒之前对毒症人群有所控制的吴勋笺显得仓促无序，没有完全可靠的应对措施。这主要是因为事情变化得太突然，处置的余地太小了。

有那么几个瞬间吴勋笺心中也有疑窦闪过，自己一时间手足无措的状态会不会是柴彬给自己下了套儿？这样的念头是徐鹏替柴彬做的解释，柴彬派他前来传递联兵信息是给了足够时间的，只是他心中生疑没有按吩咐及时赶到，这才耽搁了时间。

而这一环节中吴勋笺和徐鹏都没有往更深一层去想，权衡一下徐鹏心中有疑、路上耽搁会不会也在柴彬的设计之中？他们此刻心中最为欣慰的是在付出一定代价后梁王府终于愿意联兵东侵了，自己借助战事可不必再掩盖因疫情而逐渐暴露的企图，并顺势占住属于自己的一片疆土。这种时候要让他们承认之前的计谋失败，敲碎心中已经确认的胜利成果，那是很难的。

就在吴勋笺手足无措地忙碌时，柴彬这边早就得到了各路消息。这一串火星子磨蹭得恰到好处，烧燃得不温不火。所以接下来的第二把他决定磨蹭出些火苗来。这火苗是为自己烧开一片空间，也是要让吴勋笺引火烧身的。

铁耙子王赵仲珥难得会有精神不振的时候。或许是午间的半壶荷露花雕后劲上头，又有憩楼书房前后大窗的微微过堂凉风，他竟然坐在柞桢木椅上歪头睡着了。也不知他在这样极不舒服的睡态中做着怎样的梦，头扭气喘地硬是醒不过来，直到李诚罡缓步走进憩楼，悄声呼唤并轻拍他的肩膀，他才一下惊醒。醒后蓦然发现身边站着一人，他在惊慌中竟将腕上绿翠金眼佛珠甩到地上，由此可见他做的是一个非常可怕的噩梦。

李诚罡从来没有见过赵仲珥如此失态，也被吓到了，急忙退后几步站定，想想又迈进两步把甩掉的佛珠捡起，用大袖擦去上面尘土，发现佛珠的葫芦形佛头被摔出一个缺口。这与佛珠同料同色的佛头，估计是再也无法重新配上了。

赵仲珥看清面前的是李诚罡，这才重重舒出口气。接过李诚罡递送过来的佛珠他看都没看，直接扔在了桌案上，与此同时标志性的微笑重新回到他的脸上："李大人，刚刚没吓到你吧？呵呵，我自己却是被吓到了，许多年都没做过如此可怕的梦了。"

李诚罡没有搭腔，心里却暗自在说："这世上能吓到你的东西可不多，哪怕是在梦里。"

"李大人如此匆忙而来，定是有紧急事情。"

李诚罡这才醒悟过来："丁天由蜀地闻彩塬暗点发来飞信，果然有人拿住了袁不觳的义父和师父。"

"有没有说是何人所为？"

"是孟和。"

"孟和？他终于出现了。"

"是的，但是很快又消失了，连同袁不觳的义父和师父一起消失了。"

赵仲珥脸上的笑意颤抖了下，用手掌在桌面上轻轻一拍："蠢材，消失了是好听的说法，事实就是他们跟丢了。"

"蜀道难，蜀山险，林深水恶、兽凶物怪，要在那种地方跟定一个人确实不易。"李诚罡倒是宽厚。

"你莫要为他等开脱，如若只是盯住一个孟和，跟丢了也在情理之中。问题是还有两个老头儿在，那孟和总不会有携人飞行的本事吧？"

"就算有这本事他也飞不了，因为除了两个老头儿还有一人与他们一起。绣丞丰飞燕私辞职务，与两个老人一起入蜀去寻袁不觳。孟和须有携三人同飞的本事，呵呵。"李诚罡是想把气氛缓和下来。

"丰飞燕？她又搅了进来。这次不是奉了什么密旨吧？"赵仲珥脸上的笑意敛了敛，随即自己就给否定了，"不会不会，她要带有密旨，那就不会和两个老头儿同行了，必有高手保护才对。哪怕是暗中的保护，那孟和也是无法得手的。"

"这倒未必不是好事，有两个老人、一个女人的拖累，孟和定然无法快走。丁天他们只要搜寻仔细，肯定还能找到他们。"

"未必如此，有用者留，无用者杀。孟和并不一定要把三个人都带走。"

李诚罡轻吸一口凉气:"那三人中,谁才是对他有用的呢?"

赵仲珥没再做声,伸手抓过桌案上的佛珠,却一下捏在了佛头的破缺处,一丝刺痛从指尖直透心尖。

掘墓虫

酒坊里的大老鼠们刚刚从黑暗处钻出来,对屋子外的环境不是太适应,在外面明亮的光线下不得不保持谨慎,但这谨慎最终没能抵过外面活肉鲜血的诱惑,只迟疑了一小会儿,就都朝着袁不觳他们冲了过来。

"封住大门!必须封住大门!"石榴一边喊一边往前冲,冲出十几步后又吓得扭头往回逃。

不仅越挤越宽的大门空隙中有绿眼大老鼠不断往外涌,整个草房其他部位的破损处、洞孔里也有老鼠扭转着身子往外冒,就好似酒坊里面已经挤满老鼠,只要有个口子,就会冒溢出来。而这只是开始,紧接着,那些破损和孔洞迅速扩大,屋顶木瓦的压石被掀翻,墙体也开始松动摇晃起来。草房就像一个不断注水、即将被涨破的猪尿泡。

石榴只要再往前多跑两步就会和刽子手一样变成白骨,即便及时回头,也差点被最先冲过来的几只老鼠咬上,幸亏袁不觳和其他羿神卫的箭支及时射出,将最前头一群绿眼老鼠给灭了。

"杀虎蝠、杀虎蝠!"石榴边跑边喊。他这个时候突然莫名其妙喊出"杀虎蝠"来,也就只有袁不觳和死鱼知道是什么意思。

"破穿箭,射里面酒坛。"袁不觳高喊一声。

所有羿神卫立刻从箭壶中抽出破穿箭,开弓往酒坊里射,连刚刚跑回连气都没喘过来的石榴，也转身开弓放箭。唯一没有开弓的羿神卫是死鱼，他是除了袁不觳之外唯一知道下一步计划的人。他在点火。面对如此恐怖的鼠群，估计只有死鱼能在风劲浪高的颠簸海船上把灯笼点燃。

连续两轮破穿箭射向酒坊，破穿箭头宽锐、快削面，具有强劲的破钻功效，根本不需要找缝隙，直接就能从泥墙木壁上穿入。不过外面的人并不清楚酒坊里酒坛的位置，加之箭支破壁后还会遭遇里面老鼠的阻挡，所以最终射破了几坛酒不得而知。

鼠群像潮水漫延过来。杜字甲和他手下的几个人转身往后逃走，但这样是逃不掉的。羿神卫也全慌了，可没有袁不觳的指令他们都还不敢动，依旧慌手慌脚地朝酒坊里射着箭。

袁不觳其实也慌了，心里反复着"死鱼怎么还没把火点起"，又不敢发声催促，怕起反作用，导致死鱼慌急之下点不着火。

死鱼确实慌急到了极点，他能想象潮水般的老鼠冲过来后会是怎样的结果。刚刚那大活人瞬间变白骨的恐怖画面他亲眼见证了。余光瞟着越来越近的鼠群，死鱼极力控制颤抖的手，急促地拧开百里火折子，捻煤苗、吹好焰，但几次都没能让煤苗燃起火苗来。

尽管袁不觳还能保持原有状态不给死鱼压力，其他人却已经受不了了。有人开始往后退，还有人将向房子的箭射向鼠群的最前沿，石榴索性捧起一块大石头朝鼠群砸去。石头一路跳滚而去虽然砸死砸伤不少大老鼠，但也将酒坊大门撞开了一些，顿时更多的绿眼老鼠涌了出来。

见自己弄巧成拙，石榴急忙回头声喝问："死鱼，还不点火？"

死鱼被石榴的高喝吓到了，手里不由自主地一松，一支火头箭画道不大的弧线朝酒坊飞去，恰好从刚刚被撞大了的大门空隙飞进酒坊。

火头箭上的火苗在白天看不怎么明显，就一团带着轻烟的白光。但是从酒坊里面冲出的火苗是非常清晰的，是像海水一样幽幽的蓝色，火焰移动的速度也像海水扑岸，快速追赶鼠群。

鼠群的前端离袁不毂他们很近了，蓝色火焰虽然蔓延得快，但要想在袁不毂他们被扑咬到之前追上鼠群已经不可能。而且火头箭点燃的是酒水，酒水的流淌局限了火焰的移动速度和覆盖范围。之前酒水已经流出一定距离，所以火焰能够快速追出，可是酒水越流越慢，老鼠沾附的酒量也是有限，火焰再往外延燃的速度也就差了一些。

最前端没有被蓝色火苗追上的绿眼老鼠冲到了袁不毂的面前，后面沾了火星火苗的老鼠也近在眼前。袁不毂张口发出一声惊惧的长呼，绝望地等待鼠齿噬肉的痛苦。几乎与此同时，其他人也都发出长呼。

鼠群从袁不毂他们身边跑了过去，没有沾上火的、沾了火但还能逃命的，全都跑过，没有一个停下的，更没一个碰他们的。

这种老鼠不仅体形大，还别具灵性，对危险的反应特别灵敏，见身后有火追来，它们情愿放弃嘴边的活肉鲜血也要保住自己性命。而那些沾了火的更无暇顾及口腹，而是要找水灭身上的火。

于是在一阵拖得长长的惊呼声中，有一大群绿眼老鼠消失在袁不毂他们身前的树木草丛中，还有更大一群在火中翻滚挣扎。

酒坊烧成了一个大火堆，时不时有火团像流星般飞出，那是全身燃着的老鼠想蹿出火堆。焦臭味、烟味呛得人们喘不过气来，滚卷过来的热量逼着大家连连后退。

在闷热潮湿的环境中，一座吸足潮气的木结构老酒坊即便有烈酒助燃，也很快就停止燃烧了，只剩一柱浓浓的黑烟翻滚直上。

抢先逃走的人又跑了回来。既然冲在前端的那群老鼠为避火烧之厄抢到他们前头去了，那么退回只有死老鼠的火场肯定比跟着那些活老鼠跑要安全得多。

"我们还是赶紧离开吧，保不齐还有大老鼠藏在地下洞里没被烧死，过会烟火凉了，仍会钻出来寻肉吃。"石榴心有余悸，只想早些离开。

"那倒不会，这把火烧起来，浓烟火灰都往鼠洞里灌。刚才那些老鼠都懂得放弃猎物避火逃命，地下洞里就算还有老鼠也都会远远逃开。"说话的是又再回来的杜字甲。他满头满脸的汗，不知是刚刚被老鼠吓的，还是被大火给烘的，"季无毛，你去看看，这掏洞摸鼠的一套你最懂。"

季无毛正是之前判断根沿道五六年前修整过，但人走车行痕迹在十年以上的那个带符提辖。他名叫无毛并非真没有一点毛，而是头顶中间全光秃了，两侧耳朵上方还竖着些许毛发，仿佛多长出一对大耳朵，再加之尖削的脸，真有几分老獾的模样，长着一副钻墓的面相，难怪会成为盗墓行里的顶尖。

"哎呀！这是掘墓老虫！而且这些掘墓老虫的齿形和咬嚼力要远远强过平常的掘墓虫，难怪瞬间把人啃成白骨。"季无毛只看了几步外一只被烧得黑乎一团的老鼠就给出了判断。

"掘墓老虫是什么？"袁不彀第一次听说这个名字。

"也是老鼠的一种，但体形更大，咬嚼力更强，你看它的牙齿就知道了。而且体形呈长锥状，利于钻拱。很多墓穴为了牢固，会在砌墓墙时用掺了糯米的灰泥，掘墓老虫最是中意这一口，经常会打洞钻拱到墓墙处，咬开墙砖吃掺了糯米的泥灰。它钻破墓穴的本事连盗墓行的高手都不能相比，所以得了个'掘墓老虫'的名字。可是掘墓老虫一般都是独来独往的，以往就算是几室几层的大墓，最多也就能遇到一窝掘墓老虫。这里冒出的掘墓老虫真是太多了，而且咬嚼力比以往所见掘墓老虫更强。要能驱动它们的话，搬山挖河都是可以的。"季无毛解释得很详细。

杜字甲接着季无毛的话头："老鼠的称呼很多，各地不同，如耗子、夜磨子、夜郎、老虫等等。给这大老鼠起名叫'掘墓老虫'并不奇怪，算是直接说明它的特点了。不过这里掘墓老虫数量如此之多，倒真是奇怪，咬嚼力特别强也是奇怪，噬食活人更是奇怪。就算是多出鼠虫的地界，受环境、食物局限以及天敌制衡，也是难以聚集如此之多的。除非人为饲养，并刻意训练它们咬嚼力和嗜血噬肉的习性，才有可能出现刚才的情形"。

"古时滇蜀界内曾有一个夜郎国，不会是因为多出老鼠而得名的吧？还有，此地不会就是古夜郎国吧？"难得石榴一个敲石头的还知道夜郎国。

"难说，都难说。"杜字甲的回答等于没回答。

"之前在根沿道上时，这位季大叔说道路五六年前修整过，但人走车行的痕迹至少在十年以上。那么有没有可能，道路是由鼠群修整，所以未动原来路面的痕迹？"袁不毂的联想似乎有些异想天开。

季无毛眨巴两下眼睛，偷瞟杜字甲一眼，见杜字甲没有丝毫特殊的，这才开口答道："道理上是可以的。但那些老鼠又不用走人路，干吗要去修整。"

"不是说是鬼魂踏出的路吗？或许是鬼魂赶着老鼠修的。"石榴故意摆出个很神秘的样子。

"呸，别瞎扯淡。那样鬼魂还不如自己修，一样只留修筑痕迹、没有人车痕迹。"死鱼啐了石榴一口，是恨他又扯上鬼魂，把气氛搞得紧张。

袁不毂知道这个时候越深究越会让人心生恐惧，于是赶紧转移话头："刚刚算是幸运才逃过一劫。还没摸到正源的边儿就已经如此凶险，接下来大家得加倍小心才行，万万不可再乱动东西。"

说话间袁不毂盯了石榴一眼，刚才就是石榴打开一坛酒之后才出现掘墓老虫的。不管这之间有没有联系，石榴莽撞无脑的行为都必须收敛，才不至于害人害己。

"不怕不怕。杀虎蝠被我们烧死了，掘墓老虫也被我们烧死了，就连刀枪不入的犼彪都没能要了我们命。其他人不敢说，我和不够、死鱼三个铁定是福将，没有迈不过的沟塘。"石榴竟然没听出刚才的话是针对他的。

袁不毂没再理会石榴："这场火烧得很不好，烟柱往上一升，方圆数十里都能看到。"这烟柱确实和鲔山连堡的烟信有着同样的效果，"现在我们成了明标，之前遭遇的两路人马可以通过烟柱推断出我们的位置和路线。更糟糕的是走在我们前面的人知道背后有人跟了上来，很可能会沿途设下绞圈阻止我们往前。"

石榴这次没有说话，他再浑也能听出袁不觳在说，烧死老鼠的这把火并不成功，会带来更多危险。

"前面不远就要当心了。'山中见酒路到头，到头路转鬼见愁。'再往前走山势突变、道路难行，最有利于设绞圈。"杜字甲这话和风水无关，却是极有道理的经验之谈，山野荒芜之地的酒坊、客坊，往往都开在离恶劣环境区域不远的地方。最典型的例子就是武松打虎，武松喝酒的酒坊就在即将上景阳冈的路口。这样的酒坊两种人光顾的最多，一种是补充体力准备走险路的，还有一种是看到前面道路难行退回来打尖休整的。

第五章

连绵草木坟

坟盖山 🏹

　　杜字甲真就像个半仙。往前行进半里地，转过一道枝繁叶茂的山坡，山势果真陡然变化。展现他们面前的是屏障一样直立的山峦，刀削似的石壁不仅直插入云，还往两边延伸出去，不知道哪里是尽头。

　　突兀地现出这般山势，所有人都惊呆了。就连看了大半辈子地势山脉的杜字甲也啧啧称奇："真是奇龙之脉、磅礴之势。"

　　连绵山脊被浓厚云雾盘绕着，但依稀可见山顶上葱绿逶迤、枝藤蟠虬。这茂密的绿色便如山的卷发、重帽，比那盘绕的云雾更加浓厚、凝重。茂绿、浓云混杂在一处，更有了几分神秘和诡异。袁不毂手掌遮额往上看一眼，竟然有噩梦中的金牛冠闪过。

　　"诗里说'蜀道之难，难于上青天。'可这样的山势，就算在蜀地也不多见。"石榴发出一声感慨。

　　袁不毂瞥一眼石榴，感觉那文绉绉的话从他嘴里说出来格外别扭。

　　"你们看顶上那些云和树，裹在一起，就像台风来时的海潮一样，黑压压、雾蒙蒙的。"死鱼的感慨总和他的本行分不开。

　　"那顶上不是潮头，而是坟头。"杜字甲并不太爱搭理人，接上死鱼话头完全是为了显示自己见多识广。

　　"坟头？那山顶上能埋人？"死鱼追问。

　　"在发现吊架上的死人时，我们不是提到过蜀地葬人一族吗？他们将死去的人运到山顶，或放山洞，或放树上，这叫置葬。山洞少，多为贵人富人所葬处，树上却是谁都可以葬的。尸体腐化后还能沃肥树木，所以葬树比寻常树木长得更加茁壮茂盛，围绕尸骨形成枝杈团。而且茂盛的葬树还会引来鸟雀虫兽，它们的粪便和尸体继续成为葬树肥料。如此循环，山顶葬树便会枝权交错、根茎交缠，形成连贯的浓密植物带，就像这山顶一样。"

"这么说来，那山顶是一个大坟场了！如此望不到头的山势，得葬了多少人啊？"死鱼又追问。

"一国之人。姓唐的贼小子不是说这里是个极乐国度吗，这国度里死的人恐怕都埋在这山顶上。"杜字甲这回答倒是带着七分揣摩。

"那么此处的天光神殿定是与入葬有关。"袁不觳熟知建筑的类型和用途。

"可是这地方和老狱卒所说的差别很大，不像是我们要找的地方。"石榴插话进来。

"并非如此，我们有贼小子带上道了，一路沿道而行。如果离开道路，几步之外恐怕就会找不到方向，不知出路在哪里。"杜字甲对蜀地山水相当了解，知道蜀道接天，百分凶险，更知道山脚低处比高处的蜀道还要凶险，高处还能望见远近参照物，低处视线完全被遮掩，周围全是相似的草木乱石。相似的情景，分不清方向，找不到路径，就和老狱卒说的迷魂道是一回事。

"前面没路了。啥要找的地方，啥天光神殿，没路就啥都没有。哈哈，老杜呀，这回的风水你是看走眼了。"石榴为找到杜字甲的破绽而开心。

"前面有路，上山的路。"袁不觳很肯定。前面这条路根本不用瞄，而是要看有没有想象力。

"哪里有路，我怎么看不见？"石榴属于没想象力的。

"正午线，初时，背阴，有一挂白带，那就是上山的路。"

羿神卫的训练中有共认方向这一项，这个在组合阵型中特别重要。因为很多地方无法辨别方向，合作伙伴相互间就必须有共同的方向认知。这一般是以主射正对方向为参照，并且为了避免相互传达信息时会被别人窃取，通常不以前后左右和角度读出，而是将正对方向定名正午线，用上午线、下午线每一时辰的初、正、末来确定左右角度，再以迎阳、背阴来表示前后。

"看到了，那一挂不是山上落瀑吗？"石榴回道。

"不是落瀑，而是落石。也不知这山上如何会裂开这一道缝的，滚落的石头堆叠一道，可以作为踏脚上山的道路。"解释到一半，袁不嚣眉头微皱，按理说石榴对石头的观察和感觉应该比自己好很多，为何他会把这么一道落石看成了落瀑？虽说距离较远又云雾缥缈，但是石与水、静与动的差距还是很大的。一个优秀的石匠不该出现这种差错。

"那是落石？不会吧，我怎么看着像是在流动的。"石榴仍坚持自己的看法。

走近之后大家发现石榴确实错了，那一道白色真的是石头，但也不完全错，那些石头也真像是流动着的。

这是很少见的一个景象。山体从接近山顶的位置裂开，越往下越宽，从远处看像是一道缝隙，到跟前看会发现，实际竟有三间房的宽度。这裂缝里塞满了圆形的巨石，就像山体里有只巨型的仙鹅，生了一枚枚鹅蛋滚落下来。这圆形的巨石叠塞在一起，阴暗明显、线条连贯。如果不是袁不嚣那样的眼力，从远处看真会有流动的错觉。

"这路可不好走啊！"死鱼最怕走山路，看着这些圆石直犯晕。

袁不嚣没有说话，面前这条上山的路确实有难度。那些石头堆叠而上，呈阶梯状，但每块石头都非常巨大，而且大多是圆形。也就是说，每一级都是很高的阶梯，而且很难攀爬。

"这里再没有其他路了，估摸这个全是圆石的道就是上山的正路呢。只是走正路的法子我们还没找到。"杜字甲倒是同意袁不嚣的思路。

袁不嚣没接话，而是往四周查看。闷热天气中浪费已经缺水的口舌，还不如找到什么对行动有帮助的东西。

"那堆破烂木棍看到没有？都是新拆断的痕迹，原先应该是些器具才对。

乘着牛车的人已经从这里上山，怕别人干扰他们做事，就把剩下的上山器具都损坏了。"袁不觳找到一堆乱木头来帮助行动。

"那些木头有啥用？难道是梯子？"石榴问道。

"你猜对了，就是梯子，要是谢天谢地两兄弟在这儿，他们肯定能看出来。这叫'高三尺'，一种可撑可放可挂的小梯子。梯子顶系着挂绳，绳子另一头随身携带。那些石头虽然又大又圆，其实只要站高三尺左右就能爬上石顶。上了石顶之后用随身带的绳子把'高三尺'拉上去，借助它再爬上面的石头。"

袁不觳走到那堆破烂木棍前翻找起来。这些木棍是多个"高三尺"拆解的，其中很多还刻意折断了。袁不觳是想从中找些没坏的，看能不能拼凑出一个完好的"高三尺"来。

东拼西凑的木棍拼成的新"高三尺"很难看，但拼成之后，所有人都看得出来，这的确是可以帮助攀爬大圆石的器具。

"大家按这个样子尺寸去取些木棍吧，尽量找那种分量轻又结实的。然后我来制作'高三尺'，有这么三四个就够我们上山了。"

尽管找来的木棍很少能达到分量轻又结实的要求，而且袁不觳也没有随身携带做木匠活儿的工具，不过凭着随身的腰鞘刀和解腕刀，袁不觳还是很快做出三个"高三尺"，再加上老材料拼凑的那个，也足够他们分四组往山顶攀爬了。

攀爬的过程中，袁不觳极为小心。因为这是一个绝好的截杀点，不管是黑衣人还是境相夫，只要占据圆石裂缝两侧的位置，就会让他们遭受无处可躲的攻击。所以袁不觳让四组人尽量把距离拉开，自己则和石榴在最前面开道。

袁不觳的谨慎似乎有些多余了，在这段有了"高三尺"后并不算艰难的攀爬中没有出现一点意外。石缝结束的地方距离山顶还有四分之一的距离，在这个位置有一个被山上草木遮掩的平台。在山脚下往上看，无法看到平台，只有上来后穿过外围草木才能发现。站在平台上，回头往远处看去，葱葱绿色间散落着很广的黑点，这些应该都是倒塌的房屋和围墙，表明这里原来有许多人居住。

平台不算很大，平台往里的凹洞却很大，整个看起来就像山体被抽掉了一块，又像是个没有门窗的天然大厅。而且到了此处再无攀爬之路，如要继续往前，就只能往那深邃的凹洞里走。

袁不毂和石榴上去后首先发现四架"高三尺"，梯子很陈旧，所以上面留下的、刚刚使用的痕迹更加明显。

"前面人牛车上的人不少呀，用的梯子和我们一样多。"石榴由梯子数推算人数。

"也不一定。你看这架梯子，上面没有踩踏痕迹，而是有摩擦和绑扎痕迹。应该是用它带了很重的硬物上来。还有这架，上面踩踏痕很轻，应该是高手用过的梯子。高手一般不愿意和别人合用梯子，而且原来这下面也不缺梯子。这样粗略算下来，他们的人数大概是我们的一半。"

"哦，那就不怕他们了。"石榴一下放心了。

袁不毂又皱起眉头，石榴没注意自己说了有高手？这可不是正常人应有的反应。正常人都会马上担忧前面到底是怎样的高手，担忧自己这些人中有没有能够应付他们的。除非石榴已经知道是怎样的高手，或者他根本没有把在梯子上留下很淡痕迹的人当成高手。

杜字甲最后才在侍卫和季无毛的陪同下攀爬上来，在看到这块平台后显得非常兴奋："对对，这路是对的。此处算得龙眼位，'龙眼聚天光，瑞气转灵窍'，再往前应该就是天光神殿了。"

风水中普遍把山形称作"龙"，但也并非所有山形都能被如此称呼，必须是充满生气的，紫气如盖，苍烟若浮，云蒸霭霭。杜字甲不仅把这里的山称为龙形，还将平台处定位为龙眼位，可见此处的山形上佳，在此建立一个极乐国度完全有可能。只是不知为何现在竟一人都不见，就像死境一般。是其背后暗藏冲煞局相，当时没能被看出来？还是和疫毒源头有着什么关系？

"不大对呀，小糖人说他在天光神殿等我们，也就是说他会走在我们前面。可是通过各种痕迹，我们只发现了乘人牛车那帮人的痕迹，难道小糖人还有其他什么路可走吗？"袁不彀再次发现顺序不对。

"之前的道路应该是有其他暗藏岔道的，所以才会一路设下许多关楼和卡房，到了这里再出现岔道却不大可能。如此山势，能有圆石裂缝做路上攀已是难得。而且这平台凹洞为龙眼，连下去的圆石就如同龙眼淌泪。如果不是实在需要借此上下，居住在此国度的人肯定会把这破损形态改造掉。"

"你杜先生说这是龙眼，但我看这洞口倒像怪嘴大张。再往里走下去，就像被妖魔吞入，怪瘆人的。"石榴对石头的形状最为敏感，描述也极为准确。那凹洞口位置非常宽绰，往里一段距离就出现了一个往下的折转，再看不到更里面的情形，确实像张连着喉咙的可怖大嘴。

"可是这里没有其他路可走，祭道、墓道一般都只设单道。"季无毛并非单纯从盗墓一行的经验说出此话，而是仔仔细细查看过周围。

"小糖人说在前面等我们，如果只有这一条路，他能平安走过，我们肯定也没事。"死鱼在给自己壮胆。

"你懂个屁！那小糖人说不定已经死在里头了呢？或是可能他走的时候一切正常，他走过之后别人看到烧酒坊的烟火才设下绞圈，那我们不撞个正着吗？"石榴分析的两个可能都非常合理。

"还有，或许根本就没有什么神殿，编个地名说等我们或许只是骗了我们往前走。再或者地名是对的，但他并未走到我们前面，而是偷偷跟在后面拿我们当探杆。"就像下棋一样，杜字甲想到更深的层面。

告神道

　　听了这话袁不羁下意识地回头看了一眼，目光所及处枝摇影晃，虽感觉与周围景象不大协调，但是并未发现什么藏匿的人迹。这地界连老鼠都大过了猫，出现些无端的枝叶乱动，也实在太过正常。

　　"既然只有一条路，哪怕是个饕餮牙口，那也得闯一把。听我的，队伍单线前行，尽量拉开前后两人之间的距离。我估计这里的地形无法摆大场子，就算有绞圈，那拉长的单线队伍也不会被尽数裹入。一旦遭遇攻袭，你们自行根据情况决断，可相互救助也可及时逃离。"袁不羁这是用了羿神卫训练中反绞圈的路数。

　　"死鱼，你走最前头，第二个石榴，我走第三个，后面你们依次排列。"袁不羁有把握指使得动也就是包括自己在内的这三个人。

　　"我在最前面？你知道在这地方我腿脚不灵光的。"死鱼确实害怕，说的也确实是实情。

　　"山中地形狭窄，所设绞圈不会率先攻击单队进入的第一个——那样绞圈等于没有起作用。而且从发现有人入圈到发起攻击有个时间差，也来不及攻击第一个。就像打蛇打七寸，率先被攻击的最有可能是第二、第三个。这样后面的无法往前加速，掉头往后又会混乱。"袁不羁打消死鱼的顾虑，这样一来死鱼反倒不好意思了。相对而言，他排第一个反而是最安全的，袁不羁自己倒是身处最危险的位置上。

　　十几个人拉开距离，呈断续的线形队列进入宽绰的凹洞。过了折转，石道一下狭窄了很多，但也是可以五六个人并排同行，而且没有支路岔道，连个壁坑都没有。地面也颇为平整，水流冲刷出的一般。顶面挺高，黑乎乎的感觉非常杂乱，不知是怎么个情况。往前走过一段之后，石道又逐渐宽阔起来。

长弓少年行（终结篇）·中

180

袁不毂落入过獥貅坟中的鞘形深洞，也进过魂飞海子下面的穿顶空间，对于这种在暗深空间行走是有经验的。但是此处空间明显和之前那些地方不同，那些地方都是黑暗得伸手不见五指，而这里始终有光，周围细节基本看得清楚。刚开始有宽绰的入口透入的光线，之后是从一些石缝、孔眼中投入的光线。不远的前方则更加明亮，像是已经接近出口了。

但最亮的地方不是出口，而是一个宽敞的大空间，像一个大厅。光线亮堂是因为顶上有很多大大小小形状各异的孔洞，投下一块块形态各异的光斑。由于洞口被草木枝叶遮挡，投落的光线显得炫晃混乱。

走入这个宽敞空间，所有人都被眼前的情景惊住了。他们看到的既是奇观，又是诡相。最让人惊诧的是一些不可思议的画面。

首先这里并非一个山洞，而是一个峡口，峡口上窄下宽。由于有很长很大的石梁、石柱横撑在峡口中间，又有粗壮蔓藤挂连石梁石柱和两边的山体，便托住了许多断木落石，兜住了泥土流沙。有了泥土流沙便会有植物长出，在植物根须和蔓藤相互纠缠作用下，逐渐形成了更大面积的支撑，兜住更多的泥土流沙。如此反复，直到形成覆盖整个峡口的顶面架构。但是这样支撑起的顶面是不会密实，中间留有许多孔洞和空隙。下面明亮的光线正是通过这些孔洞和空隙才落下的。

如果仅仅是石块、泥土加植物给一条宽大峡口加了个顶，视觉上应该还称不上是"奇观"。真正让人眼晕和震撼的是顶上植物的根须，这些植物没有长在山上，没有长在地里，而是长在一层不厚的沙土面上，所以它们的根须肯定是会穿透沙土面，极力生长以便索求更多的水分和养分。

植物强悍的生命力让顶面的根须长得有些变态。靠近土石的是黑色粗壮的老根，如虬蟒相缠、柔丝扭花，哪怕是最高超的雕木匠人都无法雕出如此紧密细致的花纹。越往下根须越细，且脱离了纠缠，自顾自往下生长。到最底端已经细密得和胡须一样，晶白清嫩。就像贴着人们头顶有一片密密的、不会落下的雨丝，真是难得一见的奇观。

"那上面老根中间夹杂了些黄乎乎的是什么？"石榴难得如此细心。

"是枯骨。"季无毛直接给出答案。挖掘古墓的高手，最熟悉的莫过于枯骨了。

这回答让袁不毂马上联想到葬人。他们将尸体运到山顶，或置葬于山洞，或置葬于树上。那么会不会也将尸体置葬于山体缝隙、山涧之间的石梁、老藤上？真要是那样的话，这头顶之上岂不就覆盖了一片坟地？

"和山顶一样，这顶面也是块坟地。估计是此处居住的人越来越少，此地的葬人也没了后继，尸体置葬只能草草了事，就搁在告神道附近的凸石、藤木上。藤木有了尸体滋养，生长迅猛，直至连接了两边石壁和石梁。有了这样的连接，就又可放置更多尸体。加上石块泥土滑下堆积，草木种子落下扎根，在更多尸体的沃养下，时间一长便形成了这个厚厚的顶面。"杜字甲紧跟在季无毛答案后面的解释证实了袁不毂的想法。

头顶之上竟然是一个坟场，而且是嵌在山体峡口间的坟场，这怎么说都算得上是一种诡相。

"葬人不是也将尸体置葬在山洞中吗？为何这下面不见一具棺材？"石榴又问。

"一则这里原来并非山洞，要是没有上面葬尸才形成的顶面，这里就是一条宽大峡涧，非合适的葬地。再有，我们进来的凹口也是个关键，那里有个往下的折转。如果估计得不错的话，雨水丰足时，水会聚流到凹口来，然后从折转处冲流进峡涧。这里面如果放置了棺材和尸体，就都会被冲走。"

听了杜字甲的解释，袁不毂终于明白通道两壁和地面为何会如此平滑。这和他掉入过的鞘形洞相似，真的是水流冲刷出来的。不仅凹口有水冲入，顶面结构也是盛不住水的。水流从上面滴流下来，水滴石穿、冲磨棱角，石面自然平滑。

奇观、诡相之外还有不可思议。就在那根须之下，悬挂了一些轻柔帛纱。纱宽一尺多，轻薄如烟，直垂到地。薄纱轻轻飘晃，就像淡淡的雾气，把本就炫晃的光线撩搅得更加迷乱。

薄纱肯定是人为挂上的，但无法看清是挂在什么上面，也不知道挂了多久。按之前一路所见的建筑物推断，应挂了数十年才对。但再好的薄纱在如此潮湿环境里短短几年就得腐烂，不可能挂那么久。难道是有人定时更换？或者是赶在前面的人刚刚挂上去的？

除了薄纱，这里还有多根石柱。石柱不算太高，一人半的样子，粗细也只一抱多些。这些石柱与脚下的石面是一体的，属于天然长成。但高低粗细如此一致，肯定经过了人工修整，而且所有石柱上面都雕凿了一些纹路，像是某种标志，或图腾。

"那是雕的人像。"石榴是个好石匠，一眼就看出雕凿的是什么。

"不是人像，是山神像。"杜字甲纠正了石榴的判断。

"山神？不会吧，每个柱子样子都不同，山神怎么可能那么多。"石榴并不承认自己的失误，这是手艺人的自信和执着。

"古夜郎国以山为居，几乎所有生活所需之物来源都与山相关。所以他们将山神细分为多个，有石神、树神、药神等等。"

"那么这里相当于一个祭拜山神的寺庙了。"袁不毅觉得既然路边凹洞都可以成为客栈，那么这个大空间也完全有可能是一座山神庙。

"不是寺庙，只是用来做些告知神灵、与神沟通的仪式。然后才能将死者置葬到山上的合适位置，否则就是对神不敬，在好位置安葬了也不能升天。在《古西寻龙册》中，管这种地方叫告神道。"杜字甲提到的是一部记载勘查风水经历的书。

"那这些悬挂的帛纱与告神道有关吗？"袁不毅始终注意着最为奇怪的点，这是他多次遭遇诡异凶境后养成的习惯。

"那叫净魂幡。告神此生善恶，悟道步入天界，天垂洁净魂幡，涤拭尘世污秽。这是山顶石洞置葬的一个必要仪式。"

听了杜字甲解释，袁不彀轻舒一口气。既然是本就该有的，那就算不得异常。而且椒歌酒坊里的迹象显示，一个多月前是有人在的。有人在就有人死，有人死就必须葬，那么出现了安葬仪式所需的垂纱是可以理解的。

"做这个告神道还真是不容易，得正巧有这么几块石头可以雕神像。"死鱼觉得杜字甲的说法有些牵强。

"你懂个屁，这几块石头并非正巧大小合适长在这里的，而是大块石头修凿出来的。周围应该还有更多被清理掉的石头，留下的只是需用的。"石榴抓住显示自己专长的机会了，"不信你仔细看，地上肯定有石块被凿平的痕迹。"

"嗯，要都被清理了，靠近石壁那里单留个方石块干吗用？"死鱼发现一块和周围环境格格不入的石块。

石榴挠挠头："那是有些怪异，你跟我过去看看。"说完，拉着死鱼就往一侧石壁走去。而其他人则往杜字甲这边围拢过来，显然他们对杜字甲的解释要比对石榴和死鱼的查看赞同得多。也就在这样的不知不觉中，袁不彀之前安排的单列队伍彻底散了。

"你们看，这个石像是兽神，这个是谷道王，这个比较奇怪，应该是洞公公①吧。"杜字甲边往前走边说，其他人随着他的解释去辨别石刻图案。

当走到第三个石像时，旁边几片垂挂的薄纱晃动了一下。在谁都未曾有所觉察的状态下，人群最外围的一个羿神卫肋部被平滑划开，从他身侧飘射出一片血扇。连他自己都没有弄清怎么回事就已经倒下了。

此刻如果莫鼎力还在，应该可以第一时间发现有人遇袭。因为这种暗袭

---

① 洞公公：西南地区的一种俗语，一种神灵，是比山神爷、树神更小的神灵，属于极少区域的神灵信仰范畴。

方式和莫鼎力在獙貐坟洞道里偷袭黑衣人的方式很相似，所不同的是莫鼎力利用黑暗偷偷干掉最后一个，而这里的暗袭是利用薄纱遮掩视线偷偷干掉最外围的人。

走到第四个石像时，薄纱再次晃动，又一个带符提辖的右臂齐肘飞落。幸亏他的反应快，及时抬起胳膊，否则被切断的就是他的脖子。

"啊！那里……鬼影子！"断了臂的带符提辖能在剧痛惊骇之下发现伤害自己的影子，反应快是一方面，更重要的是盗墓者对封闭空间中的光线能更快适应。

被发现的鬼影子就在其中一挂轻纱上。那带符提辖急切间忘记自己的一只手臂已被切断，挥动着指向鬼影子。半截断臂甩出的一片血珠全滴染在那挂轻纱上。

轻纱染血，却不见了影子。很难确定刚才是带符提辖断臂后疼痛加惊吓导致的视觉误差，还是那鬼影子已经移形换位了。

"踩绞圈了，快退！"羿神卫们经过各种状况下的反应训练，立刻意识到自己踏进别人设置的绞圈，自然而然地往后退。

带符提辖们一边后退，一边各自掏出些桃木剑、棺材钉、狗血葫芦。他们更相信自己同伴的发现，认为出手攻袭的是什么恶鬼。

"寻瓮，闭息！"

鬼影杀

袁不豰用羿神卫专用术语发出指示，羿神卫们马上领会，以最快的速度就近寻找藏身位。而这里太过宽敞，石壁又平滑，很难找到合适的藏身位，大部分人只能贴壁而立。杜字甲也被身边的侍卫一把拉到石壁边，并且被其按压得蹲坐在壁角。

少数人是以石柱神像为掩护，或者直接就地平趴。这些位置其实是在石厅中心，仍处于绞圈最为有效的攻击范围。所以选择这些位置的都是不够镇定和反应较慢的，其中大多是带符提辖。

最不济的是剩下的两个钦差护卫，他们盲目地转身而逃，没跑出多远，便直摔出去再不能动，应该是被什么远距离武器射杀了。

石榴拉着死鱼去查看石壁边的方石块，发生暗袭后两人距离石壁最近，最先躲藏到位，而且恰好是一个微微凹陷处。所以当别人还在寻找合适的藏身位时，他俩已经可以查看周围情况了。

"是鬼影子，不止一个，飘动极快！"石榴这声喊惹来一记尖锐劲风。幸亏他缩脖窝身得及时，那劲风撞在了身后石壁上，发出刺耳脆响，溅起了连串火星。从声响和火星可以判断，这是一枚力道强、分量重的镖锥类暗器。但那东西撞击之后蹦出了很远，具体是什么没人看得出，也不知道是如何射出的。

"啊！在那里！"有一个躲在石柱神像后面的羿神卫看到鬼影子，闪出身形，朝着那影子连续射出箭支。

连续几支箭就像融进了一片烟雾，没有听到最终射入目标或是撞击石壁的声响，只是将周围光线搅动得更加混乱，而鬼影子趁着这混乱再次消失。

那个羿神卫并未因鬼影子消失而放弃攻击，依旧抽箭搭弓向前追击。但这回他的弓没能拉开，他身形重重地顿震一下，随即软倒再不能起来。

所有看到的人都能从他身形变化上确定这是瞬间失去生命的特征，但仍没人看出他遭到的是怎样的攻击，甚至连近杀还是远射都没看出来。

若说那个羿神卫现身攻击被反杀还在意料之中，旁边平趴地上的一个带符提辖被杀却是异常诡异。他贴紧地面的身体猛然暴跳起来，身体在空中破碎，真正的是血肉横飞。几乎还是没人看出这是一种怎样的袭击，就像是被鬼魂从地上拎起并撕碎。只有袁不觳看出他是中了一种霸道的暗器，击穿身体后连带把身体弹起，并在空中二次崩弹撕碎身体。

所有人都吓到了，外行是被霸道凶残的杀人情景吓到了，内行则是被无处可避且杀法多样的击杀方式吓到了。袁不觳和别人都不同，他是被杀不死的鬼影子吓到了。

鬼影子虽然飘忽难见，但袁不觳可以凭超强的目力准确瞄到他们。其中最为真切的是那个被羿神卫连续发箭攻射的鬼影子，并且看清了羿神卫数箭射中鬼影却未能射穿的全过程。这情况比斗犰彪、杀毒变人还要绝望，犰彪至少还有个眼睛是软处，毒变人只是要害处难找，乱箭乱刀强杀还是能够杀伤甚至杀死的。鬼影子则完全不同，箭支明明射准了，到跟前却无声掉落，所有攻击的劲道就像被什么化去了似的，也就是说根本就碰不着鬼影子。那么不管有没有软处和要害，都是没法伤到它们的。

"当心，这些鬼影子杀不死！"袁不觳发出警告。

就在袁不觳发出警告的同时，一个鬼影子飘闪到杜字甲那边。保护杜字甲的高手侍卫一见情形危急，立刻甩手抛出一串精亮圆环。这圆环虽然被抛击而出，却不是暗器而是武器。因为这串圆环是一环扣着一环的，始终有一环在使用者手中。

所有圆环都有握把、开刃边，环数多少则根据使用者的修炼程度决定。环数多的不仅攻击距离更远，抓住中间圆环折转多道攻击时也更加狂猛霸道。但这异形武器用不好是会自伤的，环数越多，操控难度就越高，自伤的危险也越大。这个侍卫果然有过人之处，他运用的圆环有八只。虽然双数环略比单数环的使用难度低，但能达到这个数量的仍是极为少见。

袁不觳在羽林卫造器处时听别人说起过这种少见的奇门兵刃，江湖上叫碎龙圈，意思是可以将一条龙一下分成许多块。官家人对"碎龙"两字犯忌，于是改叫日影环。

日影环抛出之后，搅起一阵纱雾乱光。但日影环同样没能发挥有效的攻击力，除了光线和情景出现变化，再无其他。好在自古以来鬼影子都怕日影，所以随着纱雾乱光的消散，鬼影子也无声地消失了。

"它逃了！鬼影子并非杀不死，否则它们不会躲逃。"日影环高手大声告知自己的发现。

"就算杀得死也不要轻举妄动，先护住自己搞清状况。"这是袁不毁对其他羿神卫的告诫，不过所有人都能听懂。

鬼影子可能被刚才那一记日影环的攻击吓到了，知道自己遇上的是棘手的硬点子，于是立刻暂停了绞圈的运转，回到最初的暗伏状态，重新等待机会。

告神道安静了下来。中招的已经死透，没死的都尽量控制呼吸，贴紧石壁，保持不动。

沉寂并不意味安全，反而会积攒更多恐惧。既已陷入绞圈中的目标，其实就是在被动等待更加突然的攻袭。这种状况下，等的时间越长，心理上越是难以承受。加剧的心跳和急促的呼吸让人感觉胸腔像要炸开，短短一盏茶的工夫，在意识中竟像是过了许久许久。

"鬼影子走了没有？"许久之后，死鱼扶着旁边那块方石将身体略微抬起。

石榴猛拍一把将他压低，两朵旋飞的乌光贴着死鱼的头皮飞过，在他身后石壁上溅起了连串火星，扬起大片石屑。但是没有听到撞击声和撞飞声，那两件杀器竟然嵌入了石壁，其锋利程度和发射力道令人难以想象。

鬼魂是不会使用武器的，袁不毁他们依旧将对方叫作鬼影子，只是为了相互间表达方便。但绞圈上实施暗袭的扣子确实杀不死，应该是有什么特殊的防护在。另外他们设置的绞圈也巧妙得匪夷所思，竟然可以贴身近杀还不被对手看清样子。

"龟藏、寻异、撬隙。"袁不骰连喊出几个组合射阵型排兵暗语。龟藏是藏身不动，这是暗射的基础；寻异是寻找周围不正常的现象，这些现象往往都是对方状态的显现；撬隙是指找到对方绞圈的破绽，这是打破暗袭脱出困境的关键。

"不对，风不对。"死鱼最先有所发现，但表述得令别人不太好理解。

"什么风不对？"袁不骰问完之后贴壁快速移动一步。他的反应太正确了，才移开，几枚长钉便射在他原来的位置上。

"那些薄纱飘拂的方向不一致，有左右飘的，有相对飘的，不可能是风吹的。"死鱼高声回道。很奇怪，他两次出声都不曾遭到攻击。

"小心近杀！"袁不骰听到死鱼回答的同时也发现了那边的异常。而针对某个多次想射杀的目标却放弃两次远射机会，那么最大的可能是要采用近杀。

袁不骰话才出口，那边石榴已经大吼一声连发三支凤尾寒鸦，后面便来不及再行装弩，只能顺势抽出腰间厚背开碑刀，朝着飘近的薄纱一阵乱砍。在凤尾寒鸦和开碑刀前后两轮的全力防御下，鬼影子只能往后飘飞退避。很明显，靠石榴才保住了死鱼的命。

"那些薄纱砍不破，是不死蚕纱！"石榴在两轮防御中寻到一个重要的异常之处。

不死蚕是西域的一种怪蚕，吐丝做茧后并不化蛹，两天后破茧出来仍是蚕身，所以被称为不死蚕。不死蚕要第四次做茧后才会化蛹，这一次吐出的丝韧性十足，传说单丝可提壶，以此丝织成纱，刀剑难破。

"别乱动，撬隙。"袁不骰说完又快速移动位置，而且多移了两步。他真的很明智，这一次在他原来位置以及前后一步多的范围内，响起一阵急雨般的撞击声。凭声音推断，至少有二十枚远射武器落空。鬼影子采取如此密集的攻击应该是看出了袁不骰是领头，想先把他解决掉。

羿神卫们听懂了袁不觳的意思，全都屏息凝神从那些飘拂的薄纱中找寻可以攻击的缝隙。而对方可能也意识到自己绞圈的运转遇到了阻碍，于是马上放缓了攻击节奏。就连日影环侍卫和带符提辖们明明处于易被攻击的位置，鬼影子们也都不敢轻易出手。出手就有异动，异动必然露隙，攻击别人的同时也会留给别人攻击的机会。修习远射技艺的高手都知道"一隙之间即生死"的道理。

"数下净魂幡数量，告神道一般七神二十八幡。不死蚕纱金贵，不会一下集中了那么多在这里。"杜字甲不懂羿神卫的暗语，但他仍是尽量把自己知道的信息告诉袁不觳。幸好护住他的日影环高手强悍，鬼影子不敢轻易靠近，所以他高声且明了的信息传递并未招来密集攻击。

杜字甲的信息很重要，但是大家都在尽量往犄角旮旯里掩藏自己身体，无论谁的位置和角度都无法数清净魂幡的数量。袁不觳也一样，他只能瞄到两个神像。再往前的神像要么被这两个神像的垂纱遮掩，要么隐在背光的暗影里。

不过袁不觳注意到杜字甲说的七神二十八幡，也就是说一个神像配有四个净魂幡。他看到的两个神像却不是的，它们周围都有五挂净魂幡。五挂之中必有一挂是不死蚕纱，所以可以先不管其他的，把隐在这两个背后的鬼影子揪出来再说。

袁不觳还注意了死鱼所说的风不对。不是风不对，而是根本没有风。一是山中天气闷热，无风可起。再有此处是在山体的半山腰处，周围有层层山峦围绕，有风难至，何况进来的口子是有折转的，风更难进来了。

既然无风，那些净魂幡又是如何飘拂的呢？袁不觳的眼睛顺着净魂幡往上瞄，一直瞄到顶上的细密根须。

晶白的细密根须非常少见，此时没有办法了解其特性，袁不觳这一眼却瞄出了特别之处，那些根须竟然都在微微摆动，就像细密的浪花一样。由此可以推测，净魂幡很大可能是系在根须上随根须而动，摆动幅度小，但是从上而下延伸到净魂幡的下端，可以形成大幅度的飘荡。

可是让根须摆动的风力又来自哪里？是从上面那些漏光的孔洞吹入的吗？不是！或者说，是孔洞，但不是风。

袁不毂关于植物木料的见识派上了用场，他断定那些晶白细密的根须是有向光性的。在昏暗的环境中，会不断朝着有光的地方趋摆过去。而每个净魂幡所挂位置不同，于是趋光而动的根须带动净魂幡摆晃的方向也就不同。不管在哪个位置，都会朝有光的方向摆晃。也正因为这样，才会把上面漏下来的光线搅得如同迷雾一般。而薄纱制成的净魂幡在乱光中飘拂，也如轻烟一般。

确定了这些，也就可以确定，他们遇到的绝非一般杀手。这些杀手可以在很短时间内了解周围环境的特殊点，并且可以最大限度地加以利用、布设杀局。在这些如同迷雾轻烟般的净魂幡中增加一挂不死蚕纱，可以遮掩他们身形，可以阻挡攻击他们的武器，还可以配合净魂幡摆动后光线和位置的变化，以纱为盾，突袭到目标。

破蚕纱

瞄清了，想通了，但是要想撬隙仍是不大容易。对方的攻杀防御都极为稳妥，从开始到现在所有人都只知道却看不到鬼影子。鬼影子不过是孔洞光线把他们映照在不死蚕纱上的身影，只要无法射穿不死蚕纱，那么这身影就永远活鬼一样存在。

"利锥子、左星、三挂。"袁不毂这回用的是那咤杀组合射阵型中的暗语。

意思是用锥头箭，左侧目标，第三挂薄纱。所报方位是相对于石榴和死鱼，目的是让他们两个出手攻击，而他自己充当诱子。

寥寥几个字，就确定了一个攻击目标，也确定了攻击方法和武器。袁不毂是在针对不死蚕纱做一个尝试。不死蚕纱的质地具有韧性和伸展性，再加上轻柔特性可卸去箭矢力道，这样才使其无法被射穿砍破。但它毕竟不是盾牌铁甲，只是一挂薄薄轻纱。如果能在鬼影子贴近薄纱时用锥头箭攻击，就算不能射入身体，锥头箭的力道仍然可以给肉体极大冲击。这就如同禹王槊的笔尖砸击重甲，就算无法破甲，仍是可以通过巨大撞击给穿甲者造成伤害。

袁不毂这次发声之后没有再往后移动，而是朝前疾冲两步。在他发声位置往后两步的石壁上，有几朵金色菊花般的火星瞬间爆开。对方果然是杀人的高手，他们从刚才两次攻击失败推测出袁不毂发声后会立即后移。所以这次增加了攻击量，并且使用了极为霸道的武器，想把袁不毂一击必杀。但袁不毂棋高一着，这一回偏偏是往前移动的。

袁不毂他们的那咤杀组合阵型在实战中运用过，娴熟到电光石火一般快速。这边才喊，那边两人的锥头箭就已经搭上了弓弦。在石壁上菊花般的火花闪跳的时候，两支锥头箭也触碰到了第一个神像左侧的第三挂净魂幡。这是分布在神像两侧四挂净魂幡之外多出的一挂薄纱。

两支箭无声地裹入薄纱，随即"叮当"两声掉落在地。又是一次无功而返的攻击，对手显然更为熟悉不死蚕纱的特质，早就设有防备重器重击的措施。

但是在那两支锥头箭还未落地之时，袁不毂疾步朝着第一个神像靠近，不过走动的路线是斜向对面石壁。这是一个别人无法理解的走位，似乎除了更快被杀，再没有其他什么用处。

有没有用处除了袁不毂自己知道，第一个神像位置上的绞圈杀手很快也会知道。就在袁不毂急步跑动时，被射中的第三挂薄纱被锥头箭带动着扬起。

同样在这个跑动中，袁不觳借助顶上孔洞漏下的光线，准确瞄到薄纱扬起后另一面的情形。他要在这个一闪即逝的瞬间里找到真实的杀手，哪怕只是他身上的一个点、一条线。

能在快速跑动中瞄线是袁不觳近来的一大提高。而且这一次实际瞄到的东西比点比线都明显，那是一双麻线编鞋。这种麻鞋不是入殓死尸穿的鞋，而是攀爬者穿的鞋，是穿在健壮有力的脚上的鞋。

袁不觳的三支凤尾寒鸦全射了出去。前面两支分别射在那双健壮有力的脚上，通体铁制的凤尾寒鸦让那双健壮有力的脚瞬间骨断筋折。

双脚同时骨断筋折的人会屈膝瘫倒，但如果是很会杀人又很会躲避被杀的高手，会往后斜向趴倒。这个姿势可以避免后续的武器对自己腹胸以上部位继续攻击，还能就势查看攻击对手的方位，及时反击。

袁不觳知道对方是很会杀人的高手，所以第三支凤尾寒鸦延迟了两步半的时间才射出。一切都在预料之中，鬼影子斜向趴倒并就势扭头查看攻击方向的情形，所以第三支凤尾寒鸦正好从他喉窝右侧钻入。脖颈前面连头带尾完全没入，脖颈后面穿透出半支箭来。

漏光如雾，薄纱如烟，此时猛然卷裹起一阵烟雾的旋涡。那是惊骇之下、慌乱快速变位的身形带动的。杀人的人往往更能体会到生命逝去后再难逆转的唯一性。而当转瞬间逝去的是和自己一起战斗的伙伴，那么这死亡结果就更加触目惊心。

袁不觳没有理会自己三支凤尾寒鸦带来的战果，身体刚刚触碰到对面石壁便回头轻喊一声："右星、七挂。"右边的第七挂薄纱在第三个神像的旁边，选择这个作为目标是考虑到绞圈上的扣子会移位，第二个神像边藏形的杀手已经退到后边。

这一次不仅石榴和死鱼瞄准目标快速射出箭去，就连其他羿神卫也往那一挂薄纱射出锥头箭。虽然袁不觳所喊位置仍是相对于石榴和死鱼的，但前面一轮的弓射已经给了其他羿神卫基准点。以此类推就能轻易地找到袁不戮指示的下一个目标。

活着的羿神卫已经不多，但是五六支箭撕碎一挂薄纱的威势还是挺吓人的。不仅是碎片乱飞，更重要的是挂纱一碎，顶上漏下的一缕天光顿时变得清晰耀眼，就像有把剑插入雾光烟纱之中。

能够被箭支撕碎的是真正的净魂幡，而不是后加的不死蚕纱。但是袁不戮并没有瞄错，也没指错，他要的就是这个效果。那挂净魂幡一碎，会让一些人下意识地有所反应，特别是当一道如剑般的天光出现在自己身后时。

对方绞圈上都是高手，不会轻易改变自己位置。更何况还有自己加挂的不死蚕纱，这东西断不可能轻易舍弃不要。所以袁不戮虽然看到了刚才那一阵旋涡般的急促变动，心中依旧坚持认为藏位于第二个神像旁边的扣子仍在原来的圈位上。所以才会发出这样一个信号，将后面的一挂净魂幡撕碎。

第二个高手果真还在原位，当身后出现光线变化时，他也真的立刻转身去看。一尺多宽的薄纱，可以遮掩住一个直立侧身的人，但这人一旦转身，势必会将身体的某一部分暴露出来。

光线一变，袁不戮立刻非常清晰地瞄到不死蚕纱后面的鬼影子，同样清晰地瞄到暴露在垂纱外面的一线身体。虽然只有一线，却足够袁不戮将一支月牙宽刃箭切入其中。切断连接后脊的肋骨，切进肋骨保护的内脏。

这回光线和薄纱没有像第一个鬼影子被杀后那样乱动，反而连之前微微的摆晃都没有了。对方绞圈上余下的扣子已经意识到自己遇到的对手比预料中可怕许多，最初的连续得手主要是对方经验不足，采取的措施和反应不够及时。一旦对方调整过来并找到撬隙的办法，绞圈就完全丧失了功效，自己只能借助不死蚕纱先保住性命。所以他们需要尽量控制住净魂幡，尽量遮掩身形，以免被可怕的射手瞄到边角。

双方都停止了行动，所有人都像神像一样缩在自己的位置上。这种对峙不仅是在等待对方出现破绽，更是为了不让自己成为被攻杀的目标。

　　"我们得想办法过去。他们的意图很明显，杀光我们，或者阻止我们。"杜字甲并不清楚目前战况，但看出了对方的目的。

　　是得想办法过去，只有过去，才能找回舒九儿、找到疫毒的破解办法。虽然杜字甲的目的和袁不毅有很大差异，但他的迫切程度和袁不毅是一样的。

　　"他们倒是死了两个，但更难过去了。人少了，不死蚕纱没少，防护面更加周全了。相互间要再照应到了，没个女娲娘娘的针儿钗儿的肯定挑不破。"石榴又是打退堂鼓的态度。

　　"针儿？丰飞燕的针儿多，但不能当箭用。那箭能不能当针用呢？"石榴的话提醒了袁不毅，"这世上不可能存在完全砍切不断的纱丝，不死蚕纱也一样。之所以射不透砍不坏，除了它自身质地坚韧，编织的方法应该也有特别之处。既然轻薄柔软可卸外力，编织结构合理的话也会起到缓冲作用的。但如果是使用比编织结构间隙更细的针，那就无法被卸力缓冲了。同样道理，如果有某种办法让编织结构的间隙扩大到一定程度，也就无法让箭尖卸力缓冲了。"

　　袁不毅深吸一口气后，便如潜在水中，长长地憋住气。直憋到身体的一切都仿佛凝固，只留一双眼睛还能活动。而眼睛所视范围内的所有一切都在瞄线的网路之中，并且快速收缩、连接，直细密到薄纱的每一条纹路、混沌中飞舞的每一粒尘埃。

　　"用火试试，看能不能把那不死蚕纱烧破！"死鱼出了个主意。火烧杀虎蝠、火烧掘墓老虫的成功让他再次想到火攻。

　　这应该也是个好主意，听到这话的袁不毅眼神陡然一瞟，一支蛇尾箭搭在弦上，眼角再一斜，箭便射了出去。一瞟，瞟的是一挂不死蚕纱的位置，以及这挂薄纱上鬼影子的大小，从而推断出薄纱与薄纱后面杀手的距离；一斜，看的是旁边石壁状况，包括上面的每一处平滑和凹凸。

蛇尾箭是所有箭支中最为尖利的，主要用于启穴开括的细小环节，有时候甚至可以直接用来远距离射开锁眼。但蛇尾箭与针相比还是粗钝了许多，不可能像针一样钻入不死蚕纱的纱线缝隙。所以袁不毂没有直接射那垂纱，而是贴着石壁射出。

箭头在石壁上连续摩擦，溅起串串细碎的火花。摩擦可以将箭尖磨利，就像厨师用刀时会先在盘子底上磨两下，刀便立时锋利许多一样。摩擦除了将箭尖磨利，还能让箭尖发烫，发烫的东西可以让纱线结构快速松弛乃至断开。袁不毂的意图是要用一支临时磨快、磨烫的箭射穿不死蚕纱。

摩擦同样会让箭的射力快速下降。所以对距离的把控很重要，对位置、角度的把控也很重要，而这一切全在袁不毂刚刚的一瞟一斜中确定好了。

当箭的射力下降到一半时，正好从一个弧线稍大的石壁面顺转过来改变飞射方向，转过来的箭支轻巧巧地钉上不死蚕纱时，力道变得更小。这样小的力道不会让薄纱飘飞起来，只会让箭支落点拖成一条长线，而箭头则实实地钉在一个点上。

强弩之末不能穿缟素，这支蛇尾箭也是强弩之末，同样穿不透不死蚕纱。但在短暂摩擦中变得更加锋利、尖细、灼烫的箭尖实实钉落后，在薄纱的纱线之间钻扩出了一个小小孔眼，一个因编织结构松弛而挣开的孔眼。

蛇尾箭依旧被挡落地上，薄纱微微飘起一点之后，就很自然地垂下。也就是在这个时候，第二支蛇尾箭到了，没有经过石壁摩擦直接射到。这一箭的神妙之处在于，竟然可以在连射的瞬息之间，在孔洞落下的不太明亮光线下，在依旧微微飘荡的薄纱上，找到刚刚挣开的小小孔眼。

千里之堤溃于蚁穴，再牢固的东西一旦出现了缺口，就会成为全面溃败的起始。不过从起始到全面溃败是有过程的，这一箭只是将小小孔眼扩大了几分，让蛇尾箭尖尖的箭头挤进去半寸。

薄纱再次被箭支带动飘起，却没有自然飘回，挤进去的半寸箭头连带着薄纱钉在第三个鬼影子的额头上。

这是袁不毂展现的又一神妙之射。先通过薄纱上映照的影子大小、形状来确定杀手位置以及与薄纱的距离，再算上薄纱阻挡的力度、飘动的影响、射入的高度，然后让透过去的半寸箭头正中对手额头。

蛇尾箭头射入额头的深度远远不止半寸，薄薄的不死蚕纱被一同牵带着进入额头。随着鬼影子仰面倒下，韧性极强的不死蚕纱又晃荡着把箭头拔出了额头，只留下个冒着血浆和脑浆的洞眼。

追尾射

旁边有人发出来惊呼，是一种听不懂的语言。但能够听出其中的难以置信和恐惧，因为不死蚕纱竟然被射穿了，因为他的伙伴已经死光了。

挂带了一支蛇尾箭的不死蚕纱前后左右方向不定地晃荡得更加厉害，就在这时，一支锤头箭射到，锤头重重撞击在蛇尾箭的箭羽端。

这一箭射得虽难度不如前面找准薄纱上孔眼的一箭，但也着实的准。它的妙处不只在准字上，更是在巧字上，不仅要恰好射中摇晃不定的蛇尾箭尾端，还要算好角度和方向，抓准箭支晃荡的某个瞬间状态。因为这一锤头箭不仅要将已经钻透不死蚕纱的蛇尾箭继续敲过去，而且还要在后续的钻透和摆荡中，把这箭恰好地敲到发出喊声的位置。

听不懂的喊声戛然而止，从嘴巴撞入喉口并戳穿后颈的蛇尾箭让人再无力发出任何声音。鲜血顺着喉管往上涌，气息则从戳穿的后颈往外漏，隔断了气息的第四个鬼影子身体一歪，瘫软了下半身，不死蚕纱和横插穿口喉的蛇尾箭将他上半身仍直直地吊在那里。

这是一场妙到巅峰的射杀，射杀者不仅要具有仿若天人般的射杀技艺，还要有超乎寻常的想象力，更要在转念之间把想象变成现实，这样才能一气呵成将这个无比凶险的绞圈尽数破碎。

实际上袁不觳从想到做非常迅速，一切都是下意识、顺其自然地完成的，就像大锯一拉一推般随心而为，连袁不觳自己都在暗自感叹这如有神助般的玄妙。

净魂幡轻轻地飘荡，顶上的漏光依旧如烟般混浊。一切似乎又和之前一样，只有眼力好的才能从中看出一些变化，比如混浊的漏光中多了一片破碎的亮光，轻柔飘荡的净魂幡中多了一根绷直的薄纱。

"扣子解干净了，再看不见能动的鬼影子了。"日影环侍卫最先给出判断。

"是的，好像就四个。"石榴同意日影环侍卫的判断，"谁离得近的挪过去看看。"

没人理会石榴，对方不仅本领过人、武器霸道，还有比盾牌更多变、更实用的不死蚕纱。谁敢保证他们全都死透了？只要有一个死不透的，谁过去谁就得死透。

"都石龟似的缩着不动对吧，看我不给你扔到那边去。"石榴的威胁很是蛮不讲理。

"别咋呼，已经没啥人让你扔了。"日影环侍卫回了石榴一句。

他刚才仔细扫看了下周围，羿神卫里除了袁不觳、石榴、死鱼，还剩一个地射的箭手。这个地射箭手本来是想随着袁不觳飞黄腾达的，没想到从华莹三城开始，遇到的全是要命的事。带符提辖死得更多，就剩一个季无毛还活着。至于跟来的钦差护卫，一个都没剩了。

袁不觳也看出离绞圈近的没一个活着，算算剩下的人里可能还就自己离得近些，于是朝石榴吹个口哨、做个手势，两个人便从两边慢慢往净魂幡那边逼近。

确实结束了，一共四个鬼影子全部毙命。这些鬼影子的模样很是怪异，全都光着上身，下身穿着非常宽大的短裤，一眼就能看出并非南宋人士。就算滇蜀僻地的异族族民，也没见过这样的装束。旁边倒是扔着一些宋人衣袍，应该是他们罩穿在外面掩饰自己身份的。不过宋人衣袍会影响杀招发挥，所以摆绞圈时他们都脱掉了。除了短裤，每个鬼影子都还斜背了两个大皮袋，那是装各种武器的，袁不骞翻弄了一下，生怕错过什么重要的细节。

"有四条不死蚕纱，正好对上这四个人。"石榴对数字的推断倒也合理。

"这是他们的缠身纱，平时缠绕在身上就相当于上衣。"日影环侍卫护着杜字甲也走到前面，"就四个死人吗？有没有其他东西？"杜字甲此刻不顾危险赶到前面，明显也是怕漏掉些什么。

日影环侍卫快速翻看了下那些丢在一旁的衣袍，但什么都没找到，再看看四具死尸，他们身上的大裤衩也藏不了什么。

四具尸体背的皮袋袁不骞都翻弄了一遍，倒出一大堆怪异的武器，而且绝大部分都是远杀暗器。这些暗器有的需要器具发射，有的是在结构上自带助力功能，直接以手抛射也能产生极大威力。其中有几件暗器和发射器具，袁不骞不仅从未见过，连造器处那些善制异器的高手都从未提及。

"六钉镖、爆锚，还有可以射入石壁的旋碟镖，这些都是西域杀器。会这些暗器的杀手必须经过特别训练。"日影环侍卫自己使用异形武器，所以对其他怪异武器也有所了解。

袁不骞快手快脚地将所有暗器和器具把弄一遍，尽可能多地了解这些武器在运用和设计上的的巧妙。

"经过特别的训练？那这些人应该来自专门的杀手组织。西域厉害的杀手组织跑到大宋来杀人办事，这外活儿做得有些远啊。"袁不骞有点发蒙，有关杀手组织的事情不同于官家、军中，也不同于江湖帮派，无论是丁天、莫鼎力还是端木磨杵，都未曾和他说过。

"准确说应该是西域的波斯，那里有一个神秘的组织叫阿萨辛派。这组织成员个个都历经严格训练，精通杀技、敢于赴死，都是极为可怕的杀手。历经几代传承后，因信仰分歧形成了几个分支。其中有分支曾流传到中土地界，并创建发展成为摩尼教。"日影环侍卫侃侃而述。

"摩尼教？方腊不就是以摩尼教起事造反的吗！"杜字甲髭须一抖，他和赵仲珥、李诚罡一直都在研究追查的秘密，现在好像开始有所搭接了。

"当年方腊确实是摩尼教的。这四个杀手却不是摩尼教的，而是阿萨辛派的。摩尼教脱胎于阿萨辛派，但教徒的技击本事却是各有不同。大部分是修习中土格杀技法的，只有少数人糅合了部分阿萨辛派的杀人本事。但这四个杀手的攻杀技法和武器完全是波斯路数，再有他们的不死蚕纱也只有波斯本土的阿萨辛派成员才有资格拥有。"

"也就是说他们是直接从波斯来的，那就不大可能是为了自己的什么目的，应该是受雇于人。雇用远在西域的杀手不仅可以掩藏雇主的身份，且很难推断出雇主的目的。"杜字甲眯着眼、捻着须。

"杀手一死，想追查都无迹可寻。"日影环侍卫补充道。

"也并非完全无迹可寻，他们来此所做的事情，谁最有获益，便可怀疑。还有谁与这阿萨辛派搭上交易最为便利，也可怀疑。"袁不觳的想法看似正确，其实太过笼统，依旧无从查起。

就在此时，石壁边传来死鱼惊讶的声音："咦，这方石上面刻了些纹路。而且和神像不同，可以移动，像是从其他什么地方搬来的。"

杜字甲急步赶去，看得出他对死鱼刚刚所说非常感兴趣。袁不觳跟在后面，脚步身形不急不缓，很是稳健。

石榴没有跟过去，而是把四挂不死蚕纱给收了。这些纱果然系在根须上，根须趋光摆动带动薄纱摆动，而且当薄纱被武器击中时，根须的柔韧婉转也可帮助卸掉部分力道。

"就是这个！这块石头是从处州十莲巷搬来的。十莲巷方家堂屋的墙壁上藏了两块石刻，其中大的那块被一个黑袍客带人撬走，按后来测量的撬痕尺寸，应该和这方石一模一样。"杜字甲抚摸两下便已确定其大小。

"大小一样也不见得就是你说的那块啊，处州到这里山高水远的，谁那么不怕累赘把个石头运来。要想看上面的纹路，拓下来就是，或者找高手临摹一张。"死鱼觉得杜字甲的联系有些武断。

"不不不，你不知道。"杜字甲辨认了上面几处字样后更加肯定，"这些线条画的是鲔山水文图，与另一块石板名称对应得上，肯定是这一块。"

"鲔山水文图！把刻了鲔山地图的石头运到这里来有何用？"袁不觳听到鲔山两字后心中一动，慌忙追问道。

"嗯，是有点奇怪，鲔山水文图拿到这里来确实没用。除非它上面还藏着其他什么图样，就像另外那块刻了字的石板一样。"说到这里，杜字甲小眼睛一亮，伸手去扳那石块，但他那小细胳膊没能让石头微晃些许。死鱼和袁不觳一起过去帮忙，将石头转了个身。石头的背后果然也有刻纹，但是不太完整，刻痕也浅淡，很是模糊。

"这面刻纹不像那面，不周全还模糊，怎么都拼不成个图。要不让石榴过来看看，有没有可能补凿一下，顺着走势意思把这些线条连上。"死鱼出的主意听起来不错。

杜字甲用力摇了摇头："纹路虽大多是刻出的，但也有些关联处是借助了天然石纹和裂纹。所以拓是拓不完全的，不懂其纹理奥妙的绘画师也临摹不全，必须带着石头走，所以更不可能去补凿。"

"这话说得玄了，上面石纹、裂纹可不少，怎么知道哪些有关联，哪些又无关联？"

"沿着图形走一遍就知道了，这些纹路是张地图。"

“我知道了，这是此处地界的地图。所以人家走的是有人牛车来去的正路，乘车进入的话搬运方石也省力。”袁不毂说完这句便转身走了。杜字甲连这石头是从哪里搬来的都知道，那他此来的目的肯定与这石头有关联。所以那石头上有些什么还是让他自己看的好，走远些、撇清些其实也是自我保护。

转身后，袁不毂正好看到石榴从上面摘下了不死蚕纱，而日影环侍卫在他旁边嘀咕着什么，可能也想要那不死蚕纱。见袁不毂看过来，日影环侍卫赶紧走开两步，神情不太自然，应该是没能从石榴手里要到不死蚕纱。

石榴则咧着大嘴：“哈哈，我把这纱带回去，让丰姑娘改个褂子、裤衩啥的献给皇上，说不定也会封我个守备啥的。”

袁不毂走到石榴跟前，伸手拿过两挂不死蚕纱：“现在还不急着献给皇上，继续往前这些可能用得着。拿一条给杜先生护身，我留一条，找到舒姑娘后给她护身。”说完，他把一挂纱递给日影环侍卫。日影环侍卫负责杜字甲的安全，这挂薄纱能替杜字甲挡些刀箭。

“不对呀，这图上道路好像到这里就没有了。”这边在分不死蚕纱，那边的杜字甲却发出一声疑问。

袁不毂远远地问一句：“没有路了？那图上能看出天光神殿在哪里吗？”

杜字甲摆晃了小脑袋：“啥狗屁天光神殿，这样的山沟中怎么可能建神殿。我瞧这山洞漏光斑驳，又有告神道的众多神像，所谓的天光神殿八成就是这里。”

“如果是这里，那小糖人在哪里？”袁不毂太阳穴胀跳一下，心里有种踏空了的虚慌，“还有那面具人也说过，他也是往天光神殿来的。我要和他合作，他可以带我同行。这话也证明了天光神殿确实存在，但我们也没见到面具人的手下，难道真的走错道路了？”

“小糖人那臭贼骗了我们，先是掘墓老虫，然后又遇到西域杀手。他是故意在把我们往死路上引，除非在杀手布局之前他就已经走到前面去了。"石榴喷着唾沫说道。

"你有脑子吗？不是说前面没路了吗，又怎么可能走到前面去。"日影环侍卫因为刚才没能从石榴那里要到不死蚕纱，所以对他的态度很是不好。

"不在前面就是在后面，是拿我们当探杆往前清道。"石榴坚持自己的推断。

就在这时，前面洞道里有人影一晃，看来没脑子的石榴这次判断正确了。

血染图

"哈哈，小糖人，我就说你个贼小子在前面吧。"石榴大声呼喝，脚下却往后挪动半步。

听到石榴的呼喝，杜字甲和死鱼也都站起身往前面看去，隐约看见那边的暗影里站着个不像人的人，乍一看还以为多出个石雕神像。

"黑袍客，处州带走石刻的除了四个汉子外还有一个黑袍客，他也是华舫埠血案的凶手。"杜字甲说出这话时声音在抖，身体也在抖。处州十莲巷黑袍客杀人有吴同亲眼见到，那样独特的杀人手法很容易就能与华舫埠血案对应上，毕竟如此果断凶残的杀法太少见了。

一提到华舫埠血案的凶手，日影环侍卫马上撤步后退，手中的日影环快速旋转起来。八只圈旋成了一个圈墙，罩住自己的身形，并快速朝杜字甲靠拢。

杜字甲猜得没错，洞道那边进来的确实是个黑袍客，但他并没有像华舫埠和十莲巷那样果断地出手。可能袁不彀他们的出现让他太过意外，也可能四个杀手被杀让他感到太过惊讶。

杜字甲的话提醒了日影环侍卫，也提醒了黑袍客。所以日影环侍卫圈儿才刚动，对面的黑袍客也动了。黑袍客只微微掀了掀袍子，便有成片的暗器打出，那是难以想象的狂飙攻击。

成片的暗器是针对所有目标的，但所有目标中也是有重点的。日影环旋成的防护墙连续发出爆响，旋转的刃光在爆响中顿显缓滞，那是有凌厉的风劲穿透了防护墙。

最先倒下的是杜字甲，他身上甩出几道鲜血，倒趴在了那块方石上。日影环侍卫也倒下了，八只旋转的圈儿未能护住杜字甲，也未能护住他自己。最后一个地射羿神卫倒下了，他是倒下之后才有血汩汩流出的。射中他的只有一件杀器，却是整个深嵌在胸口里。

袁不毂很幸运，他恰好站在石榴的身后。石榴也很幸运，他正好在整理两块不死蚕纱，抖开的不死蚕纱挡住了急雨般的攻击，否则石榴和袁不毂会像筛子一样。

再快再密集的攻击都会有停顿的瞬间，再多的攻击武器总有需要补充、填装的时间，这对于善用飞射武器的高手是个致命的瞬间。在这个瞬间中，他将完全成为对手的标靶。

黑袍客也有这样的瞬间，这是以往极少出现的。在他记忆中还从未出现一轮攻击后还有目标活着的情况，而今天，他撞上了，第一个意外。

攻击刚停，便有三支箭连贯射到。能杀死自己四个同伴的肯定是高手，但是对方能用弓而不是用连射器械射出如此急促连贯的箭支，是黑袍客撞上的第二个意外。

袁不毂的三支箭只射中了一支，能够快速远杀的高手一般也都会快速躲避对手的远杀武器，所以直对面门和咽喉的两支箭，都被黑袍客以一个怪异的姿势侧曲让开，而射向胸口的那支箭他根本就没躲。箭支在黑袍上弹一下便掉落在地，估计那罩住全身的黑袍里面有更好的不死蚕纱。

黑袍客没有躲让第三支箭是因为有个东西扑向了他，所以只能把应付第三支箭的所有余力都用来对付那个东西，这算是他撞上的第三个意外。

扑向黑袍客的是一具尸体，他自己同伴的尸体。就在袁不彀射出三支箭的同时，石榴一脚将一具鬼影子的尸体踢飞起来，朝着黑袍客砸过去。

尸体飞起，石榴纵身紧跟其后，他来不及拿弓抽箭，也来不及拔刀。做这些都需要时间，而只要耽搁半下眨眼的工夫，就会让黑袍客有机会再次从袍子里射出各种武器来。

石榴是黑袍客撞上的第四个意外。不仅是黑袍客，就连袁不彀也对石榴的反应和速度感到意外。黑袍客急促的半闪半退躲开尸体，并在这过程中将再次发射的武器准备好。而这时石榴也恰好到了，他不管不顾地朝黑袍客身上就是狠狠一拳。

很怪异的一记闷响，像是打在厚厚的皮革上，而且是覆盖了许多瓷器的皮革。这个声响效果是石榴巨大的拳力，以及射不穿的黑袍和黑袍里面藏着的武器共同造成的。

黑袍客跌退几步，没等站稳，石榴的第二拳又到了，紧接着是第三、第四拳……虽然拳法简单粗糙，像市井蛮汉的乱打，但一拳接一拳紧密衔接，不给黑袍客丝毫出手的机会。

袁不彀又抽出了三支箭，其中一支已经搭上弓弦。他在黑袍客跌撞的身影和石榴挥舞的拳头中瞄线，寻找不会被他们动作影响也不会被黑袍阻挡的靶点。但这样的靶点确实不太好找，因为越往前洞道越是狭窄，石榴高大的身形将黑袍客遮掩得太多，两人又是在激烈无序的移动打斗中，袁不彀怕误伤到石榴。

终于，石榴一拳将黑袍客打出了前面的洞口。这一拳的力量并不比前面那些拳更大，黑袍客这一回却跌撞得特别远，在洞口一闪便不见了。

石榴丝毫不敢放松，身形一纵也出了洞，随即洞外传来一声："不好！"

袁不毂赶紧冲出洞去，洞外一步远就是直落的悬崖，必须贴壁往右转才有小路可行。黑袍客不仅被一拳打出了洞口，还掉下了悬崖；石榴追得急，出去后一个大步也栽下悬崖；袁不毂带着谨慎出去，才在悬崖边上停住。

石榴反应还算及时，栽落悬崖的瞬间单臂钩吊住一块支出的石头。袁不毂也追出得及时，立刻抓住他手腕将他拉了上来。

拉上石榴后，袁不毂往悬崖下看一眼，只见山岭间层层绿被翠锦中，有一片黑色飘飞而去。那是黑袍客将黑袍蝙翼般展开，整个人滑翔到山谷里去了。这样看来，他非常清楚洞外山势，刚才最后一拳是故意顺势跃出的。当一个暗器高手被紧逼得无法出手，旁边还有人拉开满弓的箭寻他的破绽时，那么借跌下悬崖逃脱应该是最有效的方式。当然，也只有经过特殊的滑翔训练，并且有质地特殊的黑袍，才能采用这样的方式。

"托老天爷的福，好歹保住条命。"石榴喘着粗气。刚刚的过程虽只是几口茶的工夫，他已是逃过两次杀身之祸。一次恰好抖开不死蚕纱挡住攻击，还有一次是差点摔落山谷。幸好石榴及时反击并缠住黑袍客，否则这里所有人都难活命。

华舫埠血案发生时袁不毂不在临安，回来后端木磨杵给他分析过案子中的杀人手法，断定一个人杀死那么多大内高手，不仅射杀手法要快，身法还要隐蔽。当时端木磨杵也没想出在面对面的情形下是如何才能做到射杀隐蔽的，今天袁不毂算是亲眼见识到了。

黑袍客已经飞下悬崖，周围再没有其他危险了。袁不毂赶紧返回里面，去看其他几人状况如何。

石榴喘过两口气后也站起身来，不过他没有直接返回，而是沿着右侧只够一个人侧身走过的贴壁狭道走了过去。

洞里面的情景很惨烈，最后一个地射羿神卫死了，日影环侍卫受伤两处。

万幸的是杜字甲还活着，他七处中招，伤痕累累，好在每一处都不是要害。这还亏得日影环侍卫旋起的圈墙防卫严密，黑袍客密集的杀器只在防卫边缘处有所攻破，所以没能伤到杜字甲的要害。

死鱼仍然蹲在方石后面，毫发未伤，之前这块方石给他惹来最多的攻击，这次恰恰帮他躲过了最厉害的攻击。相比趴在方石上浑身淌血的杜字甲，死鱼真的非常幸运。

还有一个毫发未伤的是季无毛，带符提辖应付墓穴中的机关暗器有自己的一套。之前鬼影子突袭，季无毛就已经紧贴着石壁底脚躺直身体。墓穴中的暗器也好，活人运用的杀器也好，一般都不会朝着壁脚发射。而暗袭结束之前，季无毛始终都没有爬起来，因为之前袁不毂分析前面人用的"高三尺"时说过，其中有个特别的高手。已死的四个杀手没有哪个特别突出的，所以他觉得应该还有一个厉害的领导者。这是别人都忽略的细节，是多疑和谨慎救了他的命。

袁不毂直奔杜字甲，这些人里只有他是个重要的人物，但是没跑到跟前就又停住了。这倒不完全因为杜字甲身上染透的鲜血，而是为了不打扰别人说话。

"图到这里确实没路了，但过了这一段又有东西了。"死鱼竟然还在和趴在方石上淌血的杜字甲讨论地图。

"在哪里？"杜字甲听到死鱼的话后精神猛然一振，勉强将上半身抬了起来。

"你不是说这图上并非只有刻线是图，石纹、裂纹也可能是这地图的组成吗。刻线到这一处确实到头，再往前不仅没了刻线，石纹、裂纹也都没有。但是你的血流到石上后，在这尾端处显出了几块痕迹。看起来很不明显，像粗糙的东西摩擦出来的形儿。"死鱼指着石上一处，说道。

"磨拓①形儿吗？"袁不骰暗自说一声，然后走近两步探头去看。

石面上，杜字甲的鲜血顺着石面流淌着，当流到这一处时，血迹没有径直往下，而是侧向渲染开来，形成一道曲折痕迹，以及与这一道曲折痕迹相连的多个团状痕迹。

"一道曲儿、九个旋儿，是磨拓出来的形儿。哈哈，是这里了，这画的是九婴锁龙脉的局相。"杜字甲透力地一笑，导致多个伤口有更多的血涌出。

"这块方石正面故意刻着鲔山水文图。鲔山水道因天石落地而发生巨变，拿着这图全然无用。所以正面图以及上面的名称石刻全是伪装，知道底细的见到此图肯定不取，没想到背面另刻着一张九婴锁龙。而且这图中间少了一块，少的那块是详细的路线走法，竟是用符文画法另外刻在名称石板的背面。要想找准地方一路走到目的地，必须是两块石头的背面图都拿到。"杜字甲这话是说给自己听的，所以有些乱，但是死鱼频频点头，像是完全听懂了，袁不骰没有完全听懂，不过也猜出八九分。

日影环侍卫自己伤口都还没处理，便急切地来到杜字甲身后，拿随身携带的金疮药和药布条给他包扎，最后还将袁不骰给他的那条不死蚕纱裹在杜字甲身上。全搞好了，他才开始处理自己的伤口。

袁不骰感觉有些晕，但他并非因为看到杜字甲流的血才晕，而是诸多细节反映的情况让他想得头晕。

杜字甲关于方石正反面图的解释虽然只是一种猜测，未必准确，但对这些东西了解的程度，显示出他此行的目的非常明确。袁不骰本意是保护舒九儿寻找破解疫毒办法，现在看来倒像陪着杜字甲来找他要的秘密。

杜字甲此来做了足够准备，遇到黑袍客应该也在准备之中，所以保护他

---

① 磨拓：一种石刻工艺，也有说是磨镜工艺的拓展，非刻非雕非凿，而是用器具在石面上磨出的图形。一般状态下很难辨别，当染上色料，或者在特别角度的光线下，就能完全展现。

的高手是日影环和刽子手，一个环多一个刀快，虽不见得是最好的技击高手，但他们的技法应对黑袍客是对路的。

还有石榴，平时性子最是好奇，但这次和他职业有关的石刻他偏偏没仔细看。还有他应对黑袍客的赤手空拳，看似蛮汉打架，实则招式连贯、一气呵成，速度更是让人咋舌。

再有死鱼，他什么时候对石刻、地图感兴趣了？而且连磨擦出来的形儿都能看出来。那所谓的磨拓形儿是用磨镜的手法，以磨代刻又刻不可见。正常情况看不出花纹，只有染上水色、油色了，才能显出剔透样式。漆匠行中只有高人才能在擦漆手法中把磨拓形儿做出，袁不觳知道这个技法就是听漆匠说的。而死鱼只是个海上打鱼的，他竟然也能看出石面上的磨拓形儿。

袁不觳对身边的人非常信任，更何况是一起出生入死过的，他只是觉得蹊跷而非怀疑。即便是杜字甲，也没什么值得怀疑的，他有自己的职责所在，心藏某种目的很是正常。而自己本就是捉奇司属下的羿神卫，受其指使做事甚至冒险牺牲也是合理合规。

脚晃悬

"前面确实没有路了，我们可能早就走岔了。"石榴也回来了，这么快返回说明洞外贴壁的窄径很短。

"小糖人！"有种警醒在袁不觳脑中闪过。他猛然转身开弓搭箭，朝着进来方向的通道。

"出来吧，你觉得你能逃过我的箭吗？"袁不觳的声音有些稚嫩，气势也很难镇住什么人，他拉弓搭箭的架势却像附上了神魔一般，让人下意识地反复想象着那支箭钻入自己肉体的绝望感受，无比胆寒。

"前面的人都解决了，再躲着只会让我误会，射死你也是活该！"袁不毂的语气并不自信，就连硬背弓拉满后发出的"吱吱"声都好像比他决断。这是没有办法的事情，因为他什么都没看到，只是猜测后面可能会有些什么。

就在其他人为袁不毂发癔症般的样子感到诧异时，进来的通道方向突然有人急切发声："别射、别射，是我是我，我不是约好在这里等你的吗？"

小糖人是从洞顶顺着根绳子下来的，刚才他应该是躲在浓密的根须中。在到处都是光滑石壁的洞厅内，那位置应该是最好的藏身所。

"哼哼，你在这里等我？其实是等我们替你把这里的阻碍处理好吧？"袁不毂冷笑两声。

"这个肯定的，你们要是不能把前面的人解决了，我陪着你们就是陪死。"小糖人说的倒是实在话。

"前面无路，你不可能在前面等我。唯一的可能就是从一开始你就偷偷坠在我们后面，所以我才诈你出现。你要不受诈，是不是还不出来？"

"哪能呀，我还得给你指明前面的路径呢，否则我的活儿也没法完成。"小糖人说得很轻松，话里的意思他这次出现就是指个路而已。

"从现在开始，你只要离开我十步以外，我就放箭射你。"和不能讲理的人就用不讲理的法子，这是端木磨杵教给袁不毂的。

小糖人没有多说什么，或许这样的结果在他意料之中。

"小糖人，你个贼货不要耍花样！前面根本无路，你说的指明路径是要往天上指吗？"石榴呵斥一声。

"如果无路，那尸体又是如何葬到山顶上去的？"小糖人圆嘟嘟的脸上冒着得意的油光。

"有路，肯定有路。必须带上我，我一定要找到那地方。"杜字甲是相信小糖人的，从他迫切的神情可以看出，他此行的目的就在前面不远处。所以他即便多处受伤，仍是拼着命要往前去。或许，此行真是他一辈子最真切的追寻，是他人生最大价值的体现。

吴勋笺牵着小矮马走上索桥。虽然索桥足够承受马匹载人过桥，但是吴勋笺仍是下马牵着走。毕竟人在马上、马在桥上，桥晃水流急，马上的人会眼晕心慌。再一个吴勋笺性子向来谨慎，这辈子打定主意只做一件险事。如今形势逼了他提前冒险而为，他可不想在过程中再多添一点点无谓的风险，过几根索子拉成的桥，还是自己手搭索子、脚踩桥板才走得安心。

这些天费心费力好不容易将驱往龙婆江对岸的毒变人处理好了，气还没喘过来，突然又收到军中燎了火印的急报。急报内容在他意料之中，只是为何前不来后不来偏偏这个时候插了手？

按理说兴元府道（吴家军设府兴州，吴璘兼判兴元府）早就该知道滇蜀疫情，也该知道吴勋笺统辖的川东川南是首当其冲，之前一直没有干预，可能是未曾意识到疫情的严重程度，也可能是觉得吴勋笺有能力把这状况处理好。现在吴勋笺拆西墙补东墙地一通忙活，已经悬到没手脚撑地的地步，偏在此时兴元府发来急报，派遣阶州陈鹤立带领辖下大军前来接替他。急报语气尽显长辈关怀，实际这样直接的替换权力，本身就是追责问罪。而且这次从陕南道调来善攻守的大部兵马，意图很明显，就是要加强围堵，防止疫情蔓延。

"时间太紧迫了，必须让梁王府马上起事东进。一旦我的辖区兵权交接了，那就如同砧板上的肉，再没有长骨生气、立身成人的机会。"吴勋笺心中对自己说。

"柴彬到了吗？"吴勋笺问贴身参事。

"好像还没到。不过徐鹏已经赶回去了，他会催促柴彬前来商谈具体出兵事宜。说实话，也就只有梁王府这些年一直在招兵买马、积草屯粮，能说出兵就出兵。换了其他人家，没个半年一年的筹备，是万万不敢如此贸然行事的。"参事在替吴勋笺宽心。

"凭什么说梁王府有足够力量能说起事就起事？"参事的话非但未能给吴勋笺宽心，反而让他生出疑虑。

"嗯，这个，朝廷将梁王府远放滇地，主要是用来制约大理国的。大理国这些年来军力大升，梁王府要想与之抗衡，必须相应提升军力。而这也是他家招兵买马的最好借口，临安那边也是默许的。"

"临安那边默许的？那孝宗皇帝和柴家之间的关系岂不是微妙。"吴勋笺脑子里悠乎一荡，有种失重的感觉。

"不管关系如何，都不会有饼在嘴边不开口的叫花子。更何况最香的这块饼本就是柴家的。天下谁都想坐，明明坐上偏又丢了，这是最难受的。"

"道理没错，只是不要出什么岔子才好。"吴勋笺心中仍是各种不适。

"没有岔子出的。梁王府所辖滇地，接壤者唯有大理，大理万万不敢觊觎梁王府辖地，动梁王府便是动大宋，他们惹不起。大宋这面，梁王府辖地又是被粤西道、川陕道叉夹，这两道若有所动作，自会激起梁王府加速起事，对将军摆脱眼下困境有利无害。"参事的分析详尽周密，照他的说法，接下来的事情确实应该顺着吴勋笺的意图进行。

吴勋笺微微点下头："要不我们再往南边走几步，这桥中间也不是说话的地方，风急水急、晃晃悠悠地，话难说清也难听清，心中更是没法踏实。"

"倒也是，只不过多走几步便会显得我们情形迫切、心中燥急，柴彬那边趁机拿住价就不太好谈了。"

"这个顾虑倒不必有，出兵之事本就是我主动过河找他谈，要拿住价他早就拿了，没必要把心思费在桥上的几步。"吴勋笺说完，迈步继续往桥南头走来，一步步地很是稳健，越靠近桥头摆晃幅度越小，也就越发显得他气笃神定。

就在这时，南边桥头有一人急步上桥："将军，事情不大好！"

吴勋笺抬头看去，来的是刚刚赶回桥南向柴彬复命的徐鹏。

"你不是刚刚回去吗？怎么——"

"将军，我是半路得到一个消息急忙赶回的。大理突然起兵，已经攻下梁王府所辖朝阳城、幺合寨、汤昊寨。"

"此消息可真？"吴勋笺半边身体猛颤两下，真是越怕来啥来啥，最不可能出的岔子偏偏就出了。

"我遇到梁王府赶往临安送加急军报的军信使，从他口中得知的。"

旁边参事眼珠一转："只凭一口之言，此事不可全信啊。"

"对，我必须与柴彬本人面对面谈过，方能信了这事。"吴勋笺说完加快脚步往桥南头走去，其他人急跟在后，这一阵急促的人走马踏，使得即便已经近在桥头的人也感觉晃动得特别厉害。

就在吴勋笺离桥头的稳固踏石只有七八步远的时候，桥头南廊中的气死风灯陡然亮起。有一人稳稳挺身立在踏石上，恰好将吴勋笺挡在了最后一段摇晃的桥面。

"哎呀，吴将军已经到了，我紧赶慢赶还是晚了半段桥的辰光。"桥头踏石上的人正是柴彬。

吴勋笺愣了一下，随即赶紧调整气息，适应光线，把表情放到平复状态："少四王也到了，不晚不晚，是我觉得桥心太晃不好说话，特地多走几步过来恭候少四王的。"

"吴将军真是心细情挚之人，本该多作盘桓请教才对，只可惜我当面致歉后还得紧赶回去。"

"怎么，少四王那边还有比我们起兵东进、重取柴家天下更重要的事情？"吴勋笺眼眉间微抖了下。

"吴将军睿智，还真是遇到闹妖的事情。大理国听闻滇蜀恶疫横行，我家老王和王兄患疫归天，又有大批毒尸过江入滇，梁王府军力防御捉襟见肘，于是认为此时是最佳攻滇时机，起兵夺了我城寨。"

柴彬所说，印证了徐鹏带来的消息，也意味着吴勋笺此番策划要被搁置。大理发起战事，梁王府首先要做的就是自保辖地、平复战乱。这时候再要东伐，那就是多面征战、腹背受敌。无论哪一方没能斗过，都会是全然覆灭的结果，所以只有先保住命，才有机会吃最香的饼。

吴勋笺身体重重晃荡一下，身上甲鳞一阵脆响，也不知是桥晃得太过厉害，还是自己一时未能站稳。他脚下未稳，心里却顿时明白，大理战事不管真假，梁王府都肯定不会起兵东进了。这是拒绝自己的一个无法反驳的极好理由。这理由还是挑了个极为尴尬的时机摆出来，让自己四面全然悬空，费尽心思和力气，最终所有计划都落空了。

吴勋笺舔了下被风吹得干燥的嘴唇，此时他心中有种怨愤、羞愧的感觉，感觉自己是被柴彬下了个套。

"唉，吴将军啊，究根到底发生如此事情你也是有责任的。若是你将那些毒尸封堵到位，不给它们往我地盘窜入的机会，我柴家不必将大部兵力用来防御围剿毒尸，大理也不敢轻易动兵侵犯。"柴彬的埋怨也是有道理的。

"不过我柴家能遇到像吴将军这样义薄云天的朋友真是幸事，我与吴将军的约定始终有效。你容我三个月，待我扫平大理贼兵，转回头便与吴将军合兵，一鼓作气攻下大宋江山。"柴彬说完躬身抱拳，然后急步离去，样子确实着急。桥头之上马上换做了梁王府的兵将把守，那架势显然是不会让吴勋笺过桥的。

三个月，吴勋笺现在的处境恐怕很难挨过一个月。接管大军正在赶来，加上一系列事宜布置，以及地方军务、财务交接，刻意拖也多挨不了几天。或许自己直接与镇西军翻脸，以兵力抗拒权力交接、霸住川南地界，那倒是有可能拖足三个月。但到那时候自己兵力消耗得还能剩多少？柴彬还会觉得自己有合作的价值吗？

　　看来柴彬是个很会把控火候的人，前世不是个好厨师也应该是个好窑工。他给的三个月时间真是恰到好处，似乎是给了一定希望，又好像就差那么一点。一大一小的宝放在吴勋笺面前，让他无法选择该押哪一个。

　　索桥似乎晃得更加厉害了，吴勋笺的双腿有些软，他只能用左手紧紧抓住一根粗索。滇地柴家利用不了了，兴元府又回不了，接下来自己该怎么办？

　　天阴沉得像大雨将至，桥上沉寂得像生命死绝。唯一活动的似乎只有吴勋笺一双凶光闪烁的眼睛，还有随着沉重气息缓缓起伏的大肚子。

　　如此过了很久，直到眼睛和肚子也都像死去了，吴勋笺才咬着牙狠狠地说："既然两边都不着实，就只能走最险的那条道，拿最后一点底料来要挟皇上。"

第六章

河从天上来

顶上路

　　小糖人说的路就在天光神殿里，是顶上那些漏光洞眼中的一个。上面有早就预备好的方形吊框，用藏在老根之间的绳子和木滑轮得以上下。这吊框铺上木板就可以放下长大的东西，应该是葬人往上吊运尸体和树棺用的。只是外表看着像是有很长时间没用了，让人怀疑它的牢固程度，另外绳子和木滑轮也不知道还能不能拉动。

　　担心根本没必要，那东西看着老旧，实际上既结实又好用。最后站上框子的石榴和日影环侍卫，仅凭石榴自己一人拉绳就上去了。

　　"这老旧的东西还如此结实活络，要不是一直有人维护，那就是不久前有人修整过。"小糖人的话透露出他也是头回走这条路径。

　　"最后上来的把吊框尽量拉高，这样后面即便有人跟过来，也很难发现这条路径。即便发现到路径，也没法放下吊框。"小糖人看看下面洞厅再看看上头吊点，朝下面吩咐了一声。

　　"好嘞，这个你放心，我肯定把框子拉到最顶上。"石榴对完成这种只用蛮力不用脑的事情非常自信。

　　前面的人上去后马上查看了下周围状况，漏光的洞口很大很方正。因为周围有很多枝叶蔓条伸展着，所以从下面看就很小且不规则。洞口只有一边是石梁，其他三面全是人为设置的木杠，再由根须、藤蔓纠缠而成。从洞口往远处看，满眼的层层浓绿，一直铺盖到两边山头，与山顶上一坨坨重重叠叠的绿色连在了一起。如此恢宏的绿色有种妖诡的气势和压力，让人看久了不免会神昏心慌。

　　正当大家的意识都在那妖诡的绿色中翻腾时，后面突然传来一阵怪异的"嘎嘣"响，就像听到在自己身体里拉断了筋、折断了骨。

石榴蛮力用过了头，生生把吊框挂点拉断了。"嘎嘣"声响过后，吊框骤然往下掉落。石榴反应还算及时的，喊了个"快！"，便拉着日影环侍卫从吊框上往下跳。

吊框掉下洞口的瞬间，石榴刚好跳了下来，日影环侍卫身体却只有一半探出。可能是他腰腿受伤无法快速跳下，而石榴自己往下跳的过程里又无法用力拉他，所以日影环侍卫的姿势很尴尬，往前下不了吊框，往后又来不及躲过洞口。于是探出的脑袋只好随着快速掉落的框架撞击在洞口边的石梁上，继而与框架一起掉落下去。吊框落地的瞬间四分五裂，日影环侍卫没有四分五裂，但身下四处流淌的鲜血足以让人误会他已经四分五裂。

"完了完了，这吊框毕竟年代久了，终究还是不够结实。把个侍卫大人都给害死了。"石榴在洞口边直拍大腿。

袁不觳只探头往下瞄了一眼便收回目光，他的畏血症未曾尽除，看到如此多的鲜血时胸腹间依旧难受。不过就这一眼，他已经可以肯定日影环侍卫活不了了，心中也是非常惋惜。日影环侍卫躲过境相夫的截杀，逃过掘墓老虫的追噬，还闯过不死蚕纱布设的杀局，没想到最终死在一架不结实的吊框上。

"不管他了，我们继续往前走。"杜字甲表了态，是为了抓紧时间。

"是得赶紧走，框架掉落，暴露了这条路径的洞口。后面要是再有人追来，制作其他器具也是可以上来的。"小糖人的担心很实际。

"可是路在哪儿呢？"石榴没心没肺的，全不管日影环侍卫的死自己有没有责任。

"这里是草木坟场，没有现成的路。我们得踏着坟头走。"小糖人的回答像在故意吓唬人。

"要我说这里的人之所以这样落葬，是死后不敢埋土里，就我们遇到的那些大老鼠，埋土里还不等于给它们喂食？"死鱼插了句话。

"也有这种可能。夜郎国多鼠，土葬的话棺木尸体易被鼠毁。而山上植物可能有着什么特质或气味，让鼠类畏惧、不敢上山，所以才形成这样的葬尸风俗。至于其后与天接、魂归天的说法，或许是这种风俗形成之后的一种祈愿。"杜字甲也觉得死鱼的想法有道理。

"这个我懂，绿色特别茂盛的地方，便是葬尸的坟头。可这些草枝绿叶的坟头，又如何能落脚？"石榴嚷嚷道。

"看到这洞口了吗，是人为设置过，才如此方正的。下面的洞厅顶上覆盖的重重根须和草木，也是借助人为设置才能长成的。就像花园里的紫藤架，你得给几个固定点，它才能长得不塌不挂。而此处的草木坟头能一路延续到两边山顶，必定是有人为架构做基础才行。"袁不彀对固点、搭架这些构筑基础非常了解。

"还是袁大人有见识，连尸首都能一直被葬到山头去，难道我们这些大活人就不能顺着它们的路子上去？不过杜先生受伤不轻，影响行动，最好找个地方藏起来休养，等着我们回来。这地方暂时还是很安全的，就算有贼人追上来，也是去寻我们的痕迹。"小糖人难得如此一本正经地说话。

"不行，必须带上我，不带上我你们会白走一趟。"杜字甲的态度很坚定。

"白走不白走的，我们走过就知道了。前路险恶，杜先生还是不要冒这个险了。"小糖人不愿带上杜字甲的态度竟然也很坚定。

不管他们两个如何坚定，此刻做主的人是袁不彀："杜先生伤得较重，年岁又大了，把他单独留下肯定不行。别说贼人了，来个小兽子他都无法应付。这样吧，死鱼和季无毛两人辛苦些，带上杜先生，背着架着都行。石榴，你仍是和小糖人在前面开路。"袁不彀到这时突然意识到，自己的这些人死得不剩几个了，所以更要将杜字甲带上。虽说这样行动会慢些、吃力些，但遇到事情也可以多个人商量。杜字甲对风水地理、地方习俗很是了解，又是有备而来，说不定在哪一处就会有意想不到的作用。

"你会瞄路，还是你和小糖人开路吧。我来断后，顺带给死鱼他们搭把手。"石榴没明白，袁不觳的真实意图其实是让他盯住小糖人。

"也好。"袁不觳无法拒绝。这种情况下，拒绝会让某些人有想法，会让另外的某些人有猜忌。

重重叠叠的绿色坟头中真的有路，而且是一道道阶梯。每一节阶梯高低都不等，普遍都有成人的大半个身子那么高，需要手脚并用翻爬上去。

阶梯是树木枝杈纠缠而成的，这种形态的形成与人为设置有很大关系。葬人在安放尸体时采用了阶梯式的规律，所以摄取尸体养分的树木在生长过程中也会出现规律性的形态。

杜先生体瘦骨轻，季无毛和死鱼两个又拉又推，上得还算快，只是这过程中难免会牵动到伤口，包扎的布条上很快又渗出血来。杜先生始终哼哼唧唧地挺着，看来他要是不能走到最终目的地，死都不会瞑目。

天光神殿的位置已经是在山腰往上，剩下的山头部分其实并不太高。只是全然披挂了绿色，然后他们又是正对坡面、看不到侧面的起伏线，所以有了视觉误差，觉得坡度很高很陡峭。当真正爬上去，就会发现完全不是那么回事，借助植物长成的阶梯，他们没用多久就已经到了顶上。

死鱼和季无毛到顶上后累得一下子坐在地上。反倒是杜字甲喘着粗气吊着一棵矮树的枝杈站了起来，沿着山岭绵延的方向远眺过去，口中喃喃自语："就在前头，就在前头了。"

袁不觳顺着杜字甲望去的方向看一眼，除了重重苍翠更加厚密浓郁外，并没有看出什么更特别的，再回头往来路看，却是让他颇为惊憾。来时他们只走了一条路，经过了椒歌酒坊一处人家。但是从这山顶上往下看去，下面竟然浓淡有序、点线分明，道路众多、交错纵横，并且在其中隐隐连成了几个大的星形。这符合山地间聚居的特点，先择合适的地块建屋，后开辟互通道路，这就难免会出现四路以上的交叉路口。而交叉路口形成的星形越大，说明该分布区域中居住的人越多。

看出了道路的线条，却没有看到房屋，线条的旁边有很多黑点，还有线条连接处的大片黑块。和之前在椒歌酒坊旁边看到的一样，这些黑点、黑块应该是坍塌的房屋废墟。

黑点和黑块都带着些浅浅的绿，是时间太过久远，废墟中已经长出草木。估计再过些岁月，这些黑色上会长满绿色，说不定已经有更加大片的废墟被绿色完全覆盖了。

在这些点线之外，袁不觳还瞄到一条无形的线。这是由几个灰色的点关联而成的，曲折蜿蜒在山谷峰峦之间。灰色的点是关楼，无形的线由谷底、悬壁、断崖连成，这条线是一道防线。如此密集的聚居地如果真是古夜郎国所在，那么在国度所有进出的关键处修防线也很正常。唯一奇怪的是根据关楼的方向判断，这条防线竟然是朝里的。难道这里原来聚居的都是凶魔之人？古夜郎国相当于一个囚禁之地？

"你看到了什么？"杜字甲自己看到了一些东西，所以他也关心别人看到了什么。

袁不觳欲言又止，犹豫了一下反问道："你看到了什么？"

"气，我看到了气，龙相之气。"杜字甲倒是毫不隐晦。

"气，这也能看到？"死鱼站了起来，顺着杜字甲刚才远眺的方向看去。

和死鱼同样反应的还有袁不觳、季无毛，就连坠在最后刚刚爬上来的石榴听到这话后也利索地爬起，往远处看去。只有小糖人一副无动于衷的样子，这要么是已经有所知晓，要么就是觉得和自己全无关系。

"山形脉象之中，有水气、雾气、土石气，还有草木鸟兽的生气。其形似有似无，实则意象稳定。世上每一处山峦水脉都是如此，差别只在其形好坏、其势胜弱。"

没人接话，大家好像全听懂了杜字甲的一套风水理论，并都在等着他继续说下去。

"而此处山形气势连绵起伏，绿压山脊，已经是上佳胜势。到西南处突然折转，势冲东南，腾转回旋，犹如神龙摆首，那一处便是龙形气相，必藏神奇。夜郎国定居此处，死去国人葬于山脊，排布走势与山形气势相合，并整体趋于龙形方向，估计当初是有高人指点过才会如此做的。"

"可是我们要找的是疫毒源头。那龙形之处上佳胜势，所藏的神奇不会是毒物吧？"袁不豰提醒杜字甲。

"杜先生的确有几分道行，离着这么远竟然还看出了龙形。没错，那方向就是龙头卷子。不过你也有说得不对的，什么上佳胜势，那就是一处险恶山水。石错水急，草木怪异，汇聚众多溪瀑沟谷的水流，是龙婆江源头所在。"小糖人似乎很了解那个地方。

"你到过那里？"袁不豰问。

"从没去过，只是听说。"

"谁告诉你的？"

"告诉我这路怎么走的人告诉我的。"小糖人饶舌的回答是在搪塞。

"嘿嘿，这就对了。看来那地方不仅有你们职责所在需要寻找的，还有别人想要你们找的东西。"杜字甲恢复了以往的腔调，是兴奋让他忘记了疼痛。

荡索子

"对了，你们说，那些抓了舒姑娘的黑衣人会不会也往那里去了？可他们走的好像不是这条路吧。"死鱼问在重点上了。

大家把目光都转向了小糖人，他是领路的人，应该最清楚有没有其他道路同样可到达他们的目的地。

"都别看我，我真不知道。不过有两路人马能预先埋伏袭击我们，告神道上的杀手也赶在我们前面。确实说明到这里的路不止一条，知道我们所走道路的也不止一伙人。"小糖人眨巴着眼睛在分析。

"但他们应该都是按图寻路，并没有人带路。黑袍客和那几个杀手正是因为石刻上有一小段空白，所以才在告神道那里再走不下去。就算是你，也只是别人告知的路线，并没有自己真正来过。"杜字甲说道。

"或许是我聪明呢，知道告神之后便是升天，接下来的路该往上走。"小糖人眨巴着眼睛，语气对杜字甲有些不恭，这种态度是杜字甲拒绝留在告神道顶上后才出现的。

"就算你说得正确，那又怎样？"杜字甲对小糖人的态度很是不屑。

"如果是这样，说明没有一个人走完这条路后还能回去。"

"你别吓唬人了，要是没人出去，那疫毒又是如何传到外面的？"

"或许毒源根本不在那里，也或许只是一个意外，连控制这里的人都没想到。就像你完全想不到有人还能走在我们前面，有人还能从其他路进入。"

小糖人的话让袁不毁脑中灵光闪过："对！还有可能出现了一条原先没有的路，疫毒就是从这条路带出的。"

"连控制这里的人也没想到会出现那样一条路，觉察疫毒传出时，已经来不及阻止，只能追过去灭杀，因为到的太迟而无法灭尽。车子上怪异的尸体，还有吊架上的尸体，都应该是遭遇了灭杀。"死鱼的想法很有道理，与之前的情况能够对应。

"或许真是这样的。"小糖人的胖脸扭曲了下，"这种地方要是出现了一条意外的路径，那就只有葬人可以办到了，毕竟这里连绵不尽的坟场安葬的是他们祖先，而挂了尸体的吊架明显也是葬人手艺。控制这里的人的灭杀目标本该是他们，线索是追着他们痕迹去的。吊架上的尸体是正好撞上了追杀，这才上吊架躲避。他们躲过了追杀却没躲过葬人，于是全部被射杀。"

"葬人或者说葬族后代应该就是那些善于乔装隐蔽的人，我在獥貐坟见过他们攀爬的能力。还有夜闯华蓥三城的那些毒变人，他们也有类似的乔装衣物。"袁不毂觉得越说越靠边了。

"我记得带头的那人在袭击不成之后，曾给你留下一句话，你不和他合作，是到不了龙头卷子的。"小糖人露出难以置信的表情，"这意思是他们已经把龙头卷子占住了，那我们去不去都没意义了！"

"去！不去怎么知道能不能去。"袁不毂的意愿很坚定，不仅是因为那个地方可能会找到毒源，还因为面具人抓了舒九儿后也会去往那里。

"肯定得去，要是人家随口诈你一句，你便就此放弃，岂不冤得很。"杜字甲也支持继续往前。

其他人虽然没有发表意见，但从他们的沉默可以看出，他们也都愿意冒险前行。这是因为每个人除了骨子里都有一份强烈的好奇心外，还有着各自的打算。

但是这里的路并非敢走、想走就能走得通的。从天光神殿顶上往上爬，有置葬尸体时刻意设置的阶梯状的路，还不算非常艰难。山顶、山脊的情况却完全不同，这里起伏不大，置葬尸体都尽量整齐铺开，而且当时葬人安放尸体后并未考虑过还要再重新走入坟场，所以没有留下路径。

而山顶、山脊阳光雨水充沛，又有尸体滋养，植物疯长。大量疯长起来的草木枝叶纠缠交错，都集中在山势尖削狭窄的连绵地带。看似浓绿平铺，实则纠缠如网的枝杈根茎完全堵塞了可行空隙。要爬上绿色的坟顶就非常困难了，且不是哪里都能受得住力，一旦陷入杂枝乱根中，就算是灵巧的兽子都不一定能挣扎出来，更不要说人了。而山脊两侧就和在山下看到的一样，是削切过似的石壁，根本无路可行。

小糖人的脸已经被草木上的灰尘、汁液抹成个杂烩色，连有汗珠滚落，都能让他的脸不断变换颜色。他运用了自己所有的技巧和经验，在这绿色坟场中找寻可能存在的路径，开辟可以行走的路径。

三个山头的距离对于他们要走的路来说并不算远，连全程的五分之一都不到。但是这段距离的艰难已经迫使小糖人彻底放弃了，他砍废了两把腰刀和季无毛的一把斧子，不仅没有开出一条可走的路，甚至连可以下刀落斧的枝杈都找不到了，前面就像竖着一道树木粗藤交织而成的栅墙——不——应该是无数道栅墙。

小糖人停下的位置是一处山坎，这里草木稍微稀疏一些，应该是山体坍下落土石才形成的坎地，顺带将这里原有的部分草木带落山下。也正是因为有这坎地的对比，前方密匝的绿色坟场才让他更加绝望。

"怎么回事？老水鬼没说这状况呀，莫非他自己都不知道这里没路？"小糖人在自言自语。

"也或者告诉你路径的人，觉得你有办法走过这片坟场。"袁不殻听到了小糖人的自言自语，所以主动鼓励一下他。

"不可能，不可能，他要到过这里肯定也没办法走通。这种地方一般只有两条道——飞鸟道和虫蛇道。要么插了翅膀飞过去，要么从贴地的枝杈空隙间钻过去。"

"看这密匝的样子，怕是连虫蛇都不一定能钻过去。"杜字甲说道。

袁不殻眉头一挑："那么就只剩飞过去这一条道了。"

"没翅膀咋飞呀？神仙还得踏块云呢。"石榴眨巴着眼睛，使劲在想这个问题。

"飞是飞不了的，不过我们能不能给自己造条路。之前不是说这里可能出现了意想不到的路径，那这意外路径说不定就是人造的。"袁不殻的思路开始活络起来。

"造路？造在哪里？"小糖人问。

袁不觳一指旁边不远处的坡沿："既然这坟地走不通，我们何不躲开它从旁边走。"

小糖人撇下嘴角："你是要修栈道？这的确是个好办法，但也是个死办法，让我们死在这儿的死办法。修栈道那得多大的工程呀，就我们几个，不是累死就是耗死。"

"我没说修栈道呀，是你自己在说。"

"那你是什么意思？"

"我在想可不可以架个走索儿。"

走索儿是匠家的行话，两种意思，一种是架设人走的软索桥，还有一种是拉个可以传递物品的滑索绳。这两种形式都是匠家常用的，建筑大型桥梁或殿房时需要预先架设的辅助设施。

袁不觳说的是行话，但所有人听完后马上采取了行动，砍开枝杈藤蔓往山脊南侧移动。南侧是龙头卷子内侧，从这边走可以直接进入龙头卷子的范围。而北侧不仅方向偏离，要想最终进入龙头卷子甚至须再次翻越山脊。

山脊的南侧是很平滑的山壁，陡度不是非常大，但想从此上下，要是没有器具和很好的攀岩身手还是不行。顺着山体往东倒是有个可走人的平缓山坡，但所谓穷山恶水就是如此，即便是平缓山坡，也不是可以随便上下的。上去了就是死路，下到底则可能是沙翻石滚的急流，往前往后不是落瀑就是深沟，就算一路斜行绕开绝路，最终也回不到自己想去的方向。所以只能沿着连绵的山脊往前，那样才是对准龙相之气的方向。

"还好，这里山势可以用荡索子过去。等遇到直断的地方，再用悬空的走索儿。"小糖人所言显露出自己很好的攀岩经验，对架设工具也非常了解。所以他除了是个山中贼外，所学技艺与匠家也有很大关系。也只有将匠家技艺极至地运用于贼道，才能凭一人之力打开华蓥三城牢狱的子母连心锁。

荡索子其实就是在山体上方设个绳索固定点，然后人在下方吊住绳子，从不太陡峭的山壁上侧走过去，就像在山体上走一道下弯的弧线。

这种走法有两个难度，一是绳头的固定。不仅要固定住，还要能将绳子收回，交替使用才能持续向前。否则就算羿神卫每人身上都带有掺麻牛皮绳，作为主要工具库的季无毛甚至带了三根不同材质、不同用途的绳子，那也只够往前荡几个山头而已，远远不能到达目的地。

好在羿神卫都携带了螺旋钉头箭，这箭是旋转着射入枝干、石缝的，就像拧螺丝一样。所谓一纹扣千斤，那钉头只要钻进个两三纹，吊住三四个人的重量肯定没有问题。箭的尾部有活环，先带细筋线上去，细筋线再通过活环把绳索拉上去，绳头自弹扣从外往里撞可以开口扣住活环，扣住之后从里往外拉是绝不会拉脱的。要收回箭支时，只要甩晃绳索，活环转动，松退螺旋钉头，就可以连绳带箭都收回来。

另外一个难度是从弧线最底处再往上的后半段，这段会很费力。特别是他们还带了个身上多处受伤的人，要是没有可靠的手段，说不定真就得把杜字甲留下了。

"记得那个挂满尸体的吊架吗？葬人设置吊架时在吊杠前端多拉了两根绳。这绳子是拉动吊杆旋转方向的，可以把吊起的东西移动到需要位置。"袁不毂对工具器械的细节最为注意。

"我知道了，你的意思是我们把荡索子当吊杠，在下头多拉根绳子。后半段要是谁走不动，先过去的人可以帮忙拉过去。"小糖人眼睛一眨就领会了袁不毂的意思。

山顶上都是粗壮树根、枝干，螺旋钉头箭要钻个可靠固定点是非常容易的。袁不毂的设计也非常好，杜字甲荡到弧形最底处时根本不需要用力，可以直接滚滑下去。到了最底端后，前面的死鱼和袁不毂一起用力拉他过去，也不需要他用力。只是每轮下滑、上拉都会在山壁上有好一顿摩擦，处处可见他伤口渗血留下的划痕。不过杜字甲想要到达目的地的欲望极其强烈，硬是忍住疼痛一声未哼。

未见人

铺满绿色坟场的山头、山脊，用荡索子差不多走过一半后开始变得直削起来。再往前去，即便荡索子还能用，石壁上也很难找到一轮弧线结束的落脚位置。

"听到没有？有水声。"死鱼突然有所发现，曾经靠海吃饭的人对水声最为敏感。

"不奇怪，前面龙头卷子是龙婆江的源头。各处水流聚拢而来，在这地方听到些水声很是正常。"袁不觳说道。

"不是不奇怪，是很奇怪，那水声像是从天上来的。"死鱼的表情很正经，不像是在开玩笑。

"是奇怪，都听到水声了，怎么还没见到老水鬼？"小糖人也说奇怪，但他表达的奇怪的意思和死鱼完全不同。

"你和什么人约好在这里碰头的？"杜字甲精光闪烁的小眼睛盯住小糖人。

小糖人皱下眉，转头看着袁不觳："你没有把我和你说的话告诉他们？果然是个守信之人，难怪老成临死时会把事情托付给你。"

"他也是没办法，当时只有我一个人在；我也是没办法，没找到个可以把话说明白的人。"袁不觳见小糖人把话说开，并不忌讳其他人，自己也就顺着话头，把掖藏得不透气的话漏出些边角。

"现在看来还是死了的人实诚。活人嘴上花好稻高的，说不定手下已经在你脚底垫了西瓜皮。不过这回我这活贼真没有骗你，倒是我自己可能被人骗了。只是骗了我也就是骗了你。"小糖人的话听着饶舌，实则条理清晰、道理分明。

"派你活儿的人约在这里会合？"

"不是，告神道那里他就该出现的。要是他在那儿出现了，我即可转身走掉，再不用多受这份苦累和凶险。"

"那人有没有可能被黑袍客和他手下杀了。"

"杀了也该见着尸体呀。黑袍客那些人可不像杀了人还给埋的。"小糖人做贼的人，是有些站在贼人角度的想法的。

"虽不给掩埋，为防止暴露他们自己的痕迹，仍是会将尸体藏起来的。"袁不觳觉得这种可能性很大。

"别看这里是望不到头的偌大坟场，实际可藏尸体的地方反倒没有。不管洞厅还是山顶，能藏下尸体的地方都是好地方，早早就被人家的尸体占了。更何况他们并不知道借助吊框往上的路径，只能是在洞壁光滑的洞厅里找位置，那就更抠不出个缝了。"

"可你为何直到这里才想到自己被人骗了？"杜字甲觉得小糖人的话有破绽，做法更是让人很难理解。

"这个问题，袁大人应该能想到的。"小糖人再次转头看袁不觳。

"我又怎会知道，要是遇到你说的那人，我只管把成长流留下的话告诉他就脱清关系了。嗯，等等，你意思是说他见到我后不仅是要老成留下的话？还是说，成长流留话的目的本就是要我来替他做什么事情？"袁不觳突然想到，成长流他们都是专职治水的匠家，三句话不离本行。而自己见过猰貐坟的倾江之水，见过魂飞海的无水之浪，此处天上传来的水声也怪异至极，莫非他们是将自己当成探明什么重要谜底的关键了？

"既然人没出现，那何不就当他死了，要传的话烂在肚子里已经是对得起死去的人。这地界上头坟场下面悬崖的，太不吉利，我们还是赶紧退回去的好。"小糖人倒是挺替袁不觳着想的。

"不行不行，我们这趟来可不是为了传几句话的。疫毒源头还得查清，治疫的法子还得寻找。"杜字甲急了，马上用和他并不相关却名正言顺的理由加以制止。

"杜先生说得没错，这条路不走到底，我是回不了头的。而且你说的那人死没死还不能确定，要真死了，我就只能将成长流的遗言告诉你了，心里揣藏死人的托付会难受一辈子的。"袁不觳也不同意退回去，他还要救回舒九儿呢。

小糖人油腻的脸上露出个大大的苦笑："你们的心思可能老水鬼早就料到了，他是摆下个套子让我陪着你们一起钻呢。"

"世事难料，若是人家有特殊情况未能及时赶到，而你就当人家死了，拍屁股走人，那就不是人家负你，而是你有负人家了。"袁不觳必须说动小糖人和自己一起往前。小糖人对此地多少有所了解，身怀技艺的人恰好会是个好帮手，再则小糖人现在反而是个很透明的人，目的、心思全都摊开了，其他一些人的表现却让他有些看不懂，相比之下反倒是小糖人最值得信任。

当天上的水流声更加清晰时，前面的路真的连荡索子都没法走了。山体陡峭如刀削，石壁上连个立足换索子的踏脚点都没有。

"沟壑叉接，是个接近源头的地势。"杜字甲说的源头应该是龙婆江的水源，而不是疫毒的毒源。

"你们看，这地方顶上的绿坟变矮了。应该是山形立削、土石暴露，没有那么多树木可以架尸成葬。我们先别急着拉走索儿，还是爬上去看看。下面没法走了，顶上说不定倒有路。"小糖人以山中贼的经验，找寻周围情景中的异样之处。

"还有另外一个可能，就是坟场差不多到了尽头，前面再无山脊衔接。绝境处也是葬尸的起始处，葬点和置葬时间不会那么密集。草木未能吸收大量尸体养分，自然长得没有其他地方那么疯狂。"杜字甲眨巴着小眼睛，用一种很残忍的口吻说出自己的想法。这残忍是对他自己的，因为他所说的情况其实是他自己最怕遇到的。

不管怕不怕，该见的终究要见。杜字甲一语成谶，他们在最后一丝余晖没入黑暗的刹那，看到了山脊的断口。那是一道几十步宽、深不见底的深沟，像被巨斧于此劈开。对面耸立着更高的山壁，直滑得就像一块巨大的墓碑。即便这边与之相连，要想上到那更高的顶上去也极其艰难，更不要说现在还隔着几十步宽的深沟，连挂个索子、搭个硬桥都找不到着力点。

杜字甲抬头看看高耸的山壁，再探头看看下面深邃的沟底，他的心顿时和天边的余晖一起陷入了黑暗。

"也好，彻底没路了也就死心了。"小糖人闭上了眼睛。山里的夜来得急，瞳孔来不及随之变化，会出现短暂的失明，而闭眼可以让瞳孔快速适应黑暗，同时还能利用其他感官更加准确地捕捉周围的变化。

"你带错路了？"袁不彀问。

"没带错，约好的就是这条路，这也是唯一能走的路。我也不知道哪里出了岔子，按原先计划，早就该没我啥事了。"

"你老说没你啥事，不会是你害怕了故意带我们走个断头路，然后就能名正言顺地退回去。但是现在退不回去了，你没我们帮着下不了荡索子，洞厅那里的吊框也散了架，再要凑巧遇上掘墓老虫、毒变人啥的，那你就直接回阴曹地府去了。"死鱼这话句句捏住小糖人的软处。

小糖人双眼猛然张开，黑暗中仍是可以清晰见到他眸子里闪动的光："我的确害怕，不怕前路撞到鬼，就怕身边人作妖。"

没人接话，这话里有话，随便接了会自惹腥臊。

"人作妖、人作妖……"袁不毂咀嚼着这话。小糖人似乎是觉察到了什么异常，而且异常就在他们几个人中间。

　　华蓥三城这些天都笼罩在死气沉沉的恐怖气氛中，人们都处在极为紧张的状态中，时刻注意着城里城外每一点小小的异常。所以当通蜀门再次出现骚动时，这骚动便像一阵急风，蔓延到城里的每一个角落。

　　这一次并非血尸冲城，而是出现了一队人马。这队人马的服饰、装备都是标准的宋军配置，但无法分辨他们属于哪一部哪一营。他们携带了云梯、荡锤、重机弩，显示的意图竟然和血尸一样，是要冲城。

　　发现情况后，知府胡蔺举亲自上了城楼。他想与外面的人沟通一下，了解外面人马到底什么来路，因何要攻夺华蓥三城。结果才探头便被城外的人一箭射落长翅官帽，差点把性命丢在城楼上。吓得两腿直抖的胡蔺举哆嗦着嘴唇下令，让人立刻联络天武、鹤翔、骏突三营。同时向西南道防御使府发出十万火急的求救燎信。

　　吴勋笺带着亲信手下急急地赶到踏云叠屏底下时，余巴东早就安排了人在那里等他。

　　在赶来踏云叠屏之前，吴勋笺派出一队人马极速穿插，佯攻华蓥三城。他对手下说得很清楚，只要让城里人觉得他们要攻城就行，是否真的动手则需视实际情况而定。血尸冲城之后，华蓥三城里人人都如惊弓之鸟，所以吴勋笺估计只要在城外摆个样子，就能达到自己的目的。

　　他的目的是要争取时间，同时转移临安所遣三营人马的注意力。此时此刻，能将三营同时吸引到一处的最好办法是出动血尸，但是吴勋笺经过前面一番折腾已经没有多少血尸了。退而求其次，便派出一支来路不明的队伍作势要攻华蓥三城，这个办法轻易就让胡蔺举上当了。然后鹤翔、骏突两营也上当了，接到燎信立刻急赴华蓥三城。唯有天武营没有赶来，因为送信的根本没找到他们。

吴勋笺见到余巴东的手下首先便问："穿峡铁索撤了没有？我之前发飞信让余巴东暂时不要撤的。"

"没撤没撤，余总爷撞上个江南獥貅坟交过手的对头。对头也是往龙头去的，所以留下铁索好拦击他们。"接应的人向吴勋笺说明情况。

"那倒也巧了，要没这么个对头岔出来，按我之前的意思这铁索早就该撤了。"吴勋笺的语气没有一点起伏，听不出他到底是为此感到庆幸，还是对未遵照他指令执行的行为而恼怒。

"神神鬼鬼的都往这地儿聚，看来这里确实有值当的东西，鹿死谁手就看这一步我能不能抢在前头了。"

梦鬼祟

说话间，车马已经到了踏云叠屏下面。踏云叠屏是一座高山的北侧峭壁，高耸入云，刀削斧砍一般。但这峭壁并非从上到下一个整面，而是往上一截之后会有个收进去些许的折转。这样依次往上的折转有七八个，从下往上看就像多个由大到小的方形巨石叠垒起来，又像七八节巨大的台阶，只不过留出的阶边有些狭窄。

不过在巨大山体上看似狭窄的边，实际并不会窄，足够人们正常活动，也足够搭起一些不太正常的吊架。峭壁不是什么人都能爬上去的，有了吊架之后，却是什么人都可以被吊上去的。而选择在这里搭吊架，首先是因为山形适合，直削的山壁在吊起和放下吊架的过程中不会有碰碍。再一个是，这里有多层折转，可以逐层设置吊架，否则高度太大吊架难设不说，吃力还大，材料和绳索也不好配置。

吴勋笺遮额往上看一眼，再抬手指下身后的一辆木囚车："你们先把老水鬼给弄上去。"然后取了得胜环上的双枪和财神鞭下了矮马。

吴家军独守川陕一道，常年与金国、吐蕃对抗，靠的是真正的实力。吴家其他佼佼者不提，单说这吴勋笺，就擅使一对双枪。鸭嘴枪头巴掌宽，小铲子相仿，扎中就是大血口。使用这种武器的人，要会双枪枪法和双铜铜法。想改握枪头近战，还得会匕杀法；想中间拧合双枪使用双头枪，还得会两头长枪枪法和棍法。也就是说，双枪用好了，是一个人在同时使用五种兵器。但这还不是最可怕的，最可怕的是鸭嘴枪头还装设机栝暗器，对战中只要按了枪杆启簧，就能打开鸭嘴发射出蚯尾钉，这就是江湖传说中最是难防的"鸭口喷蚯"。

吴勋笺的财神鞭不仅是随身的短兵器，还能当飞射武器用。此鞭与十八般武器中的鞭不一样，那是硬鞭，而吴勋笺的是半软鞭，采用通体风摇钢制成，具有极好的弹性和韧劲。硬鞭都有竹节棱，而财神鞭鞭身光滑，从柄往前由粗变细，鞭头尖利可扎刺，柄托是十三枚开刃财神钱，对战中钢鞭除了抽打和扎刺，还可按需要的个数将财神钱甩出，飞射对手。

一个打着哆嗦的老头儿从木囚车里被拉出来。他白色的须发全都披散着，黑褐色的脸上有几块青色癣斑，像是水里泡久了生出的苔痕。老人的眼神和身体一样哆嗦着，身体哆嗦是因为受了难以承受的折磨，眼神哆嗦则是因为心中着实恐惧。

老人被押着经过吴勋笺身边时，吴勋笺轻叹一声："唉，挺好，铁索还没拆。上去看看吧，这一回我让你把天上河看整了。回头再要告诉我什么都没看出来，我就挖了你的眼睛，送你上箭壶山，让九婴藤把你吸成个人干。"

老人的哆嗦里夹杂了几下剧烈震颤，嘴唇努动，好不容易才从干渴的口喉里撕扯出话来："你要什么我真的不懂，要懂早就告诉你了，又何苦受这个罪啊。"

"不急不急，有些死性的人非得是死到临头了才会有开窍的悟性。这一回你不看我就撑住你眼皮让你看，说不定你就会突然蹦跶出个什么关于大宋龙脉、气运之类的想法。"吴勋笺摆动着大脑袋，一副笃定自信的样子，"再说了，你撒出去的徒弟也在外面转了有些日子了，指不定这两天就能回来。你看不懂想不通的，他或许能帮着你。"

"将军，他徒弟已经回来了，还带着一伙高手。余把头遇到的对头正是他徒弟带来的，现在估计正往龙头卷子那里凑呢。"余巴东手下的人插了一句。

"极好极好。我们就在龙头卷子等着，让他们师徒相见，把懂和不懂的话都抖搂干净，呵呵哈。"吴勋笺的笑声像夜鸮啼叫。

老人还想说些什么，话却像鱼刺卡在干渴的喉头没能发出，就这么一个停顿，人已经被前拉后推地着塞进了吊亭。

吊亭三尺见方，挤挤能进去四个人。要是遇到像吴勋笺那样的胖子，就得少载一人。这应该是极限了，人再多上面的吊具也吃不消。

吴勋笺带来的亲信手下不少，全部上去怎么都得两三个时辰。吴勋笺烦躁地转了两圈："我先上去，你们慢慢跟上就是了。对了，把滑口看好，别让人卸了后腿。"他说的滑口是指关键位置，后腿则是指预留的退路，这些都是吴家军自己的术语。

开始一场战斗很容易，如何能在战斗中保存自己却很难，如何才能完美地结束一场战斗则是更难。吴勋笺的这场战斗开始得很不经意，他甚至都没确定自己的对手是谁。是皇上？是叔父？还是小小梁王？或许都不是，对手其实就是自己。所以他的战斗很矛盾，既在极力地保存自己，又在拼命战胜自己。至于如何结束这场战斗，现在看来只能凭运气了。

吴勋笺登上了吊亭，他是老水鬼之后第二轮上的。就在他刚刚挤进吊亭时，不远处的草丛树影间出现了一小拨人，悄悄往踏云叠屏下移动。

人虽少，但都是行动迅捷有序的高手，而且经过严格的训练，彼此之间有着非常默契的配合。当距离足够近、再往前就有被发觉的可能时，为首的人无声地抬手握拳，所有人一下都就势凝住，就像此地天生存在的木石一样固定不动。

"这是什么地方？孟和不会带着丰飞燕他们从这里上去了吧？别说，还真有可能，否则怎么会找不到了？"丁天心中暗自嘀咕，他带来的都是极富江湖经验的高手，各种可能的途径都找过了，但仍是没有找到孟和的那辆马车。而周边地界只有此处人员聚集，像个简易军营，所以孟和完全有可能躲到这里，甚至已经带着丰飞燕他们上了山。

丁天觉得接下来要做的应是控制此地，夺取上山的吊架。但这又是个不可能办成的事情，因为吊架在上面，不能上去便无法夺取。而夺不到吊架，他们便无法上去。这是个两头堵的死局。

又观察了许久，当等吊亭上山的吴家亲信兵将已经所剩不多时，终于有个亲信兵卒离开人群独自走到较远的偏僻处。丁天果断起身，准备绕过去拿下那个兵卒，然后换他的衣着装备混在人群里上山。

就在丁天将要采取行动时，紧跟他身后的江上辉轻呼一声："呀！是他。"

丁天一惊，目光急扫，找到江上辉说的那个他。那人是莫鼎力，他竟然也出现在踏云叠屏下面，而且没有躲、没有藏，大摇大摆径直地往等待上山的人群走去。

"等好久了吧，真等了好久。不过不急，很快就上去了。"莫鼎力不仅往人群里走，还主动热情地打招呼。只是他嘴里说的都是正可以掩盖他真实身份的反话，吴勋笺带来的亲信听了他的话，都以为莫鼎力是余巴东派来接应的人，在安抚大家不要着急。而余巴东的手下听了这话，都以为莫鼎力是吴勋笺带来的，正对自己这边不是太快的操作表示理解。

于是莫鼎力很快也进了吊亭吊上了山，将自己置身于一群都以为他是自己人的恶人中间，他的每一个微小细节的失误，都可能会导致他被生吞活剥、乱剐成泥。

"我们怎么办？"江上辉低声问道。

"等，莫鼎力上去了要是还想下来，他就得设法控制吊架。吊架到他手里，我们就有机会上去了。"这回答说出了最有可能的情况，江上辉却摇了摇头。踏云叠屏有几层折转，上下七八座吊架，凭莫鼎力一个人如何能够控制？

夜渐渐深了，周围非常安静，连一声夜虫鸣叫都听不到，可能连虫子都畏惧连绵坟场里游荡的魂魄。只有那天上的水声依旧潺潺传来，就像天河在此处往人间开了个小小缺口。

除了水声，还能听到平稳的鼾声，还有杜字甲偶尔夹杂在鼾声中的呻吟。白天的那段路走得太累了，所有人都完全放松进入沉睡状态，连最起码的夜哨都没有安排。他们休息的地方就在山脊断口的边缘，那一点点未被绿色坟场霸占的凹角。可能袁不毂觉得这地方根本不会有人来才会如此放松，没点个火堆防防毒蛇野兽却是有些过分，除非他是故意制造这样一种环境来达到什么目的。坟场之中，说不得能梦见作祟的鬼魅。

黑暗中有人在动，真如鬼魅一般。不是梦里的挣扎，而是像在梦游，口鼻间依旧发出鼾声，人却是弯腰爬了起来，起来后的身影佝偻着，就像个变异的兽，在朝断崖边缓慢迈步。只需再往前两步，这身影就会制造一起梦中跳崖而死的奇事。

身影紧挨着崖边停住，然后顺着崖沿往两边摸去，并且尽力在往崖下够，黑暗中这样的摸索非常危险。那身影发出的鼾声渐渐变成粗重的喘息声，是因为紧张，也是因为身体紧绷得太吃力。但这一切都不是梦游人该有的反应。

那边的鼾声一有变化，这边立刻也有鼾声停下。有些贼天生就有这样的警觉性，周围的些许变化都会让他们从睡梦中醒来。

"找到什么了吗？"袁不毂轻声问了一句。他没有发觉到有人夜里起来摸索，是睡他旁边的小糖人踢他的腿把他踢醒的。不过问这个问题时，他手中已经端好了上好弦的凤尾寒鸦。

袁不毂的轻声一问，对于其他沉睡的人来说如同打个惊雷，所有人都惊醒过来。

惊吓最大的还是那个身影，猛震一下差点没有摔下崖沿。都说梦游的人不能叫醒，突然醒来会有危险，其实当一个人认为别人都在梦中、只有自己在清醒地做些事情时，梦中人对他突然的呼唤，那种瞬间坠入梦中的感觉比被从梦游中叫醒更加难受，那是种失了重、踏了空、纠着心的滋味。

一朵火苗亮起，能这么快这么稳点亮光盏子的只有死鱼。还没等他用手里的火苗照清崖边的身影，小糖人已经低声厉斥："快灭掉！重山千影不挡一光。这会告诉别人这里有人。"

死鱼没有听小糖人的话马上灭掉火苗，小糖人越是焦急，他就越是慢慢吞吞："不至于吧，这深山之中，除了我们怎么还会有其他人？就算有人看见这火光，那也会以为是坟场里的鬼火。"

"听他的，灭掉！"袁不毂发话，死鱼这才拧巴着脑袋把火筒盖上。

趴在崖边的身影抬起头，原来是季无毛。借着死鱼拖延一会儿才熄灭的火苗，他看到袁不毂对准他的凤尾寒鸦，急打个寒战后马上解释："别误会、别误会，就这放屁都能崩到人的地方，我能干啥？就是睡着睡着突然想到点事情，这才起来摸着看看。我真要想做对你们不利的事，也不会自己摸到要命的崖边上啊。"

一阵山风吹过，季无毛的几根毛飘起，就像是要脱离他的脑袋飞入深崖之下。袁不毂虽然只能隐约看到季无毛的影子，却足以判断他的位置的凶险。一个在黑暗中独自偷偷爬到凶险位置去的人，一般害不了别人，只会害自己。

天上河

"什么事情激起你如此大的好奇心？非得夜间摸黑去查辨。"杜字甲看似嗔怪季无毛，实则是在替他解围。从临安带来的人只剩季无毛了，这个唯一可供他差遣的下属肯定是要护着些的。

"我觉得这地方原来是有桥或滑索的，后来被拆掉了，所以想确认一下。"

"确认的结果怎样？"

"不敢确定。不过老商道客栈石壁下边的洞孔要是有问题的话，那我觉得这崖壁上也是有问题的。"

听了这话，石榴走到崖边一把拉开季无毛，然后趴下身子探着手臂往崖沿下方摸去。

"他说得没错，石壁上原来真有直接凿出的扣眼，可以用来固定绳索或铁链。有了绳索和铁链，再要过去就简单了。但是现在扣眼被咬掉了，就像老客栈石壁下方的洞孔一样。"

"钵鼠，看来真是钵鼠。舒姑娘说过，钵鼠唾液毒腐，或许能从石壁上咬出孔洞。能在石壁上咬出孔洞，也就能够咬掉这里的扣眼。毒变人与钵鼠有关，这地方又出现钵鼠痕迹，看来真是接近疫毒源头了。"袁不毅说道。

这时小糖人也猛拍一下大腿，恍然大悟地说道："我知道了，此处除了飞鸟道和虫蛇道外，原本是有人走的路的，或许就是当年葬人为置葬修的路，否则对面的山头怎会依然有绿色坟场延伸？是有人觉得不能再让别人去往龙头卷子，才把这里的路给毁掉的。"

"也可能是不让到了龙头卷子的人回来。"死鱼冒出一句。他最近有些反常，或者是经验在快速提升，每每说出来的话都颇有道理。

情况看起来的确如此，外围的关楼、哨卡都是朝里侧设置的，其意是防止里面的人出去。如今这周围没什么人了，关楼、哨卡也都无人看守，失去了使用价值。这时候再要想不让里面的人出来，就只有毁掉关键处的路径、桥索。

"这会是谁做的呢？会不会是你说的那个人？"袁不彀联想到小糖人不算师父的师父，本来该在这里等着的他，会不会正是为了做这些事情才爽约的。

"不可能是老水鬼。他最多就能抓只水老鼠，哪有盘弄钵鼠的本事。用脚后跟都想得出，毁坏这路的人肯定懂操纵钵鼠。"

"管他什么人，我们到前面看看就知道了。"石榴这样的表态也很反常。他虽然长得五大三粗，实则非常惜命，平时决不会有这样的勇气。就连被派往华蓥三城他都是求皇上才留下的，难道真是好奇心压住了怕死的性子？

"能过去吗？"杜字甲问道。

"能！"石榴、死鱼、季无毛三个人竟然同时回了同一个字。

袁不彀虽然没有出声，但他心里也知道是可以的。原来觉得前面是断头路再也无法前行，是因为石壁平滑得没有可搭勾的点。而现在确定这里原先是有桥有索的，那就肯定有固定点可借用。至于架个临时过沟的索儿，羿神卫专门教过，不在话下，带符提辖会的种类更多。

"找到痕迹了，那就尽量走原来的路。那样才能看到有价值的东西。"杜字甲提醒了一下，其实也算是个态度不强硬的要求。他现在手下没人了，自己又不是官派的人，确实强硬不起来。

天亮之后，他们看清周围的情况，找到老桥索的基点，确定了原有软索桥的走向。石榴很快就在石壁上重新凿出一个扣眼，袁不敲也在对面石壁上找到了原有的固定点。那固定点的扣眼已被咬破，但留下了一个不宽的横缝。一支崩锚箭带了线葫芦射进横缝崩卡住，然后用线葫芦细拖粗，在山脊断口间拉起一条粗筋绳。

死鱼爬惯了船上的揽绳、帆绳，不用任何辅助就直接从粗筋绳上爬了过去。过去后他先查看周围有无异常，然后将那边绳头加固系牢。

袁不敲快手快脚砍了些藤条树枝编了个大吊篓，通过滑动竹管挂在粗筋绳上。这篓可以坐进去两个人，主要是为了方便带上杜字甲。篓里的人只需拉绳便能移动，滑动竹管可以让吊篓移动变得轻松。不过绳子不管绷得如何紧，中间都会出现弧垂，绳子越长弧垂越大，所以在绳子的后半段会特别吃力，相当于往上爬坡。

好在有石榴，他力大过人。这些人里无法出力拉绳的只有杜字甲，石榴带上他过断口仍是比其他人都轻松。

过了断口，转过前面的山头，又是另外一番天工妙造的奇景。他们看到了一条河，一条从天上流过的河。其他人都被这奇景震撼、惊异了，而杜字甲除了震撼惊异之外还激动不已，涕泪交加。

山峦起伏连绵，到断口这里其实是转了个小小的弯。由于山顶绿色重重叠叠，不亲自走到这里是看不出来这个弯的。也就在这个弯上，有另外一道山脊斜插而来，逐渐并行。只是不知道继续往前会不会汇作一道。

如果不算顶上草木的高度，插入的这道山脊其实比袁不敲他们所在的山脊还要高出一些。那座山脊没有绿色坟场，因为根本没有可葬尸的树木和洞道。但那山脊也不是光秃秃的，沿着脊顶竟然有条湍急的河流。

"天上河！这就是天上河。天水引龙气，汇融乾坤色。没想到世上真有如此奇观，真有如此风水局相。"杜字甲发出连声感慨。

"可这奇绝局相与连绵坟场纠缠一道，怕是被破败了。"季无毛说道。

"不不，当初此地如此葬法肯定是受高人指点的。《葬经》有云，葬者乘生气也，气乘风则散，界水则止。古人聚之使不散，行之使有止，故谓之风水。而此处葬地竟然利用天上河水为界，融水气、生气、山气等种种气象，最终在龙头卷子那里汇合成龙相之气。"

"我听说龙相之气，毁坏了会不利天下，用好了可福泽八方。"死鱼对杜字甲的风水解释很感兴趣。

杜字甲没有搭理死鱼的话茬儿，只管说自己的："望气寻龙，黄富而青贫，赤衰而白绝，唯五色之气氤氲，乃绵绵而后杰。而要想五色氤氲绵绵，水气是至关重要的。可折光晕光，可经久不断。世人都取山行之脉为龙脉，其实水行之脉更是龙脉。两山才可夹一水，是水为主山为辅。但此处山举水行、山水合脉的奇景真是绝无仅有。"

袁不觳和杜字甲不同，他是以匠人的目光和思路来看待这条天上河的，所以看法和问题也都应合了实际情况："这天上河其实就是山上的一条石涧溪流，只是位置更加奇特，长宽也远远超过一般溪流，这才看着像条河。这河水来源应该是更高处的雪水和泉眼的存水，还有雨水、凝雾等等。但是有个问题，遇到暴雨之时，这天上河中的河水会不会漫溢出河沿，从两边山壁流落成瀑？"

"应该不会，看河沿下侧山壁石清草直，没有丝毫水流冲刷的痕迹。"小糖人久在山中生活，有什么痕迹他一眼就能看出。

"这应该才是此天上河的绝妙之处，水涨却疏而不漫。就如猬貐坟一样，洪急时自会堰分倾江。"袁不觳说到这里突然停住，他意识到这或许就是某些人要找的奥妙。成长流的遗言，别人要见自己，莫非都和这个现象有着极大关系？

小糖人似乎也意识到什么，一双闪烁的眼睛死死盯住袁不觳。

杜字甲不再絮叨，微眯双眼，翘着髭须，像在仔细咂摸袁不觳的话。死鱼和石榴也不动不出声，生怕自己的不适举动惊扰到别人，让别人脑子里成形的思绪像小鸟一样飞走。

"我这里也有个问题。"最终是季无毛打破了沉寂，"过来的绳子收不收？不收的话，前面再要多遇几个崖沟山涧，或是要过大段的架空索子路，我们带来的绳子恐怕不够用。如果收了的话，前面要是遇到攻袭追杀，我们就没有后路可逃。"

这的确是个大问题，关乎进退，更关乎生死。

"还是收了吧，我们没有退路，暂时也不需要退路。"袁不毂声音低沉，带着义无反顾的决然。是呀，生死未卜的路还没走到头，哪有资格考虑退路。

绳子真的不够用，本来还有十几个羿神卫和带符提辖的，每人身上都带有一些绳子。但现在拢共才剩下六个人，杜字甲不可能带着绳子，小糖人的携带也非羿神卫标准。

开始两个山头还算好，拉住枝条从草木坟场的边沿倒也走得过去。过了这两个山头之后，山形发生变化，山脊两边全是刀削般的立壁，顶上枝条虬张伸展，再无可踏脚的边沿。

也就是从这里开始，旁边天上河的山脊逐渐低趋，河面也变得更宽更曲折，可以明显看到众多溪流泉水汇聚而来，山脊沟涧之间银线纵横交错，所以天上河的河面虽然变宽了，水流反而越发湍急。在多个曲折处回旋成强劲的涡口，就算是羽毛枯枝浮流到此处也会瞬间不见踪影。

这样的地方真就只能走悬空路了，蜀地多修栈道也是同样原因。袁不毂他们无法现修栈道，只能靠绳子拉走索儿。拉走索儿有个重要前提，就是要有可靠的固定点。在刀削般的崖壁上这样的点不好找，要么位置凹进无法出箭，要么距离太远绳索不够。另外绳索要是设得太长，弧垂大了晃摆幅度也会太大，即便是贴近石壁而行也还是很不安全。

"你们看那边，相邻的山脊蜿蜒曲折，若即若离。我们是否可以借助邻近山体为过渡，折转前行。"杜字甲虽然不懂如何架悬空路，但他最会看地理形势，所以提出一个借路的法子。

"好！"袁不彀由衷赞一声，"这个法子好，不仅可以折转前行，而且相邻山脊上没有草木坟茔，可以直接往前，实在没路时再折转回来寻路。"

直对的山壁，着力点好找，箭的走线也准确。对面山脊有路，就拉绳直接过去。若是无路，也可拉斜绳索交替向前。更为重要的是这样的走法可以更多地使用吊笭，否则不要说杜字甲了，就是其他人也不可能一直靠吊爬绳子前行。

"你们看，那是什么？"死鱼指着斜下方，杂草乱棘遮掩下似乎有条晃动的直线。

"那是一根绳子。"袁不彀一眼便找到，并确定那是根斜线往前跨接了两边山脊的绳子，"那是根伪装得颇好的绳子，色深且杂，在深沟和草木映衬下很难被发现。"

"可能是它摆晃得有些像船上帆绳，所以我才察觉得到。"死鱼主动解释自己是如何发现的，如此急切地澄清更像是怕别人误会了什么。

"伪装得这么好的绳子，应该和截杀我们的伪装者有关。这里已经接近龙头卷子，他们带头的人不是放话说他们控制着龙头卷子吗？"小糖人马上把之前情况联系了起来。

"管他呢，既然有现成的路，那我们就借着走呗。他们应该想不到有人会走他们搭的路，说不定没等他们觉察，我们就已经进了龙头卷子。"石榴的话听着鲁莽，细想想却是出其不意的用兵之法，也是偏向虎山行的大胆策略。

"做吊笭，准备牛皮护手袋。我们就借这绳子走。"袁不彀做出决定。

鱼鳞盒

到达绳子那里其实也花费了不少工夫，毕竟不是从起点上去，而是要在半道中上绳。到了绳子跟前就可以看出，设置绳子的人是从下面爬到这个高度的。熟悉山里环境的人都知道，这不仅需要多走很长的路程，而且在许多环节和关键位置上还要做大工程，否则无法到达这里。所以有句俗话叫作"山顶跨一步，山下绕十里。"

"那些人设下绳子后未再撤掉，是留着后路呢。也就是说他们的人还在前面，没有离开。这样的话我们可能需要等天色暗下来再从绳上走，现在日头黄黄的，离老远就能看到，一旦被他们发现我们不是没命就是没路。"小糖人说得很有道理，现在只有他心中不着急往前去，所以想法相对冷静沉着许多。

"也好，吃点东西休息休息，夜里我们一股作气直达龙形源头。"石榴没说疫毒源头而说龙形源头，看来他对龙形要比毒源更有兴趣。

天还没有完全黑时，他们就挂箩上绳了。此时山影遮掩，半山以下的光线已经比夜间还黑。怕太过集中绳子吃不消，所以三只箩拉开一段距离慢慢往前。

杜字甲和季无毛的那只吊箩在最后面，本来袁不毂是安排石榴与杜字甲同行的。石榴力大，拉行吊箩、架扶受伤的杜字甲都会比较稳妥。但是杜字甲拒绝了这样的安排，他坚持要和季无毛一起。季无毛是他从捉奇司挑出的帮手，也是他现在仅存的属下，所以完全有理由更信任季无毛。

吊箩行路却不是凭着信任就可以的。季无毛力量不够，杜字甲受了伤也无法助力。这样一来，本就拉开一定距离的三只箩相距越来越远。这还得亏袁不毂和小糖人的第二只箩刻意放慢速度等着杜字甲，否则更不知道要差到哪儿去了。

绳子是分段设置的，不仅是为了有更多可靠的固定点，还因为山势折转突兀，必须顺山势改变方向。而且其中有些绳段的设置和之前杜字甲的想法一样，是借助了相邻山脊迂回前行的。

　　袁不觳到达第一段绳子另一头的固定点时，石榴和死鱼已经在前面一段的绳子上挂吊笭行出蛮远了。

　　"前面两人挺着急的，使着力在往前赶。"小糖人道。

　　"险地急行是大忌，况且还是走的别人的路。"

　　"你不提醒一下他们吗？"

　　"暂时不用。他俩会有分寸的，再说我们确实也需要有人尽量赶在前面探明情况。"袁不觳有些言不由衷，眼中也流露出焦急。这也难怪，前方不远的地方，所藏秘密与他的关联最多。在那里可以了结成长流托付的事情，可以救回舒九儿，可以找到治疗疫毒的办法。

　　一个优秀弓箭手的成熟，某个重要标志就是正常的性情能压制突发的心情。心中再是焦急，都得能平复下来，凝神静气。特别是在执行潜形狙射时，一丝丝的躁动都有可能把射杀的机会让给对手，从射杀者变成被射杀的尸体。所以袁不觳目送石榴和死鱼的吊笭远远滑入黑暗，自己却蹲在那里纹丝未动，直等到杜字甲的吊笭跟上来。

　　夜色中有月有星，借助天光还是可以看到不少近处的情景。但是当他们的吊笭上了第三段绳子后，能见到的情景就逐渐变少了，不是天光被遮掩，而是景物远了。黑暗的空间变得深邃，沟涧扩大成了峡谷，山体间不再邻近。这些可根据夜风逐渐急促、绳子摆晃幅度变大感觉出来。

　　水声也更加密集，而且变成了从下方传来。袁不觳大概辨别了下，除了天上河外，下方峡谷里至少还有五六道水流汇集而来，湍急向前。

　　袁不觳等到了杜字甲，也很快追上了石榴和死鱼。倒不是他们速度加快了，而是前面两个人的吊笭在绳子的一个固定点主动停了下来。

"我看到了火光，只闪了一下，在左前高半弦的位置。"死鱼以前打鱼时能在夜间数清星辰，发现其他渔船的渔火，所以辨别峡谷黑暗中的一闪火光应该不会出错。更何况，他还以羿神卫中"弓作量"的方法指出了准确位置。

"如果确实是火光，要么是有人晃亮了千里烟筒，要么是定向气死风灯转动了一下方向。"石榴的分析佐证了死鱼的发现。

浓厚黑暗无法阻挡袁不豰瞄线。他把身前绳子往外抚了一臂长，再抬头往左前圈定位置："不管那火光到底是什么，拉住的绳子中间是不会有侧向弯曲折转的。所以从绳子的走向来看，就算我们移动到离左前高半弦最近的位置，也足有三四十步的距离。现在没有其他方法往前，只能冒险趁天黑偷偷过去，大家尽量不要发出响动，相互间的距离再拉大一点。"

石榴捏了一下拳头骨节，发出一阵脆响："看来只能这样了。山峡中黑暗，我们又是在半空之中，对方就算听到了响动也不一定会有行动。"

"这一回让杜先生的吊笺走第二个，我们走最后。真要出现情况，我们可以吸引注意力让你们先过去。"袁不豰决定改变行进顺序。

"不不，这一回你得走第一个。有意外出现你得全力冲过去，不要管我们。我们几个人里，你是最重要的。"杜字甲不同意袁不豰的安排，"让他们两个走最后，反正他俩速度快，逃起来也容易。"

石榴脸上露出不爽的表情，却没法发作，毕竟羿神卫是捉奇司下属，而杜字甲是捉奇司最重要的人物之一。

"行，就这样。"死鱼倒是欣然接受了顺序调整。

"定下了就赶紧行动。眼前浑黑卷灰气，应该是将近天亮，峡谷里开始有晨雾积聚了。"

既然说定了，袁不豰也不再客气。他和小糖人率先行动，小心翼翼地过了出现火光的点。

季无毛带着杜字甲行动有些吃力，发出的声响比较大。经过那个点时，那边有了一些反应，不过只是几声异常响动，而且响动不像人发出的，也没再出现火光，更不曾遭遇攻击。季无毛虽然浑身热汗夹冷汗，好歹也过了那个点。

石榴和死鱼这回却格外谨慎，等杜字甲他们过去后才缓缓跟上，而且速度非常慢，走走停停，像是有什么异常一直在影响着他们的行动。

实际上这两人不是谨慎，而是心惊胆战。他们听到了异常的响动，断断续续、时有时无。异响也在移动着，始终在他们的左上方。从位置上判断，像是有什么东西跟着杜字甲他们那只吊箩在走。但那是更高的空中，又是一团漆黑，必是能够在黑暗中看准方向，并且能以极其缓慢速度飞行的什么怪物，才能保持这样的同行。

石榴和死鱼一直在想办法向前面示警，但是他们的位置太过尴尬，距离远、光线暗，无法用手势，发声传讯又怕惊动上方的怪物。况且前面的箩里是杜字甲和季无毛，这两人并不一定能懂羿神卫的暗号，所以只能在后面缓缓跟着，以便出现状况时可以出手救援。

天真的很快就亮了，晨曦中的峡谷摆脱了黑暗，但依旧无法看清。大团大团的浓雾不知从什么地方冒出来，就像一块块硕大无比的幕布，依次从峡谷中拉过。

三个吊箩又经过两个固定点，拐过一个小弯，进了龙头卷子的范围。下面的水声越发嘈杂，应该是有更多水流汇集而来，天上河的水声反倒没有那么急促了。出现这情况肯定不是水流变缓了，而是水势更加宽深复杂，多重劲道混合在一起形成的稳定强势。

天虽然亮了，浓雾笼罩下的鸟兽仍不会轻易出巢。所以今天惊醒峡谷的第一声是人的声音，一种见到鬼怪般的惊恐叫声。

"那是什么？"季无毛未能控制自己，脱口大叫，因为他看到的东西真的很怪异，出现得也太意外。

那是个狭长的盒子，大小不输于马车车厢，外部用鱼鳞般的皮甲包住，看起来就像一条无头无尾的鱼。这条无头无尾的鱼是从他们头顶上的一团雾气中钻出来的，没有翅膀，但仍可以行云驾雾，估计只有此处的山妖山鬼能够如此。

听到季无毛的叫声，袁不彀和小糖人一下停住，凝神屏气，目光警觉地在周围雾气中搜索。石榴和死鱼却没有停住，而是快速往后拉动吊笺。他们已经预料到异常早晚会出现，所以第一反应是远离它。

雾气一团一团滚过，怪物时隐时现。季无毛拼命拉绳移动吊笺，想趁着还未完全暴露快点摆脱怪物。当雾气滚过、怪物再次露相时，他却发现自己和怪物之间的位置关系不曾有丝毫改变。

晨雾虽浓，消散也快，峡谷中的情景正逐渐清晰，偶尔也有鸟儿扑翅鸣叫的声响传来。袁不彀瞄到一根晃悠悠的羽毛，是山雀从头顶飞过时振翅抖落。就在他快要把羽毛上的花纹瞄清时，一抹山风吹过，吹走了羽毛，顺带也将不远处的一片薄雾掀开，露出了无头无尾的鱼。

"是攻城鱼鳞盒！"袁不彀在造器处见过这种怪物的图样。

攻城鱼鳞盒，顾名思义是一种攻城的弩射器具。盒子可制大制小，根据装入的重机弩和进入的人数而定。但一般都不会太大，因为最终需要用支架或吊架将鱼鳞盒提升到城墙的高度，在那样的高度上向敌人实施打击，掩护地面部队攻打城墙。

眼前的攻城鱼鳞盒要比平常的鱼鳞盒大许多，至少可以进入四五个人，安置两架以上的重机弩。而且估计得没错的话，应该还是双弓案弩这类的重机弩。因为这里的鱼鳞盒不需要临时撑起或吊起，而是始终吊挂在一根沿峡谷架设的铁索上，并且采用滑轮吊挂，前后有咬齿绞盘，在鱼鳞盒里面摇动绞盘就能让它或进或退。这设计和之前用扳杠驱动的车子有异曲同工之妙。

"快跑，那盒子里的重机弩能把吊笺射碎了。"袁不彀高喊一声，这个时候已经不再需要掩饰，杜字甲他们早就在对方的攻击范围内，需做的就是提醒他们及时逃命。

随着这声喊，已经变薄了的雾气陡然打个旋儿，又有一只鱼鳞盒从右上方冲出。在右侧斜上方竟然还有一根铁索，这铁索距离袁不毂他们的绳子相对要远一些，但是依旧可以实现有效攻击。

"往哪边逃？"季无毛高声回问一句，此刻他比在墓中遇到鬼还要紧张，根本无法知道自己该往前还是往后。

袁不毂愣住，他突然发现这是个很难回答的问题，不管是往前还是往后，都无法躲开一左一右两个鱼鳞盒。

警号子

能在如此险峻峡谷中设置一条绳子、架设两根铁索，只有葬人才办得到。必须是先拉一根绳子作为引导和借力，然后才能逐段将铁索架起。这就像要修建一条路，必须要先有一条可以运送工具和材料的辅路才行。

绳子就是已经被舍弃的辅路，它的走向始终都会和铁索一致。而吊箩手拉而行的速度远远比不过鱼鳞盒的绞盘，所以不管他们是往前往后，都无法逃脱对方的追逐和攻击。

往前或是往后都无法解决问题，对方的攻击却可能在瞬间完成。杜字甲他们的那只吊箩，在夜间经过铁索上的第一个警号子[1]时发出响动，被对方发现。于是人家出动鱼鳞盒慢慢跟随。这也就是黑暗中无法确认情况和辨别目

---

[1] 警号子：长型防御，每过一段会设置一个单位，负责看守防御设施和遇敌报警。

标，否则早就把杜字甲他们的那只箩给射烂了。此刻射虽未射，盒子上所有射孔却已打开。重机弩的三棱大箭头也早就锁定了杜字甲他们的吊箩。

"往这边来，快往我这边来！"袁不毂喊道。

小糖人开始也吓愣在那里，但做贼的人的反应都比一般人快，特别是逃命时的反应，所以他很快恢复了状态，全力拉动绳子往前，想摆脱右侧逼近过来的攻城鱼鳞盒。这样一来，季无毛肯定是跟不上了，只会越落越远。

周围雾气在快速散去，沉灰的天色中所有情形都足够被看清。袁不毂只扫一眼就明白了小糖人的意图，前面不远有山石凸出，再往前还有绳子的中继固定点。如果鱼鳞盒追逼得不是太紧，他们可以从固定点下去，躲进浓密草木中。如果对方逼迫得太紧，也可以从凸出的山石那里跳下去。不管哪种方式，都相当于放弃了杜字甲和季无毛，让他们成为两个鱼鳞盒合力射杀的目标。

"等等，等等他们！"袁不毂说这话其实只是出于一个领导者和保护者的本能。不管怎么说，杜字甲都是跟着他来到这里的。

"等不得，那边的鬼东西已经过来了。"

果然，右边的鱼鳞盒沿峡谷走势画了道弧线，迅速朝袁不毂的吊箩逼近。盒子上的射窗是下挂式窗板，窗板推开，箭便射出。射完之后窗板自动盖下，整个过程只一个瞬间。

在这个瞬间里，三棱大箭、无羽弩箭、破甲箭一起从鱼鳞盒射出，射向袁不毂他们的吊箩。

几乎同时，左上方的鱼鳞盒也发起攻击。它最先射出的也是一支三棱箭，这种用三棱箭原本是用来攻城的，由双弓案弩①这样的重机弩射出，其力道可以射透城门、击碎城砖，守城的抛射架、倒油架也能一击即毁。

———————

① 双弓案弩：一种大型弓弩，桌案般大小，设置两张同时出力的弓身，需扳杆上弦。

好在杜字甲他们的吊箩在慌了手脚的季无毛的拖拉下摇晃得特别厉害，所以这一箭只射中箩沿的一侧。但此箭的巨大力道再加上锋利棱边，仍是将吊箩从上到下破裂开来。季无毛和杜字甲要不是及时抓住吊箩上的绳索，就从破开的口子中掉下峡谷了。百多尺深的峡谷，就算下面有水流，摔下去的结果也会和摔在石头上没什么区别。

破裂的吊箩无法踏足借力，全得凭着他们上半身力量吊住才暂时得以没掉下去。而这样一来，连在吊箩里晃荡一下都不行，只能任凭后续小箭支射向他们。好在季无毛位置是在右侧，有半边破箩和杜字甲替他遮挡了大部分身形。而杜字甲身上裹着不死蚕纱，连续几支射中他的箭都未能钻入身体。

但不死蚕纱无法护住全部身体，终于有一支无羽弩箭从不死蚕纱缠裹的边缘钉进杜字甲的肩背部，紧接着又一支箭射中杜字甲的大腿。杜字甲身上本就有伤，单凭自己的上身力量很难吊住。再加上中的这两箭又是在发力的部位，手臂和腿脚一旦软下来，人就要往下滑落。幸亏季无毛眼疾手快抄住他左腋才没掉下去，但这样一来两个人更无法移动吊箩一丝一毫。完全定格在那里，不仅会成为无处可逃的射杀目标，一旦体力耗尽，不用射杀也会自己摔落谷底。

三棱箭射破杜字甲的吊箩之后，左上方的鱼鳞盒立刻转向了袁不觳。突然改换攻击目标而不继续完成之前的攻击，是因为杜字甲他们已经是铁定无法逃脱的"死人"了，而袁不觳只要动作快，仍有机会摆脱鱼鳞盒。所以要想将袁不觳他们一网打尽，及时转向追杀前面的吊箩是周全有序的做法。

鱼鳞盒和袁不觳之间此时的距离用单弓小弩还无法射到，但重机弩的三棱大箭从上而下仍是可以强有效地攻击到袁不觳他们。哪怕大箭只能做到干扰袁不觳吊箩的移动速度，他们就能在吊箩到达前方可逃脱的两个点之前追上他们。

由远及近的一声"嗡"响，射来的却是两支箭。两支三棱大箭从斜上方左右交叉射来，就像一把张开口的剪刀，誓要将袁不毂的吊箩绞碎。

小糖人早就注意到了对方的攻击，会打架的人盯的是别人的拳头而不是自己的。就在两支箭即将射中的刹那，小糖人双手吊住绳子，双腿斜向用力，将吊箩蹬得侧横过来，堪堪躲过大箭。袁不毂没想到小糖人会来这一下，差点就被抛出吊箩。

"你抓紧箩沿，等下应该还有大箭射来。这箭一下就能把我们的吊箩射穿扯烂，千万不能让它射中。"小糖人也觉得刚才那一下很是危险，赶紧向袁不毂解释，解释的同时手里却没停，继续快速拉动绳子往前移动，试图摆脱两个鱼鳞盒。

但是人拉的效率远远比不过绞盘的效率。两个鱼鳞盒相夹前行，边往前行边射出箭支。眼见离袁不毂的吊箩越来越近，就连常规弓弩也都能有效射中袁不毂他们了，袁不毂的吊箩很快被钉上了许多箭支，就像只刺猬。钉上箭支后的吊箩重量陡然增加，移动起来更加吃力缓慢。

箭矢在持续飞射，时不时还有大支三棱箭呼啸而来。而袁不毂和小糖人连遮挡掩护的东西都没有，只能拼命往前躲避。

"我们跑不过人家。逃是逃不掉了，躲也没处躲。"袁不毂很客观地确定了自己的处境。

"不躲不逃，那该怎么办？"小糖人揪心地问。

"既然逃不了，那就反击！你先稳住，放慢速度，让他们追上来。"袁不毂说话的同时解掉了护手的牛皮袋，舒展手指握弓拈箭。

"你不会是要和那鬼怪一样的匣子对射吧？它能射得到你，你可射不穿它。"小糖人手里没有松劲，依旧保持原来的速度。

"从鱼鳞盒的抖晃程度和移动速度看，它样子虽大分量却不重，也就是说那里面藏人不多。而且三棱大箭不曾有连续攻击，说明里面配备的重机弩也不多。"

"那又怎样？"

"那样他们就无法一击之下毁掉吊箩。重机弩上弦装箭时间又长，这就给我们留下了还手的机会。"

人在剧烈摇晃的吊箩里面，不摔出去已经是要花费很大力气了，再要对抗高处布满皮甲且配有重机弩的鱼鳞盒，真可以说是痴心妄想。更重要的是那鱼鳞盒也悬挂在索子上，也在晃荡，也在移动。对方的射手又完全看不见，只有射窗出箭时才恍闪一下。差距如此之大还说有还手机会，也只有袁不毂能说出这种别人想都想不到的话。

"可他们意图并非毁箩，而是取命。"关乎性命的事情，小糖人非常拎得清。

"出乎意料，他们就取不到命。抢到先机，就是他死我活。你听我的，现在停下，蹲在箩里不要动。然后，我让你怎么做你就怎么做。"

小糖人看一眼袁不毂手中的弓箭，知道自己拗不过他，只能听从他的话把速度慢下来，直至停在那里一动不动。

两个鱼鳞盒相夹而行，慢慢接近袁不毂的吊箩。重机弩重新扳弦上扣，三棱大箭也填入了弩槽，其他单弓轻弩都蓄势待射。即便是在完全占有优势的情况下，鱼鳞盒依然保持无比严谨的对战方式和态度，可见里面的人久经杀场、经验丰富。

吊箩微微颤动，是因为小糖人在簌簌发抖。他心里非常清楚，对方一旦发动攻击，所有的大箭小箭加起来可以瞬间将他们连箩带人全都撕碎。

"能稳住吗？我们随时都需要让箩动起来。"

"我、我害怕，怕是稳、稳不住。"在目前的情况下，害怕是很正常的事情，强制要求小糖人做到什么样子反而可能坏事。袁不毂自己心里其实也害怕，甚至比小糖人更害怕，他正在做的事情只要有一点点偏差，结果就是被对手射杀。所以射手镇定和忍耐的最高境界不是像潜射那样一动不动，坚持一天甚至数天等待着一个目标，而是像绝世高手面对面的对决，虽然可能只是眨几下眼睛的工夫，却是看谁能坚持到对手出现破绽的那个瞬间。

既然小糖人稳不住，那么便只能袁不彀动起来。他持弓搭箭蹲在吊箩中，吊箩随着小糖人的抖动而动，袁不彀的身体则随着吊箩颤动而动。当潜射技艺到达一定阶段后，静止便不再是唯一的可取状态。只要是在一个持续的、有规律的状态下，优秀的射手就能成功利用射杀对手的稳定条件。

鱼鳞盒已经离得很近很近了，就像两只巨型山猫逼近一只哆嗦的幼鼠。射过来的箭支倒是不多了，只有零星的羽箭试探性地飞来，想以此确定吊箩为何会停下，里面的人死了没有。当多次试探都得不到准确结果时，接下来要做的肯定是用三棱大箭一举将吊箩毁掉。

袁不彀是这样推测对手的，而鱼鳞盒的行动证明了他的推测完全正确。

重机弩已经上弦，三棱箭已经落槽，射窗盖板已经开启。就在这时，袁不彀轻喝一声："起来！往回拉！"

小糖人随声蹦起。害怕得直抖属于自然反应，接到指令随声而起也是自然反应。如果真的强制他不抖不颤，肌肉筋骨反而会僵硬，动作反应也会呆板变形。

前方是固定点，绳子弧垂在后面。加上后面还有杜字甲的吊箩挂着，往回走其实是下一个陡坡，紧张到极点的小糖人尽全力往回猛拉一把，吊箩顿时滑出两丈多远。

鱼鳞盒里操控重机弩的人看到了吊箩的突然变化，就没有马上把箭射出，而是掉转弩、架箭头、追住目标。

箭没有射出，射窗的盖板便不会落下。也就在这个瞬间里，袁不彀突然起身，左右各射出一箭，身形和出箭过程快得像虚影一般。

第七章

双索入龙头

反攻杀

清晨的峡谷格外静谧，因此可以清晰听到从鱼鳞盒中传出的惨叫声。袁不觳神射见效，竟然利用对手即将射出三棱箭的瞬间，抢先将箭射入一尺见方的射窗，而且是在快速移动的吊箩中左右双射，且双双命中。

"继续后退！"听到袁不觳吩咐，小糖人双手交替用力，将吊箩继续往后拉去。

袁不觳再次射出两箭，依旧是从两个鱼鳞盒重机弩射窗中射入。对方的箭没能射出，射窗就盖不上。而袁不觳这边移动一段距离，就能让箭射到之前不能顾及的角度。这角度正好是里面的人掩身在射窗一侧查看外面的位置。不管是出于好奇还是出于遭遇攻击的意料之外，从射窗一侧偷瞄一下外面的形势都是正常反应。这反应偏偏正好在袁不觳的预想之中，并且在行动之前就已经凭空把箭的走线瞄好。

这两箭过后，鱼鳞盒里真正慌乱起来。绞盘发出剧烈刺耳的声响，短时间内连续来回几次，和之前的季无毛一样，他们也不知道该往前还是往后。

也有不太慌乱的人想到了反击，毕竟鱼鳞盒上不只有重机弩的射窗，另外还有多个常规弓弩的射孔。这些射孔小的仅四五寸见方，大的也不过六七寸见方。在双方都处于铁索和绳子这样不稳定的处境下，这些射孔更有利于他们将箭射出，而且不大可能被对方利用为攻击的途径。

"再往后，不要停！"袁不觳又吩咐道。

吊箩不停移动会增加对方攻击难度，延长对方锁定目标的时间。对方从其他射孔反击的做法在袁不觳意料之中，所以他需要延长一点时间，那样才有机会抢在对方之前把箭射入箭孔。

又是那种生死一瞬的等待，而且这次的等待比刚才更加惊心动魄。因为鱼鳞盒上有许多射孔，无法知道哪一个会开启。须先得以最快的速度发现开启的射孔，然后再用最快的反应射出箭去，最后还要以最准确的精度射入小小的射孔之中，而这一切需要在双方都处于移动、晃动的状态下完成。

右侧鱼鳞盒抢先开启两个射孔，还没等他们搜索到要反击的目标，就已经有箭支从射孔中直射而入。两个射手一个用弓、一个用弩，用弓的被箭射中左侧脖颈，用弩的则正中面门。

左侧鱼鳞盒有一个射孔开启了一下，随即又关上，紧接着绞盘猛然加速，顺势往前快速移动。他们应该看到对面鱼鳞盒的遭遇了，相比之下自己距离袁不毂更近，如果也像右侧那样开启小射孔攻击，结果肯定会更惨。所以他们果断往前移动，尽量避开持续往后移动的袁不毂。

右侧的鱼鳞盒在遭受重创后也终于确定了方向，绞盘加速往后移动。虽然与袁不毂同方向，但峡谷右侧往后顺着山形呈斜向扩大，铁索走势也是远离袁不毂的。

"欸，他们都走了，我们还继续往后吗？"小糖人舒口气问道。

"往后，去接杜先生。"

杜字甲的身上多的两处箭伤虽然都不在要害，但伤口一直都在流血，人也衰弱无力甚至就要昏厥。要不是季无毛尽全力拉住他，杜字甲恐怕早就冲撞到谷底了。

而季无毛的手抄住杜字甲腋下时间太长，也开始滞血麻木，逐渐失去知觉。当他坚持不住即将脱手的瞬间，及时赶到的袁不毂抓住了杜字甲的腰带。

杜字甲天生身材瘦小，季无毛打洞盗墓的，也需要刻意保持身材不胖。但是袁不毂他们的吊箩里陡然多了两个人，还是明显过载了。

箩里根本挤不下四个人，小糖人和袁不毂都坐在了箩沿上。吊箩不时发出"吱嘎"响声，承载能力让人担忧。吊绳绷得紧紧的，拖拉变得艰难，移动得更加缓慢。

小糖人依旧紧张:"我们得加紧往前,赶到可以下吊箩的地方。那两个鬼东西要再转回来,我们这样堆在吊箩里只能等死。"

最近可下箩的位置就在前面,但是要想过去必须爬过一段上坡的绳索。载了四个人的吊箩爬坡很慢很艰难,要想不死只能更多地寄希望于鱼鳞盒不会太快转回来。

希望总是与现实存在距离,右侧的鱼鳞盒看到他们现在的处境了,所以没有回去增加射手,只是打开底门扔出三具尸体减轻鱼鳞盒重量,然后便又快速追了上来。

吊箩好不容易到了下方山体凸出的地方。袁不彀和小糖人两人可以从这里跳下去,但是现在还有杜字甲和季无毛,特别是杜字甲失血过多近乎休克,连挪动下都困难。而他们两个一旦跳下去,就没人移动吊箩了。唯一的办法就是冒险和鱼鳞盒比速度,到达前面的铁索固定点再将杜字甲带下去。

凸出山体后面不远就是一个固定点,眼见着吊箩离固定点越来越近,马上就能靠上山体了,就在此时,袁不彀瞥见固定点周边的草丛猛然晃动一下,无风起浪一般。定睛瞄看,没瞄到人,却瞄到了最为熟悉的箭头。箭头远不止一个,而且与他们的吊箩之间的连线是笔直的。

"当心!有射手。"袁不彀急切之下连暗语都没用。吊箩距离固定点太近太近了,要想躲过那些正对他们的箭已经不可能。

"这点是个警号子,快拉!冲过去。"袁不彀的决定是唯一可行的。过了固定点绳子就又会有个下行坡度,可以加速逃离。当然,现在的位置往后退也是下行坡度,但是那样又会回到没有逃脱机会的原点。

决定没有错,问题是移动吊箩的速度再快也都没有箭射得快。对方哪怕是不慌不忙地慢慢瞄准,也来得及在吊箩过固定点之前射中目标。

所有的箭都是在吊箩即将通过固定点时射出的,那是最接近山体的位置,与那些乔装得和山体草木几乎没有区别的射手们距离最近。

躲没法躲，藏没法藏，挡就只有用身体去挡。袁不羁在这个瞬间身体猛然拧转，一脚勾箩绳、一脚勾箩沿。双臂张开，上身斜向探出，真的用自己的脊背去挡那些箭支。

这个时候反显出吊箩狭小的好处。几个人堆聚一团，对方射出的箭支集中，袁不羁这个姿势恰好将所有射出箭支挡住。

箭射在背上，袁不羁发出痛苦的闷哼，听到的人都能感觉到他很疼很疼。紧接着又是一声干吼，那是缓转气息释放痛感带出的声响，也是证明他仍然活着的声响。

所有箭都射中袁不羁，但没有一支箭射进他的身体，就连他背部的皮甲和衣料都未能射破。他所承受的痛苦只是那些箭的撞击力，其中皮甲还替他承受了很大部分。这是因为他张开的双臂给自己披上了一挂不死蚕纱，使得本来毫无防御的吊箩蓦然多出一道人体加轻纱构筑的强盾。

警号子上暗藏的弓箭手们愣住了，这是遇到神鬼才会出现的情形。难怪两个鱼鳞盒都没能将这只吊箩给毁掉，自己反而损失惨重。就在这一愣神的工夫，吊箩冲过了固定点，顺着弧垂的下坡段快速滑出去。

袁不羁的神箭击退两个鱼鳞盒，逃过了一段双索巡峡，但也惊动了铁索上的警号子，特别是距离击退鱼鳞盒那处最近的警号子。不过山中情况复杂，在没有确定状况前，警号子暂时没有发出长哨（群山之间烟火信号反应慢，传递不远。用长竹梢做的报警哨，尖厉的哨声在山间回响传递，警示即时且可及远）。

安排在警号子上的都是余巴东最信任的境相夫，利用山地绝佳的掩饰，比筑哨台、搭哨塔更实用。鱼鳞盒退逃过他们所在的固定点后，他们立刻做好准备。能在这峡谷中击退改造过的鱼鳞盒，实力肯定非同小可。当他们发现随后过来的只是一个吊箩和四个处境局促的人，不由得全诧异了。谁都觉得是有什么情况搞错了，怎么都无法想象这就是击败鱼鳞盒的敌人。

正是这样的诧异和犹豫，才让袁不彀他们没有遭受太多攻击就冲过了固定点，然后在全力拉动下快速远离警号子。

但境相夫都是葬人一族的后人，擅长攀岩越壁。此地安设的走绳或铁索，都是他们所为。在这过程中，他们早就把周围可行走的路径摸得清清楚楚，所以就算冲过了警号子，也未必能甩掉境相夫。眼见那些境相夫苍猿灵猴般溜坡跨涧、爬崖越壁，很快就追了上来。

"这些人真蠢，干吗要赶。换了是我，就把绳子砍断。"杜字甲恢复了些神志，说出句连自己都细思恐极的话。

然而境相夫不采用砍断绳子的方式灭杀袁不彀他们，绝不是因为愚蠢。他们是牵拉搭架的人，最清楚绳子的重要性，也会一早就想到砍绳子。之所以没有那样去做，是这绳子还存在使用价值。一旦他们觉得再无其他办法灭杀吊筲中的四个人，那么采取砍绳的方式也不是不可以。

过了固定点，峡谷中雾气刚好又被山风掀去一大块，远远就能看到左上方的鱼鳞盒就停在前面。那鱼鳞盒停住的位置非常要命，是铁索和绳子距离最近的地方，也是绳子弧垂的最低处。吊筲一旦滑到这个位置，往前往后都最为吃力。而鱼鳞盒只要吸取之前的教训，开启射窗后尽量隐蔽攻击，那么就连袁不彀都没办法再进行有效回击。

"快停下，不能往前了！"袁不彀高喊。

小糖人和季无毛立刻反向用力，手上的牛皮袋在绳子上摩擦。两人反应算快的，又关系到自己性命，肯定是全力而为，所以吊筲的下滑趋势很快被收住，终于在差不多到弧垂往下一半的地方停住。

顺畅的移动被突然阻止，势必导致吊筲剧烈甩晃。装了四个人的筲筐本就头重脚轻很难平衡，大幅甩晃之下，坐在筲沿上面展开双臂护住吊筲不被箭射的袁不彀一个不稳，倒翻下去。

刚好季无毛在剧烈甩晃中也极力想抓住些东西稳住自己，于是不死蚕纱的一头一被季无毛捞到就像救命稻草般被死死拽住。而他手上正好套着拉绳移动吊箩的牛皮袋，否则就算拽到了也得把手掌、手指全勒掉。翻落下去的袁不觳最终没有摔下谷底，而是倒挂在吊箩下方。

"拉他上来！快拉他上来！"小糖人扯着嗓子喊，但他自己此刻也都抱紧吊箩的吊绳不住晃荡，没法过来帮忙。

"不行，我拉不动。"季无毛蹲在箩子里确实无法用力，可是又不敢站起身来拉，那样会暴露在境相夫的弓箭下。

杜字甲倒是挪动身子抓住不死蚕纱想帮下忙，结果这一动伤口崩裂，鲜血涌流，青筋暴露的惨白手臂再使不出一点力气来。

鱼鳞盒那边反应很快，见吊箩突然停住，马上改变策略转动绞盘主动迎过来。警号子上的境相夫这时也追到了，赶在最前面的已经端起鹤翅秦弩准备攻击。

倒吊射

"稳住，别乱动！"袁不觳的喊声有些含糊，应该是倒挂之后气息不顺造成的。其实上面的人根本不敢乱动，是吊箩突然停下的余势未消，也是袁不觳翻落下来的摇摆未停。即便这样，在听到袁不觳的喊声后，小糖人还是伸出双手死死抓住滑绳，背腰腿一线运力，用自己身体的力量尽量让甩晃的吊箩稳下来。

"嗬！"袁不觳发出一声叱喊，让倒挂的身体气息顺畅，从而促使自己在完全颠倒的世界里也能精神集中、视线准确。

"呀嗬！"发出第二声叱喊的同时，箭也射了出去。这支箭明显仓促了，但他要是再不射，鹤翅秦弩就会射向他。

　　仓促中射出的箭会大大偏离准头，更何况是倒挂在晃荡的吊箩下射出的。所以本该射中境相夫胸口的这支箭，只是射在了膝盖上。虽未正中要害一箭致命，却让那境相夫失去重心，跌下了峡谷。

　　跌下峡谷的境相夫射歪的弩箭，是一支磷头火箭。见之前那些箭未能射伤袁不毂，境相夫便想到改用火攻。射不透的不死蚕纱，用这火箭是可以毁坏的。现在这箭钉在了吊箩外沿，幽幽地闪动着小小火苗，让人看了不禁流出后怕的冷汗。

　　第一箭射出，袁不毂一下就把自己身体状态调整过来，与窘破的处境、颠倒的世界相融合，在摆晃中瞄线，线与移动的目标相连，每次相连之后就疾速射出箭支，让那些伪装的草木石块一个个从山体上剥离。

　　"呜嗡——"有境相夫吹响了长哨，如号如泣的哨音回荡在峡谷里。这是警示，告知有外敌侵入；这也是警告，告知外敌强悍，宜坚守而不宜急取。

　　长哨吹响后，境相夫们的攻击策略也马上改变。余下的几个人不再急着往袁不毂这边聚拢，而是先寻找妥善的掩体藏身，然后再抓住合适的机会对袁不毂射出箭支。这样一来，倒挂空中的袁不毂便成了个活标靶，即便身上缠着一道不死蚕纱，也无法避免最终被射中要害的结局。

　　就在这紧要关头，有人从背后对那几个境相夫发起狙射。箭支虽然不密集，只两个点位，也没做大距离移动，但箭来得突然，又是在没有遮挡的背面，所以两轮狙射才过，境相夫就只剩下两个。这两个本想移位对抗后面的狙射，才动就又被正面的袁不毂抓准。袁不毂两箭连贯射出，两个境相夫一死一伤。伤的那个身体还没停止翻滚，就又被后面狙射的补上一箭。

　　补一箭的是石榴，他和死鱼的吊箩在后面，经过固定点时，警号子的境相夫都往前去追赶袁不毂的那只吊箩了。于是他们就从那里下来，尾随在那些境相夫后面，很及时地做了袁不毂的后援。

死鱼从狙射处探出身子朝袁不彀招手，这是那咤杀组合射阵型中提示危险的专用手势。袁不彀根据手势扭头看，迎面而来的那个鱼鳞盒已经近在咫尺。跟之前有所不同，那鱼鳞盒上所有的射窗都已打开。

这做法说明鱼鳞盒里的主持者对战经验丰富，善应变。射窗和射孔上的盖板是应付密集箭射用的，袁不彀这边箭手寥寥，鱼鳞盒无须担心密集箭射。而多了盖板的开启动作反而可以预先给袁不彀提示，相当于提前告知哪个箭窗或箭孔会有箭射出。现在所有射窗都打开，袁不彀就无法判断。

既然不能判断哪个箭窗或箭孔有箭射出，也就无法提前反击阻止。这种情况下袁不彀要么让它一支箭都射不出，要么就只能自己等着挨射。

"阻止它，不要让它放箭！"袁不彀发出的喊叫和垂死的号叫区别不大。此刻他心里非常明白，明白自己没有任何办法，明白对方已经把他们逼入必死境地。

袁不彀的喊声刺激了小糖人，他条件反射般做出个垂死挣扎的举动——把一个黑乎乎的、带着火星的圆球扔了过去。那东西看着应该有点分量，因为扔得不高也不远，距离鱼鳞盒还有两丈多就开始往下掉了。

袁不彀不知道那是个什么东西，但他知道既然是扔向鱼鳞盒的，就不能让它掉，离得越近越好。于是一支锤头箭大力射出，由下往上斜推那个圆球。圆球才开始往下掉就又被托了起来，并且径直从重机弩的射窗飞入。

一声巨响，大团的火光，随后是带火的碎片如雨般落下，掉入峡谷底下的水流中，冒出缕缕轻烟。

圆球是火雷子。之前那支钉在吊篓边沿的火箭，给了小糖人能够快速点燃火雷子的火源。空中没有参照物，看着不远实际却不近。所以这只火雷子要没锤头箭助力，根本扔不到鱼鳞盒那里。而且要不是从射窗扔进鱼鳞盒里面的话，也不至于将包着层层皮甲的鱼鳞盒炸得如此粉碎。

解决了左侧鱼鳞盒，威胁一下化解了很大部分。倒挂着的袁不彀被拉了上来，载着四个人的吊笭总算歪歪扭扭地到达一处可停歇的山体。随后石榴和死鱼重新回到吊笭，也赶到了这里。

下了笭后的第一件事情就是帮杜字甲包扎箭伤。他之前已经多处受伤，这次又多添两处，但都是远离要害的皮肉伤。前面的伤已经被日影环侍卫用金疮药处理过，就算行动中再次出血也死不了。但是刚刚中的两箭拖的时间有些长，三棱箭头造成的伤口出血多、愈合难，若不妥善救治后果还是很严重的。于是袁不毂掏出个牛角瓶，那是他去密杀骨鲔圣王前舒九儿给他的还魂散。舒九儿当初说过，用还魂散留住半口气回来，她就有办法救他全活。眼下用这个好东西给杜字甲救治，不管伤口愈合快慢、是否会留下后遗症状，至少命是可以保住了。

旁边的天上河变得更加宽了，但高度大幅下降。沿着峡谷方向流淌的几道沟溪都汇入河中，就连峡谷两旁的落瀑滴泉也都最终汇入天上河。河道依旧在山脊上流动，依旧没有一丝漫溢和外泄。水势也是不急不缓，盘旋折转，稳稳向前。

从救治杜字甲的这个位置可以转到天上河那边去，但就算到了那里也是死路，除非有船可以顺天上河一路下行，直到冲入龙头卷子，而这在重重山岭上是不可能有船的。

"这地方虽然可以停歇，但是依旧无路往前。我们还是得借助架空的绳子乘吊笭往前。"袁不毂观察了周围环境之后说。

"去吧，前面不远就是目的地。如果我看得不错，应该就在天上河下地的地方。"杜字甲说话懒懒的，将要入睡的样子，看来还魂散的药性中带了很强的麻醉成分，对于受伤者止痛镇定非常有效，"我就在这里等着你们，把老季留下来陪我就行了。"

"吊笭恐怕是用不得了！绳子从此处斜向连接对面山体，和铁索有个交叉，随后转过弯峡谷变得狭窄，两索一绳差不多靠紧了同行。对面还有一架鱼鳞盒，周围暗藏的警号子更是不知有多少，用吊箩那就是往阎王殿里走。"死鱼不擅长走山路，对山势格局却分析得头头是道。

"没错，对面的盒子一直跟着呢。我们要是斜向过去，它肯定会冲过来拦截。"小糖人也看出对方的一些意图。

"所以我们仍然是要比速度，在对面盒子占住交叉点之前抢先冲过去。"袁不毂坚持冒险，"石榴和死鱼也留下，单凭老季护不住杜先生。小糖人和我两个人冲过去，人少吊箩动起来快。"

本该是晨光乍现的时刻，临安城依旧被夜色笼罩。可能是冬天的云层太厚太重，将初阳重重遮掩了。

晨寒透衣，也没能挡住赵仲珥早起。不适应早睡却都适应早起的人，其实是睡眠不好、夜不能寐。不过早起的人也有好处，可以在别人还在酣睡时多出些时间做些别人很难注意到的事情，这会比熬夜做更难被别人注意到。

赵仲珥早上起来喜欢煮茶，而且是亲自动手。哪怕天色依旧黑夜一般，他都会到花园的四角亭里去，那里天水缸、红泥炉、古铜壶一应俱全。

茶叶倒是从房里带去的，每天按心情选不同茶叶。赵仲珥今天带的钧瓷罐中装的是松峰云雾茶，这种茶色浓、叶大、味酽，最利于疏食淤、消心烦、化内躁。

正当炉火在赵仲珥脸上跳跃、茶香开始从亭里溢出时，不远处有一盏灯火亮起。那是王府警灯，看似没有什么特别，就像是哪一房中有人点灯起夜。其实特定位置的灯火会有着特定的意思，传递着特定信息。

在捉奇司里，一旦有人偷入，明岗暗哨都会立刻发声并截堵。王府里却是另外一种模式，有人闯入后都是悄悄传递警示，悄悄聚集捕杀。一是怕惊吓到府中内眷，再则闯王府者意图比闯捉奇司的要单一，所以最好是能悄然拿下查明来路和背景，以绝后患。

赵仲珥举左手朝亭外做了个手势，意思是放行。能选择这个时候偷入王府且直奔后花园的，一般只会是熟悉他生活规律的自己人。而且昨晚他在捉奇司里已经收到约条，是两河忠义社的人放在悟秘阁门口的。应该是因为当时有李诚罡和各处几个主事在和自己汇报杂事，而两河忠义社的人每次见面都不喜欢有其他人在场，故放下约条就走了。

悟秘阁的夜值郎送来约条时还顺带问了淮王金字圭的事情。昨天正逢月点日，悟秘阁所有藏件都要对册清点，唯独不见了淮王金字圭，且没有记录是由谁借走研悟其中秘密。赵仲珥告知是自己用宝金匙开悟秘阁拿的，让杜字甲带了去做外活了。

"王爷连淮王金字圭都放出去了？这可是您当年亲自仗剑行险得来的。且不说其中是否藏有未解秘密，单这来历就弥足珍贵。"李诚罡对淮王金字圭并不陌生，这是他寻来线索后由赵仲珥亲自夺取的。而且此后他也曾多次参悟过其中秘密，终究难得其解。

"当初也是年少气盛、贪念作祟，全不管那些东西是真宝还是假宝，是否真有意义。有个线索就势必要夺了来，结果搁了多少年仍是个死物。这趟杜先生出去，我让他带着到山山水水间比对比对，说不定就能悟出些端倪。"

提到杜字甲做外活，李诚罡突有感慨："近来怪事频发，金人偷入临安，滇蜀疫毒蔓延，小小梁王私逃回滇，华蓥三城血尸夜袭。只有捉奇司还算清闲，未曾有什么乱事扰人。"

"这个可不大好。外有大事，偏偏司内无事，说明无机可窥、信息不通啊。"赵仲珥倒不是没事忙就闲得难受，从捉奇司的角度来说，外有大事频发而捉奇司无事可做，确实不是什么好现象。

"也非信息全然不通，丁天发回孟和劫持丰飞燕和两个老头儿的信息就很及时。"

"我也正要问这个呢，几个渠道到现在都不曾查出孟和的真正来历吗？"

赵仲珥的微笑凝滞了一下。

"都没查到，这其中会不会有人查到了却掖藏不报？"李诚罡这猜测也不无可能，官家复杂，保不齐哪根线就人为地打了结。

"有时候查不出情况本身就是线索。能不留一点来历就官至羽林卫重职，至少可知他的能量极大，背景深不可测。"说到这里，赵仲珥猛然将手中捻盘的绿翠金眼佛珠一握，一点灵光闪过心头，"没有来历录入是不可能为官任职的，更不可能入羽林卫任职。那么他应该原先有出身来历，是在任职之后才被抹去？"

李诚罡和几个主事都愣在了那里。这种情况比瞒报、假报出身来历难度更大、牵扯更多，而且从上到下牵扯到的都是机要重处。要想做成且了无痕迹，绝非哪个人、哪一府能办到的。掐指算算，能一手做下的恐怕只有捉奇司。

狸钩网

就这么一个念头，竟扯动赵仲珥半夜未能入眠。索性早早起身，过来泡茶等人。

两河忠义社里能和赵仲珥接洽的都是帮中最重要的人物，但是能和他接洽超过三次的人一个都没有。这是个江湖组织，也是个抗金组织，还是个民间情报组织。组织中的人为了完成各种任务，会经常入险境、行险招，死死伤伤的事情在所难免，组织中重要的位置经常换人同样也难免。

赵仲珥做手势后，放进来的是个清瘦书生，披一挂连帽的长氅，腰间挂剑。那剑装饰精美，像玩物而不像能杀人的武器。赵仲珥认得，这是两河忠义社的老大李归星，是前朝老臣李纲的孙辈。

李归星和赵仲珥见面的次数同样不多，一般只有非常重要的事情，李归星才会亲自出马。而赵仲珥这次委托给两河忠义社的事情算不上重要，但李归星还亲自走一趟，只能说明他现在人手不够。

李归星进了亭子后，站在一根亭柱前一动不动，安静地等着赵仲珥把茶煮完。

"坐，喝茶。"赵仲珥指下茶桌前的矮椅。

"不了，说事要紧，说完就走。"

"那不是什么大不了的事情，先喝茶。"

"牵扯到钱财便无小事，我这趟来是给你退钱的。"

"退钱？"赵仲珥终于明白为何李归星这趟要亲自来接洽了，肯定是自己所托的活儿出了很大意外。

"对，退钱，你上回托的活儿我们晚耕了，只拉到个驴尾。"李归星说话习惯夹带江湖暗语，好在赵仲珥也学过一些，前后连贯起来可以听懂。这里所谓的晚耕是出动晚了，拉个驴尾是只获取到一点零碎信息。

"我那活儿不过就是打听个人的出身来历，还有以往表现有无特殊之处，这怎会晚耕了？"赵仲珥不仅是难以理解，而且颇为心惊。有人竟然将心思用在自己前头了，甚至行动速度也赶在两河忠义社前头。

"有人赶在了我们之前，从羽林卫择训院直到鸡公山招军处，全都给抹平了。曾与查点子同车同室的人要么移转他处不知去踪，要么就是一问三不知，确实未曾与之有过交流。"李归星说的查点子，就是指委托他查证的目标。

"要是这样的话还真是晚了，转走的人肯定多少知道些什么，可谁会做这事情？而且那些人都是入军入册的，平常人是移转不得的。"说到这里，赵仲珥突然又想起关于孟和出身来历是后抹掉的那个念头。

"羞愧呀，那几人的去处未能查到，何人将他们转走更是无法查到。"李归星的表情略显一丝痛苦。

"那驴尾呢？"

"只有查点子所住的山村未曾有人做动作。可能是人太多，也可能是常在一起的这些乡邻反倒是一直被提防和隐瞒的。在那里只打听到查点子是泗水城外的遗孤，被袁姓木匠带来南方。"

"就这个？"赵仲珥的笑脸略略变形。这个信息连驴尾都算不上，只能算驴尾毛。就袁不觳自己也都不止一次对人说过这个情况。

李归星觉察出赵仲珥的脸色变化，不由得更显羞愧，赶紧补充道："不过我们找到一个已从鸡公山毕军营退役还乡的老卒，他对查点子印象深刻，记得查点子是在昏厥中被招入羽林卫的。还有一点让他印象深刻的是，他给新卫集帐送饭时，在帐外听到查点子向别人打听金牛冠、乌金辔是怎么回事。"

"金牛冠、乌金辔！"赵仲珥手一抖，茶盖掉落桌上，变形的笑脸凝了层厚厚寒霜，整个人泥塑般定住，许久之后才缓缓叹出口气，"唉，你那笔钱不用退了，单这个信儿已经值当了。"

细算起来莫鼎力是上了吴勋笺的当。他在遭遇境相夫突袭之后独自追踪黑衣人，而且是怀着两个目的：一个是舒九儿被面具人抓走，他得想办法将其救回，只有救回舒九儿、找到破解疫毒的法子，他才有活下来的可能；再一个是，他一直都怀疑天武营是朝中暗鬼，先后几次都功亏一篑，但未能找到证据，所以哪怕是死，甚至是临死之前揪出天武营的真相，那也是死而无憾。

但黑衣人的尾儿没那么好坠，山岭之间上上下下多少回，硬是没找到他们的痕迹，就像人间蒸发了一般。

转了一天多，就在莫鼎力将要彻底绝望的时候，他突然发现一队人马。从马匹和携带的武器来看，莫鼎力一眼就认定这些是着了便装的大宋兵将。大宋境内的大宋兵将却要便装掩盖自己身份，周边地界只有天武营会这么做。

于是莫鼎力紧紧跟上，并用最简单也最大胆的方式混在他们中间，一起上了踏云叠屏。

上来之后莫鼎力才发现，这队宋兵竟然和擅长伪装的那些人是一路的，自己整个盯反了。冒出来的这队宋兵却引起他更强烈的好奇心，自己已经不止一次和这些擅长伪装的人打交道了，但至今都不知道他们的来历。更没想到他们竟然也和官家、兵家有着关联。把这根子深挖出来，定然也是惊天的阴谋。

另外，他也没见到这上面有其他下山的路。此时就算放弃挖根追查，他也已经溜不下踏云叠屏了。一个人下去，要劳动许多人力放下吊亭，这会马上引起别人的注意。所以他找了个旮旯蹲着，既不刻意躲藏也不乱走乱窜。这种合理的存在最容易被人忽略，还可以安静无扰地把人家的各种细节查看清楚。

这时候莫鼎力首先要做的是找到可以保命的筹码。只稍微看下，他就已经确定吴勋笺是这里主事的头子，这个胖子体宽身重，携带的武器颇为怪异。但只要自己动作够快，不等他出手就可以将其制住作为护身符。

除了主事的人，再有就是对他们意义重大的人，可以利用。这样的人也有一个，就是他们带上来的那个老头儿。

这个老头儿真的非常重要，否则不会如此严加看守。山脊之上没有坚固牢狱，却有比关进监牢更稳妥的监禁方式，那就是悬吊在崖壁上。这样一来，谁都无法接近，他自己也无法遁逃。

老头儿要比胖子更好控制，掌握了那条吊绳也就掌握住了这个人。只是他的价值能利用到何种程度，只能是在实际行动中才能知道。没有试一回再重新选择的机会，这多少有些冒险。

莫鼎力发现，这么多人耗费大工程上了踏云叠屏，只是为了沿山脊往前走一段很快就到头的路。这路可以由一条穿过山体的通道绕到下方的石梁上，再通过石梁到达旁边一座孤立的山。

孤山上好像有他们想要的东西，又好像藏着什么他们想破解的秘密。莫鼎力不敢太往前查看那到底是怎样一座山，山上山下又是怎样的环境结构。但他发现，他们花费很长时间都没能到达那条不算长的石梁。听他们话里的意思，穿过山体的通道被什么厉害的东西阻挡，已经有不少同伴死在那里。

就在莫鼎力琢磨挖根、权衡进退的时候，峡谷里传来一声巨大的爆响，山鸣谷应、震耳欲聋。紧接着是铁索由远及近的颤音，波浪式的甩动随后即到。深深钻入山体、用来固定铁索的倒胀锥剧烈摇晃，将周边土壤碎石全摇松了，倒胀锥尾端的大铁环也发出"嘎嘣"脆响，感觉马上要被挣断似的。

那巨响和剧颤正是由袁不毂他们炸毁鱼鳞盒导致的。

安排好杜字甲，袁不毂回到绳索那里。他见石榴的吊箩也在旁边，于是对小糖人说："我们各乘一个箩，速度可以快一些。"

"那他们要是想离开不就没箩了？"

"他们暂时不用离开。而且两个箩行动会让别人以为我们都在一起，对他们来说更加安全。如果他们实在需要离开而我们都没回来，再编两个吊箩也不是什么难事。"袁不毂不是太会说谎的人，话虽有道理，仍是让人强烈感觉这番安排背后还有其他什么原因。不管什么原因，他这样做都是为了不让那四个人跟着自己继续往前，至少短时间内无法跟上来。

峡谷中的雾散尽了，光线却并未明朗起来。山风左一抹、右一抹的，显得很是无力。山头往上不高的位置开始有浓厚的云层堆挤，那是在攒一场不久即至的山雨。

两只吊箩像两只轻盈的小舟滑离山体，斜向朝对面山角而去。那里有个拐弯，峡谷在拐弯处缓转过去。牵拉起来的绳子和铁索却无法缓转，必须直来直去，所以拐得很是生硬。

吊笮一动，对面的鱼鳞盒也马上开始加速。袁不毂他们的行动意图太明显，对方轻易就能想到，在铁索和绳子的交叉处是阻截他们的最佳位置。

吸取教训、改变策略是对仗者最最需要拥有的基本素质。而像境相夫这样的特殊士卒，又是在特殊环境中对仗，随机应变就更为重要。所以鱼鳞盒不仅加快了速度，而且全部射窗、射孔都处于关闭状态，这是杜绝袁不毂他们采取弓射和火雷子攻击的可能。没了射孔、射窗，并不是说对两个吊笮就没有威胁了，取代重弩利箭的是一张网，网是用可调节双绳吊挂下来的活扣钢网，从鱼鳞盒下方孔洞中被放出。

所谓活扣钢网，是说网上每一个网眼都是由两头环的短钢条组成。因为南宋时软钢、钢丝的制作水平还不够，要想织成整张的柔性钢网，只能采取这种短连接的方法，由众多独立网眼组合而成。

鱼鳞盒放下的活扣钢网和一般钢网还不一样，那上面还带有无数两三寸长的钢钩。袁不毂在造器处见过这种网的图样，知道这叫千星狸钩网。这网主要用来抓捕力大势猛的兽子，网兜提，便能活捉；网收卷，便能绞成碎肉。一看到这网，袁不毂马上想到了毒变人。如果在这山上出现毒变人，那么从巡峡双索的鱼鳞盒上用千星狸钩网捕杀他们，应该是最有效也最安全的方法。

不过现在展开的千星狸钩网是冲着两只吊笮来的，这比用来捕杀大兽子和毒变人更加有效。因为吊笮软晃无力，无法抵挡也无法挣脱。钢网一撞一带的力道就能将他们连人带笮一起扯碎。唯一的逃脱办法只有尽早冲过交叉处，远离鱼鳞盒，远离千星狸钩网。也就是说，袁不毂他们两个能不能继续往前去，会不会就此被杀，全看他们和鱼鳞盒谁的速度更快了。

这边的鱼鳞盒之前遭到过袁不毂抢攻，配置的人数已经损失过半，轮换摇动绞盘的人数都不够，再加上挂了一张分量不轻的千星狸钩网在下面，兜住山风后增加了很大阻力，所以速度始终提不起来。

见到对方摆开的攻击手段后，袁不毂不顾一切地拉动绳子加速往前滑动。

但是完全的人力操作，简陋且没有助力，速度一样是快不起来。而且交叉点是在弧垂的上坡段上，到了那里速度肯定会更加慢。

两个篓和一张网在渐渐接近，从走势上看，钢网恰好会在交叉点将两只吊篓兜入其中。

变化往往是在一眨眼、一把力之间。就在钢网和吊篓都到达交叉点的时候，一阵山风让网掀起来一些，让鱼鳞盒慢下来一点，两个吊篓擦着钢网上的狸钩过去，非常非常幸运地逃过一劫。

眼睁睁看着吊篓逃脱，鱼鳞盒反倒不急不慌地慢了下来，也没有采用其他攻击方式继续追杀。可能是被袁不觳射怕了，也可能盒子里的人手太少，无法运用其他攻击方式。

袁不觳和小糖人却不敢有丝毫松劲，继续全力往前滑动，快速转过弯角，彻底从千星狸钩网的兜扫范围中逃出。

转过弯角，就能把龙头卷子一览无遗。但是袁不觳根本无暇去看这些，因为他们的魂儿已经被迎面过来的两张网勾住。没错，就在前面不远处，又有两个鱼鳞盒挂着千星狸钩网径直而来。

铁索崩

双索巡峡，每一索的首尾应该都安排了一个鱼鳞盒，所以这里至少是有四个鱼鳞盒。袁不觳刚刚看到的，是另一端听到长哨响后赶过来合围的鱼鳞盒。而且长哨传达的信息中应该有使用千星狸钩网的指令，对方是存了尽量抓活的、实在不行再尽数灭杀的意图。

这里是峡谷最狭窄的部分，是铁索和绳子距离最近的地方。三个鱼鳞盒拖挂着钢网合围过来，怎么都无法再逃过去。

"快靠到对面，我们上山。"袁不毂朝小糖人喊道。

这应该是唯一的路，当他们下了吊箩爬上山后，却发现此处山顶的草木坟场更加密匝，根本无路可逃。鱼鳞盒拖网本就是针对从山壁和草木坟场边沿逃遁的毒变人的，而且此时围拢过来的不仅仅是三个鱼鳞盒，山体两头还有不少草木、石块也都往这边围拢过来，那是听到长哨警声的境相夫。让袁不毂他们进到这个位置已经是失职，要是不及时将他们抓住或杀死，那就是更大的失职。

袁不毂他们就像被赶进巷子的肥羊，除非能够撞破巷子底，否则只能等着挨宰。这是一个万分紧急的时刻，也是一个极其无奈的时刻。一个射手最为可悲的境地就是弓箭在手却找不到目标，袁不毂现在就是如此可悲——挽弓搭箭却射不进那鱼鳞盒。袁不毂的可悲还多出一倍可怜——被层层叠叠的草木坟场围住，可怜得连逃离的缝隙都没有。

"得把前面两个鱼鳞盒搞掉，他们里面人数齐全，靠近过来用弓弩攻击我们没法应对。"小糖人的想法绝对有道理，问题是要怎样才能把两个鱼鳞盒搞掉。

弓箭射杀的成功主要在于两个方面：强势和意外。要么有足够力量或密集程度打破别人的防御，要么以出乎意料的方式射穿别人的防御。袁不毂之前入窗入孔之射，便是意外。但是现在对方已经获悉他弓箭厉害，意外再成不了意外，而他偏偏又没有攻破鱼鳞盒的强势。

"那是铁索的固定环吗？"袁不毂指着下方问道。

"对，铁索太重无法连贯太长，只能采取分段设置。那个固定环是固定前面右侧铁索的。"小糖人根据山形走势一下就确定了那铁环的作用。

眼前的三个鱼鳞盒，都在各自的铁索上。双索巡峡在拐弯处分段，也就是说两条并行线路实际由四条铁索构成。前后的鱼鳞盒都只能在峡谷一侧的一段铁索上运行。

"前面有大弧线转向，而铁索只能直来直往，牵拉之下会有更大的绷弹劲。"袁不毂说完就重新回头往下方滑溜，小糖人愣了下马上也跟了下去。

袁不毂在牵拉铁索的铁环那里仔细查看了下，这是个很牢固的固定点，一般人短时间内绝不可能将其损坏。而且这里离终点不远，正常情况下也没人能到达这里，所以这个很重要的位置并不曾留人把守。

袁不毂他们出人意料地来到这里，而且小糖人带有火雷子。火雷子的威力或许无法在短时间内损坏大铁环，固定铁环的山体却不见得能承受住火雷子的冲击。

"快，拿火雷子炸石根。"袁不毂蹲在地上伸手眯眼测量位置角度，这是木匠造屋度量地基的技法。但是此刻他眼里没有地基，只有线，而且不止一条，有直有折有弯有蜷曲。所有线都在袁不毂心里动了起来，并最终演化成一个结果。

"听我指令后三声数内就要炸，否则达不到目的。"

小糖人没做声，只点点头。他把两只火雷子在铁环的根部放好，将药信子捻在一起再掐断，只留下一节指长度，然后拿个燃着的火筒等着。

鱼鳞盒在快速靠近，铁索发出"嘣嘣"的震颤声。另外一边的鱼鳞盒更超前一些，这是军中阵型规则，外侧超前才具备包抄的态势。

"炸它！"袁不毂用最直白的语言发出指令。

小糖人点着火后立刻转身纵出扑倒，人未完全贴在地上，火雷子便炸了。

石根炸裂，铁环脱出。索头带着未曾完全脱落的半块石头绷弹开来，整条铁索往外横甩抽出去。

另外一侧的鱼鳞盒被铁索抽中，瞬间粉碎。然后抽击过去的铁索与那边的铁索快速缠绕，这边的鱼鳞盒在绞缠中也瞬间粉碎。

这是骇人心魂的一招，袁不毂竟然以山为弓，以铁索为弦，瞬间将两个威力霸道的攻城鱼鳞盒击为齑粉。

后面刚刚转弯的最后一个鱼鳞盒里面的人看到这番情形，顿时心惊胆颤，马上改变移动方向往来处退去。

山壁上移动的境相夫没有退却，他们依旧在往袁不觳这边围拢。不退并非因为不胆怯，只是这回是余巴东亲自带领他们前来，畏缩不前是会被直接扔下峡谷的。

小糖人爬了起来，满头满脸都是火雷子烟气留下的黑污。他也真算是胆大的，竟然把药信子掐得那么短。动作只要稍慢一点点，最先被炸碎的就是他那张油滋滋的肥脸。

袁不觳蹲在那里重重喘几口粗气，他也没想到自己的方法能如此成功，甚至成功得有些过头。绷弹横抽的铁索竟然连带挂吊箩前行的辅绳也拉断缠绕在一起，最可靠便捷的一条路断了。

袁不觳站起身来，往峡谷前方看去。龙头卷子已经近在咫尺，那里的每一处景物都能看得清楚。

那里有一座山特别引人注目。山体上宽下窄，山顶上草植茂盛，很像装满箭支的箭壶，那应该就是小糖人提到过的箭壶山。箭壶山不仅山形奇特，而且还是连绵山峦的端头。就如川东山脉插入龙婆江中的一只手掌，在峡中云雾和流动江水的衬托下宛若飘浮在空中。

龙头卷子也是端头，龙婆江的端头。箭壶山便独立于龙头卷子中间，但不在正中，而是偏于一侧，与相邻山岭的一道悬空石梁相连，这石梁就如龙头上的一根须子。

有了立于其中又偏于一侧的箭壶山，峡谷在这里就由宽到窄绕了半圈，就像压上半块太极鱼符印。龙婆江同样由宽到窄，围着箭壶山山脚绕半圈，也像压上半块太极鱼符印。源头的江水不深，很多石块凸出水面，就像排开的八卦爻形。

"那边山壁上好像吊着个人。"袁不愬眼力好，异于正常环境的景物一眼就能辨别出来。

"我瞧瞧。"小糖人往前走几步仔细辨看了下，随即嘴巴一撇，"难怪到了地方没见到人，原来老水鬼被人家当蛤蟆逮了。"

"你认识？"

"就是我那个名不正言不顺的师父。"

"那我们想办法砍开条路过去，把他救下来。"袁不愬很主动地要帮小糖人救师父。

"被吊在那么明显的地方，不仅怕他逃了，还是拿他当诱饵。"小糖人倒是更加理智。

就在此时，斜下方有石头滚落到谷底的激流中，是有人在山壁攀爬时踩落了石头。

"不好，对头围逼过来了。"小糖人凭山中贼的本能，立刻判断出异常源于何种情况，"又是那些伪装的人。我们也得找地方藏形掩身才行，不然斗起来吃亏。"

但是周围并没有适合藏身的地方，两人只能先往高处攀爬。山顶的草木坟场有凹进去的一道，看着像有条路。袁不愬想都没想就钻了进去，小糖人犹豫了一下没有跟进去。看着像路的往往都不是路，否则人家何苦从山壁上爬过来。袁不愬才进去二三十步，便哪里都走不了了。

山壁上聚拢过来的境相夫们在炸毁铁索的地方集结。他们早就把这周围的山形地势摸得清清楚楚，知道往上去没有路，除非像鸟儿一样飞走。所以余巴东并不急着往上赶，而是让手下在周围搜集柴木和干椒叶。绝境中的困兽会掩藏自己，也会不顾一切地拼命，人也是一样。所以对付这种状况下的人或野兽，最好的办法是暂时不要靠近。可以用带有强烈刺激味道的烟雾将他们熏逼出来，让他们自己走到所有人都能轻易将之杀死的开阔地带。

最会掩藏踪迹的人，也最会对付掩藏踪迹的人。余巴东的方法是正确而有效的，这样的应对措施其实是把袁不毂他们寻壳掩身、以射对抗的路子也给断了。

一看前面无路，袁不毂马上转身往回奔，边奔边高声告诉小糖人："前面没路了，你快找地方藏好。我去把他们引走，然后你设法去救你师父。"

小糖人迎面拦住袁不毂，把他手腕攥得紧紧地："不行，我救不了老水鬼，这事还得劳烦你。你赶紧寻条路过去，我在这里守住，尽量给你拖延时间。"

脑筋快速翻转下，袁不毂觉得自己确实应该往前去。他还不到牺牲自己救助别人的时候，眼前至少还有两件紧迫的事情需要自己去做。一个是救回舒九儿，这是他心中一情所系。还有一个是找到毒源和破解办法，这是天下苍生性命所系。至于其他什么人、什么托付，现在都只能放在其次。

"你能守住？"

"尽量吧。"小糖人把手里拿着的火雷子掂了掂。

袁不毂苦笑一下："那我也只能尽量。"

两个人都承诺尽量，然而两人首先要做的是尽量保住性命。

境相夫燃起搜集来的柴木和干椒叶。烟不浓，刺激性却极大，烟气入喉火烧火燎，刺激得泪如泉流。烟起之后，他们随着烟气铺盖的走势逐渐往上靠近，不时射出零星箭支。烟不燃浓也正是为了可以看清周围变化，零星箭支是误将熏出的鸟兽当成袁不毂他们了。也就是说眼下连鸟兽都休想逃走，更不要说两个大活人了。

好在火雷子将铁环拔了根的威力让境相夫们很是忌惮，逼近到一定距离后就不敢再往前，只是朝可能藏人的位置射出箭去。这是在烟气的熏逼之外另加了摸鱼式攻袭，要么将人逼出杀死，要么直接将人杀死。

小糖人是山中之贼，以往没少被人家围追堵截过，一般的伎俩他都有应付办法。他才闻到点烟味便立刻用苔丝塞鼻、草露含眼，将自己藏身在草木密匣的位置。

袁不觳则不行，他唯一的办法就是尽量往坟场的里面挤，能砍开多少枝藤就砍开多少，砍不动了就拼命往里面挤，尽量远离烟雾和箭支。但这样的方法真没有什么用处。

"无路可走，要想不被熏死，就只能趁着眼睛还能看见冲出去和他们对射。"袁不觳这是个绝望的想法，此时冲出去根本没有对射的机会。人家肯定早就把狙射、暗射全布置好了，一旦显身便会遭受多方位的合力射杀。

"你还没找到路吗？这坟场里真的除了虫蛇路就只有死路了？"小糖人听到袁不觳这边还在折腾，知道他还没成功，不由得焦急催促。

袁不觳脸上的汗滴下来，看来自己的承诺连开始的机会都不会有，心中不由得暗自叹息："自己要是个老鼠、长虫才好，那就能钻过去了。"

钻坟场

想到这里，他用手中的弓恨恨地砸了一下眼前的枝藤。就在这一砸之后，尚未被烟气迷住的眼睛里有多条线闪抖不停，然后分先后逐渐停住。闪抖的线是他手中的弓和弦，还有那些枝木藤条。

"弓与弦闪抖分先后停住是因为材质不同，枝木藤条先后停住也是因为材质不同。这么密匣的草木坟场生长了各种材质不同的枝木藤条，之前只注意了它们的密集程度和坚韧难砍，没想过其中是否会有一些质地更适合推挤而不适合砍伐的韧木软藤。"

袁不觳仔细且快速地抚摸了一下周围枝木草藤，这时，他以往学习的木匠技艺发挥了极大作用。那些树木藤条的品种特性全都在他脑子里展开，因品种特性而存在的所有可利用性也在他脑子里拓展开来，并且最终变成眼中的一些线。这些是可以变化的线，能够有限度地推拉扭转，并最终形成一个勉强可以让单人钻过的缝隙。

袁不觳先退了出去，卸下装备脱去衣服，脱得赤条条地，就连一根眼扎子都没带。他想了下，还是从腰囊里抠出在叮当街最后突发奇想定制的那件精巧器物，塞进嘴里，然后转身再次钻进草木坟场，像凝胶中的鱼一样艰难前行。

能够像袁不觳这样在密匝枝藤中前行的只有两种人，一种是对山顶绿色坟场非常熟悉，熟悉到每一树每一枝。还有一种是对植物种类极其材质特性非常熟悉的。袁不觳就属于第二种，他通过眼看手摸，准确判断哪一种植物柔韧度更好，可以多让开一两分的宽裕度；判断哪一种皮叶分泌油脂，可以作为润滑硬挤过去；判断哪一种枝干刚性较强，可作为支撑推开旁边阻挡的枝藤。

这是艰难的前行，需要摸索判断以及强行突破。所以身上不仅不能带一丝杂物，而且在经过分泌油脂的皮叶时还要尽量将油脂蹭擦在身上，以便后面通过狭窄空隙时更加顺畅，能够减少阻碍和擦伤。

这也是危险的前行，只能往前不能后退。这时如果遇到一个完全无法越过的障碍，再想往后退行那是绝不可能的。往上也不可能，下面靠近干根部，空隙还算大的，上方的枝藤鲜活细密，完全纠缠在一起。如果真是那样，袁不觳就会成为这片坟场中某座坟茔里的活尸体。

一个赤条条的躯体，在枝干荆藤间辗转、扭曲、蠕动。前行的路需要折转、需要迂回，这些位置往往是对身体的最大考验，必须曲张到极致并用尽最大力气。而这所有费尽心力、体力的努力，只是从一个刚刚全力挣开的空隙挤进另一个勉力可行的空隙。终点不知道在哪里，眼前似乎永远只有密集杂乱的枝干荆藤，如一张张密网不断地迎面而来。

袁不觳喘着粗气，眼下的状况和猰貐坟下的泥洞很像，甚至比猰貐坟底的泥洞更加压抑和混乱。泥洞只需拼着力气往前挤，生死正负一赌。而这坟场里视觉混乱、触感混乱，疲累闷热、肢酸肤疼。要不是之前獟貐坟的经历提升了自己的心理承受能力，袁不毁估计自己早就会绝望、放弃甚至疯狂了。

不过时间一长，实际的身体负荷会大大超过心理负荷，这是更快、更让人绝望的痛苦。这样的行进就像是在拆解自己的身体，不仅有枝干荆藤阻拦蹭擦，还有许多枯骨同样蹭擦刮绊得厉害。

骨头已经分辨不出是人的还是兽子的，而时不时出现的黏液、泥糊同样分辨不出是什么。是兽子的粪便？是未被吸收的尸液？还是山中恶魔发现一个赤条条的活肉后流下的口水？

植物油脂和草叶碎屑裹紧了身体，黏液、泥糊又加了两层，这些就像是给袁不毁套上了一个不断收紧的套子。他的肢体逐渐僵硬，呼吸越发粗重，眼看就要从一条凝胶中艰难游动的鱼变成沙土上游不动的鱼。

不知钻了多久，也不知钻了多远，终于，袁不毁不动了，就像被许多双筷子一起夹住的死肉。他实在太累，再提不起一点点力气。就连面前两根可以往外侧推开两寸的枝条，他连运三四把力都没能推开。喘息倒是看似平缓了一些，其实是身体无法撑住夹住身体的那些枝条，被反作用的力道压迫得呼吸无法顺畅。

袁不毁再不想挣扎往前了，每动一下，从里到外的痛苦都无法用言语来描述。他情愿就这样静静地死去，而且最好是快点死去。

一声闷雷刚滚过，雨点便落下来了。雨点很密，却不能透过层层枝叶滴打到袁不毁的身上。由此可见绿色坟茔上枝叶的厚密程度竟比獟貐坟的山体还要无隙可入，可怜的袁不毁真就像进了座被封死的古墓，连一滴可以激醒他的雨水都得不到。雨打枝叶的密集声响，对于他来说只是一曲单调的丧歌。

雨下得密去得快，雨停之后，獟貐坟剑鞘洞雨水激发求生欲望的情况没再重现。看来这一回袁不毁真的要赤条条地来、赤条条地走了。山顶的重重绿色坟场成了他最终的归宿。

就在此时，袁不毂的头微微动了下，是为了让耳朵贴紧地面。雨打枝叶的声响没了，反倒可以听到其他的一些声响，比如流水声。那是一种从高处流向下的快速流淌的水声，而且离着不远。难道自己已经爬到天上河的附近了？不会，天上河现在的位置应该更低，至少是在半山的高度。所以前面的水声应该是另外一种水流，或许是因为有雨才出现的水流。

袁不毂晃了下脑袋，让含混的头脑清醒，然后再次挣扎着蠕动身体。让绝望的人不再绝望，最好的办法就是给他一个目标。雨水没有激醒他求生的欲望，却给了他一个目标。透不进绿色坟茎的雨水很快汇集成流，并在某一处往山下流淌着。水能流动的通道，人肯定也能走。而往山下流的通道，肯定是可以脱离草木坟场的。

这是坟场中的一道窄沟，窄到正常情况是看不见的，沟两边伸展的枝叶将它完全覆盖住了。这也是山体自上而下的一线裂纹，上面很窄，下面是窄是宽并不清楚，到底多深也不清楚。

说很窄，但让一两个人直掉下去是没问题的，特别是在有雨水流淌的助力和润滑时。袁不毂非常迫切地从最后几根枝藤中挣脱出身体，猝不及防地滑入裂纹中。好在裂纹是曲折的，在跌下去两人多高时他身体正好又横过来，袁不毂这才停止了下滑，扣紧石壁上的凹凸石纹，惊魂不定中任凭顶上水流肆意冲淋着自己。

水流很急，很快就将袁不毂身上裹住的树脂碎屑冲刷干净。水流很冷，透骨的冷，可能通过坟场过滤的雨水带上了阴气。冷水让袁不毂很快清醒过来，也让赤条条的他难以承受。他必须马上逃离这样的处境，否则没卡死在上面，没摔死到下面，也得冻死在这缝隙壁上。

往上走肯定是没路的，袁不毂只能摸索着往下。山壁被水冲刷后更加光滑，可以抠住借力的凹凸纹理不多。而在阴冷流水的冲淋下，袁不毂四肢也已经开始僵硬。这种状态下，他很快脱手失控，完全是不由自主地下滑和坠落。尽全力的抓挠踩踏也只能是在曲折的裂缝中稍稍减缓速度，却始终无法改变下落的趋势。

无法控制自己是可怕的。更可怕的是下滑越来越快，坠落越来越重，很明显裂缝是逐渐变宽变直了。而且袁不毂发现，下方有光亮透上来，越往下越亮。这意味着裂缝最终是通到了一个空间很大的地方，一个与外界完全相通的地方。有可能是山体的一个凹处，或者直接冲进瀑布。

这种状况下不可能还有思考的余地，所有反应都是下意识的。眼见自己就要冲进惨白的光里，袁不毂双脚在对面石壁上猛力一蹬，强行改变下落方向，及时把自己嵌入旁边的一小块黑暗中。

这个下意识的做法绝对明智。裂缝形态就像一只倒扣的漏斗，如果再往下多落两三丈，袁不毂将会脱出漏斗管，直摔半山高，再无活命的机会。

爬在小块黑暗中的袁不毂都没敢往下看一眼，他怕那种悬空的感觉会让他心悸头晕，一恍惚再失足摔下去。他不顾一切地往黑暗深处爬去，尽量远离透着光亮的口子。

黑暗中竟然也有个斜着往上的洞口。这里没有阴冷的水，洞壁也不是非常光滑的，有可以借力攀爬的石形，还有根须草藤可以抓拉助力。

攀爬的距离不算太远，重新往上的高度却不少。洞的终点是一个竖洞，下面也有光亮，但不是直接由下往上的，而是淡幽幽地平透进来。应该是有什么与外界相连的通道正好穿过了这个竖洞。袁不毂看到了希望，被阴冷流水冲浇得僵硬的肢体也恢复了很多，于是他沿着竖洞小心下去。

平透进来的光很暗淡，估计是经过多个转折才透射进来这点光亮。这种光亮下本就很难看清楚周围，更别说乔装成草木、石块的境相夫，更何况这些境相夫真像草木、石块一样一动不动。

直到差不多快碰到那些境相夫的头顶了，袁不毂才发现下面草木、石块的异常。于是他的下行顿时停止，只能赤条条地在一个尴尬的位置上保持着一种尴尬的姿势。

对于袁不齐的出现，那些一动不动的境相夫没有惊喜也没有诧异，而是现出紧张和恐惧。他们都微微抬头看着袁不齐，眼神里带着种祈求，表情里透着某种暗示，嘴唇开合着无声的"别动！"

袁不齐扫看了一眼下面，下面的通道挺宽大的。如果不是太过曲折，石柱、石笋又太多，走两辆单匹马车应该没问题。但这么宽敞的通道现在塞得满满的，除了看着袁不齐的那几个境相夫，还有更多不看他的境相夫和平常装束的兵卒。这些人或站或坐或趴，都一动不动，像是已经死去了。

钵鼠现

除了人，袁不齐还看到很多白骨。类似的白骨袁不齐之前见过，椒歌酒坊门前，刽子手就是被掘墓老虫瞬间啃咬成这样的白骨。

"这些白骨是掘墓老虫所为，那下面的人不动不出声是怕惊动了掘墓老虫？"袁不齐心里估猜着，"可也没见有掘墓老虫啊。"心里估猜着的袁不齐收回视线，正好与一对青绿的小眼睛打个照面。掘墓老虫！一只硕大的掘墓老虫不知什么时候，已经悄无声息地爬到了袁不齐的面前，打量着他。

袁不齐吓得差点高喊出来，幸亏嘴里含着定制的那件小器物。但恐惧是不会因为没有喊出声而消失的，当发现周围的洞壁上不知何时已经爬满密密麻麻的掘墓老虫，而且所有掘墓老虫都盯视着自己时，没有喊出声的恐惧快速演变成了身体反应：眼晕、颤抖、无力、呼吸急促。他腰腿一紧、手一松，不管不顾地就从洞壁上跳了下去。

高度不算很高，下面又有些不能动的境相夫和兵卒垫着，跳下来的袁不毂并没有受什么伤。但是他的跳落打破了通道中的静止状态，也惊动了洞壁上的鼠群。他的身体还未完全着地，上面密密麻麻的掘墓老虫就像一股浪头似的扑打下去。

　　刽子手被啃咬成白骨的过程太顺畅，众多的掘墓老虫瞬间就让他的白骨上面干干净净。但是此处不止一个境相夫，掘墓老虫之前又被袁不毂他们烧死不少。所以剩下这些尽管看着密密麻麻，分下来也就三十来只攻击一个人，远不及椒歌酒坊时。加上境相夫身上还有伪装物可以起到抵挡作用，也给他们多争取了几分反击机会。

　　所以刽子手被啃咬的场面是恐怖、诡异，而这里的对抗是血腥、惨烈。真正的血肉横飞、惨叫连连。很快，境相夫们露出了白骨，但只是部分躯体露出白骨，仅三十多只掘墓老虫是无法吃下整个人的血肉的。但这些境相夫没一个再能爬起来，毕竟即使要害的部位不变成白骨，只要被咬破就足以要了他们性命。

　　境相夫的反击也让掘墓老虫死了不少，处处都能看到破碎的死老鼠。整体看来，这些掘墓老虫损失了也有四分之一的数量。

　　袁不毂从黏糊糊的鲜血残肉和老鼠尸体中爬起来，他头涨得难受，恶心的感觉挤胀着整个胸腔腹腔。呕吐的意识随着大脑指引直冲喉管和嘴巴，可当喉管和嘴巴大大张开后，却又干涸得连一滴涎液都吐不出，反而吸进更多血肉的腥气。

　　他在暗自庆幸，自己竟然能在这种状况下挺过畏血症状。虽然血味和血色让身体非常难受，但他终究没有晕倒，而是清醒地站立起来。其实，袁不毂此时这种想法已然说明他是不太清醒，正常清醒的情况下他应该想的是自己怎么还没被掘墓老虫咬死，以及接下来自己该如何逃命。

　　通道重新恢复死寂，剩下的掘墓老虫依旧密集地围在袁不毂周围，龇牙咧嘴地盯住他。

袁不觳试图迈下步子时才真正清醒过来，他发现自己没法挪动一步，那些会把人啃成白骨的大老鼠密密地围在他周围，没有给他留一点落足的空隙。

清醒过来的袁不觳再次看了下周围，这一轮被掘墓老虫咬死的境相夫有十几个，都是之前在下面看着他的境相夫。而其他将通道塞得满满的境相夫和兵卒确实都是死人，肤色深灰，保持着死去时的姿势，和鬼魂道那辆外入车辆上的死人一模一样。

通道南侧的光线暗了一下，石壁上有个凹凸得怪异的影子缓缓走进来。还有一片窸窣声响，声响在影子之前出现，那是由许多萌态可掬的肥胖老鼠发出的。

掘墓老虫立刻散开，给那些肥胖老鼠腾出地方。肥胖老鼠替代掘墓老虫围住袁不觳，然后身体快速膨胀，变得更大更胖，就像一只只圆钵。在变成圆钵的样子后，它们表情突然狰狞，朝着袁不觳大张嘴巴，像在无声地嘶吼。

袁不觳的头更涨更晕了，还感觉身体发麻无力，但思维还算清醒。他心中暗叫一声："钵鼠！"同时想到舒九儿说过的那些话以及毒变人的样子，不由得浑身像冻僵了一样。

"唉！"有人重重叹口气，是后面的影子。影子的手挥动一下，那些钵鼠立刻分两边散开，掘墓老虫则往石壁上爬去。

"能指挥老鼠的人，难道是住这里的山妖？"袁不觳越发惊讶。

影子转过拐角，一个人出现在袁不觳眼前。那真的是个山妖一样的女子，至少美得像个山妖。清澈得带些碧光的双眸，高挺的鼻子，轻翘的嘴唇。之前石壁上的影子凹凸得有些怪异，是因这女子本就凹凸得很是夸张，躯体丰腴得就像只正在发情的母鼠。如此丰腴的躯体没有穿戴一丝一缕，只是在私密处遮了几片植物大叶。

袁不觳呆呆地看着那女子光裸的身体，他觉得这副样子应该和自己一样是为了便于钻过草木坟场。想通这一点的同时，他突然意识到自己也是一丝不挂，且无任何遮掩，于是立刻转过身去。转身之后他仍能感觉到那女子在慢慢走近自己，无形中就像有团灼烫贴靠过来。

"唉！"又是一声叹息，"难怪那些老虫不咬你，你身上带着杀虎蝠的丹味呢。"女子说话的声音很好听，只是有些生硬，像是许久未曾与人说过话似的。

袁不毂并不明白女子说的话是什么意思，但他知道自己背上有被杀虎蝠抓过的伤痕，难道这就是所谓杀虎蝠的丹味？

唐代《丹说》一书中有种理论，认为所有异禽灵兽都体含内丹，就好比龙的龙珠、凤的冠羽、鹏的喙勾。杀虎蝠蝠王的内丹应该是它的爪甲，袁不毂背上被蝠王抓伤过，留下内丹丹味。而杀虎蝠一般在夜间捕食，力可杀虎，实际上更擅长捉鼠，所留丹味对鼠类有着绝对的震慑作用。所以袁不毂也算因祸得福，当初受的伤今天救了他的命。

"我是椒女，你是谁？竟然也会走鼠道？"山妖般的女子声音轻柔，就像情人间的喃语。

袁不毂嘴里含着东西没法回答，又不敢轻举妄动把东西掏出来。但他总算知道自己在坟场中钻的路不是虫蛇道，而是鼠道。

"你和他们不是一起的吧？"女子指着那些尸体问。

袁不毂点点头。

"你是来救那个老头儿的？"女子指指头顶，由此可知这里已经到达小糖人师父被吊的山壁下方。

袁不毂又点点头，心想，这女子虽然说话不利索，脑子却很聪明。山壁上的老头儿是被境相夫吊起来的，自己和他们不是一起的，那么跑到这里来很大可能就是为了救那老头儿。

"好的，跟我来。"女子说着话就来拉袁不毂的手臂。赤裸的袁不毂被个赤裸的美艳女子拉着,心中不免慌乱羞涩。他本来也想从那些尸体上扒件衣服下来遮遮羞的,但是被掘墓老虫咬死的尸体衣物都成了碎片。而深灰色尸体明显是中毒而死,袁不毂又不敢乱动。

这时候,袁不毂知道自己至少脱离了老鼠群的围杀,也知道面前这个女子非常单纯,只两次点头回复她,她就完全信了自己。于是他把嘴里的东西掏了出来,开口问道:"那些老鼠是你养的?"

袁不毂突然开口说话让那女子怔了一下,但她并没有放开袁不毂的手臂,也没停下脚步:"是的。"

"你叫椒女,那椒歌酒坊是你家了?"

女子这一回停下了脚步,转头看着袁不毂,清纯的眼睛里现出愤怒和悲伤:"我知道了,那些掘墓老虫是你放出来的,对吧,还被烧死了不少。"但很快她又摇了摇头,愤怒和悲伤重又化成清纯碧光,"算了,幸亏你把这些老虫放出来,否则这里早就守不住了。"

往南走了一段,人虽然还在通道里,却已经可以看到不远处的光亮里有一道不算宽的架空石梁,直通到对面的山顶上。

"等等,"这回是袁不毂拉停那个女子,"你说你一直守住这里,那你有没有见到有人绑来一个女医官?"

女子摇摇头。

袁不毂怕她不懂什么是女医官,赶紧补充道:"就是一个会治病的女子,她是来找治疗疫毒的办法的。"

"没有治疗办法,只能将中毒者及时灭杀,否则会延害他人。"女子很决然地说。

"你会养钵鼠,应该是先辈急瘟皆病的后代。疫毒为钵鼠所致,难道连你都没有破解之法?"袁不毂看了一眼簇簇窣窣跟在后面的大片钵鼠。

听袁不毂提到急瘟皆病,椒女对他更多出几分信任:"疫毒毒性的确含有鼠毒，但不是钵鼠所致。"

"那毒源在哪里？对了，你在这里就是为了守护毒源，不让疫毒流出？"袁不觳思维的疙瘩开始疏解。

"毒源就在石梁那边，是九婴血池养成的九婴藤毒。这毒藤虽不能长太长，却生长得很密集。一藤九枝，就像九头妖鸟。遇有人兽靠近，藤枝立刻纠缠捕捉。藤头荆刺刺入体内先注毒将所捕之物麻醉，然后再以腐性树液将猎物化成血水汇入九婴池中。池中带毒的血水给九婴藤根须提供养分，如此循环，那九婴藤便会越发力壮毒剧。"椒女声音始终轻轻柔柔，应该是长久与鼠群打交道养成的习惯。

知毒源

"这怪藤从何而来，为何不早早将其除去？"袁不觳听得毛骨悚然。

椒女话说多了，便越来越顺畅，腔调也越来越好听："你不是知道我祖上是急瘟皆病吗？我老祖爷老祖奶当初接天下第一刺客组织离恨谷的指令，与其他刺客一起设局覆灭后蜀。他们两个在局中负责的环节是种植毒芙蓉花麻痹蜀人意志，削弱蜀人斗志。后蜀花蕊夫人的义姑阮薏苡是来自交趾的奇人，懂虫药秘技，她看破毒芙蓉之局，但未及揭露就被离恨谷高手觉察并逼出蜀宫。后蜀覆灭之后，阮薏苡为花蕊夫人报仇，约斗我家老祖爷老祖奶。约斗之地便是此处——箭壶山，原本是属于古夜郎国的一个族群聚居地。"

袁不觳点着头，却不敢发出一丝声音。之前的各种猜测正在被证实，他急切希望听到后面的内容。

"阮薏苡将虫药与道家丹菌结合，创出蛊虫技法。除此之外，为了对付钵鼠，她还特意选择在古夜郎国多鼠之地，以漫山野鼠斗钵鼠，并种植多头藤，以克制我祖爷祖奶的毒芙蓉。这是场用尽良药剧毒的对抗，双方在对抗中相互学习、不断提升。钵鼠就是在这场争斗中提升了毒腐特质，原本它们只是擅长寻隙打洞，后来它们的涎液竟然能腐石成泥。原本呼气仅可使人兽麻痹不能动，后来呼出的毒气可让人立时成深灰尸体。相斗的鼠群血染透箭壶山顶九婴池，再加上蛊毒作用，让多头藤异变成九婴毒藤。这一战持续数年之久，双方始终也只能战个平手。"椒女说到这里便停了下来。许久没有说话，一下说这么多，她很是气急舌累。

"后来呢？"袁不彀小心翼翼地问。

"后来阮蕙苡突然不见了，谁都没有见她离开，按她不死不休的性格也不该离开。直到这里的族人被九婴藤绞食，我祖爷祖奶发现毒藤特性，这才猜测阮蕙苡是被连她都不了解的变异九婴藤化入了血池。九婴藤之毒会快速蔓延，但毒性发作并不快，需经三九之期。当眼现血梅、身现青枝时，便会毒发变异成鼠形血尸，最终爆裂成碎块。这一切症状，我祖爷祖奶都没有办法破解。而这九婴藤也是近不得、烧不着，池不干、藤不死。这个时候他们也才意识到，自己实际上是输给了阮蕙苡，无奈中只能组织此地族民封锁地界，不让中毒者逃出此地延祸更多的人。"

"如有人逃出呢？"

"全数灭杀。"

"是以钵鼠和掘墓老虫追踪灭杀，就像过山瘟一样，遇到的都难活命。"袁不彀终于确定吊架上那些死去的人是在躲避什么了，也终于确定老商道客栈石壁下的孔洞是什么钻出来的，山脊断口原有的桥索扣口又是被什么咬坏的。

"不完全这样，只有钵鼠追踪灭杀，掘墓老虫是我新近培育的。此地经历几代人的疫毒发作和自我灭杀，已经没有什么人留下了。我若再老死，九婴池毒源便会无人守护。所以我用祖爷祖奶临死留下的方子，用椒酿酒为食培育了一批特殊的掘墓老虫，想用它们咬破山石，断了九婴藤的根。偏偏此前有人撞破封界，带出藤毒，引来更多的人。而掘墓老虫未能养成破石断根的实力就又被你放出，不过它们来得还算及时，倒也替我挡了几轮歹人的侵入。只是没有带椒味的促兴酒，掘墓老虫实力大减了。"

袁不毂知道酒坊里那只大缸是怎么回事了，那其实就是装满饲料的食槽，从缸底一点点往地下滴流酒水喂养掘墓老虫。还有小坛里味道奇怪的酒，原来是促动掘墓老虫兴奋的。难怪石榴打开一坛，地下掘墓老虫便出现异动，绊倒那坛酒，掘墓老虫就蜂拥蹿出。

"这些歹人是哪里来的，近来出现的疫毒又是如何流出的？"袁不毂问道。

"山水之间难比城郭，总有走漏之处。以往有些人撞破封界，只要不犯九婴池的忌讳，我们也就放过他们。其实这做法多少还是留下些后患，有人以此地景异水奇而绘下出入地图，并凭借地图出入多次，想从这山水之间悟出些什么。这一回就是一个莽撞的大个子拿了块残缺的石刻图，竟然也真的穿山跨岭强行走出条路，爬上了九婴池。而之所以说他莽撞，是他被人跟踪了都没觉察，不知不觉中带来许多善于攀爬的葬族人。"

果然和袁不毂之前猜测的一样，这里出现了一条原先没有的路。疫毒应该就是从大个子强行走通的这条路被带出去的。

"此处山顶以树、以洞置葬的不就是葬人吗？"

"是葬人，但此葬人非彼葬人。这一族人以造修栈道、埋葬死人为业。要想吃得到饭，就必须分散到各处聚居地界。我们这边原有的葬人，和我们一起坚守毒源，不让血毒流出，几代之后已断了香火。"

"那些歹人中的葬人是其他聚居地的。"

"你很聪明。这些葬人跟踪大个子也摸到箭壶山顶。九婴藤抓住他们中

第七章 双索入龙头

的几个，但也有反应灵敏的带着九婴藤毒逃回。这些歹人应该以为此处藏着什么宝藏，想挖掘出来，不仅按大个子走的路线架了两条可运人运物的铁索，后续还派来了大批人手，于是疫毒首先在他们中间传播开来。发现疫毒后，他们倒也加以控制，用铁网将试图逃走的人都抓住。但是葬人天生擅长察山寻路，最终还是有一些人从踏云叠屏那里逃了出去，我驱钵鼠群追杀也未能除尽，又怕这边毒源被彻底打破，便只能先赶回坚守。"

"这么多人被钵鼠和掘墓老虫杀死，他们应该知道厉害就此罢手才对。"

"本来已经罢手，可不知为何这两天反而攻得更加厉害。眼见着就守不住了，这毒源若是彻底传出，或被掌控在心意歹毒的人手里，将是天下第一灾祸。"

"为什么守不住了？"

椒女用清纯的眼睛看了袁不毂一眼，柔叹一声："唉，钵鼠体内毒素用尽，需哺养一段时间才能恢复。要是它们体内还有存毒，刚才你就已经死了。掘墓老虫虽然凶狠，毕竟体小无毒，每次对抗之后都损失很多。"

袁不毂脊上汗毛一竖，直到这时才体会到方才在鼠口之中死里逃生的侥幸和惊悚。

"你是好人，能拼着命救别人命的都是好人。那老头儿就在上面，你想办法把他弄下来带走吧。"椒女指指头顶。他们两个已经轻手轻脚地到了石梁的这边，头顶上就是吊着小糖人师父的山壁。

袁不毂将身体探出通道，扭头往上瞄去。偏就此时，一声长啸，山鸣谷应，两个身影从上方急坠而下。

踏云叠屏顶上的人越来越少，一部分境相夫被余巴东带去阻击袁不毂和小糖人了，而且真的就被小糖人牵制在了那里。还有一部分境相夫和吴勋笺带来的兵将分批由西北侧迂回往下，试图冲过穿山通道、抢夺石梁、占据箭壶山。

　　这样的抢夺在吴勋笺到来之前已经重复多次，每次都是有去无回。驻守此处的兵卒和境相夫都已经心寒胆裂，不敢再去抢夺。是吴勋笺来了之后以不前者立斩的军令相逼，那些兵卒和境相夫这才硬着头皮冲过去赌赌运气。

　　周围的敌人少了对于莫鼎力来说是件好事，可以减少自己被怀疑的概率。但如果对方有个警觉而多疑的指挥者，那么少了人就是少了掩护。即便置身于不经意的位置，时间一长，也总会被对方瞄到并成为关注的重点。

　　莫鼎力最擅长的就是察言观色，他从吴勋笺细微的表现中就知道自己成了怀疑对象。本来他认为吴勋笺是这里最重要的人物，控制住他就可以保证自己的安全。现在他发现，此人还是这里最厉害的人物，自己要去控制他就犹如羊送虎口。于是莫鼎力立刻改变计划，站起身来，装着若无其事的样子往崖壁边踱步。

　　步子虽然不快也不大，方向却非常明确，是正对崖沿的一棵大树而去。那树的树干上系着吊挂老头儿的绳子，现在只有控制这根绳子，才可能抓住些保命的筹码。

　　吴勋笺挥了下手，参将郑必文立刻带几个亲信军卒从左前方迎向莫鼎力，而他自己滞后些许，带着人从右侧接近莫鼎力。

　　莫鼎力很突然地疾冲出去。他也是没办法，再不采取行动，那就没有摸到吊绳的机会了。

　　吴勋笺财神鞭一挥甩，鞭上的三枚刃边铜钱飘飞而出，直追莫鼎力。

　　待莫鼎力将树上吊绳结扣拉开时，三枚铜钱也到了。他躲过正对印堂和咽喉的两枚，打向胸口的第三枚却怎么都躲不过了。只能尽量避开要害，旋飞的铜钱一下钻进了右肩窝。

　　本来抓住吊绳是可以以此作为要挟和对方谈条件的，但是他右肩受伤，手臂无法用力，再拉不住那吊绳，要挟的筹码眼见着从手掌里一段段滑脱。

情急之下，莫鼎力快速旋转两圈，将绳子绕在腰间。绳头一甩一搭，做了个起梁扣收住。

但是这个时候他已经随着下坠的吊绳到了崖壁边缘，想收住脚步拉停吊着的老人已然来不及，于是长啸一声顺势跃出崖壁，往峡谷中直坠而下。

挂在崖壁上的那个老人有壁上虬枝、棱石挂绊阻挡，下坠之势反而没有莫鼎力直接迅猛。到最后已然是莫鼎力坠到了前面，将那老人拉下了石壁。

不过坠下了石壁并不意味着直接坠落谷底。莫鼎力不仅擅长察人言色，对所处环境的观察也是细致入微，他看到崖壁下方有个石梁，当身形无法在崖沿稳住拉停下坠的老人时，他索性跳了下去。这一跳不是自灭而是求生，莫鼎力要尽力跳在石梁的另外一侧。此刻两人就如在一根绳子两端系着的蚂蚱，只要分别落在石梁的两侧，绳子就会被石梁从中间挂住。

被挂住的两个人在剧烈甩摆，两头的绳子在极速缠绕。这是在很高处的石梁下面，又是从更高处的崖上落下，如此刺激的经历就像无保护的蹦极，就算没被摔死也很有可能会被吓死。

第八章

天河飞石船

双挂梁

长啸声还在峡谷中回荡，乱喊声紧接而起，经久不息。乱喊是老人发出的，他完全没想到别人连声招呼都不打就把他扔下了峡谷。他最后的一点坚持在惊魂中彻底崩溃，取而代之的是急促的语无伦次："不要杀我！我告诉你们、都告诉你们，这里有以小见大的龙脉之秘，快、快拉我上去，求你们了！"

声音很高，又有峡谷的回音，很多人都听到了。吴勋笺也听到了，他眉头顿时一展，扭头命令郑必文："立刻带人再冲石梁通道，把老水鬼抢回来！"

郑必文迟疑了下，随即还是招呼了踏云叠屏上剩下的所有亲信兵卒和境相夫往通道那边赶去。

莫鼎力不比老人好受，老人原来就是悬吊状态，掉下来还是悬吊状态，变化不大。而莫鼎力突然下跌如此高度，一根绳子只缠了两道在腰间。被石梁挂住后差点没把腰勒断，豪气的长啸瞬间变成叽里哇啦的疼叫。

"莫大人，是莫大人！"即便是在快速的晃荡中，袁不觳仍是一下认出了莫鼎力。

"是我是我，快拉我上去！"莫鼎力也没听清到底谁在喊他，只是此刻但凡有根稻草他都必须抓住。

的确需要马上把人拉上来。吊绳虽然结实，但加了两个人的重量的坠落又突然地挂住，已经让绳子内部结构出现损伤。之后的剧烈甩摆又让绳子在石梁边角上快速反复地摩擦，很快就破开了一小半。

袁不觳先救的莫鼎力。莫鼎力虽然右肩窝被打入一枚铜钱，右臂无法用力，但有左臂和腰腿助力，上来得还是很快。只是石梁两头的绳子缠在一起，到最后阶段被那老人带住很是费力。加上老人被摇荡的状态突然改变，惊吓得不仅胡乱喊叫，还胡乱挣扎。

"别动别动，我说的是真的。龙脉之秘，是关乎天下的秘密。"

"老人家，你别乱喊乱动，我会救你上来的。我是你徒弟带来和你见面的，有人临死前有话托我转述给你。"袁不豰说这话是为了把老人安抚下来。绳子被石梁边角造成的磨损正在快速增加，老人再这样胡乱挣扎的话，恐怕等不到人被拉上来，吊绳就得被磨断。

老人停止了挣扎，声音却更激动："你是贼小子找来的人？太好了！我还怕等不到你了呢。"

椒女帮着袁不豰一起把莫鼎力拉了上来，莫鼎力才上来，椒女耳轮微动："不好！歹人又冲过来了，我得去挡一挡。"随即裸露的柔腰丰臀波荡浪涌，带一大群老鼠重又进了昏暗的通道里。

莫鼎力并不诧异袁不豰的赤身裸体，也没看一眼走掉的椒女。在这样连绵诡异的群山中，发生什么样的事情都有可能。更何况他现在关心的重点是下面那人喊出的龙脉之秘，他终于明白那些蜀地兵将为何会费如此大的工程上到踏云叠屏，为何要把这个老头儿囚吊在悬崖绝壁，甚至天武营的面具人带了黑衣人也出现在这儿附近，估计目的都与龙脉之秘脱不了干系。

"袁兄弟，赶紧拉他上来！"莫鼎力也看到吊绳快磨断了，但他右臂受伤，只能央求袁不豰拉人。

袁不豰拼尽全力往上拉绳子，他知道现在必须抓紧时间。抢夺石梁的歹人又开始冲击了，椒女的掘墓老虫不知道能不能挡住，能挡多久。

人被一点点拉了上来，已经接近石梁了。莫鼎力趴在石梁边上，把左手尽量够下去。终于，他抓住了老人的衣服，配合袁不豰提起吊绳的节奏，用力往上一提，老人身体终于贴上了石梁，只需再使把力就能拖上石梁。

就在此时，不知从哪里突然射来一支通体黑色的利箭，狠狠地钻进了老人后背。人终于被拖上来了，但估计没多少时间可活了。黑色的利箭射得太深，已经穿破肺叶了。

石梁南端的东侧，有几个黑衣人在快速攀爬着，眼见着就要翻上石梁了。在他们的后面，面具人左手持握弓箭，单凭右手往上攀爬。袁不觳一眼就看出射中老人的那支箭正是出自他手，那是很少见的三羽无棱箭。

也就在这个时候，后面的通道里火光乱窜，是郑必文带人浇火油放火。他们已然不顾之前自己的手下还有没有活着的，发了狠要用火把通道烧透，把钵鼠和掘墓老虫烧绝，然后冲到石梁抢回老人。

两头都是来要命的，袁不觳他们无处可逃。最多可以选择一下自己是让哪一边的人杀死，或者干脆直接跳下石梁摔死。

"哪个是唐壬找来的人，快、快过来，你、你有证明自己的东西吗？"老人并不知道周围形势紧迫，只知道自己的情况不妙，所以很急切地询问。

"我是，我的东西都丢在唐壬那里了，要不然倒是有成长流给我的齐云牌可以证明。"

老人眼睛一亮："好好，知道牌子就够了，一般人是见不到那东西的，更不知道那是一种证明。现在开始你听我说，我有很多话，得抓紧时间告诉你。"随即他眼珠一转，朝着莫鼎力："请尊驾远离一些，我们说的是私家话。"

莫鼎力对老人如此直接很是理解，他是担心自己命没了可话还没说完。但是莫鼎力拍下脑门也想到了些什么，在身上掏摸几下拿出块干枯的皮肉，那皮肉上有个四钮头牌子的烫印。

"獀貐钮头在上，是我门中门长的齐云倾江牌印记，哪里得来的？"老人的眼睛再次发光，颤巍巍地朝皮肉伸出手。

"玄武水根穴。"莫鼎力回答很含糊。

"是了，就是这块。"老人一激动，口鼻间有血涌出。

"安定，长吸缓吐，赶紧说有用的。"莫鼎力手掌在老人后背抹压，减缓他内部出血堵塞气道的情况。

"别人都叫我老水鬼，本名倒是没人提了。现在虽算得是理脉神坊的门长，实则上没有代表门长的齐云倾江牌。"

老人口喉间的血涌出后，气息反倒是通了，语速加快。这其实是人体自我防护松懈，肌肉骨骼无法绷紧，已是无力回天的状态。

袁不毂这时才知道小糖人叫自己师父老水鬼并非不敬，而是他本就有这样称呼，并且还有可能是显示他治水本事的尊称。

"我派持齐云牌的前门长苏定波曾官任工部水利主事，靖康之变后生死不明，有人说他被掳去金国为囚了。于是我门中遣人去往北方寻找，找到后却发现门长官职身份被人顶替了。顶替的人告知我们，门长早就在押解金国的路上于大名府外玉坨岭逃走了。"

"顶替你门长的人是谁？"莫鼎力问道。

"原国史院的陶礼净。他说门长逃走，是因为两人的一番交谈后突然悟出个关乎大宋命门的秘密，必须门长亲自去找寻扭转。于是陶礼净以彻夜啼哭掩护门长逃走，而他自己则以我门长身份继续北上为虏，以便别人忽略我门长逃出后所要做的事情。但是他对我们派去的门人很是谨慎，除了有关门长的信息，再未多说什么。我们的人本想打听当初他们谈了些什么、又悟出了什么，但他都只字不漏。对了，你那烫了皮肉印记的牌子是怎么在玉坨岭找到的？"

"你门长未能逃出玉坨岭下水根穴的千道百窍，困死在里面了，被我们前些日子给挖了出来。你还是快说说龙脉之秘吧。"莫鼎力有些焦急，南边面具人已经快爬上石梁，后面通道里火焰的灼热也能够感觉到了。

"原来是这样。你们知道齐云盟吗？四门同察天下水势，共治淤断决漫，扶助苍生生机。"老水鬼才开个头，那边面具人就已经上了石梁，持弓搭箭往袁不毂这边谨慎逼近。在他的后面还跟着几个黑衣人，而石梁下方还有更多的黑衣人在往上攀爬。

"这些唐壬告诉过我，你说重要的。"看看两边形势，袁不辜也急了。

"大宋夺取天下时，齐云盟中砥流坝楼助力过北汉，与赵匡义所辖禁军鹰狼队冲突。天下归宋后，赵匡义寻由头突袭砥流坝楼，此派自此灭绝，逃走的零星门人再也不敢露面。"老水鬼仍是啰唆着，并没用直接说龙脉之秘。

"你继续听他说，我去挡一下。"莫鼎力虽然很想听老水鬼讲下去，但袁不辜赤身裸体的，连个武器都没有，阻挡的事情只能自己去做。

莫鼎力一对雪花斩，现在只有左手的能用。偏偏雪花斩又是轻巧兵刃，当初解法寺肉身库里他双刀都没挡住面具人的箭，这时单只左手更是无法挡住。所以他才冲过去十来步，就被对方射来的一支三羽无棱箭逼得连退两步，勉强挡开箭支的左手，雪花斩差点脱手。

面具人的第二支箭紧接着又到了。这一箭莫鼎力来不及运力格挡，只能连消带躲地让过，仓皇中脚下一滑，差点跌下石梁。而这一让，那箭已是落到了袁不辜面前。

袁不辜见莫鼎力抵挡得吃力，又见老水鬼没说到龙脉之秘，于是想先过去帮一把："你先歇歇，等会儿再说。"

老水鬼抓住袁不辜手臂腕："不、不，没时间了，听我说完。自宋真宗之后，齐云盟余下三家察觉天下水流水势有变，尤其以黄河流域为剧。而当时朝廷也正斥大量财力人力改造黄淮流域，可是效果并不如意。齐云盟觉得此现象与砥流坝楼被灭绝有极大关系，因为此派技艺本就是主理黄河的，世上无人再能像他们那样熟悉黄河水情，调理黄河水势。"

"那就任其水患肆虐了吗？"

"当然不是。齐云盟另外三派虽不熟黄河水文，但都想方设法地想从其他水流寻求类似方法，试图根治黄河水患。结果是，我派分洪倾江的技法不可用，定圈水一派主理湖泊，与黄河水形水理更是相去甚远。而且此派本就实力较弱，五代十国的连番战乱更是让他们人才凋零。大宋建朝之后，其门人大多信了摩尼教，不再尽心治水利助苍生。最终，希望只能寄托于淮王堂，而淮王堂也是不负众望。据说是寻到他们祖上悟出治水之法的祖地，有望从此处的一条河流悟出解决黄河泛滥的方法。但是随后不久，可能是定圈水门人助纣为虐，摩尼教嗅出此中味道。他们围攻了淮王堂，夺走石刻图两幅。淮王堂一夜之间销声匿迹，不知是被摩尼教尽数灭了，还是被他们用何种方法要挟，再不露面。"

　　话不用说得太细也没法说得太细，袁不彀已然从叙述中猜测到淮王堂祖地就是龙头卷子，而所说的一条河流应该就是天上河，于是很自然想到了几个杀手搬来的石刻："其中一幅石刻图是否正面是鲔山水文，背面是来此的路线。"

　　"啊！你见过此图？其中一幅是行水符，我们的祖地指引图都用符纹画法，又叫行水符。行水符不是什么人都看得懂的，就为防止外人进入祖地。而淮王堂除了行水符外又用江湖暗形画法刻了张图，因为最终能拿到图的不一定是自己门人，他们是要指引所有有可能治理水患的人来到这里窥出奥秘。至于后加的鲔山水文图，或许只是为了掩饰，也或许暗示了什么。"

　　"莫非他们已经悟出破解之法，所以对应砥流坝楼祖地的水文图刻出了破解之法？"袁不彀这方面的思路非常活泛，可能和他原来也是个匠人有关。

　　"那石刻图上没有破解之法，可能淮王堂也未能完全悟出。我派前辈见过那张图，并在脑中记住后又描出，所以我才能找到这里。摩尼教抢了那石刻图，估计也来过这里，只是他们看到的不是天上河，而是箭壶山顶上的九婴池，目的不同，一梁之距便是千里。"

口中弩

这边说得仔细，那边差点跌下石梁的莫鼎力却肯定挡不住第三箭了。就在此时，石梁南侧箭壶山上突然冲出两个人来，竟然是石榴和死鱼。死鱼立刻张弓搭箭射向那些正在往上爬的黑衣人。石榴则闷头朝石梁这边直冲过来，边冲边连续挥掌，从后面推击那几个已经上了石梁的黑衣人。

石榴力大，又是从后面突然冲出偷袭，黑衣人全无提防。加上石梁确实不宽，那些黑衣人瞬间全被他推下了石梁。

石榴一路直冲到面具人身后，面具人才觉出不对。但此刻已来不及转身，只能干脆索性以后背承受石榴重重的一拳。

一拳击中面具人的石榴发出痛彻心肺的惨呼，收回的拳头血肉模糊。

"魈妖倒口甲！"石榴急退两步，满脸痛苦中夹杂着惊骇。

魈妖倒口甲是一种奇甲，只有上装。此甲甲叶都是刃口叶片，用特殊线法穿连，每片甲叶就像魈妖的脊毫一样灵动自如。此甲不仅对刀枪箭矢有阻隔作用，而且一旦受力，局部甲叶便会一起收缩，叶口倒合，如同锋利宽齿一同咬下，阻止外击武器继续击入。如若是轻小的暗器，则会直接被甲叶咬合接住。拳掌类的攻击，打得越重，击打的人受伤也越重。

以奇甲反伤石榴之后，面具人依旧没有转身。刚才的不转身或许是为了让石榴上当，现在依旧不转身，则是为了让老水鬼尽快彻底地死去。而如此坚定迫切地要老水鬼死去，不知和他将要说出的龙脉之秘有没有关系。

"于是你悟出了龙脉之秘？"

"没有，但我知道奥妙在那边的天上河中。淮王堂匿迹后，黄河水患无有效法子治理，日益严重。我理脉神坊竭尽全力，连门长苏定波都亲入工部任职，仍是不能缓解。不过，一个民间治水门长，与皇家、官家接触后陡然换了一个角度。瞧出此水患别有内情，竟有可能与龙脉运数有关。世人都说龙脉为山形，两水夹一山为活龙。治水行当却认定水形才更显龙脉之灵，天下两水夹山的局相不多，两山夹一水的却是常见。而且水为养民之本，无水或无善水都会断了民之生机。"老水鬼言语越来越急促，语调却是越来越无力。

"天上河沿着连绵山峦流动，大小一百零八个落差、九十九个回旋。最终聚川回天，入龙婆江时反卷上冲，如龙抬头般冲击箭壶山东北崖面。扬气成雾，聚雾成霖，每日辰时密雨、未时急雨。雨后水流再聚，聚后再冲箭壶山，如此反复。有霖雨滋润，龙婆江往下才有层层梯田、漫山茶树，养育一方苍生。"

"难道是要用激流重冲鲔山古道才能根治黄河水患？不可能，魂飞海子下封豚宫的空间，不是激流能冲开的。"

"你去过鲔山？"

"对，我还见到地下的封豚宫。鲔山古道为天铁犁地所成，又因天铁异性、地理变化而废。"

老水鬼眼睛突然放光："砥流坝楼一直只说封豚标志为玉刻，从不提祖地何处，原来竟是因为沉陷地下。天铁犁地，黄河改道，地理变化，鲔山干涸。他们这一派又能从荒芜古道、地下封豚悟出些什么来？嗯……我明白了！"老水鬼竟然挣扎着把上身抬起，"改道，变地理，乱水文，他们就是做的这个局。是李垂，是《导河形胜书》！是……"

话没说全，他身体突然重重一震，又一支三羽无棱箭从老水鬼左肋斜射进去。他喉咙间梗了梗，再没有气息回转。袁不彀见此情形，心中一惊，不禁用手捂住嘴巴。

石榴刚才的偷袭未能对面具人造成伤害，自己反倒受伤急退。莫鼎力知道自己无法与面具人对抗，只能尽量阻挡、拖延时间，于是他矮身挥刀攻向面具人的下盘。在这狭窄石梁上，下盘应该是面具人最为薄弱的方面。

可面具人没有格挡和退让，而是直接从莫鼎力头顶轻松跃过。跃起的过程中一箭射出，正中老水鬼，截断了最后的话头。看来他的目的真是要老水鬼非死不可。

面具人落地时，又一支箭搭上弓弦，箭头对准袁不毂："知道得太多会没命。"

说话的同时，椒女和寥寥十几只老鼠奔出通道。她的头发已经焦黄卷曲，裸露的身体上遍布燎泡。带出来的老鼠里有钵鼠也有掘墓老虫，只是幸存的这两类鼠群已经失去了群斗实力。她刚出通道，背后便有一团火气紧追着冲出，应该是里面发生了爆燃。

突然爆出的火气让面具人微侧了下脸，抓住这个瞬间，蹲着的袁不毂身体弹起向前冲去。他没有退路，唯一可以保住自己性命的方法就是不让面具人把箭射出来。

面具人脸回过来时，眼中看到的是两只龇牙咧嘴的硕大老鼠直往面门落下。那是椒女看到有人持弓箭对准袁不毂，想都没想就抄起两只掘墓老虫扔了过来。

面具人应该从没见过这样的暗器。虽然他眼睛余光扫到袁不毂冲了过来，但相比丑陋凶狠的大老鼠，赤身裸体、两手空空的袁不毂显然不具威胁性。于是他的箭射中了一只掘墓老虫，乌木扭把弓打飞了另一只掘墓老虫。

待他再回头时袁不毂已经到了跟前，两人几乎面对面。袁不毂手中也确实没有可伤人的武器，能做的只是朝面具人轻吻般地噘一下嘴唇。

一支只有半指长的针箭从袁不毂嘴里射出，像股凉风没入面具人的左眼。面具人能感觉到眼球的爆裂，还有一种从未体验过的疼痛贯穿整个头部。

手中没有武器，并不代表全身没有武器，即便赤身裸体。袁不毂一惊之后捂进嘴巴的，是叮当街的金银首饰匠按他的设计制作出的口弩，结合了凤尾寒鸦小弩和丰飞燕针线盒的优点。这件工艺品般的小玩意儿，在关键时刻有保命的作用。

电光石火之间，袁不毂从面具人的箭壶里抽出一支三羽无棱箭，以眼扎子的手法疾插向面具人的右眼。

"等等，别杀他！"莫鼎力急喊一声，可似乎已是来不及。

箭尖颤巍巍地在面具人眼前停住，是袁不毂眼扎子手法已经操控自如，也是没到杀他的时候。

面具人的右眼里只有箭尖的锋芒，另一只眼中则是记忆中的血光，除此之外他什么都看不到。

"钦差呢？"袁不毂吐掉口弩，问道。

"呵呵，我还以为你忘了呢。"随着面具人的冷笑，鲜血混杂着黑色眼液从面具上流落，那面具顿时更加狰狞。

"把人放了。"

"没法放。"

"为什么？"

"因为他们已经逃走了。我若估计得不差，他们也会寻到这儿附近，找寻治疗疫毒的方法。"

"你这话不管真假，都会给我杀死你的理由。"

"不，你肯定不会杀我，而且会放我走。"面具人把脸微微侧移了一分，从箭头锋芒中露出半只眼睛看着袁不毂。

"为什么？"

"因为杀了我，你就再也找不到金牛冠、乌金錾的答案了。"

袁不毂顿时怔住，有关自己身世的谜案，这面具人是如何知道的？

"我活着，到一定时候自然会有人告诉你你想要的真相。所以你必须放我走，而且要保证其他人不拦我、不伤我。"面具人在肆无忌惮地要挟。

袁不毂咬住嘴唇，手中的箭微微颤动。此刻后面通道里的火苗已经蹿到石梁上了，吴勋笺那边即将打通整个通道。椒女流露出恐惧的眼神，一直往石梁边上退让，直到身体贴住袁不觳的脊背。

"把你的弓箭留下。"袁不觳马上做出了决定。

面具人顺从地放下自己的弓箭。袁不觳能提出这样的要求，意味着他将放自己离开。

"脱下你的外袍。"

面具人眉头皱了下，他担心袁不觳还会让自己脱下魈妖倒口甲。但是袁不觳并没有，接过外袍之后便说了句："你可以走了。"

"左骞，摘下面具再走。"莫鼎力见袁不觳如此轻易放走面具人，心中很是不甘，他要查找的真相已经唾手可得。

很突然的，踏云叠屏上有战鼓声响起，随后是齐声的呐喊在峡谷里回荡："天武营左骞在此，逆贼快快束手就擒！"

山顶崖边，出现的真是身着甲胄的左骞，丁天、江上辉那队人也在一旁。

莫鼎力顿时愕住："你不是左骞？你竟然不是左骞！"

面具人剩下的那只独眼轻蔑地瞥了下莫鼎力，随即快步往南，从石梁跳到山坡，被下面的黑衣人接走。

"他不是左骞，那会是谁？难道我真的查错方向了？"莫鼎力郁闷至极。

"面具是同样面具，背后的人却是此一时彼一时。"袁不觳边说边将外袍一撕为二，一半披在椒女身上，一半裹在自己腰间。然后拿起面具人的弓箭，带着椒女往石梁南侧退去。

"对，你说得对。猱貐坟上不见得是左骞，这里的也不是左骞，但并不代表左骞和面具人就没有关系。"莫鼎力这算是自我安慰。

"你们是怎么过来的？杜先生他们呢？"袁不觳在问迎过来的石榴。

"杜先生死了。我们只好试着找条路追你过来，虽然费了不少周折，倒也来了这里。"石榴回道。

"杜先生死了？"袁不骰惊讶地追问。

"对，你走后没多久就死了。"

袁不骰眉头拧紧，杜字甲本就不是该死的伤，何况还用了舒九儿的还魂散。莫不是自己离开之后发生了什么蹊跷。

"他连句话都没留就死了。不过也好，沉沉地睡着死去，没有一点痛苦。"

袁不骰叹口气："唉，可惜了，若是他能够到这里见到老水鬼，听到那番述说，死也如愿了。"

虽为杜字甲之死惋惜，但眼下情形不宜嗟叹生死、感慨万千。吴勋笺的人即将冲过通道，他们需要面对的问题是怎么让自己活下来。

藤吃人

"你们没碰那边的九婴藤吧？"椒女见他们是从箭壶山那边过来的，便问了一句。

死鱼正好奇地看着椒女，听她问话便抢着答道："老季被藤头扎了下，僵麻得不能动弹，是我们将他拖出来的。好在没被扎死，正在大石后面缓劲儿呢。"

椒女摇摇头："完了，他中毒了。"

北边通道里，又一大团火焰滚出，随即传来一阵乱喊。郑必文带人用火滚子为前驱，逐步推进。虽然过程中有不少手下被鼠咬死、被火烧死，但总算是冲过了通道。发出喊声的人不少，冲上石梁的却不多。是因为石梁太窄，也是因为天武营的呐喊让很多人心生他想。

袁不骰站定回身，弓满弦响，箭箭穿喉。上了石梁的境相夫和兵卒就像被快镰收割的稻子，纷纷倒落峡谷。

等第二批境相夫和兵卒冲上石梁时，袁不毂箭壶里已经没有几支箭了。他果断对石榴说："把你的箭壶给我，你带他们先走，从来路回去。"

"什么？你说什么？"石榴没有听清袁不毂说的话。

袁不毂此时才发现，天下河的水流变急了。正像老水鬼说的，河水入江的口子处反卷起一个浪柱，飞龙般地持续冲向箭壶山，而且从水势来看，龙头还会持续冲高。水声轰鸣，在峡谷中回荡不息，加上踏云叠屏顶上嘈杂的鼓声和喊杀声，此刻用正常音量说话根本无法听清。于是他放高音量再说一遍，石榴这才赶紧摘下腰间箭壶交给袁不毂，然后带着其他人往箭壶山那边跑去。

又是一轮快速连射，将面具人箭壶里的箭射光；袁不毂才背上石榴的箭壶，稳步往石梁南端退去。

遭到袁不毂这轮连射后，境相夫和兵卒后退到通道口里。但在郑必文的催逼下，他们很快再次冲上石梁，并且冲过了石梁的中段。

袁不毂没有马上放箭，他是在等对方尽量多的上到石梁上再动手。只有用石榴未曾耗费几支的这壶箭来一场震颤心魄的射杀，才有可能让对方心生怯意放弃冲击，给自己逃走争取时间。

前端的兵卒冲过了石梁中段，刀枪的寒光已经近到足够晃袁不毂的眼，这时后面却很意外地传来撤回的呼哨声，原来郑必文已经看到了老水鬼的尸体，这意味着夺回老水鬼的任务已经完结。接下来他需要做的，其实和袁不毂一样是逃命，尽量保存手下的实力，才能突破天武营的围剿。

见境相夫和兵卒退了回去，袁不毂长舒一口气，回身急步赶上莫鼎力他们。而那几个人没走太远，正在一块大石后面商量是否带上季无毛。

"先带上吧，他现在行动能力恢复了有五六成，不算累赘。"莫鼎力自己也中了疫毒，知道毒性暂时不会发作。

"带上也是没用，没法子救的，发作后还会延害其他人。"石榴显然不愿意。

"刚才面具人说了，舒姑娘他们已经逃脱，估计就在附近找寻治疗疫毒的方法。一旦找到，他不就有救了吗？"

袁不觳正好赶到，他也支持莫鼎力的说法："对，先带上。以后有没有命看他自己的造化。"

椒女一直没有吭声，可能觉得这件事情和自己没什么关系。她只是悄然走到莫鼎力身后，提鼻子嗅闻了一下，然后急退两步。

莫鼎力觉出身后异常，回头看去。椒女一双清澈双眸也正盯着他，目光中流露出的是惋惜和提防。只这一眼，擅长察形知心的莫鼎力便知道，椒女已发现自己身带疫毒。

其他人都没注意椒女的反应，他们拉起季无毛往山顶爬去。袁不觳走出几步发现椒女没动，于是回身来拉她。

"我要走了，去把没死的宝贝召回来。"椒女垂下目光，看看脚边的钵鼠。

"你不跟我们一起走？"袁不觳心中蓦然升起股惆怅，就像要与老友分别。其实他们两个才见面不到半个时辰，不过，那是同生共死的半个时辰。

"不了，死过一回也就够了。跟着你走怕是要死了一回又一回，咯咯。"椒女笑两声，过来长长地抱了袁不觳一下，还在他耳边悄声说了些什么，然后转身跑下石梁，钻入浓密的绿色中。剩下的十几只钵鼠和掘墓老虫也都四下里一窜，鼠痕不见。只有袁不觳给椒女披在身上的半幅外袍随风飘起，往峡谷中落下。

椒女走得决然，袁不觳也未作踌躇。几个人很快到了东边高出的翘岩上，从这里回头，刚好可以看到对面踏云叠屏上的混战。

上屏顶的天武营的人并不多，而且没有全部杀进战圈。吴勋笺看起来肥肥懒懒的，动起手来却是无比骁勇。手中鸭嘴双枪独挡几个天武营的将官，仍能边斗边往吊架那边慢慢移动。他是要夺回吊架，逃下踏云叠屏。

丁天很想上去帮忙。吴勋笺的双枪变化多、功用妙，丁天则觉得自己怒龙直须铜的变化更多，很是技痒，很想相斗一场。左骞断然谢绝了丁天的请求，似是怕自己功劳被别人抢了。于是丁天只能在一旁瞪眼搓手干着急，眼见着吴勋笺一点点地往吊架靠近。

"左将军，那肥鸟是要夺吊架逃走，赶紧把吊亭绳索砍了吧。"丁天黄须直抖，他真的急了。

左骞却慢条斯理地回了句："不能砍，砍了等下我们又如何下去？"

这话听着有道理，细琢磨下却又不对。天武营下面有后援，若上来的人下不去，肯定会想办法重搭吊架或重挂吊绳，无须死命留住吊绳吊架。

吴勋笺眼见离吊架越来越近，双枪突然虚晃下，启动鸭嘴枪上暗栝，两支枪尖鸭嘴张开，连续打出四枚蚯尾钉。对仗中的暗器没有任何征兆，最是难防，更何况谁会想到枪头中还能打出暗器来。所以四枚钉让四个人全部中招，吴勋笺急步纵身突破围堵。

丁天再也按捺不住了，纵身奔向吊架绞盘。控制住绞盘，也就相当于控制了整个吊架。

谁知吴勋笺看都没看吊架一眼，直接从旁边冲过。在吊架东侧草丛中有一条往下的小路，余巴东就是从这里赶去捉拿袁不觳和小糖人的，吴勋笺早就想好如何逃离了，抢到吊架不见得就能下踏云叠屏，下了踏云叠屏也不见得就能离开古夜郎国的族居地，这里本来就有防止人逃出的设置。所以不如直接就往山中遁形，别人追踪起来的难度反而更会大。然后找到余巴东也好、找到可行的路也好，他都可以顺利逃脱眼前的困境。

吴勋笺竟然逃了，从天武营的掌心里逃了。虽然跟着他一起逃走的只有寥寥几人，但这结果仍是让丁天愤懑不已。本来就算没有天武营他都可以拿下这个胖贼首的，就能以此弥补跟丢孟和的罪责，甚至可以从他口中问出孟和的去向。偏偏左骞不让别人动手，自己又没有拿下贼首，所以他心中急得都冒出了左骞是故意把人放走的想法。

袁不彀他们没有持续关心对面战况，直接上了翘岩顶，就看到了九婴血池和九婴藤。那些九婴藤看起来比对面山脊上的绿色坟场更像坟场，纠结在一起的藤条团成一个个极像坟头的疙瘩。事实上，那下面被它们裹住的各种尸骨也肯定远远超过对面坟场。

"好像有人呼救。"半死不活的季无毛突然开口，难怪都说神散心悸之人更易听到警音。

"看那里。"石榴最先发现异常，"九婴藤在捕食，啊！捕的是人！"

顺着石榴所指方向，可以清楚地看到有一处九婴藤藤条不再是团起的疙瘩，而是完全舒展开来。那里的藤条无风自动，就像扭动的毒蛇，最大限度地往石壁的一个凹角探伸着、卷绕着。

凹角里有一个不高的身影突然往前跌撞两步，一下就被九婴藤条给缠住，从凹角里拖了出来。与此同时，另一个身影贴壁快速移动，是想利用九婴藤条回拖的间隙逃出凹角。但是九婴藤的速度更快，距离最近的两根藤条立刻伸出，把逃出的间隙给封住了。移动的身影只能再快速退回，尽量往凹角里蜷缩身躯。

袁不彀往那方向紧走几步，上了一块斜着的大石后能够更加清晰地看到那边的情况。

"好像是舒姑娘，是舒姑娘！"袁不彀说完便纵身跳下大石，往那方向连跑带跳地过去。

被九婴藤困在凹角里的真是舒九儿，那个刚刚被藤条卷走的是她的药童。他们两个应该像面具人所说的那样逃了出来，然后一路寻到九婴池边，想找到破解疫毒的办法。不料对九婴藤的特性不了解，被困于死境，无法脱身。

袁不彀边跑边连续射出九支箭，箭箭都正中九婴藤藤头，其中甚至有一支是将两根藤头射穿在一起。但九婴藤是草木之体而非血肉之躯，箭支的力道只能将它们击退少许，却无法杀死它们。所以藤头被射中后，只是短暂地往后缩一下，便又快速伸出。

药童开始还在激烈挣扎，但很快就没了动静。藤头荆刺已将毒素注入，更多的藤条伸过来将他缠住，僵麻的躯体被拖进九婴藤丛深处再不见踪影。

一个山角豁口截断了袁不毂奔纵前行的路，也截断了舒九儿的活路。他们无法跑到舒九儿背后上方的石壁，也就无法从上面将舒九儿拉出。

舒九儿纤秀的身体被逼得紧贴石壁角落，显得无助而可怜，谁见了都不免生出一丝心疼。好在伸得最长的九婴藤藤头距离她仍有半尺左右，暂时还算安全，就是无法逃出。

"九儿姑娘，你别害怕，我拼了性命都会救你出来的。"袁不毂安慰舒九儿的话真情流露。

就在说话的时候，九婴藤微微颠晃一下。藤条似乎突然伸长，最长的藤头几乎是从舒九儿鼻尖上擦过。

"不好！有风。"从小就在海上打鱼的死鱼对风特别敏感。虽然让九婴藤颠晃的只是一缕微风，但仍是被他准确捕捉到，"目前还不是九婴藤的触及极限，一旦有更大的山风刮起，九婴藤摇晃后捕食范围会更大。"

"那怎么办？放火烧藤？"袁不毂心乱了。他自己面对生死可以无惊无惧，但是看到钟情之人挣扎于生死边缘，就变得彻底慌乱。

"这九婴藤如果能用火烧掉，那早就被人给扫除干净了。再说舒姑娘距离九婴藤只差寸指之间，真要烧起来，她也难逃池鱼之灾。"这时候也就莫鼎力这样的老江湖，思路清醒、权衡得当。

凿石船

莫鼎力的话让袁不觳冷静了许多，思路开始调整过来："老水鬼说过，天上河入江冲崖，扬雾成霖，每日辰时密雨、未时急雨。急雨时必定山风陡起，所以我们必须赶在未时之前救出舒姑娘才行。"

辰时的密雨袁不觳已经见过，亏了那场雨给了他流水声的指引，他才从草木坟场中钻过。密雨之后，雨水沿山涧溪流汇入天上河，天上河水量陡增，冲击箭壶山的龙头水势也快速提升。扬起的大量水气雾气会再积攒一场局部急雨，在未时落下。

几个人相视一眼，他们都清楚袁不觳说得很正确。但是如果没有解救的办法，知道了确切的死期反而是一种更加痛苦的煎熬。

"现在什么时辰了？来得的的、来得及的，要是没办法救人，那就阻止未时的风雨出现。"袁不觳思路转是转过来了，但一下又滑到了另外一个极端。他疾步跑到崖沿边，指着下面朝大家喊道："你们看，天上河入江，龙头直冲箭壶山，这才扬雾成霖。只要把天上河冲下的龙头偏转，就能阻止未时急雨出现。可以在天上河关键位置破开几个口子，然后……"说到后面，袁不觳的声音越来越低，最终变成含混的嘟囔，连表情也变得呆滞，像被什么勾去了魂魄。

就刚刚在焦躁狂乱中瞥出的一眼，袁不觳觉得自己可能悟到了老水鬼未能悟出的玄妙。从他的位置望去，他看到了一支射来的箭。这箭就是天上河，就是天上河中的湍急水流。这支箭并非笔直射来，而是有曲折、有婉转、有急促、有旋缓。不管多少种状态，都是在给这支箭蓄力、助力、调整、变化，让这支箭躲开所有障碍和纠缠，最终势不可当，射向箭壶山。

"不够，要不还是想想其他办法吧。"死鱼走近袁不觳，轻声劝慰道。

袁不觳没有作声。他的目光顺着天上河这支箭，由远及近，直到箭壶山下腾起的水柱龙头，以及龙头冲击的石壁。

"咦，那是什么？"袁不觳有所发现，"石榴，你快过来，帮我看看下面的石壁是怎么回事。"

"哪里？哪处的石壁？"石榴贴近崖沿探头往下看。

"就在龙头冲击石壁的位置往上一点，有一道竖着的水线。你看那是不是裂纹，而且有水渗出。"袁不觳边说边指着。

"你觉得裂纹渗出的是九婴池里的水？"石榴反问一句。

"对，都说九婴池深不见底。不见底是不可能的，但深也绝对是深的。如果那地方渗出的真是九婴池的水，九婴池的深度至少要达到大半个箭壶山的高度。"袁不觳此时的推断才让人确信他是真正清醒的。

"就像一个深杯，在差不多杯底的位置有了暗裂。"莫鼎力的比喻更加形象。

"我知道，刚才我说阻止未时急雨你们都觉得我疯了。其实没有，只要将天上河的几个关键处破开，那么冲下的水流势头、方向、力道都会发生变化，无法扬气成霖，也就积攒不出未时雨。但是这个办法必须用到小糖人的火雷子，我们现在找不到他。另外这法子就算做成了，舒姑娘还是出不来，只是能暂时保住性命。"

"就说你现在准备怎么做吧。"莫鼎力难得如此急切，也是实在太好奇，还有什么办法能比阻止急雨出现更加匪夷所思呢？

"椒女说过，除非是断了九婴藤的根，才能将它们彻底灭杀。九婴池的血水一直养活着这些怪藤，将血水放掉不就相当于断了藤根嘛。"

"你想砸开那个裂缝。"莫鼎力马上猜到袁不觳的意图。

"可是我怎么看不出什么裂缝的，你不会看错了吧？"最熟悉石头的石榴竟然没有看出袁不觳说的裂缝。

"就算有裂缝也不见得就连着九婴池。否则一点点地漏也早就把九婴池漏光了。"死鱼也觉得不大可能。

"这里每天辰时密雨、未时急雨,九婴池有雨水补充是漏不光的。至于是不是九婴池的裂纹,我们只能敲开了看。"袁不觳坚持自己的想法。

"我很好奇,你要用什么把这裂缝敲开。"莫鼎力问的才是关键。

袁不觳微微一笑,指着天上河说道:"那道河就像一支射来的箭,我们给它装个箭头来把裂缝射开!"

给天上河装的箭头是一只船。宋代最常见的船有两种:一种是舴艋舟,这在许多词句中都提到过。舴艋舟头尖、舱窄、底削,载重小但划行快,水上行动灵活,主要用于捕鱼、短程急送、大船转运。还有一种叫渡仙船,这种船头平尾平、底宽舷宽、载重大、稳定性好,主要用于摆渡和出游。而袁不觳用眼扎子在地上画出的船样则是结合了这两种船的特点,底是宽底,头却是尖头,舱虽宽但上边舷口却又收小了。而且这奇怪的船样是画给石榴看的,袁不觳竟然要他用石头雕凿出这样的一艘石船。

"看清了,就照这尺寸比例做。只是时间要抓紧,必须赶在未时之前让船下水。"袁不觳并不能肯定石榴能够按时做成,但他除了相信石榴也没有其他办法了。

这无疑是一种挑战,石榴皱紧眉盯着地上的图:"你准备让船在哪一处下水?"

这个问题很重要,要想让船飞跃起来冲击石壁裂缝,肯定需要一定加速度,所以石船必须是在天上河上段下水。而这险恶山水间,连人攀上爬下都困难,更不要说运送一只石船了。最好是能在下水位置的附近寻找到合适的石块雕凿石船。

"过了与山顶坟场交叉的那段。"袁不觳早已想好石船下水的位置。

天上河所在的山岭,本来是与草木坟场的那段起伏山峦并行同进的。但

第八章 天河飞石船

317

是到了后面，山岭渐渐低矮，并与草木坟场所在的山峦在一个低伏处相互交叉，转入双索巡峡的峡谷。转入之后，高度陡然斜落而下，与诸多泉瀑溪流汇合。在快冲入龙头卷子前，峡谷中聚集的水流也都从几处岔口汇入天上河。不过这个位置已经不是天上了，而是接近谷底，是水流冲击力最大的地方。

正常时，天上河最后会顺着斜落的水道汇入龙头卷子。如果水量大、水流急，河水冲击谷底时就会腾空激冲而出，巨龙一般直撞到对面的箭壶山峭壁。而且水流越急，冲击的位置就越高，就像在出流口和箭壶山之间架了座流动的水桥。

袁不觳选定的位置避开了交叉处。因为交叉处的弯度太小、水流太急，石船通过时容易发生碰撞和翻沉。正好是在陡然斜落的上方，可以借用斜落给石船蓄势，最终在最大冲击力的水流作用下飞出去。

"还好，巡峡的铁索没有全都炸断，可以借助铁索到达那个位置上方，然后用绳索滑下去。"莫鼎力马上找到一条到达袁不觳所选位置的最快捷的路线。

"那就莫大人陪着石榴过去，给他搭把手。我带死鱼去天上河的出流口子，在那上面搭个挑杆。石船分量重，要想飞起来，除了天上河水流的冲劲，还得给它加个跳板。"袁不觳看看季无毛，他的样子似乎已经恢复很多："季师父是搭挑杆的内行，要是身体吃得消，就和我们一起过去帮帮忙。"盗墓行中扎交叉挑杆是基本功，墓中很多时候需要移动、吊起重物，都是采用简单实用、可就地取材的挑杆。而袁不觳在这里设置挑杆，一是为了减缓石船冲入谷底的力道，二是为了增加石船随龙头水柱腾空飞起的力道。

"季师父可以帮忙的。九婴藤毒发作缓慢，从中毒到毒发变异需要近一月的时日。这段时间中身体和平常差别不大。舒姑娘只有逃出生天，才能找到破解九婴藤毒的法子，救舒姑娘就等于救自己。"莫鼎力边说边把雪花斩刀柄上缠绕的牛筋线解了下来，找准嵌在肩窝里的那枚刃口铜钱的钱眼，把线头穿进去。

吴勋笈钢鞭甩出的铜钱力大，又是刃口旋转打入，不仅入肉深，而且已经卡在了肩胛骨上。直接用手抠拔不出，只能用结实的绳线拉出。

"我可以帮忙的，出流口子边上有现成的长竹直树，可以利用了做挑杆。"季无毛没有拒绝任务，而且已经将天上河的出流口子观察清楚。或许是袁不鸮这个匪夷所思的方法燃起了他的激情，让他觉得参与这件神叹鬼惊的事情足以炫耀余下人生。也或许是莫鼎力的话触动了他，只有救出舒九儿才有机会救自己。

"你确定要我把这个拉出来？"石榴在问。

莫鼎力咬着牙点点头，他把穿好的线头交给石榴，让他帮忙拔出铜钱。

"真要拔呀？会很疼的。"石榴还在问。

"你啰里啰唆的像个娘们儿，让你……啊啊啊！"

莫鼎力的话才说一半，石榴就用另一只手果断推击了莫鼎力的肩头一把。随着身体往后跌撞半步，被线头拉紧的刃口铜钱带着一串血珠跳出莫鼎力肩窝。莫鼎力疼得直吸凉气，赶紧把准备好的金疮药按在伤口上，而那手臂就像摆脱了铐枷，已经可以动了。

袁不鸮看到莫鼎力溅落石上的血珠眉头皱了皱，除此之外未曾有更多畏血症状。随后所有人都立刻分头行动起来，尽一切可能抓紧时间。否则袁不鸮的法子就算能把九婴藤毁了，也来不及救出舒九儿。

下崖顶前，袁不鸮再看了一眼蜷缩在凹角里楚楚可怜的舒九儿，朝着她挥挥手，做了个那咤杀组合射阵型中的手势"等着我"。而处于恐惧和绝望中的舒九儿其实根本看不清他的手势，也看不懂他的手势。

山壁上有不知用什么敲砸出的石坑，虽然很是粗糙，但是呈阶梯排列。很明显是人为在石壁上开出了一条路。石坑痕迹很新，应该就出现在不久前，石榴他们之前就是从这些石坑爬上箭壶山的。

袁不觳从石壁下到山底时，死鱼和季无毛已经在下面等着了。江面上有之前从远处看很像八卦爻形的石堆，借以落足，三个人纵跳着走过水流怪异的龙头卷子。

石榴和莫鼎力两个找到铁索端头，这里有现成的吊篓，估计是架设铁索时运送工具材料的。袁不觳指定的位置离着不太远，差不多是在这段铁索的下垂弧底。两个人用吊篓直接滑到位，然后再用绳索下到天上河的山岭上。

石榴下来后，就近找了块合适凿刻石船的石块，马上从随身包囊中拿出凿石工具开始动手。从华蓥三城出发时他们各自准备合手的武器和装备，石榴特地随身带了一套上好的凿石工具。

袁不觳他们也到了出流口子。交叉挑杆需要两边配合制作，所以袁不觳和季无毛用单支拉绳扒杆把死鱼放到对岸。然后两边合作，利用河边的高竹直木连放三道交叉挑杆。挑杆往下一放，水流反卷的龙头立马又抬起几分。

石榴开始时大锤大凿出手果断，石块很快就变成了预定船形。船舱空间也是没几下就抠凿出来，大小可容两三个人坐进去。到了边边角角的修整，他反变得分外小心，出手越来越慢。一个点要前后看好几回才会下凿，这样子很容易让人误会成他是在故意拖延时间。

莫鼎力看着心焦却又帮不上什么忙。袁不觳让他陪石榴过来，主要作用就是督促进度，他实在忍不住了："能不能快点，时间不等人，日头再偏西些就到未时了。"

石榴用手指抹了下额头上的汗，天气很闷热，空气湿漉漉的，的确是要下雨的前奏。

"我也想快点，但是不行。这船是当箭头用的，左右前后稍有误差，就会跑偏射不准目标。你别看我边边角角地琢磨，这是要凑准图样的尺寸。这活儿使不得蛮，一下凿多了是补不回去的，只能一点点慢慢削。另外天然石块各部位的质地不同，也会影响到石船平衡。"石榴很爽快的一个人，做活儿时却婆婆妈妈。

莫鼎力摇摇头："不用浪费时间解释给我听，还是尽量抓紧做活儿吧。"

"解释一下是怕你怀疑我故意拖延。"

"你有需要故意拖延的原因吗？"莫鼎力眼中精光一闪，盯着石榴。

石榴愣住，厚厚的嘴唇张合两下，没有吐出一个字，最终只是缓缓噘起个吹气口型，用力把船舷上刚刚凿削的石屑吹掉。

莫鼎力专注地看着石榴，石榴专注地看着石船。两个专注的人都忽略了周围的一切，包括一些以极快速度向他们隐蔽移动的石块、草木。

五连射

天上河的出流口子水声轰鸣，三道交叉挑杆已经被水冲得渐渐翘起。水流变急了，水雾更浓了，厚重的云即将压到箭壶山山顶。这一切都意味着，未时快到了。

"石船还没下水，出什么问题了吗？"袁不羁心里焦躁难安，和季无毛交代一声后，就沿天上河往上走去，想看看石榴那边到底怎么回事。

死鱼在对岸也默契地跟着一起往上走，这样要是出现什么意外，两个人在河的两边也可以有所照应。

袁不羁从小练就的木匠沉稳心性，又多次经历生死之险，已经是非同一般的镇定老成。但眼见未时临近，天上河水越发急了，天上云雾越发厚了，他额头上的汗水如同提前到来的雨滴密密洒下，模糊了最为敏锐的眼力。是故他也没发现移动的草木、石块。

峡谷间的空气沉闷得像是老炕里的火炭，将人们心里的容忍一点点烘烤至彻底干枯。

"再要完不成，不管有没有理由我都会相信你是在故意拖延。"莫鼎力的耐心耗尽了，他凑近石榴很严肃地说道。

石榴没有做声，仍是噘起厚嘴唇，朝莫鼎力那边用力吹去了刚刚磨削掉的一堆石粉，让凑近过来的莫鼎力眼迷鼻呛，赶紧退后。

看着眯眼挥手躲避粉屑的莫鼎力，石榴嘴角扬起一丝得意的笑意，低声说了句："成了！"刚才最磨蹭的几下磨削，是把石船最后的调整完成。

"放船下水！"莫鼎力立刻过来帮忙，往天上河里移动石船。

"慢点慢点，用木杠慢慢撬。这石船重量大，头子往下直冲可能会沉的。"

石榴的小心有些多余，他会雕凿石船，却不懂天上河的水性。石船虽重，船头部分刚下去，就被那水流一冲，立刻抬起头来。

这时候，移动的草木、石块已经距离他们很近很近，只要再快速冲上一段斜坡就能到两人身后了。事实上那些草木、石块也正作势要冲上来，他们虽然不知道莫鼎力和石榴到底要干什么，但阻止对手的行动、不让目的达到就肯定不会错。

境相夫们发一声喊就冲了上来。伴着这声喊，天上河上方传来一声爆响。爆响镇住了那些境相夫，霎时间他们全都停下来看怎么回事。

这个时候，莫鼎力处惊不乱的性格和丰富的经验发挥了作用。他完全无视境相夫们和突然的爆响，只管抓紧爆响争取来的短暂时间，断喝一声："推船！"与石榴一起用力，将石船推进了天上河。

石船在水面上颠了两颠、转了半圈，随后便往出流口子的方向漂移而去，速度逐渐加快。几乎与此同时，一挂激瀑也沿山梁斜坡浇冲下来。原来刚才那一声爆响，竟然是有人炸开天上河拐弯之前的一段河沿，这条怎么都不会漫溢的河流顿时决开一个口子。

口子中冲出的激瀑从斜坡上扫过，就像冲洗灰尘一样把那些境相夫都扫落到峡谷谷底。莫鼎力和石榴在靠近河沿的位置，反倒是躲过了这股激瀑。如果这是帮助莫鼎力他们而针对境相夫下的杀招，那炸开的位置和时机的选择，必须具备治理水脉河道的技艺才能把握得好。而既会使用火雷子爆破，又多少懂点治水之道的人，这附近只有小糖人。

但是好心不一定就能做好事。小糖人炸开天上河替莫鼎力和石榴扫除威胁，让石船及时下了水。但炸开一个口子后的天上河也水势骤变，一股偏走半个河道的怪流在后面紧追石船而去。

"不对，那船不对！"袁不毂只远远瞄一眼从上面下来的石船，便发现走线偏了。于是他一路溜滑蹿跳地随着石船往回跑，是想看清问题所在并设法调整偏差。但是留给袁不毂的时间很短暂，石船速度越来越快，一旦到达出流口子，他就算想出办法也没用了。

死鱼也在往回跑，只是状况和目的不同，他是被一个拿了弓弩的人追逼才往回逃命的。拿弓弩的人是从哪里冒出来的，死鱼没看到，拿弓弩的人是个厉害角色，他却是知道的。鬼魂路上的截杀，余巴东弩箭射出后的鬼哭狼嚎，都给死鱼留下了极为深刻的印象。

境相夫们被上方缺口的激瀑冲下谷底，只有余巴东躲过了遭遇，因为他走的行动路数总是和其他境相夫完全不同。这样不管遭遇攻击还是攻击别人，其他境相夫会首当其冲地成为被攻击的对象，而他则可以在一旁看清情况后实施更加有效且安全的行动。

他们用烟气熏了很久都没逼出袁不毂和小糖人，却听到天武营围剿吴勋笺的消息，只能赶紧择路而逃。没想到在最不可能有人走的天上河山岭上发现了石榴和莫鼎力，于是他和境相夫们兵分两路快速逼近目标。

余巴东作为葬人后代，马上看出出流口子的挑杆能起什么作用。再看到漂流的石船，虽然不知道做什么用，但他决定不给对手留一点成功的可能。于是斜向往河沿奔去，紧追漂移的石船。

余巴东追的是船，死鱼却以为他是在追杀自己。本就不擅长跑山的死鱼在这种地方肯定跑不过余巴东，眼见着就要被追上，情急之下一个纵身跳上马上要超越自己的石船。

袁不骰见死鱼跳上了石船，先是一颗心提到嗓子眼，生怕这样莽撞的做法会把石船弄沉。好在石船重重颠簸之后依旧稳稳漂浮在河面上，由此可见袁不骰的设计之佳竟连他自己也没想到，也可看出石榴的手艺绝非一般石匠可比。

"调整船头，偏左四掌，对正挑杆叉角。"袁不骰边跑边高声喊道。他将死鱼逃命的举动误认为是调整石船偏差的举措。

这一段水流虽然很急，但流道顺畅，暗流无声，一点都不喧嚣。所以袁不骰的喊声死鱼清楚地听到了，并且马上蹲起身体，伸双臂抓住左右前舷，运力往左一晃，力量倒不是太大，在这样的急流中也不敢太用力。但在急流中，即便加诸了不大的力量，状况也是会有明显改变的。四掌的偏差一下就过来了三掌。还有一掌差距只需身体往左持续倾斜，也就逐渐调过来了。

但是有个情况像死结一样存在——调整过来的状态必须保持住，否则过了一段距离仍会出现偏差。这样一来死鱼就不能下船，在石船飞起前必须始终在船上。而石船多了一个人的重量，原先的设计就完全不对了。最终冲落会多沉下一些，就算有三道挑杆助力，这石船也无法撞到裂缝。

死结尚未解，危机意外来。余巴东在对岸也能清楚听到袁不骰的喊声，轻易就获取了对手的意图。不过他仍是在纵蹿着急追，没有马上动手。因为他还看到了一个关键位置，就是水道陡然斜落的位置。这位置后面的下落水道水线直、水流急，一旦再有什么误差，调整难度大且时间来不及。就算死鱼愿意拼了命把石船调整过来，他也来不及跳下船。

进入陡然的下落水道之前，河道有个大池般的宽裕水面。这里可以缓冲很大水量，这样水流才不会从接下来的狭窄水道上漫溢出来。天上河有很多处这样的婉转缓冲水面，算是大自然创造奇特的天上河时特意留下的天之奥秘。

也就在这个缓流水面的位置，袁不觳和余巴东都追上了石船。停下急奔脚步的两人也都清楚看到了彼此，但是他们的注意力都不在彼此身上，而是在位于他们两人中间的石船上。

看似缓流的水面，下面其实蕴含着能量更大的暗流，将所有漂浮水面的东西牢牢地控制，仿佛固定了一般，往后面陡落的下冲河道漂移过去。

石船探入下冲水道足有大半个船身后才脱离了暗流的控制，船头剧烈抖动着，只要再往前几寸就会随着急流直冲下去。且不管最终结果如何，都不再回头。

也就在这几寸距离的移动中，余巴东的仙琴弩弦声如琴，须臾箭哀号而至，直射石船上的死鱼。这一箭能杀死死鱼最好，那样石船再无人调整，而且石船还会多一个死人的分量。就算杀不死死鱼，那他也再不敢从舱中露头，那就无法调整石船的偏差，结果还是一样。

不过要达到这样的结果，余巴东还必须让石船偏向，否则这船本就冲落得准角准心的，用不用死鱼调整根本就无所谓。所以紧接着又有三支发声各不相同的须臾箭射出，似狂笑、似啼哭、似吟唱，三支箭全射在船头右侧的一个点上。刹那间火星四溅，三箭集合在一起的力道将刚好脱离暗流控制的石船船头击偏了一掌半。

袁不觳的箭射出时，石船正在低船头、抬船尾进入下冲急流。他连续三箭都射在石船船头左侧，有拳形箭、掌形箭、指形箭。这都是可以在古穴宝构中开启机关机栝的箭支，轻重缓急能够被把控得更好。

即便有这样的箭支，袁不觳射出的难度仍是远远超过余巴东的三箭。余巴东只需射中、撞偏，而袁不觳不仅要准确瞄出偏差，还要用合适的出箭力道将偏差调整至零。

仅仅调整到零仍不能完全解决问题，还得阻止对手继续出手破坏石船状态。所以袁不齡连射而出的不止三支箭，第四支箭紧随其后从抬起的船尾下方直奔余巴东而去。

余巴东仙琴弩中可以压入五支须臾箭，而他为了攻击与防守兼顾，每射出三支后就会快速移动位置并补充箭支。这样即便有来不及的情况，弩里剩下两支箭仍可以保命和杀敌。

不过刚才余巴东为了射偏石船且不让死鱼调整，用掉了四支箭。只余下一支箭可以保一次命，要想多保几次命且能够反击，就必须采取其他行动。所以他早就看好前方地形路径，不管余下这支箭用不用，他都会纵身跳入前面的石坑草窝中，再次压箭入弩。

袁不齡的第四支箭被最后那支须臾箭撞落。射出弩槽中仅剩的这支箭后，余巴东纵身往前面草窝中跃去。身体才跃起，第五支箭就已经从余巴东的肋骨缝间钻入。这还是他在空中尽量扭转躲避的结果，否则这支箭会正中他的心脏。

跌落草窝的余巴东并未感觉到太大痛苦，因为箭头直插内脏麻痹了身体的感觉。他没有想自己还有多久会死，也没有想自己还有多少心愿未了，而是目光呆滞地望着天空，口中反复道："怎么可能？这怎么可能？"

是的，他怎么都没料到袁不齡竟然可以连射五箭，更没想到以手开弓连射五箭的速度居然能快过仙琴弩。在前面四箭积攒下来的间隙，抢到余巴东移位掩身的先机，这世上恐怕只有袁不齡能够做到。因为他有些野路子的弓射方法，并不需要完美的开弓姿态就可以准确射出。

除此之外，余巴东还有一点没有想到，袁不齡在这次对决中占了大便宜。余巴东的前四箭都是射的死鱼和石船，第五箭才主动阻挡了袁不齡的箭。也就是说，须臾箭半透明、难以被瞄到的特点完全没有发挥，否则的话袁不齡绝不能如此从容快速地连射五箭。

血池裂

石船直冲了下去，死鱼根本没有跳出来的机会。三道挑杆将石船挑起，起始高度超过了龙头水柱。但是船很重，多了个人更重，才冲飞了一半的距离，船头就已经下栽并开始坠落。

死鱼在船舱中极速后退，下压船尾，让船头重新翘起，并且借助后退之势，仰面朝天倒纵出去。他纵出的瞬间，双脚在船尾上狠狠一蹬，以人为增加的力道抵消因他体重而多出的坠势。

于是，石船依旧按照预想往箭壶山石壁飞撞而去。而死鱼则四脚八叉地翻转着，坠下龙头卷子，真就像一条已经干瘪的死鱼。

石船撞击在石壁裂纹上，发出破鼓般的闷响。袁不毅戛然停住脚步，屏住呼吸盯着石壁，这一刻，世界在他眼中停止了。石壁还是那个石壁，裂纹还是那个裂纹，一切的一切似乎并没有在这一撞之后发生改变。

但是袁不毅瞄到了线，一条沿着裂纹往上往下同时延伸的线。这线曲折得就像一道闪电，贯穿了整个箭壶山山壁。恍惚像是过了许久，原来裂纹渗水的水线突然抖动一下，连成一片迸溅而出。晶莹的水就像一页薄薄的水刀，水刀很快暴涨开来，曲折着纵向切开。越切越长、越切越大，切开所有闪电般的裂纹，喷洒出漫天的血色水珠。

"开了！九婴池破开了！"袁不毅心底发出无声的狂吼，飞扬天地间的豪气充斥他的全身。这是连他自己都难以想象的奇迹之举，以山峦为弓、以天上河为弦、以石船为箭，挣脱种种意外和阻挠，一射即中！

就在这时，天上真的闪过裂纹般的闪电，滚过重重山峦的闷雷如万千天马狂奔，峡谷中疾风骤起，夹杂着硕大的雨点应声打下。

雨点重重地打到脸上，袁不毅猛然惊醒。九婴池虽破，但迸溅出的水量并不大，这样的水量能不能让九婴藤脱离九婴池水滋养？失去池水滋养后的九婴藤是否会立死？山风暴雨已至，舒九儿能否逃离必死的绝境？

袁不觳往箭壶山狂奔而去，跳过那些石堆，沿崖壁上的石坑一路往上爬。从石堆上跳过时，他看到了死鱼。死鱼没死，虽然跌入了龙头卷子，虽然被龙头卷子的怪流缠裹住，但一身大海里练出的好水性让他及时抱住其中一块石头摆脱了怪流。

在到达崖顶的最后一踏石坑那里，袁不觳停住了，紧贴石壁急喘粗气。不停歇地狂奔和攀爬，确实有可能累成强弩之末，所以爬不上最后一踏。但害怕看到最不想看到的一幕，更是袁不觳爬不上最后一踏的原因。

未时的雨势大量少，来得急去得快。袁不觳还在石壁的最后一踏上踌躇时，雨已经停了。

一只凝脂净玉般的手臂从崖顶上面伸下来，修长手指摆在袁不觳的眼前。袁不觳一惊，抬头看去，看到了舒九儿的盈盈笑脸。

"你、你逃出来了！"袁不觳的喘息因激动再次急促。

"先上来吧，万一没抓稳掉下去了，别人还以为是我害的你呢。"舒九儿轻摆了一下她的手。

两只手紧紧地相握住，舒九儿手上使力，袁不觳脚下用劲，一下就上了崖顶。

"你没事吧，没有被九婴藤扎到吧？"袁不觳急切地问道，一时间都忘记松开舒九儿的手了。

舒九儿任由袁不觳紧握住自己的手，面颊上染起两抹霞红，将刚刚被绝望和惊吓褪去血色的脸重新妆点得分外明媚。

"你也是个傻子，没把那个美艳的裸女留下，要不哪用我来拉你上来。"舒九儿抿嘴一笑，在袁不觳未散焦躁的脑海里拂过一片清风。

"我、我，不是的……"袁不觳意识到，自己和椒女裸身相对的情形，舒九儿肯定看到了，同时也意识到自己还紧握着舒九儿的手，羞乱中赶紧松开，"真不是你看到的那回事。"

"那回事又是哪回事？"舒九儿抿嘴走开几步，她怕自己把袁不毂陷入尴尬的得意表情，会让他越发尴尬。

"我、我，咦？"就在袁不毂解释不清的时候，忽然看到围绕在九婴池的那些九婴藤。

九婴池浅下去了一些，虽然不多，但和九婴藤吸取养分的根须应该已经脱离了。正所谓毒邪之物必有即克之弱，九婴藤之弱便在这血水维护之上，离了顷刻就死。

九婴池就像块暗红玉石，光滑得连一丝波纹都没有，透着股死气。原本把箭壶山顶罩盖得比草木坟场更加浓翠茂绿的九婴藤，现在全成了艳红色，就像在山顶上燃起了一片火场。但这个火场是死沉沉的，像送葬的纸扎一样呆板。所有藤条藤根都已枯硬，如同石化，估计很快就会化成灰尘，被风吹走，被雨水冲走。

整个箭壶山顶，只有几只石鸟窝中刚刚孵化出的小鸟，用扑腾尖叫显示尚存的最后些许生机。而觅食的大鸟则被自己家园的骤变吓到，久久盘旋，不敢落下。

"这藤枯死的样子，和之前鬼魂道车子上被钵鼠呵气毒死的几人倒有些相像。"袁不毂说得没错，除了颜色有差异，状态颇为相似。

"一百多年的对抗，相互间不断地适应、融和、提升，很多特质其实已经共通。"舒九儿也发出一番感慨，"能培植出这样的妖藤，并非天工妙技就行的，特殊的地理地气也是必需条件。"

"箭壶山是后羿用来压住九婴之物，上面有九婴邪气沾附，所以只有此处才能长出如此毒邪之物。而那天上河就是要冲洗掉这些邪气的，就算今天我们未曾撞破九婴池，天长日久，这石壁终究还是会破的。"袁不毂说道。

舒九儿抿下俏丽的嘴唇：“只是有两个可惜。”

袁不毂扭头看着舒九儿，他在等待她说出是哪两个可惜。

“可惜世间再难见到如此奇异草木，可惜最终都未能找到解毒之法。疫毒根源虽然从此不在，已然流行的疫症却难以阻止。”

袁不毂顺着龙婆江方向远眺一眼，再回头往天上河瞄了一眼：“还有一个可惜。天上河破决，从此再无激流冲壁的奇观，也没了辰未两时定规的雨水。龙婆江两岸的茶稻梯田少了滋润，怕是再难维持沿岸百姓的生计，他们需要南北迁移另寻安家之地了。”

不管如何惋惜，结局就像天定，根本无法扭转。

舒九儿被黑衣人抓到后，因她是个女子便看管疏松，所以她才能找准时机带药童逃出并寻到九婴池边。因不谙毒藤特性，药童被缠成血水，而她要不是袁不毂出奇招相救，也会是同样命运。至于一起被黑衣人抓走的谢天谢地两兄弟，根本无法知道人在何处、是死是活。

炸开天上河的真是小糖人，他也真是发现境相夫暗中接近莫鼎力和石榴才出手的。之前余巴东带着境相夫围逼袁不毂和小糖人，袁不毂走了鼠道，小糖人却无处可逃。就在他准备用火雷子和余巴东他们拼命时，突然传来天武营围剿吴勋笺的呐喊声。余巴东觉得大势已去，赶紧带人撤走，偏偏小糖人也不知哪里有路可走，便把袁不毂脱卸下的衣物和物品都收拾成个包袱，背着偷偷跟随在境相夫们的后面，这才及时发现他们的企图，炸开天上河、水冲境相夫。

不过，不管是炸开天上河的小糖人，还是负责凿石成船的石榴、莫鼎力，还是掉下龙头卷子的死鱼，包括九婴池边的袁不毂和舒九儿，所有人很快都被后续赶来的天武营兵将围捕押解到一块儿了。

左骞见到袁不毂后面无表情地说了句“又是你”，见到莫鼎力后则哈哈一笑说了句“还是我”。

莫鼎力毫不客气地回掉了一堆的话："你的运气还真的不错，每次自己谋事都不能成功，但总能歪打正着地捞些功劳掩盖自己的真实企图。这一回，化解川南兵马造反的功劳又得算到你头上了。"

左骞又笑了笑，微微摇头。

"对了，救护钦差、消除毒源的功劳你也可以强拉在自己身上。只是有一处破绽你可能无法自圆其说——川南造反的吴勋笺逃走，你为何没有去追？"

左骞犹豫了下，然后才淡淡回句："自会有人去找他。"

莫鼎力能从左骞表情中看出他的真实心理，那是一种无奈、胆怯、强行克制的心理。不管从左骞的真实身份，还是暗藏的目的来讲，他都不该是眼前这样一种心理。

舒九儿的钦差身份确认后，她下令让天武营派军信小队立刻赶往周边州县报信。危机仍未解除，事态依旧紧急，找到毒源却没有找到疫毒的破解法子，只能让所有隘关口加强城防，防止疫情再度扩散。

袁不觳没见到丁天，天武营占据箭壶山时他们就不见了。丁天是为了寻找江上辉才急急离开的，这个油里铜丹真是滑不留手，一声未吭就带一队人走了。过后才让人给丁天送了个信，说他找到吴勋笺逃走的路线，先行追了过去。先走后报，明显是想把头功抢到自己囊中。

所以这一回和鲔山那次有些不同。天武营虽然同样是保护一个女钦差往回赶，山林间疾速蹿纵奔跑的一队人却是往另外一个方向去，那里是茂密得没有尽头的山峦叠障。

吴勋笺擅长游击战，就连他可分可合的双枪以及可以打刃口铜钱的财神鞭，都是适合在游击战中使用的。而擅长游击战的人对如何逃遁也有独到之处，能从天武营眼皮子底下脱身，并且逃出后续兵力的围堵，更多地还是靠自身本事。但吴勋笺没能逃脱江上辉这个老江湖的追踪，江上辉暂时未对他下手，一是因为吴勋笺实力尚可，再是也没找到合适的地方来伏击。

吴勋笺的逃跑路线事先没有计划，途中又根据实际情况随时变化。这也正是江上辉找不到合适地方伏击的原因，吴勋笺走的每一步都不会把自己置身在可能预见的危险中。

白绒甸子有连续起伏的草坡，一眼望去全是细密矮草，只零星夹杂些白色绒花。除了绿草白花，能看到的只有远山和蓝天。所以天际边飞过的一只鸟儿、草坡下蹿过的一只野兔，全都可以收入眼中。

这种地方不仅无法实施伏击，就连追踪都必须停下，否则马上显形。江上辉让手下全留在草坡边缘的灌木带后面，他独自多跟了半坡，在快到第一个草坡的顶面处伏下。平滑如毯的草面太容易突显出不属于它的东西，微微高过草面的头顶都有可能被随意后瞥时一眼发现。只能尽量把身体贴近坡面，从草叶凌乱的缝隙中看着吴勋笺他们越走越远。

擅长游击战的人对危险的觉察极其敏锐，在一个别人认为不可能出现危险的地方也会特别敏锐。就是在这草青花香天瓦蓝的地方，吴勋笺嗅到了危险的味道。他勒住马，伸手去抓得胜钩上的双枪。手刚碰到枪杆，心里却叹了一声："完了？"

箭是从午后的阳光中射过来的，直到听见箭支的破风声，才恍惚看到箭。看到了箭再想躲时，已经没有可能。第一轮九支箭全射中了吴勋笺的面门，他死得面目全非。第二轮、第三轮的箭支远远不止九支，两轮之后，跟着吴勋笺逃命的所有手下全被射杀。

江上辉在一个草叶摇晃的缝隙中看完整个过程，也就是说，三轮箭都不曾用到草叶摇晃一次的时间。

人都倒下了，甸子恢复宁静，时间宛如停止。江上辉屏住呼吸，屏得就像个死人。他知道，杀人的人是在难以觉察的潜伏中等到射杀时机的，射杀结束后依旧会保持这种状态一段时间，以便观察周围还有没有未曾灭杀的目标，以及灭杀后的撤离会不会遭遇其他方面的威胁。

过了有一盏热茶的工夫，甸子里平白地就冒出十几个身影，以警狐般的速度消失在草面与天际交合的边缘。

又过了一会儿，江上辉才一个翻身连滚带爬滑下草坡，口中惊恐地喃喃着："芒山九圣，光落一瞬，无处不杀，无路可遁。"

鹊儿酒

丁天没有找到江上辉，因为江上辉只留了个大方向，没有后续路线的记号。不过走岔路线的丁天竟然意外找到了不知所踪的孟和，只是此时的孟和已经是个身中数十枚暗器的死尸。除了孟和，旁边还有一具尸体和一个即将成为尸体的人。丁天在之前追踪孟和的过程中，发现他挟持了丰飞燕他们，所以无须猜测就能认定尸体是袁老爹，毕竟即将成为尸体的老弦子他认识。

袁老爹只中了一枚长星双头钉，打在太阳穴上，所以立死当场。老弦子中了两支袖箭和一块破风月牙片，三枚暗器全打在胸腹部，是故伤得虽重，死得却没有那么快。

"孟和的死状和华舫埠被杀的那些人一样。"有参与过华舫埠血案勘查的高手说。

"从位置和姿势上看，孟和应该是主动扑向对手，并试图用自己身体替后面两人挡住暗器。"另一个擅长使用暗器的高手说。

"一个人护不了三个，但护住一个倒是可能的。你们赶紧四处找找丰姑娘，她说不定还活着。"现场没有见到丰飞燕，丁天觉得会有两种可能：一是孟和舍命相护，丰飞燕趁机逃脱，但逃不出多远仍遭凶手追杀；还有一个就是她被凶手掳走充当了人质，但她似乎又没有充当人质的价值。

"奇怪，孟和在华舫埠与杀手交过手，应该知道自己没有可能胜过。为何不丢下人质逃命，反而舍了性命护住人质？"

这个疑问只能看老弦子在变成尸体之前能不能回答了。丁天托高老弦子后背，轻拍几下让老弦子将瘀血吐出。这样一来，人虽随时有可能支撑不住，气息倒是疏通了，可以发出微弱的声音。

"告诉不够，须练射覆和盲射，才能胜过对方。"丁天耳朵贴近老弦子嘴巴才听清这些话。

"丰姑娘呢？丰姑娘去哪儿了？"丁天朝老弦子高声喊着。

"不闻动静只看气，声势之前度其意。管他玄妙无穷杀，我自抢先取其命。"老弦子并不回答提问，只管把自己的话说完，话说完，气也就断了。

袁老爹死了，老弦子也死了。附近查找的人回来后报告的信息完全一致，都未发现丰飞燕。面对这些情况，丁天不知道自己该怎么和袁不毂说。

虽然离华銮三城已经不远，但蜀路凶险、疫情蔓延，毒变人随时都可能出现。所以左骞和袁不毂一致认为不宜急赶夜路，于是找个安全地方去过夜。

夜色已深，除了明暗哨位，所有人都沉沉睡去。就在此时，靠在树干上微寐的莫鼎力耳轮微颤，被一些细微的异响激醒。眼睛未睁手就已经摸向雪花斩，未待触及刀柄，身体猛然一紧，便再难动弹。

睁眼看去，是两道麻绳将自己交叉缠勒住，每根绳子的两头都有两个天武卫紧紧拉着。再抬头，莫鼎力看到了左骞站在自己面前，心不由得一颤："左骞，你是想灭口吗？告诉你，边辅和两河忠义社的人都暗中盯着你呢。杀了我，你就是不打自招。"

左骞面无表情，似乎已经看穿莫鼎力的诳语。

左骞身后暗影里闪出了袁不毂，他表情复杂，对莫鼎力说："莫大哥，你错怪左将军了，是我让他们绑的你。"

"你？为何要绑我？"

"莫大哥，你应该中了疫毒吧，而且已近发作期限。"

莫鼎力眼珠转了转："哈哈，那个裸体鼠女临走时在你耳边说了几句，定是告诉你我中了疫毒。"

袁不觳并不回复莫鼎力的猜测："你线拔刃口铜钱时，带出的血是紫黑色，已经接近毒变人的血色。"

有人过去拿刀挑开莫鼎力身上的衣服，把气死风灯抬高照了下，舒九儿走近几步看了看："眼底红梅，身蔓青枝，颓懒迷睡，的确是将近毒发期限。"

到这时左骞才开口："绑紧了，别让他有可能挣脱。"

莫鼎力没有挣扎，任凭天武卫将他像绑粽子般绑扎紧了。他也知道自己已近毒发期限，就算今夜没人绑他，明日入城之前他也会主动让人把自己绑了。

整个后半夜，袁不觳都陪坐在莫鼎力旁边，用大树叶替他扇些凉风，赶走蚊子。这是袁不觳唯一能替莫鼎力做的事情，到了明天夜里，莫鼎力怕是再也无法感觉到这样的舒适。

莫鼎力强打精神，后半夜再也没睡。而是絮絮叨叨地和袁不觳说着话，说自己的经历，说自己的发现，说自己的推测。天快亮时，他突然一下坐起，哈哈大笑，把袁不觳和旁边看押的几个天武卫都吓了一大跳。

"哈哈哈，袁不觳呀袁不觳，让你绑我、让你绑我，现在你也被我害了吧。你现在知道了我所有的怀疑和细节的证据，只能替我继续追查下去了。你要是不查出真相揪出黑手，自己就会被别人灭口。"莫鼎力很得意的样子，但很快就又陷入人将死、志未遂的悲怆，笑着笑着又哭了起来，"哈哈哈，呜呜呜，我也是没办法，我要死了，总得找个人把活儿做完，你别怪我。"

袁不觳看着东边逐渐升起的晨曦，很平静地说道："莫大哥，你不死，我定带你回去。你若死了，我就把你的活儿做完。"

"刀头血染东边天，风推青竹西山偏。山泉当酒披甲舞，不是醉来就是癫。"晨曦渐起中，有人在哼唱军中歌谣。

华蓥三城通蜀门的城墙血污斑斑，城头上堆满竹矛铁棘。袁不觳他们离开之后，这里又遭受过几次小规模的冲击。其中有和前面同一批被驱使来冲城的境相夫，因中毒有先后、毒发有先后，所以后续还有少数血尸冲城。另外就是一些得了疫症还未毒发的，这些人里有的是吴勋笺准备赶入滇地的疫症百姓和官兵，还有的就是在灭杀这些人时被传染的官兵。他们冲城闯关的意图是要逃出疫毒肆虐之地，找寻救命办法。而且吴勋笺策划的佯攻，也让城中官兵心惊胆战，尽可能加强城防设置。

城里面更是死气沉沉、戚呜隐隐，偶尔不知哪里传来一声怪异的哀号，让人心惊胆战。那些被隔离的中毒者绝大部分和莫鼎力一样，是血尸冲城那天夜里染上的。三九之期也是相同，都将在今夜毒发变形，所以自己难免哀痛惨号，亲人眼见着亦不禁悲声戚戚。

袁不觳他们进城的消息就像阵闷燥的风吹过，空荡荡的街道也不知从哪里一下冒出了许多人。这些人堆挤在道路两边，无声地望着刚刚进城的这队人马，目光流露的情感在即将崩溃的边缘徘徊。

听说查治疫毒的钦差回来了，所有人都把救回自己亲人朋友的最后希望寄托在舒九儿这群人身上。但是他们又不敢发声询问，怕最后的希望破灭得太快、太直接。

左骞感觉气氛不太好，便立刻让天武卫持械戒备，把街道边聚拢的人逼退，然后又让人将莫鼎力送到隔离感染疫毒人群的地方。

石榴在季无毛后脖颈上拍了一把："别愣着了，自己跟过去吧，你也得去关闷葫儿。"

季无毛这才意识到自己马上也要与世隔绝了，突然想起还有些事情没完成："等等！袁小哥，我有些事情要和你交代下。"

"你有事和我交代？"袁不彀很是意外。

"不不，不是我，是杜先生。他在天光神殿告神道受伤后就已经嘱咐我，如果他不能走到底，就让我一定要把一件重要的东西和几句话转给你。"

又是一个死人的托付，袁不彀心里也是奇怪，怎么所有人临死都要给自己留下点什么。而且还都是一旦自己接受，就要拼死拼活才能扛下的重任。

"那到一旁来说。"袁不彀也是死猪不怕开水烫了。老水鬼临死压自己一担，莫鼎力快死了也压自己一担。那杜字甲在还不知道自己会不会死的时候，也给自己备下了一担。

"杜先生让我告诉你，他一生贪财，其实是过去穷怕了、饿怕了。所以他最了解黎民百姓的风水之求何在，了解为君为官的稳妥根基何在。苍生大计，温饱为先，无灾无乱，康健延年，这就是平常百姓所求的最佳风水。而獥貐坟、封豚宫以及龙头卷子，应该都暗藏了与水脉土根有重大关系的奥妙。牵涉朝势国运，更牵涉百姓生存大计，务必妥善应对。"季无毛说着话，从腰间缠裹的布袋中翻出件东西交给袁不彀，"这是杜先生从捉奇司带出来的，他说他若死了也就无须还回去了，就给你收着。"

袁不彀把那东西拿在手上，那是一块质地近似石头的老玉板，形状有些像朝圭，大小却又比朝圭小许多，尽管上面沁斑土锈遍布，却掩不住密匝的金色小字。而袁不彀在仓促细扫下，竟然在沁斑土锈和密匝金字的掩盖下，瞄出了一幅隐藏的符图，是獥貐坟石刻那样的符图。

"这叫淮王金字圭，你赶紧掖藏好了，日后或许有用。"季无毛边说边帮着袁不彀往贴身处藏，眼睛还警觉地左右扫看，生怕别人注意到。

袁不彀刚把东西放好，就听到身后传来的舒九儿的厉喝声："啊！是他！抓住他！"扭头看去，石榴、死鱼以及十几个天武卫已经扑了过去。那个方向的人群顿时散开，把一个吓得两腿哆嗦、挪不动步的老头儿给让了出来。

"老狱卒！"袁不毂通过老头儿手里的酒葫芦认出了他。

舒九儿快步过去，来到已经被众人按压得跪趴在地的老狱卒面前。她一句话也没说，一把扯开老狱卒的衣服。

"没有，一点疫毒症状都没有。那天他明明吞进血尸毒血的！连他自己都以为必死无疑，号丧不止。"

袁不毂也赶了过去，示意众人松开老狱卒："让他起来说话。"

老狱卒刚刚抬起上身拉拢外衣，舒九儿就又蹲下，一把扯住他的衣领："说，你用了什么稀罕药石？"

"没有，小的啥都没有用。"

"那你最常食用的是什么东西？"舒九儿又问。

老狱卒颤巍巍地抬起手中的葫芦。

"这是什么？"

"鹊儿酒，我平日里只好这个。"

鹊儿酒是石鹊叼啄了野果储存在石窝中发酵而成的。将这酒加入正发酵的米酒中，米酒会变得很烈，一般人几口便醉。蜀地湿重，烈酒可驱体内湿气，避免患病。由于石鹊喜好的野果种类特别，发酵出的酒液味道酸涩带苦。所以只偶尔有人从采药人和山民手中买些鹊儿酒，调酿了米酒自饮。

"鹊儿酒！"舒九儿蓦然想起九婴藤枯死之后的箭壶山顶，沉沉死气中唯有池边石窝鸟巢中的石鹊仍显露着生机。世间万物阴阳平衡，但凡剧毒之物，七步之内必有克物，而九婴藤的克物正是这鸟巢中的鹊儿酒。

舒九儿站起身来，长长地舒口气，恢复了以往的冷艳和笃定："有救了！"

一股劲风从远处山头掠过，云雾翻卷绽开几道曲折金线，将淡淡阳光落在华蓥三城的城头上。